Maria Alice Barroso

Sag mir seinen Namen und ich töte ihn

Maria Alice Barroso

Sag mir seinen Namen und ich töte ihn

Eine brasilianische Saga

Büchergilde Gutenberg

Lizenzausgabe für die Büchergilde Gutenberg
Frankfurt am Main, Wien, mit freundlicher
Genehmigung des Ammann Verlages, Zürich

Titel der Originalausgabe »Um nome para matar«
Aus dem brasilianischen Portugiesisch
übertragen von Georg Rudolf Lind

Schutzumschlag- und Einbandgestaltung von
Elmar Lixenfeld, Frankfurt am Main
Druck und Bindung Franz Spiegel Buch GmbH, Ulm
Printed in Germany 1990 ISBN 3 7632 3795 X

»Ich muß die Handlungsweise der Moura Alves erklären, damit alle sie verstehen können: sie versuchen den Ereignissen nicht auszuweichen, selbst wenn sie dazu imstande wären, auch nicht den Tatsachen, die ihnen die ärgsten Scherereien zuziehen könnten – nein. Ich glaube vielmehr, sie wünschen geradezu das Eintreten solcher Ereignisse, um dementsprechend handeln zu können – und erst nachher handeln sie, als ob die eingetretenen Tatsachen die Gewaltsamkeit ihrer Handlungsweise rechtfertigen könnten.«

(Ausschnitt aus dem Bericht des Kapitäns, des zweiten Gatten von Dona Paula Francisca de Moura Alves)

Noch bevor das Pferd im schwachen Schein des Lichtmastes sichtbar wurde, vernahm man das Geräusch der Hufe auf dem Lehmboden; nur wenige Fenster sind geöffnet, durch die Läden dringen Lichtstreifen und verlängern sich auf dem Kopfsteinpflaster der steil ansteigenden Straße. Da taucht auf einmal im Umkreis der gelblichen Straßenlaterne der riesenhafte Schimmel auf, vergrößert durch die Gestalt des Reiters im schwarzen Umhang, der über die Weichen des Tiers herabfällt; er hat den breitkrempigen Hut über sein Gesicht geschoben.

Es bedarf keines Befehls der großen roten Hand, die den Zügel hält, damit das Tier nach links einbiegt und vor dem breiten Portal der Remise innehält: als Gesichter am Fenster erscheinen, um nach dem Reiter Ausschau zu halten, ist das Tier bereits im Inneren des baufälligen Gebäudes verschwunden. Starker Geruch nach Mist und Pferdeharn durchzieht die stille Straße. Sie scheint nur Schatten und keine menschlichen Wesen zu beherbergen.

In der Remise braucht sich der Reiter nicht umzuschauen, um sicher zu sein, daß er allein ist: entschlossen zieht er das Pferd am Zügel. Er nimmt seine Umgebung kaum wahr, so vertraut ist sie ihm seit seiner Kindheit: er riecht nicht mehr den kräftigen Geruch nach lehmvermischtem Pferdemist in dem dunklen Schlamm, der rasch an den Sohlen festklebt. Er bemerkt nicht einmal das merkwürdige Gemisch aus Pferdeschweiß, frischem Zaumzeugleder und frischgestärkter Wäsche, das von seinem eigenen Körper aufsteigt. Er bindet den Zügel fest, nicht ohne sich vorher sorgfältig zu vergewissern, daß er lang genug ist, um dem Tier Bewegungsfreiheit zum Fressen zu belassen. Er tritt in die Mitte der Remise und bleibt unter dem Licht der großen Deckenlaterne stehen, wo der Schatten seiner breiten Hutkrempe mit dem seiner scharf gebogenen Nase verschmilzt. So plötzlich bleibt er stehen, daß die Sporen nachklirren und der lange Umhang ausschwingt, dessen Falten über den Schaft seiner schwarzen Stiefel herabfallen. Von oben angeschaut, sieht er wie irgendein anderer Einwohner der Gegend aus: lange Schaftstiefel, großer grauer Hasenfellhut, Umhang mit weitem, dunklem Faltenwurf, weißes Hemd mit Kragen, aber ohne Krawatte, nur ein goldener Kragenknopf schimmert gleich unter dem Adamsapfel an seiner blutroten Kehle. Er bleibt einen Augenblick lang stehen, als wolle er mit einer unsichtbaren Anstrengung ein anderes Gesicht als sein eigenes, den Einwohnern von Parada de Deus so wohlvertrautes, aufsetzen. Wenn man vor ihm steht, bemerkt man seinen massigen Körperbau. Alle Dinge von normalen Massen wirken neben ihm klein: dabei sind seine Gesichtszüge nicht grob, wenn auch der Mund allzu breit und die Nase sonderbar unregelmäßig gebogen ist. Die hohe Stirn senkt sich langsam zu bleigrauen Augen und geröteten, beinahe fett zu nennenden Wangen. Die Augen scheinen nichts von dem zu bemerken, was sich ringsumher abspielt, in Wirklichkeit jedoch entgeht ihnen nichts; sie besitzen eine ungewöhnliche Fähigkeit, die Vorgänge mit einem gelegentlichen Blinzeln festzuhalten. Während er einen Moment unschlüssig steht, reiben sich die Finger seiner rechten Hand aneinander, als suchten sie unsichtbare Ringe zu verschieben. Er scheint mit sich selber im Streit zu liegen, ob er vorwärts gehen oder zurückweichen solle; er selbst nimmt diesen inneren Zwist nicht wahr, reibt die Finger gegeneinander und entscheidet sich schließlich mit einem kaum merklichen Zucken seines Mundes: das Klirren der Sporen akzentuiert seinen schweren, langsamen Gang, der, wenn er einmal begonnen ist, nur nach seinem Willen zur Ruhe kommt, nie durch Drohungen oder Hindernisse, die sich ihm in den Weg stellen.

Er verläßt die Remise und geht über den von Lehm und Pferdemist glitschigen Boden auf die Straße. Ein paar Fenster haben sich halb geöffnet, man will ihn vorbeigehen sehen. Die Stille freilich ist immer noch dieselbe, und die Dunkelheit wird vom schwächlichen Licht der Straßenlaternen kaum erhellt.

Einförmig sind die Häuser der ärmlichen Straße – ihre gemeinsame Außenfront bildet eine von zwei niedrigen Fenstern eingefaßte Mitteltür; wenn er mit seinen gleichmäßigen Schritten um die Ecke biegt, gewahrt er ein ganz anderes Bild: Herrenhäuser mit schmiedeeisernen Gittern an den Balkonen beherrschen nun die Straße; in den Lichtkegeln stehen Menschengruppen beieinander; die Straße selbst ist windungsreich: von ihrem Ende her, von dort, wo er eben steht, gegenüber dem Hotel »Mutter Joana«, vermag man nicht ihren Anfang zu erkennen, den Platz, der den Namen seines Urgroßvaters trägt: dieser ist ein ungleichförmiges Sechseck mit verschiedenen Cafés, die nach Rolltabak, Rohzucker, in Säcken gestapeltem Kaffee und dem Leder des Sattelzeugs riechen. An den Türen hängen Leinen und Seile, daneben Brenneisen; die Reis- und Bohnensäcke sind in der Mitte auseinandergefaltet, damit die schimmernden schwarzen Perlen und die kleinen weißen Nadeln besser zu erkennen sind.

Er bleibt vor dem Hotel stehen, drückt den Hut tiefer ins Gesicht und wirft einen Blick auf die goldene Uhr, die er aus der Tasche seiner breiten Hose zieht: es ist halb acht Uhr an einem Samstagabend in der Gemeinde Parada de Deus, im Staat Rio de Janeiro, Brasilien.

– Ich habe es meinem Täubchen immer gesagt: Siô Oceano hat ein Gewitter in sich, verlaß dich nicht auf seine sanfte Redeweise, auf sein zerstreutes Gebaren – wie das eines Menschen, der noch nicht recht aufgewacht ist –, ihm entgeht nichts, vor allem nicht, wenn es sich um dich handelt. Aber Maria Corina hat meinen Rat nie angenommen, sie lachte nur und meinte, ich wäre eine Närrin und verstände nichts davon. So hat sie sich mit ihm in ein Verhältnis eingelassen, unter meinen Augen, aber gegen meinen Willen, denn ich wußte ja, wie sehr diese Liebelei ihrem Vater Nhonhô mißfiel. Der Streit zwischen dem verstorbenen Hauptmann Heleno, Siô Oceanos Vater, und Nhonhô lag schon einige Zeit zurück, als die beiden ihr Verhältnis anfingen, aber ich wußte, daß es nicht seiner Art entsprach, sich mit den Moura Alves wieder freundlich zu stellen: die Feindseligkeit war tief eingewurzelt, vor allem seit Nhonhô dem verstorbenen Oberst Crespi, dem Todfeind des Hauptmanns, seine Wählerstimme gab. Nhonhô konnte Siô Oceanos Vater nicht ausstehen, weil er einem seiner Angestellten übel mitgespielt hatte.

Die Sache war so gewesen: eines Tages kam ein Bote des verstorbenen Hauptmanns Heleno zu Nhonhô mit der Bitte, er solle ihm ein Medikament verschreiben, er litte an starken Kopfschmerzen und hätte seit mehr als drei Tagen Verdauungsbeschwerden. Nhonhô war zu dieser Zeit gerade nicht in der Apotheke, also ging der Bote des Hauptmanns in die Apotheke von Siô Virgilinho und sagte dort, sein Chef wäre sehr nervös und könnte nicht warten. Als Nhonhô eine Stunde später zurückkam, tat ihm der Hauptmann leid, und er schickte den Angestellten der Apotheke mit einer Dosis Glaubersalz und zwei Pillen Kaffeeaspirin zu ihm; denn Nhonhô kannte den Körper des Verstorbenen besser als Siô Virgilinho (und überhaupt weiß jedermann in Parada de Deus, daß Nhonhô ein besserer Apotheker ist als Siô Virgilinho, na und ob!).

Als Nhonhôs Angestellter, dieser arme Bursche, in Gratidão anlangte, hatte er kaum den Mund aufgemacht, als der verstorbene Hauptmann Heleno aus dem Häuschen geriet, in seinem langen Nachthemd alles verfluchte, was ein menschliches Antlitz trägt, und den armen Chico mit geschwungener Peitsche verprügelte; er lief davon und kam erst wieder zu Atem, als er sich in der Apotheke in Sicherheit gebracht hatte.

Als Nhonhô von dem Vorkommnis erfuhr, stotterte er noch stärker als gewöhnlich, ja, es blieb ihm fast die Sprache weg: sein Gebiß stieg und sank in seinem Munde und jedesmal, wenn Hauptmann Heleno von nun an auf der Straße vorbeikam, tat er so, als müsse er in der untersten Schublade nach einem Medikament suchen, nur um Siô Oceanos Vater nicht zu Gesicht zu bekommen.

Mit einer solchen Abneigung mußten also die beiden jungen

Leute rechnen; sie hatten den Widerstand von Maria Corinas Eltern zu überwinden – was Hauptmann Heleno von der Sache gedacht hätte, weiß man nicht, weil er im gleichen Jahr starb, in dem sein Sohn heiratete. Und doch hätte ich mir nie träumen lassen, daß sie das tun würde, was sie getan hat, nämlich mit ihm zu fliehen, und wenn mir das jemand gesagt hätte, ich würde es niemals geglaubt haben. Nein, das wäre mir nicht im Traum eingefallen, ich hatte sie doch großgezogen, ich kenne jeden Ausdruck ihrer Augen, und bevor ich ihn kannte, kannte ich den ihrer Mutter, der verstorbenen Nenen, die Gott selig haben möge, aber mir war nichts aufgefallen, nicht einmal, als sie mich abends an ihr Bett rief und fragte:

»Darf ich dir einen Kuß geben, Carmosina?«

»Was soll denn das?«, erwiderte ich und wunderte mich über die Bitte.

»Ich habe dir schon so lange keinen Kuß mehr gegeben«, sagte sie mit einem Seufzer und breitete die Arme aus.

– Das lange, schmiegsame Spitzenhemd, das sie trug, konnte die Vollkommenheit ihrer Formen nicht verstecken; du selbst, die sie so gut kannte, konntest nicht begreifen, was mit ihr vor sich ging; denn das war nicht Schönheit zu nennen, es war eher ein heller Glanz, er ging nicht von den Augen oder von ihrem Munde aus, er bildete ein Ganzes, rührte von den unbedeutendsten Einzelheiten her, so als ob alles an ihr am rechten Platz sei – alles. An jenem Abend hatte sie den Arzt, den Gast der Monteiros, in ihrem Elternhaus empfangen, den jungen Mann mit dem Schnurrbart und dem Blondhaar, der sie am Klavier begleitete; alle lobten Maria Corinas Gesang, und Nenen bemerkte ebenso wie du, Carmosina, daß der Doktor für Maria Corina sehr eingenommen zu sein schien, und ihr seufztet vor Erleichterung, weil ihr überzeugt wart, Maria Corina wäre Oceanos Krallen entglitten.

– Doch das eben war unsere Torheit: bei jedem Mädchen, das einer solchen Versuchung ausgesetzt ist, einer Verfolgung bei Tag und Nacht, muß es genau so enden wie bei meinem Täubchen, mit Flucht und Heirat ohne Widerruf; er war wie der leibhaftige Satan hinter ihr her, Christkönig verzeihe mir! Maria Corina mußte lachen, denn wir gingen aus dem Haus und ich schimpfte: »Heilige Efigênia, schaff ihr diesen verteufelten Reiter vom Halse!« – und kaum hatte ich das gesagt, so tauchte er schon auf, zu Pferd oder im Auto, in Dona Paulas Wagen oder zu Fuß. Einmal sprang er sogar in der Kaffee-Straße von einem Ochsenwagen, um sich mit Maria Corina zu unterhalten, die dort mit mir zur Schneiderin gegangen war. Sie kamen gar nicht zu einer richtigen Liebelei, es waren hastige Gespräche, ich stand schimpfend daneben und drohte, ich würde alles Nhonhô erzählen, falls sie nicht sofort mit mir mitkäme – aber das war natürlich eine Lüge, ich hätte nie den Mut gehabt, meinem Liebling das anzutun.

Aber hätte ich es nur getan, dann wäre mir mein jetziger Kummer erspart geblieben: wie oft habe ich ihr gesagt: »Maria Corina, dieser Mann, der so weich spricht, ist das Ebenbild von Hauptmann Heleno; merkst du nicht, wie er dich anschaut, als wolle er dich bewachen?« Sie lachte nur, sie war erst sechzehn Jahre alt, sie war noch ein Kind, und in mir sah sie eine alte Negerin, die viel zu dumm war, um das Leben zu verstehen. Aber ich verstehe es nur zu gut – das böse Leben hat mir gar zu viele Nackenschläge versetzt – und ich wünschte mir, daß mein Täubchen Siô Oceanos sonderbares Wesen bemerken sollte, die mißtrauische Art und Weise, mit der er sie bewundernd anstarrte, mit einem schiefen Blick aus den Augenwinkeln – wie eine Kobra, die auf die Kröte wartet. Ein Mann, der ein Gewitter mit sich herumträgt – das habe ich immer gesagt.

Hier in Parada de Deus pflegen die Leute zu sagen, Siô Oceano erfülle Maria Corina jeden Wunsch, er lasse sie sich schön machen und gebe glanzvolle Feste zugunsten der kirchlichen Liebeswerke (mit hohem Reingewinn wegen des verwünschten Tanzes mit dem Handelsvertreter), aber in meinem Inneren hatte ich immer Angst, immer, ich ahnte das Gewitter, das er mit sich herumträgt.

Eines Tages – wir wohnten noch in Gratidão – stand ich in der

Küche, da hörte ich Schreie: ich lief ins Eßzimmer, ohne zu ahnen, was geschehen war, und stieß auf Siô Oceano: er schlug mit der Peitsche auf den Rücken Bides ein, eines lang aufgeschossenen Negerjungen, der der Sohn der Köchin war, und wenn nicht Maria Corina und ich gewesen wären, wäre der Ärmste gleich an Ort und Stelle unter den Schlägen gestorben.

Maria Corina war bei dem Vorkommnis zugegen, aber hinsichtlich Oceanos Eifersucht war sie so unaufmerksam, so zerstreut, so gänzlich unwissend, daß die ganze Szene sich abspielte, als ob sie nicht dabei gewesen wäre, gewiß ahnte sie nichts von dem, was Augenblicke später im benachbarten Zimmer vor sich ging: sie betrachtete ihr Töchterchen, das an ihrer Brust sog, als der Negerbursche Bide ins Zimmer trat, um ihr eine Botschaft seiner Mutter auszurichten; sie kam gar nicht mehr zu einer Antwort, denn im gleichen Moment hörte sie Oceanos Schritte, das Klirren seiner Sporen, und bevor sie zum Nachdenken kam, sah sie, wie der Negerbursche Bide aus dem Zimmer geschleift wurde, als habe ihn ein Wirbelsturm von der Tür gesogen; gleich darauf hörte sie Geräusche, die an ein stöhnendes Tier erinnerten, Kehllaute der Wut untermischt mit Schreien – und selbst jetzt wußte sie noch nicht, was vorgefallen war, nicht einmal als sie ihre Tochter auf dem Bettchen liegen ließ und sich über den Negerjungen warf, um ihn mit ihrem Leibe vor Oceanos Peitsche zu schützen, hatte sie den Vorfall begriffen; sie hatte nur einer instinktiven Regung nachgegeben.

Man mußte Siô Oceanos Schreie hören! Er war wie ein Tier, er brachte kein Wort heraus, es war das Gebrüll einer verlorenen Seele, feiner Speichel trieb Blasen an seinem Mund – nie habe ich etwas so Ekelhaftes gesehen. Maria Corina und ich bekamen auch noch einige Hiebe ab, ehe wir den Negerjungen aus seinen Händen befreien konnten, und von diesem Tage an blieb der Junge verschwunden, wir bekamen den Ärmsten nie wieder zu Gesichte, auch seiner weinenden Mutter gelang es nicht, Siô Oceano umzustimmen. Juca, der Fuhrmann, erzählte mir insgeheim, Siô Oceanos Leibwächter hätten den armen Teufel fertiggemacht;

sein Körper wurde in die Schwarze Lagune geworfen, wo alle Feinde der Familie Moura Alves endigen.

Bide war ohne böse Absicht in Maria Corinas Zimmer getreten, nur um eine Botschaft seiner Mutter zu bestellen, ich glaube, er hat Maria Corinas nackte Brust gar nicht gesehen – ist das ein Grund, um den Unglücklichen verschwinden zu lassen?

Ja, Nhonhô hatte ganz recht, daß er diese Heirat nicht wünschte: ohne die Flucht wäre es nie zu Maria Corinas Heirat mit Siô Oceano gekommen, ihr Vater hätte sie niemals zugegeben! ...

Als Dr. Adoremus eines Abends in seinem Hause auftauchte, um in Siô Oceanos Namen um Maria Corinas Hand anzuhalten (Hauptmann Heleno, sein Vater, war kurz zuvor gestorben), geriet Nhonhô in so unsinnige Wut, daß man meinen konnte, er werde jeden Augenblick auseinanderbersten: Dr. Adoremus ist Nhonhôs langjähriger Freund, er hat der verstorbenen Nenen beigestanden, als mein Täubchen auf die Welt kam. Allabendlich spielen beide vor der Tür der Apotheke Dame, und dies seit unzähligen Jahren. Obwohl Nhonhô Oberst Crespi wählte und Dr. Adoremus die Moura Alves, tat das ihrer Freundschaft keinen Abbruch. Jeden Abend gehen die beiden zum Bahnhof und warten den gemischten Güter- und Personenzug ab, um die Zeitung abzuholen; sie unterbrechen ihr Damespiel nur, wenn einer von ihnen an ein Krankenbett gerufen wird. Deshalb wandte sich Siô Oceano an Dr. Adoremus, damit er für ihn um Maria Corinas Hand bitten sollte. Der arme Doktor hatte kaum Mut, den Antrag vorzubringen, er wußte besser als jeder andere, daß Nhonhô die Haare zu Berge standen, wenn er nur von Siô Oceano reden hörte! ...

Ich glaube, Siô Oceano hat den armen Doktor unter Druck gesetzt; denn eines Abends, mitten in einer Damepartie, bat der Doktor Nhonhô, sie möchten ins Zimmer gehen, und dort, in Gegenwart der verstorbenen Nenen, ließ er die Katze aus dem Sack.

Nhonhô geriet in derartige Erregung, daß Maria Corina und

ich in sein Zimmer stürzten: es sah so aus, als ob er einen Anfall bekommen würde, er war puterrot und stotterte, er, der zum Stottern gar nicht erst nervös zu werden brauchte; Doktor Adoremus mußte ihm ein Beruhigungsmittel verabfolgen. Wortlos deutete Nhonhô auf die Tür, er wollte dem Doktor nicht einmal ins Gesicht schauen.

Die beiden schlossen erst Frieden, als Maria Corina ihr erstes Kind zur Welt brachte und Dr. Adoremus in aller Eile von Nhonhô persönlich herbeigeholt wurde; denn bei Dona Zita, der Hebamme, schweben Mutter und Kind in Lebensgefahr. Ich glaube, mein Liebling wäre damals gestorben, wenn nicht Nhonhô in Degrêdo gewesen wäre und Siô Oceano davon überzeugt hätte, daß Maria Corina dringend einen Arzt brauchte; denn Siô Oceano wollte auf keinen Fall zugeben, daß ein anderer Mann ihre intimen Körperteile zu Gesicht bekäme.

Es war Februar; das feuchtheiße Wetter ließ die Blätter an den beiden großen Brotbäumen vor dem Hause schlaff herabhängen. Oceano verbrachte die Nacht im Schaukelstuhl auf der Veranda; sein weißes, kragenloses Hemd hob sich stark von der hochgeröteten Haut seines Halses ab; er kaute auf einem Zahnstocher. Dessen Nachfolger wartete in der Tasche seiner breiten Khaki-Hose auf Verwendung; während der ganzen Nacht und eines Großteils des folgenden Tages ließ er die Hügelkette am Horizont nicht aus den Augen. Er kaute unaufhörlich auf dem Zahnstocherstückchen und ließ sich weder von Maria Corinas Stöhnen noch durch das Weinen der Schwiegermutter oder das Gestotter seines Schwiegervaters beirren, das immer ärger wurde, je schlechter es seiner Tochter ging. Am frühen Morgen versuchte Nhonhô Oceano klarzumachen, daß Dr. Adoremus gerufen werden müsse, Oceano jedoch kaute stillschweigend weiter, als ob er die Worte seines Schwiegervaters gar nicht vernommen hätte. Die Mücken umkreisten Oceano, als wagten sie nicht, ihn zu stechen, der junge Hund, der ihn immer begleitete, lag neben den Stiefeln seines Herrn, und die Stunden schlichen vorbei, als wäre die erstickende Hitze schuld daran, daß sie so mühsam verstrichen. Nach dem Morgenkaffee trat Nhonhô in das Zimmer, in dem seine Tochter stöhnte, und als er wieder herauskam, stotterte er mühselig, entweder riefe er nun Dr. Adoremus oder Maria Corina werde mit ihrem Kinde sterben, und auch dann fuhr Oceano fort, schweigend an seinem Zahnstocher zu kauen, und starrte auf den Hügel am Horizont. Da verlor Nhonhô plötzlich die Fassung und stammelte unter großen Schwierigkeiten, er ginge jetzt nach Parada de Deus, um Dr. Adoremus zu holen, weil er nicht erlauben könne, daß seine Tochter aus Mangel an ärztlicher Hilfe stürbe. Selbst da verwandte Oceano keinen Blick auf seinen Schwiegervater, der über den Hof davoneilte und nach dem Wagen rief; als Dr. Adoremus eintraf, stand er nicht einmal vom Stuhl auf, um ihn zu empfangen; er begrüßte ihn nur mit einem Kopfnicken.

Siô Oceano verständigte Nhonhô nie wieder, wenn ein Enkel vor der Geburt stand: zum Glück verlief bei Maria Corinas übrigen Kindern alles glatt, kompliziert war es nur bei ihrer Tochter Bebel.

Nach dieser ersten Geburt wollte ich gern sehen, ob er Maria Corina zu erkennen geben würde, aus welchem Holz er geschnitzt war; er trieb ein schlaues Versteckspiel mit seiner Eifersucht, die ihm die Brust sprengte wie ein unbändiges Tier, für das kein Käfig fest genug ist. Schon zur Zeit ihrer Liebschaft war mir sein eifersüchtiger Argwohn aufgefallen; der unternehmungslustige Gesichtsausdruck, der über die Augen gedrückte Hut, waren nur Mittel der Verstellung; im Grunde zernagte er sich in Eifersucht um mein Täubchen, und es wurde noch ärger, als der junge Doktor, der zeitweilige Gast der Monteiros, sich für Maria Corina begeisterte; es gab freilich auch keine andere, die so hübsch gewesen wäre wie sie. Sogar der sonst auf seine Tochter so eifersüchtige Nhonhô schien gegen den jungen Mann nichts einzuwenden zu haben; er war gut erzogen, küßte der Verstorbenen die Hand und spielte sehr hübsch Klavier. Ich glaube, Nhonhô ermutigte den Doktor sogar, Maria Corina aus Siô Oceanos Krallen zu reißen, aber es war schon zu spät. Und weil besagter

Doktor aus Rio ganze Tage in der Apotheke zubrachte, um nur ja mein Täubchen zu Gesicht zu bekommen, drang Siô Oceano in der Nacht vor der Marienlitanei im Mai in sie, sie sollten am nächsten Morgen fliehen. Wir standen in der Nähe der Kirche (ich war sehr froh, weil ich meinte, Siô Oceano wäre noch nicht von der Fazenda zurück), da tauchte der Verfluchte zu Pferde auf (auf einem hochbeinigen Schimmel, dem schönsten der Stadt), oben auf dem Hügel neben der Kirche: als ich die Erscheinung gewahrte, schlug ich ein Kreuzzeichen, und Maria Corina erschauderte.

»Was war das, Carmosina?«, fragte sie, als sie sah, daß du dich bekreuzigtest.

»Du weißt Bescheid, Maria Corina«, gabst du zur Antwort. »Dein Vater hat mir angedroht, er werde mich aus dem Hause jagen«, – du logst, um ihr Angst einzujagen – »wenn ich dich noch einmal mit Siô Oceano sprechen lasse.«

Sie warf herausfordernd das Haar in den Nacken, als hätte sie Lust, etwas Verbotenes zu tun.

»Was soll ich denn deiner Meinung nach tun?« fragte sie dich.

Und im gleichen Augenblick lächelte sie auch schon Siô Oceano zu, der vom Pferd gestiegen war und mißtrauisch nach ihr ausspähte.

Dann wanderten die beiden, ohne sich um mein Schimpfen zu kümmern, vor mir her; er zog das Pferd am Zügel, sie ging neben ihm, und ich gab meinen Fettmassen Auftrieb, um nicht zurückzubleiben.

Maria Corina ist nicht eben klein, aber Oceanos Größe läßt sie kleiner erscheinen; als du dir die beiden anschautest, zeigte dir die hereinbrechende Nacht nur ein Liebespaar wie viele andere, die vor ihnen den gleichen Hang erstiegen hatten. Doch aller Augen hafteten auf den beiden und dem großartigen Schimmel, der ungeduldig mit den Hufen scharrte; alle Leute (das hast du wohl gemerkt, Carmosina) gaben acht auf den jungen Mann und das junge Mädchen, die die kleine Anhöhe erstiegen, auf deren höchstem Punkt die Kirche von Parada de Deus liegt; ebenso wie den anderen, die sich nach ihnen umdrehten, fiel es dir auf, daß es zum ersten Mal – sie hatten sich nur selten gemeinsam sehen lassen – er war, der redete, während sie aufmerksam zuhörte, als wolle sie sich keines seiner Worte entgehen lassen. Als sie die Kirchtür erreichten, lauschte sie immer noch, ihre Augen hingen an seinen Lippen, als wäre sie schwerhörig und könnte die Worte ihres Gesprächspartners nur vernehmen, indem sie sie ihm vom Munde ablas: als du auf sie zutratst und am Arm faßtest, um sie zu zwingen, mit dir nach Hause zu gehen, nickte sie mit dem Kopf, ohne den Blick von ihm abzuwenden. Die Gebärde war so eilig, daß man sie kaum verstehen konnte: und doch hatte gewiß dieses Nicken den Fluchtplan für den gleichen Morgen gebilligt.

Freilich, am Abend der Marienlitanei war die Flucht beschlossen worden (sie erzählte mir das später), und er war der Anstifter zu dieser Flucht gewesen; denn er konnte sich vor Eifersucht nicht mehr lassen, seit der Doktor, der Gast der Monteiros, tagaus tagein in der Apotheke steckte und abends Klavier spielte, während Maria Corina sang. Am gleichen Abend – nach der Litanei – ließ sich mein Täubchen wieder von dem jungen Mann aus Rio beim Gesang begleiten, dem Doktor mit dem feinen, goldblonden Haar. Als sie zu Bett ging, sagte ich noch zu ihr, das wäre der rechte Mann für sie, jung, mit feinen Umgangsformen, gewählter Redeweise und einem neiderregenden goldblonden Schnurrbart. Das Teufelsbalg lächelte, während ich redete, und fragte dann ganz sanft: »Meinst du wirklich, Carmosina?«

Als ich am nächsten Tag mit einer Tasse Kaffee in ihr Zimmer trat (von klein auf war mein Liebling daran gewöhnt, daß ich ihm eine Tasse Kaffee ans Bett brachte) und das Nest leer fand, faßten mein Herz bange Ahnungen. Ich hätte meinen können, sie wäre im Badezimmer oder schon angekleidet, aber darauf kam ich gar nicht: ich blieb regungslos stehen und merkte nicht einmal, daß mir die Tasse aus der Hand gefallen war. Die Verewigte kam und wollte wissen, was los war, weil das Geschirr geräuschvoll in Scherben gegangen war, und ich konnte kein »ai« herausbringen, kein Laut drang aus meinem Munde.

Ja, ich legte mich nicht zu Bett und ich wurde auch nicht krank, ich mußte die Verewigte pflegen, aber mir war zumute, als ob man in meinem Inneren ein Grab geschaufelt hätte, bis am nächsten Tag Dona Paula in ihrer schwarzen Tracht erschien (seit Hauptmann Helenos Tod hat sie die Trauerkleider nicht wieder abgelegt, auch nicht nach ihrer Wiederheirat); der goldene Rosenkranz in ihren Händen verleiht ihr das Aussehen einer großen Dame, der keiner den Respekt verweigern kann; nur Siô Oceano soll ab und zu die Stimme heben und lauter reden als sie, aber ich habe ihn noch nie seine Mutter anschreien hören. Als der Besuch erschien, wurde Nhonhô kalkweiß, und die Verewigte befahl mir, Dona Paula ein Täßchen Kaffee zu bringen. Als ich wieder in den Salon kam, sprach nur die Alte, so sanft, wie sie es von ihrem verstorbenen Mann abgeschaut hatte, mit dem gleichen weichen Gebaren, das auch Siô Oceano an sich hatte, mit dem er mein Täubchen täuschte.

Nhonhô war sehr offen, er sagte Dona Paula, er habe bei der Polizei Anzeige erstatten wollen; wenn er es noch nicht getan habe, so nur, um der Verewigten Aufregungen zu ersparen.

Oceanos Mutter saß starr auf ihrem Stuhl, das ergraute glatte Haar war am Hinterkopf zu einem Knoten zusammengefaßt: ihr linkes Auge zitterte, dieser nervöse Tic minderte die Wirkung ihrer Persönlichkeit, er deutete ein verschmitztes Einverständnis an, das der zu einer würdigen Grimasse verzogene Mund Lügen strafte. Der goldene Rosenkranz kreiste in ihren Händen mit den kurzen Nägeln und der sommersprossigen Haut, und es fiel ihr schwer, Nhonhôs stotternde Sätze bis zu Ende anzuhören. »So etwas kommt eben bei jungen Leuten vor, Nhonhô«, sagte sie, ohne die Stimme zu heben, und sprach Nhonhôs Namen aus, wandte aber das halb offene Auge Dona Nenen zu. »Seit der verewigte Heleno gestorben ist, habe ich dieses Haus nicht mehr betreten: ich mußte ja auf der Seite meines Gatten stehen, was hilft es? Aber als Oceano heute früh mit Maria Corina in Gratidão erschien und mich bat, herzufahren, um mit Ihnen zu sprechen, habe ich gebetet und den Verewigten um Entschuldigung gebeten, und dann bin ich gleich in den Wagen gestiegen, um die Sache mit Ihnen beiden durchzusprechen. »Mein Sohn hat das nicht in böser Absicht getan, Nhonhô«, fuhr sie fort und tat so, als rede sie mit dem Apotheker, während sie ihr blinzelndes Auge nicht von Dona Nenen ließ, weil sie vermutlich meinte, eine Frau werde sie besser verstehen. »Er will Ihre Tochter heiraten, aber Sie haben es ja nicht gestatten wollen. Die beiden sind nun auf der Fazenda, und es fehlt nur Ihr Einverständnis, dann kann Pater Júlio gerufen werden. Der Friedensrichter erscheint ebenfalls, und es wird alles geregelt: schwarz auf weiß. Sie wissen ja, junge Leute sind so: sie denken nicht über das nach, was sie tun, es ist das Beste, man stellt sich nicht gegen sie.«

Während Dona Paulas Rede zog Nhonhô die Uhr aus der Tasche und betrachtete sie aufmerksam, als ob er für das, was Oceanos Mutter ihm zu sagen hatte, eine bestimmte Frist gesetzt habe.

Er konnte nichts erwidern, gewiß weil ihn das Stottern daran hinderte; ich bin mit Nhonhô aufgewachsen; wenn er nervös wird, steigt ihm das Blut ins Gesicht und er bleibt sogleich beim ersten Wort stecken: wer das Wort ergriff, war die Verewigte, im Hinblick auf das Geschehene, meinte sie, wäre es wohl das Beste, die Heirat fände so rasch wie möglich statt, damit Maria Corina in der Stadt nicht in schlechtes Licht geriete.

Wenn ich daran denke, erscheint es mir wie Zauberei: ein Mädchen, das nur mit mir oder mit der Mutter das Haus verließ, das der Vater aus der höheren Schule herausnahm, als sie in die Entwicklungsjahre kam, damit sie nur ja nichts Unanständiges lernen sollte, ein Mädchen, dessen Windeln und dessen Kleider diese Hände gewaschen haben, die die Erde fressen wird – dieses Mädchen geht mitten in der Nacht mit einem Mann auf und davon, den sie nur ganz kurz gesehen hatte, und flieht mit ihm nach Gratidão, auf Dona Paulas Fazenda, und bleibt dort, bis Pater Júlio und der Friedensrichter zur Eheschließung auftauchten.

Seit sie zu Bett gegangen war – im vollen Bewußtsein dessen, was sie am frühen Morgen erwartete –, weigerte sie sich, an die

Flucht zu denken und redete sich selber ein: »Das findet sich später, jetzt will ich nicht daran denken.« Und sie schlief sorglos ein, da hörte sie Oceano klopfen (und glaubte doch, sie träume noch bei diesem Klopfen weiter): mit einem Sprung stand sie auf und flüsterte am Fensterladen, der zum Vorgarten ihres Hauses führte: »Bist du es?« und hörte Oceano murmeln: »Ich warte auf dich.«

Während sie sich umzog, trieb es sie mehrfach, ihre Gebärden zu unterbrechen und das Licht anzuzünden, um noch einmal die Gegenstände anzuschauen, die sie seit ihrer Kindheit kannte. Es drängte sie, die ihr bekannten Dinge abzutasten und zu befühlen, aber sie gab diesem Drang nicht nach, aus Angst, ihre Fluchtbereitschaft könne dabei zusammenbrechen. Im Dunkeln tappte sie zur Küchentür, die auf den Vorgarten führte, wo Oceano auf sie wartete, und sagte zu sich selber: »Später, später, jetzt will ich nicht daran denken.«

Dona Paula schwor bei Christkönig, ihr Sohn habe Maria Corina nicht angetastet, und das war die Wahrheit. Ich traute damals Dona Paulas Schwur nicht ganz: die jungen Mädchen, die ihre Söhne heirateten, waren allesamt schwanger, Siô Oceano war die einzige Ausnahme. Siô Indinho soll ins Schlafzimmer seiner heutigen Frau Maria eingestiegen sein, um mit ihr zu schlafen; der Vater entdeckte die Spitzbüberei und lief gleich zu Dona Paula, damit es zur Heirat kam. Es ist eine heißblütige Familie, auch in diesem Punkt. Doch Maria Corina erzählte mir später, Siô Oceano habe sie bis zum Augenblick der Heirat respektiert, bis zur Eheschließung schlief mein Täubchen bei Siá Luísa, Siô Oceanos Schwester, die ihr Leben auf dem Rücken ihrer Pferde verbringt und durch die Gerade Straße galoppiert wie ein Mann.

Nhonhô und die Verewigte waren bei der Heirat nicht anwesend, nur ich nahm teil: nach ihrem Besuch bei Nhonhô ließ mich Dona Paula mit ihrem Auto abholen und auf die Fazenda bringen, und dort blieb ich bis zur zwei Tage später stattfindenden Hochzeit bei Maria Corina. Während der Tage, die ich in

Gratidão zubrachte, konnte ich feststellen, wie merkwürdig die ganze Familie ist: sie haben alle einen Sparren!

Die Pía bekommt man kaum zu Gesichte: sie lebt in ihrem Zimmer eingesperrt, weil sie wahnsinnig ist. Einmal machte ich die Tür zu ihrem Zimmer auf, weil ich glaubte, es wäre das von Maria Corina, und da lag die Ärmste auf den Knien, hielt die Arme überkreuzt und wiegte ihren Oberkörper hin und her: als sie mich erblickte, bleckte sie die Zähne, als wolle sie mich beißen.

Jeder merkt, wie verlegen die Familie wird, wenn die Rede auf Maria Pía kommt, die Pía, wie alle sagen, oder die »kleine Kranke«, ein Kosename, der von ihrem Vater stammt: ihre Geisteskrankheit ist harmlos, auch wenn sie wie ein mißtrauisches Tier die Zähne fletscht, wenn ein Unbekannter in ihrem Zimmer auftaucht. Nie hat man darüber klagen hören, daß Maria Pía irgend jemanden geschlagen hätte, nicht einmal die Negerin Olava, die sie von klein auf pflegt und als einzige außer Dorotéia und Maria Corina ihr Zimmer betritt, wenn Maria Pía ihre Anfälle hat und feine schrille Schreie ausstößt. Als du ihr Zimmer betratest, sträubte sich ihr Haar (die Pía hat blondes, aber sprödes und stark gewelltes Haar), ihre blauen Augen rollten in panischer Angst in ihren Höhlungen; ihr schautet einander für einen Augenblick an, und da verstandest du, daß ein normaler Mensch nicht deshalb Angst vor dem Wahnsinnigen hat, weil er fürchtet, er könnte angegriffen werden, sondern weil er meint, er könne plötzlich handeln müssen wie er.

So bist du aus Maria Pías Zimmer davongelaufen. Es ist ein enges Zimmer, weißgekalkte Wände, ein grobes Holzkreuz, zwei verblichene Stiche der Madonna, ein aufgedecktes Bett, ein leerer Tisch und eine Ledertruhe (die frühere Weißblechtruhe mußte ersetzt werden, weil sich Maria Pía mit ihren Nägeln selber verletzte; ihre Wut richtete sich immer gegen ihren eigenen Körper).

Als ich halbtot vor Schrecken die Zimmertür schloß, stand auf einmal Siá Dorotéia, Dona Paulas Älteste, hinter mir und fragte mit ihrem strengen, abweisenden Gesicht, was ich im Zimmer ihrer Schwester zu suchen hätte.

Ich entschuldigte mich für meinen Irrtum und ging beleidigt davon, am gleichen Tag sprach ich mit Maria Corina, aber sie zuckte die Achseln und spottete, ich sähe wohl Gespenster, wo es nicht einmal eine Mücke gäbe. Sie war so glücklich, daß sie nur vergnügt lachen konnte und ich mich am Ende von ihrer Heiterkeit anstecken ließ. Nur Siô Oceano verzieht keine Miene, und daher weiß man auch nicht, ob er traurig ist oder heiter: Siô Oceano trägt ein Gewitter mit sich herum, das schwöre ich bei Christkönig.

Während der beiden Tage, die ich in Gratidão verbrachte, setzte er keinen Fuß aus dem Wohnzimmer und starrte immerfort auf die Tür des Zimmers, in dem sich Maria Corina aufhielt: wenn sie erschien, tat er so, als betrachte er seine Schuhspitzen, tiefernst und wortlos. Und doch hatte Maria Corinas Ankunft die Fazenda verwandelt: ihr Gelächter drang durch Türen und Fenster; sie entdeckte sogar ein altes Grammophon, und an einem Abend brachte sie Siá Luísa das Tanzen bei – aber die Arme sitzt viel lieber wie ein Mann auf einem Pferderücken – und Oceano beobachtete die beiden mit übergeschlagenen Beinen. Erst als ihn Maria Corina zum Tanzen ziehen wollte, sah ich, wie er auflachte, sie neben sich auf das Sofa zog und mein Täubchen zum Stillsitzen nötigte, während die Musik weiterspielte und Maria Corina untröstlich einen Flunsch zog.

Noch etwas muß ich sagen, der Wahrheit die Ehre: nie sah ich einen Mann eine Frau so lieben und diese Liebe verstecken, als ob sie eine Sünde oder eine Strafe Gottes sei. Das war so in allen Ehejahren, ich kann das sagen, denn ich war die ganze Zeit über bei ihnen, und erst jetzt hat man mich aus weiß Gott welchen Gründen von meinem Täubchen getrennt. Ich glaube, Siô Oceano will mich nicht mehr dort haben, weil er weiß, ich gäbe mein Leben für sie her, und das im Ernst.

Dona Paula riet mir, hier bei Nhonhô zu bleiben; sie sagte, es wäre besser, die beiden blieben allein, weil sie sich dann besser verstehen würden: deshalb habe ich gehorcht. Andernfalls könnte keine Kette schwer genug sein, um mich hier festzuhalten, fern von meinem Täubchen.

Langsamen Schrittes geht er mit klirrenden Sporen über die Straße, ohne jemanden ins Auge zu fassen, allein mit seinem Schicksal; unter den Frauen an den Fenstern und den Männergruppen auf dem Bürgersteig grüßt er diejenigen, die ihn politisch unterstützen und vor ihm seinem Vater, seinem Großvater und seinem Urgroßvater ihre Wahlstimme gaben, denn eine andere Art von Freundschaft kennt er nicht: er grüßt sie trocken mit einem kaum sichtbaren Rücken seines Hutes, aber diejenigen, denen dieser Gruß gilt, fühlen sich geehrt, seiner gewürdigt worden zu sein, und verbeugen sich nahezu unterwürfig, nehmen den Hut vom Kopf und treten einen Schritt zurück, um ihm Platz zu machen. Als ob die Bewohner der Geraden Straße an diesem Samstagabend plötzlich alle eine Mitteilung erhalten hätten, tauchen Gesichter am Fenster auf, sie reden nichts, sie bezeugen nur schweigend das Vorübergehen des hochgewachsenen Mannes, den die Falten des dunklen Umhangs einhüllen. Die Blicke der Beobachter wenden sich der Apotheke zu (auf dem mittleren Ladentisch stehen zwei große Glaskugeln: die rechte enthält eine goldgelbe, die linke eine smaragdgrüne Flüssigkeit): an ihrer Tür sitzen zwei alte Männer und spielen Dame, aber nur einer von ihnen hebt den kantigen, kahlen Schädel, um dem Vorübergehenden nachzublicken; der andere beugt sich tiefer über das Spielbrett, als wäre der nächste Zug spielentscheidend. Wer jedoch neben ihm stände (und seinem langjährigen Spielgefährten entgeht die Einzelheit nicht), würde bemerkt haben, daß alles Blut aus dem kleinen, gefurchten Gesicht entwichen war, als hätten seine Adern die Arbeit eingestellt, aber diese Erregung verrät sich in keiner Geste. Gleichzeitig taucht im Hintergrund der Apotheke eine dicke Kreolin auf. Sie hat ein weißes Tuch um den Kopf gebunden und ringt schmerzlich die Hände in der

Höhe ihrer gewaltigen Brüste; ihr Mund bewegt sich und sie scheint zu beten; ihre Augen haften an der Gestalt des hochgewachsenen Mannes, den die Falten des dunklen Umhangs einhüllen; er hat nicht einmal den Kopf gewandt und schreitet langsam und gleichmäßig wie ein Schlafwandler vor sich hin.

Während er an der Apotheke vorbeigeht, unterbricht die Männergruppe ihr Gespräch: der Stelzfuß, der auf einem erloschenen Zigarrenstummel kaut, schaut die Negerin an, die immer noch wortlos die Lippen bewegt, und dann verschmitzt auf den Besitzer der Apotheke, der seinen Kopf auf das Spielbrett gesenkt hält, als gehe ihn die Bewegung auf der Straße nichts an.

Der einsame Spaziergänger, die bestürzte Negerin und die beiden Damespieler sind durch eine wortlose Spannung miteinander verbunden; der Stelzfuß sucht mit seinen Augen das Geheimnis zu durchdringen, das diese vier an diesem Samstagabend in Parada de Deus in intime Beziehung setzt.

– Ich habe nicht aus Geldgründen geheiratet, wie sie mir immer vorgeworfen haben: diese Heirat entsprang meinem Drang zum Abenteuer, der mich als Halbwüchsigen in der Handelsmarine anheuern ließ, um etwas von der Welt zu sehen, mich zum leidenschaftlichen Pokerspieler machte und stets an die Orte zog, wo ich Gefahren witterte.

Deshalb habe ich geheiratet, das muß der einzige Grund gewesen sein: früher pflegte ich mir für gewisse Zeit eine Geliebte zuzulegen, bevor mich ein Schiffsdeck in andere Länder davontrug, und dann ließ ich die jeweilige Frau weinend zurück – ich war damals ein Bild von einem Kerl! – und reiste in die Ferne. Die hübschesten Arme Frankreichs, Italiens oder Griechenlands hielten mich nie an einem Fleckchen Erde fest. Ich bin zum Seemann und zum Spieler geboren – den Frauen habe ich nur gegeben, was diese beiden Leidenschaften übrigließen.

Es ist wahr, ich bin ein alter Mann, aber mein Geist ist jugendlich geblieben – ich brauche weder Sicherheit noch Geld zu meinem Glück: ich brauche nur neue Eindrücke, Wagnisse und Abenteuer. Was mich an Paula reizte, war nicht ihr Reichtum, wie ihre Söhne meinen; nein, was mich anzog, war die Herausforderung, das Bewußtsein, daß ich eine Frau vor mir hatte, die so wild war wie wenige. Seit ich das erste Mal im Haus Dr. Fuads ein Auge auf sie warf, war ich wie vom Blitzstrahl geblendet: ich sah sofort, daß mich kein Unwetter – und ich hatte auf drei Ozeanen die schlimmsten zu bestehen – so sehr in Gefahr bringen würde wie diese Frau in ihrer schwarzen Trauerkleidung, die einen goldenen Rosenkranz in den Fingern drehte, während mich ihr Blick von Kopf bis Fuß abschätzte.

Nach Parada de Deus warst du auf Einladung von Dr. Fuad gekommen, deinem alten Bekannten von den Pokerrunden aus São Fidélis. Ihr wolltet eben zum Spiel auf die Fazenda von Celo da Serra fahren, als Dona Paula auftauchte, um Dr. Fuad zu konsultieren; er war der Anwalt der Kinder und der Witwe von Hauptmann Heleno de Moura in dem Prozeß zwischen ihnen und den rechtmäßigen Erben des Obersten Zé Inácio, der bis heute bei Gericht anhängig ist. Als du den Salon betratest, stand sie dort in ihrer strengen schwarzen Tracht, die sie seit dem Tod ihres ersten Gatten nicht mehr ablegte, auch nicht nach ihrer Wiederheirat; es war eine sonderbare Treue, die niemand recht verstand, weil es sinnlos schien, daß eine Frau sich weiterhin schwarz kleidete, obwohl sie den Witwenstand zugunsten einer neuen Vermählung aufgegeben hatte. Da stand sie, die gefürchtete Dona Paula Francisca de Moura Alves, deren Name mir weniger unbekannt war als ihr Äußeres. Ich sah eine grauhaarige Frau vor mir, deren linkes Auge nicht allein mit einem nervösen Tic stärker plinkerte als das andere, sondern auch vorwitziger und neugieriger zu sein schien; es sah aus, als versuche es die Zweifel zu klären, die Dona Paula gegenüber bestimmten Menschen hegte.

Bei diesem ersten Mal redeten wir kaum miteinander; ich spürte, daß sie mich nicht mit Widerwillen betrachtete, sondern mit ähnlicher Widersetzlichkeit, wie ich sie zuweilen in den Augen der mir unterstellten Matrosen bemerkte. So hat es, glaube ich, angefangen: sie wunderte sich über meinen Anzug, die Mütze mit dem Anker, die Seemannsjacke und ein »gewisses wagemutiges Aussehen«, so sagte sie später; ich staunte über die flammende Widersetzlichkeit, die ich ihren Augen ansah; sie paßte so wenig zu dem Rosenkranz in ihren Händen und der Opferlamm-Miene, die sie aufsetzte.

Auf der Fahrt zur Fazenda von Celo da Serra erzählte mir Dr. Fuad, wer sie war, und gab einiges aus der Chronik der Moura Alves zum besten, von Chico dem Bauern, dem Begründer von Parada de Deus, bis zum gegenwärtigen Oberhaupt, Paulas Sohn Oceano, dem allmächtigen Gebieter der ganzen Gegend. Fuad verfuhr dabei nicht sehr geschickt, er reizte meine Neugier mehr als er sie stillte; ich war von dieser Frau fasziniert. Ich weiß noch, daß er mir erzählte, Paula sei von ihrem Mann als dreizehn- oder vierzehnjährige geraubt worden, ihr Mann sei ein unehelicher Sohn von Oberst Zé Inácio gewesen und habe ihn so beherrscht, daß der Vater seine ehelichen Kinder benachteiligte und den Verkauf aller Ländereien und Besitztümer an den unehelichen Sohn vortäuschte. Die Moura Alves besitzen ihre Saga, eine Geschichte, die ausreichen würde, um nicht ein Buch, sondern verschiedene Bücher zu schreiben: nach dem Tod von Oberst Zé Inácio haben sie sich nie wieder mit einer anderen alteingesessenen Familie von Parada de Deus verbündet; sie führten und führen Krieg gegen die Procópio Monteiro, gegen die Caetano de Melo, die Rodrigues Arzão und die Crespi samt der ganzen italienischen Siedlerschaft. Die Moura Alves verfügen zwar über die Stimmenmehrheit, aber woraus rekrutiert sie sich? Aus bedeutungslosen Leuten, Emporkömmlingen, Menschen ohne Herkommen, Mestizen und Negern, kleinen, armseligen Pachtbauern, armen Teufeln, die sie nach Belieben gängeln.

Paulas Gatte muß ein gefährlicher Mensch gewesen sein; ich glaube das nicht nur, weil ich seine Geschichte kenne, sondern auch wegen des höllischen Respektes, den ihm Paula selbst nach seinem Tode entgegenbringt. (Respekt ist vielleicht nicht der rechte Ausdruck, es ist kein vernunftgelenktes Gefühl, sondern eine instinktive Furcht, wie sie das Tier zurückschaudern und aus Angst vor Schlägen die Augen schließen läßt.)

Ich war mit Paula nur zwei Jahre lang verheiratet, aber diese zwei Jahre haben ausgereicht, um mich die Moura Alves für den Rest des Lebens kennen zu lehren: zwei Jahre lange waren wir Besatzungsmitglieder auf dem gleichen Schiff, und das genügt für einen erfahrenen Seemann wie mich. Von der glücklichen Pía bis zu dem arroganten Oceano habe ich sie durchschaut und mit ihnen ein Spiel ausgetragen und bis zum Ende durchgehalten, ohne daß sie mir Furcht einzuflößen vermochten. Das Spiel – mit offenen Karten! – begann gleich nach unserer Eheschließung, als wir in Paulas Chevrolet – ich saß am Steuer – auf die Fazenda Gratidão fuhren. Kaum hatten wir die Stadt hinter uns – die Zeremonie fand in Paulas Stadthaus in Parada de Deus statt – da erfolgten zwei Explosionen im Automotor; der Wagen schleuderte und blieb in der glühenden Mittagssonne stehen.

Es blieb euch keine Zeit zum Nachdenken, Hufgetrappel auf der Straße machte euch auf die unerwartete Hilfe aufmerksam, die Indinho brachte, der jüngste Sohn Dona Paula Francisca de Moura Alves'. Er lenkte sein Fuhrwerk so eilig, als habe er schon gewußt, daß ihr dort eine Panne haben und seine Hilfe brauchen würdet.

Noch immer steht das sonderbare Bild vor meinen Augen: ich in meiner alten Uniform als Offizier der Handelsmarine, Paula ganz in Schwarz, und Indinho peitscht auf das Pferd ein und galoppiert in dem hüpfenden Fuhrwerk, das in den Kurven umzuschlagen drohte, bis zur Fazenda und lacht dabei wie ein Wahnsinniger, weil er uns einen Schrecken eingejagt zu haben glaubte. Ich tat ihm jedoch den Gefallen nicht, mir Angst einjagen zu lassen: ich klammerte mich an den Sitzen des Fuhrwerks fest und war überzeugt, sie stellten mich auf die Probe, um herauszufinden, ob sie mich einschüchtern könnten.

Als wir auf dem Hof der Fazenda anlangten, musterte mich Indinho von oben bis unten, während ich den Straßenstaub von meiner Uniformjacke schüttelte – er ist klein und untersetzt, aber sein herausfordernder Blick scheint immer von oben zu kommen, als ob er mindestens einen Meter neunzig mäße – und schritt wortlos von dannen. Wenig später hörten wir ein Pferd galoppieren: Indinho ritt fort, und wir konnten aus dem Inneren des Hauses seine Rufe auf der Straße hören.

War diese Fahrt auf die Fazenda als Beginn der Flitterwochen schon sonderbar, so war es die Hochzeitszeremonie nicht minder: die Braut in strenger Trauerkleidung, und in dem Saal, wo der Pater die Eheschließung vornahm, gingen ihre Söhne ein und aus und unterhielten sich laut, während Maria Dorotéia und Maria Luísa euch beide anstarrten, als ob sie herausbringen wollten, ob ihr dem Ereignis gewachsen wäret. Von der Wand herab blickte ein Porträt Hauptmann Helenos zu euch herunter, und als die Zeremonie zu Ende ging, hob Dona Paula den Blick zu ihrem toten Gatten, nicht etwa zornig oder herausfordernd, sondern wie ein Mensch, der etwas ausführt, was er sich seit langem vorgenommen hat.

Ich begreife nicht, wie Paula sieben Jahre lang Witwe bleiben konnte: sie brauchte dringend einen Mann, und ganz gewiß hätte dieser Mann jünger sein müssen als ich, der seine besten Kräfte in den Häfen des Orients und des Okzidents verausgabt hatte. Sie besitzt eine Vitalität, wie ich sie noch bei keiner Frau ihres Alters erlebt habe, und ist gleichzeitig erstaunlich beherrscht. Deshalb kommt mir auch die Geschichte nicht unwahrscheinlich vor, die ein Neger erzählt hat, der von Pacíficos Fazenda flüchtete – Pacífico ist Paulas zweiter Sohn –, nachdem er eine denkwürdige Tracht Prügel bezogen hatte, und im Haus von Dr. Fuad Zuflucht suchte; dieser hatte Angst vor der Familie und schickte den Neger so rasch wie möglich fort. Dieser Neger also erzählte Dr. Fuad, Paula sei eine Woche nach dem unerwarteten Tode ihres Gatten am Abend heimlich auf dem Hofplatz erschienen und habe sich einem der Pachtbauern hingegeben. Dieser ehemalige Dienstmann Pacíficos war in Gratidão aufgewachsen, und sein Vater hatte lange für Hauptmann Heleno gearbeitet. Er berichtete, als die Söhne die nächtlichen Ausflüge ihrer Mutter entdeckten, hätten sie ihr eines Abends an der Küchentür den Weg verstellt; im gleichen Moment zog Paula aus der Tasche ihres Kimonos ihren Revolver mit dem Perlmuttgriff und legte auf die Söhne an, um sich den Durchlaß zu erzwingen. Es war jedoch das letzte Mal, denn von diesem Tage an übergab Oceano die Hausschlüssel seiner ältesten Schwester Dorotéia, vor der Paula, wie ich bezeugen kann, gehörigen Respekt hat.

Ich war in ein Vipernnest geraten, aber als ich merkte, was für eine Katastrophe meine Heirat gewesen war, saß ich schon mitten drin, und das Wasser stand mir bis zum Halse; ich bin aber kein Seemann, der das Schiff mitten im Sturm verläßt.

Zwei Monate hindurch stieg ich die Treppe empor, um auf die hohe, von gemeinem Frauenhaar umrankte Veranda zu gelangen, von der aus man Parada de Deus überblickt; zwei Monate lang begegnete ich Oceano und auch Pacífico auf der Treppe, und beide behandelten mich mit der größten Ritterlichkeit. Vielleicht sollte man dieser Art von Behandlung nicht den Namen Ritterlichkeit beilegen: es war, als trauten beide nicht recht ihren Augen oder als hätten sie ihren Einfluß bei Dona Paula unterschätzt. Maria Luísa und Maria Dorotéia verfuhren ebenso, als ob sie meine Anwesenheit einfach übersähen. Indinho bildete eine Ausnahme, er lachte nervös, gab dir einen Klaps auf den Arm und wiederholte seine ewige Frage: »Wie geht es dem Kapitän ohne Schiff?«

Wir waren erst seit kurzem verheiratet, vielleicht seit drei Monaten, da zettelte Indinho eine üble, völlig unbegründete Intrige an, wie sie nur dem Gehirn eines Wahnwitzigen entspringen konnte. Ich war auf der Fazenda zurückgeblieben, während Paula nach Parada de Deus gefahren war, um der Taufe eines Kindes von einem Siedler Indinhos beizuwohnen. Ihre Töchter waren ebenfalls ausgegangen, ich blieb allein zurück, weil mir an jenem Tage nicht recht wohl war. Wir waren also im Herrenhaus der Fazenda allein: ich, die unglückliche Pía und die Negerin Olava, die die Kranke von klein auf pflegt.

Du hattest dich in deinem Zimmer hingelegt und ein Buch zur

Hand genommen. Du wußtest nicht, daß die Negerin Olava am Flüßchen Wäsche ausklopfte; im Hause stieß nur Maria Pía ihre Klagelaute aus, es war ein Geräusch, das an die quietschenden Räder eines Ochsenwagens erinnert. Diese Laute, die dich in den ersten Zeiten nach der Heirat ängstigten, hatten allmählich andere gleichbleibende Geräusche der Fazenda in sich aufgenommen: so konntest du in diesem Augenblick Pías Klagelaute nicht von den Geräuschen eines fernen Ochsenwagens unterscheiden, und dies alles, das Quietschen des Ochsenwagens, das Seufzen der gefesselten Geisteskranken und das wütende Pfeifen des blauen Bischofs in seinem Käfig auf der Veranda, hing wie ein großes Schweigen in der Luft. Du achtetest nicht darauf, bis auf einmal nadelfeine Schreie die Stille zerschnitten und dich fassungslos aufspringen ließen, und während du noch dachtest: »Ich muß doch feststellen, woher diese Schreie kommen«, liefst du schon auf Maria Pías Zimmer zu.

Ich trat als erster ein, und als später Olava anlangte, versuchte ich das Blut zu stillen, das aus dem Puls der unglücklichen Kranken floß. Hätte ich nicht große Praxis in erster Hilfe – als Seemann erwirbt man sie notgedrungen – so wäre es mit der Armen zu Ende gegangen; als Dr. Adoremus eintraf, hatte ich den Blutverlust schon stark eindämmen können.

Niemand dachte Böses von mir, bis Indinho seine bösen Gerüchte in Umlauf setzte, nicht nur innerhalb der Familie, sondern in ganz Parada de Deus. Obwohl Siá Olava gleich den Orangendorn fand, mit dem sich Pía den Puls aufgeschnitten hatte, behauptete dieser Wahnsinnsmensch, ich hätte seine kranke Schwester zu vergewaltigen versucht und, als ich nicht zum Ziel kam, zum Messer gegriffen, um die Unglückliche zum Schweigen zu bringen.

Etwas derart Unsinniges konnte nur ein krankes Gehirn wie das von Indinho ausbrüten; selbst Oceano und Pacífico, die ebenfalls erblich belastet sind, wären außerstande, sich eine derartige Gemeinheit auszudenken und meinen ehrlichen Namen damit zu besudeln. Wenn ich damals nicht schon ums Leben kam, so verdanke ich es Oceano; er wird zwar von seinen Leidenschaften beherrscht und ist ein gefährliches Subjekt, aber außerdem ist er scharfsinnig und vielleicht deshalb erfolgreich in der Politik. Oceano merkte, daß Indinho mich liquidieren wollte oder, genauer ausgedrückt, aus dem Bett seiner Mutter zu reißen versuchte, und rettete mich damals, auch wenn er später dazu ausersehen wurde, mir den Garaus zu machen, freilich aus anderen Gründen.

Ich muß die Handlungsweise der Moura Alves erklären, damit alle sie verstehen können: sie versuchen den Ereignissen nicht auszuweichen, selbst wenn sie dazu imstande wären, auch nicht den Tatsachen, die ihnen die ärgsten Scherereien zuziehen könnten – nein. Ich glaube vielmehr, sie wünschen geradezu das Eintreten solcher Ereignisse, um dementsprechend handeln zu können – und erst nachher handeln sie, als ob die eingetretenen Tatsachen die Gewaltsamkeit ihrer Handlungsweise rechtfertigen könnten.

Und hinter alledem steht Paula, ein wahrhaft rätselhafter, schrecklicher Mensch: zuweilen erklärt sie sich für jemanden, und später stellt sich dann heraus, daß sie und niemand anders einen Feldzug gegen den von ihr in Schutz Genommenen führt. Es ist eine furchteinflößende Frau; sie unterstellt mir bis heute, ich hätte sie nicht aus Liebe, sondern um ihres Reichtums willen geheiratet, und das, obwohl wir Gütertrennung vereinbart hatten.

Als Paula meinen Heiratsantrag annahm, fragte ich sie, ob ihre Kinder einverstanden wären. Wir saßen im Besuchszimmer des Herrenhauses – von seinem großen Porträt herab schien Hauptmann Heleno auf euch beide zu schauen, mit seinem spöttischen Gesichtsausdruck, dem spärlichen Kinnbärtchen und den unter die Mundwinkel herabgezogenen Schnurrbartspitzen; man hatte den Eindruck, er kaue noch immer wie früher auf einem Zahnstocher –

– Ich hatte Oceano auf der Eingangstreppe getroffen, er grüßte mich wie immer mit einem leichten Zurechtrücken seines Hutes und jener distanzierten Miene, die die Leute meinen läßt, er habe sie gar nicht bemerkt, sondern ein anderer habe ihm unsere Gegenwart mitgeteilt; sie staunte über meine Frage –

– Ihr halbgeschlossenes linkes Auge glitt gleichsam auf ihrem Gesicht herunter, und sie bat dich mit nervös verzerrtem Munde, du solltest die Frage wiederholen –

– Ich fragte ganz harmlos, ob ihre Kinder mit unserer Heirat einverstanden seien; ich wollte die Komödie zum Abschluß bringen, die wir uns zwei Monate lang vorgespielt hatten, indem wir uns über alles Mögliche, nicht aber über den Grund meiner Besuche im Stadthaus unterhielten. Ich stieß den Rauch aus meiner Pfeife aus und durchlebte eine Schüchternheit, wie ich sie seit meiner Jugendzeit nicht mehr gekannt hatte. Ich wußte nicht, wie ich meinen Antrag in Worte fassen sollte.

Fuad hatte meinen Antrag beschleunigt, denn als er merkte, daß ich nicht mehr aus Parada de Deus fortwollte und mich keine Pokerrunde um drei Uhr nachmittags festhalten konnte – das war die Stunde, zu der ich mich in Dona Paulas Haus begab – sagte er lächelnd und mit scherzhaftem Unterton zu mir:

»Seien Sie auf der Hut, Kapitän, nicht vor Dona Paula, aber vor ihren Söhnen: das sind Leute, die bei der geringsten Kleinigkeit den Revolver ziehen. Der älteste Sohn – Hauptmann Oceano – bringen Sie mich um Himmels willen nicht in Verlegenheit! – ist eine wirkliche Gefahr. Ich würde mich um keinen Preis der Welt mit ihm an einen Spieltisch setzen. Und wenn ich doch dazu gezwungen wäre, so würde ich doch um nichts auf der Welt gegen ihn gewinnen wollen. Und im Spiel gewinnen gehört zu den schönsten Dingen des Lebens, Sie wissen das, Kapitän. Trotz alledem«, fuhr er fort, »fehlt es Dona Paula nicht an Bewerbern.«

Das waren warnende Worte – aber wovor und vor wem warnten sie?

Obwohl ich ihn bat, sich genauer zu erklären, konnte ich doch keine Einzelheiten über das Gefährliche der Moura Alves aus ihm herausholen. Das Äußerste, was ich ihm gesprächsweise entlokken konnte, waren einige von Oceanos »Heldentaten« – sie reichten nicht aus, um mich einzuschüchtern – und ich erfuhr auf diese Weise auch, wie Hauptmann Heleno ums Leben gekommen war, es war eine Todesart, von der seine Familie nichts hören wollte. Aber das langte auch nicht aus, um mich von Paula zu entfernen, abgesehen davon, daß ich Furcht nie gekannt habe; Paulas Wunderlichkeiten, ich muß es gestehen, faszinierten mich. So beschloß ich an jenem Abend, mein Geständnis zu wagen, und ganz gegen meine Gewohnheit fragte ich sie ohne Umschweife, ob sie meinen Heiratsantrag annehmen würde. Und Paula antwortete ganz unbefangen, als habe sie ihr Leben lang auf meinen Antrag gewartet, jawohl, sie nähme ihn an. Ich bekam einen solchen Schrecken, daß mir beinahe die Pfeife zu Boden gefallen wäre; ich hatte aus irgendwelchen Gründen nie damit gerechnet, daß sie ja sagen würde;

– auf einmal stelltest du dann fest, daß dieses »Ja« – vielleicht das einzige, das du je auf eine Bitte zur Antwort erhieltest – zu bedeuten hatte, daß du dich nicht nur mit einer Frau verbandest, sondern mit einer bestimmten Institution, mit bestimmten Bräuchen, mit einem Klima und einer Landschaft. In diesem Augenblick nahmst du endgültigen Abschied von deinem Schiff, das seit langem verlassen in irgendeinem Hafen lag, und bandest dich unauflöslich an das gleiche Land, das für dich immer Routine, langweilige Wiederholung und unerträglichen Alltag bedeutet hatte, eine Wiederkehr des Gleichen, der du auf dem Meer so lange entgangen warst –

halb benommen, weil ich mich plötzlich als Bräutigam der »ersten Dame von Parada de Deus« sah, obwohl eigentlich Maria Corina, Oceanos Frau, mit mehr Recht als solche angesehen werden müßte (aber man kann jeden Einwohner der Stadt fragen, wer die einflußreichste Frau in Parada de Deus ist, und er wird sogleich zur Antwort geben: »Dona Paula, Hauptmann Oceanos Mutter«) – fragte ich nun zum zweiten Mal, ob ihre Kinder mit unserer Heirat einverstanden wären, denn da sie reich sei, würden sie vielleicht meinen, ich wolle sie um ihres Geldes willen heiraten.

Sie antwortete mir zum ersten Mal beinahe barsch, während sie üblicherweise, ebenso wie Oceano, sanft und leise spricht.

»Sie brauchen sich um meine Söhne keine Sorgen zu machen«, sagte sie ungeduldig, »vergessen Sie nicht, daß in diesem Hause niemals der Wagen vor den Ochsen fährt; ich schulde meinen Kindern nur die Achtung vor dem Andenken ihres Vaters, und sie wird durch meine Wiederheirat nicht geschmälert.«

– Mit dieser Unabhängigkeitserklärung begannen wir unsere Ehe. Wie konnte ich angesichts einer solchen Erklärung auf den Gedanken kommen, diese Ehe würde an der Verschwörung ihrer Kinder scheitern, der gleichen Kinder, von denen sie behauptete, sie sei ihnen nur die Achtung vor dem Andenken ihres Vaters schuldig. Paula selber ließ es sich vom ersten Ehetag angelegen sein, der Verschwörung beizutreten und mich zu überwachen, als habe sie einen leichtsinnigen jungen Burschen zum Gatten. Anfangs begriff ich das nicht recht, ich hielt es für ein Zusammentreffen unglücklicher Zufälle: kaum setzte ich mich an einen Pokertisch, tauchte sogleich ein strammer Negerjunge auf, um sich in Paulas Auftrag zu erkundigen, ob ich zum Tee oder zum Abendessen nach Hause käme. Bald darauf erschien ein zweiter, überbrachte eine weitere Botschaft von Paula, und so ging es die ganze Zeit weiter, manchmal kam sogar Paula selber in der lächerlichen Tracht einer untröstlichen Witwe. In der Hochzeitsnacht überraschte mich das schwarze Nachthemd meiner Frau; damals bat ich sie zum ersten Mal, ihre Trauerkleidung abzulegen: es ist recht morbide, wenn man eine Frau besitzt, die sich wegen ihres toten Mannes schwarz kleidet und diesen trübseligen Farbton sogar für ihre Unterwäsche bevorzugt. Aber keine noch so zärtliche Bitte vermochte sie dazu zu bringen, die Farbe ihrer Unterwäsche zu verändern. Mit zwei Dingen mußte ich mich bis zum Schluß abfinden: mit Paulas strenger Trauerkleidung und großen Porträts ihres ersten Mannes in fast allen Zimmern des Stadthauses in Parada de Deus und des Herrenhauses von Gratidão (als ob er aus allen vier Zimmerecken meine Handlungsweise kontrollieren sollte). Sie spielte die Sanfte und bat mich, sie bei einem Besuch zu begleiten oder mit ihr zur Kirche zu gehen: es ist wohl selbstverständlich, daß ich diese Situation nicht lange aushalten konnte, um so weniger als Indinho in der ganzen Stadt verlauten ließ, ich spielte mit dem Geld seiner Mutter, eine ganz ausgekochte Lüge.

So kam es zu meinem ersten Streit mit Paula, wir mochten damals knapp zwei Wochen verheiratet gewesen sein; ich kam mir vor wie ein Schiff, das mit geschwollenen Segeln einherfährt und von einem Augenblick auf den anderen von Unbefugten gestoppt wird; ich sprach sie also an, als sie schon im Bett lag und –

Das Ritual war noch jungen Datums und doch uns beiden schon ganz vertraut geworden: Zuerst betete sie ihren Rosenkranz, während sie herüberblinzelte, wie der Gatte sich auszog, wobei ihr linkes Auge stärker denn je plinkerte, als wolle es das Gesicht herablaufen; es war ganz still im Haus, aus dem Garten unten drang der süßliche Duft des nächtlichen Jasmins, und die alte Salonuhr hatte eben zweimal geschlagen, obwohl es neun Uhr war: aus Dona Paulas Bett drang ein Dunst nach erstickender Geschlechtlichkeit, binnen kurzem würde sie sich verwandeln: aus der strengen Frau, die den Eindruck erweckte, die schwarze Farbe sei eigens für sie erfunden worden, um ihr die strenge Würde zu verleihen, wurde eine verschlingende Spirale, die dich delirierend ansaugte und dich meinen ließ, du solltest aufgelöst und verflüssigt werden, verloren an diese wilde, nicht anerlernte, sondern instinkthafte Begierde, die dich immer erneut überraschte, obwohl die geschlechtlichen Freuden für dich weder ein Geheimnis noch eine Neuigkeit waren.

– Ich habe in meinem Seemannsleben mit den sonderbarsten Gestalten zusammengelebt, aber in der Galerie der mir bekannten menschlichen Wesen habe ich keine merkwürdigeren Geschöpfe als die Moura Alves kennengelernt. Nicht einmal Joseph Conrad (mein Lieblingsschriftsteller), dem die Geheimnisse des Lebens so wohlvertraut sind, hat bessere Gestalten erfunden. Als ich in jener Nacht mit Paula zu sprechen begann, lag sie mit halbgeschlossenen Augen in ihre großen Kissen zurückgelehnt – so pflegt sie zu schlafen, nie habe ich meine Frau völlig ausgestreckt gesehen, wie andere Leute schlafen, sie behauptet, ihr Herz vertrage das nicht. Sobald ich ihr sagte, dieses Nachspionieren ertrüge ich nicht länger, riß sie die Augen auf, aber sie sagte kein einziges Wort; da benutzte ich die Gelegenheit, um auf Indinho und die Verleumdungen, die er gegen mich ausstreute, zu sprechen zu kommen, und wie ich nun in meinen Unterhosen dastand –

– Du setztest dich auf den Bettrand und sagtest, falls sie nicht in der Lage sein sollte, ihrem Sohn den Mund zu verbieten, würdest du dir selber bei ihm Genugtuung verschaffen, ohne Rücksicht auf das, was dabei herauskommen würde. Unterdessen starrte Dona Paula auf die großen weißen Haarbüschel, die an der Hemdöffnung zum Vorschein kamen –

Ich begreife nicht, wie diese Frau es ausgehalten hat, zwei Jahre lang in einem leeren Bett zu schlafen; Paulas geschlechtliche Bedürfnisse waren so bedrängend, daß ich anfangs meinte, es wäre der erzwungenen Enthaltsamkeit ihrer Witwenschaft zuzuschreiben, aber später begriff ich die Wahrheit: als Dr. Fuad von Paulas nächtlichen Eskapaden auf dem Hof erzählte, kam ich zu dem Schluß, daß meine Tage in ihrem Hause gezählt waren. Und ich begriff auch, daß ich keine Aussichten hatte, von den Moura Alves je anerkannt zu werden; jeder von Oceanos Leibwächtern – und er hat viele! – ist angesehener als ich. Als Zwanzigjähriger hätte ich vielleicht diese Frau befriedigen können, ihre sexuelle Raserei, ihren Liebeswahn stillen können: in meinem jetzigen Alter war das ein Ding der Unmöglichkeit. Eben deshalb waren ihre Eifersüchteleien so unbegründet: der Mann, der sich morgens aus ihrem Bett erhob, war ein ausgewrungener Lappen und ganz außerstande, an eine andere Frau zu denken. Und das war mein Los: wie konnte ich also Paula hintergehen, und das ausgerechnet mit einer ihrer Schwiegertöchter, einer Frau, die ich achtete, als ob sie meine eigene Tochter wäre?

Aber diese Moura Alves sind schrecklich, sie ähneln Vampiren, sogar in diesem Punkt. Tagsüber sind sie trotz ihrer Drohungen ungefährlich. Aber des Nachts – wie sie sich beim Eintritt der Dunkelheit verwandeln! Es ist, als beflügle die Nacht ihre verbrecherische Phantasie und verstärke ihre Fähigkeit, die Mitmenschen zu quälen. Ich konnte bemerken, daß die Nacht sie noch eifersüchtiger werden läßt, eine Eifersucht begünstigt, die die Grenzen des Wahnsinns streift. Was Hauptmann Heleno anbetraf, hatte Paula mit ihrer Eifersucht durchaus recht: der Mann hatte überall seine Liebchen – aber ich?

In jener Nacht kam es nicht zu einer eigentlichen Aussprache: jeder von uns hielt einen Monolog, aber er gedieh nicht zum Gespräch. Sie hörte mir zu und dann, mitten in einem Satz, unterbrach sie mich und zog mich mit hurenhaftem Ungestüm zu sich aufs Bett. Erst als sie meine ganze Energie erschöpft hatte, wie eine bluttrinkende Fledermaus, setzte sie sich wieder im Bett auf und hielt mir eine Predigt, in der sie »ihre Bedingungen« festlegte: sie verbot mir das Spielen, verbot mir die Unterhaltung mit Maria Corina und verlangte, daß ich mich nicht in die Verwaltung der Fazenda einmischen sollte. »Als ich dich heiratete«, sagte sie mit ihrer einschmeichelnden Stimme, »geschah das, weil ich einen Gefährten brauchte, keinen Pokerspieler, keinen Verwalter für Gratidão, aber auch keinen Unterhalter für meine Schwiegertöchter.« Ich brachte nicht mehr die Kraft zu einem Gespräch auf; ich war halbtot vor Müdigkeit und wartete nur darauf, daß sie den Mund hielt, um endlich schlafen zu können.

Am nächsten Tag wollte ich dann beim Abendessen die Karten auf den Tisch legen, in Gegenwart von Oceano, Maria Corina, Pacífico und Indinho selber, die sich bei uns zum Essen eingestellt hatten.

– Es war halb fünf nachmittags; es war noch hell genug, daß man das elektrische Licht entbehren konnte; Geschirrklirren und Dienstmädchenstimmen in der Küche waren die einzigen Geräusche im Haus, als du dich räuspertest und Dona Paula fragtest:

»Habe ich dich schon einmal um Geld gebeten, Paula?« Das fragte ich sie und schaute sie dabei an, die eben ein Hühnerbein in der Hand hielt. Mich reizte wohl auch das leere Kopfende des

Tisches, an dem immer noch Hauptmann Helenos nutzlos gewordener Stuhl stand; diese Hochachtung wäre sehr verständlich gewesen, wenn Paula ihrem toten Gatten einen Rest von Liebe bewahrt hätte: davon konnte jedoch keine Rede sein. Ich weiß, daß sie ihm die Art seines Todes nie verzeihen wird; außerdem aber empfindet Paula für Tote nur Verachtung: ein Toter hat für sie die Schlacht verloren, er nimmt im Augenblick seines Hinscheidens Kadavergeruch für sie an. So billigt sie auch die Morde, die ihre Söhne begehen; nie habe ich geheimnisvollere Todesfälle erlebt als auf Gratidão und den Fazendas ihrer Söhne: in Parada de Deus munkelt man, wenn jemand Oceanos Mißfallen errege, tauche er tot in der Nähe von Degrêdo auf und es heiße dann immer, der Unglückliche habe Oceano umbringen wollen und sei vorher getötet worden.

– Dona Paula führte ungerührt das Hühnerbein zum Munde, als ob die Frage keinerlei Wichtigkeit habe; ihr gemurmeltes Nein schien niemanden zu interessieren, ausgenommen Maria Corina, die überrascht zu dir aufblickte und als sie dich zu Indinho herüberschauen sah, deinen Blicken folgte. Von Indinho jedoch war nur das braune Haar und das über den Teller gebeugte Gesicht zu sehen, als ginge ihn die Angelegenheit gar nichts an.

– Ich weiß nicht, ob er so verfuhr, weil er zu feige war oder weil er seinem Bruder die Antwort zugedacht hatte; denn es war Oceano, der sein Besteck auf den Teller legte und mich in seiner gemessenen Art fragte:

»Wollen Sie damit irgend etwas sagen, Kapitän?« Oceano stellte seine Frage mit gerunzelten Brauen, als ob er sich nur mit großer Anstrengung auf sie konzentrieren könne.

In diesem Moment lehnte sich Maria Corina an die Stuhllehne zurück, um von ihrem Gatten nicht gesehen zu werden, und bat dich mit einem Blick, du solltest die Herausforderung nicht annehmen.

Gewiß, das wäre der rechte Zeitpunkt für den offenen Kampf mit den Moura Alves gewesen, denn ich habe nie vor ihnen Angst gehabt. Ich will nicht behaupten, daß ich ein Draufgänger sei, aber ich bin noch nie vor einem Menschen davongelaufen, bei meiner Ehre, ich bin nie ausgerückt. Ich habe auf meinem Schiff schon meuternden Matrosen gegenübergestanden und, einen Revolver in der Hand, die Lage beherrscht, einmal stand ein Matrose mit dem blanken Messer vor mir, und ich war waffenlos; ich überwältigte den Mann im Kampf (zum Andenken behielt ich eine Bauchnarbe zurück) und blieb Sieger.

Wäre ich kein Gentleman – als solcher gehorchte ich Maria Corinas verzweifelten Zeichen, ich solle schweigen –, so hätte ich an jenem Abend mit diesen Schwerverbrechern gekämpft. Aber ich fühlte mich verpflichtet, der einzigen Freundin nachzugeben, die ich in der Familie Moura Alves gefunden hatte; auch Maria Corina ist ein Opferlamm, auch wenn sie sich damals noch nicht der Gefahr bewußt war, in der sie schwebte, und unbesorgt an der Seite dieses Mörders dahinlebte.

– Dona Paula aß ruhig weiter, als habe sich die ganze Szene auf einer Filmleinwand abgespielt und gehe sie nichts an: während Oceano und du einander fixierten, weil jeder wissen wollte, wie weit der andere gehen würde und bei diesem »wie weit«, mochte es im Himmel oder in der Hölle liegen, auf keinen Fall zu spät kommen wollte.

– Indinho lachte schallend, und Pacífico führte die Hand zum Gürtel und wollte nur meine Antwort abwarten, um mich gleich an Ort und Stelle ins Jenseits zu befördern. Maria Corina lehnte sich heftig an den Stuhlrücken und wiederholte ihre Zeichen, ich solle nicht auf die Frage antworten, und ich hielt Oceanos Blick stand und bemerkte alle diese Bewegungen um mich her. Wenn ich nicht wüßte, was man der Bitte einer Dame schuldig ist, so hätten wir damals schon die Angelegenheit abgeschlossen, und ich hätte die Verräterei umgangen, deren Opfer ich später werden sollte.

Am gleichen Abend fragte ich Paula, als wir uns zu Bett legten, ob sie nicht bemerkt habe, daß es ihre Söhne auf meinen Tod abgesehen hatten. Sie stellte sich überrascht.

»Sind Sie verrückt, Kapitän?« – sie sprach mich nie mit dem

Vornamen an, auch nicht in der intimsten Situation – »meine Söhne würden das ihrem Stiefvater nie antun.«

»Warum hat dann Pacífico die Hand an den Gürtel geführt?« fragte ich, »so als ob er den Revolver ziehen wolle, um mich umzubringen?«

»Hat er ihn denn gezogen?«

»Er zog ihn nicht, weil ich nicht die Antwort gab, die Indinho eigentlich verdient gehabt hätte«, erwiderte ich. »Wenn ich die Wahrheit gesagt hätte, bin ich überzeugt, daß man mich gleich dort bei Tisch getötet hätte, natürlich in einem Akt der Notwehr von seiten Pacíficos – so nennt ihr das doch, wenn ihr euch bei der verfaulten Justiz von Parada de Deus entschuldigen wollt?«

– Dona Paula stellte den Nachttopf unter das Bett und klopfte die Kissen zurecht: »Sie hören offenbar auf die Lügen, die die Leute gegen meine Söhne erfinden, Kapitän«, sagte sie, ohne in ihrem Tun innezuhalten. »Die Leute von Parada de Deus haben einen Pick auf meine Söhne, vor allem auf Oceano, weil er ein geachteter Politiker des Staates Rio ist; die Anhänger der Revolution von 1930 mögen ihn gut leiden. Es geht meinen Söhnen sehr gut, und das können ihnen die Neidhammel nicht verzeihen. Was Sie da gehört haben, sind alte Gerüchte, die der unverschämte Italiener, Oberst Crespi, in der Stadt verbreitet hat. Dieser Bandit bezahlt hoffentlich schon in der Hölle für alle bösen Taten, die er hier in der Gegend vollbracht hat.«

– Sie hatte sich niedergelegt und drehte, während sie sprach, den Rosenkranz zwischen den Fingern, als bete sie eine beim Teufel bestellte Litanei für den armen Italiener.

»Das ist also Ihr Gebet«, sagte ich höhnisch, »Sie wünschen die Seelen Ihrer Feinde in die ewigen Flammen der Hölle? Das ist eine feine Art, sich an Gott zu wenden.«

»Ich kenne Gott besser als Sie: Sie können ganz sicher sein, daß Gott nicht nur gut, sondern auch gerecht ist. Man braucht nur das Evangelium zu lesen, um das zu begreifen.«

»Ihr seid schreckliche Menschen«, sagte ich und verschaffte mir Luft, indem ich aussprach, was ich vorher nicht hatte sagen können; mein Bedürfnis, das auszusprechen, was ich dachte, war so groß, daß ich in diesem Moment die schlimmste Ungeschicklichkeit beging, die man einer eifersüchtigen Frau gegenüber begehen konnte.

»Ich frage mich«, sagte ich zerstreut, »was ein gutes, charmantes Mädchen wie Maria Corina mitten unter so harten Menschen verloren hat, vor allem bei einem Raubtier wie Oceano?«

»So gern haben Sie also Maria Corina«, fragte sie zurück, während sie sich in den Kissen zurechtbettete, um mich besser betrachten zu können.

Es war mir nicht klar, daß ich das gefährlichste Ungeheuer aufgestört hatte, das in den Moura Alves lebt: ihre Eifersucht. Unwissentlich verschaffte ich Paula einen ausreichenden Grund, in meine Vernichtung einzuwilligen. Vielleicht war sie meiner auch schon müde und lechzte danach, zu den Siedlern der Fazenda zurückzukehren, von denen mir Dr. Fuad später erzählte. Den Vorwand jedoch, der sie so tun ließ, als bemerke sie die Verschwörung ihrer Kinder nicht, lieferte ich ihr, ich selber, als ich Maria Corina lobte.

Niemand machte dem einsam über die Hauptstraße von Parada de Deus pilgernden Mann die Herrschaft streitig, die er nicht nur über die Stadt, sondern über jeden ihrer Einwohner ausübt und die vor ihm sein Vater ausübte, auch er hochgewachsen, auch er Träger des gleichen dunklen Umhangs, der uneheliche Sohn – er begann seine Laufbahn als Fuhrmann auf den Fazendas seines leiblichen Vaters, einen Strohhut auf dem Kopf, der vom langen Gebrauch fast formlos geworden war, in mit blauer Serge geflickten Hosen und ein Hemd aus Sackleinen am Leibe: dem schlichten Aussehen dieses Mannes widersprach nur sein Name, der an die Glanzzeiten der alten Griechen erinnerte, ein Name, den sein Vater bei der Lektüre aufgegriffen hatte – sein Vater war zwar selber Landwirt, aber er hatte keine Verbindung zur Scholle, riegelte sich monatelang in seinem Büro ein und versenkte sich in die Lektüre von Büchern, die er aus der Hauptstadt kommen ließ. Er legte die Bücher erst aus der Hand, wenn er den verfallenen Häuschen seiner Fazendas nächtliche Besuche abstattete. Heleno entstammte der illegitimen Seitenlinie der Familie, aber er wußte, wie man mit dem Boden umgeht, wie man seine geringsten Möglichkeiten abhorcht und ausbeutet: dieses Wissen besaß er und nicht die ehelichen Söhne seines Vaters, die nacheinander in die Großstadt flohen und so zum Verfall der Fazenda beigetragen hätten, wäre er nicht zurückgeblieben, namenlos und zurückgesetzt zuerst. Bevor noch die Hähne krähten, stand er auf und suchte sich die schläfrigen Ochsen auf der Weide zusammen; wenn die Fazenda erwachte, ertönte das Klagelied seiner Wagenräder schon aus weiter Ferne auf der Straße. Wenn man auf die Wege der Fazenda schaute, erblickte man immer wieder den langsamen Ochsenkarren und seinen hochgewachsenen Fuhrmann – der Strohhut verdeckte einen guten Teil seines matefarbenen Gesichts –, nie schwang er den Stachel gegen die Tiere, er lenkte sie, indem er leise, fast streichelnd, ihren Namen aussprach, er drang mit seinem Wagen in die unzugänglichsten Nebenwege ein, die an Abgründen entlangführten. Immer fand er blinden Gehorsam bei seinen Ochsen; in der feuchten Nacht der Felder schoben sie sich ergeben an ihn, um ihr Joch auf dem Rücken zu empfangen.

Diejenigen, denen bekannt war, daß er der Bastard und Seitensproß der stolzen Familie war, die in der Kirche die erste Reihe für sich beanspruchte, wußten doch nicht, daß der unbekannte Fuhrmann, dessen Stimme man kaum je hörte und den man kaum zu Gesichte bekam, an der Küchentür der Fazenda Gratidão die Befehle seines Brotherrn erwartete. Seine großen nackten Füße starrten vom Straßenlehm, die Zehen waren verkrustet vom trockenen Lehm, der mit der Haut verwachsen schien und eine Art Schuhwerk bildete; seine Füße überschritten nicht die Türschwelle, und es war auch gar nicht nötig, daß sie dies taten, denn allmählich eroberte er sich das Vertrauen seines Arbeitgebers. Er verlangte nie, von ihm als Sohn behandelt zu werden, ohne daß es jemand bemerkte, rückten die mit rotem, hartem Straßenlehm beschuhten Füße über die Küchentür auf das Arbeitszimmer des Brotherrn zu, bis dieser dem düster dreinblikkenden jungen Mann herzlich und dankbar entgegenkam: er war ganz erleichtert, daß er sich nicht mehr um die Verwaltung der Ländereien kümmern mußte, an der ihn doch nur interessierte, ob die Pachtgelder eingingen; er schob seine Verantwortung immer mehr auf den anderen ab, ließ ihn entscheiden, ob getauscht, gekauft oder verkauft werden sollte, und erweiterte seine Vollmachten immer mehr, wenn wieder einer der weißen, im großen Bett der Fazenda ehelich erzeugten Söhne davonging. Er schloß sich in seinem Arbeitszimmer ein, blätterte in den verstaubten Seiten seiner alten Bücher und hielt immer sein Weinglas in der Hand, von dem der Jüngere so tat, als sähe er es nicht; der Junge hatte von der schlaflos verbrachten Nacht gerötete Augen, denn er hatte im schwachen Lampenschein angestrengt versucht, eine alte Fibel zu entziffern, weil er sich allmählich davon überzeugt hatte, um so weit zu kommen, wie er kommen wollte, müßte er zumindest die Buchstaben kennen und ihre Lautverbindungen herausbringen. Was seinen ehelichen, weißen Brüdern aufgenötigt worden war, für ihn war es eine Eroberung gewesen, nicht nur Lesen und Schreiben zu erlernen, sondern sich auch die Achtung des Vaters zu erdienen, den er nie als solchen anredete, auch nicht in seinen letzten Lebenszeiten, als der Vater ihn keine Minute entbehren konnte, als benötige er das Vertrauen, das der Blick seines unehelichen Sohnes ihm einflößte, um dem Tod ins Auge schauen zu können.

Zum Zeitpunkt des Verbrechens war der Geschäftsraum der Bank geschlossen gewesen. Nur der Buchhalter und der Geschäftsführer, Dr. Fábio, arbeiteten noch in dem Gebäude. Draußen auf dem Bürgersteig standen viele Leute herum (unter ihnen viele Sommerfrischler), aber niemand achtete auf das Nummernschild des kleinen Ford, der in einiger Entfernung von der Bank anhielt. Sie sagten aus, das Auto sei schmutzbedeckt gewesen, als ob es lange gefahren wäre, und es sei ein Ford gewesen, ein Kleinwagen Modell 1933 oder 34. Ein anderer Passant sagte mir, in dem Auto habe er einen hellhäutigen Mann mit blondem Haar und fülligem Körperbau gesehen. Nur der Buchhalter der Bank konnte das Erscheinungsbild des Verbrechers ganz genau angeben: das klingt wie eine Lüge, obwohl ja ein Verbrechen begangen wird, damit sich später jemand darüber den Kopf zerbrechen kann, um das Geheimnis aufzulösen – und dieser Jemand ist immer der arme Polizeikommissar, also ich.

Stellen Sie sich das vor! Um halb sieben Uhr abends, mitten in einer Stadt wie Friburgo, einem Aufenthaltsort für Leute, die der starken Hitze entgehen wollen. Was mir nicht in den Kopf gehen will, ist die Tatsache, daß die Menschengruppe vor dem Bankeingang nicht den hochgewachsenen Mann bemerkt hat, der überdies noch eine auffällig scharf gebogene Nase hat. Es hat den Anschein, als sei die ganze Stadt mit dem Mörder einverstanden – und das ist nicht der Fall. Die ganze Bevölkerung war empört, als sich die Nachricht von dem Verbrechen herumsprach. Bei der Beerdigung von Dr. Fábio wurden zu Herzen gehende Tränen vergossen – deshalb finde ich mich in dieser Sache nicht mehr zurecht.

Ich muß immer wieder daran denken, wie der Vorfall sich zugetragen hat: die Bank war leer, es war halb sieben Uhr nachmittags, am Mittwoch, dem 28. Januar. Der Buchhalter berichtete mir, er habe eben ein paar Kreditbriefe überprüft, als ein hochgewachsener Mensch im aschfarbenen Anzug, anscheinend zwischen 35 und 40 Jahre alt, die Bank betrat und nach dem Geschäftsführer Dr. Fábio fragte.

– Nur für einen kurzen Augenblick drang das Stimmengewirr der Straße ins Innere der Bank ein, als der Herr im grauen Anzug die Tür öffnete und angemessenen Schritts eintrat, wie ein Mensch, der gar keine Eile, nichts Dringendes zu erledigen hat: auffällig war sein hoher, weit über die Normalgröße liegender Wuchs und die gebogene Nase –

– Der Buchhalter, der eine sehr sorgfältige Aussage zu Protokoll gab, schwor mir, er habe den Verbrecher nie gesehen, weder auf einem Bild noch in natura; er berichtete, der Mann habe mit sanfter Stimme gefragt, ob Dr. Fábio im Hause wäre; da habe er sich gedacht, der Besucher müsse wohl ein neuer Bankkunde sein oder ein Freund Dr. Fábios aus Rio de Janeiro.

»Dr. Fábio, gewiß doch«, erwiderte der Kassierer und wies auf das Büro, in dem der Geschäftsführer arbeitete. »Würden Sie mir bitte folgen?« Bevor der Buchhalter die Tür zum Büro öffnete, insistierte der Unbekannte noch einmal, ob er völlig sicher sei, daß der Mann in jenem Büro wirklich Dr. Fábio wäre, der Geschäftsführer der Industrie- und Handelsbank des Bundesstaates Rio.

»Gewiß, er ist es selbst«, antwortete der Buchhalter, ohne den Grund der Frage zu begreifen oder darüber nachzudenken, »die Herren können ungestört miteinander reden.«

Er öffnete die Tür zum Büro und sagte dabei: »Dr. Fábio, dieser Herr möchte mit Ihnen reden.«

Der Buchhalter sagte mir, er habe dem Unbekannten die Tür aufgehalten, sie gleich darauf geschlossen und seine Arbeit an den Kreditbriefen wiederaufgenommen. Es dauerte nicht lange (ich glaube, kaum zwanzig Sekunden), da hörte er drei erstickte Geräusche, als ob drei Gegenstände nacheinander auf einen Teppich fielen. Die Waffe (ein Colt, Kaliber 38) muß mit einem Geräuschdämpfer ausgestattet gewesen sein, denn auf der Straße hat niemand die Schüsse gehört.

– Nicht daß der Buchhalter sich über die Detonationen im klaren gewesen wäre; kaum hatte er die Geräusche vernommen, da erschien der Unbekannte an der Tür, schloß sie hinter sich, der Buchhalter schaute ihm ins Gesicht, und der andere sah genau so ruhig aus wie jemand, der eben ein Gespräch beendet hat, ein allzu kurzes Gespräch vielleicht, gemessen an seinem ruhigen Gesichtsausdruck.

»Ich habe nie Kriminalromane gelesen«, gab der Buchhalter zu Protokoll, »ich habe immer gemeint, wenn jemand einen Mord begangen hat, müßte man ihm die schreckliche Tat ansehen; bei diesem Mann war das nicht der Fall. Es sah so aus, als hätte er das Büro von Dr. Fábio nur betreten, um sich die Hände zu waschen und hinterher wäre er fortgegangen, weil er dort nichts anderes mehr zu tun gehabt hätte.«

– Der Mann ging also so ruhig davon, wie er eingetreten war; der Buchhalter sagte noch, er habe das Motorengeräusch des abfahrenden Autos gehört und dann erst sei er in das Büro des Geschäftsführers gegangen, automatisch, in seiner Eigenschaft als Bankangestellter, nicht weil er etwa gemeint hätte, es wäre seinem Chef etwas zugestoßen.

Ich glaube, der Buchhalter ist nur deshalb mit dem Leben davongekommen, weil er nie Kriminalromane gelesen hatte: wenn er einen Moment lang mißtrauisch geworden wäre, wegen der drei gedämpften Aufschläge, hätte ihn sicherlich dasselbe Schicksal ereilt, das seinem Chef zuteil geworden war.

Aber kaum hatte er die Bürotür geöffnet, da verstand er alles, die drei trockenen Aufschläge inbegriffen: er begriff es, bevor er sah, daß Dr. Fábio schon verstorben war. Beweis dafür ist, daß er nicht um Hilfe oder nach einem Arzt rief, sondern aus der Bank lief, auf geradem Wege zur Polizeistation. Ich war der zweite Mensch, der erfuhr, daß Dr. Fábio in seinem Büro ermordet worden war, und zwar um halb sieben Uhr abends, am Mittwoch, dem 28. Januar, von einem hochgewachsenen Mann in einem grauen Anzug aus dickem Wollstoff, mit auffällig gebogener Nase, während draußen vor der Bank ein blauer Ford, Modell 33 oder 34, auf ihn wartete, an dessen Steuer ein blonder, fülliger Mensch saß. Die Leute auf dem Bürgersteig erzählten mir, der Automotor sei während der ganzen Zeit, in der der Unbekannte in der Bank blieb, gelaufen; das beweist, daß das Individuum am Steuer des Wagens ein Komplize des Mörders ist.

Er wußte, daß er sich mühselig erarbeiten mußte, was seine Stiefbrüder als ein Anrecht empfangen und später als Verpflichtung verschmäht hätten: und so lernte er für sich allein lesen, bei beschränkter Zeit und dem spärlichen Licht des baufälligen Häuschens, in dem er mit seiner Mutter und den übrigen Geschwistern hauste. Ihre Väter waren unbekannt, er war der einzige, der für sich in Anspruch nehmen konnte, Sohn des Besitzers von Gratidão zu sein. Aber er sprach davon nicht, nicht in der Kindheit, weil ihm die Bedeutung dieser Tatsache noch unbekannt war, nicht in der Jugendzeit, weil er wußte, sie würde erst an dem Tage von Bedeutung sein, an dem er zu Besitz, zu Geld und Gut, gelangt sein würde. Aber der Fingerzeig des Schicksals entging ihm nicht, das ihn zum leiblichen Sohn des reichen Grundbesitzers gemacht hatte, der sich für seine Mutter gerade lange genug interessiert hatte, um ihn zu zeugen und hernach für immer den Gefallen an ihr verlor. Von dieser Bindung blieb nur der obligate Besuch am Neujahrsmorgen übrig: dann scharte der Mann mit dem Brillantring vor dem Herrenhaus der Fazenda diejenigen um sich, die er bei seinen nächtlichen Besuchen in den verstreuten Hütten seiner Fazenda gezeugt hatte, und beschenkte seine »Patenkinder«, von denen alle wußten, sie stammten direkt von dem Besitzer von Gratidão ab. In Erinnerung an diese Neujahrsempfänge nahm er sich vor, für diesen Herrn mit dem spärlichen Kinnbart, dem wohlgepflegten Schnurrbart und der sonderbar vorspringenden Nase etwas mehr zu werden als ein »Patenkind«. Jede Nacht vor dem Einschlafen wiederholte er bei sich: ich bin der Sohn des Besitzers von Gratidão. Ich bin der Sohn des Besitzers dieser Fazenda, der Fazenda Degrêdo, der Fazenda Cachoeira, der Fazenda Santana, der Fazenda Schwarze Lagune und der Fazenda Santo André. Er lernte alle diese Namen auswendig; mit der Zeit wußte er, während seine Füße die harte Lehmkruste der Wege übernahmen, über die er seinen quietschenden Ochsenwagen lenkte, die Ausdehnung jeder einzelnen Fazenda anzugeben, ihren Viehbestand, ihre Kaffeesträucher, ihre Reisplantagen und die Namen der Pächter, die auf ihnen arbeiteten, was die einzelnen pro Tag verdienten, die eigentlichen Pächter und die Halbpächter, die nur zwei Drittel der Ernte erhielten, und wieviel jeder einzelne im Verkaufsladen jeder Fazenda schuldig geblieben war. Als seine von der roten Lehmkruste verhärteten Füße auf das Arbeitszimmer des Besitzers von Gratidão vordrangen, wußten beide genau, welchen Wert sie füreinander besaßen. Freilich besaß der Vater zu dieser Zeit, weil das Weinglas nicht mehr aus seiner Hand kam, nicht mehr die Geistesklarheit des Sohnes, die durch Jahre der Spannung und Erwartung, der Berechnung und Strategie geschärft worden war. Mit der sicheren, sich vergewissernden Langsamkeit einer Spinne gewann er an Boden, und bald war der Herr mit dem spärlichen Kinnbart und dem gepflegten Schnurrbart nicht mehr der distanzierte Arbeitgeber, der ihm seine Befehle vom Küchenfenster aus zurief, während er sie an der Küchentür entgegennahm, nicht mehr der »Pate«, der an die Kinderschar vor dem Herrenhaus der Fazenda Geschenke austeilte, sondern sein Vater. Weder der eine noch der andere kamen offen auf diese Angelegenheit zu sprechen, sie behielten sie für sich, wie nur Männer ein Geheimnis für sich behalten können. Der Vater vertraute ihm und setzte Hoffnungen auf ihn, die er selber nie gehegt hatte, weil ihm nie unklar gewesen war, daß seine Berufung nicht auf dem Gebiet der Landwirtschaft gelegen hatte. Seine Leidenschaft galt vielmehr den Büchern, die er sich paketweise aus der Hauptstadt schicken ließ; mit ihnen vergaß er sein langweiliges Leben auf dem Lande, das ihm weder rechte Freude noch rechte Traurigkeit gewährte, und glaubte aus dem Sarkophag aufzustehen, in den er sich eingesperrt fühlte: lesend konnte er all das sein, all das erleben, was die Helden seiner Bücher durchlebten. Er rang sich nie dazu durch, seine Fazendas zu verkaufen, um nach Rio de Janeiro überzusiedeln, denn in der Hauptstadt fühlte er sich ebenfalls nicht wohl, er fühlte sich unter Hunderten und Aberhunderten namenloser Gesichter verloren, ihm fehlte die Bedeutung, die er in Parada de Deus besaß: was er sich wünschte, war wohl nicht im Leben, war allein in den Büchern zu finden.

– Im Grunde, im tiefsten Grunde verfolgt uns die ganze Einwohnerschaft mit giftigem Neid, vor allem, weil mein verstorbener Mann, der Hauptmann Heleno de Moura, ein unehelicher Sohn von Oberst Zé Inácio war. Um die Wahrheit zu sagen, ranzte mich der Hauptmann in dieser Sache gelegentlich an: »Warum mußt du ständig herumposaunen Paula, daß ich ein uneheliches Kind bin? Du brauchst das weder im Guten noch im Bösen herumzutratschen, bei Weißen und Schwarzen; denn die ganze Stadt weiß von dieser Geschichte.«

Dabei sprach ich bei Gott nicht darüber, um ihn zu beschämen; vielmehr war ich stolz bei dem Gedanken, daß dieser Mann, der einmal Fuhrmann auf den Fazendas seines Vaters gewesen war, der Sohn der Sklavin Isaltina, unterdessen zum alleinigen Besitzer von Gratidão, Degrêdo, Cachoeira, Santana, Lagoa Preta und Santo André aufgestiegen war. Die Moura Alves der anderen Linie können das nicht verzeihen; sie haben das Land an meinen verstorbenen Mann verloren, weil ihnen nur daran lag, das Leben zu genießen, während Heleno der Fuhrmann seines eigenen Vaters war. Als Heleno starb, erbten alle meine Kinder ihre Fazenda, mit Ausnahme von Pía, der Armen, die krank ist, nie heiraten wird und Alleinerbin von Gratidão ist, falls ich einmal sterben sollte.

Als ob das nicht schon genug wäre, um diesem schlimmen Volk böse Gedanken einzugeben, ist Oceano in die Fußstapfen seines Vaters getreten und Politiker geworden; gleich bei seiner ersten Kandidatur wurde er zum Präfekten gewählt.

Nun wohl, diese ganze Antipathie gegen unsere Familie stammt von einem Mann namens Oberst Crespi, diesem verfluchten Makkaronifresser, den der Teufel in der Hölle braten möge, der auf unsere Kosten reich geworden und die Fazendabesitzer unter seine Fuchtel gebracht hat, weil er ihnen einen elenden Preis für den Zentner Kaffee zahlte. Sein Streit mit unserer Familie ist alt; er stammt noch aus der Zeit meines verstorbenen Mannes, der den Oberst kennenlernte, als er als kleiner Junge mit zerrissenem Hosenboden aus Italien kam, zusammen mit seinem

Vater, dem Blechschmied. Beide, Vater und Sohn, wohnten eine Zeitlang auf der Fazenda meines Schwiegervaters, die heute mir gehört, auf Gratidão; mein eigener Schwiegervater hat bei der Regierung diese Italienerbande angefordert, die heute in Parada de Deus herumwimmelt; er tat das, um die Negersklaven zu ersetzen, gleich nach der Aufhebung der Sklaverei. Aber Oberst Zé Inácio konnte nicht ahnen, daß diese Italienerbrut der Stadt so viel Böses zufügen würde; sonst hätte er diese nichtsnutzige Gesellschaft wohl kaum hierher importiert.

Mein verstorbener Mann ist zu dem »verdammten Makkaronifresser« immer anständig gewesen: Heleno ließ ein Ehepaar aus Niterói kommen, zahlte ihm die Reisespesen, mietete ein Häuschen für die beiden in der Cruzeiro-Straße, eben dort, wo der Oberst alle Tage nach dem Mittagessen mit einer italienischen Gevatterin sein Täßchen Kaffee trank – die Frau von Nino Accetta ist seine Geliebte, das wissen alle Leute in Parada de Deus. Der Oberst grüßt also die Frau, die mein verstorbener Mann aus Niterói kommen ließ, kommt wieder vorbei, grüßt wieder, denn es ist allgemein bekannt, daß Oberst Crespi keine hübsche Frau ansehen konnte, ohne in Feuer zu geraten. Auf Anweisung von Heleno tritt die Frau, als der Oberst wieder einmal vorbeikommt, auf ihn zu und bittet ihn um die Freundlichkeit, doch einmal in ihrer Wohnung ein Wörtchen mit ihr wechseln zu wollen, weil sie dringend seinen Rat brauche. Der verteufelte Italiener läßt sich das nicht zweimal sagen, geht schnaufend zu der Frau ins Haus hinein und – das hat die Frau meinem verstorbenen Mann berichtet – kaum ist er den Blicken der Nachbarn entgangen, da legt er auch schon die Hände an sie und fragt sie, wo das Schlafzimmer sei; da erscheint auf einmal der Ehemann (so hatte das der Verstorbene mit ihnen ausgemacht), schlägt gewaltigen Lärm und zieht dem Unverschämten einen kräftigen Peitschenhieb über das ganze Gesicht, daß er noch lange eine rote Narbe zurückbehielt, die aussah wie die Schnittwunde eines Messers.

– Am gleichen Tage, obwohl die Gerade Straße nur so von Menschen brodelte, weil der Skandal in der Cruzeiro-Straße dem

Volk zu Ohren gekommen war, tauchte an der Eisentür des Herrenhauses, in dem Oberst Crespi mit seiner Familie wohnt, ein richtiger Totenschädel auf: allen war sogleich klar, daß der Totenschädel auf Geheiß von Hauptmann Heleno dort aufgestellt worden war, aber niemand konnte sagen, wann man ihn dort hingestellt hatte, während die Straße von Menschen überquoll und die Sonne am Himmel stand.

– Jemand kam zu uns und sagte, sie trachteten Heleno nach dem Leben: die Jungen wichen nicht mehr von seiner Seite, Oceano und Pacífico blieben immer im Umkreis ihres Vaters, und sogar Indinho, der fast noch ein Kind war, wollte seinem Vater aus der Ferne folgen, dieser Kindskopf. Um diese Zeit wollte ein Neger, der im Dienst von Temistocles de Melo stand, Heleno bei Tomás' Negertanz mit dem Messer umbringen, aber Christkönig beschützte den Verewigten. Die Leute meinen, Helenos Vertrauensmann Cipriano habe den Mordbuben der Familie Melo getötet, aber der Verewigte erzählte mir, Cipriano habe gar nichts damit zu tun gehabt – er übernahm nur die Verantwortung, um Oceano von der Tat reinzuwaschen, und der Verewigte gab ihm Geld, damit er sich nach Mato Grosso absetzen konnte. Aber es müssen auch noch andere Leute gemunkelt haben, daß Oceano der wahre Täter war, denn das Volk hier hat gehörige Angst vor ihm. Oceano ist wie sein Vater, ich höre immer noch meinen verstorbenen Gatten reden – aus dem Namen des Ältesten sollen sich die Namen der anderen Kinder ergeben: er taufte ihn Oceano, Ozean. Dann folgte Maria Dorotéia, Pacífico – der Pazifik –, Índico – der Indische Ozean – er erhielt den Rufnamen Indinho, Maria Pía und Maria Luísa, unser Nesthäkchen. Danach hatte ich acht Fehlgeburten, ganz gegen meine Absicht. Gott weiß es, und der Sohn, der Atlántico – Atlantik – heißen sollte, erschien nicht. Wie oft hat der Verstorbene deshalb mit mir Streit angefangen. Wenn ich ihm eine neue Schwangerschaft mitteilte, schimpfte er, als ob ich etwas dazu könnte: »Frau, sieh zu, daß du das Ding im Bauch behältst!«

Er wollte die Namen aller Ozeane vergeben, er hatte eine

unglaubliche Bewunderung für das Meer. Aber er hatte keinen Mut, eine Schiffsreise zu unternehmen: als Oberst Crespi zu Besuch in sein Land zurückfuhr, fragte mich der Verewigte: »Ob ich auch eine Schiffsreise machen soll und mir einen Ort in diesem sogenannten Europa ansehen, von dem mein Vater so viel geredet hat? Dann könnte ich das Meer aus der Nähe anschauen.« Später sagte er dann: »Paula, niemand garantiert mir, daß das Schiff sicher ist und nicht auf Grund geht, wenn es weit weg vom Land ist.« Deshalb verzichtete er auf die Schiffsreise. Wenn er Lust hatte, sich das Meer anzuschauen, bestieg er den Zug und fuhr nach Rio de Janeiro, wo er so viel Meer vor sich hatte, wie er haben wollte. Aber er bewunderte das Meer von weitem, es war wie eine Liebschaft ohne Heirat; was er wirklich liebte, war das Land, seine Fazendas, das Urbarmachen des Bodens. In der Wahlperiode, wenn er in Parada de Deus bleiben mußte, stieg er in jeder freien Stunde aufs Pferd und galoppierte auf die Fazenda; dort zog er seine kurzen Stiefel aus und ging barfuß auf die Viehkoppel, zu den Reispflanzungen, zu den Kaffeeplantagen.

– Auch nachdem er schon Besitzer der Fazendas Gratidão, Degrêdo, Cachoeira, Santana, Lagoa Preta und Santo André geworden war, sahen ihn die Pächter noch häufig und ohne Überraschung auf den Lenkbock des Ochsenwagens steigen und, den Ochsenstachel so elegant schwingend wie ein mittelalterlicher Ritter sein Schwert, die Wege von Gratidão durchfahren, als wäre er einer von ihnen. Dennoch verloren sie nie den Respekt vor dem unehelichen Sohn des alten Obersten. Die Siedler respektierten die Sachkenntnis des Verewigten: bis zu seinem Todestag wußte er ganz genau, was auf seinen sechs Fazendas lebte oder gestorben war; nicht einmal Oceano konnte sich mit Heleno darin messen. Es nutzte nichts, wenn ihn einer seiner Leute betrügen wollte und log, er habe weniger geerntet; bei der Abrechnung gab der Verstorbene den Kaffeesäcken, die ihm der Mann gebracht hatte, einen Fußtritt und fragte: »Wo hast du den Rest gelassen, Kreole? Ich weiß ganz genau, daß deine Plantage in diesem Jahr mehr als fünfzig Säcke herausgegeben hat.« Diese Menge hätte er beschwören können; sie stimmte. Aber auch wenn es einmal nicht stimmte und Heleno etwas zusammenphantasierte, mußte der Pächter zusehen, wie er die fehlenden Säcke herbeischaffte: sonst wäre es ihm an den Kragen gegangen. Aber meistens irrte er sich nicht: der Kaffee wird gepflückt und kommt dann in unseren Lagerschuppen. Daher wußte niemand besser als der Verstorbene, wie viel jede Kaffeeplantage einbringen mußte. Er war schlau wie eine Kobra und ließ es nicht zu, daß ein anderer als er das letzte Wort behielt. Wer unter seiner Wesensart am meisten zu leiden hatte, war ich – ich, von der er bessere Manieren gelernt hat. Wie war Heleno, als ich ihn kennenlernte? Wie ein Tier, wie ein richtiges Tier! Er redete kaum, er grunzte nur, es war, um Angst einzuflößen. Zu Beginn unserer Ehe mußte ich erraten, was er wollte, es nutzte gar nichts, wenn ich ein- oder auch zehnmal fragte: die Antwort erfolgte doch nicht, ich mußte mit meinen Augen erraten, was er wollte.

Einmal – ich erinnere mich daran, als ob es heute wäre! – Oceano war noch ein Säugling und ich ein kleines Mädchen – ich habe mit dreizehn Jahren geheiratet – ich mußte die Brustwarze mit Hilfe eines Fingerhuts formen, damit das Kind überhaupt trinken konnte; an jenem Tage –

– Es war am Morgen, das Mittagessen kam vor zehn Uhr auf den Tisch; während du die Achatteller aufdecktest, lehnte er an der Tür und sah zu, wie die dampfenden Teller auf den Tisch gestellt wurden. Als du fertig gedeckt hattest, wartetest du darauf, daß er sich als erster setzen würde, wie es immer geschah. Aber zu deiner Überraschung sahst du, daß er stehenblieb und auf dem Zahnstocherstückchen kaute, das er immer im Mund hatte, ohne eine Geste, während sein Blick immer härter wurde.

– Es kam mir gar nicht in den Sinn, daß ich den Maiskuchen vergessen hatte, was in den Augen Helenos eine schwere Sünde war: wie entsetzt war ich, als er abwechselnd, ohne ein Wort zu reden, bald auf den Tisch, bald auf mich schaute, und dann plötzlich eine Ecke des Tischtuchs packte und alle Teller zu Boden warf.

Hat man je einen reizbareren Menschen gesehen als ihn? Nun ja, ich mußte ganz allein lernen, mit ihm fertig zu werden, ich hatte nicht einmal eine Mutter, die mich beraten konnte, auch keine Schwester; meine Familie wollte nichts von mir wissen; sie wollte nicht einmal meinen Namen aussprechen. Meine Familie war gegen die Heirat, weil Heleno eigentlich ein Farbiger war (kein Mulatte, aber tiefbraun, wie Pacífico und Luísa) und außerdem ein uneheliches Kind. Mein Vater war nie reich, aber ein begüterter Landwirt, Abkömmling von Schweizern und Deutschen. Mein Mädchenname lautete Francisca Paula Monnerat Stroebel. Generationen von Weißen, und auf einmal beschließe ich, einen Mann mit olivfarbener Haut zu heiraten, der erst als Ehemann das erste Paar Schuhe anzog. Das gab ein Zetergeschrei!

Sie sollten mich nie wiedersehen, und auch der Verewigte ließ mich nicht mehr zu ihnen gehen. Mein Vater und er wurden Todfeinde, ich konnte nichts machen. Kurz nach meiner Heirat starb mein Vater an einem Kobrabiß, und nach seinem Tode beschlossen meine Mutter und meine Geschwister, den Besitz zu verkaufen (das Land gehört heute Dorotéia und liegt in der Nähe der Schwarzen Lagune) und nach Cantagalo zurückzukehren, woher wir stammten. Selbst beim Tod meines Vaters ließ Heleno mich nicht zu ihnen gehen, um Abschied zu nehmen.

Er war nachtragend, der Verewigte; die Leute behaupten das heute von Oceano – aber verglichen mit dem Vater ist mein Sohn sehr ausgewogen. Oceano hat den Mut seines Vaters, aber mein Wesen: es hat ihn kaum jemand jemals schreien sehen, auch in der schlimmsten Wut bleibt seine Sprechweise dieselbe: ich bin genauso. Der Verewigte pflegte zu sagen: »Diese Frau ist schlimmer als eine Kobra: ihr Biß ist auch giftig, nur hinterläßt ihr Gift keine Spur. Wenn der Arzt kommt, ist der Unglückliche schon gestorben.« In diesem Punkt und in seinem Mißtrauen kommt Oceano nach mir. Ja, ich bin wirklich mißtrauisch, aber ich habe immer recht, wenn ich einer Sache mißtraue: wenn Heleno Seitensprünge machte, wußte ich es gleich, ich roch es in der Luft.

Er kam eben ganz nach seinem Vater, dem Obersten Zé Inácio,

der mehr als zwanzig Kinder auf den Fluren von Gratidão in die Welt setzte. Und es waren nur deshalb zwanzig, weil alle wußten, daß er zu faul war, das Haus zu verlassen. Der Verstorbene war darin anders: er schätzte nichts mehr als eine ungeschützte Straße in Mondnächten. Wenn er dann bei Morgengrauen nach Haus kam, das Gesicht feucht vom Nachttau, merkte ich sogar an seiner Gangart, was er draußen getrieben hatte.

Anfangs zankte ich mit ihm und weinte über seine Verrätereien: ich weinte so oft, daß ich später abstumpfte, weil ich vor Kummer müde geworden war. Ich erfüllte auch weiterhin meine ehelichen Pflichten, wies ihn im Bett nie ab – aber lieben, nie wieder. Als er starb, weinte ich ihm keine Träne nach, obwohl es mir wirklich leid tat, daß er gestorben war.

Ich legte Trauerkleidung an und trage sie immer noch zum Zeichen meiner Achtung: der Verewigte war derjenige, vor dem ich in meinem Leben die größte Hochachtung empfunden habe. Nicht einmal meinen Vater habe ich so geachtet: ein Blick von ihm genügte, und ich hielt meinen Mund. Es gibt keinen zweiten Mann dieser Art – außer Oceano; er verdient es, daß seine Frau für den Rest ihres Lebens Trauerkleidung trägt.

Als ich mich wiederverheiratete, staunte ich: der Kapitän und Heleno waren so grundverschieden wie Wasser und Wein. Ich denke manchmal, ich habe den Kapitän noch unter dem Einfluß des Verstorbenen geheiratet. Helenos Leidenschaft für das Meer hat mich angesteckt, denn was war mein zweiter Mann? Ein alter Kapitän der Handelsmarine, der hübsche Geschichten von seinen Reisen durch die ganze Welt zum besten gab. Aber ich hätte eigentlich wissen sollen, daß ich schon zu alt war, um mich in die Gewohnheiten eines zweiten Mannes zu schicken. Oder ich war zu sehr an die Eigenheiten eines einzigen Mannes gewöhnt, um mich plötzlich auf eine andere Lebensweise umzustellen. Außerdem war der Kapitän auf Eroberungen aus, und als es ihm einfiel, sich für meine Schwiegertochter Maria Corina zu passionieren, mußte ich ein ernstes Wort mit ihm reden. Im Grunde hatten meine Söhne ganz recht: der Kapitän wollte mein Geld, und als ich meine Geldbörse nicht öffnen wollte, rückte er aus. Er nahm nicht einmal sein Gepäck mit, er flüchtete mit der Wäsche, die er am Leibe trug, seine Koffer blieben in Gratidão zurück, und er machte sich aus dem Staube. Aber ich bin ihm deshalb nicht böse: wenn er nicht geflüchtet wäre, hätte ihn mein Sohn Indinho aus der Welt geschafft, er hatte einen heftigen Rochus auf meinen Mann, wie man ihn sich kaum vorstellen kann. Im Grunde hing Indinho nicht nur an seinem Vater, sondern auch an mir; er konnte den Gedanken nicht ertragen, daß der Kapitän seinen Vater im Bett ersetzte. Eine Woche vor meiner Heirat kam er zu mir und bat mich, ich solle die Trauerkleidung nicht ablegen.

»Es hat zwar nichts auf sich, Mutter«, sagte Indinho, indem er verlegen wie ein Knabe seine Nägel betrachtete, »aber wenn Sie auch weiterhin in Schwarz gehen, können wir uns einbilden, daß Sie den Vater nicht vergessen haben. Und Vater war kein Mann, den eine Frau, die ihn kannte, vergessen könnte.«

Anfänglich hätte ich fast gelacht. Man kann einen Mann gar nicht besser kennenlernen, als wenn man mit ihm schläft. Ich hätte meinem Sohn sagen können, ich behielte die Trauerkleidung nicht als Ehefrau bei, denn als Gatte verdiente er keine fünf Minuten Trauer: sondern weil er ein tüchtiger Mann und ein tapferer Kerl gewesen war. Man stelle sich das vor: ein Fuhrmann, ein Bastard wird schließlich der einzige Sohn, zu dem der Vater Vertrauen hat, dem er Vollmachten gibt, damit dieser Sohn in seinem Namen Geschäfte abwickeln kann.

Schließlich sagte ich zu Indinho: »Du kannst ganz beruhigt sein, mein Sohn; die Trauerkleidung, die deine Mutter trägt, wird mit ihr ins Grab gehen.« Und so wird es sein.

Mit jedem Tag, der ins Land ging, bemerkte er weniger, was rings um ihn her vor sich ging; er zog die Bücher vor, die eine große Buchhandlung von Rio de Janeiro alle vier Monate an ihn abschickte: ein Glas oder eine Schale Wein, die an seiner Hand zu kleben schienen, half ihm, seine Umgebung zu vergessen; nur sein unehelicher Sohn verstand es, sich stillschweigend zu ihm in sein Arbeitszimmer zu setzen. Den grünlichen Jägerhut, der den formlosen Strohhut ersetzt hatte, vor sich auf den Knien, hörte er aufmerksam den oft unverständlichen Geschichten zu, die ihm sein Vater erzählte, voller Bewunderung, daß Sätze so schön klingen können, selbst wenn man sie nicht versteht. Mittlerweile war er Hauptverwalter der sechs Fazendas seines Vaters geworden, hatte zwei kleine Gutshöfe in der Nähe von Gratidão bekommen und – mehr als das – sein Vertrauen gewonnen, um alle Geschäfte abzuwickeln. In dieser Zeit, als er Nächte hindurch im Arbeitszimmer des Alten verweilte und sich die Geschichten anhörte, von denen er nur das eine oder andere Wort verstand, sah er seine künftige Frau zum ersten Mal: es war an einem Sonntagnachmittag, er angelte an der Schwarzen Lagune und lag dort halbversteckt in einem Gebüsch, als er ein unterdrücktes Lachen hörte. Einen so weißen Körper hatte er noch nie gesehen, er sah aus wie der Zucker, den sich sein Vater in die Kaffeetasse schüttete; sein Geschmack war feiner als der des Rohzuckers, den er als einzigen in seiner Kindheit kennengelernt hatte. Sie zog sich aus, und alles an ihrem Leibe schien sich erst noch runden zu müssen, die Brüste waren allzu klein und das Flaumhaar am Geschlecht blond und fein wie das Lockenhaar eines Engels: er klammerte sich heftiger an die Angelrute und fühlte, daß etwas an ihm hart und steif wurde wie sie: der weiße Leib tauchte im dunklen Wasser ein und kam immer wieder an die Oberfläche, fast wie ein Fisch, und als sie aufstand, liefen die Tropfen von den Spitzen ihres feinen blonden Haares und fielen auf ihre unausgebildeten Brüste, die eben wegen ihrer Kleinheit aufreizend wirkten. Plötzlich kam er zu der Ansicht, er habe zum ersten Mal in seinem Leben etwas ganz Sauberes zu Gesicht bekommen, ein Geschöpf, das aus den Geschichten seines Vaters entsprungen sein konnte, von denen er nur das eine oder andere Wort verstand; er gab sich Mühe, langsamer zu atmen, auch wohl ein wenig tiefer; das Gebüsch versteckte ihn vor den lachenden blauen Augen, während er zu dem schlanken weißen Leib hinüberspähte, der im dunklen Wasser eintauchte und kurz darauf wiedererschien. Am nächsten Sonntag war er wieder dort und hoffte, diesen unfertigen Körper wiederzusehen. Er hätte sie gleich beim ersten oder zweiten Mal entführen können, denn es war ihm gleich klar, daß er sie begehrte, aber er wollte sie nicht nur für einen Augenblick, er wollte sichergehen, daß dieser feine weiße, nixenhafte Körper künftig immer in Reichweite seiner Hände bliebe. Am zweiten Sonntag begleitete er sie also ganz naiv aus der Ferne bis zu ihrem Haus und sah sich von weitem ihre ebenfalls blonden und weißhäuptigen Geschwister und Eltern an. In der nächsten Nacht beschloß er, während er den wirren Geschichten des Vaters zuhörte, den alten Altino, den angesehensten Pächter von Gratidão, auszuschicken und um die Hand des Mädchens anhalten zu lassen; seinem Vater sagte er nichts davon.

– Hauptmann Oceano suchte mich in Minas auf, in Belo Horizonte, wo ich einige Zeit zubrachte; ich stamme aus Santa Bárbara, dort ganz in der Nähe.

Es scheint, daß sich der Hauptmann an mich gewöhnte oder, besser gesagt, daß ich mich auf ihn einstellte – was gar nicht leicht ist. Der Hauptmann ist außerordentlich mißtrauisch und man kann fast nie an seinem Gesicht ablesen, was er gerade im Schilde führt. Aber heute kann ich in seinen Augen lesen, wie die Hexen im Scheiterhaufen unsere Zukunft erkennen. Nicht einmal Dona Paula, seine Mutter, kennt ihren Sohn besser als ich.

Seiner Frau Dona Maria Corina ist nicht einmal im Traum klar geworden, wer ihr Mann ist. Sie hat sich auch gar nicht ernstlich um ihren Mann gekümmert – anscheinend war ihr die Zeit viel zu schade dafür. Dona Maria Corina liebte Feste, Gelächter, muntere Plauderstündchen. Sie war der einzige Typus Frau, der einen Mann von der Wesensart des Hauptmanns nicht hätte heiraten dürfen. Ich begreife nicht, wie die beiden es überhaupt so lange miteinander aushalten konnten; die Ehe konnte höchstens einen Monat gutgehen. Man stelle sich eine braunhäutige Frau vor, die sich stark schminkt, mit nackten Schultern herumläuft und strahlend ihre weißen Zähne zeigt, um alle Freunde ihres Gatten zu bezirzen: das ist das genaue Porträt Dona Maria Corinas.

– Unsere Leute haben sie nie verstanden: sie wollten nicht hinnehmen, daß es einer Frau Spaß machte, sich gut anzuziehen, weil es ihr eben Spaß machte, oder auch, um ihrem Mann zu gefallen: Eitelkeit heißt für alle Damen unverzeihlicher Leichtsinn. Maria Corinas Vitalität und Lebensfreude, die sie ebenso gern durch die anspruchslose Gerade Straße in Parada de Deus spazieren gehen läßt wie durch die menschenüberfüllte Avenida Rio Branco in der Hauptstadt – sind Gaben, mit denen Gott seine Lieblinge bedenkt, und zu ihnen muß sie auch gehören, wegen ihrer großen Qualitäten und ihrer jetzigen Leiden.

Als Dom Raimundo Arzão, der Bischof von Campos, mich hierherschickte, war ich ein gutes Stück jünger: damals machte ich Maria Corinas Bekanntschaft, die erst fünfzehn oder sechzehn Jahre alt sein mochte. Sie war der »Augapfel« ihrer Eltern, Dona Nenens, der Gott gnädig sein möge, und Nhonhôs von der Apotheke, der meine Gastritis behandelt und kuriert hat. Ich habe auch ihre Ehe geschlossen, nachdem sie mit Oceano auf Dona Paulas Fazenda geflüchtet war.

In Wirklichkeit habe ich in meinem ganzen Priesterleben nie etwas Traurigeres erlebt als diese Braut. Sie war eine hübsche Braut, so ungezwungen, daß man sich wunderte, woher sie das gelernt haben konnte, denn ihre Eltern hatten sie geradezu klösterlich behütet: sie war ganz dazu geschaffen, eine große Dame zu werden, schöne Empfänge zu geben, kurz, an der Seite eines großen Politikers zu stehen und ihrem Mann auf dieser Laufbahn beizustehen – wenn nicht Oceano sein wahres Gesicht gezeigt hätte. Mich hat er nie täuschen können, das sage ich frei heraus, und deshalb tat es mir leid, die Ehe dieser beiden schließen zu müssen, denn ich war ganz sicher, daß früher oder später eintreten würde, was jetzt eingetreten ist.

Ich erinnere mich noch gut an die Eheschließungszeremonie in Gratidão.

– Maria Dorotéia und Maria Luísa, Oceanos Schwestern, hatten im Wohnzimmer, gegenüber dem Geheiligten Herzen Jesu, einen Altar aufgebaut. Maria Corinas Eltern, mit Hauptmann Heleno zerstritten, waren natürlich nicht zur Hochzeit erschienen, obwohl Dona Paula zu ihnen gekommen und ihnen mitgeteilt hatte, daß Maria Corina mit ihrem Sohn nach Gratidão geflüchtet war, wo sie im gleichen Zimmer schlief wie ihre Töchter.

– Das stimmte. Am nächsten Tag nach der Flucht – es war gegen fünf Uhr früh und ich betete gerade – da hörte ich, daß kräftig an die Tür des Pfarrhauses geklopft wurde. Zu meiner Überraschung sah ich Dona Paula selber vor mir: ich erfuhr von Maria Corinas und Oceanos Flucht und war überrascht, weil ich nie gedacht hätte, sie würde ihren Eltern ungehorsam sein. Ich wußte wohl von der heimlichen Liebschaft der beiden, dachte aber nie, daß das weitergehen würde, weil Nhonhô so hartnäckigen Widerstand leistete. Ich fürchtete nur, Oceano würde den Jugendstreich seines Vaters wiederholen und als ich dann von der Flucht erfuhr, ahnte ich gleich, daß Hauptmann Helenos Verfahren mit Dona Paula in derselben Familie zum zweiten Mal wiederholt worden war.

Gleich nachdem ich die Messe gelesen und die Gläubigen versorgt hatte, fuhr ich mit Dona Paula im Auto nach Gratidão und traf dort Maria Corina, die zerknirscht tat:

Man konnte gar nicht länger als eine Stunde mit ihr böse sein; während sie Reue heuchelte, warst du gezwungen, dich ärgerlich zu stellen, in Wirklichkeit hättest du fast herausgelacht, als du Oceanos tiefernstes Gesicht sahst, der gar nicht ahnte, wie sehr sich Maria Corina über das Geschehene belustigte.

– Unter dem Vorwand einer Beichte blieben wir beide allein auf der Veranda; als ich aber den Finger hob, um sie auszuschimpfen, sagte Maria Corina mit einem entwaffnenden Lächeln zu mir:

»Pater Júlio, Oceano und ich lieben uns, Papá wollte sich nicht einmal den Heiratsantrag anhören, den ihm Dr. Adoremus vortrug. Was sollte ich also anderes tun als flüchten, um irgendwie heiraten zu können?«

Ich versuchte mühsam einen Anschein von Strenge zu wahren: »Maria Corina«, sagte ich ohne sonderliche Überzeugung, »Sie mußten eben die Entscheidung Ihrer Eltern respektieren.«

Sie lachte vergnügt, als ob sie die ganze Welt verspotten wolle, das ist freilich eine Täuschung, Maria Corinas Gelächter ist reine Lebensfreude, aber plötzlich wurde sie wieder ernst und spielte die Gekränkte:

»Aber Pater Júlio«, klagte sie, »warum lügen Sie eigentlich, wo Sie doch auch der Meinung sind, daß Oceano und ich das Recht hatten, das zu tun, was wir getan haben?«

Dieser Meinung war ich wirklich, obwohl ich ihren Eltern Recht gab, aber aus anderen Gründen: ich glaubte nicht, daß Oceano der rechte Mann sein würde, um Maria Corina glücklich zu machen – zu vieles trennte sie voneinander; einer von ihnen war geboren, seiner Umgebung gleichzeitig anzugehören und sie sich zu unterwerfen; der andere, um sich über sie aufzuschwingen und ihr so zu entgehen – um den Preis ständigen Unverständnisses. Wie konnten sich also die beiden verstehen, wie konnten sie harmonisch in einer Umwelt leben, die jedem von ihnen verschiedene Lebensbedingungen bot?

Wer mich am meisten erstaunte, als ich hierher nach Parada de Deus kam, war Dona Maria Corina, die Frau des Hauptmanns. Der Hauptmann ist ein gesetzter Mann und sehr wortkarg; wenn er unter andere Menschen tritt, braucht er gar nicht erst zu rufen: »Der alte Häuptling ist tot, jetzt kommandiere ich« – nein, das braucht er wirklich nicht zu sagen, denn man braucht nur einen verstohlenen Blick auf den Hauptmann zu werfen und begreift es, auch wenn man noch so beschränkt sein mag, und respektiert den Hauptmann mehr als seinen eigenen Vater. Als er in Belo

Horizonte bei mir auftauchte, stand ich schon nach drei Worten in seinem Dienst. Am nächsten Tag nahmen wir den Zug nach Juiz de Fora; auf dieser Fahrt redete ich viel, erzählte von meinen Irrfahrten, und der Hauptmann hörte mir ganz still, mit über der Brust verschränkten Armen, zu, und das eine ganze Stunde lang, so daß ich bei mir dachte: »Das sieht beinahe aus, als ob ich mit Moses persönlich unterwegs sei.« Nach der langen Reiserei schickte er mich ohne Aufenthalt auf die Fazenda; er wollte nicht, daß mich seine Feinde zu Gesicht bekamen, damit niemand auf den Verdacht kommen konnte, daß ich bei den an den nächsten Tagen stattfindenden Wahlen für ihn »arbeiten« sollte. Ich war ihm von Oberst Leopoldo aus Leopoldina empfohlen worden, für den ich früher tätig gewesen war. Ich verbrachte also eine ruhige Woche auf Gratidão, aß Schweinefleisch und Hühnchen und trank ein paar gute Flaschen Wein aus dem Keller des Hauptmanns – ich glaube, er weiß bis heute nicht, daß ich fünfzehn Flaschen von seinem Rosé-Vorrat den Hals gebrochen habe.

In der Wahlnacht ging ich in die Stadt hinunter, um die Akten und Unterschriften der Nichterschienenen vorzubereiten, darunter waren auch Leute, die seit längerem das Zeitliche gesegnet hatten, und auch sie wählten Hauptmann Oceano zum Präfekten. Bei aller Bescheidenheit muß ich sagen, ich verstehe mich darauf, eine Akte ordentlich zu »präparieren«, als Beweis kann gelten, daß der Anhang des verstorbenen Oberst Crespi zum ersten Mal hier in Parada de Deus die Wahlen verlor. Damals fuhr ich, wie gesagt, von Gratidão direkt in das Stadthaus des Hauptmanns: als ich ans Portal klopfte, erschien ein Dienstmädchen, und als ich meinen Namen nannte, rollte die verteufelte kleine Mulattin mit den Augen: ich habe nämlich den Spitznamen Einundsiebzig und darüber wundern sich die Leute (weshalb man mich so nennt, weiß ich selber nicht) – mit richtigem Namen heiße ich João Avelino. Als ich meinen Namen genannt hatte, verdrehte das Dienstmädchen die Augen und führte mich in die Küche; dort mußte ich warten. Ich sah, daß das Haus voller Leute war, alle Lichter brannten; ich blieb in der Küche und schwatzte mit der kleinen, übrigens hübschen Mulattin, die gleich von mir eingenommen war und mir drei Gläser von dem gleichen Likör servierte, den sie den Besuchern brachte. Als dann mehr als die Hälfte der Besucher fortgegangen war, ließ mich der Hauptmann ins Wohnzimmer rufen, um mich seinen Busenfreunden vorzustellen: und da fiel mir wirklich die Kinnlade herunter – Dona Maria Corina stand dort in einem dunkelroten Taftkleid mit einem großen Ausschnitt und nackten, rundlichen, braunhäutigen Armen, und alle Männer im Saal schauten begehrlich auf die Frau des Hauptmanns. Da dachte ich bei mir, Gott im Himmel, ist das etwa die Frau dieses hohen Tieres? Sie zerfloß in Liebenswürdigkeiten und ließ alle ihre Reize bei den Freunden des Hauptmanns spielen und war ganz sicher, daß aus Angst vor dem Hauptmann niemand einen Piep sagen würde. Ich erinnere mich, daß ich mitten im Saal stehenblieb und dachte: gleich wird der Hauptmann in Harnisch geraten und seine Frau mit Ohrfeigen in ihr Zimmer einsperren – denn sie lachte in einem fort, schaute die Männer an und warf mit fast dirnenhafter Gebärde ihr parfümiertes Haar in den Nacken.

Es war das erste Mal, daß ich Dona Maria Corina zu Gesichte bekam. Ich darf sagen, daß ich ganz benommen wurde, wie ich sah, daß diese Frau alle Männer charmierte. Der Hauptmann spähte versteckt zu ihr hinüber, wie jemand, der die Sache laufen läßt, um zu sehen, was dabei herauskommen wird; er hatte die Arme über der Brust verschränkt und sagte kein Wort. Und ich fragte mich: ist das wirklich die Frau des Ortsgewaltigen?

– Ich muß es immer wieder sagen: in meinen Augen war diese Heirat ein trauriges Ereignis, denn Maria Corina wäre die ideale Frau für den jungen Arzt gewesen, der im Haus der Monteiros logierte und sich in sie verliebt hatte. Wissen Sie, was mich jetzt, wo die Würfel gefallen sind, am meisten verwundert? Daß ich es überhaupt ausgehalten habe, fünfzehn Jahre in Parada de Deus zu leben, mit Leuten zusammenzuleben, die sich nur deshalb nicht auf dem Marktplatz an Hinrichtungen vergnügen, weil in diesem Lande die Todesstrafe abgeschafft ist, Leuten, die nur darauf lauern, daß irgend jemandem die Ehre abgeschnitten wird, um sogleich in den Chor einzustimmen und der Gemeinheit mehr Nachdruck zu verleihen.

Ich bin überzeugt, daß bei der jetzigen Gerüchtekampagne auch mein Name nicht geschont worden ist: denn Maria Corina hat mir immer bei den kirchlichen Wohltätigkeitsfesten geholfen. Dieser Mensch war immer ein guter Engel für die Einwohner von Parada de Deus: manches Böse in dieser Stadt ist unterblieben, weil Maria Corina sich ins Mittel legte. Oceano ist ein schrecklicher Mensch, er schont seine Widersacher nicht; es heißt, er kommt nach seinem Vater, der so bösartig war wie eine Kobra. Wie oft war ich zugegen, wenn Maria Corina bei Oceano für diesen oder jenen eintrat und die Not der Familien geltend machte und so schließlich erreichte, daß sie aus dem Gefängnis entlassen wurden oder Strafen und Racheakten entgingen!

Als ich in Dona Paulas großem Besuchszimmer die Eheschließung vornahm, wußte ich, daß ich wesensverschiedene Elemente verband, die sich nicht miteinander vertragen konnten: deshalb weiß ich, daß ich die Zeremonie so traurig fand, bei der Maria Corinas Lachen im Gegensatz zu Oceanos Ernst stand. Ich entsinne mich, als ich beider Hände unter meiner Stola zusammenfügte, starrte Oceano verloren auf einen Punkt in der Ferne, während Maria Corina sich an ihn lehnte und mit ihren Augen die seinen suchte, daß sie versuchte, ihr Lächeln auf ihn zu übertragen. In diesem Moment ahnte ich schon, was später kommen würde, und ich schwöre bei meinem heiligen Glauben, wenn es nach mir gegangen wäre, hätte ich die Zeremonie unterbrochen, solange es noch Zeit war.

Als der Vater ihn in sein Arbeitszimmer rufen ließ, um von ihm zu hören, ob er wirklich die Tochter des deutschen Bauern, des Nachbarn von Lagoa Preta, entführt habe, war er keineswegs verwirrt. Vielleicht war es eines der wenigen Male gewesen, daß er den Kopf gehoben hatte, um dem Blick seines Arbeitgebers und leiblichen Vaters standzuhalten; sonst tat er das nie, sonst schaute er immer den Hut auf seinen Knien an, weil er vor den beiden in einer Person vereinigten Autoritäten Respekt empfand. Dann erläuterte er:

»Ich habe Altino um ihre Hand bitten lassen, habe sagen lassen, wer ich bin und was ich besitze: kaum hatte Altino ausgeredet, hat der verdammte Deutsche losgeschrien und eine Menge Zeug geredet, von dem Altino sagt, er hätte es nicht verstanden. Schließlich wurde Altino aus dem Haus geworfen, und ich habe dem Deutschen nur deshalb nicht das Haus über dem Kopf angezündet, weil er ihr Vater ist. Da habe ich so getan, als gäbe ich auf und gewartet, bis sie am nächsten Sonntag in der Schwarzen Lagune baden ging: da habe ich sie auf die Kruppe meines Pferdes gesetzt und bin hierher galoppiert. Ich habe die Absicht, sie vor dem Friedensrichter und in der Kirche zu heiraten, damit die Sache schwarz auf weiß in Ordnung kommt, denn meine Frau ist sie sowieso schon.«

Er wohnte in einem Anbau des Fazendageschäfts, das er bewirtschaftete, aber er hatte sich nicht darum bemüht, ihn zu renovieren, weil er im Grunde überzeugt war, daß ihm das Herrenhaus der Fazenda eines Tages ebenfalls gehören würde, nicht durch Erbschaft, sondern durch Eroberung. Deshalb hatte es ihm auch nichts ausgemacht, sie in das grobgefügte weißgekalkte Haus zu bringen, das über vier starken Baumstämmen aufgeführt worden war; die einzigen Möbel waren ein Eßtisch, die Sitzbänke und das große Ehebett, das er vor langem bei einem Bauern in der Nähe von Santo André erstanden hatte. In dieses Bett trug er die Frauen, solange er Junggeselle war. Für »sie« strich er es eigens neu an, daß es wie neu aussah. Das Bett knarrte bei jeder Bewegung und ließ die alten Planken des Fußbodens wanken. An dem Sonntag, an dem seine Tochter verschwunden war, machte sich der deutsche Bauer auf den Weg zur Fazenda – er wußte, daß der Bewerber dort tätig war –, aber der Besitzer von Gratidão empfing ihn nicht. Er hatte sich in seinem Arbeitszimmer eingeschlossen, das Weinglas in der Hand, und brabbelte seine Geschichten, nur war in dieser Nacht der Sohn mit der sonnenverbrannten, mateteefarbenen Haut und dem gesenkten Blick nicht anwesend, um seinen wirren Geschichten zuzuhören, die er aus jenen Büchern gelernt hatte, die alle vier Monate in großen Paketen aus Rio de Janeiro kamen. Als der Deutsche wissen wollte, wo sich Heleno aufhielt, waren die Hausleute schon auf dem Weg zum Fazendaladen vorbeigekommen, hatten die Planken des Fußbodens knacken hören und den Sinn dieses Knarrens verstanden; daher gab es auf ganz Gratidão keinen Arbeiter, der dem beunruhigten Bauern gezeigt hätte, wo sich der aus der Art geschlagene Sohn aufhielt. Das wiederholte sich zwei Nächte lang, bis er schließlich von dem Besitzer der Fazenda empfangen wurde; als der Deutsche in das mit Büchern vollgestopfte Arbeitszimmer eintrat, verwandelte sich sein Zorn, ohne daß er es selbst recht bemerkte, in respektvolle Schüchternheit, und er fand es ganz natürlich, daß er mit diesen Worten abgefertigt wurde:

»Ich werde sehen, was an der Angelegenheit Wahres ist. Sie können beruhigt nach Hause gehen, Ihre Ehre wird aus dem Vorfall unbeschädigt hervorgehen.«

Er fand die Sätze des Fazendabesitzers so hübsch, daß er der Bedeutung der Worte gar nicht auf den Grund ging. Waren sie ein Versprechen und, falls ja, was versprachen sie eigentlich? Er kehrte beruhigt nach Hause zurück, als ob man ihm die alsbaldige Rückkehr seiner Tochter zugesichert hätte. Als seine Frau ihn, in Tränen aufgelöst, fragte, wann denn das Mädchen wiederkäme, kam ihm seine Gutgläubigkeit erst richtig zu Bewußtsein und das brachte ihn auf und ließ ihn meinen, er sei gefoppt worden: in der gleichen Nacht, während Heleno seinem Arbeitgeber und Vater im Büro der Fazenda gegenübersaß, ritt er nach Gratidão – ein Nachbar hatte ihm gesagt, wo der Entführer wohnte – und klopfte an die Fensterläden, da Türen und Fenster des mit dem Laden verbundenen Anbaus fest verschlossen waren. In seinem portugiesischen Kauderwelsch forderte er den Entführer auf, herauszukommen und sich eine Kugel in den Leib schießen zu lassen, andernfalls werde er die Tür aufbrechen. Da hörte er in der allgemeinen Stille ein feines Stimmchen hinter der Tür sagen: »Geh nach Haus, Vater. Es nützt nichts, daß du hier Krach schlägst. Ich heirate ihn doch. Geh nach Hause!« Er rieb sich das verschwitzte, puterrote Gesicht und brachte eben noch ein »Heda?!« heraus. Da hörte er das Stimmchen abermals; jetzt war es sicherer geworden; es zeigte ihm, daß mit seiner Tochter in einer kurzen Zeitspanne eine tiefgreifende Wandlung vor sich gegangen war. Den Stimmklang erkannte er wieder, aber der Ton war ihm neu: es war die Stimme von jemandem, der gewählt hat, was er wirklich will. »Geh nach Haus, Vater! Wenn du mich mitnimmst, fliehe ich wieder, um mit ihm zusammenleben zu können. Geh nach Hause!« Dann öffnete sie ihm die Tür; er sah ein zur Frau verwandeltes Mädchen, dessen Arme eine schwarze Mantille bedeckte; in diesem Augenblick glaubte er, auf ihrer hellen Milchhaut die Flecken zu erkennen, die sie im Umgang mit ihrem dunkelhäutigen Entführer davongetragen hatte. Er verstand auf einmal – und war überzeugt, daß er seine Entscheidung nicht bereuen würde, auch wenn zweihundert Jahre darüber vergehen sollten –, daß es für seinen Seelenfrieden, für den Frieden seiner gesamten Familie, für seinen Stolz auf die Vorfahren und ihr reines Blut das Beste und Heilsamste sein würde, wenn er sich für immer von dieser Tochter lossagte, nicht nur er, sondern seine ganze Familie. Denn sie würde ihnen in Zukunft nur Schande bereiten, weil sie sich mit einem Mann zusammengetan hatte, der um Haaresbreite dem Negertum entgangen war, und nun dunkelhäutige Kinder empfangen mußte – und nie wollte er Großvater genannt werden von Kindern, die nicht ganz und gar weißhäutig waren. Als er zu Pferd stieg, um auf seinen Hof zurückzukehren, hatte er immer noch das Stimmchen in den Ohren, das mit Überzeugung wiederholte: »Geh nach Hause, Vater!« Als der Besitzer von Gratidão ihn zur Bereinigung der Angelegenheit in sein Haus lud, ließ er sagen, die Sache kümmere ihn nicht mehr. Als er auf dem Weg zu einem

Zuckerrohrfeld von einer Kobra gebissen wurde, war er umsichtig genug, nicht mehr den Mund zu öffnen, um den Namen seiner verlorenen Tochter auszusprechen, und als er starb, erschien auch sie nicht, um von ihm Abschied zu nehmen.

– Ich kann nicht mehr sagen, wann ich mich in sie verliebt habe: in jener Nacht auf der Fazenda von Celo da Serra habe ich nichts anderes getan als nach ihr Ausschau gehalten: ich war weder zudringlich noch frech, aber ich konnte einfach nicht die Augen von ihr lassen, und dabei gab es damals in Parada de Deus viel hübschere Mädchen als sie. Es ist sonderbar, aber erst jetzt begreife ich, warum ich sie so angestarrt habe, so entsetzt und doch gefaßt, wie die Kröte auf die Kobra wartet – zum ersten Mal sah ich in einem Menschen mein Schicksal verkörpert; von der Kindheit an ahnte ich dunkel, was ich in der Zukunft erleben würde, aber bis dahin war alles ganz undeutlich gewesen.

Ich will sehen, ob ich mich verständlich machen kann; ich wußte nicht, welches Schicksal ich haben würde, aber ich fühlte, daß mir etwas Großes und Schreckliches bevorstand. Es war so, als ob ich mit nacktem Schwert leben und gleichzeitig die Brust hinhalten müßte, damit jemand die Schneide seiner Waffe darin einsenken konnte. Mein Vater ahnte das: er hatte mir das Schießen beigebracht, und als Zehnjähriger verfehlte ich keinen Schuß mehr. Als ich ein kleiner Junge war, nahm mich der Vater nachts in den Obstgarten mit und ließ mich erst auf die Jaca-Bäume, später auf die Blattrippen zielen. »Schau, Junge«, höre ich ihn noch heute sagen, »nichts geht über eine gute Waffe: sie verschafft uns mehr Respekt als das Geld. Ich sage das aus Erfahrung. Wenn du etwas werden willst in dieser Gegend, dann vergiß nie die Pistole am Gürtel!« Er ahnte, daß unter seinen Söhnen ich derjenige sein würde, der ihn in der Politik ersetzen sollte, daß ich dazu bestimmt war, Demütigungen zu erdulden wie kein Moura Alves vor mir.

Wenn ich heute darüber nachdenke, bewundere ich immer

mehr die Klugheit meines Vaters, der nur mit Mühe lesen und seinen Namen schreiben konnte. Obwohl unsere Familie Parada de Deus gegründet hat, sind wir ein Seitenzweig – aber finanzstark sind nur wir, und das verdanken wir ausschließlich meinem Vater. Tomás behauptete, der Geist meines Vaters sei ein starker, leuchtender Geist, in einer früheren Verkörperung sei er ein angesehener Pater im Vatikan gewesen: das glaube ich bedenkenlos – mein Vater kannte das Leben und die Menschen wie kein zweiter. Ich bin überzeugt, wenn er noch am Leben gewesen wäre, hätte ich Maria Corina nicht geheiratet.

Er war gar nicht herrisch gegen seine Söhne, er zankte sogar mit der Mutter, wenn sie uns schlug. Nie habe ich einen Mann energischer gegen Außenstehende und nachgiebiger gegen seine eigenen Söhne gesehen. Da er eine entbehrungsreiche Kindheit und Jugend verbracht hatte, sollten wir es besser haben: wir, alle seine Söhne, studierten bei den Salesianern in Niterói. Wir erhielten nur darum keine Universitätsausbildung, weil wir zu Fazendabesitzern geboren waren, und eben das wollten wir: das Land bearbeiten. Aber um darauf zurückzukommen: wenn ich sage, zu Vaters Lebzeiten hätte ich Maria Corina nicht geheiratet, so nicht etwa, weil er mir das verboten haben würde, sondern weil er Mittel gefunden hätte, mich davon zu überzeugen, wie sich Maria Corina zu mir einstellen würde.

Vielleicht habe ich das alles auf dem Hochzeitsfest in der Fazenda Celo da Serra vorausgeahnt: sie war gar nicht das hübscheste Mädchen auf dem Fest, aber etwas an ihr war unheilbar abwegig, und eben das zog mich an.

– Sie saß neben ihren Eltern, die Hände im Schoß, mit den Füßen begleitete sie heimlich den Rhythmus der Grammophonmusik. Gleichwohl ließ sie sich nichts anmerken, als ob Musik und Tanz sie nicht kümmerten. Sie plauderte auch nicht mit den anderen Mädchen, als ob sie völlig mit sich selbst beschäftigt sei.

– Als sie meinen dringenden Blick auffing, schaute sie weg, aber kurz darauf trat sie mit dem Vorwand, sie wolle die Gäste bedienen, auf die Straße, und dort traf ich sie an der Gartentür.

Daran kann man sehen, wie gut sie es immer verstand, ihre wahren Absichten zu verstecken: die Verstellung ist ihr wahres Lebenselement.

So war sie immer: nicht einmal ihre Amme Carmosina, die sie von klein auf betreute, ahnte in der Fluchtnacht etwas von unserem Plan; so gut verstand Maria Corina ihre Absichten zu verstecken.

Doch das Schlimmste an unserer Heirat war, daß sie ohne Liebe heiratete. Was ich für Beweise ihrer Zuneigung hielt, waren, wie ich später entdeckte, nur Schliche, die verdammten Schliche, derer sie sich bedient, um ihre Triumphe über andere Menschen auszukosten. So war es schon bei dem jungen Arzt, der im Haus der Monteiros logierte, zu einer Zeit, als ihr Vater Nhonhô nichts von meiner Bewerbung hören wollte. Den ganzen Abend über trieb sich der kleine Doktor in Nhonhôs Haus herum und spielte Klavier, während Maria Corina sang, und den Besuchern wurde Likör serviert, während ich verzweifelt das Haus umkreiste, weil ich nicht eintreten konnte und sehen, was dort drinnen vor sich ging. Die ganze Einwohnerschaft von Parada de Deus lachte mich aus und amüsierte sich darüber, daß Heleno de Mouras ältester Sohn von Nhonhôs Tochter an der Nase herumgeführt wurde. Als ich Maria Corina eines Abends hinter der Kirche stellte – Carmosina wartete in einiger Entfernung, nur so konnten wir uns während unserer Brautzeit unterhalten –, heuchelte sie Überraschung:

– Von wem sprichst du eigentlich, Oceano?

– Na schön, du weißt nicht, um wen es sich handelt, nicht wahr? – So sagtest du voller Ironie und hattest Lust, sie umzubringen, nicht nur zu töten, sondern zu vernichten, daß keine Spur von ihr auf Erden übrigbliebe. »Ich meine den kleinen Doktor, der bei den Monteiros wohnt und jeden Abend in euer Haus kommt, um Klavier zu spielen und dir den Hof zu machen.«

»Aber Oceano, verstehst du denn nicht?« sagte sie da lächelnd und überzeugt, daß ihr Argument über mein Mißtrauen triumphieren würde. »Siehst du nicht, daß ich mir von dem jungen

Mann nur den Hof machen lasse, um Papas Aufmerksamkeit abzulenken? Auf diese Weise werden wir ungestört fliehen können.«

– Damals hattet ihr schon die Flucht beschlossen, weil Nhonhô nicht geruht hatte, auf deinen Heiratsantrag zu antworten: dein Antrag verursachte sogar eine Entfremdung zwischen Nhonhô und seinem langjährigen Freund Dr. Adoremus. Aber obwohl ihr den Fluchtplan bereits abgesprochen hattet, legte sich Maria Corina nie auf einen bestimmten Tag fest und schützte bald die Krankheit ihrer Mutter, bald die böse Laune ihres Vaters vor.

– So hinterging sie mich, denn in meiner Leidenschaft war ich blind und glaubte unbedenklich alle Entschuldigungen, mit denen sie unsere Flucht hinauszögerte.

Eines Tages nahm mich Indinho, mein jüngster Bruder, auf die Seite und sagte mir, die ganze Einwohnerschaft von Parada de Deus lache über mich, weil ich mich zum Narren halten ließe, denn alle außer mir wüßten, daß Maria Corina nur auf den Heiratsantrag des kleinen Doktors wartete, um mir den Laufpaß zu geben.

Da stellte ich sie, ehe sie zur Marienlitanei in die Kirche ging, und zwang ihr meine Bedingungen auf: entweder sollte sie mit mir am andern Morgen fliehen oder sie wäre für mich abgetan. Bei diesen Worten schloß ich die Augen und wartete auf einen Wutanfall. Und wenn sie gesagt hätte: »Gut, dann will ich mit Ihnen nichts mehr zu schaffen haben«, was hätte ich dann getan?

Alle wußten, daß ich sie liebte, daß ich sie heiraten wollte und deshalb Dr. Adoremus in Nhonhôs Haus geschickt hatte: konnte ich nach alledem zugeben, daß Maria Corina jemand anders heiratete?

– In diesem Augenblick, als sie nachdachte und so tat, als sähe sie nicht die dringenden Zeichen der Negerin Carmosina, die ihr winkte, sie sollte in die Kirche eintreten, spieltest du mit der Möglichkeit, Maria Corina töten zu müssen, falls sie nicht bereit sein sollte, am nächsten Morgen mit dir zu fliehen.

– Ich bin kein professioneller Mörder, aber ich habe nie gezögert und werde nie zögern, einen Menschen umzubringen, wenn die Tat nötig ist, damit meine Ehre unangetastet bleibt und der Respekt, den ich für meine Person in Anspruch nehme.

Zu diesem Zweck würde ich sogar meinen eigenen Vater töten. Und sooft ich genötigt war, gewaltsam vorzugehen, tat ich es aus diesem Grund und aus keinem anderen.

Obwohl nach und nach der Komfort in seinem Hause Einzug hielt, änderte er seine Lebensweise nicht: er ging nach wie vor barfuß, eine rote Lehmkruste schützte seine Zehen. Nur wenn er die Nord-Rio-Bank aufsuchte, um mit Dr. Rubens zu sprechen, nahm er das Opfer auf sich, die Rohlederstiefel anzuziehen, die die empfindlichen Stellen seiner Füße gnadenlos marterten. Abgesehen davon, daß er einen Hasenfellhut statt des alten Strohhuts trug, hatte er sich in nichts verändert; nur daß die Leute anfingen, ihr Benehmen gegen ihn zu verändern: im Gefolge der Schätzung, die ihm Dr. Rubens, der Bankgeschäftsführer, bewies, vergaßen sie allmählich den jungen Burschen, der bis vor kurzem auf dem Lenksitz des Ochsenwagens in die Gerade Straße einfuhr und die Ochsen leise bei Namen rief, den Ochsenstachel in der Rechten, als wäre es eine Lanze und er selbst ein mittelalterlicher Ritter; so anmutig lenkte er seine Ochsen, daß der alte Pfarrer von Parada de Deus zu seinen Bekannten vor der Apotheke bemerkte:

»Ist das nicht der leibliche Sohn von Zé Inácio?« Pater Cesário rückte seine Brille zurecht und verfolgte ihn mit den Blicken. »Er hat mehr Schneid im Leibe als alle Moura Alves zusammen. Das ist der erste Enkel, den ich zu Gesicht bekomme, der ein würdiger Enkel von Chico dem Bauern ist.«

Er hörte diesen Kommentar nicht, wußte nicht, daß diese Worte des alten Paters, von anderen wiederholt und verstärkt, ihm bei dem Kampf halfen, den er später um die Fazendas seines Vaters austragen mußte. Die Einwohner von Parada de Deus standen bei diesem, von seinen Stiefbrüdern begonnenen Kampf auf seiner Seite. Die Volksmeinung war ihm günstig, aber er hätte auch gekämpft, wenn sie gegen ihn gewesen wäre. Er hätte gegen jeden gekämpft, der ihm die Ländereien entreißen wollte, für die er einen höheren Preis als Geld bezahlt hatte: auf diesen Besitztümern – und wenn er Besitztümer sagte, meinte er Degrêdo und Gratidão und Cachoeira und Santana und Lagoa Preta und Santo André – hatte er sein Leben verbracht und leise im Dunkeln der Kate, wo er mit Mutter und Geschwistern wohnte, ihre Namen vor sich hingesagt. Er betrachtete weder seine Geschwister noch die Kinder von Zé Inácio als seine Verwandten: er fühlte sich nur mit seinem Vater selber verwandt. Und gerade weil er nie seine Sohnesschaft beanspruchte, obwohl er sie nie aus dem Gedächtnis verlor, entstand eine Spannung, die seiner Anerkennung günstiger war als den übrigen unehelichen Kindern des Besitzers von Gratidão, die am Neujahrstag, vor dem Herrenhaus der Fazenda aufgereiht, dem »Paten« die Hand küßten. Er hingegen ergriff diese Hand und ließ nur zu, daß sie seine Stirn berührte, er drückte weder seine Lippen auf die weiße Hand des »Paten« noch nannte er ihn mit diesem Namen; er zog es vor, ihn Oberst Zé Inácio anzureden, da er ihn schon nicht Vater nennen durfte.

Als der Vater ihn zu sich rief, um Auskunft über das entführte Mädchen zu erhalten – das Wort »Mädchen« empfand er als durchaus unpassend für eine Frau, die seine Wäsche wusch, sein Essen richtete und des Nachts ihre Pflichten als Frau erfüllte – schloß er seine Erklärung mit den Worten ab:

»Es ist mein fester Wille, sie vor dem Friedensrichter und in der Kirche zu heiraten, um die Sache schwarz auf weiß ins reine zu bringen; denn meine Frau ist sie bereits.«

Als er nach Hause kam, erfuhr er von seiner Frau, daß der Schwiegervater dort gewesen war und sie aufgefordert hatte, nach Hause zu kommen. »Ich habe ihn fortgeschickt«, erzählte sie ihm, in die Decke eingerollt, während ihr feines Blondhaar im Lichtschein der Öllampe erglänzte. »Ich habe Vater gesagt, wenn er mich mitnähme, käme ich wieder zu dir zurück, um bei dir zu leben. Da ist er dann wortlos fortgegangen.«

Er lehnte an der Tür, die breite Krempe seines Hasenfellhuts verhüllte seine Augen: er blickte verstohlen auf die Wände, untersuchte den Boden, seine eigenen Fußspitzen, und dann und wann schaute er prüfend zu ihr hinüber, wandte aber gleich wieder die Augen ab, als ob ihm ein solcher entgegenkommender Blick als Zeichen der Schwäche ausgelegt werden könnte.

»Gehen wir zu Bett«, sagte er und ging an ihr vorbei, überzeugt, daß er mit diesen Worten ausgedrückt hatte, daß er mit dem Verhalten seiner Frau zufrieden war.

– Das alles kommt von der verwünschten Eifersucht; deshalb hat Siô Oceano den armen Negerjungen Bide, den Sohn der Köchin von Degrêdo, um die Ecke gebracht; selbst auf seinen eigenen Stiefvater, den Kapitän, ist Siô Oceano eifersüchtig.

Ich wußte davon und sagte es Maria Corina immer wieder, aber sie gab nichts auf meine Worte und meinte, es wäre das dumme Geschwätz einer alten Negerin. Wenn sie sich putzte und parfümierte, um auszugehen, sagte ich zu ihr:

»Maria Corina, sehen Sie sich vor Siô Oceano vor, er schaut Sie immerzu mißtrauisch von der Seite an, als wäre er ganz versessen darauf, Sie bei einem Fehltritt zu ertappen, um das tun zu können, was er seit langem tun möchte.«

»Was will Oceano denn mit mir tun, Carmosina?«, fragte sie lachend und warf ihr Haar in den Nacken.

»Was weiß ich«, gab ich zur Antwort, und ein Schauder lief mir über den Rücken, wenn ich mir nur Oceanos Gedanken über mein Täubchen ausmalte. »Jedenfalls glaube ich, Sie spielen mit dem Feuer: Ihr Mann trägt ein Gewitter mit sich herum, Sie haben ja gesehen, wie er mit Bide umgesprungen ist.«

Schließlich reute es mich, wenn ich auf die Angelegenheit zu sprechen kam, denn Maria Corina wurde dann so traurig, daß es mir einen Stich durchs Herz versetzte.

»Meinst du, daß sie den armen Bide wirklich umgebracht haben, Carmosina?«

– Da versuchte ich dann zu vertuschen, um keinen Streit in ihre Ehe zu tragen. »Sicher haben sie ihn nach Rio de Janeiro geschickt«, log ich sie an, aber der Fuhrmann Juca hat mir alles erzählt; der verdammte Einundsiebzig vertraut ihm. Ich versuchte immer, diese traurigen Vorkommnisse von meinem Täubchen fernzuhalten; sie ist nicht für Traurigkeit geschaffen, sondern für die Freude, Siô Oceano hat sich die größte Mühe gegeben, sie zu ändern, aber es hat nichts gefruchtet.

Siô Oceano war kein Mann, der viele Worte machte; er schaute Maria Corina nur ruhig an, und schließlich bat sie gar nicht mehr um Erlaubnis, Dinge tun zu dürfen, die ihr Spaß machten. Man muß dabeigewesen sein, wie Siô Oceano sein Amt als Präfekt von Parada de Deus antrat: na, das war vielleicht ein tolles Fest, es dauerte drei Tage, sogar ein Bierfaß wurde aus Rio herangefahren! Siô Oceano hatte kurz zuvor das Haus in der Geraden Straße gekauft, und Maria Corina ließ es so einrichten, wie sie es in Rio gesehen hatte – nicht einmal Oberst Crespis Herrenhaus mit den goldfarbenen Vorhängen ist hübscher, diese alte Negerin lügt nicht! Dann ließ sich mein Täubchen drei Kleider machen: eines für die Dankmesse, eines für den Amtsantritt am Nachmittag und ein weiteres für den Ball im städtischen Club. Ich will nicht eitel sein, aber es war wirklich schwierig, bei einer Mutter von vier Kindern einen hübscheren Körper zu sehen, sie hat gar keine Fettpolster am Bauch. Das kann ihre Schwägerin Dorotéia nicht verzeihen: sie, die Junggesellin, ist fett und hat einen Bauch und einen gewaltigen Hängebusen, während Maria Corina immer noch entzückend aussieht. Dann zog sie ein schwarzes, eng anliegendes Taftkleid an, das auf dem Rücken einen großen Ausschnitt hat, und ich kann schwören, daß es an jenem Abend in ganz Parada de Deus keine Frau gab, die nicht gegen Maria Corina abgefallen wäre.

– Bei dem Bankett, an dem der Richter, Pater Júlio, der Staatsanwalt und andere wichtige Leute teilnahmen, spähte ich immerfort zu Oceano hinüber; er schaute ganz ernsthaft drein, redete ganz sanft mit allen Leuten und tat so, als sei er nur mit seinen Gästen beschäftigt; aber ich sah es genau: kein Wörtchen aus Maria Corinas Munde entging ihm, er überwachte sie die ganze Zeit so sonderbar, wie ich es nie wieder gesehen habe: er schaute ihr nie geradezu in die Augen, sondern schräg an ihr vorbei und spielte den Blinden, hat man so etwas schon gesehen?

Bei diesem Bankett trank einer zuviel, und das war Maria Dorotéias Verlobter, der Biá, einer der häßlichsten Männer von Parada de Deus – übrigens sind sie schon seit fünfzehn Jahren verlobt, und niemand weiß, wann die beiden endlich heiraten werden: an den Samstag- und Sonntagabenden turteln sie im Besuchszimmer des Herrenhauses miteinander, und wenn jemand sie fragt, wann endlich die Hochzeit ist, antwortet Dorotéia, ohne den Fragenden anzuschauen:

– »Irgendwann.«

– Als nun Biá auf dem Bankett zuviel getrunken hatte, fing er an, Maria Corina anzuhimmeln, und er hatte sogar die Kühnheit, eine Rede zu halten, in der er die schöne Frau des neuen Präfekten lobte. Das Essen war aufgetragen worden, ich hatte Titina auf dem Arm und besah mir die Vorgänge vom Korridor aus: als ich sah, was sich Biá herausnahm, dachte ich gleich, daß die Sache keinen guten Ausgang nehmen würde. Dorotéia nahm nicht an dem Bankett teil; sie war in Gratidão geblieben und leistete ihrer Mutter und ihrer kranken Schwester Gesellschaft, die gerade wieder einen Anfall gehabt hatte. Ich hatte auch gar nicht um Dorotéia Sorge, sondern um Maria Corina; sie plauderte munter, als wäre sie blind und sähe das nicht, was ich, die dumme, analphabetische Negerin mit diesen Augen sah, die die Erde fressen wird. Ich geriet in solche Aufregung, daß ich es nicht mehr aushielt: unter dem Vorwand, Titina wolle ihrer Mutter ein Küßchen geben, flüsterte ich ihr ins Ohr, sie solle auf ihren Mann Obacht geben, der nicht danach aussah, als ob ihm Biás Scherze gefielen.

»Überlaß das nur mir«, antwortete sie dir und warf das Haar in den Nacken, »Oceano ist gar nicht der wilde Mann, den du aus ihm machst.«

Genau in dem Augenblick, als die Spannung so anwuchs, daß auch die Unkundigsten den Eindruck hatten, es werde gleich etwas explodieren, trat Einundsiebzig an Dorotéias Verlobten heran und teilte ihm mit, draußen auf der Veranda wolle jemand mit ihm reden.

– Und für den Rest des Tages ward Biá nicht mehr gesehen, auch nicht auf dem abendlichen Ball. Und ich weiß, daß Einundsiebzig erzählt hat, er habe Biá nur deshalb nicht fertiggemacht, weil er Siô Oceanos Schwester heiraten werde, sonst hätte der Befehl gelautet, mit ihm ein für allemal Schluß zu machen.

Und von wem stammte dieser Befehl? Von Siô Oceano, ihr Herren!

Immer wieder habe ich Maria Corina gesagt: meinst du etwa, weil dein Mann dir jeden Willen läßt, sei er mit deinem Verhalten zufrieden?

»Wenn er das nicht ist, warum sagte er es mir dann nicht, Carmosina«, beschwerte sie sich, »ich bin es schon müde, ihn zu fragen: – Oceano, darf ich dies tun? Macht es dir wirklich nichts aus? – Er antwortet doch immer das Gleiche: Tu das, wozu du Lust hast. – Wie kann ich also erraten, was er will?«

»Siehst du denn nicht, daß eben das seine Absicht ist, du Törin?« sagte ich zu ihr, »er läßt dir die Zügel locker, um zu sehen, ob du galoppierst. Wenn du die Zügel zwischen die Zähne nimmst und zu sehr galoppierst, wirst du schon sehen, was er mit dir anstellt. Du wirst es schon sehen.«

Wenn mein Mund doch die Unwahrheit gesprochen hätte!

– Ich saß beim Abendessen, als ich von dem Verbrechen erfuhr. Oceano hatte mir einen Brief geschrieben, in dem er mitteilte, er könne nicht nach Friburgo kommen, weil er eben dabei sei, ein gutes Geschäft mit einem Viehhändler aus Bom Jesus abzuschließen: die Nachricht verwunderte mich nicht, Oceano machte sich nichts aus Friburgo, im Grunde fühlte er sich nur in Parada de Deus wohl: er gab mir die Erlaubnis, in die Sommerfrische zu fahren, nur wegen der Kinder, die die Hitze nicht vertragen, die bei uns im Januar und im Februar herrscht. Während sämtlicher Jahre, die ich im Sommer in Friburgo zubrachte, kam Oceano dort abends an und fuhr am anderen Morgen zurück: er hatte kaum Zeit, nach den Kindern zu sehen und im Eiltempo nach Parada de Deus zurückzufahren. Ich kann mit Sicherheit sagen, daß Oceano Dr. Fábio nur vom Sehen kannte; eines Tages standen wir am Fenster, und er ging über den Marktplatz und winkte mir aus der Ferne zu. Oceano fragte mich, wer der Mann wäre, und ich sagte beiläufig: »Das ist der Fábio, der Geschäftsführer der Industrie- und Handelsbank.«

Ich weiß nicht, was in jenem Augenblick in mich gefahren war, daß ich den Doktortitel des Mannes vergaß, obwohl ich ihn bis dahin nie Fábio genannt hatte: es fuhr mir so heraus – Fábio. Aber der falsche Zungenschlag kam mir gar nicht sofort zu Bewußtsein.

Ohne dich anzuschauen, als ob ihn nur die Vorgänge auf der anderen Seite des Marktplatzes fesselten, fragte Oceano:

»Du hast wohl häufig Umgang mit ihm?«

Ich staunte über die Frage, ich hatte schon wieder vergessen, daß ich den Mann nur bei seinem Familiennamen genannt hatte.

»Nein«, gabst du zur Antwort, »ich unterhalte mich mit ihm nur, wenn du Geld auf die Bank überweist. Warum?«

»Du hast ihn Fábio genannt«, sagte Oceano und stellte sich gleichmütig. »Das ist ein Zeichen, daß ihr recht intim zueinander seid, meinst du nicht?«

Ich lachte über diese Schlußfolgerung, und da kamen mir Carmosinas Worte in den Sinn, die mich immer zu überzeugen versuchte, Oceano wäre so schrecklich eifersüchtig auf mich: ich konnte ihre Warnungen einfach nicht glauben, ich konnte es nicht. Oceano zeigte seine Eifersucht nie, es sei denn in unserer Brautzeit bei Dr. Raul; wie sollte ich eine solche Torheit glauben?

Was den Vorfall mit Bide anbetraf, betrachtete ich ihn nicht als Zeichen von Eifersucht, sondern als Ausbruch von schlechter

Laune, als Wutanfall: das hat weder Carmosina noch sonst irgend jemand verstanden, Oceanos schwacher Punkt war gar nicht die Eifersucht, sondern sein Charakter, der nach allem, was Dona Paula erzählt, dem Hauptmann Heleno sehr ähnlich ist. Oceano geriet in Wut, weil er sich einbildete, der Negerjunge wäre absichtlich in mein Zimmer getreten, in der bösen Absicht, meinen nackten Busen zu sehen. Das mag Rückständigkeit oder Ignoranz sein, aber doch wohl nicht Eifersucht.

Sehen wir uns die Sache genau an: dein Mann erwischt einen Negerburschen, keine fünfzehn Jahre alt, in deinem Schlafzimmer, als du deine Tochter stilltest: gleich geht er auf den Jungen los, brüllt und tobt, weder Carmosina noch du verstanden, was er sagen wollte, so unverständlich war dieses kehlige Röcheln, und mit der Peitsche schlägt er den armen Jungen fast tot – wenn ihr nicht gewesen wärt, hätte er Bide umgebracht. Nicht genug, mit dieser Züchtigung verschwand der Junge Tage darauf von der Fazenda; bis heute weiß nicht einmal seine eigene Mutter, wo er steckt; es geht das Gerücht, daß ihn Einundsiebzig auf Geheiß von Oceano getötet hat. All das geschah, weil Bide zu seinem Unglück in dein Schlafzimmer eintrat, um dir eine Botschaft seiner Mutter, der Fazendaköchin, auszurichten.

Weiter: dein erstes Kind kam wie alle anderen in Degrêdo zur Welt. Obwohl du die Frau des politischen Führers von Parada de Deus bist, mußtest du dich verhalten, als wärest du die Frau eines kleinen Bauern, die nie das Wartezimmer eines Arztes von weitem gesehen hat. So kam es, daß die Hebamme Dona Zita dir ganz allein beistand, bis du in die Wehen kamst: nicht einmal die Erklärungen deines Vaters, die Geburt nehme einen schwierigen Verlauf, konnten Oceano dazu bringen, Dr. Adoremus rufen zu lassen, den gleichen alten Arzt, der schon deiner Mutter beistand, als du geboren wurdest. Nicht einmal Dona Nenens Weinen und Bitten rührten Oceano, der sich nicht erweichen ließ und Nhonhô nicht gestattete, Dr. Adoremus zu holen. Warum das alles?

Carmosina hat das alles schrecklich aufgebauscht, die Ärmste hatte immer eine gräßliche Angst vor Oceano. So bei dem Vorfall mit Biá, Dorotéias Verlobtem, der bei dem Bankett zu Ehren von Oceanos Amtsantritt als Präfekt zuviel getrunken hatte und anfing, meine Schönheit über den grünen Klee zu loben. Da ging Einundsiebzig zu ihm und sagte ihm, auf der Veranda warte jemand auf ihn. Natürlich wurde ich mißtrauisch, denn Biá verschwand von der Bildfläche, und ich bekam ihn erst wieder viel später, in Dona Paulas Stadthaus, zu Gesicht. Als ich Oceano dann fragte, was vorgefallen sei, erklärte er mir, Maria Dorotéia, die nicht zum Bankett kommen konnte, weil Pía gerade ihren Anfall hatte, hätte ihren Verlobten rufen lassen, um ihr in Gratidão Gesellschaft zu leisten, und als ich Dorotéia fragte, ob das wahr sei – denn ich wollte mir über diese Geschichte Klarheit verschaffen –, bestätigte sie das alles wortwörtlich.

Nun ja, es mag sein, daß sie mit Oceano unter einer Decke steckte. Man weiß nie genau, woran man mit den Moura Alves ist. Seit ich einen von ihnen geheiratet habe, habe ich manches gelernt, unter anderem daß man seine eigene Heiterkeit nicht nach ihrer Gemütsverfassung regeln darf, sonst ist man immer traurig. Der gleiche Moura Alves, der hier eben noch vorbeikam und dich ganz zufrieden und zutraulich begrüßte, als ob du sein bester Freund wärst, kann zehn Minuten später wiederkommen und dir die größte Beleidigung an den Kopf werfen oder sich von allen anderen verabschieden und dir einen bloßen Händedruck verweigern. So sind sie halt, ich weiß nicht warum, aber ich weiß genau, daß sie so sind. Deshalb beschloß ich, mich an ihre Verschrobenheiten zu gewöhnen und meine Stimmung nicht nach der ihrigen einzurichten; deshalb achte ich auch, aufrichtig gesagt, nicht mehr auf ihren Umgangston. Jetzt noch, in dieser schwierigen Zeit, in der Gott allein weiß, was ich durchzumachen habe, öffne ich nicht den Mund, um sie auf die Angelegenheit anzusprechen – und sie erwähnen sie mir gegenüber ebensowenig.

Als ich in meinem Zimmer saß und betete und ein Geräusch am Fenster hörte, sagte ich den beiden nichts davon. Ich machte das Fenster auf, sah, daß er es war, und Carmosina sah es auch; da kam Dona Paula und riet mir, ich solle die Treppe hinuntergehen und mit ihm sprechen.

Du betetest gerade im Schlafzimmer, hattest drei Kerzen für die heilige Jungfrau von Lourdes angezündet, die Kinder schliefen schon im Nachbarzimmer; bei Oceano war nur Heleninho, sein Liebling. Nach dem Verbrechen hatte er Einundsiebzig geschickt, um Heleninho mitzunehmen, da warst du in Dona Paulas Haus gelaufen, und sie meinte, du solltest den Jungen gehen lassen, um deinen Mann zu besänftigen. Zu diesem Zeitpunkt wußte der Polizeikommissar von Friburgo bereits, wer Dr. Fábio ermordet hatte; er wartete nur auf die unentbehrliche und langwierige Erlaubnis des Staatssekretärs im Innenministerium, um Oceano als Mörder und Indinho als Komplizen festnehmen zu können.

– Ich habe nie Angst vor ihm gehabt, weder in jener Nacht noch sonst irgendwann; ich bin unschuldig – ich bin unschuldig.

Nun ja und weil du unschuldig bist, kann dir keine Gefahr etwas anhaben: als du also die Steinchen an dein Fenster schlagen hörtest, zögertest du einen Moment, denn du brauchtest das Fenster gar nicht zu öffnen, um zu wissen, wer dort unten stand: durch die Schlitze der Fensterläden konntest du ihn sehen: der große Hut verdeckte das halbe Gesicht samt der vorspringenden Nase, sein dunkler Umhang warf so breite Falten, daß niemand sagen konnte, welche und wie viele Waffen er darunter trug. Du versuchtest noch an seinem Gesichtsausdruck seine Laune, seine Geistesverfassung abzulesen, aber das spärliche Licht und die Hutkrempe verbargen dir das durch zehn lange Jahre wohlvertraute Gesicht, dessen Züge noch immer Überraschungen für dich bereit hielten.

– Zehn Jahre habe ich mit ihm zusammengelebt, aber ich kannte Oceano nicht, zumindesten nicht den wahren Oceano. Ich habe mich ihm immer so gezeigt, wie ich bin, Carmosina hat mich zwar hinterlistig genannt, weil ich von zu Hause geflohen bin, um heiraten zu können, aber sie haben die Flucht nur deshalb nicht bemerkt, weil sie blind waren: ich konnte mich kaum lassen vor Unruhe, als Raul an jenem Abend wieder in unser Haus kam, ich verging fast vor Nervosität, nicht allein weil ich wußte, daß Oceano über die Besuche des jungen Mannes außer sich war, sondern weil ich selber darauf brannte, ins Bett zu kommen und den Kopf unter die Decke zu stecken, damit niemand bemerken konnte, was am nächsten Morgen geschehen sollte. Am gleichen Abend bekam ich den Besuch von Branca, meiner einzigen Freundin in Parada de Deus, die heute Patin meiner jüngsten Tochter ist (obwohl wir nicht mehr miteinander sprechen), und sie sagte mir später, sie habe etwas Ungewöhnliches an mir wahrgenommen. Aber das war der einzige Tag in meinem Leben, an dem ich gezwungen war, meine Pläne zu verstecken, um denjenigen heiraten zu können, den ich liebte: anders steht es bei einem, der sich zehn Jahre lang für jemanden ausgegeben hat, der er gar nicht war, oder so getan hat, als wäre er nicht derjenige, der er in Wirklichkeit war.

Selbst als ich in jener Nacht herunterkam – es war das erste Mal, daß wir uns nach dem Mord wiedersahen –, ließ er sich mir gegenüber nichts anmerken. Nachdem ich mit meiner Schwiegermutter gesprochen und Carmosina gebeten hatte, lief ich eilig die Treppe herunter: ich hatte wieder Hoffnung geschöpft, obwohl das meinerseits eine Torheit war. Wir beide haben nichts mehr voneinander zu erwarten, der Tod eines Unschuldigen steht zwischen uns. Aber in jenem Augenblick vergaß ich alles, ich war es satt, unglücklich zu sein, und zufällig hatte ich am gleichen Tage die zweite Novene von Kommunionsfeiern beendet – das und die gegen mein Fenster geworfenen Steinchen machten mir Hoffnung, und ich dachte, er wäre zurückgekommen, um mich um Entschuldigung zu bitten und zu sagen, er bereue seine Tat.

– Er hatte den kleinen Ford neben dem Lichtmast geparkt. Auf Bitten des Polizeikommissars ließ er sich erst in der Nacht in der Stadt sehen, damit es nicht wie eine Herausforderung der Polizei aussähe. Er wußte jedoch, daß du seine Einladung annehmen würdest; deshalb war er im Wagen gekommen und nicht zu

Pferde, obwohl er lieber ritt als Auto fuhr. Als du eilig die Treppe herunterliefst, stelltest du zu deiner Enttäuschung fest, daß sich kein Zug in seinem Gesicht verändert hatte, es war nicht magerer, es war kein Fältchen hinzugekommen, er hatte sich überhaupt nicht verändert, und das enttäuschte dich zuallererst: kurz zuvor hattest du dich im Spiegel betrachtet und festgestellt, wie sehr du in diesen achtzehn Tagen gealtert warst. Dein Gesicht hatte sich verändert, und du warst die erste, die eingestand, daß es nicht mehr der Maria Corina von früher zu gehören schien. Und dies war deine zweite Enttäuschung: wenn er sich schon nicht verändert hatte bei dem Ereignis, das du vom ersten Moment an eine Tragödie genannt hattest, so hätte er doch zumindest die Veränderung bemerken können, die dein Gesicht während der achtzehntägigen Verbannung im Hause Dona Paulas durchgemacht hatte. Die ganze Stadt war in Aufregung, leises Zischeln und schiefe Blicke begleiteten dich auf deinem täglichen Weg zur Kirche, zur Kommunion nachmittags um drei. Aber auch das schien er nicht zu bemerken, er schaute an dir vorbei, man konnte meinen, daß er die Augen der anderen aus Zerstreutheit nicht absichtlich vermied.

– So wartete ich denn ab, ob er mir etwas sagen würde, ich wußte nicht recht, was es sein würde, vielleicht eine Bitte um Entschuldigung oder falls es nicht zur Entschuldigung reichte, eine Bitte um Nachsicht, ich verdiente es, das zu hören, ich hatte nicht wenig gelitten, ohne den Grund dafür zu wissen: Dona Paula redete nur von Machenschaften, von schrecklichem Mißtrauen, aber niemand erklärte mir etwas Näheres; als ich zu ihm trat, verharrten wir lange schweigend, ich wartete ab, was er mir zu sagen haben würde, und er – hatte mir offenbar nichts zu sagen. So blieben wir ich weiß nicht wie lange stehen, wir standen nicht auf der Straße; er war in den Vorgarten getreten und hatte das eiserne Portal hinter sich zugemacht. Auf der ersten Treppenstufe fiel das Licht voll auf sein Gesicht, und ich konnte nun erkennen, daß sich in diesem Gesicht nichts verändert hatte. Wenn jemand dort zur gleichen Zeit vorbeigekommen wäre und uns gesehen hätte, weiß ich nicht, was er von uns gedacht hätte: ich weiß nur, daß ich erst zu denken begann, als er mir vorschlug, sofort mit ihm auf die Fazenda zu fahren. Ich bin vielleicht inkonsequent und töricht, alles was Sie wollen, aber die Wahrheit ist, daß ich mich, als Oceano redete, in die Zeit unserer ersten Liebschaft zurückversetzt fühlte, und auf einmal war es, als wäre das Unglück gar nicht geschehen. Friburgo hörte auf zu existieren, wir beide, Oceano und ich, standen allein der Ablehnung meiner Eltern gegenüber und vereinbarten alles für die Flucht am nächsten Morgen.

»Komm mit mir auf die Fazenda«, sagte er zum zweiten Mal, ganz ruhig, ohne seine Worte mit einer einzigen Handbewegung zu unterstreichen.

Ich gebe es zu, ich habe ein schwaches Gedächtnis für traurige Ereignisse; es kam mir gar nicht in den Sinn, daß Oceano einen Schritt getan hatte, den er schwer wieder zurücknehmen konnte. Ich vergaß, daß der arme Fábio zu dieser Stunde dort in Friburgo für immer unter der Erde lag. Ich dachte nicht im Traum an mein eigenes Schicksal und die Gefahr, in der ich etwa schweben könnte; ich erhob nur einen Einwand:

»Und die Kinder?«, fragte ich im Gedanken an unsere drei kleinen Mädchen, die oben schliefen.

»Für heute bleiben sie bei Mutter«, sagte er so ruhig wie eh und je, so daß man nichts Böses vermuten konnte. »Gehen wir jetzt«, sagte er zum dritten Mal – diesmal hörte ich am Stimmklang, daß es das letzte Mal sein würde.

– Du stauntest, daß die Autotür schon geöffnet war, und jetzt erst begriffst du vielleicht, daß nie eine Einladung ausgesprochen worden war – es sei denn im Stimmklang –, sondern nur der Befehl, mit ihm auf die Fazenda zurückzukehren, aber in dem Augenblick, wo du das verstandest, hatte sich die Tür schon geschlossen und der Automotor sprang an. Du schautest noch einmal auf Oceanos Gesicht – es war dir für kurze Zeit voll zugekehrt (er ist so groß, daß er nicht mit dem Hut im Auto sitzen kann) – und dann begriffst du, daß er nichts spontan tat oder je tun würde, die geringsten Gesten waren Bestandteil eines vorher überlegten Plans. Du verstandest auf einmal, daß dein großer Fehler gewesen war, ihn nicht von Anfang an zu beobachten, denn nur dann hättest du voraussehen können, wie sich alles entwickeln würde. Als du aber diesen Irrtum einsahst, hatte der kleine Ford schon die schlafende Stadt hinter sich gelassen und hüpfte über die löcherige Straße auf die Fazenda Degrêdo zu.

Unter den wirren Erzählungen seines Vaters gefiel ihm eine ganz besonders, auch wenn er vieles nicht gleich verstand: er versuchte sich die Flüßchen Picão und Bonito mit dem Pomba vereint vorzustellen, um einen Eindruck von dem zu bekommen, was der Ozean sein müßte, und wenn er diesen Gedanken vollzogen hatte, stieg er auf den höchsten Hügel von Gratidão und goß die riesigen, von seiner Phantasie erfundenen Wassermengen auf die Tiefebene aus, nun glaubte er ganz genau zu wissen, was der Ozean ist. Gewaltige Wassermassen von wechselndem Grün, Wellen, die alles aufwühlten, was am Meeresboden lag – dann drängte es ihn, reich genug zu sein, um die Anteile seiner Stiefbrüder aufkaufen zu können. Er überlegte, wie er rascher zu Gold kommen könnte, um seine Stiefbrüder, falls sein Vater stürbe, vor eine Situation stellen zu können, daß ihnen gar nichts anderes übrigbliebe, als ihm die Ländereien zu verkaufen, die ihnen zustanden. Mehr noch als die Schönheit des Meeres und die Macht und Stärke, mit der es die Schiffe in seinen Stürmen kentern ließ, bewunderte er die Schätze, die es in seiner Tiefe angespeichert hatte. Immer wieder bat er seinen Vater, ihm doch von den Ozeanen zu erzählen, und der Vater stammelte, das Rotweinglas in den Händen, Augenblicke der Geistesklarheit wechselten mit solchen alkoholischer Benommenheit ab, als habe er Fieberanfälle und die steigende Temperatur beeinträchtige seine Geisteskraft.

»Es gibt nichts Größeres und Schöneres«, sagte der Besitzer von Gratidão. Er redete jetzt bereits vertraulicher mit ihm, zeigte sich sogar dankbar für die Aufmerksamkeit, mit dem der uneheliche

Sohn ihm Wein nachschenkte und sich beeilte, eine neue Flasche aus dem Büro zu holen – wo der Vater den Vorrat sorgfältig verschlossen hielt, damit die Hausleute ihn nicht stehlen konnten; nur Heleno hatte dort Zutritt, weil der Vater wußte, daß der junge Mann sich nichts aus Alkohol machte –; er bewahrte das aufmerksame Schweigen eines Menschen, der zuzuhören versteht, und dem Vater gefiel diese Aufmerksamkeit des jungen Mannes, an dem er trotz aller Unterschiede in der Hautfarbe Züge seines eigenen Gesichts wiederfand. Obwohl er in seinen letzten Lebensjahren ständig umnebelt war und die Gegenstände und Menschen seiner Umwelt kaum unterscheiden konnte, konnte er doch feststellen, wie sehr sich der frühere Fuhrmann der Fazenda verändert hatte. Zur Feldarbeit ritt er jetzt auf einem großen Pferd; das Zaumzeug war so neu, daß man selbst in der Entfernung das Leder knarren hörte und seinen starken, mit Tierschweiß vermischten Geruch wahrnahm. Es gab allerdings auch stehende Züge bei Heleno; der Vater wußte, wie weit es dieser im Elend geborene Sohn auch bringen würde, die Strohzigarette hinter seinem Ohr würde nicht verschwinden und auch Stiefel würde er nur anziehen, wenn es unbedingt notwendig war, weil er sich barfuß wohler fühlte, wenn ihm die rote Lehmkruste als Schuhwerk diente. Obwohl dieser ungeschliffene, primitive Mensch nie bis zur letzten Seite eines Buches vorgedrungen war, fand er an ihm mehr verwandte Züge wieder als bei seinen übrigen Söhnen: Heleno erinnerte ihn an seinen Vater, Chico den Bauern, ehemals Tier-Chico genannt, einen Viehtreiber, der weite Gebiete von Minas Gerais und den ganzen Staat Rio mit seinen Herden durchzog und eines Tages eine Vision erlebte: er sah Gott in einem roten Umhang vor sich, umgeben von einem blendendhellen Licht, und dieser sprach zu ihm mit rauher, befehlsgewohnter Stimme:

»Auf diesen Ländereien sollst du nach Gold suchen, Chico, und das Gold auf die Gründung einer Stadt verwenden, die meinen Namen tragen soll, zu meinem höheren Ruhme.«

Der Vater, Chico der Bauer, in seinen Viehtreiberzeiten als

Tier-Chico bekannt, hatte ihm, Zé Inácio, erzählt, diese Vision sei ihm in einer Einöde erschienen (aus der später die Ortschaft Parada de Deus entstand) und die fünf Sklaven, die ihm bei den Tieren halfen, könnten die Erscheinung bezeugen. Chico der Bauer verbrachte zwei Tage und zwei Nächte betend auf seinen Knien, um für die Erscheinung zu danken. Erst nach diesen Gebetstagen machte er sich, unterstützt von den Sklaven, an die Arbeit und untersuchte den Boden auf denkbar primitive Weise mit Hilfe von ein paar Sieben, die er zum Verkauf in der Ortschaft Carangola mitgebracht hatte. Gott hatte ihm bei Seiner Erscheinung nicht mitgeteilt, daß die Gegend Indios und Banditen beherbergte, die das Vorhandensein von Gold ebenfalls bemerkt hatten und deshalb die Teilhabe an der Ausbeutung der Goldadern teuer verkauften. Aber auch wenn Gott ihn nicht von der Anwesenheit der Banditen verständigte, so stand er doch entschieden auf seiner Seite, nur so konnte sich Tier-Chico die Tatsache erklären, daß er in diesem ungleichen Kampf, bei dem nur fünf Sklaven auf seiner Seite standen, die er eilig in seine Leibwächter umwandelte, Sieger blieb.

Der erste und einzige Kampf entspann sich, als er und die Sklaven in dem Lager schliefen, das sie in der Nähe der Goldgruben errichtet hatten. Bei diesem Handgemenge vernichtete Tier-Chico, der später als Chico der Bauer bekannt wurde, die Bande des Zigeuners Teodureto und fegte sie vom Boden fort. Bei diesem Treffen erwies sich nicht nur das Eingreifen Gottes, sondern auch seine entschiedene Unterstützung des Viehtreibers, den er in Seiner unermeßlichen Weisheit als Gründer einer Stadt mit Seinem Namen auserwählt hatte. Ohne Seine unendliche Gnade wäre der aufsehenerregende Tod des Zigeuners Teodureto unbegreiflich geblieben; er war nicht einmal persönlich erschienen, um seine Leute zu befehligen, so unbedeutend erschien ihm der Kampf; er beschränkte sich darauf, auf einem kleinen Hügel Stellung zu beziehen. Das war der beste Platz, um ungeschoren zu bleiben, und doch stand er genau dort, wo ihn die geheimnisvolle, von Chico dem Bauern abgefeuerte Kugel ereilte. Der

Schütze schrieb den Tod des Räuberhauptmanns mehr Gott als seiner Zielkunst zu. Dieser Tod machte ihn in der Gegend berühmt, gab ihm Reichtum und ließ ihn von einem bescheidenen Viehtreiber zum reichsten Landbesitzer dieser Gegend im Norden des Staates Rio aufsteigen. Zé Inácio hatte die Erzählung mehrmals gehört und entsann sich, daß wenn sein Vater sich anschickte, sie vorzutragen, Lampions ins Besuchszimmer gebracht wurden und alle schwiegen und den Erzähler anstarrten, sooft sie auch schon dieselbe Geschichte gehört haben mochten. Sie hörten stillschweigend zu, nicht nur aus Achtung für Chico den Bauern, sondern weil die Geschichte den Zuhörern immer noch so reizvoll erschien wie zu der Zeit, als sie nicht alle Einzelheiten kannten. Nie kam ihm der große Eßsaal von Gratidão riesiger vor als während der Erzählungen seines Vaters, wenn das Lampionlicht hohe Schatten auf die weiß gekalkten Wände warf – an der unverkleideten Decke gewahrte man noch das frische grüne Holz, so neu war der Herrensitz der Fazenda; dann meinte der junge Zé Inácio, der einzige männliche Nachkomme unter einer Reihe von acht Mädchen –, diese Schatten wären Verstorbene, und jedesmal, wenn einer an der Decke verschwand, glaubte er, eine Seele stiege zum Himmel empor. Als Kind schrieb er die Heldentat nicht so sehr seinem eigenen Vater wie Gott zu, auf den Chico der Bauer gern verwies. Chico war erst in dem Augenblick erwacht, als die Banditen schon mit geladenem Karabiner bereitstanden, ihn und die Sklaven niederzuschießen, er erwachte so eilig, daß er im Nu sein Gewehr geladen und einen Schuß abgegeben hatte, aufs Geratewohl, wie es schien, aber es zeigte sich, daß er das richtige Ziel erwischt hatte – denn ein schrecklicher Aufschrei folgte. Zé Inácio hatte noch das tiefe »Zu Hilfe!« in den Ohren, das sein Vater an diesem Punkt der Erzählung vernehmen ließ – es bezeichnete den Tod des Zigeuners Teodureto. Das ganze Vorkommnis war von übernatürlichen Mächten umwittert, und das erklärte wohl auch, daß die übrigen Banditen nicht zurückkamen, um sich an dem Viehtreiber zu rächen.

– Der Hauptmann hatte nie den Mut, zu mir zu kommen und zu sagen: »Schau her, Einundsiebzig, meine Frau setzt mir Hörner auf, ich möchte die Wahrheit wissen.« So etwas würde der Hauptmann nie gesagt haben. Ich bin ganz sicher, wenn jemand (und wäre es Dona Paula, seine Mutter) zum Hauptmann gekommen und gesagt hätte, Dona Maria Corina mache ihn zum Hahnrei, hätte er je nach der Person einen Faustschlag oder einen Schuß abbekommen. Daher ist der Umgang mit dem Hauptmann auch so schwierig; er geht nie gerade auf eine Sache zu, und hat es auch nicht gern, wenn es andere Leute tun. Als ich Dona Maria Corina zum ersten Mal sah, fand ich es merkwürdig, daß diese ewig lachende, liebenswürdige Frau die Frau des Hauptmanns sein sollte, eines gesetzten, wortkargen Mannes: aber bis ich verstand, daß es dem Hauptmann auch nicht gefiel, wie sich seine Frau zu den Männern betrug, verging eine geraume Zeit, und auch so noch erriet ich es mehr als ich es merkte. Man kann sagen, alle wußten es, aber keiner wollte das sagen, was er wußte: das Schlimmste dabei war der Schwarm junger Leute, die Dona Maria Corina mit den Augen schöntaten, aber nicht den Mut hatten, an sie heranzugehen aus Angst vor dem Hauptmann: selbst der Kapitän, der Stiefvater des Hauptmanns, leckte sich schon die Lippen, aber im geeigneten Augenblick fehlte ihm dann doch der Mut; das half dem armen Teufel jedoch nicht viel, denn zu diesem Zeitpunkt hatte ihn der Hauptmann schon aufs Korn genommen.

Das Schwierigste bei dieser Geschichte ist meine eigene Rolle gewesen: nach dem Willen des Hauptmanns soll ich sein drittes Auge und Ohr sein und seine Frau überwachen, aber wehe mir, wenn ich die Karten auf den Tisch legen würde. Deshalb taten wir beide so, als wüßte der eine nicht, was der andere von ihm wollte.

O ja, es ist schwer, mit einem so argwöhnischen Mann wie dem Hauptmann auszukommen. Eines Tages feierte ich gerade ein Fest im Hurenhaus, als João Congo mich rufen ließ, der Hauptmann brauche mich: Dona Maria Corina hatte im Einvernehmen mit Pater Júlio ein Wohltätigkeitsfest zugunsten der kirchlichen Liebeswerke ausgeheckt. Dieser Pfarrer hat sich eine große Pfründe in Parada de Deus verschafft: er hat eine Gruppe unverheirateter Mädchen gefunden, mit denen die jungen Männer nur tanzen durften, wenn sie ein Billett kauften. Da fing das Volk an zu reden, das wäre kein Familienfest mehr, es sähe mehr nach einem städtischen »Dancing« aus; es gab sogar eine Familie, die ihre Töchter aus Dona Maria Corinas Gruppe wieder fortnahm. Am Tag des Festes hielt sich ein Handelsreisender in der Stadt auf, der pirschte sich gegen Ende des Balls an Dona Branca heran, die die Billetts verkauft, und sagte, er gäbe 500 Cruzeiros dafür, wenn er mit Hauptmann Oceanos Frau tanzen dürfte. Der Frechling hatte sich wohl schon erkundigt, wer Dona Maria Corina war, um einen so unverfrorenen Vorschlag machen zu können. Dona Branca, die Frau von Richter Siqueira, gab entrüstet zur Antwort, Dona Maria Corina wäre eine angesehene Frau, sie tanze nicht mit irgend jemandem; das sagte Dona Maria Corinas beste Freundin, die heute wegen der Sache mit ihr gebrochen hat. Bei diesem Tanzen, Nicht-Tanzen blieben die beiden, da verdoppelte der Vertreter sein Angebot; er bot 1000 Cruzeiros, falls Dona Maria Corina seine Partnerin würde. Sie kam zufällig hinzu, und als sie Dona Brancas Ärger sah, wollte sie wissen, worum es sich handle: zum Erstaunen, ja zum Entsetzen aller Leute ließ sie, Dona Maria Corina, die Frau von Hauptmann Oceano de Moura Alves, dem Präfekten von Parada de Deus, sich auf einen Tanz mit dem Kerl ein, nachdem sie zuvor das gewonnene Geld in die Festkasse gelegt hatte. Die Nachricht breitete sich wie ein Lauffeuer aus, Indinho erschien gerade noch zur rechten Zeit, um seine Schwägerin in den Armen des Vertreters zu erblicken. Ich glaube, er hat es in der gleichen Minute dem Hauptmann weitererzählt, und er ließ mich aus der Pension der Japanerin dort im Hurenviertel herbeiholen. Kaum hatte mir der Hauptmann gesagt, was er wollte, holte ich meine Leute zusammen; vor Tagesanbruch klopften wir schon bei dem Vertreter in seinem Hotel an. Wir prügelten ihn mit Faustschlägen aus dem

Zimmer, brachten ihn unter Schlägen an den Bahnhof, und als er ordentlich durchgewalkt war – wir zerschlugen ihm das ganze Gesicht, sein ganzer Körper war blutüberströmt –, warfen wir ihn in den Zug. Dabei wiederholte ich ihm die Worte, die mir der Hauptmann aufgetragen hatte: »Diesmal bleibt es bei Prügeln. Beim nächsten Mal kommen Sie nicht lebendig aus Parada de Deus heraus.« Selbstverständlich hat sich der Kerl bis heute – drei Jahre später, nicht wieder in der Stadt blicken lassen.

Nun stelle ich mir vor, was geschehen wäre, wenn der Hauptmann auf dem Fest zugegen gewesen wäre. Er brachte seine Frau immer nur in den Club, schaute sich das Milieu kurz an und ging dann fort und überließ seine Frau Dona Branca und ihrem Mann, Richter Siqueira. Ich weiß nicht, was seit dieser Nacht zwischen den Freundinnen vorgefallen ist, Tatsache ist, daß ihre Freundschaft in die Brüche ging, und das war dem Hauptmann sehr wichtig, der Dona Branca immer geschätzt hat – ich glaube, sie ist sogar Patin bei einem seiner Kinder. Von diesem Augenblick an begann der Hauptmann, Anstalten zu treffen, um den Zügellosigkeiten seiner Frau Einhalt zu gebieten: aber das half alles nichts, jung gewohnt, ist alt getan.

– Nach diesem Vorkommnis führte Oceano ein Gespräch mit dir. Du lehntest auf der Veranda von Degrêdo, drehtest dir eine Zigarette, und wartetest darauf, daß Oceano das Wort ergreifen sollte, er jedoch schwieg sich aus und kaute ruhig auf seinem Zahnstocherstückchen.

– Der Hauptmann hatte mich aus der Stadt herausgeholt, falls der Vertreter wiederkommen und es Scherereien geben sollte – daran hatte ich meine Zweifel, denn die verabfolgten Prügel waren nicht von schlechten Eltern gewesen – kurz, falls die Polizei von Santo Antônio auf den Einfall kommen sollte, nach mir zu suchen. Dona Maria Corina war mit den drei kleinen Mädchen in Parada de Deus geblieben, nur Heleninho war mit uns mitgekommen (der Hauptmann mag sich um keinen Preis von diesem Sohn trennen), und ich sah gleich, daß der Hauptmann mit mir reden wollte, aber er sagte kein Wort und so verhielt ich mich gleichfalls still. Ich ahnte wohl, was da kommen würde, wollte aber nichts mit unzeitigen Worten verderben. Mit ihm verhält es sich so: entweder wartet man die Gelegenheit ab oder man bekommt einen Schlag ins Gesicht oder einen Schuß in den Mund, selbst wenn der Hauptmann innerlich derselben Meinung wäre. – Schließlich rieb er seine Finger gegeneinander, wie er immer tut, wenn er nervös ist, als spüre er einen Juckreiz, und stellte mir dann diese Frage:

»Warum lassen die Männer meine Frau nicht in Frieden, Einundsiebzig?«

Er, Heleno, hörte die Geschichte von seinem Großvater, Chico dem Bauern, dem früheren Tier-Chico, erst als erwachsener, verheirateter Mann, fast selber Vater, und dennoch verwunderte sie ihn so, als ob er noch ein Kind gewesen wäre. Ohne weiteres Nachdenken begriff er den Auftrag, den Gott selber seinem Großvater erteilt hatte, und er fühlte diesen Auftrag in sich selber nachhallen, ohne daß irgend jemand ihm eine Botschaft übermittelt hätte, den Auftrag nämlich, die von Chico dem Bauern eroberten Ländereien zu behaupten. Nach den beiden Gebetstagen ging Chico der Bauer an die Arbeit, durchsiebte die Erde und es schien so, als hätten seine Augen ihr Leben lang nichts anderes getan als dies: mißtrauisch die dunklen Erdschollen überprüfen, die auf den ersten Blick nichts Besonderes zu enthalten schienen, wenn man sie aber zerbröckelte, auffällig glitzerten. So entstand Parada de Deus in der Nähe jener Stelle, an der der einstige Viehtreiber mit den Schürfarbeiten begonnen hatte. Den Erlös aus dem Verkauf des Goldes verwandte er für den Erwerb von Baumaterialien für die Errichtung einer Kapelle und auf Waffenkäufe, um die Banditen abzuwehren, die von den Gerüchten angezogen wurden, an dieser Stelle gäbe es Gold. Jetzt brauchte Gott Chico nicht mehr mit einem providentiellen Karabinerschuß beizustehen, einem Schuß, von dem Chico meinte, er sei weit eher von Ihm, dem Herrn aller Dinge, abgegeben worden als von dem Schützen selber. Die Männer, die er zur Arbeit auf der Fazenda anstellte, mußten vor allem anderen Flinte und Jagdgewehr handhaben können. So war die Geschichte von Parada de Deus anfänglich von Scharmützeln bestimmt, die fast immer in der Nacht ausgetragen wurden. Jetzt kämpften nicht mehr Tier-Chicos Sklaven gegen die Bande des Zigeuners Teodureto; die Männer Chicos des Bauern wehrten sich ihrer Haut gegen verschiedene Banden, gegen Raubgesindel und einzelne Räuber, sie kamen nicht etwa, um auch jenes Land schürfen und die große Menge Gold an sich bringen zu können, die es möglicherweise versteckte, sie wollten nur das von Chico dem Bauern und seinen Leuten gewonnene Gold stehlen. Es vergingen wenige Nächte, in denen nicht eine oder mehrere Leichen auf den mit kleinen Kratern übersäten Feldern der Sonne entgegenharrten. An dieser Stelle fragte Heleno seinen Vater:

»Hat Gott ihn nicht bestraft, weil er viele Männer umbrachte oder umbringen ließ?«

Oberst Zá Inácio füllte sich von neuem das Weinglas und bekam einen Schreck, als er diese Frage hörte, nicht weil sie ihm ungewöhnlich erschien, sondern weil Heleno nie Fragen stellte. Nur einmal hatte er nach den Ozeanen gefragt und ihn gebeten, ihm ihre Namen aufzuschreiben oder ihm ein Buch zu leihen, das nur von ihnen handele. Er wandte sich zu seinem Sohn um, und obwohl ihn der Wein die Dinge nicht mehr mit der früheren Geistesklarheit sehen ließ, begriff er den Grund dieser Frage. Freilich kümmerte ihn ihr Sinn nicht allzu sehr, er spürte ihr die Kämpfe, die Ränken, die blutige Gewalttätigkeit an, zu denen dieser Bastardsohn Zuflucht nehmen würde, um alle Ländereien in seinen Besitz zu bringen. Sein Name Moura Alves war ein angemaßtes Recht, und doch war er der einzige seiner sechs ehelichen Söhne, der den Besitzinstinkt besaß, den Gott seinem Großvater Chico dem Bauern mitgegeben hatte. Er schaute sich diesen dunkelhäutigen Sohn an: die Strohzigarette hinter dem Ohr, kaute er auf einem Holzstückchen wie irgendein anderer Pächter auf seiner Fazenda, das lange Messer baumelte an seinem

Gürtel, fast auf dem Rücken, er sah seine abgeschabte Hose aus blauem Wolltuch, das aus einem Mehlsack geschnittene Hemd, das kragenlos am Hals abschloß, den grünen Hasenfellhut auf seinen Knien und die Füße gerötet vom verkrusteten Straßenschlamm. Er schaute sich diesen Sohn an und wunderte sich, daß Gott diesen unter all den vielen anderen Söhnen, die er in die Welt gesetzt hatte, auserwählt hatte, einen Mann, der niemals so gewichtig auftreten können würde, wie er das eigentlich als Besitzer der besten Ländereien im Norden des Staates Rio tun mußte. Und dennoch würde er und kein anderer aus dem Clan der Moura Alves Besitzer von Gratidão, Degrêdo, Cachoeira, Santana, Lagoa Preta und Santo André heißen, oder die Fazendas würden in fremde Hände übergehen, denn, wenn nicht Heleno gewesen wäre, wenn Zé Inácio allein zu bestimmen gehabt hätte, wäre der Besitz schon seit langem hypothekiert oder aufgelöst worden. Er sah das ein, weil ihm gewisse Eigenschaften fehlten, die er infolgedessen auch nicht auf seine ehelichen Söhne hatte übertragen können: nicht nur eine gewisse Roheit und Primitivität, mit der er sich auf landwirtschaftliche Fragen verstanden hätte, sondern auch die Hartnäckigkeit, etwas aus der Erde herauszuholen, die Zeichen ihrer Stummheit zu erfassen und zu deuten. Die Fähigkeiten seines eigenen Vaters – dieser hatte immer gesagt, Gott sei der Mittler zwischen dem Boden und ihm – wiederholten sich bei seinen Söhnen nicht; sie übertrugen sich auf den von einer Sklavin geborenen Bastard, für dessen Mutter sein Interesse keinen Tag lang angehalten hatte. Er schwängerte sie und stieg einer anderen nach, er vergaß die Mulattin, die sich ihm als Jungfrau hingab, er fragte sie nicht einmal, ob sie »wolle«, wie er es bei den anderen in einer Anwandlung von Ritterlichkeit, die ihn nie enttäuschte und die er daher gewohnheitsmäßig beibehielt, getan hatte.

»Gott selber war ihm erschienen«, antwortete er Heleno, der so angespannt zuhörte, als hänge sein eigenes Leben von dieser Antwort ab, »er befahl ihm, Gold zu schürfen und mit dem Geld eine Stadt mit Seinem Namen zu gründen. Alles, was mein Vater also im Gefolge dieses Befehls tat, geschah auf Geheiß Gottes, hast du verstanden?«

– Mein Vater und ich unterhielten uns oft: schon als Kind hob er mich auf die Kruppe seines Pferdes und ritt mit mir die Fazendas ab und lehrte mich alle Geheimnisse des Bodens. Aber vor allem habe ich bei ihm Menschenkenntnis gelernt. Mein Vater vertraute niemandem, nicht einmal seiner Frau, meiner Mutter:

»Schau her, mein Sohn, ich habe deine Mutter entführt«, sagte er zu mir, »und sie war zwei Tage in meinem Hause, da klopfte ihr Vater an die Tür und bat sie, mit ihm nach Hause zu kommen; sie sagte ihm, es sei ganz nutzlos, sie mitzunehmen, denn sie würde wieder zurückkommen und bei mir leben: so hat deine Mutter einen Mann, den sie erst seit zwei Tagen kannte, dem Vater vorgezogen, bei dem sie ein ganzes Mädchenleben verbrachte: so sind sie, mein Sohn, sie sind Betrügerinnen, und ein Mann darf keinem Frauenlachen vertrauen.«

Meine Mutter hatte es schwer mit ihm; er hielt nichts davon, daß sie sich in Parada de Deus aufhielt, nichts dergleichen, seiner Meinung nach gehörte sie auf die Fazenda, ins Schlafzimmer oder in die Küche, nur keine langen Schwätzereien mit Besuchen oder den Leuten, die für meinen Vater arbeiteten. Ich jedoch wollte eine Sache nicht glauben, solange man mir nicht das Gegenteil bewiesen hatte: ich wollte mich nicht als achtbarer Ehemann fühlen, weil ich meine Frau hinter sieben Riegeln verschlossen hielt. Vielmehr sollte sie Freiheit haben, so zu wählen, daß ich ihre Wahl für ihre persönliche Entscheidung ansehen konnte.

Maria Corina hat das jedoch nicht begriffen oder, besser gesagt, sie hat über die Gründe meiner Einstellung nie nachgedacht. Die Frauen handeln zunächst, und erst später denken sie nach. In den ersten Zeiten unserer jungen Ehe kam sie furchtsam auf mich zu und sagte verstimmt, X gäbe am Samstagabend ein Fest, und wir wären eingeladen worden, und wenn es mir nichts ausmache usw. usw. Ich habe nie nein gesagt. Selbst wenn eines der Kinder krank war, fragte ich nur: »Und wenn es dem Kind schlechter gehen sollte?« Sie erwiderte, sie habe ja Carmosina, Carmosina wäre ebenso erfahren oder noch erfahrener als sie, und im übrigen ging man nicht weiter auf die Sache ein. Mit der Zeit änderte sich das Verfahren. Sie sagte zu mir: »An dem und dem Tag müssen wir ein Abendessen zu Ehren von X geben, oder: wir gehen zum Fest von Y«, als ob ich nur dazu da wäre, um zuzustimmen. Indinho hat oft zu mir gesagt, ich täte schlecht daran, meiner Frau ihren eigenen Willen zu lassen; ich hatte jedoch meine Gründe, so zu handeln. Ich habe nie ohne hinreichende Gründe gehandelt, und das ist auch die Ursache dafür, daß die Leute Vertrauen zu mir haben. Sie wissen, ich tue nichts aufs Geratewohl. Bei der Revolution von 1930 haben sie gesehen, daß ich die Lage hier mit den allernotwendigsten Maßnahmen gemeistert habe. Maria Corina hat diese Sparsamkeit meiner Äußerungen nie begriffen; meine Verhaltensweise erscheint ihr möglicherweise als das Fehlen eines Verhaltens. Ich glaube, sie hat ihre Macht über mich überschätzt. Alle glaubten, auch meine eigene Familie, Maria Corina gängele mich, wie sie wolle. Nach dem Wohltätigkeitsfest zugunsten der Kirche, als ein Handelsreisender für einen Tanz mit Maria Corina 1000 Cruzeiros bezahlt hatte, ließ mich die Mutter rufen, um sich über die Sache mit mir zu unterhalten.

»Du kommst gar nicht nach deinem Vater«, sagte sie zu dir, »hast du mich vielleicht jemals mit einem Mann tanzen sehen, der nicht mit ihm bekannt gewesen wäre?«

»Das ist wahr, Mutter«, gab ich ihr zur Antwort, »mein Vater ließ dich mit keinem Menschen tanzen, auch nicht mit ihm selber, erstens, weil er nicht tanzen konnte, und zweitens, weil er, wenn er es gekonnt hätte, doch nicht mit dir getanzt hätte, und außerdem wäre er der einzige Mensch auf der Welt gewesen, mit dem du überhaupt hättest tanzen dürfen. Also ...«

Ich habe den Klagen meiner Mutter gegen die Schwiegertochter nie Gehör geschenkt:

Deine Mutter versteht es nicht, mit anderen zusammenzuleben, die Quarantäne, in der sie dein Vater hielt, scheint in ihr eine zweite Natur geweckt zu haben, sie lebt nicht *mit* den anderen, sondern *gegen* sie: und Maria Corina war eben der richtige Typ, um sie zu reizen, weil sie sich so ganz sorglos verhielt, als achte sie gar nicht auf das Gerede der anderen Leute.

Nicht darin lag jedoch die Schwierigkeit. Sie lebte ja schließlich mit mir, nicht mit meiner Mutter: alles wäre wie am Schnürchen gelaufen, wenn nicht der Kapitän, mein Stiefvater, gewesen wäre. Die Ehe als solche war für Mamá eine Katastrophe geworden, genau wie wir, die Söhne, es vorhergesagt hatten; wir wollten jedoch nicht eingreifen; der einzige, der wirklich gegen diese Ehe war, war Indinho; wenn Pacífico und ich ihn nicht unter unserer Fuchtel gehalten hätten, wäre der Kapitän, glaube ich, schneller als ihm lieb sein konnte mit dem Teufel in Verhandlungen eingetreten. Schließlich überzeugten wir ihn davon, Mamá werde selber dieser Ehe überdrüssig werden, damit dies der Fall sein könnte, brauchten wir nur die Zeit für uns arbeiten zu lassen. Trotz alledem dachte sich Indinho ein paar üble Streiche aus; er murkste am Motor von Mamás Auto herum, damit er gleich nach der Hochzeit auf der Straße nach Gratidão explodieren sollte. Nach der Explosion erschien er im Fuhrwerk, lud die beiden ein und sauste davon; die Fahrt muß so hitzig gewesen sein, daß er selber sagt, er könne nicht begreifen, warum das Fuhrwerk nicht umgekippt sei. Genaugenommen hat keines von Mamás Kindern – mich ausgenommen – ihre Heirat gern gesehen: sogar Pía brachte es fertig, einen Orangendorn aufzutreiben und sich mit ihm den Puls aufzuschlitzen; erst später begriff ich, daß Mamás Heirat etwas mit Pías Tat zu tun hatte.

Über unserer Familie schwebt ein Fluch (Tomás erklärt das sehr gut), seit mein Großvater Zé Inácio seine Stiefschwester, die natürliche Tochter meines Urgroßvaters Chicos des Bauern, geheiratet hat. Die Leute sagen, das sei eine Inzestehe gewesen, obwohl der Vater nie auf die Sache zu sprechen kam, aber andere Familienmitglieder bestätigen es und sie sagen, das sei ein Schock gewesen, der meinen Urgroßvater schwer erschüttert habe. Er hatte seinen einzigen männlichen Erben dazu ausersehen, Pater zu werden, und wollte ihm die Kirche übertragen, die Christkönig gewidmet war, an dem er mit besonderer Frömmigkeit hing. Der Alte war entsetzt, als der junge Mann mit Glorinha flüchtete, die bis dahin seiner Mutter Siá Dina bei der Hausarbeit, vor allem bei Näharbeiten, geholfen hatte. Sie war ein weißhäutiges Mädchen; es heißt, Chico der Landmann hatte sie von einer im Hause lebenden Witwe bekommen. Meine Urgroßmutter, eine hochanständige Frau, übernahm das Mädchen zusätzlich zu ihren acht Töchtern und dem einzigen Sohn.

Daher stammt der Fluch, der vor allem auf Pía lastet und jetzt auch auf mich einwirkt, da Unglück über mein Leben gekommen ist.

Mit dieser Antwort seines Vaters rechtfertigte er fortan alles, was er unternahm. Es ging gar nicht mehr darum, daß er etwas für sich behalten wollte, es sollte dieses Land ganz bleiben, in einem Stück, und deshalb durfte es seiner Hand nicht entgleiten. Denn diese weibischen Männer, Zé Inácios Söhne, die Hosen trugen wie Männer, mit tiefer Stimme sprachen wie Männer, die heirateten und Kinder bekamen wie Männer und doch keine rechten Männer waren, sie verstanden nur, Geld aus dem Boden zu ziehen; sie brachten es nicht fertig, aus den Produkten des Bodens Geld zu ziehen, nein, sie lösten sich von der Scholle ab, um mit dem Geld zu verbleiben. So beschloß er denn, Gratidão, Degrêdo, Cachoeira, Santana, Lagoa Preta und Santo André mit Zähnen und Krallen zu verteidigen. Dabei kam ihm nicht nur zu Hilfe, daß sein Vater die übrigen Söhne stillschweigend überging, er besaß auch die Unterstützung von Dr. Rubens, dem Geschäftsführer der Nord-Rio-Bank. Mit ihm hatte er, ohne daß die übrigen davon erfuhren, eine Gesellschaft gegründet, die den Kaffee in der ganzen Gegend aufkaufte und ihn mit Hilfe eines in Rio ansässigen Schwagers von Dr. Rubens direkt an der Börse verkaufte. So konnte er auf die Vermittlung von São Fidélis verzichten, zumal es eine Eisenbahnlinie gab, die bis nach Santo Antônio do Pomba führte. Ein Bankkredit erlaubte ihm, der schon zwei kleinere Güter in der Nähe von Lagoa Preta besaß, seine Kraft zunächst auf die größte der Fazendas zu werfen, deren Boden am ergiebigsten war. Obwohl dort seit der Stadtgründung durch Chico den Bauern nie wieder Gold gefunden worden war, gefiel ihm der Gedanke, daß man dort früher einmal Gold gefunden hatte; der Gedanke ermutigte ihn, daß er in einem Augenblick der Not abermals Zuflucht zu diesem Boden nehmen und ihm eine Unze Gold entreißen könnte. Währenddessen vergrub sich sein Vater mehr und mehr in dem geräumigen Arbeitszimmer, hinter dessen verschlossenen Fenstern die Deckenlaterne auch tagsüber brannte, das Weinglas in der Hand; als seine Frau Paula dem Großvater den vor kurzem geborenen Enkel vorstellte, verstand er trotz der Benommenheit, in der er lebte, daß der Name des Kindes eine Huldigung vor dem Ozean war, den er so liebte. Diese Bezauberung hatte sich auf seinen Sohn übertragen. Als der kleine Oceano auf die Welt gekommen war, erzählte Zé Inácio seinem unehelichen Sohn die Geschichte von dem Fluch, den seine Heirat verursacht hatte. Es war sein Spielgefährte Tomás gewesen, der von seiner Mutter Secundina das Wissen ererbt hatte, nicht nur die therapeutischen und magischen Eigenschaften der Pflanzen zu erkennen, sondern auch künftige Ereignisse vorauszuahnen, der ihm, Zé Inácio, den Fluch verkündigt hatte, den die Verbindung mit Glorinha nicht nur ihm, sondern allen seinen Nachfahren bringen würde. Wenige Tage vor seiner Flucht mit Glorinha war Tomás, der von dieser Liebschaft wußte, erschrocken in sein Zimmer eingedrungen und hatte ihm erklärt, die alte Secundina und er hätten die Stimme des Mulatten Pena Branca vernommen; sie habe verurteilt, was die beiden planten, weil sie Kinder des gleichen Vaters seien. An diesem Tag habe er, Zé Inácio, endlich begriffen, weshalb sein Vater, Chico der Bauer, sich so heftig seiner Heirat mit Glorinha widersetzte, und das, obwohl sie sonst viele Vorrechte bei ihm genoß und bei seinen acht Schwestern Eifersucht erregte. Sie verstanden nicht, warum der Vater für die Tochter der verstorbenen Näherin eine solche Vorliebe zeigte und ihr sogar für den Tag ihrer Eheschließung eine kleine Mitgift zusammenstellte.

– Ich war auf dem Fest nicht zugegen, aber ich hörte, was sich dort zugetragen hatte; einige meiner Pfarrkinder kamen auf die Sache zu sprechen. Deshalb machte ich den Vorfall zum Gegenstand meiner Predigt am folgenden Sonntag. Bei der Neun-Uhr-Messe sprach ich über das Thema: »Was es bedeutet, in Gottes Dienst zu stehen.« Ich weiß, ich werde angefeindet, weil ich nicht mit dieser Provinzfrömmelei paktiere und schon häufig Mütter nach Hause geschickt habe, damit sie sich um ihre Kinder kümmern sollten, statt in der Kirche zu sitzen und zu beten: zum Glück sind meine Tage in Parada de Deus gezählt. Fünfzehn Jahre meines Priesterlebens habe ich auf diese Gemeinde verschwendet, fünfzehn Jahre ohne einen großen Tag, ohne einen einzigen Augenblick, an dem ich vielleicht hätte denken können: »Mein Gott, ich tue wirklich etwas zu Deiner Ehre und diene Deinem Königreich.«

Hier im Binnenland wird man, vielleicht weil es an größeren Sorgen fehlt, mit der Zeit unempfindlich; wenn dann die große Aufgabe auftaucht, sieht man sie gar nicht mehr angesichts eines Sturzbachs von Banalitäten, ich meine die Beichten meiner weiblichen Pfarrkinder. Ich habe auch einmal von der Heiligkeit geträumt, in meinen ersten Zeiten im Priesterseminar, vielleicht auch noch in den ersten Zeiten meiner Priestertätigkeit, aber jetzt wäre ich schon mit der einfachen Gewißheit zufrieden, daß ich im Dienst Gottes wirklich zu etwas nütze bin.

– Wenn nun ein Pater die Kanzel besteigt und eine neue Art, Gott zu dienen, verteidigt, ist er dann nicht im Dienste Gottes wahrhaft nützlich? War das etwa keine neue Art, Gott zu dienen, die Maria Corina auf dem Kirchenfest praktizierte? Hat sie damit nicht lediglich veraltete Anschauungen von Anstand und Tugend zurechtgerückt? Kann die bloße Tatsache, daß meine Worte nicht verstanden und befolgt werden, weil in den Köpfen der Hörer jahrhundertealte Vorurteile herumspuken, etwa die Nützlichkeit, die gute Absicht meiner Bemühungen schmälern?

Es geht mir nicht um ein Aufzählen der guten Werke, die ich möglicherweise in den letzten fünfzehn Jahren getan habe, es geht mir um das Gefühl, daß dieses Werk wirklich für die Rettung einer Seele, für ihre Annäherung an Gott Wert gehabt haben könnte. Das nenne ich den »großen Tag«, den Augenblick, an dem ich hätte fühlen können, daß ich Gottes Herrlichkeit diente.

Ich habe in dieser Stadt viel verloren, ich habe hier viele Illusionen begraben, aber eines haben diese Leute nicht fertiggebracht: mich nach ihrem Denken umzuformen; so sehr sie auch gekämpft haben, um mich in ihrem Sinne zu beugen, sie haben nichts erreicht. Einige haben es mit dem Mittel der Überredung versucht, andere mit Gewalt. Vor wenigen Tagen – es war schon elf Uhr abends – pochte Oceano an das Fenster meines Zimmers: ich habe einen leichten Schlaf, ich wachte gleich auf. Ich glaubte, die Familie eines Sterbenden ließe mich rufen; als ich das Fenster öffnete, sah ich ihn, er hatte den Hut ins Gesicht gedrückt und fragte mich, ob es mir etwa ausmache, für eine kleine halbe Stunde in seinem Auto spazierenzufahren. Ich wußte bereits, was vor sich ging, Maria Corina hatte ihre erste Kommunionsnovene in jenen Tagen begonnen; ich zog meine Soutane über den Pyjama und setzte mich zu ihm ins Auto; ich war auf alles gefaßt.

Meine Beziehungen zu Oceano waren immer von einer gewissen »herzlichen Frostigkeit« gekennzeichnet. Er ist regelmäßiger Gast bei den spiritistischen Sitzungen des alten Tomás, dieses Kurpfuschers, der seit vielen Jahren die Gutgläubigkeit unserer einfältigen Leute ausbeutet. Statt ihre Wehwehchen vom Arzt behandeln zu lassen, sterben sie lieber rasch unter den Händen eines Scharlatans. Tomás ist der Sohn einer Sklavin von Chico dem Bauern, dem Gründer von Parada de Deus; die ganze Familie hat großen Respekt vor ihm. Dona Paula selber hat mich schon einmal gebeten, ich solle aufhören, den alten Neger in meinen Sonntagspredigten anzugreifen. Dabei greife ich ihn gar nicht an, ich versuche den Katholiken nur begreiflich zu machen, daß sie nicht eine Kerze für Gott anzünden können und eine andere für den Teufel. So fruchteten also diese Bitten nichts, so wenig wie meine Predigten verhindern konnten, daß Hauptmann Oceano de Moura Alves sonntags der Neun-Uhr-Messe beiwohnt und am Abend ruhig zur spiritistischen Sitzung des alten Tomás geht.

Daraus kann man ersehen, daß ich keinen geistigen Einfluß auf Oceano ausübe. Weil ich das wußte, dachte ich, als er kam, um mich in später Nachtstunde zu einer Spazierfahrt auf den einsamen Wegen um Parada de Deus abzuholen, mein letztes Stündlein habe geschlagen. Ein Mann, der einen armen jungen Mann in Friburgo ohne konkrete Anhaltspunkte umgebracht hat und imstande ist, in jedem Mann, der sich seiner Frau nähert, einen gefährlichen Nebenbuhler zu wittern, konnte auch mich trotz meines Priesterstandes unter Verdacht genommen haben.

Der Ermordete kannte Maria Corina nur ganz oberflächlich, wie es bei Bankkunden der Fall ist. Einmal kam er nach Parada de Deus und hatte den begreiflichen, wenn auch unglücklichen Gedanken, der Frau des Präfekten einen Besuch abzustatten, seiner Bekannten aus Friburgo. Er ließ sogar den Wunsch durchblicken, Oceano kennenzulernen, dessen Name ihm aus der Politik vertraut war. Beide trafen jedoch nicht zusammen, denn Oceano war zur Besichtigung von Bauarbeiten in den Distrikt Campo Santo gefahren. Dr. Fábio wartete ein oder zwei Stunden in Maria Corinas Haus auf Oceanos Rückkehr, aber umsonst; sie lernten sich erst kennen, als es zu spät war – das ist die Wahrheit.

Wenn er diese schlimme Untat an einem Mann beging, der mit Maria Corina viel weniger Umgang hatte als ich, warum sollte er dann nicht auch gegen mich vorgehen?

In jener Nacht fuhrt ihr in Oceanos Ford lange Zeit schweigend über Land: er schlug den Weg zu den Fazendas der Moura Alves ein, die alle in enger Nachbarschaft liegen; der Mond schien so hell, daß es schier unglaublich war, was man zu dieser Nachtstunde alles erkennen konnte.

Ich besah mir die schönen Felder, Plantagen und Weiden und dachte bei mir, daß die Moura Alves gute Fazendeiros sein können, vor allem Hauptmann Heleno, der diese von Oberst Zé Inácio heruntergewirtschafteten Ländereien wieder zu Ehren gebracht hat. Der Umgang mit dem Boden verlangt viel Ruhe, geduldige Hingabe und Konzentration, und all das geht den Moura Alves im Grunde ab. Hauptmann Heleno mag eine Ausnahme gewesen sein, aber er widmete sich nicht nur seinen Besitzungen, er mischte auch in der Politik mit, weil er seinen Widersachern, vor allem dem von ihm gehaßten Oberst Crespi, Schaden zufügen wollte. An all das dachte ich und schaute mir die bewässerten Reispflanzungen an, die die Kaffeeplantagen zu ersetzen begannen, da sagte Oceano auf einmal zu mir, ohne die Fahrt zu unterbrechen:

»Schauen Sie einmal her, Pater Júlio!«

Ich schaute hin und erblickte den silbernen Lauf des Revolvers in seiner Hand. Er war nicht geradezu gegen mich gerichtet, er war auf gar kein bestimmtes Ziel gerichtet, er stieg langsam vom Wagensitz empor und peilte ein Ziel an, von dem ich in jenem Augenblick meinte, ich selber könnte es sein – –

Chico der Bauer ließ Zé Inácio in sein Arbeitszimmer rufen. Der Sohn hatte seiner Mutter erklärt, er werde nicht mehr in das Priesterseminar von Congonhas zurückkehren, in das man ihn als kleinen Jungen geschickt hatte, weil er keine Berufung für den geistlichen Stand fühle, sondern heiraten wolle. Als ihn seine Mutter weinend und besorgt vor der heftigen Reaktion, die der Vater gewiß an den Tag legen würde, fragte, ob er denn schon wisse, wen er heiraten wolle, nannte er den Namen des Mädchens mit dem glühenden Vertrauen derjenigen, die sich darüber im klaren sind, daß kein anderer die Verwirklichung ihres Wunsches für möglich hält. Zé Inácio wußte nicht, ob seine Mutter über Glorinhas Herkunft im Bilde war. Ihm selber blieb zeitlebens unklar, ob es sich um einen Verdacht oder eine Tatsache handelte

– Chico der Bauer gab ihm nie eine genaue Auskunft darüber –, aber der bloße Verdacht langte aus, um ihnen beiden das Leben zu vergällen; sie sprachen zwar kein Wort über die Angelegenheit, aber sie konnten ihren Verdacht nicht einmal vergessen, wenn sie ins Ehebett stiegen; im Augenblick der körperlichen Vereinigung wurde die Vermutung zur Gewißheit; als er mit seinem Vater in dessen Arbeitszimmer allein war, wurde ihm auf einmal klar, daß sein Vater nicht daran Anstoß nahm, daß die Widersetzlichkeit des Sohnes den ganzen schönen Plan über den Haufen warf, er könne eines Tages Pfarrer der zu Christkönigs Ehren erbauten Kirche werden, sondern lediglich an seiner Verbindung mit der Tochter der Näherin.

»Betrachte Glorinha als deine Schwester«, sagte der Vater zu ihm und spielte nervös mit den dicken Perlen des goldenen Rosenkranzes, der ihm um den Hals hing, »sie ist mit dir zusammen aufgewachsen; wie kannst du dieses Mädchen zu deiner Frau machen wollen?«

Der Respekt hinderte ihn daran, seinem Vater die Gründe für das zu nennen, was seine Mutter eine »unsinnige Leidenschaft« nannte. Für Glorinha und ihn hatte diese Liebe nichts Neues und Unerwartetes, sie hatten schon in der Kindheit gewußt, daß sie einander heiraten wollten: als Kinder schon hatten sie Mann und Frau gespielt. Wenn seine Schwester ihn im Spiel zum Mann haben wollten, sagte er, er könne doch nicht die Frau wechseln, weil er Glorinhas »Gatte« sei. Er studierte und las, er lernte fremde Sprachen, er kam aus der primitiven, rohen Umwelt der Fazenda heraus, in der er sich immer unterdrückt gefühlt hatte; er fuhr auch nach Rio de Janeiro, um seine alte Leidenschaft, das Meer, kennenzulernen, und wenn er sich nicht als erfahrener Matrose auf einem der Schiffe anheuern ließ, so unterblieb das nur wegen Glorinha, sonst hätte ihn die Familie nie wieder zu Gesicht bekommen. Als er jedoch sah, daß er in Bälde zum Priester geweiht werden würde, bat er um Urlaub und kehrte mit dem Vorwand, sich von den Eltern verabschieden zu wollen, auf die Fazenda zurück, fest entschlossen, keinen Fuß mehr ins Priesterseminar zu setzen. Er rechnete mit heftigem Widerstand von seiten seiner Eltern, weil Glorinha ohne Vermögen, ja ohne Familienname war und niemand sagen konnte, wie die Näherin, ihre Mutter, seinerzeit nach Gratidão verschlagen worden war. Aber erst, als er im Büro seines Vaters saß, begriff er, daß es sich nicht um einen stärkeren oder schwächeren Widerstand handelte, sondern um ein vollständiges, umfassendes Nein. Er geriet nicht in Erregung wie sein Vater, er forschte nur nach dem wahren Grund dieses Neins und fragte sich, warum der Vater immer wieder Glorinha mit seinen Schwestern verglich.

Während der Vater weitersprach und in ihn drang, entsann er sich der vorangehenden Nacht, als er Glorinha im Viehhof getroffen hatte. Sie war den wachsamen Augen seiner Schwestern entflohen und erzählte ihm nun, sie habe Angst, einem Befehl ihres »Paten« – so nannte sie Chico den Bauern – zu trotzen, da doch die Mutter ihr geraten habe, seine Anordnungen stets so zu befolgen, als kämen sie von ihrem leiblichen Vater. Gleichzeitig fiel Zé Inácio das gespannte Verhältnis zwischen der Näherin und seiner Mutter ein, die zurückgezogene Lebensweise der ersteren in einem Zimmerchen in den hinteren Räumen des Herrenhauses, und wie erleichtert seine Mutter schien, als sie endlich gestorben war. Während dieser mit seinem Vater allein verbrachten Minuten, als das Nein ohne jede Erläuterung wiederholt wurde, ahnte er die Wahrheit. Und die grobe Stimme Chicos des Bauern sagte immer wieder entschlossen und hart wie ein alter Baumstamm:

»Ich verbiete diese Heirat. Ich verbiete diese Heirat.«

– Düstere Abende verbringt man bei dieser Familie. Nach dem Abendessen betet Paula den Rosenkranz im Besuchszimmer des Gartenhauses. Dort befindet sich die Hauskapelle mit dem Bild Christkönigs. Oceanos Urgroßvater hat es in Gratidão weihen lassen, nachdem ihm der Kaiser für viel Geld das Besitzrecht an einem Gebiet von 100 Quadratkilometer zugesprochen hatte, von denen er 12,5 Quadratkilometer für die Gründung der Ortschaft Parada de Deus abzweigte.

Ich sagte schon, die Moura Alves sind wie Vampire; in der Nacht, vor allem in der Nacht werden sie aggressiver und hecken alle die Bosheiten, all die Intrigen aus, die sie später ins Werk setzen. Wenn das Abendessen zu Ende ist – es wird dabei sehr wenig geredet, meist hielten nur Maria Corina und ich das Tischgespräch im Gange – wandern sie in einer Reihe ins Besuchszimmer hinüber.

Dona Paula kniet als erste nieder, den goldenen Rosenkranz und das Gebetbuch in der Hand, gleich hinter ihr die Töchter, Maria Pía natürlich ausgenommen, und wenn die Söhne anwesend sind, bleiben sie an der Tür stehen und schauen zu, wie die Mutter den Rosenkranz betet. An der Küchentür stehen die Dienstboten; sogar die Negerin Olava, die Dona Paula beim Großziehen der Kinder geholfen hat, besitzt nicht das Recht, im gleichen Zimmer zu beten wie die Familie.

Denn für diese Leute ist die Abschaffung der Sklaverei nur ein Stück Papier gewesen, das die Tochter des Kaisers unterzeichnet hat; die Sklaverei geht weiter; der Hungerlohn, den sie den Arbeitern auf den Fazendas zahlen, wird ganz aufgezehrt durch den Einkauf von Lebensmitteln in den Fazendageschäften, die ebenfalls den Moura Alves gehören. Die Freiheit, die sie ihren Negern gegeben haben, ist die größte Farce, die ich je erlebt habe: sie haben nicht einmal das Recht, in der Stadt einzukaufen; sie sollen bei den Fazendabesitzern in der Kreide stehen und keine bessere Bezahlung für ihre Arbeit beanspruchen können. Schauen Sie, ich bin ein alter Schiffskapitän: Disziplin und hierarchische Ordnung an Bord werden mit eiserner Strenge eingehalten, aber eine größere Tyrannei habe ich nie gesehen wie die der Grundbesitzer über ihre Pächter. Nicht einmal ein gütiger Priester wie Pater Júlio vermag sie zu erweichen – für sie hat Religion nichts mit Nächstenliebe zu schaffen, der Alltag hat keinerlei Verbindung zum ewigen Leben: kaum hatte Paula die Litanei mit einem »Amen« abgeschlossen, so begann schon das Ränkespiel, das Geflüster, die Intrigen. Fast jeden Abend gehen Oceano, Indinho und Pacífico ins Haus ihrer Mutter und bitten sie um ihren Segen: dann wird das Schicksal besprochen, das den Gegnern der Moura Alves bereitet werden soll. Wie oft sah ich sie nicht, gleich nach dem Beten des Rosenkranzes, sehr befriedigt über das Unglück, das ihren Widersachern zugestoßen war. Sie sind die schlimmsten Heuchler, die ich in meinem Leben zu Gesicht bekommen habe; deshalb unterhält Pater Júlio auch nur Höflichkeitsbeziehungen zu ihnen. Pater Júlio ist ein echter Priester und er tritt nur deshalb nicht in offenen Krieg mit den Moura Alves ein, weil sie seine Soutane achten: wohlverstanden, sie achten die Soutane, nicht Pater Júlios Großzügigkeit, die sie als Schwäche auslegen. Einmal pochte ein von Oceano verprügelter Pächter mitten in der Nacht am Pfarrhaus an; er hatte Angst, daß ihm das gleiche Schicksal widerfahren könnte wie allen anderen Feinden der Familie. Pater Júlio nahm den armen Neger in sein Haus. Als die Kanaille Einundsiebzig – Oceanos Leibwächter – beim Pfarrhaus anklopfte und die Herausgabe des Kreolen verlangte, schrie der Pater diesen Schuft an und warf ihn aus dem Haus und sagte, solange er Seelsorger von Parada de Deus sei, würde niemand die Hand an den armen Teufel legen. Als ich zum Mittagessen nach Hause kam, fand ich die Familie in heller Aufregung: nur Oceano war noch nicht erschienen. Ich hörte, wie Indinho seiner Mutter vorschlug, sie wollten ins Pfarrhaus eindringen und den Mann irgendwie herausholen. Damals sah ich, daß Paula von ihrer Autorität Gebrauch machte.

»Ihr werdet Pater Júlio in Ruhe lassen«, sagte sie so laut, daß alle im Zimmer sie hören konnten, »wir haben genug zu tragen an dem Fluch, der auf unserer Familie lastet.«

Ich fragte damals nicht, was für ein Fluch das wäre, denn in diesem Augenblick kam Oceano – wenn man ihm ins Gesicht sah, hätte man denken können, Pater Júlios Widersetzlichkeit hätte nicht ihm, sondern nur seinen Brüdern gegolten. Bei seinem Eintritt hörten sie auf zu schreien; vielleicht warteten sie – wie ich selber – auf einen Zusammenstoß zwischen Paula und ihm.

Er küßte seiner Mutter die Hand, setzte sich und sagte:

»Niemand wird ins Pfarrhaus eindringen; Mamá hat recht: wegen diesem Hundsfott werden wir dem Pater nicht die Achtung verweigern.«

Nach Oceanos Worten waren alle still; das Familienoberhaupt hatte gesprochen. Du bemerktest, wie Paula diesen Triumph genoß: sie stellt ihre Autorität jeden Tag selber auf die Probe, als zweifle sie an der Macht, die ihr Gott über diese Söhne verliehen hat. Damals konntest du dir einen Begriff machen von der Solidarität, die alle Moura Alves miteinander verbindet, denn als alle schon meinten, nach Oceanos Worten sei die Angelegenheit abgeschlossen, schaute Paula ihre Söhne einen nach dem anderen an und sagte:

»Eines Tages wird der Mann aus dem Pfarrhaus herauskommen. Dann...«

Während Indinho und Pacífico ein Lächeln tauschten, sahst du, wie Oceano durchs Fenster auf Pater Júlios Pfarrhaus starrte.

Nun, zwei oder drei Monate darauf, ich bin nicht ganz sicher, weil ich die Sache aus dem Auge verloren hatte, saßen wir beim Abendessen, als sich Indinho mit vollem Munde – er hat gar keine Tischmanieren – an die Mutter wandte und sagte:

»Mamá, erinnerst du dich noch an Deodato, den Kreolen von Degrêdo, den wir erwischt haben, wie er Zaubersprüche gegen Oceano aussprach?«

Ich kann diese Szene nicht vergessen. Sie versinnbildlicht die ganze Heuchelei dieses Vipernnestes, in dem ich leben mußte und für alle meine Sünden bezahlte: Paula servierte mir weiße Bohnen und ließ sich gar nicht stören.

»Ich weiß«, sagte sie.

»Der sich im Pfarrhaus versteckt hatte, du weißt schon?« Indinho legte großen Wert darauf, die Sache recht deutlich zu erklären, weniger für sie als für mich.

»Nun, man hat ihn in der Gegend von Porciúncula tot aufgefunden. Er scheint sich dort nicht gut gegeben zu haben«, setzte er hinzu und kaute ruhig weiter.

»Wer anderen Böses wünscht, kann selbst kein gutes Ende nehmen«, das war alles, was Paula dazu zu sagen hatte, während sie mir ungerührt weiße Bohnen servierte.

Als Zé Inácio am nächsten Morgen in aller Frühe den Vater ins Horn stoßen hörte – Chico der Bauer hatte bei den Soldaten das Hornblasen erlernt, und diese Kunst behielt er bei: in seinen Viehtreiberzeiten rief er die Rinder seines Trupps mit Hornklängen, und als Gutsbesitzer hatte er seinen Hühnern beigebracht, daß sie sich beim Hornruf zum Fressen zu versammeln hatten –, wußte er bereits, was er zu tun hatte: in einer schlaflos verbrachten Nacht hatte er sich abgemüht, die Sünde der Geschwisterehe zu begreifen, falls sein Verdacht zu Recht bestand, aber all seine Versuche waren gescheitert. Er hatte noch keine Frau erkannt und wußte, daß er seinen Körper nur für sie aufgespart hatte, das Mädchen, das möglicherweise seine Schwester war. Während der endlosen Nächte im Priesterseminar, als sein Fleisch unbefriedigt blieb und die Laken dampften, bewahrte er Geduld, weil er sich für sie aufsparen wollte. In den einsamen Nächten des Seminars ahnte er das Geheimnis des Fleisches, das die Haut so empfindlich werden ließ, als besäße sie tausend Augen: nach seiner Rückkehr auf die Fazenda ging er nicht wie sein Vater in die Negerhütten, um sich von der drängenden Lust in seinem Leibe zu befreien, sondern sparte sich auf für sie, für ihren glutvollen jungen Körper, für ihre unausgereiften Glieder, die zu ihrer vollen Entfaltung nach den seinigen verlangten. Bei diesem Gedanken verschwand die Angst vor der Blutschande, eine Einweihung in die Geheimnisse der Sinnlichkeit konnte er sich nur bei dieser einzigen Frau vorstellen. Deshalb kehrte er sich nicht an das Verbot seines Vaters, er schlug die drohende Enterbung ebenso in den Wind wie die Warnungen von Tomás, seinem Kindheitsgespielen, der ihm die Worte des Mulatten Pena Branca überbrachte. Seine Zweifel wurden erst Gewissheit, als sein Leib Tage später ihren heißen Jungmädchenleib bedeckte, viele Meilen entfernt von der väterlichen Fazenda, nach ihrer Flucht, die der gleiche Tomás unterstützte, der so erschrocken vor dem zurückgeschaudert war, was die alte Secundina als »Fluch« bezeichnet hatte.

In der Nacht, als Heleno die Geschichte von der Heirat seines Vaters vernahm, begriff er endlich, woher der von Tomás so häufig besprochene Fluch stammte. Nach dem Tod der alten Secundina vertrat Tomás seine Mutter bei den spiritistischen Sitzungen; sie fanden nicht mehr in der Kate auf Gratidão statt, in der Tomás auf die Welt gekommen war, sondern in einem Haus in der Avenida von Parada de Deus. Dort wimmelte es von Kranken, die sich von Tomás Kräuter zur Heilung ihrer Leiden verschreiben ließen. Heleno war nicht entsetzt, er bekam auch keine Angst, als er die Ursache für den Fluch erfuhr. Er hörte sich die Erzählung so ruhig an, als ob sie gar nichts mit seinem Vater zu tun hätte. Seine Neugier galt der Erscheinung, bei der Gott seinem Großvater Chico dem Bauern entgegengetreten war, dem Befehl, eine Stadt zu gründen und das gefundene Gold zum Aufbau eines Ortes zu verwenden, der Seinen Namen tragen sollte. Je tiefer er sich diese Geschichte einprägte, desto stärker überkam ihn ein Gefühl der Verachtung für den alten Trunkenbold, der zu ihm redete; er wunderte sich und konnte nicht begreifen, daß ein gebildeter Mann, der bei den Patres studiert und so viele Bücher in seinem Arbeitszimmer aufgestapelt hatte, sein Leben nicht der Bestellung seiner Ländereien widmen wollte, daß er auf die politische Macht in der Gegend Verzicht geleistet hatte. Der Fluch schreckte ihn nicht. Ihn fesselte weit mehr das Schicksalhafte, das von der Geschichte Chicos des Bauern ausging. Dieser Mann hatte nicht nur die Banditen und die Indios aus der Gegend vertrieben, sondern auch den Befehl ausgeführt, den ihm der Herr aller Dinge erteilt hatte. Mit ihm, seinem Großvater, fühlte er sich verbunden. Er spürte die Gewißheit, daß Gott ihn, den unehelichen Bastard – nicht die Kinder einer Inzestehe – dazu ausersehen hatte, Seinen Befehl auch weiterhin auszuführen. Zu diesem Zweck mußte er, Heleno, nicht nur alle Ländereien seines Vaters an sich bringen, sondern auch die politische Macht übernehmen, die damals schon in den Händen von Oberst Crespi lag. Der alte Trunkenbold gab ihm preis, was er gewiß noch niemandem preisgegeben hatte, sprach sich aus, nicht weil er meinte, sein Sohn könne ihn verstehen oder sein Vergehen verzeihen, sondern weil er die Vergewaltigung seines eigenen Gewissens nicht länger zu ertragen vermochte. Zé Inácio wünschte sich einen Zeugen für seine Gewissenbisse, für die Verzweiflung, mit der er in seiner Vergangenheit wühlte, eine Verzweiflung, die der Ohnmacht entsprang, diese Vergangenheit je ändern zu können. Er erzählte seinem Sohn, daß nach der ersten Nacht mit Glorinha alle Augenblicke seines Lebens Sühne für die begangene Sünde gewesen seien.

Gott ist mein Zeuge, daß ich nicht nur geheiratet habe, um selber glücklich zu werden, sondern um auch Oceano glücklich zu machen. In der ersten Zeit fühlte ich mich recht hilflos, ich wußte nicht, wie ich ihn nehmen sollte. Vielleicht hat damit mein Irrtum angefangen, das habe ich schon Pater Júlio gesagt. Ich war so töricht und unerfahren, als ich heiratete – ich war erst siebzehn Jahre alt –, daß ich nicht begriff, daß Oceano zum Glücklichsein außerstande war. Erst jetzt nach dem Gespräch mit Pater Júlio habe ich das eingesehen. Als wir nach Gratidão flüchteten, war ich so vergnügt, daß ich nur Lust hatte zu tanzen. Ich trieb sogar ein altes Grammophon auf, das mein Schwiegervater in seinen Flitterwochen angeschafft hatte, und am Abend legte ich einen Walzer auf, die »Faszination«, und lud Oceano zum Tanzen ein. Er weigerte sich natürlich, und da tanzte ich allein, während die Mädchen und Dona Paula mir ernsthaft zuschauten, bis Oceano mich auf das Sofa zog und zum Stillsitzen zwang. An dem Gesicht meines künftigen Mannes sah ich, daß er schlechter Laune war, als ob ich ihm Grund zum Ärger gegeben hätte.

»Was ist denn los?«, fragtest du erschrocken.

»Nichts«, gab er todernst zur Antwort, »ich will nur nicht, daß du dich wie eine Verrückte benimmst.«

»Aber ist denn Fröhlichkeit für dich Verrücktheit?« beharrtest du, und es stieg dir der Gedanke auf, daß du Oceano doch wohl allzu wenig kanntest.

Er sagte nichts weiter und schaute nur angestrengt nach dem Fenster. Da geschah etwas, was ich nicht verstand, ich hielt es für eine Torheit Oceanos. Ich hatte mich bei ihm untergehakt, es war eine Geste der Zärtlichkeit: im gleichen Moment zog Oceano den Arm weg und deutete auf seine anwesende Mutter. Ich war so entgeistert, daß ich gar nicht reagierte. Wir saßen da wie die Ölgötzen, als hielten wir Totenwache. Als später Dona Paula aus dem Zimmer ging und nur Dorotéia zurückblieb (bis zur Eheschließung ließen sie uns keinen Augenblick allein, und das will ich auch gar nicht tadeln), fragte ich Oceano, ob es denn eine Sünde wäre, den Mann, der mein Gatte werden sollte, in Gegenwart seiner Mutter unterzuhaken.

»Es ist keine Sünde, es ist Respektlosigkeit«, gab er mir zur Antwort und schaute mir nun gerade ins Gesicht, was er sich in Gegenwart Dona Paulas nicht erlaubt haben würde. Er hatte eine spaßige Art mich anzuschauen; das war mir schon bei unseren kurzen Begegnungen bei der Kirche von Parada de Deus aufgefallen. Es sah aus, als wollte er etwas an mir entdecken, etwas Verborgenes, von dem ich selber nicht wußte, was es war. Während unserer Flitterwochen in Degrêdo fragte ich ihn, warum er mich eigentlich so sonderbar anschaue.

– Das war in der Hochzeitsnacht, du trugst einen langen weißen Kimono, lagst schon im Bett und Oceano saß noch in seinem blauen Festanzug da, neben dir auf dem Bettrand. Er schaute dich so aufmerksam an, daß du es eigentümlich fandest; er schien etwas bei dir zu suchen, wovon du im voraus wußtest, du hättest es nicht. Bis dahin hatte er dich nicht geküßt, nie geküßt, und obwohl eigentlich du befangen sein mußtest, lagst du ganz locker und natürlich in dem großen ruhigen Schlafzimmer; das Licht der Deckenbeleuchtung fiel auf dich, und Oceano schien nicht müde zu werden, dieses Licht anzuschauen, das ihm dein Gesicht erhellte.

Da fragte ich ihn:

»Findest du mich hübsch oder bereust du schon, daß du mich geheiratet hast?«

Er lächelte langsam, ein Lächeln, von dem man meinen könnte, es sei gegen seinen Willen zustande gekommen – er sieht dabei beinahe leidend aus – und fragte:

»Du hast wohl keine Angst vor mir, wie?«

Während er das sagte, machte er das Licht aus. In der Dunkelheit konntest du ihn nicht mehr sehen, nur die Geräusche drangen zu dir, aber selbst da hattest du keine Angst, du warst nur neugierig, was wohl geschehen würde, neugierig auf das Geheimnis der Zeugung, von dem dir die Tiere schon eine ungefähre Ahnung vermittelt hatten. In diesem Moment spürtest du seine Hände, sie tasteten noch nicht, um die Formen deines Körpers zu erschließen, du spürtest nur eine befehlende Gebärde, die du Mühe hattest zu verstehen. Auf einmal knietest du im Bett, und dein Fleisch schmerzte unter dem Griff dieser Hände: da kam es dir in Erinnerung, daß du zwei Tage zuvor dein Elternhaus verlassen hattest, um mit diesem Manne zu flüchten, der, ebenfalls kniend, seinen Körper gegen den deinigen preßte, damit du das Geheimnis seines Leibes fühlend entdecken solltest. Statt einer Umarmung fandest du dich erdolcht von etwas Riesigem, das lanzenhaft in deinen Körper eindrang, als wäre es nicht aus Fleisch und Blut, sondern aus Stahl, einem großen stählernen Bleistift. Das machte dich fassungslos, aber noch mehr bestürzte dich der Satz, den er leise neben deinem Ohr wiederholte:

»Sag mir seinen Namen, und ich töte ihn. Sag mir seinen Namen, und ich töte ihn.«

Der spitze Stahl drang in dich ein, und deine Bestürzung teilte sich zwischen dem unerwarteten Schmerz und dieser Frage, auf die du keine Antwort fandest, auf die du nie eine Antwort gefunden hast. Du hast es für besser gehalten, sie zu vergessen, weil du ihr Geheimnis nicht zu entschlüsseln vermochtest.

Zé Inácio war mit ihr auf die Fazenda eines Freundes von seinem Vater geflüchtet. Als Chico der Bauer sechs Monate später dort auftauchte, erwartete Glorinha schon ihr erstes Kind. Bei dieser Begegnung schauten der Vater und er sich nicht in die Augen, sie wandten sich an den Fazendabesitzer, Hauptmann Gonçalves, der als Vermittler die Worte wiederholte, als ob einer den anderen nicht verstehen könne. Die Gestalt seines Vaters ging ihm nicht mehr aus dem Sinn: der lange Bart, der schwarz über das schneeweiße Hemd fiel, die schöne Kaschmirwäsche, die im Laternenlicht schimmerte, als ob sie frisch gestärkt wäre, die riesigen Hände des einstigen Viehtreibers, die still auf dem Tisch ruhten, wie ein ausgebreitetes Dokument. Dann gab ihm Hauptmann Gonçalves, ein alter Freund von Chico dem Bauern aus der Zeit der Inconfidência-Verschwörung, die Bedingungen bekannt, unter denen seine Frau und er auf den Gütern Chicos des Bauern wiederaufgenommen würden. Diese Bedingungen verbannten ihn aus dem Vaterhause, als hätte der Vater nicht den Mut, Zeuge der jede Nacht wiederholten Blutschande zu sein. Er verbannte ihn auf seinen entlegensten Besitz, das waren die Ländereien, die zu dem Ort Degrêdo gehörten, an der Grenze von Minas Gerais. Auf der Heimreise ritt der Vater voran, er hielt Abstand und wandte seinen Kopf den ganzen Tag über nicht ein einziges Mal zurück. Von diesem Tag an hatte ihn der Vater nie mehr angeschaut, er seinerseits nicht den Vater; seine Verachtung für den Sohn war so groß, daß er ihn nicht einmal rufen ließ, als er der Bande von Zeca Araújo entgegentreten mußte. Als er sich freiwillig dazu anbot, die Gruppe der Widerständler zu verstärken, wurde er abgewiesen, nicht vom Vater persönlich – der sprach nie wieder mit ihm –, sondern von seinem Vertrauenssklaven, dem Kreolen Tonho.

Zu jener Zeit erschien ein langer, magerer Weißblechschmied in Parada de Deus, ein Einwanderer, der vor kurzem aus Italien gekommen war. Ihn begleitete ein kleiner Junge; der konnte zwar kein einziges portugiesisches Wort aussprechen, aber er verstand sich vortrefflich mit den Pächtern, die im Fazendageschäft einkauften, an dessen Ladentisch er aushalf. Er brachte sie dazu, nicht nur alles zu kaufen, was er feilbot, sondern auch über das lustige Kauderwelsch zu lachen, das in seinem Munde wie Musik klang. Der primitive Verkaufsstand, worin es nach Rohzucker, Kautabak, Branntwein und Schweiß roch, erheiterte sich durch ihn; Zé Inácio verbrachte viele Nächte dort, trank den Wein, den der Junge ausschenkte, und schwatzte mit seinem Vater, dem Blechschmied; die drei verständigten sich in einer seltsamen Mischsprache aus dem Latein, das Zé Inácio im Priesterseminar gelernt hatte, und dem neapolitanischen Dialekt, den der alte Crespi und sein Sohn Ángelo sprachen. Er konnte damals nicht ahnen, daß dieser italienische Junge sich in den wichtigsten Kaffeeaufkäufer dieser Gegend des Staates Rio verwandeln würde. Er konnte nicht ahnen, daß er und sein eigener unehelicher Sohn sich die politische Macht im Ort streitig machen würden.

– Wir hatten noch keine sichere Spur von dem Verbrechen oder, richtiger ausgedrückt, wir waren von verschiedenen falschen Spuren irregeführt worden, als wir an den Tankstellen der Nachbarstädte von Friburgo nachfragten, ob sie den kleinen Ford gesehen hätten, den der Täter fuhr. Als wir einen Mann fanden, der den Mörder wiedererkannt hatte, erhielten wir schon den ersten anonymen Brief aus Parada de Deus, geschrieben von einem Gebildeten in schön geschwungenen Lettern, der Täter heiße Oceano de Moura Alves, es sei der berühmte Stadtpräfekt, der 1930 die gesamte Gegend für die Revolution erobert hatte. Die Information dieses Briefes stimmte überein mit der Information, die uns ein Tankstellenbesitzer einer benachbarten Ortschaft gab; er weigerte sich allerdings, das vor Gericht zu bekräftigen; er hatte Angst vor einem Racheakt von seiten des Mörders.

Der Untersuchungsrichter und ich waren sehr verwundert; wir konnten uns gar nicht die Gründe vorstellen, die den Täter dazu bewogen haben mochten, Dr. Fábio umzubringen. Ich bekenne, daß ich nichts auf Geschwätz gebe, aber diesmal mußte ich mit den übelsten Verleumdern der Stadt sprechen, um herauszubringen, was vor sich gegangen war, und dies, obwohl uns bereits ein zweiter anonymer Brief mit der gleichen kapriziösen Handschrift informiert hatte, Hauptmann Oceano habe den Geschäftsführer der Industrie- und Handelsbank aus Eifersucht umgebracht.

Wir wußten, daß Dr. Fábio zwar verheiratet, aber gern zu Eroberungen aufgelegt war und mit eigenen Gedichten an dem Winkelblättchen von Friburgo mitarbeitete; darin sprach er wie ein unreifer Bursche von Liebe. Der Staatsanwalt fand sogar zwei von dem Ermordeten verfaßte Vierzeiler in der Stadtzeitung, die einer geheimnisvollen »M.C.« gewidmet waren. Ich hörte dann von einem Bankangestellten, wenn die Frau des Präfekten von Parada de Deus ihre Sommerfrische in Friburgo verbrachte, wäre sie oft zur Bank gegangen; anfänglich habe sie sich mit Dr. Fábio am Kundentisch unterhalten, später sei sie in Dr. Fábios Arbeitszimmer eingetreten, und er habe alle anderen Kunden warten lassen, um sich mit ihr unterhalten zu können.

Als ich das erfuhr, hängte ich mich ans Telefon und versuchte, meinen Kollegen in Parada de Deus zu erreichen, Polizeileutnant Arnóbio. Ich versuchte, die Sache spruchreif zu machen; ich schilderte die Verdachtsmomente, die den Hauptmann belasteten, aber mein Kollege gab das durchaus nicht zu; er sagte, als Polizeikommissar von Parada de Deus könne er auf seine Offiziersehre bezeugen, daß Oceano de Moura sich in den fraglichen Tagen nicht aus der Stadt entfernt habe und als Mörder von Dr. Fábio überhaupt nicht in Betracht komme.

Erst da wurde dem Untersuchungsrichter und mir deutlich, welches Bußhemd wir uns selber angezogen hatten. Gewiß hat der Ermordete als Geschäftsführer einer Bank Antipathie erregt und erregen müssen, aber über diese Antipathie ist nichts Näheres bekannt; den Ruf, zu Eroberungen aufgelegt zu sein, zog er sich bei den Sommerfrischlerinnen zu, das sind im allgemeinen Frauen, die keine anderweitigen Verpflichtungen haben, und ich glaube auch, er gehörte eher zu dem Typus, der sich begeistert,

Gedichte schreibt und nicht darüber hinausgedeiht. Wir versuchten noch, andere Spuren aufzudecken, aber je weiter die Zeit vorschritt, desto deutlicher wurde, wer der Täter war. So beschlossen wir, der Untersuchungsrichter und ich, uns ein Auto zu nehmen, in Parada de Deus anzuklopfen und mit dem Präfekten zu sprechen.

Wenn wir noch irgendwelche Zweifel gehabt haben sollten, so verflogen sie in dem Augenblick, als wir den Hauptmann zu Gesicht bekamen. Ich weiß, ein Polizeikommissar kann sich nicht auf bloße Vermutungen und Verdachtsmomente verlassen, aber ich habe schon viele geheimnisvolle Verbrechen aufgeklärt, indem ich mich auf meine Intuition verließ. Wir kamen am späten Abend in der Stadt an, die Präfektur war bereits geschlossen: wir klopften also am Stadthaus des Hauptmanns an. Eine Hausangestellte sagte uns, er wäre auf seiner Fazenda, etwa 20 km außerhalb der Stadt. Wir fuhren dorthin weiter; die Fazenda heißt ganz zu Recht Degrêdo, Verbannung; es gab keinen besseren Namen für diese Gegend. Es ist ein hügeliges Besitztum von fast 15 Quadratkilometer Ausdehnung, wie mir der Hauptmann später erklärte, und an jeder Kurve gibt es Überraschungen. Zum Beispiel gibt es auf der Fazenda zwei oder drei Kapellen, wie ich sie nur in Minas Gerais gesehen habe, und zwar in den ältesten Städten: es sind winzige Häuschen, in die kaum zwei Personen hineinpassen, und dort steht ein Heiligenbild, um den Teufel in die Flucht zu schlagen. Keine andere Fazenda im Staat Rio hat dergleichen aufzuweisen. Auch macht die Feldbestellung einen sonderbar wilden Eindruck, als wären die Kaffeesträucher von selbst gewachsen und nicht von Menschenhand gepflanzt worden, die Blätter sind tiefgrün und die Sträucher so reich an Blättern, daß man die Früchte nicht erkennen kann, und dies, obwohl die Blätter um diese Jahreszeit schon verwelkt sind und das Pflükken beginnen kann. Vielleicht drücke ich mich nicht klar aus, aber es sieht so aus, als ob alles noch Wildnis wäre.

Auch in ihrem Eingang unterscheidet sich die Fazenda von anderen aus der Gegend. Das Tor ist mit einem Vorhängeschloß versperrt, und wenn jemand in das Gebiet von Oceano de Moura Alves eintreten möchte, taucht sofort ein Mann auf, der nicht wie ein Landarbeiter aussieht, sondern Schaftstiefel, breite Hose und Khakihemd trägt – das ist die Quasi-Uniform, die Oceano de Mouras Leibwächter tragen – und wenn das Gesicht in der Gegend unbekannt ist, wird der Mann eskortiert und zu Oceano geführt. Das ist jedoch nicht einmal der Hauptgrund zur Verwunderung, denn merkwürdiger noch sind die Pflanzungen, von denen sich nicht sagen läßt, ob sie eben erst angelegt wurden und deshalb so ungepflegt aussehen, oder ob sie in vollem Verfall begriffen sind. Selbst die Haustiere kennen kein sanftes Verhalten. Man hat den Eindruck, sogar die Karrenochsen würden sich mit den Hörnern angreifen, wenn sie nicht am Joch festgeschirrt wären. Der Wind des Wahnsinns scheint über die Ländereien von Degrêdo zu blasen, nicht nur über die Felder von Degrêdo, sondern auch über die übrigen Güter der Moura Alves. Die Weiden sind zwar gepflegt, wirken aber so sperrig wie Menschenhaar, das zu rasch wächst für die Schere des Friseurs.

Und doch gibt das alles nur einen Vorgeschmack von Hauptmann Oceano. Als wir vor dem Herrenhaus der Fazenda hielten, saß er gerade auf der Veranda, hatte den großen Hut über die Augen gedrückt und stand nicht auf, um uns zu begrüßen, als wüßte er schon, um wen es sich handle. Neben ihm spielte ein Junge mit Holzklötzen; das Kind sah ebenso wild aus wie die Tiere; es schaute uns aus seinem tiefschwarzen Haarschopf von unten her an, und als der Untersuchungsrichter den Kopf des Knaben streicheln wollte, duckte er sich hinter den Stuhl des Hauptmanns und schaute uns gehässig an. Der Untersuchungsrichter sprach zuerst, er erklärte, wer wir wären, während der Hauptmann uns auf seine zurückhaltende Weise ansah, von der man nicht sagen kann, ob sie Zustimmung, Ablehnung oder Gleichgültigkeit zu bedeuten hat. Der Untersuchungsrichter ist auch noch ein junger Mann, auch er ein Revolutionär von 1930, aber ein anderer Revolutionär als der Hauptmann, der gewiß nur mitgemacht hat, weil ihm die Unterdrückung anderer Leute

Freude macht, während der Untersuchungsrichter sich als Idealist beteiligte. Deshalb ist er jetzt auch so enttäuscht über die Revolution, die nur dazu beigetragen hat, talentlose Leute an die Macht zu bringen. Beide kannten sich dem Namen nach, aber die Tatsache, daß sie fünf Jahre zuvor einer gemeinsamen Sache gedient hatten, brachte sie einander nicht näher. Der Hauptmann argwöhnte schon, weshalb wir gekommen waren, wenn er sich auch nichts anmerken ließ. Fünf Minuten nach unserer Ankunft sahen wir, als wir uns umschauten, daß der gesamte Hofplatz von den Leibwächtern des Hauptmanns umstellt war, die für alle Fälle ein Gewehr neben sich stehen hatten.

»Was sollen all diese Bewaffneten, Hauptmann?« fragte ihn der Untersuchungsrichter lächelnd – der Bursche ist ein richtiger Kampfhahn: er läßt sich durchaus keine Angst einjagen – »und das alles nur wegen uns zwei kleinen Leuten?«

Der Hauptmann lehnte in seinem Schaukelstuhl; bei den Worten des Untersuchungsrichters umklammerte er die Lehnen, als ob er sich beherrschen müsse.

»Ich habe viele mächtige Feinde, Untersuchungsrichter«, erwiderte er in seiner schleppenden Sprechweise, die den Eindruck erweckt, als wolle er nicht etwa die einzelnen Silben gut aussprechen, sondern stolpere mit Vergnügen über sie, fast wie ein Ausländer, der unsere Sprache spricht, »und ich muß auf der Hut sein, denn die Verräterei dieser Leute kennt keine Grenzen.«

»Was sind denn die Ursachen für diese schrecklichen Feindschaften«, beharrte der Untersuchungsrichter, »die Sie nötigen, ein ganzes Bataillon aufzubieten, um überleben zu können?«

Der Hauptmann straffte sich in seinem Schaukelstuhl, in dem er entspannt gelegen hatte, und nun erst konnte ich bemerken, wie groß er ist; sein Körper füllt den ganzen Schaukelstuhl aus.

»Wenn Sie die Geschichte von Parada de Deus kennten, würden Sie wissen, daß diese Feindschaft mehr meiner Familie als mir selber gilt«, erklärte er, »wir – die Moura Alves, waren die Stadtgründer und haben zum Fortschritt dieser Stadt beigetragen; das können uns viele Leute nicht verzeihen.«

Er sprach, als ob er eine Rede hielte; als das Dienstmädchen eine Laterne neben ihn stellte, konntest du ihn besser erkennen: es hatte den Eindruck, als strengte er sich gewaltig, wenn auch vergeblich an, um so zu tun, als ginge nichts Ungewöhnliches in ihm vor, die Anstrengung war jedoch so außerordentlich, daß sie durch ihre eigene Lüge die Aufmerksamkeit anzog.

»Die Familie von Oberst Crespi«, fuhr er fort, während das Dienstmädchen den Kaffee servierte, »haßt mich, weil mein Vater und ich die politische Macht aus den Händen dieses schmutzigen Italieners gerissen haben. Es ist kaum zu glauben: wer herrschte in Parada de Deus und vertrat die Gegend bei der Landesregierung? Ein Ausländer! Und das war nicht etwa – ich sage *war*, weil der Mann glücklicherweise inzwischen zur Hölle gefahren ist – ein feiner Mann, ein Adliger, der wohlhabend aus seinem Lande kam, o nein: der Mann, von dem ich rede, kam als junger Mensch ohne einen roten Heller hier an, um auf der Fazenda meines Großvaters zu arbeiten, wie viele Italiener damals kamen, ohne einen Pfennig in der Tasche. Mein Vater selbst hat von seinem Vater gehört, was Oberst Crespi zu jener Zeit war: ein armer Teufel, der wie sein Vater, ein betrunkener Blechschmied, nicht wußte, wo er unterschlüpfen sollte. Dieser Mann begann die Brasilianer wie Rohzucker auszusaugen und war bis 1930 der größte Kaffeeaufkäufer unserer Gegend. Wir, die Moura Alves, haben jedoch die Macht dieses Emporkömmlings nie anerkannt; deshalb sind wir in den Kampf eingetreten.«

»Aber haben Sie eben nicht selber gesagt, daß Oberst Crespi gestorben ist?« fragte ich einigermaßen entsetzt, weil er den Mann immer noch haßte, als ob er lebendig wäre und ihm Böses zufüge.

»Er ist glücklicherweise gestorben, aber seine Parteigänger, seine Gefolgsleute, seine Familie sind nach wie vor am Leben und machen bei den spiritistischen Sitzungen der Gegend alle Anstrengungen, um mich umzubringen. Ich habe hier in der Umgebung der Fazenda Mordgesellen entdeckt, die sich eingegraben hatten, um mich im Vorübergehen umzubringen. Verstehen Sie jetzt, warum ich gezwungen bin, diese Männer in meinem Dienst zu halten?«

Er schien seine anfängliche Reserviertheit vergessen zu haben; während er in Feuer kam, wurde ein dünner Speichelfaden in den Winkeln seines großen Mundes sichtbar. Seine Redeweise war unerträglich verachtungsvoll.

Währenddessen fiel mir auf, daß der Junge, der sich hinter Oceanos Schaukelstuhl versteckt hatte, aus seinem Versteck herauskam, um seinen Vater reden zu hören. Im Lichtschein sah ich, wie sehr das Kind dem Hauptmann ähnlich sah – seine Nasenwurzel war stark eingekerbt wie die seines Vaters – und mit aus dem Gesicht quellenden Augen zuhörte, als spreche der größte Held der Erde.

In diesem Augenblick wußten wir noch nicht, daß Oceanos Frau nicht bei ihm war, weder auf der Fazenda noch in ihrem Stadthaus. Angeblich befand sie sich in Gesellschaft ihrer Schwiegermutter in Parada de Deus. Von den vier Kindern – sie haben noch drei kleine Mädchen – war nur der Junge mit dem Vater nach Degrêdo gegangen. Wir hatten Oceanos Frau in Friburgo gesucht, als die ersten Verdachtsmomente aufkamen, aber sie war schon abgereist, und es war unmöglich geworden, sie zu vernehmen. Jedesmal, wenn wir bei Oceanos Mutter anklopften, brachte sie uns von der Spur ab, es hieß dann, ihre Schwiegertochter wäre nach Rio abgereist und bei Verwandten in Botafogo abgestiegen, deren Adresse sie nicht kenne – Oceano bestätigte das. Inzwischen erfuhren wir, daß sie sich bei Oceano auf der Fazenda befindet, aber er muß seine Frau in irgendeinem der Zimmer hinter Schloß und Riegel halten, denn als wir wiederkamen und nach ihr fragten, tat er sehr erstaunt und wiederholte nur die Auskünfte seiner Mutter. Der Untersuchungsrichter und ich begriffen jedoch schon beim ersten Besuch, daß dort im Schaukelstuhl der Mörder Dr. Fábios vor uns saß, der geheimnisvolle Mensch, der an einem Mittwoch, den 28. Januar 1935, nachmittags um halb sieben Uhr aus einem kleinen Ford sprang, der vor der Bank mit laufendem Motor auf seine Rückkehr wartete, ins Büro eindrang und Dr. Fábio mit drei Schüssen aus einem Colt mit dem Kaliber 38 umbrachte.

Wenn Ângelo Crespi, der Sohn des italienischen Blechschmieds, später zum ärgsten Feind wurde, den Heleno in Parada de Deus besaß, so war dies zumindest am Anfang ihrer Laufbahn nicht abzusehen gewesen. Damals sahen sich beide vor die Notwendigkeit gestellt, zu kämpfen – gleich mit welchen Mitteln –, um zu Besitz zu gelangen. Der Unterschied bestand allenfalls darin, daß Heleno um einen Besitz kämpfte, der seiner Familie schon gehörte. Die Rivalität zeigte sich nicht, als beide um ihren Aufstieg kämpften, sondern schon die Höhe ihrer Laufbahn erklommen hatten. Diese Höhe war ihnen zu eng geworden, sie bot nicht Platz für zwei. Der Kampf entbrannte, um eine Position zu behaupten, die nicht geteilt werden konnte. In der ersten Phase dieser Auseinandersetzung – Ângelo Crespi und Heleno de Moura hatten sich um diese Zeit bereits Offizierspatente zugelegt, die sie der Nationalgarde abgekauft hatten, der erste war als »Oberst« bekannt, der zweite als »Hauptmann« – machten sie sich das Ankaufsrecht für den in der Gegend produzierten Kaffee streitig. Dabei gewann der Italiener, der schon in Rio de Janeiro seinen Naturalisierungsantrag eingereicht hatte, langsam an Boden. Das verdankte er nicht nur der Jovialität, die ihn schon in der Kindheit am Ladentisch des Fazendageschäftes verkaufen ließ, was er wollte und an wen er wollte, sondern auch den besseren Finanzierungsbedingungen, die er den Kaffeeproduzenten bot. Hauptmann Heleno de Moura seinerseits übernahm im Verlauf seiner ersten vierzig Lebensjahre nicht nur die Führerrolle in der Familie Moura Alves, er brachte auch sämtliche Ländereien an sich, die eigentlich unter seinen Stiefbrüdern, den ehelichen Kindern des Obersten Zé Inácio, hätten aufgeteilt werden müssen. Krankheit, Schwächlichkeit und geistige Umnachtung warfen sie aus dem Rennen und ließen Heleno nur die trübe Aufgabe, den jüngsten, einzigen Sohn auszuschalten, der aus seines Vaters zweiter Ehe hervorgegangen war. Heleno hatte ihn mit eigenen Händen getötet – nie hatte ein Schuß seinen Ohren so barmherzig geklungen wie jener, der das Leben dieses zerbrechlichen Knochengestells beendete, dessen weiße, beinahe durchsichtige Haut meinen ließ, sie reiche nicht aus, den armseligen Körper zu bedekken. Heleno wollte nicht, daß sein Stiefbruder leidvoll dahinsiechen sollte, das kränkliche Geschöpf, das aus der zweiten Heirat entsprungen war. Sie hatte nur kurz gewährt und die Gewissensbisse in der Seele seines Vaters nur weiter verstärkt. Er beendete seine Tage wie ein Geistesgestörter. Nur wenn der uneheliche Bastard in das Zimmer des Alten mit dem schlohweißen Bart eintrat, kam etwas Zusammenhang in seine Worte, er stammelte mit schwerer Zunge, riß seine großen schwarzen Augen auf, ergriff die Hand des Sohnes und brummelte dunkle Worte von dem Fluch, den er auf die Familie gebracht habe. Um den Stiefbruder davon abzubringen, je wiederzukommen und das ihm zustehende Erbteil zu verlangen, brachte er ihn in einem Hause unter, das sein Großvater Chico der Bauer auf der Fazenda Gratidão erbaut hatte. Er hätte jedes göttliche Gebot gebrochen, um die Ländereien, die sein Großvater erstritten und sein Vater friedlich geerbt hatte, in seine Hand zu bringen. Er wollte dem Stiefbruder die Leiden eines langen Todeskampfes ersparen, er sollte nicht Angst haben vor dem Tode; im Grunde hielt er es für einen Akt der Barmherzigkeit, wenn er einem Wesen das Leben nahm, das so gebrechlich war wie seine Mutter Iaiá, die Enkelin von José Caetano de Melo. Zé Inácio heiratete sie, als sie ihr vierzehntes Lebensjahr noch nicht vollendet hatte, und an der Geburt dieses Sohnes war sie gestorben. Heleno schickte seine Frau Paula mit ihren Kindern auf zwei Tage nach Degrêdo, angeblich um dort Blutwurst zu machen, und gleich in der ersten Nacht, als nur die Mäuse im Dachgebälk raschelten, betrat er das Zimmer, in dem man den Jungen mühsam atmen hörte; beinahe sanft, mit dem ruhigen Gewissen eines Wohltäters setzte er seinen Flintenlauf auf die Brust des Stiefbruders und drückte ab.

Als seine Frau Paula zwei Tage später zurückkam, streifte der

Schwager nicht mehr müßig im Haus umher, auch seine Wäsche hing nicht mehr auf der Leine; ob sie nun verstand, was vorgefallen war, oder Fragen zu stellen nicht in ihrer Art lag und noch weniger in der Art ihres Mannes, Antworten zu geben, Tatsache ist, daß sie mit keinem Wort auf das mysteriöse Verschwinden ihres Schwagers einging, und wenn jemand sie fragte, murmelte sie nur zwischen den Zähnen:

»Das weiß Heleno.«

Als Heleno diese Antwort zu Ohren kam, wußte er, daß er an seiner Frau eine Komplizin für alle Gelegenheiten besaß, bei denen ein Mord notwendig wurde. Er hätte noch ganz anderes getan als einen Menschen umgebracht, nur um die Ländereien nicht teilen zu müssen, die er sich mit keinem anderen Besitzer als sich selber vorstellen konnte.

– Ich habe alles vorausgesehen, was sich ereignet hat, Tomás kann das bezeugen. Mamá verstand das nicht, sie fragte mich mehrmals, warum ich die Vorkommnisse nicht verhindert hätte, aber ein Schicksal kann man nicht verhindern – es erfüllt sich von selbst. Obwohl ich die Mittel dazu besaß, all das abzuschneiden, was ich an Maria Corinas Verhalten für verfehlt hielt, unternahm ich nichts dazu; ich wollte nichts von ihr mit Gewalt erreichen, das verstehe ich nicht unter Liebe. Ich wollte nichts erzwingen, damit sie sich so zeigen könnte, wie sie in Wirklichkeit war. Meine Frau habe ich erst in der Hochzeitsnacht richtig kennengelernt – ich meine, die Menschen lernen sich erst in dieser Stunde wirklich kennen, das übrige Leben verbringen sie damit, die Wahrheit dieser Stunde Lügen zu strafen und zu verdunkeln. Da erst verstand ich, was für eine Art von Frau ich geheiratet hatte.

Einmal sagte mein Sohn Heleninho in seiner Unschuld zu mir: »Papa, als wir in Friburgo waren, ist Mamá mit mir und den Mädchen jeden Nachmittag auf dem Marktplatz spazierengegangen. Auch wenn es kalt ist, gehen wir spazieren, auch wenn wir sie herzlich bitten, nicht mit uns auszugehen.«

»Warum geht denn die Mamá so gern auf dem Marktplatz spazieren, Heleninho?«, fragte ich ihn.

»Um sich die Männer anzuschaun, Papa«, antwortete er in aller Ruhe, ganz überzeugt, daß er die Wahrheit sagte, daß es gar nichts Besonderes war, was er mir da erzählte.

Das hat mir mein fünfjähriger Sohn gesagt. Erstaunlich ist die Beobachtungsgabe dieses Jungen! Aber man kann daran auch sehen, wie häufig die Mutter – ohne Zurückhaltung, ohne irgendwelche Vorsicht – in Gegenwart der eigenen Kinder flirtete.

Ich tat so, als kümmere ich mich nur um die Arbeit auf der Fazenda und die Lokalpolitik – nach meiner Wahl zum Präfekten der Gegend kam auch diese Aufgabe auf mich zu – und ich glaube, eben deshalb fühlte sich Maria Corina frei, um Ehebruch zu begehen. Der schmerzlichste Beweis für diesen wiederholt begangenen Ehebruch war ihre Verwandlung nach dem Tod ihres Geliebten. Ich brachte Maria Corina auf die Fazenda und trennte sie von ihren Töchtern, die bei Mamá blieben; Heleninho schickte ich auf Indinhos Fazenda zu seinen Vettern.

Sie verlangt nach ihren Kindern, aber ich habe ihr schon gesagt, daß sie kein Recht auf sie hat. Jetzt betet sie oft, ein Zeichen, daß sie es nötig hat: fraglich, ob das schon Reue ist, aber wenigstens scheint ihr die begangene Sünde zu Bewußtsein zu kommen: das wenigstens habe ich erreicht, denn bis sie auf die Fazenda kam, war sie nur wegen ihres toten Liebhabers traurig und niedergeschlagen.

In der ersten Nacht, die sie in Mamás Stadthaus verbrachte – nach dem Tod dieses Kerls – waren die Herrschaften aus Friburgo, der Polizeikommissar und der Untersuchungsrichter, in Degrêdo, sprachen mit mir und fragten nach Maria Corina. Da beschloß ich in vorgerückter Nachtstunde, obwohl ich genau wußte, daß Mamá den beiden nicht erlauben würde, mit Maria Corina in Parada de Deus zu sprechen, meine Frau auf die Fazenda zu bringen. Sie stimmte zu. Wahrscheinlich glaubte sie, ich wolle schlicht und einfach mit ihr Frieden schließen. Wir fuhren in meinem kleinen Ford, und kaum waren wir angelangt, da fragte sie mich, als ob ich ihr Rechenschaft schuldig wäre: »Oceano, was war denn eigentlich los?«

Das kleine Auto hüpfte über die löcherige Straße, die zur Fazenda führt. Es hatte in der Nacht geregnet, aber der Regen war schon vorüber, ein blankgewaschener Himmel mit einem riesenhaften Mond stand über euch beiden. Seit Beginn der Fahrt hattet ihr euch noch nicht angeschaut, kein einziges Wort gewechselt. Der Wagen holperte über den gleichen Weg, den der junge Heleno de Moura so oft auf dem Lenksitz seines Ochsenwagens zurückgelegt hatte; auf dem gleichen Weg war wohl auch der ehemalige Priesterschüler mit dem Mädchen Glorinha geflüchtet, geflüchtet auf die Fazenda eines Gevatters von Chico dem Bauern in Valença und dort sechs Monate lang geblieben, bis der Vater sie zurückholte mit der Bedingung, daß sie das Vaterhaus nie wieder betreten durften; den gleichen Weg hat auch Maria Olegária, Zé Inácios Schwester, eingeschlagen, als sie am Vorabend ihres Eintritts ins Kloster mit dem Mulatten Honório, dem Zureiter und Sohn der freigelassenen Sklavin Maria-du-bringst-mich-um, flüchtete. Hier auf diesem Weg, auf dem du wortlos mit Maria Corina entlangfuhrst, während das Quaken der Frösche die zirpenden Grillen übertönte, hatten auch die Scharmützel zwischen der Bande von Zeca Araújo, dem Räuberhauptmann aus Várzea das Palmas, und der von Chico dem Bauern persönlich angeführten »Todesbande« stattgefunden. Du fährst über diese erinnerungsschwere Straße in der naiven Überzeugung, du wärest der erste Mann seit Jahrhunderten, der sich verraten und verhöhnt sieht. Die Verdachtsmomente waren dir zur Gewißheit geworden, und nur eines war dir wichtig geworden, nachdem es für dich feststand, daß sie dich betrogen hatte: sie leiden zu lassen, tief leiden zu lassen. Deshalb vernahmst du mit innerem Jubel die Frage:

»Oceano, was ist denn eigentlich vorgefallen?«

– Wir hatten uns seit dem Tod des anderen noch nicht gesehen; sie kehrte aus Friburgo direkt in Mamás Stadthaus in Parada de Deus zurück; sie fuhr nicht in unser Stadthaus, als fürchte sie meine Rache, nicht einmal auf unsere Fazenda. Als wir uns nach dieser ganzen Zeit wiedersahen, bezog sich ihre Frage weder auf meine Gemütsverfassung noch auf meine Gesundheit; sie verlangte eine Erklärung dessen, was ich ihrem Geliebten angetan, warum ich ihn getötet hatte.

Ich gab darauf natürlich keine Antwort, ich tat so, als sei ich völlig mit dem Auto beschäftigt, nur aus den Augenwinkeln sah ich, wie Maria Corina sich duckte, als leide sie an Kälte. Sie hatte keinen Mut mehr, auf ihrer unverfrorenen Frage zu beharren; je weiter die Zeit vorschritt, desto mehr sank sie in sich zusammen, sie, die ins Auto gestiegen war, als wäre sie die Herrin der Welt und niemandem Rechenschaft schuldig, als wäre ich nicht ihr Gatte, sondern ein Bekannter. Dabei hatte sie mir die elementarste Ehepflicht verweigert: die Treue.

Gewiß war sie schon eingeschüchtert, als sie im Auto saß.

Ich mußte ihr klarmachen, wofür ich sie wirklich hielt. Zwei Dinge verabscheue ich von Grund auf: Betrug und Unverschämtheit. Maria Corina hatte sich dieser beiden Dinge schuldig gemacht, als sie im Auto Genugtuung forderte für die Tat, die sie mir zuschrieb, und ein ruhiges Gewissen zur Schau stellte, das sie gar nicht besitzen kann.

Ich ließ sie zappeln, und als wir auf die Fazenda kamen, gab ich Anordnung, die Lampions anzuzünden in dem Zimmer, das ich ihr zugedacht hatte; es hat einen Hausaltar, der meiner Großmutter gehört hat, und einen Betstuhl. Das Zimmer selbst ist abgelegen und führt auf einen Geländevorsprung, unter dem der Fluß vorüberfließt. Dort wird sie in Ruhe nachdenken und büßen können für das, was sie gegen Gott, gegen mich und ihre eigenen Kinder gesündigt hat. Als sie das Haus betrat, fragte sie nach Heleninho, ich gab ihr jedoch weiterhin keine Antwort; nur als sie in unser Schlafzimmer gehen wollte, zog ich sie am Arm fort und hinderte sie daran, einzutreten:

»Hier nicht«, sagte ich.

Ihre Bestürzung war nur von kurzer Dauer, sie wich einer Resignation, die nicht neu, sondern Frucht jahrelanger Übung zu sein schien; selbst ihre Körperhaltung änderte sich, ihre Brust sank ein, sie ließ den Kopf hängen. Von diesem Augenblick an, bei meinem Verbot, das eheliche Schlafzimmer zu betreten, schien ihr zu Bewußtsein zu kommen, was vor sich gegangen war und was ihr in Zukunft bevorstand. Dann folgte sie dir beinahe unterwürfig in das entlegene Hinterzimmer. Als du die Tür öffnetest, zögerte sie einen Moment, als fühle sie sich von all den brennenden Lichtern im Inneren des Zimmers irgendwie bedroht. Da sprachst du zum ersten Mal mit ihr, ohne sie anzuschauen, und zwangst dich dazu, die Worte so langsam zu formulieren, wie du es bei all deinen Sätzen tust.

Ich sah, daß sie zögerte einzutreten, als wüßte sie nicht, was sie dort drinnen erwartete.

»Dieses Zimmer bleibt Tag und Nacht erleuchtet«, erklärte ich, »Kerzen und Lampions brennen, damit du Buße tun kannst. Versuche nicht das Fenster zu öffnen: es ist zugenagelt. Zur Essenszeit klopft ein Dienstmädchen an deine Tür und bringt dir deinen Teller.«

Sie preßte die Hände auf den Mund und schaute bestürzt aus, als könne sie das gar nicht glauben, was sie von mir hörte. Sie fragte entsetzt:

»Dann soll ich also hier die ganze Zeit über eingesperrt bleiben?« Und ohne dir Zeit zur Antwort zu geben, wiederholte sie: »Bis wann willst du mich hier einsperren?«

Ich schaute mir das Innere des Zimmers an, um zu sehen, ob alles an seinem Platz war: Das Bett mit dem Strohsack, das Nachtgeschirr, der Krug mit Trinkwasser, und die Heiligenbilder, die ich auf den Hausaltar stellen ließ: Christkönig, die heilige Barbara, der heilige Obofre, der heilige Benedikt und die heiligen Cosme und Damian.

»Du solltest mir dankbar sein, daß ich dir einen geeigneten Ort biete, an dem du nachdenken und deine Sünden bereuen kannst«, sagte ich. »Denke nicht an das wie lange? Bete gut, bete viel und erinnere dich, daß die Barmherzigkeit Gottes unendlich viel größer ist als unsere Fähigkeit, gegen ihn zu sündigen.«

»Sündigen womit?«, fragte sie und schluchzte heuchlerisch. »Ich habe nicht gegen Gott gesündigt, Pater Júlio weiß das. Ich habe schon dreißigmal kommuniziert; glaubst du, wenn ich gegen eines der Gebote Gottes gesündigt hätte, würde ich den Mut aufbringen, Ihn bei mir zu empfangen?«

»Das hängt davon ab, mit welchen Gründen du dich rechtfertigst«, gab ich zur Antwort, »in seiner Unverantwortlichkeit, in seiner Angst vor der gerechten Strafe kann der Mensch eine Entschuldigung nicht nur für seine Sinnengier, sondern auch für seinen Treuebruch an ihm eng verbundenen Menschen finden.«

»Ich habe die Treue nicht gebrochen, ich habe es nicht getan«, erwiderte sie und heuchelte Tränen, »ich habe nichts getan, was mein Gewissen belasten oder bewirken könnte, daß ich mich vor meinem Mann und meinen Kindern schämen müßte.«

Da schautet ihr euch an, du konntest es nicht länger vermeiden. Es kreuzten sich nicht einfach die Blicke, eine geheime Anziehungskraft wirkte sich aus. Es schien, als hättet ihr in eurem ganzen Eheleben diese Begegnung der Augen vermieden, um in der Nacht nach dem Todesfall, der euch endgültig getrennt hatte, zu der gesammelten Einsicht zu gelangen, die ein Mensch von anderen erlangen kann, indem er ihm ins Auge schaut. Ihre zusammengesunkene Gestalt schien bei dem irren Licht der Kerzen und Lampions aufzuglühen – ohne Protest, ohne Klage, ohne Verzeihung, stumm wie jemand, der das Schicksal kennt, das er zu erwarten hat, der ebenso das Schicksal desjenigen kennt, der gewillt ist, dieses Schicksal walten zu lassen, selbst wenn es sich um einen entsetzlichen Irrtum handeln sollte.

Ich drehte den Schlüssel in der Tür um und verwahrte ihn in der Umhangtasche. Ich schaute zu den Dienstmädchen hinüber, die in der Küche Geschirr spülten: sie wandten mir den Rücken zu, als hätten sie nichts von alledem gesehen oder gehört, was zwischen uns vorgefallen war.

Als Vorbild und Beispiel diente ihm nicht die Gestalt seines Vaters, des alten Trunkenboldes, der sich in seinen letzten Lebensjahren gänzlich in seine Hände gab und Schecks und Dokumente unterzeichnete, ohne sie vorher geprüft zu haben, sondern die Gestalt des Großvaters. Nach der Nacht der ersten Beichte war der Vater dazu übergegangen, ihn mit der Genauigkeit eines Biographen zu beschreiben. Heleno bedrängte ihn dabei mit unzähligen Fragen, und je mehr Antworten er bekam, desto stärker wuchs seine Neugier auf den gewaltigen Mann. Einen Teil seiner Kindheit und Jugend hatte er damit zugebracht, seine Tiere über die einsamen Wege der Provinzen Minas Gerais und Rio de Janeiro zu treiben; ins Landesinnere transportierte er Karabiner, Hufeisen, Wein, Pökelfisch, Weizenmehl, Arzneimittel, Geschirr und Kurzwaren, in die Städte brachte er Zuckerschnaps, Zucker, Edelsteine, Ochsenleder, Bohnen, Hühner, Mais, Reis und Käse zurück. Ihm war, als sähe er seinen Großvater leibhaft vor sich stehen, zu einer Zeit, als er schon Grundbesitzer war: sein dichter schwarzer Bart wirkte wie der Schatten der breiten Krempe seines schwarzen Filzhuts, er saß zu Pferd, die langen Rohlederstiefel mit einem Riemen am Schenkel befestigt, und trug riesige silberne Sporen, die den Bauch des Reittiers nur kitzelten, er pflegte zu sagen: »Wer langsam reitet, kommt schneller ans Ziel.« Diesen Mann hatte sich Gott unter vielen anderen ausersehen, um ihm auf freiem Feld zu erscheinen, in einem großen, blutroten Umhang, dessen Lichtglanz die Sklaven blendete, und mit derber gebieterischer Stimme aufzutragen:

»Auf diesem Land sollst du Gold suchen, Chico, und dieses Gold auf die Gründung einer Stadt verwenden; sie soll Meinen Namen tragen, zu Meinem höheren Ruhm und Ehre.«

Die Vernichtung der Bande des Zigeuners Teodureto erschien Heleno wie eine Bestätigung des Auftrags, den der Herr seinem Großvater erteilt hatte. Nur so konnte er begreifen, daß dieser eine Stadt aus dem Boden gestampft hatte. Sie nahm ihren Ausgang nicht nur von dem Laden, den sein Großvater versuchsweise eröffnet hatte, sondern vor allem von der Kapelle, die er eigenhändig mit geringer Mitwirkung der Sklaven errichtet hatte. Das setzte Heleno am meisten in Erstaunen, da wurde ein Ort aus dem Boden gestampft und begann sogleich die verstreuten Bewohner der Gegend anzuziehen, weil dort eine Kapelle vorhanden war – mit einem Bild von Christkönig, das eigens für sie aus Rio de Janeiro gebracht worden war. Damit nicht genug: überzeugt, daß Gott ihm nicht unbefristet die Ausbeutung der Goldadern erlauben würde, die er der Bande des Zigeuners Teodureto entrissen hatte – im ersten Jahr hatte Chico der Bauer über sechzig Kilogramm feinen Goldstaubs geschürft –, widmete er sich auch der Anpflanzung von Mais und Zuckerrohr und der Rinderzucht, bald standen zweihundert Sklaven in seinen Diensten. Sein Vater erzählte ihm, der Großvater habe keinen wichtigen Entschluß gefaßt, ohne sich zuvor in seinem Zimmer einzuschließen und mit Gott zu besprechen. Seine Heirat mit Siá Dina, der Tochter eines reichen Fazendeiros, dessen Ländereien an seine eigenen angrenzten, war ebenfalls einer göttlichen Eingebung entsprungen, sonst hätte Chico der Bauer gar nicht geheiratet, weil er bis dahin keine »Neigung für den Ehestand« verspürte. Zé Inácio selbst hatte den Vater erzählen hören, wie die Heirat zustande gekommen war. Im geräumigen Eßzimmer der Fazenda Gratidão erzählte der Vater, und die Mutter verlor kein einziges Wort, nur der große Kropf an ihrem Kinn zitterte, und Chico der Bauer saß da mit seinem dichten schwarzen Bart, den manche für gefärbt hielten, weil er bei seinem Tod immer noch dicht und schwarz war und nur vereinzelt ein weißes Fädchen aufwies. Er berichtete, wie ihm Gott in Gestalt von Christkönig erschien, als er in seinem Schlafzimmer lag – damals wurde gerade der Herrensitz von Gratidão errichtet, er hatte das Goldschürfen aufgegeben, weil die Ader plötzlich versiegt war, und sich auf Viehzucht und Feldbestellung geworfen – das Licht, das der Erscheinung Christkönigs vorausging, durchflutete das Zimmer, und dann sprach Gott zu dem einsam Betenden:

»Chico, für dein Leben wird die häßlichste Jungfrau die hübscheste sein. Mit ihr sollst du dich vermählen.«

Chico der Bauer hatte keinen Mut, Christkönig entgegenzuhalten, er dächte gar nicht ans Heiraten, und das häßlichste Mädchen weit und breit heiße Siá Dina, das heißt Leopoldina, die er vor Widerwillen nicht anschauen mochte; sie war die Tochter von João Pasqualho, seinem portugiesischen Nachbarn, dem Besitzer der Fazendas Santana und Santo André. Siá Dina hatte nicht ausgesprochen häßliche Gesichtszüge, aber sie hatte sich schon als junges Mädchen einen Kropf zugelegt, und seit dieser Zeit sah sie so aus, als litte sie an Verstopfung und könne nicht verdauen, was sie im Übermaß zu sich genommen hatte, oder als wäre sie über etwas gekränkt, was man ihr ins Gesicht gesagt hätte. Chico der Bauer aber war gottesfürchtig, er verehrte den Herrn, der sich zu ihm so herablassend gezeigt und ihn mit Glücksgütern überschüttet hatte. Darüber hinaus aber war er felsenfest überzeugt, daß alles, was er tun mochte, so ausgefallen es scheinen sollte, zum Ziel führen würde, und diese Sicherheit, nicht die Kampfbereitschaft bringt einem Manne Glück. Für diese Gewißheit war Chico der Bauer Gott am meisten dankbar; um sie nicht einzubüßen, widersprach er nicht; er verbrachte die Nacht auf den Knien, im Gebet, wie er immer tat, und dankte für die Auszeichnung, daß er Christkönig hatte sehen dürfen.

Zé Inácio erzählte Heleno, ihm sei erst viele Jahre später deutlich geworden, wie demütigend es für Siá Dina war, wenn der Vater gänzlich ungerührt von ihrer Anwesenheit, so als wiederhole er nur Wahrheiten, die ihr seit langem bekannt wären, Einzelheiten jener Hochzeitsvorbereitungen zum besten gab. Dabei schonte er niemanden, auch nicht seinen eigenen Schwager João Pasqualho, der sich diese Geschichte ebenfalls in dem riesigen Eßzimmer von Gratidão anhören mußte, während das Licht der Lampions Schatten auf die Decke warf. Zé Inácio erzählte Heleno, João Pasqualho habe gezwungen gelacht, wenn Chico der Bauer von der Überraschung, der Erleichterung, ja schließlich der unermeßlichen Dankbarkeit sprach, mit der der Portugiese seinen Heiratsantrag aufgenommen hatte. Chico hatte eigens den Pfarrer von São Fidélis mitgenommen, mit dem er häufig zusammen war, damit dieser für ihn den Heiratsantrag vorbringen sollte: so kamen beide – Chico der Bauer wollte den Pater nicht allein fahren lassen, weil er ihm kein allzu großes Geschick zutraute – eines Abends in Santana an. Obwohl sie schon zu Abend gegessen hatten, setzten sie sich doch an João Pasqualhos Tisch, von dem Frau und Töchter, wie es die Sitte gebot, aufstehen mußten, sobald Besucher erschienen. Sie aßen Hähnchen mit Reis und begossen sie mit gutem Figueira-Wein. (Diese Waren wurden immer noch von der Truppe Chicos des Bauern transportiert, er hatte den Verkauf an seinen Bruder, den Ochsen-Zé, abgetreten, den er vom Berghang von Príncipe kommen ließ, damit er ihm gemeinsam mit zwei Neffen bei der Verwaltung seiner vielen Güter beispringen könnte.) Dabei begann der Pfarrer Betrachtungen anzustellen, wie schwierig es doch für einen Vater in dieser Gegend sei, seine Töchter gut zu verheiraten. Während der Geistliche redete, hielt der Hausherr das Gesicht über den Teller gebeugt, als gingen ihn die Worte gar nichts an, bis der Pfarrer schließlich, gereizt, daß man ihm gar nicht zuzuhören schien, mit dem Antrag herausrückte. Da hob João Pasqualho überrascht sein fettverschmiertes Gesicht vom Teller auf, strich sich mit dem Handrücken über den schmutzigen Mund, blinzelte mit den Augen und schaute seine beiden Gäste von oben bis unten prüfend an, als wolle er abschätzen, wie weit es mit diesem Satz seine Richtigkeit hatte.

Wer an den Tag brachte, was für ein Mensch meine Schwägerin ist, war der Kapitän, dieser Unglücksmensch, den Mamá in einer Anwandlung von Alterssinnlichkeit zu ihrem Gatten ausersah. Wenn wir, ihre Kinder, nicht wären, säße dieser Mensch heute noch in ihrem Hause und lebte von dem Geld, das unser Vater unter so großen Opfern zusammengebracht hat. Dieser Mensch war so ehrgeizig, daß er den Plan faßte, nacheinander mit uns allen aufzuräumen, damit Mamá nur noch ihn hätte, um ihr Geld unter die Leute zu bringen. Deshalb brachte er Pía einen Messerstich bei, weil er genau wußte, daß die Ärmste den Fluch geerbt hat, den die Heirat meines Großvaters über die Familie brachte. Er brachte ihr eine Schnittwunde bei und ließ sie verriegelt in ihrem Zimmer liegen, wo man sie schließlich in ihrem Blute und halbtot gefunden hat. Ich weiß, er wollte die Ärmste vergewaltigen; nur durch das Eingreifen von Christkönig wurde sie gerettet.

Mit diesem Menschen kam der eigentliche Zankapfel in unsere Familie; wenn nicht Oceano gewesen wäre, hätte ich die Angelegenheit im Handumdrehen erledigt. Heute glaube ich fast, Oceano bereut es, daß er mich nicht auf meine Art handeln ließ. Niemand ist dadurch mehr geschädigt worden als er selbst: Maria Corina hatte vielleicht böse Instinkte, aber diese Kanaille brachte die bösen Instinkte an die Oberfläche, die bis dahin durch die elterliche Erziehung und die Angst vor Oceano in der Tiefe geschlummert hatten.

Ob der Kapitän und Maria Corina eine Liebschaft unterhielten, weiß ich nicht; ich habe nicht dabei Schildwache gestanden. Daß sie vor Mamás und Oceanos Augen flirteten, darüber gibt es keinen Zweifel; nach diesem schamlosen Umgang mit dem Kapitän begann meine Schwägerin ihren Flirt mit dem Geschäftsführer der Industrie- und Handelsbank von Friburgo, und der gedieh so weit, daß das eintreten mußte, was inzwischen eingetreten ist. Wer meine Schwägerin zu diesem schamlosen Verhalten anstiftete, war dieser Sohn einer Stute: man muß den alten Sabberer gesehen haben, wenn Maria Corina und Oceano zum Essen in Mamás Haus kamen. Die übrige Welt schien gar nicht mehr vorhanden zu sein, nur sie beide blieben übrig, sie wußten alles, sie waren die einzigen Zivilisierten; wenn man sie beide miteinander reden hörte, hatte man den Eindruck, der Kaiser und die Kaiserin unterhielten sich und der Indio-Stamm hörte andächtig zu und getraute sich nicht, den Schnabel aufzumachen.

– Über dem langen Eßtisch hing der große weiße Lampenschirm an Seidenschnüren von der Decke herab. Mit dieser Lampe wollte Maria Corina den großen blau gestrichenen Saal erheitern, an dessen Wänden sich ein weißer Streifen entlangzog, auf dem der Maler Wassermelonen, Bananenbüschel, Orangen, Äpfel, Ananas- und Jambofrüchte abgemalt hatte. Es waren beinahe kindlich anmutende Nachahmungen der Vorlagen. Ein Porträt des Familiengründers, Chicos des Bauern, mit dem dichten schwarzen Bart, der über die Hemdbrust herabfällt, nimmt einen großen Teil der Wand ein. Neben ihm hängt das Bildnis von Zé Inácio de Moura Alves, mit feinen Gesichtszügen, aber der gleichen vorspringenden Nase. Das erheblich kleinere Bild Heleno de Mouras zeigt ihn mit Schnurrbart und Kraushaar, die Nase ist noch stärker gebogen als bei seinem Großvater; er schaut angestrengt drein, als lege er alles darauf ab, die Großtat des Stadtgründers von Parada de Deus zu wiederholen. In diesem Saal kam die Familie bereits zur Zeit ihres früheren Oberhauptes zusammen, und die Mahlzeiten verliefen immer so schweigsam, als wäre das Essen ein Akt, dessen sich alle zu schämen hätten; es wurde allenfalls halblaut gemurmelt; etwaige Gespräche fanden unter den rügenden Blicken des Hausherrn ein rasches Ende.

Mit Maria Corinas Hinzukommen änderte sich das, obwohl sie einstweilen keinen Gesprächspartner hatte und dies noch nicht bemerkt zu haben schien, so glücklich und zufrieden wirkte sie, wenn sie unter den mißbilligenden Blicken der Schwägerinnen ihre Monologe hielt.

Die Schwägerinnen antworteten nur einsilbig, wenn Maria Corina sie etwas fragte. Als der Kapitän am Tisch Platz nahm, war das Schweigen gebrochen; je mehr sich Dona Paula bemühte, Maria Corina aus der Sichtweite des Kapitäns zu entfernen, desto angeregter unterhielten sie sich, sie brauchten einander gar nicht zu sehen, um ein Gesprächsthema zu finden.

Ich hörte nur:

»Kapitän, was können Sie mir von Paris erzählen? Ich brenne darauf, eines Tages Paris kennenzulernen.«

Dann prahlte der Kapitän und schnitt auf, daß es eine Art hatte, bis ich eines Tages beschloß, einen Schlußpunkt hinter die Lügen des Alten zu setzen. Er wollte uns ganz offensichtlich herausfordern und brauchte einen tüchtigen Dämpfer.

»Es ist kein Kunststück«, sagte ich recht laut, damit er mich gut hören konnte, »auf zwanzigtausend Kilometer Entfernung mutig zu sein; ich möchte lieber einmal sehen, ob Sie sich einen Schritt nach vorn getrauen, wenn man so den Revolver auf Sie anlegt.«

Ich zog meine Luger-Pistole und legte auf den Alten an. In diesem Augenblick, als ich herausbringen wollte, ob der Mann wirklich ein Kerl war oder nur ein elender Lügenbold, verdarb mir Oceano alles und zwang mich, die Waffe einzustecken; dabei sah mich Maria Corina ganz erschrocken an, als ob sie nicht begriffen hätte, was ich vorhatte. Kurz danach nahmen sie ihr Gespräch wieder auf, als ob nichts vorgefallen wäre.

»Kapitän, erzählen Sie mir doch, wie die ägyptischen Frauen gekleidet sind!« – Diese Art von Fragen stellte Maria Corina dem Kapitän, und der Alte ließ dann einen Wortschwall vom Stapel.

Nicht einmal körperliche Unterschiede konnten den Verdacht von euch ablenken. Der Kapitän ist ein alter Kahlkopf, hat einen dicken Bauch und nur einen einzigen Zahn im Mund, nur seine Stimme ist merkwürdig jugendlich, als gehörte sie einem jungen Mann von zwanzig. Bevor euch der Mann verdächtig vorkam, schöpftet ihr bei seiner Stimme Argwohn, wie hätte es sonst möglich sein können, daß eine junge Frau, deren Körper nach der Schwangerschaft seine früheren Proportionen wiedergefunden hatte, sich für den Gatten ihrer Schwiegermutter begeisterte, einen beinahe greisenhaften, abgelebten, häßlichen Mann.

Dazu mußte sie einen Idioten wie meinen Bruder neben sich haben. Der betrogene Gatte ist immer ein Mensch, der sich zuvor von seiner Frau hat beherrschen lassen. Hörner wachsen einem nicht, weil man gegen eine Frau gleichgültig ist, sondern weil man sie liebt, und deshalb wird sie später untreu. Oceanos Verhängnis war seine Liebe zu Maria Corina; sie war gar nicht dumm und begriff, daß sie ihren Mann in der Hand hatte, auch wenn er die Leute noch so sehr zum Zittern bringt, wenn er in Wut gerät. Weil sie spürte, daß sie Oceano in der Hand hatte, ließ sie sich gehen und flirtete offen mit dem bewußten Geschäftsführer; mein Neffe erkundigte sich schon bei seinem Vater, wer ihm in Zukunft eigentlich etwas zu sagen habe, Oceano oder Dr. Fábio.

Seit vielen Tagen schon versuchte Oceano aus seinem Sohn einen Satz herauszulocken, der ihm bestätigen würde, was ihm Einundsiebzig an Gerüchten über Maria Corina hinterbracht hatte. Als dann der vom Vater versprochene neue englische Sattel ins Haus kam, fragte Heleninho, als erwarte er eine Garantie für die Zukunft:

»Papa, wer hat eigentlich über mich zu bestimmen: du oder Dr. Fábio ?« Man kann sich ausmalen, was es für einen liebevollen Vater wie Oceano bedeutet, einen solchen Satz aus dem unschuldigen Munde seines Kindes vernehmen zu müssen!

Wie kann jemand Oceano für seine Tat verurteilen?

Ich kann nur sagen: bei mir wäre die Sache schon früher geplatzt, viel früher und sehr viel schlimmer. Genaugenommen konnte mir gar nicht zustoßen, was Oceano widerfahren ist: ich würde meine Frau niemals allein auf einem Ball zurückgelassen haben, wie es Oceano mit Maria Corina tat, mir wäre es gar nicht eingefallen, meine Frau zu einem Tanzvergnügen gehen zu lassen. Die Frau ist ein Geschöpf, das mit dem Bauch lebt und, ins Haus eingesperrt, Kinder in die Welt setzt. Ich glaube nicht, daß jemand je meine Maria allein auf der Straße erblickt hat, ohne die Gesellschaft der Kinder oder einer Verwandten. Jetzt eben läßt sie sich gerade die Zähne behandeln: meine Schwester Luísa begleitet Maria zum Zahnarzt; dabei ist meine Schwester ansonsten nur an Tieren interessiert, sie lebt auf den Rücken der Pferde. Frauen müssen kurzgehalten werden, am kurzen Zügel, aber Oceano hat diese alte Theorie unseres Vaters nicht wahrhaben wollen, deshalb ist alles so gekommen, wie es gekommen ist.

Als mir Einundsiebzig den Verdacht bestätigt hatte, ließ mich Oceano zu sich rufen, und wir fuhren zusammen nach Friburgo: in weniger als zehn Minuten – nach der Uhr geschaut – war die ganze Angelegenheit abgetan.

Es ist wahr, Oceano wird von seiner politischen Position so geschützt, daß er gar keine Vorsichtsmaßnahmen zu treffen brauchte: Polizeichef und Untersuchungsrichter sind nach Niterói zitiert worden und haben dort den »guten Rat« bekommen, sich nicht mehr hinter den Fall Dr. Fábio zu stecken und Oceano keine Scherereien zu machen. Mein Bruder genießt so großes Ansehen, daß er genausogut durch die Straßen von Parada de Deus laufen und brüllen könnte: »Ich bin es gewesen, ich habe Dr. Fábio in Friburgo umgebracht«, und selbst dann würde er weder angezeigt noch festgenommen werden. Ja gewiß, ich habe meinen Bruder begleitet, um ihm dabei zu helfen, in Friburgo Gerechtigkeit zu üben, vor einem Monat reisten wir dorthin im kleinen Ford und hielten nur an, um zu tanken.

Nach Einundsiebzigs Rückkehr aus Friburgo ließ mich Oceano eines Tages nach Degrêdo rufen und fragte mich, ob ich bereit wäre, mit ihm nach Friburgo zu fahren; mehr brauchte er mir nicht zu sagen, ich wußte sogleich, worum es sich handelte.

Oceano stand am Fenster und drehte dir den Rücken zu; sein Blick glitt über die Landschaft, als wolle er den genauen Unterschied zwischen dem Dunkelgrün der Kaffeeplantagen und dem heiteren Grün der Weiden herausbringen. In diesem gleichen schlichten Zimmer mit den weißgekalkten Wänden und den vollen Bücherregalen, die eurem Großvater gehört hatten, hatte Zé Inácio seine Verbannungszeit verbracht; seine Verbannung war um so schlimmer, als das Vaterhaus keine drei Meilen von dort entfernt war. Deshalb hatte Chico der Bauer selber die Fazenda »Degrêdo« – Verbannung – genannt.

– Tomás hat immer behauptet, über den Moura Alves schwebe ein verhängnisvoller Fluch.

Du wußtest, worum es ging. Vielleicht hattest du schon auf die Einladung gewartet, Oceano stand dir immer näher als Pacífico; bei dessen grollendem Schweigen weiß man nie recht, gegen wen es sich richtet. Dir war nur die Rolle selbst unbekannt, die dir bei Oceanos geradezu einfältig anmutendem Racheplan zufallen würde.

Bei dieser Gelegenheit gab er zum ersten Mal zu, Maria Corina habe ihn betrogen, nur indirekt, indem er mich fragte:

»Ich fahre nach Friburgo. Ich brauche dich. Kann ich auf dich zählen?«

Dieser Satz genügte, damit ich alles verstand. Ich wußte, aus welchen Gründen Einundsiebzig auf Befehl Oceanos nach Friburgo gereist war. Jetzt begriff ich, daß er sich endlich von einer Schmach befreien wollte, die unseren guten Namen besudelte; es hatte mich die ganze Zeit über gequält, ich hatte sogar schon daran gedacht, die Angelegenheit selber in Ordnung zu bringen, indem ich Dr. Fábio vor Oceano niederknallte. Was mich zögern ließ, war der Gedanke, daß mir mein Bruder eine derartige Einmischung nicht verziehen hätte. Den Mut, ihm die ganze Wahrheit zu sagen, besaß ich nicht. Deshalb war es für mich eine Erleichterung, als ich Oceanos Frage hörte:

– Er drehte dir immer noch den Rücken zu, sein khakifarbenes Hemd füllte das Fenster weitgehend aus. Als du zurückfragtest, verharrte er in der gleichen Stellung und ließ die Zeit vergehen. Schließlich kam seine Stimme aus großer Ferne, sie sprach die Silben abgemessen aus, als fürchte sie, daß sich durch das Aussprechen der Sinn verändern könnte:

»Du brauchst nur für mich den Wagen zu steuern.«

Als ich diese Worte hörte, spürte ich, wie mir eine gewaltige Last von der Seele fiel. Ich atmete erleichtert auf und fragte sogleich:

»Wann fahren wir?«

Abermals trat eine lange Pause ein, als ob über den Termin der Abreise bisher nicht nachgedacht worden wäre; dann hörtest du zu deiner Überraschung seine Stimme so schneidend scharf wie die eines Menschen, der nicht gewohnt ist, daß man ihm den Gehorsam verweigert, zu dir sagen:

»In einer halben Stunde.«

Der Pfarrer von São Fidélis, der den Monat Juni auf der Fazenda Chicos des Bauern zu verbringen pflegte, angeblich, um in der Kapelle die Litanei vom geheiligten Herzen Jesu zu beten, zu der das ganze Volk der Umgebung herbeiströmte, in Wahrheit aber von dem guten Essen und Trinken angezogen, das Chico der Bauer dem freßlustigen Geistlichen vorsetzen ließ – zu seinen über hundert Kilogramm kamen dadurch noch einige weitere hinzu – der Pfarrer von São Fidélis also mußte den Heiratsantrag wiederholen; João Pasqualho fragte ungläubig, ein Stück Huhn in der Hand:

»Aber die Dina, die Leopoldina?«

An dieser Stelle – erzählte Zé Inácio Heleno – pflegte der Vater ein rauhes Gelächter anzustimmen und dem Schwager mit dem Ellenbogen einen Stoß vor den Bauch zu versetzen; dieser senkte den Kopf und lächelte matt, er war auf Gedeih und Verderb angewiesen auf seinen reichen, mächtigen Schwiegersohn, dem er seine Besitzungen verkauft hatte, um nun gnadenhalber in seinem Hause zu leben:

»Soll es wirklich die Leopoldina sein?«

So viel dümmliche Hartnäckigkeit machte den Pfarrer ungeduldig. Er schlug mit der Faust auf den Tisch:

»Genau die, Mann Gottes! Und Sie können sich gar keinen Besseren zum Schwiegersohn wünschen als einen Mann wie Chico den Bauern, einen Erwählten des Herrn, den Besitzer dieser Ortschaft, den reichsten Grundbesitzer, Herrn über Vieh und Sklaven der ganzen Gegend!«

Erst sehr viel später fiel es Zé Inácio auf, daß diese Erzählung des Vaters eine Demütigung für seine Mutter bedeutete, und dann erst konnte er sich an sie erinnern, die stickenderweise in einer Zimmerecke saß, während das Lampionlicht den Schatten eines monströsen Kropfes gegen die Wand warf. Vor allem fiel ihm der leidvolle Ausdruck ihres Gesichtes ein, aber obwohl ihm das leid tat, mußte er doch zugeben, daß der leidvolle Ausdruck in Verbindung mit dem Kropf lächerlich blieb, als habe er nichts mit der Sensibilität zu tun, sondern nur mit dem Magen. Seinem Vater war es nie eingefallen, daß eine solche Erzählung Siá Dina kränken konnte, er schaute nicht einmal in ihre Richtung. Vielleicht begann eben damit – mit dieser Heirat, die nach Chicos des

Bauern Behauptung aus dem Gehorsam gegen ein Gebot des Herrn hervorgegangen war – die lange Kette ehelicher Treuebrüche, die sich die Männer der Familie Moura Alves zuschulden kommen ließen, vor allem während ihrer berühmten nächtlichen Ausflüge. Zur Zeit von Chico dem Bauern und Zé Inácio suchten sie sich Sklavinnen, zur Zeit Helenos Dienstmädchen, als ob der Mangel an Liebe, den der alte Chico seiner Frau gegenüber empfunden hatte, auch durch Liebschaften ohne Zahl nicht wieder gutgemacht werden könnte. Chico begann, was er seinen Nachkommen als Sitte hinterließ, nächtliche Besuche nicht nur in den Häusern seiner Geliebten, sondern auch Stelldicheins auf Straßen und Weideplätzen. Der Neger Tonho, ein Vertrauter des Besitzers von Gratidão, erzählte Zé Inácio, daß er einmal tief in der Nacht sein Pferd von der Weide hinter dem Coronha-Hügel geholt habe, da sei er auf eine merkwürdige Gestalt gestoßen, die sich bewegte und in der lichtlosen Nacht nur undeutlich zu erkennen war, bis die Gestalt endlich über den Boden rollte und dabei ein absonderliches Wimmern und Stöhnen von sich gab, das Tonho als Menschenstimme erkannte – das Schnaufen erinnerte ihn an seinen Herrn, wenn dieser wütend war. Das alles ging ihm durch den Kopf, und als er schon die Peitsche ergreifen wollte, um sie auf die Gestalt niedersausen zu lassen – aus Angst, er könne der Leibhaftige sein, hatte er sich bekreuzigt – wich er eilig rückwärts, bevor Chico der Bauer ihn bemerken und seinerseits die Peitsche gegen ihn schwingen konnte, und es verwunderte ihn, daß sein Herr das feuchte Gras der Weiden dem komfortablen Bett, das er zu Hause besaß, oder der Dunkelheit eines Vorratsschuppens vorzog. Zé Inácio vermutete, die wahre Liebe seines Vaters hätte Glorinhas Mutter, Siá Dinas Näherin, gegolten; ihr Zimmer in den entlegenen Winkeln des Hauses besuchte er jede Nacht, und seine Ausflüge auf die Weiden wurden mit der Zeit seltener. Sein Vater war zwar mit einer anderen verheiratet, aber er konnte nach seinem Gefallen lieben und kannte nicht den Beigeschmack von Sünde und Gewissensbiß, der in seinem Mund blieb, wenn er Glorinha besaß, den peinigenden Nachgeschmack, der den Nachhall des Genusses zerstörte – das Beste, was von ihm bleibt und ihn dauern läßt; das trieb ihn zum Ehebruch, den seine Frau Glorinha passiv hinnahm, schweigsam und gefügig, wie jemand eine Schuld sühnt oder zumindest den Anteil, der ihm an einer Schuld zukam.

– Ich habe nie etwas gegen sie gehabt, das kann ich beschwören. Ich habe nicht einmal der Geschichte mit dem Foto Beachtung geschenkt – das hat der Kapitän, mein zweiter Mann, aufgebauscht, der keinen Verstand hatte und nicht wußte, was sich gehört. Ich habe immer versucht, meinen Kindern gute Ratschläge zu geben, damit sie gute Ehemänner werden sollten. Ich habe als blutjunges Mädchen geheiratet, mein Busen war noch gar nicht voll entwickelt, und ich weiß recht gut, was eine Frau durchzumachen hat, die einen Mann heiratet, der zum Inquisitor geboren ist. Maria Corina kannte ich schon als Kind, denn solange der verewigte Heleno, mein erster Mann, sich nicht mit Nhonhô verkracht hatte – um einer Kleinigkeit willen, das muß man sagen –, stand ich gut mit der verstorbenen Nenen. Sie war eine gute Seele, Gott sei ihr gnädig. Eines Tages hatte der Verewigte Verdauungsstörungen – er wurde gleich nervös, wenn er nicht morgens in den Gemüsegarten gehen konnte, um seinen Darm zu entladen – ich weiß, was ich deshalb auszustehen hatte! – und ließ Nhonhô rufen, es scheint aber, daß er nicht in der Apotheke war oder gerade schlief, das weiß ich nicht mehr genau; als dann etliche Zeit später der Angestellte der Apotheke erschien, versetzte der Verewigte dem Mann Hiebe, da Nhonhô nicht zur Stelle war, um sie entgegenzunehmen. Von diesem Tage an sprachen die beiden nie wieder miteinander, Maria Corinas Vater hielt es in der Politik fortan mit Oberst Crespi, dem verdammten Italiener, dem Todfeind des Verstorbenen.

Nach Helenos Tod ging die Feindschaft weiter, da mein ältester Sohn Oceano seinen Vater im politischen Leben ersetzte. Daher war mein Entsetzen groß, als ich munkeln hörte, Oceano mache Maria Corina den Hof. Von Zeit zu Zeit sah ich in der Kirche eine hübsche Brünette mit sehr ungezwungenen Manieren, in Begleitung der Negerin Carmosina, die das Mädchen auf die Welt kommen sah, das Kind verwöhnte und ihm jeden Willen ließ. Ich hörte das Gerede, aber ich hielt mich zurück; ich habe mich nie in das Leben meiner Kinder eingemischt, so wie ich nicht zulasse, daß sie ihre Nase in mein eigenes hineinstecken.

Es hat nicht an Leuten gefehlt, die mir schlimme Geschichten über Maria Corina ins Ohr flüsterten, sie wäre sinnlich und hielte meinen Sohn zum Narren, aber ich hielt mich ganz still und ließ den Gerüchten ihren Lauf. Dann erschien eines Tages Oceano bei mir und sagte mir auf seine sanfte Weise, er habe durch Dr. Adoremus um Maria Corinas Hand anhalten lassen und ihr Vater habe von der Sache nicht einmal reden hören wollen. Weil dem so sei, hätten sie beide beschlossen, nach Gratidão zu flüchten; nur so würden die Eltern des Mädchens in die Heirat einwilligen.

Das geschah eines Nachts, ich befand mich auf der Fazenda, meine Tochter Dorotéia stand neben mir, und sie kann bezeugen, daß ich ihm riet, noch etwas zuzuwarten, bis die Eltern ihren Widerstand aufgeben würden. Es lohne sich nicht, sagte ich ihm, wegen einer bloßen Zeitfrage den Teller zu beschmutzen. Aber diese jungen Leute sind so ungeduldig, als ob das Weltende bevorstände: sie müssen immer in der gleichen Stunde ihren Willen haben. Ich entsinne mich noch, daß ich andere Ehen unserer Familie als Beispiel anführte, die alle überstürzt geschlossen wurden, genau so wie meine eigene, denn, um die Wahrheit zu sagen, kannte ich den verewigten Heleno nicht einmal richtig. Er beobachtete mich, wenn ich sonntags in der Lagune badete, und eines schönen Tages entschloß er sich, mich auf die Kruppe seines Pferdes zu setzen, ohne mich überhaupt zu fragen, ob ich wollte oder nicht, und in sein Haus zu bringen. Es war gar kein richtiges Haus, es waren nur kleine Zimmerchen neben dem Fazendageschäft von Gratidão, das ihm sein Vater übertragen hatte. Der Vater des Verewigten mußte ebenfalls mit seinen beiden Frauen flüchten: bei der ersten wollte der alte Chico der Bauer nicht die

Heirat billigen, er soll dagegen gewesen sein, weil das Mädchen seine leibliche Tochter war – aber das ist dummes Geschwätz, der Verewigte erlaubte mir nie eine Anspielung auf diese Angelegenheit. Die zweite Heirat meines Schwiegervaters stand unter dem gleichen Unstern: er selbst war ein Mann in reiferen Jahren und das Mädchen Iaiá offenbar ebenso alt wie ich bei meiner Heirat: sie stammte aus der Familie Caetano de Melo, die uns wegen dieser Entführung noch heute feindselig gesonnen ist.

Um auf die Sache zurückzukommen: ich erinnere mich an die Szene, als ob sie sich heute abgespielt hätte. Oceano saß mit übergeschlagenen Beinen da und tat so, als hörte er mir zu, in Wirklichkeit wartete er nur darauf, daß ich aufhören sollte zu reden. Dann sagte er:

»Nimmst du nun das Mädchen bei dir auf oder nicht, Mamá?«

Ich seufzte. Diese Söhne entmutigten mich. Sie gleichen so sehr ihrem Vater: auch ihn konnte niemand von einem Gedanken abbringen, den er sich einmal in den Kopf gesetzt hatte.

«Schön und gut«, sagte ich so resigniert wie ein Mensch, der seine Brut kennt, »für wann habt ihr diese Torheit vereinbart?«

Das Haus lag ganz still, man hörte nur das Geräusch der Nähnadel in Maria Dorotéias Hand. Heller als das Lampenlicht erleuchtete der Mondschein Oceanos Gestalt – es schien auch auf die im Hof ausgebreiteten Kaffeebohnen – in dieser Nacht bemerktest du zum ersten Mal, daß dein Sohn erwachsen, daß er ein Mann geworden war. Der Umriß seiner großen Gestalt, deren vorspringende Nase so sehr an den alten Chico den Bauern erinnerte, erschien dir plötzlich fremd und ohne Verbindung zu dem kleinen Jungen, der so lange auf deinem Schoß gesessen und an deinem Busen gesogen hatte. Als du deine Frage stelltest, die im Grunde dein Einverständnis mit seinem Plan zu erkennen gab, wundertest du dich, daß dieser Mann – einst dein kleiner Sohn – sich weder Freude noch Genugtuung anmerken ließ; er rieb seine Finger gegeneinander und sagte so ruhig wie immer, wie ein Mensch, der sich nicht zu beeilen braucht, weil er sicher ist, das zu erreichen, was er sich vorgenommen hat:

»Heute Nacht, am frühen Morgen: wir kommen hierher.«

In jener Nacht tat ich kaum ein Auge zu, ich mußte nur an den Narrenstreich denken, den die beiden ausheckten, an den Ärger, den sie dem armen Nhonhô und der ohnehin kranken Nenen bereiten würden. Meine Söhne sind gute Menschen, das muß ich wirklich sagen, aber wenn es um Frauen ging, haben sie mir viel Mühe gemacht. Indinho war ein Quälgeist, er kletterte über die Mauer, um mit Maria noch vor der Heirat zu schlafen, bis der Türke zu mir kam und mich anflehte, ich solle darauf dringen, daß der Junge seine Tochter heirate – hat man je solchen Unverstand gesehen? Pacífico, statt eine Weiße zu heiraten und sich die Negerinnen für stille Nachtbesuche aufzusparen, wie es sein Urgroßvater, sein Großvater und sein Vater getan haben, kroch zu allen Negerinnen ins Bett, die es auf Santana gab, und schließlich heiratete er eine von ihnen; seither schämt er sich und läßt sich mit seiner Frau nirgendwo blicken, auch nicht mit seinen Mulattenkindern, nicht einmal hierher bringt er das Mädchen mit: ich kenne nur ihre Kinder; ich habe ihnen meinen Segen gegeben, denn die Armen können ja nichts dafür. Selbst nach der Heirat ist die Sache noch nicht ausgestanden, man denke nur an Indinhos Streitigkeiten mit Maria, und jetzt auch an Oceano, bis dahin der einzige, der mir keine Sorgen bereitet hatte. Ich habe wohl gewußt, was geschehen würde, es war wie vom Schicksal vorgezeichnet: ich kenne diese Moura Alves gut, ich weiß, daß keiner von ihnen es gern hat, wenn sich seine Frau putzt, mit anderen Männern spricht und gefeiert wird, überall wo sie sich blicken läßt. Wenn eine solche Frau mit einem Moura Alves unserer Linie verheiratet ist – die Moura Alves des anderen Zweiges sind so phlegmatisch, daß man meinen könnte, sie hätten Orangenblütensaft in den Adern statt Blut –, wird sie nur kurz verheiratet und am Leben sein. Vielleicht ahnte ich auch das, als ich die Nacht schlaflos verbrachte. Dann tauchten sie auf, zu Pferd, und von meinem Schlafzimmer aus hörte ich die Meute der Hunde auf dem Hofplatz bellen.

Es war im Mai, es dauerte lange, bis es hell wurde, im Saal

mußten die Lampions angezündet werden, in dem großen kalten Salon, wo ein riesiges Gemälde des alten Chico des Bauern Zeuge eurer Begegnung wurde. Ihr standet euch in der äußersten Ecke des Salons gegenüber und schautet euch an, als wolltet ihr eure Kräfte messen, beide fühlten sich dazu berufen, eine Rolle in der Familie Moura Alves zu spielen: deine Rolle war fast ausgespielt, Maria Corinas Rolle hatte kaum begonnen. Da schautet ihr euch lange an. In deinem strengen schwarzen Morgenrock, das langfallende graue Haar zum Zopf geflochten, der bis auf den Gürtel herabfiel, den Leuchter in der Hand, mißfiel dir das Lächeln, das Maria Corina nicht von ihren Lippen zu verscheuchen vermochte, das jugendliche Ungestüm, das sie zu einem unbekannten Ziel vorwärtszutreiben schien. Sie war nicht eigentlich schön, aber von ihren kleinsten Gebärden, ihrer Art zu lachen, ging eine tierhafte Lebensfreude aus; selbst wenn sie kein Wort sagte, wirkte sie anziehend und interessant, und was mich am meisten zur Verzweiflung brachte, war die Ahnung, daß niemand imstande sein würde, sie lange an sich zu binden. Das alles nahmst du in diesem kurzen Moment an dem Mädchen Maria Corina wahr. Nach dem ersten Augenblick der Verlegenheit trat sie, noch immer lächelnd, mit ausgebreiteten Armen auf dich zu und sagte, wie es die Sitte vorschrieb:

»Ihren Segen, Dona Paula!« Dabei küßte sie mir die Hand. Gleich darauf küßte sie auch Dorotéia, die in der Zimmertür aufgetaucht war, weil auch sie sich Sorgen um ihren Bruder machte. Das war nichts Neues für mich: denn meiner Tochter liegen, glaube ich, nur zwei Menschen auf der Welt am Herzen: Vater und Bruder. Als der verewigte Heleno starb, weinte sie keine Träne; alle staunten, daß es ihr nicht naheging, aber ich weiß es besser: die ganze liebe Nacht hindurch ging Dorotéia in ihrem Schlafzimmer auf und ab – ich hörte ihre Schritte – eine ganze Nacht hindurch! Im Grunde kann mir Dorotéia nicht verzeihen, daß ich nach ihres Vaters Tod am Leben geblieben bin: vielleicht meinte sie, ich hätte mich töten müssen, eine Minute, nachdem der Verewigte die Augen geschlossen hatte. Wenn ich das aber getan hätte, so stelle man sich vor, welche Enttäuschung mich in der anderen Welt erwartete hätte, wenn mir dort die genauen Umstände seines Todes bekannt geworden wären. Indinho hat mir alles berichtet, auch wenn Oceano der Überzeugung ist, die ganze Geschichte wäre mir nicht zu Ohren gekommen.

Nun gut, ich will nicht in alten Wunden wühlen. Der Haß genügt gerade, der unsere Familie geteilt hat. Wichtig ist nur, daß die Leute eines wissen – ich habe nie eine Wut auf sie gehabt, wir haben uns nie gestritten, ich habe mich auch nie in Oceanos Leben eingemischt.

Jetzt erst – am Tag nach der Tat – ich wußte noch von nichts – ist er zu mir auf meine Fazenda gekommen und hat mich gebeten, sobald Maria Corina mit den Kindern in Parada de Deus ankäme, sollte ich ihm seinen Sohn – nur Heleninho – nach Degrêdo schicken. Das habe ich getan, und trotzdem habe ich Maria Corina, bevor ich das Kind zu ihm schickte, gefragt:

»Schau, Oceano hat gebeten, ich soll ihn auf die Fazenda schikken, sobald du hier mit ihm ankommst. Es ist dir doch recht?«

Du sahst es den Augen deiner Schwiegertochter an, wie verwirrt und betroffen sie bei dieser Frage war, wie sie fragen wollte und gleichzeitig Angst davor hatte, eine Antwort zu erhalten, die keinen Zweifel übrigließ. Du merktest ihr an, daß sie es vorzog, zu vermuten, zu erraten, zu ahnen, aber im ungewissen zu bleiben. Ihr beide tapptet nach dem Weg und verfehltet ihn absichtlich, damit die andere zeigen sollte, was sie in Wahrheit wußte, als sie sich auf die richtige Spur begab. Aber selbst in diesem Moment wurde kein Wort von dem gesprochen, was ihr eigentlich wissen wolltet, Maria Corina seufzte nur resigniert, ihr Schweigen gab dir ungreifbare Befürchtungen ein, und ihr Einverständnis erteilte sie kaum hörbar; ihre immer etwas heisere Stimme klang in diesem Augenblick krank:

»Gewiß, er kann fahren.«

Was Heleno an der Gestalt seines Großvaters zutiefst bewunderte, war die Tatsache, daß ihn das entdeckte Gold nicht hoffärtig gemacht, daß er versucht hatte, die Einkünfte aus den am Ufer des Picão-Flusses und an den Hängen des Coronha-Hügels gelegenen Goldadern zeitig zu ersetzen. Chico der Bauer verstand es, für alles zur gleichen Zeit Vorsorge zu treffen, und eben deshalb bewunderte der Enkel seinen Großvater. Als sich Chico der Bauer im Besitz eines goldreichen Geländes fand, verstand er es nicht nur gegen die Übergriffe ehrgeiziger Abenteurer zu verteidigen, er legte auch gleich anfangs ausgedehnte Mais- und Zukkerrohrpflanzungen an, später warf er sich auf die Viehzucht – noch später pflanzte er Kaffeesträucher an – und zur gleichen Zeit erbaute er die Kapelle zu Ehren von Christkönig und behielt doch den Transporttrupp bei, der Waren nach Rio de Janeiro brachte. In der neugegründeten Ortschaft eröffnete er einen Lebensmittelladen, den sein Sohn Zé Inácio später, gegen 1890, an den Sohn des italienischen Blechschmieds, Ângelo Crespi, verkaufte. Damals war Heleno erst 15 Jahre alt und durchzog auf dem Leitsitz seines Ochsenkarrens die Straßen, während die Räder ihr Klagelied sangen, das ihm und den Tieren gefiel. Das Geschäft befand sich anfänglich in einem Gebäude aus Holz und Lehm, aber zum Zeitpunkt des Verkaufs hatte es sich schon in ein geräumiges Haus aus Ziegeln, Kalk und Zement verwandelt und warf guten Gewinn ab. Zehn Jahre später baute es Ângelo Crespi zu einem schönen, herrenhausähnlichen Gebäude um, vermehrte die Anzahl seiner Türen von drei auf acht und ging dazu über, den Fazendabesitzern der Gegend ihren Kaffee abzukaufen und die Ernte anschließend in Rio abzusetzen. Damit verdiente er viel Geld und bekam lange Zeit die politische Macht in seine Hand. Heleno konnte es seinem Vater nicht verzeihen, daß er töricht genug gewesen war, einen einträglichen Laden für einen Apfel und ein Ei abzustoßen, nur um nicht mehr verpflichtet zu sein, weitere Rechnungen zu überprüfen, was Oberst Zé Inácio tief zuwider war. Nachdem Heleno erkannt hatte, daß sein Vater die gute Laune verlor, wenn er Dokumente prüfen sollte, zeigte er ihm fortan nur noch den Abschnitt, wo er seine Unterschrift hinsetzen sollte – eine elegante Unterschrift mit gleichmäßigen Lettern und zahlreichen Schnörkeln, gegen die seine eigene schmachvoll abfiel; als er dem ewig betrunkenen Alten mit Hilfe von Dr. Rubens, dem Geschäftsführer der Nord-Rio-Bank, Dokumente vorzulegen begann, die alle Ländereien, die einst Chico dem Bauern gehört hatten, auf seinen Namen übertrugen, verdankte er diesen Besitz nicht nur der völligen Senilität seines Vaters: de facto wachte er schon seit langem über die Besitztümer, als ob sie ihm selber gehörten. Diese Ländereien waren der Bande des Zigeuners Teodureto nur entrissen und später von Chico dem Bauern gegen die Bande Zeca Araújos verteidigt worden, um eines Tages ihm, dem Bastard, zuzufallen. Er verstand diesen Boden wie niemand anders zu nutzen und erzielte, als Chefverwalter seines Vaters, Ernten, die nie zuvor erreicht worden waren, vor allem Kaffee-Ernten, aber nach dem Beispiel des Großvaters beschränkte er sich nicht auf die Monokultur, er hatte auch Mais- und Zuckerrohrpflanzungen vergrößert und sogar Reisfelder angelegt, denn er wußte stets, daß der Kaffee eine unsichere Einnahmequelle ist.

Zu dieser Zeit entdeckte seine Frau Paula, inzwischen Mutter von drei Kindern, warum er an den Samstagabenden erst in den frühen Morgenstunden nach Haus kam, taudurchnäßt, mit lehmverkrusteten Füßen und keuchendem Atem, den Messergriff an seinem Gürtel noch warm, weil seine Hand ihn so fest umklammert hatte. Beim ersten Mal trat er sacht ins Haus ein und wollte seine Frau nicht wecken. Im dunklen Schlafzimmer hatte er sich schon das Hemd ausgezogen, als das Kind, das im Ehebett neben der Mutter schlief, anfing zu weinen, weil ihm die Mutterbrust aus dem Mund geglitten war.

»Bist du es, Heleno?« Die Stimme kam tastend aus der Dunkelheit; bevor sie noch etwas anderes murren konnte, gab er mit gespielter Entrüstung zurück:

»Kann vielleicht ein anderer Mann als ich in unserem Schlafzimmer sein?«, aber dieser Satz schüchterte Paula nur eine kurze

Zeit lang ein. Damals wußte er schon, das unwissende Mädchen, die Nixe, die in den dunklen Wassern der Lagune tauchte, deren kindlichem Körper er zur Entfaltung verholfen hatte, war nicht mehr so töricht wie früher, sie war fähig, die Zähne zu zeigen und um ihr Recht zu kämpfen. Heleno hatte keine andere Wahl mehr; er mußte sie mit Gewalt unterwerfen. Mitleidlos zog er ihr schwarze Striemen über die weiße Haut; da er keine schmollende Frau im Hause zu haben wünschte, zwang er sie, ihn gleich nach der Tracht Prügel als Frau zu empfangen. Beim ersten Mal war ihr Protestgeschrei so laut gewesen, daß die Männer, die an der Tür des Fazendaladens miteinander schwätzten, darauf aufmerksam wurden. Ihm war jedoch recht gleichgültig, was die anderen von ihm dachten, er warf sie auf das Bett und bedeckte sie mit seinem Leib. Er hielt ihre Handgelenke fest, damit sie sich nicht wehren konnte, und bald brauchte er sich gar nicht mehr zu bemühen, Paulas Schläge abzufangen: sie unterwarf sich ihm, ihre blauen Augen starrten glasig an die Decke. Er wartete auf den Augenblick, wo sie sich an ihn krallte, als habe sie Angst, sterben zu müssen, und ihr Kopf vergehend auf die Seite fiel. Wieder einmal war er, das Mannstier, Sieger geblieben; als er wieder auf seinen Füßen stand und sich die Hose zuknöpfte, warf er ihr einen Seitenblick zu, aus dem seine Überzeugung sprach, daß er bei dieser Art von Auseinandersetzung immer die Oberhand behalten werde. Die Sache wäre vielleicht nicht so weit gediehen, hätte nicht Romão, ein anderer unehelicher Sohn von Oberst Zé Inácio, Otalinas Mann gesteckt, daß Heleno jeden Samstagabend mit ihr eine Bettverabredung hatte. Der Gatte fuhr dann nämlich zu Einkäufen nach Parada de Deus, verweilte lange in den Schenken und trank dort Zuckerrohrschnaps und kam erst gegen Morgen nach Hause; das ließ Heleno die nötige Zeit, den langen Weg von Gratidão nach Cachoeira zurückzulegen. Er schlug sich durch die Kaffeeplantagen, durch dichten Buschwald durch, und vermied so die Häuser der Pächter und die üble Nachrede, die unfehlbar aufkommen mußte, falls sie darüber nachdachten, warum er zu später Nachtstunde dort vorbeikam. Diese Vorsicht half jedoch nicht allzu lange; so sehr er auch nachforschte, er konnte nie in Erfahrung bringen, wie Romão davon Wind bekommen hatte, daß die Mulattin Otalina ihren Mann mit ihm betrog. Er vermutete sogar, Paula hätte seinem Halbschwager hinterbracht, daß er in den Samstagnächten spät nach Hause kam und Romão dadurch veranlaßt, ihm bei seiner nächtlichen Eskapade zu folgen und die Wahrheit zu entdecken. Otalinas Mann leugnete das allerdings, als er aus dem Haus trat und die Messerstecherei begann, mit der die Rechnung beglichen wurde.

Als er in dieser Nacht nach dem Kampf erschöpft nach Hause kam, vernahm er die gleiche Frage, und die Wiederholung vermittelte ihm ein Gefühl der Geborgenheit:

»Bist du es, Heleno?«

Er hatte keine Zeit, sich darüber zu wundern, daß die Stimme nicht von der üblichen Stelle herkam, im gleichen Augenblick tauchte Paula auf, eine Öllampe in der Hand, ihr langer blonder Zopf hing aufgelöst zwischen ihren Brüsten, weiß wie ein Gespenst.

An diesem Morgen entschieden sie, wer der Stärkere war. Er ahnte die Bedeutung dieses Kampfes, und obwohl er vor Erschöpfung halbtot war, schob er die Auseinandersetzung mit seiner Frau nicht auf, er wußte, daß seine ganze künftige Freiheit auf dem Spiel stand: er begriff nicht gleich, was vor sich ging, er sah nur, daß die Flamme in der Dunkelheit nach seinem Gesicht suchte. Obwohl der Angriff unerwartet kam, war er geistesgegenwärtig genug, den Schlag mit dem Arm abzufangen. Er hörte noch an der Tür, daß Paula in der nun völligen Finsternis zu weinen begann, da wurden seine Bewegungen noch genauer und zielsicherer, er schritt vor, während sie zurückwich und ihr Weinen verbiß, als schäme sie sich, überhaupt zu den Tränen Zuflucht genommen zu haben. Seine Hand traf ihr Gesicht; aus dem kleinen Bett auf der anderen Seite des Schlafzimmers verfolgten zwei scheue, erschrockene Augen, wie die Mutter, ihre Tränen verbeißend, die Schläge einsteckte und nicht einmal mehr stöhnte, als der Mann sie auf das Bett warf und sich selbst über sie. Sie schnaubte nur:

»Schurke! Verdammter Schurke!«

Obwohl Oceano noch ein Kind war, hatte er Lust gehabt, sich einzumischen und die Mutter unter dem schweren Körper des Vaters hervorzuziehen. Er öffnete den Mund, um seinen Namen zu schreien, aber die Stimme versagte ihm, und so fuhr er fort, mit offenem Munde und wiederholten Versuchen, aufzuschreien, der Frau und dem Mann zuzuschauen. Sie befanden sich in einer so sonderbaren Stellung, daß er die beiden Gestalten nicht mehr mit Vater und Mutter in Verbindung bringen konnte; von den Gestalten bei Tageslicht waren sie zu verschieden und vollführten merkwürdige Bewegungen. Die Mutter hatte schon aufgehört, ihren Mann einen Schurken zu nennen; sie stöhnte statt dessen, nicht als ob er sie immer noch zerquetschte, sondern irgendwie anders, obwohl es immer noch ein Stöhnen war. Als sich das Kind Oceano schon umdrehte, um endlich einzuschlafen, hatte der Vater aufgehört zu schnaufen. Er schlief im gleichen Augenblick ein, in dem er zur Seite gesunken war und aufgehört hatte, seine Frau mit dem Gewicht seines Körpers zu bedrängen.

– Die Sache wäre um ein Haar geplatzt während des Banketts zu Ehren des Hauptmanns (nach seiner Wahl zum Präfekten). Seine Frau scheint den Teufel im Leib zu haben; kaum sieht sie ihren Mann zufrieden, so nutzt sie die Festlichkeit aus und tut alles, was eine verheiratete Frau nicht tun darf. Hier in Parada de Deus sprechen alle Ehefrauen schlecht von Dona Maria Corina, sie grüßen sie nur von weitem und geben sich nur deshalb mit ihr ab, weil sie die Frau des politischen Führers der Gemeinde ist. Ganz klar herausgesagt: ein Kerl, der hier in Parada de Deus nicht im Guten mit dem Hauptmann auskommen will, kann lieber gleich seine Siebensachen packen und verschwinden. Nur eine Frau brach in auffälliger Weise die Beziehungen zu Dona Maria Corina ab: das war Dona Branca, die Frau des Stadtrichters Dr. Siqueira. Dazu muß man wissen, daß beide Jugendfreundinnen sind und nur wegen des Kirchenfestes miteinander gebrochen haben. Als Dona Branca Dona Maria Corina auf dem Festbankett gegenübertrat, taten sie zwar so, als redeten sie miteinander, aber sie verrenkten sich nur den Mund, um nicht aufzufallen. Ich glaube auch, die Ehemänner hatten ihnen empfohlen, sie sollten sich zum mindesten begrüßen: und so geschah es denn auch. Bei diesem Essen waren zugegen: Richter Dr. Siqueira, Staatsanwalt Dr. Oriovaldo und Frau, Dr. Fuad und Frau, Dr. Plinio, Dr. Adoremus, Oberst Emídio aus Leopoldina, verschiedene Leute aus Santo Antônio do Pomba, aus Várzea da Palma, aus São Fidélis, kurz und gut, das ganze Haus war vollgestopft mit Gästen, die alle der gleichen Partei angehörten wie der Hauptmann. Der Alkohol floß in Strömen, ich glaube, Carmosina, das Dienstmädchen, hatte über hundert Hähnchen geschlachtet, dazu Angolahennen, Spanferkel, Zicklein und weiß der Teufel noch mehr. Das kleine Dienstmädchen Arice, das ganz scharf auf mich ist, wenn sie mich nur zu Gesichte bekommt, füllte mir unaufhörlich das Glas, und als das Bankett seinen Höhepunkt erreichte, war ich schon ordentlich in Feuer geraten und hatte große Lust, das Fest mit einer Schießerei zu beendigen.

Am Kopfende des großen hufeisenförmigen Tisches saß Oceano, zu seiner Rechten der Präsident des Bundesstaates, und daran anschließend Dona Maria Corina: man erriet ihre braune Haut unter dem meergrünen Musselinkleid, sie sah unruhig aus, und die Männer schauten sie ganz begeistert an und wollten offenbar erraten, ob sie auch bei einer gewagteren Anspielung rückhaltlos lachen würde. Je begehrlicher sie Dona Maria Corina anschauten, desto mehr Angst hatten sie vor ihrem Mann. Er saß ganz verlassen am Kopfende des Tisches und kaute langsam an seinem Essen, als ob er jeden Bissen einzeln mit den Zähnen prüfen müsse; sein Blick streifte über die Gesichter, blieb aber an keinem hängen, er wanderte hin und her, um zu verschleiern, daß seine Aufmerksamkeit auf Dona Maria Corina gerichtet war. Das konnten nur wenige bemerken; du standest hinter Oceano; seit deiner Ankunft in Parada de Deus war dies dein Platz gewesen, immer hinter Oceano, du überwachtest alle seine Gesten und versuchtest, seinem Willen zuvorzukommen. Wenn du nicht zu viel getrunken hättest, wäre dir gleich klar gewesen, was geschehen würde, als der angetrunkene Juca Biá schlüpfrige Blicke auf die Schwägerin seiner Braut warf und so eine der vielen Streitereien auslöste, bei denen die welken Wangen seiner Braut vor Ärger zu zittern begannen.

Schlimm ist, daß der Hauptmann, während alle Leute trinken, nur Guaraná-Saft zu sich nimmt. Dona Maria Corina selber hatte bei dem Fest etwas zu tief ins Glas geschaut, der Hauptmann jedoch befeuchtete sich nur die Lippen mit Guaraná, als hätte er Angst, sich den Mund schmutzig zu machen. So waren auf diesem Bankett alle tüchtig in Fahrt gekommen, die Frauen und der Hauptmann ausgenommen, und da sang nun der Idiot von Biá ein Loblied auf Dona Maria Corina, die immer weiter lachte, als wohne sie einem reizenden Schauspiel bei.

Man sah gleich, daß Biá kein erfahrener Eroberer war; das viele Trinken machte ihn zwar kühn, aber deshalb nicht reizvoller, und wenn er schon von Natur aus ungewöhnlich häßlich war, so steigerte sich diese Häßlichkeit nun durch die Lächerlichkeit, in die er sich ohne Zögern stürzte.

Eines muß gesagt werden: der Hauptmann wird respektiert, nicht weil er tapfere Männer in seinen Diensten hat, die auf ein Augenzwinkern von ihm hin imstande sind, jemanden umzubringen, sondern weil er selber ein mutiger Mann ist. Bei der letzten Revolution banden wir uns ein rotes Tuch um den Hals und brachten die Stadt in unsere Gewalt. Die Politiker von Rio wollen nur mit dem Hauptmann zu tun haben; deshalb hat Parada de Deus seine Selbständigkeit erhalten und aufgehört, von Santo Antônio do Pomba abzuhängen. Es ist heute eine eigenständige Gemeinde – und wem verdankt die Stadt das? Hauptmann Oceano, und keinem anderen.

Um auf mich zurückzukommen: als ich hierhergekommen war, brachte der Hauptmann einen ganzen Haufen starker Männer zusammen, die alle für ihn arbeiteten; ich holte João Congo aus São Fidélis, Dionísio Boa-Morte aus Carangola und Chicão-Fio aus dem benachbarten Várzea da Palma. Ich lege meine Hand dafür ins Feuer, daß kein anderer politischer Führer der Gegend bei einem Feuergefecht bessere Leibwächter ins Treffen führen kann.

Der Hauptmann besitzt alles, was man sich wünschen kann, um glücklich zu sein, aber er ist es nicht. Es ist wahr: alles kann der Mann ertragen, nur nicht, daß man ihm Hörner aufsetzt. Wenn die Sache so weit gekommen ist, kann die Schmach nur mit Blut abgewaschen werden. Man stelle sich daher meine Verlegenheit vor, als der Hauptmann mich eines Abends auf der Veranda von Degrêdo mir nichts dir nichts fragte:

»Einundsiebzig, warum lassen die Männer meine Frau nicht in Frieden?«

Wie konnte ich dem Hauptmann ohne Hexerei und Zaubertiere erklären, daß seine Frau schlimmer ist als eine Straßendirne?

Ich verhielt mich also ganz still, senkte den Kopf und ließ den Hauptmann reden.

Er straffte sich in seinem Schaukelstuhl, als schmerze ihn sein ganzer Körper; seine langen, in schwarze Schaftstiefel gezwängten Beine berührten die Holzbrüstung der Veranda, und er rieb die Finger gegeneinander, als juckten sie ihn. Sein Gesicht war dunkelrot, die vorspringende Nase erschien noch länger, und an seinen Mundwinkeln erschien Speichel. Er kaute seine Worte, als koste es ihn unendliche Anstrengung, sie auszusprechen.

»Ich habe in meinem Leben wieder und wieder gekämpft, um mir ein bißchen Ansehen zu verschaffen«, sagte er. »Einige kämpfen, um zu Geld zu kommen, ich habe mir nur Respekt verschaffen wollen. Nicht den Respekt, den uns der ärmste Mensch erweist, indem er den Hut zieht, wenn wir vorbeigehen; es macht ihm nichts aus, wenn wir den Gruß nicht erwidern, weil er überzeugt ist, daß er seine Pflicht erfüllt und getan hat, was seine niedrige Stellung von ihm forderte. Von dieser Art von Respekt rede ich nicht. Mir war an dem Respekt der mir Gleichgestellten gelegen, die mit mir auf der gleichen Ebene stehen. Der Respekt, den ich von ihnen erwarte, ist der gleiche, den ich ihnen auch erweise. Wenn sie nicht zugegen sind, werde ich das nicht dazu ausnutzen, mir die Füße oder Brüste seiner Frau oder seiner Töchter anzuschauen. Bei diesem Respekt muß man ruhig schlafen können, ohne Angst, daß man zur gleichen Stunde den Schwätzern der Stadt in der Bar von Manuel Português Gesprächsstoff liefert, die gar nicht oft genug erzählen können, wie oft Frau X ins Sprechzimmer von Dr. Y gelaufen ist. Mein ganzes Leben hat diesen einen Zweck verfolgt: wenn ich in die Politik eintrat, wenn ich wie ein Kuli auf dieser Fazenda geschuftet habe, wenn ich nach dem Tod meines Vaters die Leitung unserer Familie übernahm, so wollte ich dafür dieses Gefühl einhandeln, das so teuer und so schwer erhältlich ist, daß man es für kein Geld der Welt erkaufen kann. Jetzt sehe ich, daß alle meine Bemühungen nutzlos waren; selbst ein schwachsinniger Vertreter nimmt sich das Recht heraus, ein kirchliches Wohltätigkeitsfest zu besuchen und eine stattliche Summe zu bieten, nur um mit meiner Frau tanzen zu können. Und meine Frau, die sich schließlich an mich wenden konnte, um die Summe zu erbitten, um derentwillen sie den Tanz verweigerte, hat es vorgezogen, mit einem Unbekannten zu tanzen und hat mir als erste den Respekt verweigert, den ich mir von meinen Mitmenschen immer erkämpfen wollte.«

Ich hörte dem Hauptmann stillschweigend zu und fühlte in meinem Inneren, daß meine Stunde noch nicht gekommen war. Ich machte erst viel später den Mund auf, erst bei dem Festbankett, als Dona Dorotéias Bräutigam einen Trinkspruch auf Dona Maria Corina ausbrachte und der Hauptmann mir mit einem Blick zu verstehen gab, für Biá wäre das Bankett nunmehr zu Ende. Da ging ich auf den Menschen zu und flüsterte ihm ins Ohr:

»Ihre Braut wartet draußen auf Sie! Kommen Sie gleich mit!«

Biá schrak trotz seines angeheiterten Zustandes zusammen – ich wette, er hat eine verdammte Angst vor seiner Braut. Als wir nach draußen traten, fragte er mit dem Idiotengesicht, das ihm Gott verliehen hat:

»Wo ist sie? Wo ist sie?«

Der Kerl hatte so geladen, daß er keinen Mucks von sich gab, als ich ihn in den Ford des Hauptmanns stieß, Gas gab und erst in Gratidão anhielt. Dort befand sich Dona Dorotéia, um ihrer Schwester Pía Gesellschaft zu leisten, die nicht ganz richtig im Kopf ist. Ich packte den Biá wie ein Wäschebündel – er war so betrunken wie ein Beuteltier – und als ich ihn auf dem Sofa absetzte, fragte Dona Dorotéia:

»Was ist denn geschehen?«

Da packte ich aus: ich erzählte alles, was vorgefallen war, damit die Familie Mitgefühl mit dem Hauptmann empfände und ihm in seinem Kampf mit der schamlosen Frau beistünde.

Die Braut sagte kein Wort, ich sah nur, daß ihre Wangen heftig zitterten. Sie setzte sich auf einen Stuhl gegenüber von Biá, der schon zu schnarchen begonnen hatte, und sagte mit gefalteten Händen:

»Vielen Dank, Einundsiebzig. Sie können Oceano sagen, daß Juca nicht auf das Fest zurückkehrt.«

Und er kam auch nicht wieder.

Erst als der junge Oceano wesentlich später die Liebe der Tiere auf den Feldern beobachtete, begriff er, weshalb Heleno seine Frau so besiegt hatte, daß sie nie wieder einem seiner Worte widersprach. Er wußte jedoch damals noch nicht, daß der Vater dieses Verfahren – die Bezwingung durch die grobe Kraft – nicht für eine bestimmte Situation improvisiert hatte, sondern daß es zu seiner Methode gehörte, um alles zu erreichen, was er sich vorgenommen hatte. Diese Methode verdankte er nicht dem Wissen seines Vaters, sondern seinen Erzählungen über das Leben Chicos des Bauern, des Stadtgründers von Parada de Deus. Er bedurfte kaum noch eines Mittlers zwischen sich selbst und dem Großvater, ihm war, als hätte er mit eigenen Augen die hünenhafte Gestalt mit dem langen schwarzen Bart gesehen, der sich mit den goldenen Rosenkranzperlen an seinem Halse verknäuelte; vor seinen Augen standen die großen Silbersporen, mit denen er sein Reittier am Bauch kitzelte, und er konnte sich sogar das Madonnen-Amulett auf seiner behaarten Brust vorstellen. Seine Sklavinnen munkelten, mit seiner Frau Siá Dina gehe er so respektvoll um, daß sie den Geschlechtsverkehr nur durch eine Decke mit einem Loch in der Mitte vornahmen; aber eine Decke benutzte er bestimmt nicht während der nächtlichen Besuche, die er jahrelang der Näherin seiner Frau, Didila, abstattete, der Mutter Glorinhas, die alle für eine leibliche Tochter Chicos des Bauern hielten. Wenn Heleno auf seinem Fuchs ausritt, fand er seinen Großvater neben sich wieder: er sah ihn auf dem Pfad reiten, einem engen Streifen Landes mitten in der umgebenden Vegetation. Heute war dieser Pfad eine Straße, nicht nur für Ochsenkarren, sondern auch für Autos und Lastwagen, die häufig im Schlamm steckenblieben. Er sah seinen Großvater nach den Mangobäumen, den Kaffeeplantagen, den abgeweideten Wiesen Ausschau halten, aber nirgendwo spürte er seine Gegenwart deutlicher als in der Nähe des Brotbaums, ein wenig unterhalb des Herrensitzes von Gratidão. Dort in der Nähe des kleinen Picão-Flußes befand sich, wie ihm Zé Inácio erzählte, der Lieblingsplatz des Alten, dort bezog er auf seinem dunklen Reittier Position, um seinen Grundbesitz zu überschauen, den er immer mehr erweitert hatte. Dorthin ritt auch Heleno auf seinem Fuchs und betrachtete die Plantagen, die er wieder instandgesetzt hatte, vor allem als der Tod seines Vaters ihm freie Hand gab. Wenn er nicht aus Zé Inácios vorübergehender Neigung für die Mulattin Isaltina hervorgegangen wäre, so hätten die Moura Alves die Besitzungen Chicos des Bauern aus den Händen verloren. Vielleicht hätte sogar sein geschworener Feind, der Italiener, die Fazendas, die besten Ländereien der ganzen Gegend, aufgekauft. Sein Vater Zé Inácio war nicht zum Landwirt berufen; er ergab sich dem Wein und seinen Büchern, schloß sich in seinem Arbeitszimmer ein; die Sklavenbefreiung hatte ihm einen schweren Schlag versetzt. Da Zé Inácio die Aufhebung der Sklaverei und den folgenden Mangel an Arbeitskräften voraussah, war er nach Rio gefahren und hatte bei der Regierung erreicht, daß italienische Einwanderer auf seine Fazenda kamen. Ângelo Crespis Beispiel hatte ihn für die italienischen Einwanderer eingenommen – er hatte sich zum Besitzer des besten Ladens von Parada de Deus aufgeschwungen und das von Chico dem Bauern gegründete Geschäft aufgekauft, das er, Zé Inácio, verkauft hatte, weil er zu dem Schluß gelangt war, daß er nur verlieren würde, wenn er mit dem Geschäft rivalisieren wollte, daß Ângelo Crespi nur zwei Schritte von dem seinigen entfernt eröffnet hatte. Wenn jedoch die Emigranten mit ihrer musikalischen Sprache, ihrem üblen Geruch und der allzu warmen Kleidung einerseits seine Fazendas vor noch größerem Verfall retteten und durch ihre Unbotmäßigkeit gegen jegliche Anordnungen, ihre Eigenwilligkeit, wenn die Befehle ausblieben, Helenos Eroberungspläne erleichterten, fand dieser auf der anderen Seite jedoch überall verwahrloste Ländereien vor, die er erst wieder neu bestellen mußte. Deshalb hatte er auch keine Skrupel, als er Zé Inácios Kinder – die ehelichen wie die unehelichen – von der Erbschaft ausschloß, denn die Ländereien waren nicht mehr die gleichen wie zu den Zeiten seines Vaters: es gab nicht mehr struppige Weiden, verlassene Plantagen, verwahrlostes Vieh – die wieder instandgesetzten Felder gehörten ihm, Heleno de Moura, und niemandem sonst.

Wie sein Großvater Chico der Bauer stellte er sich unter den großen Brotbaum am Flüßchen Picão und überschaute seinen Besitz, den er nicht allein durch verbrecherische Machenschaften in seine Hand gebracht hatte. Dort am Brotbaum glaubte er an dem Kampf teilzunehmen, den die von seinem Großvater befehligte »Todesbande« gegen den »Farblosen« ausgetragen hatte. Sein Vater hatte ihm diesen Kampf ausführlich beschrieben, obwohl er selber daran nicht teilgenommen hatte, weil Chico der Bauer es ihm verbot.

Zé Inácio erzählte Heleno, Zeca Araújo (bekannt als der »Gescheckte« oder der »Farblose«, weil eine sonderbare Hautkrankheit sein Gesicht und seine Hände weiß gesprenkelt hatte) sei der politische Führer der Ortschaft Várezea da Palma gewesen. Trotz ihrer Nachbarschaft zu Parada de Deus gehörte sie bereits zum Staat Minas Gerais. Zeca Araújo hatte seine Macht mit unerlaubten Mitteln errungen: seine Weiden beherbergten die Herden, die seine Leibwächter auf den Fazendas der Umgegend stahlen und später von verschiedenen Orten aus in die Hauptstadt verfrachteten. Er hatte jedoch nie gewagt, in die Besitzungen von Chico dem Bauern einzudringen. Mit ihm unterhielt er respektvolle Beziehungen. Er nahm sogar mit seiner Familie an den Prozessionen zu Ehren von Christkönig teil, die Chico der Bauer alljährlich in der von ihm gegründeten Ortschaft veranstaltete.

Zé Inácio berichtete, sein Vater wäre von Zeca Araújos Übergriffen erst in Mitleidenschaft gezogen worden, als Zecas Tochter von einem seiner Sklaven verführt worden war. Die eigene Mutter versuchte die Schwangerschaft ihrer Tochter so lange wie möglich vor dem Gatten zu verstecken, weil sie seine Reaktion fürchtete. Als jedoch der Tag kam, an dem die Tatsache sich nicht länger verheimlichen ließ, erzählten die Sklaven, die der Szene beiwohnten, Zeca Araújo habe gegen alle Erwartungen nicht getobt und auch nicht das Mädchen verprügelt. Vielmehr strich er sich lange über seinen grauen Bart, als schwanke er, welche Haltung er einnehmen sollte, während Mutter und Tochter, im gleichen Zimmer eingesperrt, weinten und klagten und auf das Strafurteil warteten. Als Zeca Araújo schließlich den Mund auftat, befahl er, man solle den Sklaven vor ihn bringen, der seine Tochter verführt hatte. Es war ein Mulatte mit kräftiger Haarmähne; er stand im Ruf, einer der stärksten Männer der Fazenda zu sein und überdies einer der besten Baßgitarristen. Er war auf dem Hofplatz der Fazenda groß geworden und hatte mit der Geduld seiner Rasse die boshaftesten Scherze der Kinder Zé Araújos über sich ergehen lassen. Als der Sklave mit gebundenen Händen und Füßen vor seinen Herrn gebracht wurde, war sein Körper von Striemen überzogen, weil ihm der Verwalter auf eigene Rechnung Prügel verabfolgt hatte.

Zé Inácio berichtete, der Sklave Jerônimo habe nicht gezittert, als er vor seinem Herrn stand und beide einander mit Blicken maßen.

»Warum bist du nicht geflüchtet?«, fragte Zeca Araújo.

»Sie wissen, daß kein Grund zur Flucht bestand«, erwiderte Jerônimo.

»Weißt du, was dich erwartet?«

»Ich weiß es nicht, aber ich habe keine Angst vor dem Tod.«

»Desto besser: ich töte ungern Feiglinge. Schafft ihn in den Stall!«

Ein derartiger Fall war in der Gegend noch nicht vorgekommen: man schnitt Jerônimo die Geschlechtsteile mit dem Buschmesser ab; er starb an den Blutungen, jedoch hörte niemand einen Wehlaut von seinen Lippen, in die er die Zähne gebissen hatte, um nicht zu schreien. Olivinha, die Tochter, verlor ihren Sohn durch eine Totgeburt und wurde in einem weit von der Fazenda entfernten Lagerschuppen eingesperrt. Erst sieben Jahre später befreite man sie daraus, als Zeca Araújo durch die berühmte »Todesbande« umkam, eine Bande, die zu dem einzigen Zweck gegründet worden war, den politischen Führer von Várzea da Palma ins Jenseits zu befördern.

Noch nie hat sich ein Moura Alves einen Hahnrei nennen lassen müssen. Warum sollte gerade unser Familienoberhaupt (Indinho und ich glaubten immer, nur Oceano könne unseren Vater ersetzen) diesen Namen, der tausendmal schlimmer ist als ein Schimpfwort, mit Sanftmut hinnehmen?

Wir wußten, daß er sich zur Wehr setzen würde, wenn Indinho und ich auch fanden, die Gegenwehr lasse zu lange auf sich warten. Aber Oceano ist eben so: einmal – ich erinnere mich gut, daß ich ein kleines Kind war und Indinho noch kleiner – sah Oceano, wie Vater der Mutter ein paar Klapse gab, als sie sich gerade zankten. Im Augenblick des Zanks sagte Oceano kein Wort, er lief weg, als hätte er Angst, Hiebe abzubekommen, und versteckte sich unter dem Tisch; dort verhielt er sich ganz still, bis der Vater aufhörte, die Mutter zu schlagen. Wir alle hatten eine höllische Angst vor unserem Vater, obwohl er uns niemals schlug. Die Strafen, die er aussprach, wenn er meinte, daß andere Leute sie verdient hatten, genügten schon, daß uns die Füße wie Schilfrohr schlotterten, wenn er uns nur scharf anblickte.

Nun gut, nachdem der Vater die Mutter geschlagen hatte, kam Oceano eines Tages zu mir (als wir eben durch Cachoeira ritten, die Fazenda, die heute Indinho gehört) und sagte ohne Überleitung: »Cici – so nennt mich die Familie, den Namen hat mir Oceano als Kind gegeben – ich werde Mutter rächen für das, was der Vater ihr angetan hat.«

Ich nahm zunächst nicht ernst, was er sagte; wer Vater kannte, konnte nicht annehmen, daß ein zehnjähriger Junge den Mut haben würde, gegen einen Mann anzugehen, vor dem sogar die Älteren Furcht hatten. Ich glaubte erst zwei Tage später, daß Oceano im Ernst gesprochen hatte: da geriet der Vater in eine Falle, die mein Bruder in der Nähe des Stalls auf einem Weg vorbereitet hatte, den der Vater jeden Tag benutzte. Als der Teufelsknirps den Vater mit dem Fuß in dem Loch stecken sah, das er selber geschaufelt und mit einer Zeitung, Baumzweigen und Erde überdeckt hatte, trat er auf ihn zu und sagte mit dem verschlossensten Gesicht von der Welt: »Das habe ich getan, damit du lernst, daß du Mutter nicht zu schlagen hast, hast du gehört?«

Eusébio, der Viehhüter, half dem Vater, vom Boden aufzustehen – nicht einmal das wollte Oceano tun: er blieb neben dem Vater stehen und schaute ihn finster an – und er sagt, er hätte die Augen geschlossen bei dem Gedanken an die Prügel, die Oceano gleich vom Vater beziehen würde. Aber nein, das geschah nicht: der Vater liebte Oceano sehr, er muß wohl den Grund für die Rache verstanden haben; er bestrafte Oceano nicht für seinen Streich. Moral von der Geschichte: wenn der Vater künftig die Mutter schlagen wollte, spielte sich die Prügelszene im verschlossenen Zimmer ab, damit wir Kinder sie nicht beobachten konnten.

So ist mein Bruder Oceano: seine Rache, besser gesagt, seine Art, Gerechtigkeit zu üben, ist wie die Gerechtigkeit Gottes: sie läßt auf sich warten, aber sie kommt unfehlbar.

Ich meine allerdings, mit dem Kapitän, Mamás zweitem Mann, hätte er viel früher abrechnen müssen; denn er war der wahre Schuldige an Maria Corinas Schamlosigkeit. Ich weiß nicht, wo Mamá ihren Kopf gelassen hatte, als sie den Heiratsantrag dieses Pokerspielers annahm, eines Vagabunden und Herumtreibers, von dem niemand weiß, woher er kam. In Parada de Deus trat er wie ein Nabob auf – auf Kosten des von unserem Vater verdienten Geldes. Er hat Maria Corina den Kopf verdreht, auch wenn sie vielleicht schon von sich aus eine Schraube locker hatte. Man mußte nur das Gespräch der beiden bei Tisch mit anhören, wenn Oceano mit ihr zum Essen in Mutters Haus kam. Der Kapitän prahlte mit seinen Reisen bei der Handelsmarine, und Maria Corina hörte ihm mit offenem Munde zu, als ob Christus selber mit ihr redete. Schließlich wurde die Sache unerträglich: die beiden redeten miteinander, als ob sonst niemand weiter am Tisch säße. Sie schienen nur füreinander Auge und Ohr zu sein, und da kam auch Mamá wieder auf uns zu und räumte ein, daß sie mit dieser Heirat ein schlechtes Geschäft gemacht hatte. Einmal habe ich den Kapitän nur deshalb nicht gleich am Eßtisch umgelegt, weil er Oceanos Herausforderung nicht annahm. Hätte ich es nur getan! Dann wäre Oceano diese Qual erspart geblieben.

Du wußtest genau: an dem Tage, an dem Dona Paula eine feindselige Haltung gegen euren Stiefvater einnehmen würde, würde auch Oceano nicht mehr die geringste Nachsicht gegen ihn üben. Diesen Augenblick wünschte Indinho sehnlichst herbei: Oceanos Vergeltung, die Ausschaltung eines Mannes, der fast ein Rivale für ihn war. Auch Maria Dorotéia wartete auf einen Vorwand, um sich an ihrer Schwägerin rächen zu können; denn bei dem Festbankett zu Ehren von Oceanos Amtsantritt als Präfekt hatte sich herausgestellt, daß Maria Corina die geheime Leidenschaft ihres Bräutigams war. Vielleicht hatte Maria Dorotéia einen besseren Grund als alle übrigen, ein Scheit zu dem Scheiterhaufen zu legen, auf dem die Moura Alves Maria Corina verbrannten. (Merkwürdig, daß Dorotéia immer noch mit alter

Treue an dem plattnasigen, häßlichen Gesicht ihres Verlobten hängt, als gebe es keinen anderen Mann auf der Welt, wenn auch – durch Maria Corinas Schuld – noch immer kein Datum für die Hochzeit festgesetzt worden ist!)

Als daher Maria Dorotéia nach dem abendlichen Rosenkranzgebet sagte, sie müsse mit Mutter und Brüdern im Vertrauen reden, meinten Indinho und du, die Beschwerde werde sich gegen ihren Stiefvater richten; außer Oceano begriff niemand, daß sich die Anklage nicht nur gegen den Kapitän richtete, dem ein Foto Maria Corinas aus der Brieftasche gefallen war, sondern gleichzeitig auch gegen Maria Corina als die Geberin dieses Fotos.

Nein, dieser Gedanke war mir nicht gekommen. Er kam mir erst später, bei einem Hinweis von Indinho. Als ich Dorotéia sagen hörte, der Vorfall habe sich im Besuchszimmer von Gratidão abgespielt, als Mamá und der Kapitän auf die Fazenda kamen, um dem Juca Boiadeiro ein Stück Vieh zu verkaufen, hatte ich nur den einen Wunsch, den Kapitän ins Gras beißen zu lassen. Es tat mir nur leid, daß ich diesen Schuft nicht gleich zu Anfang am Eßtisch des Herrenhauses abgeknallt hatte, auch wenn er Oceanos Herausforderung nicht angenommen hatte.

Während Maria Dorotéia sprach, konnte man ihren gleichmäßigen Atemrhythmus an ihrem fetten Hals ablesen: ihre grauen Augen glitten von einem zum anderen und hielten nicht inne, ihre träge, schleppende Stimme blieb ebenfalls ruhig; sie wollte nicht recht passen zu dem Gewissenskonflikt, den sie durchzumachen behauptete. Sie habe geschwankt, sagte sie, ob sie den Vorfall berichten sollte, der »die schöne eheliche Harmonie trüben könnte, in der ihre Mutter lebte« – bei diesem Satz stimmte Indinho, der sich nicht wie die anderen hingesetzt hatte, ein höhnisches Gelächter an, bis Dona Paula sich umwandte und mit blinzelndem, fast geschlossenem Auge sagte:

»Sei still, Indinho! Laß Dorotéia ausreden!«

»Was gibt es da noch weiter zu berichten?« schrie er, gestikulierte mit seinem Hut, den er vom Ständer genommen hatte, und wandte sich zur Tür, als ob er fortgehen wollte. »Das Ganze kommt mir so vor wie eine Schauspielertruppe, bei der jeder eine Rolle spielt, die gar nichts mit dem zu tun hat, was jeder einzelne ist: so als wollten wir den Part des anderen auswendiglernen, um nur ja nicht mit unseren eigenen Worten reden zu müssen.«

Er setzte sich auf den Stuhlrand, die kurzen Beine straff angespannt, die blauen Augen verdunkelt durch das Mißtrauen, mit dem er die übrigen anschaute: Indinho schockierte seine Geschwister durch seine Neigung, alles, was sie fühlten und dachten, laut herauszusagen und das Zeremoniell der Moura Alves zu mißachten, denen einsilbige Wörter genügten, um Einmütigkeit herzustellen, während alles übrige ungesagt blieb.

Dona Paula hob die Hand; ihr halb geschlossenes Auge war auf die Tochter gerichtet, aber die Geste galt Indinho, der sich noch einmal mit der Hand aufs Knie schlug, jedoch nicht wieder das Wort nahm.

»Was wollt ihr außerdem noch wissen?«, wiederholte Maria Dorotéia und atmete heftig, als wäre das Sprechen eine Anstrengung für sie, selbst wenn sie bestimmte Dinge nicht beim Namen zu nennen brauchte. »Der Kapitän stand im Salon und zog die Brieftasche, um eine Banknote herauszunehmen, was weiß ich, und ehe er noch die Brieftasche wieder einstecken konnte, fiel ein Papier zu Boden. Während er auf die Tür zuging, bückte ich mich und wollte ihn schon rufen, da sah ich, daß es eine Fotografie war. Und im gleichen Moment erkannte ich, daß es Maria Corinas Fotografie war. Da hielt ich meinen Mund und wollte erst einmal darüber nachdenken, ob ich ihm das Bild wiedergeben oder zuerst euch zeigen müßte.«

Nur Dona Paula streckte die Hand aus, um das kleine Bild an sich zu nehmen. Oceano rührte sich nicht, er schaute starr auf die Wand, als ob ihn die Gegenwart von Mutter und Geschwistern nicht sonderlich interessiere. Du selber, Pacífico, fragtest, noch bevor deine Mutter sich die Rückseite des Fotos anschaute:

»Steht eine Widmung darauf?« Das war aber nicht der Fall, so töricht war Maria Corina nun auch nicht.

»Das also war es«, sagte Dona Paula und zog den Mund schief, wie immer wenn sie ihren nervösen Tic hat, und dabei fingerten ihre Hände unruhig an dem goldenen Rosenkranz, »das also war es, die ganze Zeit über.«

»Was denn, Mamá?«, erkundigte sich Indinho und stand, den Hut in der Hand, auf, als ob er fortgehen wollte.

»Das also war es«, wiederholte Dona Paula, ohne die Frage ihres Sohnes zu beachten, während sich ihr zitterndes linkes Auge beinahe schloß, »das also war es, die ganze Zeit über.«

Nach der Verführung seiner Tochter Olivinha durch den Sklaven kam Zeca Araújo auf den Einfall, die hübschesten Mädchen der Gegend zu rauben, zu welchem Zweck, wußte man nicht genau – so erzählte es Zé Inácio Heleno – denn Zeca Araújo handelte nicht immer zielbewußt. Die wenigen Einwohner der damaligen Ortschaft Parada de Deus wurden ebenso wie die Fazendeiros der Gegend und ihre Sklaven aufgerufen, gegen den gemeinsamen Feind zu den Waffen zu greifen, für dessen Handlungsweise der Familienskandal die einzige Rechtfertigung darstellte. Um diese Zeit waren schon vier Töchter von Chico dem Bauern in Rio de Janeiro ins Kloster eingetreten; die Verteidigung der drei übriggebliebenen brachte Chico den Bauern dazu, die alte Flinte, mit der er den Zigeuner Teodureto getötet hatte, aus der Truhe zu holen. Er ölte sie sorgfältig ein und erwartete die Entführer an dem gleichen dichtbelaubten Brotbaum, an dem sich Heleno gern an diesen Kampf erinnerte. Sein Sohn durfte an der Auseinandersetzung nicht teilnehmen; Chico der Bauer sandte seinen Vertrauenssklaven Tonho nach Degrêdo mit der Botschaft, Zé Inácio »solle sich nicht in den Streit einmischen, das wäre nichts für einen verkommenen Menschen«. Augenzeugen berichteten, daß Chico der Bauer auf seinem Reittier unter dem Brotbaum Position bezog: die Flinte stützte er auf den Sattelknauf, die drei goldenen Rosenkränze schimmerten an seinem Hals, seine Gestalt war schwärzer und schweigsamer als die Nacht. Die Wege, die von den Flüßchen Picão und Bonito durchschnitten wurden, lagen in nächtlichen Schatten, als die Männer Zeca Araújos auf dem Coronha-Hügel auftauchten, die Wege wohlweislich vermeidend. Da ließ sich eine derbe Stimme vernehmen; sie kam von dem Brotbaum her und klang so unwirklich wie die Gestalt des Mannes, der so phlegmatisch im Sattel saß wie sein Reittier. Die bewaffneten Sklaven waren nicht weniger entsetzt als Zeca Araújo selber, der an der Spitze seiner Leute ritt. Es kostete sie Mühe, diese Stimme für wirklich zu halten und Vermutungen anzustellen, woher sie kam, wem sie gehörte und welchen Sinn die Worte besaßen. Sie hallten zwischen den Hügeln wider, fanden ihn unvorbereitet und lähmten seinen Kampfgeist.

»Ich fordere Zeca Araújo, den sogenannten ›Farblosen‹, zum Kampf heraus«, schrie Chico der Bauer regungslos unter dem Brotbaum, »ich sehe nicht, warum andere Leute sterben sollten: wir beide sind die Hauptleute und Manns genug, ohne Verräterei ein Duell auszutragen. Warum sollten wir die anderen in einen Streit hineinziehen, der nur uns etwas angeht?«

Chico der Bauer legte eine kleine Pause ein, lang genug, daß sich Zeca Araújo von seiner Bestürzung erholen und ihm zuhören konnte, zu kurz, ihm die Möglichkeit zu bieten, das Duell abzulehnen, ohne sich in den Ruf eines Feiglings zu bringen.

»Es heißt, du willst unsere Töchter rauben, so wie du unser Vieh geraubt hast. Bevor ich dich töte oder unter deinen Kugeln sterbe, rate ich dir, Zeca Araújo, nimm nicht Rache an uns für das Unglück, das über deine Tochter gekommen ist, überlaß das lieber Christkönig, unserem Herrn: Er wird dich rächen, Er allein übt Gerechtigkeit. Denk an meine Worte: wenn du mich töten oder sterben willst, hier stehe ich, bereit zum Duell, jetzt gleich oder morgen früh bei Sonnenlicht. Und wenn Christkönig, der Allmächtige, dir einen besseren Rat gibt, dann kehr auf deine Fazenda in den Staat Minas Gerais zurück und laß uns hier auf unserem Boden in Frieden leben; denn etwas anderes wollen wir nicht.«

Heleno sah den Großvater im Geiste vor sich, wie er auf seinem Reittier mit den Schlappohren saß, die großen Hände über der Flinte auf den Sattelknauf gestützt. Die Zeit verging, und Zeca Araújo sagte kein Wort, er hatte auf dem Coronha-Hügel Posten bezogen, schweigsam wie seine Leute, und so verging die Nacht. Chico der Bauer wartete allein unter dem Brotbaum: manchmal konnte man das Tier unter ihm kaum noch erkennen, als ob er selbst an Größe gewachsen wäre und die Krempe seines breiten Lederhutes die ersten Zweige des Baumes erreichte. Wenn jemand diesen Mann beschützte, so lag er versteckt, denn während all der Stunden, in denen Zeca Araújo auf eine Eingebung von oben zu warten schien, die ihm einen Entschluß eingäbe, tauchte niemand bei dem einsamen Reiter auf, kein Gefolgsmann, kein Sklave. Der Reiter wartete, in die Falten seines großen schwarzen Umhangs gehüllt, wartete auf die Entscheidung des bärtigen Mannes, der ihm, Chico dem Bauern, körperlich recht ähnlich war. Seine Leute begriffen sein Stillschweigen nicht, wagten es jedoch auch nicht zu unterbrechen. Heleno war ganz sicher, daß er die Fähigkeit seines Großvaters zuzuwarten, auch wenn alles in uns zur Tat drängt, geerbt hatte; des Großvaters Haltung hatte ihn belehrt, daß es Augenblicke geben kann, in denen Passivität nicht nur eine Art des Handelns darstellt, sondern auch den Gegner nötigen kann, seine Absichten deutlich bekanntzugeben. Daher verstand auch er, Heleno de Moura, den Angriff seiner Brüder, der unehelichen wie der ehelichen, abzuwarten. Die ehelichen Söhne hatten sich aus der Fazenda davongemacht und waren in der Stadt verschwunden, als ob sie nie existiert hätten; den armen kränklichen Sohn von Iaiá de Melo brachte er um, nicht aus Haß oder Furcht, sondern weil ihm die Möglichkeit vor Augen stand, Martinho Moura Alves könne eines Tages Selbstvertrauen fassen und ihn, Heleno de Moura, besiegen. Nach dem Willen des alten Herrn war er zum alleinigen Besitzer von Gratidão, Degrêdo, Cachoeira, Santana, Lagoa Preta und Santo André geworden; der Alte hatte seine ehelichen Kinder enterbt und die außerehelichen im Testament nicht einmal erwähnt; er erkannte Heleno als einzigen unehelichen Sohn an, weil er ihm »Gefährte in den schlimmsten Stunden gewesen sei und eine Liebe zur Scholle besitze, die den sorgfältigen Anbau der Felder sicherstellen würde. Auch sei er als Verwalter so geschickt, daß er nicht nur die nötigen Steuergelder, sondern darüber hinaus alle Mittel aufbringen werde, um den Ertrag der Pflanzungen zu steigern.« Heleno zu unterwerfen hätte Martinho möglicherweise eine Chance geboten, sich selbst zu behaupten; er war, von Zé Inácio vergessen, von einer fremden Frau gesäugt worden, während sein Vater sich die Schuld am Tod dieser zweiten Frau zuschrieb, weil sie, indem sie sich mit ihm verband, den schrecklichen Fluch der Blutschande auch auf sich gezogen hatte. Zé Inácio erzählte Heleno, daß er nur zum zweiten Mal geheiratet habe, um der Einsamkeit seines leeren Bettes zu entgehen; sein Schuldgefühl lastete nach Glorinhas Tod eher noch stärker auf ihm. Nun klagte er nur noch sich selber an und rief sich, mit immer größerer Genauigkeit, mit dem Schmerz eines Menschen, der sich die Haut vom eigenen Körper abzieht, um festzustellen, an welcher Krankheit er leidet, die Gebärden, die Worte, die Schweigeminuten, kurz das ganze Leben in Erinnerung, das er mit seiner ersten Frau geteilt hatte. Bei diesem Überdenken, das auch viele heitere Erinnerungen enthielt, kam er zwangsweise auf den Schrecken zurück, den ihm der nie ganz in Gewißheit verwandelte Verdacht eingab, Glorinha wäre vielleicht die Tochter seines Vaters. Als Chico der Bauer im Sterben lag, drang Zé Inácio in sein Zimmer ein, um diese Frage an ihn zu richten, die ihm sein Leben lang auf der Zunge gebrannt hatte. Seine Mutter und die beiden unverheirateten Schwestern knieten neben dem Bett, während Pater Cesário, dessen Fettleibigkeit die schmutzige, verfleckte Soutane aufschwellte, mit lauter Stimme Gebete sprach. Die Neger schluchzten in ihren Hütten, aus der Küche drang ersticktes Weinen; er, Zé Inácio, war eilig von seiner Mutter, Siá Dina, herbeigerufen worden. Erst vor ganz kurzer Zeit war der Schmerz in Chicos des Bauern Brust entbrannt, er hatte den ganzen Tag lang gearbeitet und das Jäten der neuen Kaffeeplantage bei Santana beaufsichtigt, da spürte er an der Einfahrt von Gratidão Stiche in der Brust, so starke Stiche, daß er unwillkürlich seinem Reittier die Sporen gab. Als sein Sohn an der Türschwelle stand, begriff er, warum es ihn so gedrängt hatte, seinen Vater noch am Leben zu finden. In diesem Augenblick war sein Vater für ihn kein menschliches Wesen mehr: er war nur von dem Gedanken besessen, daß der einzige Mensch, der imstande war, seine Zweifel zu beseitigen – diesen Verdacht, der ihn Tag und Nacht peinigte, als habe man ihm ein Stückchen Eisen zwischen zwei Knochen seines Leibes geschoben, so daß ihn jede Bewegung schmerzen mußte – im Begriff stand, aus der Welt zu gehen. Dieser Mensch konnte mit einem einzigen Wort den Geschmack der Sünde aus seinem Munde entfernen, die Empfindung der Verworfenheit und des Ekels, die ihm in die Kehle stieg und ihn zum Erbrechen reizte. Der da auf dem großen Federbett seinem Ende entgegenging, während die Frauen der Fazenda weinten, war nicht nur sein Vater, sondern der einzige Mensch, der ihm, Zé Inácio, die Möglichkeit geben konnte, wieder zu einem anständigen Leben zurückzukehren, ohne im Wein den Mut suchen zu müssen, den Augen anderer Menschen standhalten zu können. Er stand starr auf der Türschwelle und sah, wie sein Vater mühsam nach Atem rang, wie sich seine breite Brust unregelmäßig hob und senkte, und als er näher trat und den großen Daumennagel violett gefärbt sah, wurde ihm klar, daß ihm nur kurze Zeit, vielleicht gar keine, übrigblieb, um die Wahrheit zu erfahren oder Chico den Bauern zu bitten, ihm eine fromme Lüge zu gönnen. Denn im Grunde wollte er gar nicht die Wahrheit hören, er suchte eine Möglichkeit, die ihm erlauben würde, den Kopf wieder aufrecht zu tragen und nicht mehr zurückgezogen auf Degrêdo zu leben und zur einzigen Zerstreuung Bücher um sich zu haben, die er aus Rio besorgen ließ.

Er roch den Duft nach Schweiß, Rauch und Leder, der vom Leib des Sterbenden aufstieg, vor seinen Augen wuchs der große violett gefärbte Daumennagel; er legte seinen Kopf auf die Bettdecke und fragte leise, ohne sich um die Anwesenheit von Mutter, Schwestern, Pater Cesário und der Negerin Secundina zu kümmern:

»Ist Glorinha deine Tochter, Vater?«

Er fiel in sein Schweigen zurück und wartete auf die Antwort, die nicht kam; sein Kopf ruhte auf der Decke, bis ihn ein feiner Schmerz aus seinem Warten aufweckte. Dieser Schmerz war schon geraume Zeit vorhanden, er hatte sich in seiner Haut festgesetzt, immer schärfer und durchdringender, und als er den Kopf hob, sah er, wie sein Vater mit offenem Munde dalag, mit hochgerötetem Gesicht, als ersticke er an dem Versuch zu sprechen, während sich der große violette Daumennagel in Zé Inácios Handrücken einbohrte, als gäbe es für ihn keinen anderen Auftrag auf der Welt mehr außer diesem.

– Ich kann nicht sagen, wer mir zuerst von dem Verrat Maria Corinas erzählt hat: alles sprach mir von ihrer Untreue, der Wind, die Wände, ihre Augen, ihr Fleisch, die Bäume, alles, alles. Gleichwohl sagte mir niemand etwas; niemand hatte den Mut, zu mir zu kommen und mir die Wahrheit zu sagen. Da dachte ich bei mir: Dorotéia ist noch nichts zu Ohren gekommen; an dem Tag, an dem meine Schwester etwas wittert, was Maria Corina betrifft, kommt sie gelaufen und sagt es mir.

Ich konnte das nicht mit a plus b beweisen, aber ich zweifelte nie daran, daß ich betrogen wurde, und das in Wahrheit schon, seit ich sie auf dem Fest in Celo da Serra zum ersten Mal gesehen hatte. Damals schon ahnte ich, daß ich um dieser Liebe willen in dem einzigen Punkt, auf den es mir im Leben ankam, scheitern würde: mir den Respekt meiner Mitmenschen zu verschaffen.

Als ich ein kleiner Junge war, fand es mein Vater lustig, wenn ich ihm erklärte, ich hätte Lust, sofort irgend jemanden umzubringen, meine Strafe im Gefängnis abzusitzen und dann, noch jung, wieder herauszukommen und ein gefürchteter Mann zu sein. Der Vater kaute auf seinem Zahnstocher und meinte:

»Am besten ist, du bringst jemanden um, läßt die Beweise verschwinden und verschaffst dir den Ruf eines Mörders: wirst du gefürchtet und brauchst doch nicht im Gefängnis zu brummen.«

»Und die Strafe für das Verbrechen?«, fragte ich zurück. »Meinst du nicht, daß einer, der tötet, eine Strafe erleiden muß?«

»Die Strafe erleidet er vorher«, gab mir der Vater zur Antwort, »hinterher spürt man nur Erleichterung, selbst wenn man ins Gefängnis kommt. Die Strafe ist vorher da, wenn der Mann töten will und es noch nicht fertiggebracht hat.«

Was mein Vater damit sagen wollte, verstand ich erst richtig, als meine Schwester Dorotéia den Vorfall mit Maria Corinas Foto in der Brieftasche des Kapitäns berichtete.

Als Maria Dorotéia ausgeredet hatte, steckte Dona Paula das Bild mit den Worten zu sich:

»Ich behalte es.«

Und zog sich zurück. Sie schaute ihre Kinder gar nicht mehr an, als sei sie von einer neuen Angelegenheit völlig in Anspruch genommen und die vorangehende ihr ganz gleichgültig geworden. Jetzt hieß es nur noch abwarten; alle wußten, daß die Lage unhaltbar geworden war, aber niemand wagte den ersten Schritt zu tun. Alle schauten nur auf unsere Mutter: ihr linkes Auge war fast geschlossen, ihr Mund verzerrt wie in einer Grimasse unendlichen Ekels, aber was sie sagte, hatte mit dem Vorfall nicht das Geringste zu tun. Der Kapitän und Maria Corina ahnten nichts; sie plauderten so ruhig und intim wie eh und je und bei den Abendessen, zu denen sich die Familie Moura Alves in Dona Paulas Haus versammelte, schwiegen alle still, während Maria Corina und dein Stiefvater sich unterhielten und so unschuldig lachten, als ob sie nichts zu verbergen hätten.

Ich hatte an der Sache kaum noch Interesse, die Bestrafung des Kapitäns war nicht meine Aufgabe – das konnte ich ruhig Mamá überlassen, aber es blieb die Gewißheit, daß Maria Corina imstande war mich zu betrügen. Bis dahin war mir nur der Verdacht gekommen; ihre Gefallsucht zwang mich dazu, in aller Ruhe diese Heiterkeit, dieses innere Leuchten zu überprüfen, das nur von anderen Männern verursacht sein konnte. Mich liebte sie nie genug, um sich bei mir glücklich zu fühlen; man brauchte sie nur in Degrêdo anzusehen, wenn wir dort mit den Kindern allein waren, um ihre Traurigkeit zu bemerken. Einmal kam ich zufällig in unser Schlafzimmer – sie glaubte, ich wäre nach Cachoeira gefahren, um mit Indinho über irgend etwas zu verhandeln – da lag sie auf dem Bett und weinte und schluchzte wie ein kleines Kind, ihr ganzes Kopfkissen war naß.

Es war noch früh, Maria Corina hatte das Gesicht in den Kissen vergraben, deshalb hörte sie nicht das Klirren deiner Sporen: vielleicht hättest du das Zimmer betreten und sogleich wieder verlassen, ohne sie auf dem Bett liegen zu sehen – du wolltest nur deinen auf dem Nachttisch vergessenen Revolver holen –, da erregte ihr Schluchzen deine Aufmerksamkeit. Du bliebst überrascht stehen, den Revolver in der Hand, und schautest ihren Körper an, der deinen Körper so oft empfangen hatte und ihm dennoch fremd geblieben war, als ob er noch zu frisch in deinem Besitz wäre, als daß du ihn kennen und beherrschen könntest.

Ich weiß nicht, wie lange ich so dastand und auf sie schaute; ich weiß auch nicht mehr, wie mich Maria Corina entdeckte, wie ich dort vor ihr stand, den vergessenen Revolver in der Hand. Vielleicht bekam sie es mit der Angst, ihr schlechtes Gewissen flößte ihr wohl schon Angst vor meiner Rache ein. Jedenfalls sprang sie mit einem Male auf, trocknete ihre Tränen mit dem Handrücken ab und lächelte unbeholfen, als hätte ich sie bei einem schweren Fehler ertappt.

»Siehst du, wie töricht ich bin?«, fragte sie und versuchte, ihr ungeschicktes Lächeln beizubehalten. »Ich habe mir die schlafende Titina angesehen und das hat mich so sehr an meine arme Mutter erinnert, daß mir die Tränen kamen. Ach, wenn Mamá gesehen hätte, wie ähnlich ihre Enkelin ihr jetzt ist, wäre sie gewiß sehr glücklich gewesen.«

»Du hast also geweint, weil du feststelltest, daß unsere Tochter deiner Mutter ähnelt?« fragte ich und suchte die Gereiztheit unter Kontrolle zu halten, in die mich jede Lüge versetzt. »Du bist wirklich eine äußerst empfindsame Frau.« Sie tat so, als wäre sie nicht durchschaut worden; sie setzte sich auf das Bett und machte Miene, sich die Bluse auszuziehen.

Ich habe Maria Corina schon mehrfach gebeten, nicht bei geöffneter Zimmertür ihre Bluse auszuziehen, aber es hatte nie etwas genützt. Was kann man mit einer Frau anfangen, die die Seele einer Hure besitzt?

Wenn wir uns verzankt hatten, legte sie ihren Körper, ihr Fleisch, als Köder aus, um mich zu versöhnen: eine Dirne bietet sich sicherlich mit mehr Schamgefühl an als Maria Corina bei solchen Anlässen. So hat sie mich lange beherrscht. Durch diesen Teufelstrug hat sie mich zumal in Augenblicken geblendet, in denen ich die Augen hätte weit offenhalten müssen. An diesem Morgen jedoch war ich fähig, Widerstand zu leisten: ich setzte mich neben sie auf das Bett und bat sie, sie solle mir die reine Wahrheit sagen und mit diesem Lügenspiel aufhören. Ich wäre stark genug, die Wahrheit zu ertragen, wie bitter sie auch sein mochte.

Maria Corinas schwarzes Haar hing ihr über die Schultern herab, sie bückte sich gerade, um ihre Hausschuhe unter dem Bett zu suchen, bei deinen Worten hob sie jedoch überrascht den Kopf; deine Hand lag auf ihrem Arm.

»Was ist denn geschehen, Oceano?« fragte sie beunruhigt. »Ich hatte Sehnsucht nach meiner toten Mutter und habe geweint. Ist das etwas so Besonderes?«

Es ist Torheit, Aufrichtigkeit von ihr zu erwarten. Maria Corina weiß gar nicht, was dieses Wort bedeutet. Ihr Leben ist dafür der sprechende Beweis; ich war ein Narr, daß ich es verändern wollte: wir alle sind zu etwas vorherbestimmt, nur der Tod hindert uns an der Erfüllung unseres vorbestimmten Schicksals.

»Du willst also nicht die Wahrheit sagen?«, fragtest du und standest auf, den vergessenen Revolver noch immer in der Hand.

»Aber welche Wahrheit denn, um Himmels willen?« gab sie zurück, stand ebenfalls auf und ließ die Seidenbluse zerknüllt auf dem Boden liegen.

Ich verlor mit ihr meine Zeit. Sie kennt keine Selbstachtung, keine Scham, keine Zurückhaltung und alle anderen damit verbundenen Gefühle. Sich alle Augenblicke auszuziehen, das war der Kunstgriff, mit dem sie meinen Ärger zerstreuen wollte. Ich kann schon im voraus alle Künste aufzählen, mit denen sie jeden zum Narren hält, der von ihr Rechenschaft über ihre Handlungsweise verlangt. Auch diesen neuntägigen Nachmittagsandachten mit anschließender Kommunion wohnte sie nur bei, um Mamá und meine Schwestern zu beeindrucken, die alle sehr religiös sind, und obendrein die öffentliche Meinung gegen den Stadtpräfekten aufzubringen. Aber Maria Corina mag tun, was sie will – sie kann vielleicht andere Leute beeindrucken, mich nicht mehr.

Seit ich von dem Foto in der Brieftasche des Kapitäns wußte, ging ich gelassen dazu über, in meinem Arbeitszimmer zu schlafen, auch wenn ich immer noch meinen Gattenpflichten nachkam. Ich schlief in meinem eigenen Zimmer, um mich ihrem Einfluß zu entziehen – vielleicht die einzige Stunde, in der ich an Maria Corinas Unschuld glaubte, war diejenige, in der ich sie im Schlaf erblickte. Und ich durfte nicht mehr schwach werden, es handelte sich nicht mehr um einen Verdacht, sondern um eine Gewißheit.

Eine Woche später bekam ich eine Botschaft von Mamá, in der sie mich wissen ließ, sie müsse mit mir reden. Da setzte ich dann Einundsiebzig auf Maria Corinas Spur; wenn sie in Rio Wäsche einkaufte, schützte ich Arbeit vor, um sie nicht begleiten zu müssen, und ich gab ihr sogar Freiheit, die Sommerfrische in Friburgo nur in Begleitung der Kinder zu verleben.

Zwischen dem Vorfall mit dem Kapitän und der Sache mit dem Schuft von Friburgo lag ein gehöriger zeitlicher Abstand; so geschickt hat sie es verstanden, ihre Verkommenheit zu vertuschen. Aber auch in dieser Zwischenzeit hat meine Wachsamkeit nicht nachgelassen – mein Vertrauen wird sie nie wieder besitzen.

Heleno hatte der Ankunft der Italiener auf den Fazendas beigewohnt: sie fand ein Jahr nach der Sklavenbefreiung statt. Die Prinzessin, die in seinem kindlichen Gehirn so wenig Menschengestalt annehmen wollte wie der Kaiser selber, von dem Zé

Inácio mit Begeisterung redete, für ihn ein Wesen aus Fleisch und Bein wurde, hatte die Befreiungsurkunde unterzeichnet; der Besitzer von Gratidão sah sich veranlaßt, seine Neger auf dem Hofplatz zu versammeln und ihnen anzukündigen, sie seien von nun an frei; die einen vernahmen diese Erklärung mit Gleichmut, die anderen mit Bestürzung, als hätte Zé Inácio in einer fremden Sprache mit ihnen geredet oder als hätten seine Worte für sie nichts zu bedeuten.

Was die Befreiung zu bedeuten hatte, begriffen sie erst, als einer von ihnen einige Zeit später ausriß und nicht mehr am Seil des Waldhüters zurückgebracht wurde. Freiheit hieß für sie nunmehr das Recht, sich frei bewegen zu können, aber niemand von ihnen machte von dieser offenen Freiheit Gebrauch: sie flüchteten vielmehr im Schutz der Dunkelheit und ließen ihren spärlichen Lohn im Geldschrank von Zé Inácios Büro zurück; sie nahmen nur die Lumpen mit, die sie auf dem Leibe trugen.

Viele Monate, vielleicht anderthalb Jahre nach Zé Inácios Reise in die Hauptstadt, sah Heleno die neuen Arbeiter eintreffen: sie hatten rötliche Gesichter, ihre sonderbaren wollenen Kleider rochen nach Schweiß und ihre fremde Sprache klang wie Musik; sie diskutierten lautstark und gestikulierten, als ob ihre Eltern am Galgen baumelten; um jeder Lappalie willen ohrfeigten sie sich und küßten sich gleich darauf, als ob nichts geschehen sei. Man begriff nur mit Mühe, daß ihre süße Sprache derjenigen Ângelo Crespis und seines Vaters glich; inzwischen waren diese beiden von Gratidão in den Ort umgezogen, wo Ângelos Vater eine Blechschmiedwerkstatt eröffnete und sein Sohn die Straßen abklapperte. Anfangs trug er die Weißblechtruhe auf dem Rükken und verkaufte Stoffe, Bänder, Ringe und Armreifen und sonstigen Trödelkram an das Frauenvolk auf den Fazendas, das bei seinem Anblick außer Rand und Band geriet. Später begegnete Heleno auf seinem quietschenden Ochsenwagen Ângelo Crespi auf der Straße zur Ortschaft Várzea da Palma in Minas Gerais; er ritt jetzt auf einem Maultier und transportierte seine zahlreichen Truhen auf dem Rücken seiner Esel; das war das erste

Zeichen für den beginnenden Wohlstand des Italieners, der frohgemut daherritt und ein Liedchen in seiner Sprache trällerte. Damals ahnte er nicht, daß er sich einmal mit dem Hausierer Ângelo um die politische Führung der Gegend streiten würde. Unbewußt lehnte er jedoch schon diese Ausländer ab, die Zé Inácio fast von gleich zu gleich behandelte, als ob er gar nicht ihr Brotgeber wäre. Er machte sich an die Italiener heran, beobachtete ihre Sitten und Gebräuche, hörte sich ihre schönen Lieder an, aber er sprach nie mit ihnen, denn er mißtraute ihrer jähen Streitlust und der Leichtigkeit, mit der sie gleich darauf Frieden schlossen. Er mußte zugeben, daß sie arbeitsam waren, daß die Arbeit eines Italieners mehr wert war als die Arbeit von zwei oder drei Negern zusammen, aber er konnte sich nicht mit ihrem Mangel an Folgsamkeit, Gehorsam und Respekt abfinden. An diese Dinge hatte er sich beim Umgang mit den Sklaven gewöhnt. Wenn er bei sich wiederholte, so daß nur er es hören konnte und niemand sonst: »Ich bin der Sohn des Besitzers von Gratidão, Degrêdo, Cachoeira, Santana, Lagoa Preta und Santo André« – dann schwor er sich gleichzeitig, diese Ausländer von den Besitztümern zu vertreiben, die ihm – das wußte er – eines Tages zufallen würden. Damals begriff er schon, was Brasilien war und ein neuer Nationalstolz ließ ihn diese Fremden ablehnen, die nur, weil sie ein Schiff bestiegen und in Brasilien gelandet waren, von Zé Inácio eine bessere Bezahlung erhielten als die Einheimischen, die im Lande geboren waren und dort auch sterben würden, ohne daß es ihnen je einfallen würde, die Ländereien zu verlassen, die sie fast als die ihrigen betrachteten.

Er brauchte jedoch die Fremden nicht erst zu vertreiben: noch bevor er der alleinige Herr der von Chico dem Bauern hinterlassenen Fazendas wurde, waren die Italiener bereits in den Ort Parada de Deus umgezogen, Nino Accetta mit seiner Bäckerei, Felicio Falcone mit seiner Hufschmiedewerkstatt, Luigi Sparvoli mit seiner Taverne, in der man guten Käse und den besten italienischen Wein bekam, Titino Bompiani mit seiner Schneiderei, Vittorio Anselmi mit seiner Schusterwerkstatt, in der sein Gesang den Kontrapunkt zu den Hammerschlägen bildete; Totônio und Pietro Salviati waren anfänglich nur Maurer, dann erbauten sie viele Häuser in der Ortschaft; Ângelo Crespi zog seinen Neffen Giulio nach sich, damit er ihm in dem Zé Inácio abgekauften Laden half, der zum besten und größten von Parada de Deus gediehen war. Jedesmal wenn Heleno in die Ortschaft kam, begleitete er mit wachsamen Augen die Fortschritte jedes einzelnen der »Makkaronifresser«, die über die von seinem Großvater gegründete Siedlung hergefallen waren und ihr mit ihrem Gelächter, ihrem Singsang ein fremdartiges Aussehen verliehen hatten; sie unterstrichen ihre Sätze in einem gebrochenen Portugiesisch, indem sie die Finger schlossen, als wögen sie ihr Gewicht ab. Mit nicht geringerem Mißtrauen sah Heleno die Chicrala, Nacib, Farid, Amim, Chaquib, Mansur, die Syrer und Libanesen in Parada de Deus Einzug halten; sie gingen nicht nur auf den Fazendas hausieren, sie eröffneten Geschäfte mit Stoffen, Bändern und Kurzwaren und unterschieden sich nur darin von den Italienern, daß sie gleich ihre ersten Schritte in der Ortschaft als Geschäftsleute begannen und vor Hacke und Spaten flohen wie der Teufel vor dem Kreuzeszeichen. Von den Italienern wußte Heleno, daß sein Vater für ihr Erscheinen verantwortlich war; hingegen wußte er nicht, wen er für die Neuankömmlinge haftbar machen sollte, sie tauchten hinterrücks auf, verkauften Riechfläschchen, Atlasstoffe, billige Schmucksachen und sprachen ein unverständliches Kauderwelsch, bemühten sich aber mit großem Erfolg, ihre Waren an den Käufer zu bringen.

Als er später der einzige Besitzer der Fazendas war und überdies Hauptmann der Nationalgarde, nannte er sie gern verächtlich »Türken« und »Makkaronifresser«. Es war ihm lieb, daß bei dem Kampf um die politische Führungsstellung im Ort das gesamte Südländerpack auf die Seite von Ângelo Crespi getreten war; das verlieh seiner Wahlparole »Brasilien den Brasilianern« mehr Zugkraft. Den Haß seines Großvaters auf die Portugiesen hatte er nicht übernommen und begriff ihn ganz und gar nicht: im Gegenteil, er bewunderte die schweigende Arbeitskraft und den Respekt, den sie den Grundbesitzern entgegenbrachten, und bedauerte es, daß Zé Inácio, als er die Sklaven ersetzen mußte, den Italienern nicht die Portugiesen vorgezogen hatte, von denen er selber, wenn auch weitläufig, abstammte.

Diesem Haß gegen die Fremden, der in seiner Kindheit aufkeimte und ihn durch sein ganzes Leben begleitete, entstammte sein Wunsch, sich an allen Eindringlingen in der Gestalt von Ângelo Crespi zu rächen; dieser war zum größten Kaffeehändler der ganzen Gegend aufgestiegen, besaß ein Büro in Rio de Janeiro und ein luxuriöses Herrenhaus in der Hauptstraße von Parada de Deus. Der Racheakt erfolgte einige Zeit nach dem Besuch, den der Vizepräsident der Republik der Stadt abgestattet hatte, aus Anlaß der Erweiterung der Eisenbahnlinie bis Parada de Deus; der Vizepräsident stieg damals in Crespis Haus ab, was Heleno de Moura als eine eigens ihm zugedachte Kränkung erschien, ersonnen von dem verdammten »Makkaronifresser«, der aus dem Nichts aufgestiegen war und sich auf Kosten der Brasilianer bereichert hatte. Er hatte schon daran gedacht, seinem Todfeind ein paar Kugeln in den Bauch zu schießen, aber diese Rache erschien ihm als zu einfach. Schon mehrfach hatte er Crespi zum Kampf herausgefordert, aber einsehen müssen, daß der andere zwar ein Feigling, aber intelligent war.

»Ma perché, Heleno«, sagte ihm Crespi und legte in einer für sein Volk typischen Geste die Finger zusammen, als ob er ihr Gewicht prüfen wolle, »tu e io wir sollen streiten, wo wir doch tutto mit Worten regeln können? Warum hat mir Gott einen Kopf gegeben und dir ebenfalls? eh? Io te dico: Gott hat uns einen Kopf zum Denken gegeben, nicht zum Töten, eh? E poi: wir lieben dieses Land, also kein Streit, eh? Andiamo arbeiten für dieses Land, tutte due, eh?«

So gern er das gewollt hätte, auf einen Mann, der so sprach, vermochte er nicht zu schießen. Außerdem hob der andere seinen Mantel hoch, um ihm zu zeigen, daß er unbewaffnet war.

Als der Skandal dann in Parada de Deus ruchbar wurde, freuten sich viele darüber: sogar Oberst Crespis politische Freunde lachten heimlich, denn nur wenige verziehen dem Italiener, der als armer Schlucker gekommen war, das Vermögen, das er sich im Lande erworben hatte, als ob sein luxuriöses Herrenhaus und die teuren Kleider seiner Frau und seiner Töchter aus ihrer Tasche und von ihren Ersparnissen bezahlt worden wären. Sogar Tonico Arzão, der Enkel des alten Antônio Rodrigues Arzão, dem die Fazenda Santa Bárbara gehört hatte, genoß den Skandal, die Zigarre im Mund und den Beinstummel auf den Knauf seiner Krücke gestemmt, obwohl er bei den Wahlen für den Italiener stimmte und sogar Pate bei einer seiner Töchter war. In der Gesprächsrunde um Nhonhôs Apotheke kommentierte er, während Nhonhô mit Dr. Adoremus Dame spielte, die ganze Geschichte und gab intime Einzelheiten zum besten, die den übrigen unbekannt waren.

»Die Gevatterin ließ mich aus Santa Bárbara herbeiholen, und als ich die Stufen zu ihrem Haus emporstieg, hörte ich oben einen Wortwechsel: die Gevatterin war ganz in Tränen aufgelöst und einer Ohnmacht nahe; nur mein Patenkind, dieser Teufelsbalg, schrie wie der Satan persönlich, und wenn nicht ihr Bräutigam dabeigewesen wäre, hätte sie sich gewiß sofort auf die Jagd nach Heleno gemacht.«

Tonico Arzão unterbrach seine Erzählung und tat so, als prüfe er seinen Zigarrenstummel, während er aus den Augenwinkeln das Interesse abschätzte, das sein Bericht bei den Zuhörern erweckte; diese heuchelten Aufmerksamkeit für den spät heimkehrenden quietschenden Ochsenwagen; Tonico spie aus; er war mit seinen Beobachtungen zufrieden.

»Als ich das Frauenvolk beruhigt hatte«, fuhr er fort, »sah ich mich nach dem Gevatter um: der Mann hat einen Peitschenhieb quer über das ganze Gesicht bekommen, das muß man gesehen haben. Ich fragte ihn erschrocken: »Was ist das denn, Gevatter?« Er lag dort, hatte eine Essigkompresse auf dem Kopf und stöhnte: »Das war der verdammte Heleno, quello bribone!«

An dieser Stelle mußten die Zuhörer lachen, so perfekt imitierte Tonico Crespis Akzent.

»Als er im Zimmer mit mir allein war, schüttete er mir sein Herz aus: ihr wißt ja, der Gevatter schaut jeden Abend zu einem Plauderstündchen in Nino Accettas Bäckerei hinein« – er legte eine Kunstpause ein, damit die Hörer boshaft lachen konnten – »und als er dort die letzten Male vorbeikam, sah er, daß ihm aus dem Eckhaus eine Frau zulächelte (einer hübschen Frau kann Gevatter Crespi nicht widerstehen, das wißt ihr ja). Er versuchte herauszubringen, wer sie war, und man erzählte ihm, es handle sich um die Frau eines Ochsentreibers, der erst kürzlich nach Parada de Deus gekommen war. Von da an ging der Gevatter häufig an dem bewußten Haus vorbei, und das Teufelsweib lächelte ihm immerfort zu und jedesmal zärtlicher, bis sie eines Abends den Gevatter zu sich heranwinkte. Der Gevatter ließ sich das nicht zweimal sagen, und da erklärte ihm das Flittchen im Flüsterton, sie habe dringend mit ihm zu reden, ob es ihm wohl etwas ausmache, für einen Moment ins Haus zu kommen. Der Gevatter sagte mir, dabei habe er nichts Böses gefunden, denn das Weibsbild war ganz in Tränen aufgelöst und sah ernstlich bekümmert aus. Der Gevatter schwört nun, er sei noch nicht einmal dazu gekommen, im Zimmer Platz zu nehmen, um zu hören, was die Person von ihm wollte, da wäre auch schon ihr Mann aufgetaucht, der Ochsentreiber, habe ihm mit geschwungener Peitsche einen Hieb über das ganze Gesicht versetzt und ihn mit wüsten Schimpfworten nur so zugedeckt.«

»Also ist er noch nicht einmal dazu gekommen, mit der Frau ins Bett zu gehen?«, erkundigte sich jemand.

»Er behauptet, er sei noch nicht einmal zum Sitzen gekommen«, erwiderte Tonico und schob die Krücke unter seinem Beinstummel zurecht. »Wer das glaubt, bezahlt einen Taler.«

Da lachten die Männer einander ins Gesicht: einige stampften mit den Füßen auf, daß die Sporen klirrten, andere spuckten aus und säuberten sich den Mund mit dem Handrücken. Nur Nhonhô Cardoso, der Apothekenbesitzer, und Dr. Adoremus beugten sich über ihr Damespiel und gaben keinen Laut von sich, als ob Tonico Arzãos Stimme nicht bis zu ihnen gedrungen wäre;

als jedoch jemand fragte, wo denn das Ehepaar geblieben sei, weil niemand die beiden mehr zu Gesicht bekommen hatte, beschloß Nhonhô, noch immer mit gesenktem Kopf und stotternd wie eh und je, die Angelegenheit mit den Worten:

»S-s-sie s-s-sind schon f-f-fort. He-he-h-e-leno de Mo-o-o-ura hat sie b-b-b-ez-z-ahlt für ihre b-b-b-est-st-stellte Arb-b-beit.«

Ich sah den Revolverlauf in seiner Hand, aber ich sah auch, noch immer ohne Angst, daß Oceano die Waffe auf das Wagenfenster richtete; ohne die Autofahrt zu unterbrechen, legte er an und sagte:

»Schauen Sie sich dieses Blatt an, Pater Júlio!«

Der Schuß fiel, und gleichzeitig fiel auch das Blatt, von seinem Stengel abgetrennt – es war Nacht, wenn auch eine klare Mondnacht.

Mich beeindruckte nicht so sehr Oceanos erstaunliche Treffsicherheit – alle hier in Parada de Deus wissen, daß es kaum einen Moura Alves gibt, wohlverstanden aus der Seitenlinie, der nicht ein hervorragender Schütze wäre. Ich fragte mich vielmehr, welcher Grund Oceano de Moura Alves dazu bewogen haben mochte, mich zu später Stunde aus dem Bett zu holen, um mir einen Beweis seiner Treffsicherheit zu geben. Bei einem Mann wie Oceano geschieht nichts zufällig. Von dem Augenblick an, als du den Fuß auf das Trittbrett seines Wagens setztest, war dir klar, daß kein Zufall im Spiel war. Oceano bringt es wie nur ganz wenige Menschen fertig, den Eindruck zu erwecken, als bestimme er sein Leben in jeder Minute aus eigener Kraft, als gehöre jedes künftige Ereignis ihm selbst und nichts geschähe zufällig und ohne seinen Willen.

O ja, ich wußte genau, mit wem ich es zu tun hatte: vor allem während der Revolution konnte ich genau sehen, wer dieser Mann war: er ist so erstaunlich waghalsig wie ein Mensch, der nichts zu verlieren hat und imstande ist, einem ganzen Bataillon die nackte Brust darzubieten, nicht in Begleitung von siebzehn

Gefährten wie die Offiziere vom Fort Copacabana in Rio de Janeiro, sondern ganz allein, ohne einen Helfer. Wenn er in Wut gerät, scheint er ganz zu vergessen, daß er einen Körper mit Herz und Blut hat, drei Dinge, die den Dienst versagen, sobald eine Kugel ihr Ziel trifft. Als die Truppen der Revolution siegten, wurde Oceano zum Präfekten von Santo Antônio do Pomba ernannt (Parada de Deus war damals noch nicht von Santo Antônio abgetrennt worden). Diese Ernennung war die größte Gemeinheit, die man Dr. Antônio Carlos de Freitas antun konnte; seine Feindschaft gegen die Moura Alves datiert noch aus der Zeit seines Großvaters, des Grafen von Pomba; denn die Freitas haben sich immer alle Mühe gegeben, um die Aufteilung von Santo Antônio do Pomba zu hintertreiben, weil sie überzeugt waren, daß ihre Gemeinde bei einer Abtrennung von Parada de Deus ihre größte Einnahmequelle einbüßen würde, wie es auch wirklich geschehen ist; und die Moura Alves ihrerseits haben seit eh und je für die Abtrennung von Parada de Deus gekämpft. Es gab zwar Augenblicke, wo man meinen konnte, sie führten diesen Kampf nicht entschlossen genug, aber das lag daran, daß Oberst Crespi und seine beiden Schwiegersöhne die gleiche Idee verfochten, und die Moura Alves konnten den Oberst nie ausstehen.

Als nun Oceano zum Präfekten ernannt worden war, stellten wir alle hier in Parada de Deus Vermutungen darüber an, wie wohl die Reaktion der Leute von Santo Antônio aussehen würde. Dann kamen die ersten Gerüchte auf, zunächst äußerst vage Gerüchte, »jemand hatte von jemand anderem gehört, der es seinerseits von einem Dritten erfahren hatte«, aber ein paar Stunden später erfuhr man Genaueres; es erschienen sogar Abgesandte von Santo Antônio, um Oceano davon abzuraten, in der dortigen Präfektur sein Amt anzutreten. Einige meinten, Oceano werde die Grenze zwischen beiden Gemeinden kaum überschreiten, andere prophezeiten eine Schießerei, sobald er in der Hauptstraße auftauchen würde; viele Leute bestätigen mir, daß Dr. Antônio Carlos seinen Leibwächtern Auftrag gegeben hatte, Oceano im Augenblick der Amtsübernahme zu liquidieren.

Aber der Mann ließ sich von niemandem beeinflussen. Sogar Dona Paula ließ Oceano rufen und bat ihn, er solle nicht nach Santo Antônio fahren, sondern die Gemeinde von Parada de Deus aus leiten. Später erzählte sie mir dann, bei ihrer Bitte habe Oceano sie ganz erschrocken angestarrt und gefragt: »Wie kann ich von den Leuten Respekt erwarten, wenn ich Angst davor habe, in Santo Antônio do Pomba mein Amt zu übernehmen? Schlag dir deine Bitte aus dem Kopf, Mamá! Einem Sohn von Hauptmann Heleno de Moura kommt man nicht mit einer solchen Bitte.«

Oceano versuchte nicht einmal, die Dinge gütlich zu regeln: diejenigen, die hier in Parada de Deus gegen die Revolution aufgetreten waren, steckte er kurzerhand ins Gefängnis, so Alfredo Procópio, den Schwiegersohn von Oberst Crespi, Juca Ribeiro und Zé Pedro de Melo. Deshalb wuchs der Haß gegen ihn in seinem eigenen Gebiet, während zugleich der Haß drüben in Santo Antônio anwuchs und nur auf sein Kommen wartete, um ihn umzubringen. Ich will nicht behaupten, daß ich ihn deshalb bewunderte, aber ich staune über den Gleichmut, mit dem Oceano den Haß betrachtete, den sein Amtsantritt hervorrief. Vielleicht ist dieser große Mut seine beste Waffe im politischen Kampf. Er besitzt die Fähigkeit, Minderheiten unzufrieden zu stimmen, um der Mehrheit zu gefallen. Ja gewiß, dem Volk gefällt Oceanos Unbekümmertheit, sein Wagemut, seine Autorität, seine Standfestigkeit als Führer. Beweis dafür ist, daß Oceano bei den Wahlen über Alfredo Procópio siegte, obwohl dieser Mann dem Alter nach sein Vater sein könnte und von allen namhaften Familien in Parada de Deus unterstützt wurde, ganz abgesehen davon, daß er auch die italienische und die syrische Kolonie für sich hatte. Oceanos Wähler waren die kleinen Pächter, die kaufmännischen Angestellten, kurzum, die kleinen Wähler, und wenn es auch heißt, daß die Wahl gefälscht worden ist, glaube ich doch nicht, daß Oceano etwas Derartiges getan hat, weil er das gar nicht nötig hatte; er hätte auf alle Fälle gesiegt.

Augenzeugen haben mir berichtet, wie sein Einzug in Santo

Antônio vonstatten ging; er erschien ganz allein in dem kleinen Ford, in dem er Jahre später vor meinen Augen ein Blatt mit einem Schuß vom Stiel trennte.

Der Wind wühlte den roten Staub auf der Brücke über den Pomba auf. Weiße Dampfwolken stiegen aus den dunklen Wassern auf, so dunkel, daß man meinen konnte, das Wasser flösse gar nicht, sondern sei in seinem Flußbett geronnen. Auf der anderen Brückenseite – am Eingang zur Stadt – ballte sich das Volk zusammen und fragte sich, was wohl geschehen würde: die Amtsübergabe war auf drei Uhr nachmittags festgesetzt. Doch schlossen einige Leute Wetten ab, auf der Kirchglocke werde es zehn Uhr schlagen und Oceano de Moura noch immer nicht erschienen sein, um von seinem Amt als Präfekt der Gemeinde Santo Antônio do Pomba Besitz zu ergreifen. Am Morgen beobachtete die Bevölkerung merkwürdige Gesichter in der Stadt, Leute trafen ein und tauchten gleich wieder unter, man konnte ihre Anwesenheit nur daran bemerken, daß sich die Einwohner schweigend anschauten. Die Angst saß ihnen im Nacken; sie schauten scheu und erschrocken nach hinten, ob sie in der Tagessonne ein Schatten verfolge. Gleich nach dem Mittagessen kam ein heftiger Wind auf, peitschte die großen Wedel der Bananenstauden und wühlte den Straßenstaub auf: die weißgekalkten Fassaden der Häuser nahmen einen rötlichen Ziegelton an, als ob man dem Kalk eine andere Farbe beigemischt hätte. Die Stadt war nicht etwa geteilt in Freunde und Feinde von Oceanos Amtsübernahme, oh nein: sie war geteilt in diejenigen, die das zu erwartende Handgemenge als Zuschauer betrachten wollten, und in die anderen, die an diesen Schlägereien aktiv teilnehmen wollten. Gegen Oceanos Amtsübernahme waren sie alle, sie würden nie zugeben, daß ein Sohn von Parada de Deus – einem Unterbezirk von Santo Antônio – ihre eigene Gemeinde regierte. Deshalb trauten die wenigsten ihren Augen, als mitten in der rastlos tanzenden Dunstwolke über der Brücke ein kleines Auto auftauchte, das wie ein Frosch über die Straßenlöcher sprang. Gleich darauf konnten die Einwohner, die sich schon an der Brücke davon überzeugen wollten, daß Oceano nicht wagen würde zu kommen, am Steuer des Wägelchens mit dem offenen Verdeck den angehenden Präfekten der Gemeinde Santo Antônio erkennen; diesmal trug er nicht den üblichen breitkrempigen und sein Gesicht verdeckenden Hut, sondern einen eleganten, geradezu großstädtischen Hut aus grauem Hasenfell: sein Gesicht mit den breiten geröteten Backenknochen wirkte so ungerührt wie eh und je, und seine vorspringende Nase trug er so hoch, als ob ihn alles, was sich um ihn her abspielte, seit langem nicht mehr beschäftigte.

Daß er sich so trotzig darbot, sein eigenes Leben bei dieser furchtlosen Fahrt in die Hände der Einwohner von Santo Antônio legte, eben dies führte den Umschwung der öffentlichen Meinung zu seinen Gunsten herbei. Die Bevölkerung stellte sich schützend vor ihn, als Dr. Antônio Carlos de Freitas' Leibwächter die ersten Schüsse abgaben.

Als ich in jener Nacht neben Oceano in seinem kleinen Ford saß, fragte ich ihn, ob er nicht in dem Augenblick, als er über die Pomba-Brücke fuhr, für sein Leben gefürchtet habe. Da fragte er, ob ich denn glaubte, daß sein Leben gerade in diesem Augenblick in der größten Gefahr gewesen sei, und ich antwortete mit einem Ja. Da stimmte er ein grobes und etwas unbeherrschtes Gelächter an, wie man es nur selten bei ihm erlebt, es ist ein Gelächter, das mit dem Anlaß nichts zu tun zu haben scheint und aus der Kontrolle zu geraten droht. Er sagte zu mir, er habe sehr viel gefährlichere Augenblicke durchgestanden als jenen: seine Feinde ließen ihm keine Ruhe; sie verbündeten sich sogar mit den Zauberern, um ihn bis aufs Blut zu quälen, und eben deshalb habe er die Wege seiner Fazenda mit Männern seines Vertrauens umstellen müssen, damit er doch etwas Ruhe finden könne.

Tatsächlich bestätigten mir nach einiger Zeit eine Laterne und ein »Halt!«-Ruf, daß wir in das Besitztum Degrêdo einfuhren. Bei der weiteren Fahrt wurde er gleich erkannt und unsere Fahrt nicht mehr behindert. So fuhren wir über die von Kaffeesträuchern umstandene Straße und kamen an den größeren Kurven an den Gebetshäuschen vorüber, die Chico der Bauer, wie Dona Paula berichtet, erbauen ließ, als sein Sohn Zé Inácio aus dem Zusammenleben mit der Familie verbannt worden war – daher der Name Degrêdo, den die Fazenda erhielt.

Als wir es uns in seinem Arbeitszimmer bequem gemacht hatten und die dampfende Kaffeetasse in den Händen hielten, beugte er sich vor, schaute mir tief in die Augen und fragte mich mit seiner schleppenden Stimme:

»Pater Júlio, Sie haben doch meiner Frau die Beichte abgenommen: was hat sie Ihnen erzählt?«

Auf diese Frage folgte ein bestürztes Schweigen deinerseits: noch nie hatte es jemand gewagt, dir so einfach und ohne jede Verlegenheit vorzuschlagen, das Beichtgeheimnis zu brechen: Oceano tat das ohne Umschweife, ohne Vorreden, die sein Verlangen rechtfertigen konnten: er fragte so, als ständen ihm, weil Maria Corina seine Frau war, alle ihre Geheimnisse weit eher zu als Gott. Als du darüber nachdachtest, ließ deine Entrüstung nach, etwas anderes erschreckte dich mehr als die dreiste Frage: Spannung, ja Angst standen auf Oceanos Gesicht geschrieben, seine wulstigen Lippen bebten, die Hände lagen nicht mehr regungslos auf den Knien – ihrer Lieblingshaltung –, sie tasteten an seinen schlaffen Wangen, an seinem Kinn herum, sie befühlten seinen spärlichen Bart.

Erschrocken über diesen Oceano, den du gar nicht kanntest – in seiner inneren Unruhe und Verzweiflung wirkte er fast wie ein Jüngling – verharrtest du in deinem Schweigen, bis er schließlich zu dir sagte:

»Ich muß erfahren, was Ihnen Maria Corina erzählt hat«, er rückte an meinen Stuhl heran, als hinge von dieser Nähe die Erfüllung seiner Bitte ab, »ich muß alles erfahren: Sie können sich gar nicht vorstellen, Pater, wie wichtig es für mich ist, alle genauen Einzelheiten zu kennen. Ich will nicht nur die Gewißheit haben, daß sie mich betrogen hat, ich will auch genau wissen, wie es geschehen ist, wo und wie oft, verstehen Sie? Und Sie allein können mir diese Einzelheiten enthüllen.«

Die starke Rivalität zwischen Hauptmann Heleno de Moura und Oberst Crespi hatte ihren Grund in der unterschiedlichen Art und Weise, auf die sie diese Gegend liebten. Jeder liebte sie auf seine Weise, und das bestimmte ihre Handlungsweise. Heleno de Moura konnte nicht vergessen, daß dieser Buschwald, die Flüßchen Picão und Bonito, die grünen Weideanhöhen, die Straßen mit den lehmigen Kurven, die ausgedehnten Kaffeeplantagen mit ihren kleinen Sträuchern, an denen zur Erntezeit rote Früchte erschienen, und vor allem der Bezirk Parada de Deus früher einmal seinem Großvater, Chico dem Bauern, gehört hatten. Sein Eigentumsrecht an jenen Ländereien gründete sich auf den geheimnisvollen Schuß, mit dem er den Zigeuner Teodureto niedergestreckt hatte, den Bandenchef, der den Indiostamm der Coroados aus der Gegend verscheucht und sich ein Versteck eingerichtet hatte, von dem aus er die Truppen angriff, die hier selten genug in Richtung Minas Gerais durchzogen, um das legendäre Gold auszubeuten, das an der Grenze zum Nachbarstaat gefunden wurde. Die Ortschaft Parada de Deus lag in der Senke zwischen den Hügeln von Chapada und Poeira; von der langgezogenen Hauptstraße aus überblickten die Bewohner die Straßen nach Várzea da Palma in Minas Gerais, nach Santo Antônio do Pomba im Staate Rio und die Wege zu den Fazendas der Umgebung; das weiße Kirchlein zu Ehren Christkönigs beherrschte den ganzen Ort; es lag auf einer Höhe über dem Häusergewirr. Neben der Geraden Straße, die die Ortschaft von einer Seite zur anderen durchzog, waren mit der Zeit Querstraßen entstanden; in der Rua dos Prantos, einer Parallelstraße der Geraden Straße, gab es keine Geschäfte, dort standen nur bescheidene Wohnhäuser. In der Hauptstraße hingegen erhoben sich die prächtigen Herrenhäuser, die den Moura Alves, den Crespi, den Procópio Monteiro, den Caetano de Melo, den Rodrigues Arzão und den Gonçalves Ribeiro gehörten, um von den Syro-Libanesen Mansur und Nacib gar nicht erst zu reden. Die gelbe oder weiße Fassade der Herrenhäuser nahm mit der Zeit einen rötlichen Farbton an, weil der Wind den Staub durch die Straßen trug; an den schmiedeeisernen Erkern erblickte man bunte Glasscheiben, in den stickigen Besuchszimmern fingen die Kristalllüster die Strahlen der starken tropischen Sonne auf.

Die Gerechtsame, die Chico der Bauer vom Generalkapitän der Provinz erhielt – übrigens nicht zuletzt dank seiner Freundschaft mit dem Oberfeldwebel José Caetano de Melo, der sich später auf dem großen Anwesen des »verstorbenen Domingos Afonso« niederließ – erstreckte sich in Helenos Augen nicht nur über die Fazendas Gratidão, Degrêdo, Cachoeira, Santana, Lagoa Preta und Santo André, sondern über jeden Handbreit dieser Erde, die Gott insbesondere zum Anbau von Kaffee bestimmt zu haben schien – das gab dem Boden einen Wert, als wäre er goldhaltig gewesen. Den übrigen Grundbesitzern, die durch den Kaffeeboom ebenfalls zu Reichtum gelangt waren, galt Helenos Feindseligkeit nicht. Allerdings ließ er sich auch mit ihnen nicht auf vertraulichen Umgang ein. Aber er war doch der Meinung, daß sie zur gleichen Familie, zu dieser Aristokratie gehörten, die sich auf Bodenständigkeit gründet. Sie waren dort seit langem ansässig, viele ihrer Vorfahren hatten Schulter an Schulter mit seinem Großvater gegen die Abenteurer gekämpft, die auf die ersten Nachrichten von den Goldfunden hin scharenweise auftauchten und nicht glauben wollten, daß dieses Gold nur dank Gottes Machtspruch vorhanden war und nur so lange ergiebig, bis Chico der Bauer die Kapelle zu Ehren von Christkönig erbauen konnte. Seine Liebe zu diesem Land schloß nicht aus, daß er sich gelegentlich Übergriffe erlaubte, nicht nur auf fremdes Eigentum, sondern auf alle, die sich seinen Ansichten widersetzten. Dies war der Grund für seinen Streit mit dem Pächter Zé Antônio Gonçalves, dem Eigentümer des Gutshofs »Närrische Welt«; dieser vernachlässigte die Kaffeeplantage seines kleinen Besitztums und kümmerte sich nur noch um das von ihm angelegte Reisfeld. »Närrische Welt« lag in einer sumpfigen Niederung, und das hatte den Wert des Gutes so sehr gedrückt, daß Zé Antônio, ein früherer Halbpächter von Heleno, in der Lage gewesen war, das Besitztum anzukaufen, freilich nur mit Hilfe seines ehemaligen Brotherrn. Zé Antônio war noch keine zwei Jahre im Besitz seines Gehöfts, als ihn Heleno dabei überraschte, wie er, seine Frau und seine drei Kinder das Wasser des Bonito-Flusses in die sumpfige Niederung umzuleiten versuchte, die drei Viertel ihres Besitztums bedeckte. Als Zé Antônio, den Hut respektvoll in der Hand und die Augen zu Boden geschlagen, Heleno erklärte, sie leiteten das Wasser in die Niederung, um ein Reisfeld anzulegen, erfolgte ein Wutausbruch des Besitzers von Gratidão: »Und was soll aus der Kaffeeplantage werden, Sie Rindvieh?« »Die Kaffeeplantage liegt genau vor Ihren Augen«, erwiderte Zé Antônio und schaute dabei zu Boden, ebenso wie seine Frau und seine Kinder. »Das weiß ich«, sagte Heleno gereizt, »aber hier gibt es nur diese Niederung, auf der Ihr Vieh weiden kann. Wenn daraus ein Reisfeld wird, wo wollen Sie dann Ihr Vieh weiden lassen, Sie Ochse?« »Die Tiere bleiben hier am Ufer, jawohl, Herr.« »Mitten in der Kaffeeplantage?«, brüllte Heleno und erschreckte sein Pferd derartig, daß es vor Entsetzen wieherte. »Geben Sie acht, Sie Sohn einer Stute, wenn Sie das wirklich tun, komme ich mit meinen Männern in einer der nächsten Nächte und stecke Ihren Besitz in Brand. Hat man das je gesehen, daß jemand den Kaffee verachtet und den Reis vorzieht? Nur ein Idiot wie Sie konnte auf solch eine Schnapsidee kommen.« Das Versprechen wurde zwar nicht buchstäblich erfüllt, aber doch andeutungsweise: in der nächsten Woche fanden Zé Antônio, seine Frau und seine drei Kinder die frisch angelegte Reispflanzung völlig von Tierhufen verwüstet; eine ganze Ochsenherde war durchgezogen und hatte die kleinen Pflänzchen, die sie seit einer Woche gesetzt hatten, niedergetrampelt. Da wartete denn Zé Antônio, der ein schlichter und gottesfürchtiger Mann, aber eifersüchtig auf sein Recht und seine Freiheit bedacht war, bis sein ehemaliger Brotherr wieder einmal nach Santo André kam, und als er ihn zu Gesicht bekam, sandte er ihm einen Gruß aus seinem alten Karabiner, einen absichtlich aufs Bein gezielten Schuß, und als Heleno zu Boden fiel und vor Schmerzen aufstöhnte, kam ihm Zé Antônio zu Hilfe, warnte ihn aber vorher: »Diesmal ist er ins Bein gegangen, Hauptmann, aber wenn Sie wieder einmal in mein Grundstück einbrechen und tun, was Sie nicht tun dürfen, ziele ich aufs Herz. Und Sie wissen ja, daß ich nicht danebenschieße.«

Kurzum, Heleno ließ es nicht zu, daß Parada de Deus Wohltaten empfing, die nicht aus seinen Händen stammten, und wenn jemand das ohne seine Billigung versuchte, konnte er mit seiner ewigen Feindschaft rechnen, einer Feindschaft, die jedem, der in Parada de Deus bleiben wollte, das Leben sehr unbequem machte. Deshalb konnte er diesen Italiener nicht ausstehen, der ähnlich wie er selber allein lesen gelernt hatte und aus eigener Kraft zu etwas gekommen war. In Helenos Augen gab es etwas, was sie für alle Zeiten trennte: ihr Geburtsland, und das machte den ganzen Unterschied aus. Sooft Ângelo Crespi seine Liebe zu Brasilien beteuerte, wirkte das auf Heleno wie eine eigens ihm zugedachte Herausforderung. Als er erfuhr, daß sich Crespi als Brasilianer naturalisieren lassen wollte, geriet er darüber in noch größere Wut als damals, als ihm zu Ohren gekommen war, der Italiener habe seinen beiden Landsleuten Totônio und Pietro Salviati, damals zwei unbekannten Maurern, den Bau seines Herrenhauses anvertraut und die Dienste des bislang einzigen Bauunternehmers Alamão aus Santo Antônio verschmäht. Sein Zorn galt weniger der Tatsache, daß Crespi die Ausführung des Baus seinen Landsleuten anvertraut hatte, ihn erzürnte der wachsende Wohlstand des »Makkaronifressers«, der schon längst kein Hausierer mehr war. Als er dann sah, daß die Baugerüste des Crespi-Hauses bei weitem die Höhe des bequemen Lehmhäuschens überstiegen, das seine Familie nur bei den großen Kirchenfesten bezog, kam ihm der Gedanke, selber ein ebenso großes Haus zu erbauen. Während das Herrenhaus seines großen Rivalen entstand, ritt Heleno de Moura tagaus tagein auf seinem Fuchs nach Parada de Deus, kaute auf dem unerschöpflichen Zahnstocher, der die Strohzigarette hinter seinem Ohr verdrängt hatte, und spähte zu den Maurer-Brüdern hinüber, die gar nicht mehr vom Bauplatz wichen und hingebungsvoll an dem ersten Bau werkelten, den sie ohne Alamãos Überwachung ausführten. An der Ecke vor dem Hotel »Mutter Joana« hielt er sein Pferd an, lehnte sich über den Sattel und beobachtete, seinen Zahnstocher kauend, immer weiter den Hausbau. Es ging nichts vor sich auf diesem Bau, wovon Heleno keine Kenntnis erhielt, er spickte zu diesem Zweck die Bauarbeiter, und brachte seine Arbeit draußen im Rodeland so rasch als möglich zum Abschluß, nur um den Fuchs satteln und eilig in die Stadt reiten zu können. Erschrocken fragte er sich: »Wie weit werden sie heute gekommen sein?« Kaum kam er an die Wegkurve, von der aus man Parada de Deus überblicken konnte, suchten seine Augen das im Bau begriffene Herrenhaus; von weitem erblickte er die weißen Platten, deren Verwendung er erst später begriff, als ihm einer seiner »Spione« berichtete, es handle sich um Marmorplatten, und sie sollten als Fußboden dienen für die Treppenstufen und für die Veranda, die Hinterfront und linke Seite des Herrenhauses umzog.

Die Leute, die der Einweihungsfeier beiwohnten, erzählten Wunderdinge von den luxuriösen Salons, den Rips- und Filetvorhängen an den Fenstern – es war das erste Haus in Parada de Deus, dessen sämtliche Zimmer durch Fenster gelüftet wurden –, der Stuckdecke, dem schönen Mobiliar, das die kürzlich eingeweihte Eisenbahn aus Rio de Janeiro herangeschafft hatte. (Manche erzählten, der Präsident der Republik habe, um Heleno zu ärgern, die Einweihung der neuen Eisenbahnlinie vorverlegt, damit die Möbel seines Freundes Crespi so rechtzeitig aus Rio nach Parada de Deus gebracht werden konnten, daß die Einweihung des Herrenhauses mit dem Geburtstag des ehemaligen Hausierers zusammenfiel.) Zwei Möbelstücke vor allem machten Sensation: eine Art von Sitzgelegenheit für zwei Personen, die sogenannte »Causeuse«, und ihr Gegenteil, ein kreisrundes Sofa, mit grüner Seide bespannt, und einer hohen, verzierten Mittelachse, dessen Besonderheit darin bestand, daß seine Aufteilung eine Unterhaltung der auf ihm Sitzenden unmöglich machte. Oberst Crespis Residenz war noch nicht bezugsfertig, da hatte schon Heleno de Moura sein altes Lehmhaus niederreißen und eigens aus São Fidélis einen portugiesischen Baumeister kommen lassen, um den Bau seines eigenen Herrenhauses zu beaufsichtigen; Oberst Tonico Rodrigues Arzão nahm die Dienste der Gebrüder Salviati in Anspruch, um an der Stelle seines alten Hauses ein Herrenhaus zu errichten, und Rodrigo Gonçalves Ribeiro kontraktierte zum gleichen Zweck den Baumeister Alamão aus Santo Antônio. So erlebte die Bautätigkeit in Parada de Deus einen gewaltigen Aufschwung, und das beglückte den Italiener Ângelo Crespi.

Ihm war es nicht wichtig, ob andere das gleiche besaßen wie er. Wichtiger war ihm, daß er der erste gewesen war, der Pionier. Er sah es gern, daß die anderen seinem Beispiel folgten. Crespis Liebe zu Brasilien war von ganz anderer Art als die Helenos. Heleno liebte die Landschaft, die einsame Schroffheit der Hügel, das dichte Grün der frisch gerodeten Wälder, die meilenweite Einsamkeit, die Möglichkeit, kilometerweit zu reisen, ohne auf eine lebende Seele zu stoßen. Diese Vertrautheit mit der Einsamkeit, die ihm seine Tätigkeit als Fuhrmann aufgenötigt hatte, machte ihn gleichgültig für die Bewohner dieses Landes. Der Italiener hingegen schien mit seinen brasilianischen Freunden in einem beständigen Fest zu leben, jede Hand, die er drückte, brachte ihm nicht nur einen neuen Freund, sondern auch den Beweis, daß er sein neues Vaterland richtig ausgewählt hatte. Crespi machte sich wirklich etwas aus den anderen Menschen, Heleno hatte vielleicht auch etwas für sie übrig, aber er fürchtete sie so sehr, daß er jedesmal in Abwehrhaltung ging, wenn jemand auf ihn zukam, auch wenn es ein politischer Verbündeter war (das war die einzige Art von Freundschaft, die er gelten ließ).

Anfänglich wollte Crespi mit Heleno zu einem Einvernehmen gelangen. Er glaubte, der andere werde ihn, vielleicht in Erinnerung an die Freundschaft, die zwischen Oberst Zé Inácio und seinem Vater, ja auch ihm selber bestanden hatte, als politischen Bündnispartner annehmen. Als er jedoch in der Gesprächsrunde im Hotel »Mutter Joana« zum ersten Mal den Bau einer Schule in Parada de Deus propagierte, hob Heleno de Moura mißtrauisch die Augen von seinen Lederstiefeln auf, musterte sein Gegenüber vom Scheitel bis zur Sohle und sagte, während er auf seinem Zahnstocher weiterkaute:

»Ich finde, Ausländer sollten sich nicht in unsere Angelegenheiten einmischen. Wenn ich außerhalb von Brasilien lebte, meinen Sie, ich würde mich dann in die Nesseln setzen, nur weil ich von heute auf morgen zu Geld gekommen bin?«

Crespi wiegte den Kopf mit einer Gebärde, die man für Ungeduld halten konnte, die jedoch nur die unerschöpfliche Langmut bezeichnete, mit der er die anderen aufregte, die nicht begreifen konnten, daß er fähig war abzuwarten und Unangenehmes einzustecken:

»Heleno, ma io nicht mich fühle Ausländer hier in Brasilien, eh? Io amo questa terra wie Sie auch, io liebe sie und sie mich auch: die Erde irrt sich nicht, mio caro: sie gibt dem Geld, den sie molto arbeiten sieht, eh? Ich habe gearbeitet und arbeite weiter, ich verdiene, bene zu leben, eh?«

So vermittelte Crespi den Eindruck, als täte er nur seine Pflicht, wenn er eine neue Verbesserung für die Stadt durchsetzte. Seine Heiterkeit, sein Gelächter klang durch die ganze Gerade Straße und entfaltete einen Wirbelsturm, bis man endlich selber einstimmte und mit ihm lachte. Seit jenem Tag im Salon des Hotels »Mutter Joana« betrat Crespi, einer inneren Eingebung folgend, die politische Bühne; von Stund an teilte er seine Zeit zwischen seinem Geschäft – dem größten von Parada de Deus –, dem Maklerbüro für den Kaffeeaufkauf und der Lokalpolitik. Das Zähnefletschen von Heleno de Moura schien er nicht mehr zu fürchten; sein Gegner grüßte ihn nicht einmal mehr. Crespi jedoch kam das nicht unerwartet. Er kannte die Familie seit vielen Jahren, nicht nur Heleno, sondern auch seine Stiefbrüder: keiner kam gegen Heleno an, und deshalb zogen die anderen gegen ihn den kürzeren, und er war zum Alleinherrscher auf den Besitztümern geworden. Weil nun Crespi für den Bau einer öffentlichen Schule im Gemeindebezirk von Parada de Deus eintrat, war Heleno de Moura gegen diesen Bau, unter dem Vorwand, eine öffentliche Schule würde die beiden vorhandenen Privatschulen schädigen, und es wäre ungerecht, Professor Melgaço fallen zu lassen, der sämtlichen Kindern von Parada de Deus Schreiben und Lesen beigebracht hatte. Genauso ging es im Kampf um die sogenannte »Trennung« der Stadt von Santo Antônio do Pomba; die Emanzipation erfolgte erst an dem ruhmreichen 7. November 1932, zu einer Zeit, als Ângelo Crespi und Heleno de Moura, die beiden großen Vorkämpfer für die »Trennung«, die Häupter des Aufstandes, schon gestorben waren. Heleno de Moura starb fünf Jahre vor seinem Rivalen. Obwohl beide für das gleiche Ziel kämpften – die Erhebung der Ortschaft Parada de Deus zur selbständigen Stadt – arbeiteten sie keinen Augenblick zusammen. Während Ângelo Crespi auf den Korridoren der Regierungspaläste, in Niterói oder in Rio, in Gesprächen für die »Trennung« kämpfte, hielt Heleno de Moura Volksversammlungen ab oder unternahm Streifzüge nach Santo Antônio. Dabei ballerten die jungen Leute, Heleno und seine Söhne an der Spitze, in der Hauptstraße Schüsse in die Luft und erschreckten die Einwohner, die furchtsam ihre Fenster schlossen; die gegen sie aufgebotene Streife hingegen ließ sich nicht blicken; die Polizei sah bei der Schießerei mit verschränkten Armen zu, weil sie Angst hatte, einzugreifen und hinterher bestraft zu werden – sie kannten den politischen Einfluß der Eindringlinge.

– Alle sind schamlose, verkommene Dirnen – sie ekeln mich an. Ich rieche ihren Geruch noch aus der Ferne; je ordinärer sie sind, desto übler riechen sie, als ob sie sich nicht gewaschen hätten. Ich glaube, genau das gefällt den Männern – diesen Schweinen! – an den verkommenen Frauenzimmern; sie steigen ihnen nach wie die läufigen Rüden.

Und deshalb verlieben sich auch alle Männer in meine Schwägerin Maria Corina: es gibt keinen, der es nicht auf sie abgesehen hätte. Bei dem Bankett zu Ehren von Oceanos Amtsübernahme mußte Juca fast gewaltsam vom Tisch fortgeschafft werden. Einundsiebzig setzte ihn in Gratidão ab und holte mich, damit ich mich um ihn kümmern sollte. Er hatte sich mit Wein vollaufen lassen und dann an meine Schwägerin herangepirscht. Einundsiebzig, dieser gute Kerl, brachte den Idioten zu mir, ehe Oceano die Geduld verlor. Und so geht es immer, wenn sie in Maria Corinas Nähe geraten. Auch ohne daß sie getrunken haben, läuft ihnen das Wasser im Munde zusammen.

Ich habe nur einen Mann gekannt, den sie bestimmt nicht erobert hätte: Heleno de Moura, meinen Vater. *Sie* sagte, wenn ein Mann in Sünde lebt, ist es gemein, aber wenn er in Sünde stirbt, verdammt er sich selber zur Hölle. *Sie* wollte mich überzeugen, daß mein Vater eines solchen Todes gestorben ist – als ob ich ihr ihre Lügen abnehmen würde! Da verlor *sie* die Geduld und wollte mich schlagen, aber ich hielt ihren Arm in der Luft fest:

»Rühr mich nicht an, sonst erlebst du etwas!«, sagtest du.

Ihr wart heimgekehrt von der Messe des siebenten Tages, die der Bischof von Campos, Don Raimundo Arzão, für Heleno de Mouras Seele gebetet hatte. Am Mittwoch vorher war er in Rio de Janeiro, wie die Leute von Parada de Deus munkelten, »unter mysteriösen Umständen« verstorben.

Dabei war alles klar: Oceano hat es mir selbst erzählt, ich höre ihn noch immer reden:

»Unser Vater hat einen Herzschlag erlitten, Dorotéia. Er war im Hotel Avenida und hatte gerade zu Mittag gegessen, da kam der Anfall. Er war auf der Stelle tot.«

Warum soll ein Mann nicht auf diese Weise gestorben sein? Warum nicht?

Warum fühlen sich alle Leute verpflichtet, für einen Mann, der ein anständiges Leben geführt hat, einen niederträchtigen Tod zu erfinden?

Aber nur ein Mensch hatte Mut genug, diese Verleumdung gegen den Vater in meiner Gegenwart zu wiederholen: *sie*.

Du hattest dich in deinem Zimmer eingeschlossen, gleich nachdem du aus der Kirche gekommen warst; es war noch keine

Viertelstunde vergangen, da pochte jemand anhaltend an die Tür, als ob er Eile hätte.

Ich konnte mir durchaus nicht vorstellen, daß *sie* es sein würde: seit Vaters Tod hatten wir uns kaum zu Gesicht bekommen. Ich war nächtelang in meinem Zimmer auf und ab gegangen, es war, als ob mir ein Panzer die Brust zusammenschnürte und mich am Atmen hinderte. Ich wollte niemanden sehen, hatte selbst Oceano gebeten, mich ganz in Frieden zu lassen. Ich begriff das nicht: Vater war nie bettlägerig gewesen, nicht einmal die verwünschte spanische Grippe konnte ihn umwerfen, und auf einmal saß ich in Gesellschaft meiner Brüder im Zug, um ihn zur Beerdigung abzuholen!...

Gewiß hat ihn jemand in einen Hinterhalt gelockt, sicherlich der verfluchte Oberst Crespi, und Vater ist in die Falle gegangen. Vater war kein Mann, um so mir nichts dir nichts, ohne jede Gegenwehr zu sterben und kampflos all das zu verlassen, was er mit so großer Mühe in seinen Besitz gebracht hatte. Vater war nichts in den Schoß gefallen, er war ein unehelicher Sohn meines Großvaters und fing als Fuhrknecht auf der Fazenda an, erst ganz allmählich faßte der Großvater Zutrauen zu ihm, am Ende wollte er von niemand anderem etwas wissen: Vater mußte alle Entscheidungen treffen. Deshalb konnte ich einfach nicht glauben, daß Vater im Alter von fünfzig Jahren so leichthin sterben sollte, in einem Augenblick, wo er all das hatte, was er haben wollte, wie einer von den jugendlichen Dichtern, die nach dem Tode seufzen, weil sie nicht wissen, was sie mit dem Leben anfangen sollen.

Da kam *sie* in mein Zimmer und fing etwas umständlich zu reden an, ohne daß ich ahnen konnte, worauf sie hinauswollte: sie mache sich Sorgen über meinen Gesundheitszustand, die ganze Nacht sähe sie mich im Zimmer auf und ab gehen, auf diese Weise würde ich gewiß noch krank werden.

Du standest und schautest durchs Fenster, während sich Dona Paula auf den Bettrand gesetzt hatte; ihr linkes Auge war halb geschlossen und zitterte stark; nervös glitt der goldene Rosenkranz durch ihre Finger. Zwischen euch beiden war die Atmosphäre von Anfang an gespannt; dein Schweigen nach Dona Paulas Eintreten bot ihr Gelegenheit zu einem Monolog; was dann folgte, läßt sich nur mit zwei Ländern vergleichen, die, weil sie einander nicht den Krieg erklären können, beschließen, sich auf diplomatischem Wege zu hassen und diesen Haß bei jeder sich bietenden Gelegenheit aufflammen zu lassen.

Sie hat sich nie etwas aus Vater gemacht; ihr Haß auf ihn war so groß, daß sie ihn trotz aller Verstellungskunst nicht ganz zu verbergen vermochte; nur die Furcht, die er ihr einflößte, hielt sie in Schranken. Und das sah ich so gern: daß mein Vater ihr Furcht einflößte. Heleno de Moura brauchte nur auf der Türschwelle zu erscheinen, dann verschwand die tapfere Frau wie durch Zaubertrug, ihr Auge zitterte und ihre Stimme verstummte. Der Vater verprügelte sie tüchtig, einmal habe ich gesehen, wie er mit der Reitpeitsche auf sie einschlug, mit jener Reitpeitsche mit dem Silbergriff und dem Lederriemen, die heute am Hutständer im Besuchssalon hängt. In Gegenwart von Hauptmann Heleno de Moura durfte keine Frau ihren Mund aufmachen. Maria Corina hätte sich nichts herausnehmen können, wenn Vater noch am Leben gewesen wäre. Vaters Tod war das Unglück unserer Familie. Deshalb hat *sie* sich diese Verleumdung ausgedacht, damit wir ihre Pläne nicht stören konnten, unsere Fazendas genauso an sich zu bringen, wie sie es bei der armen Pía getan hat. Sie wollte das gesamte Geld mit den Männern durchbringen, mit ihrem Geliebten, dem Kapitän, der zur rechten Zeit das Weite gesucht hat, wir Kinder von Hauptmann Heleno de Moura wissen, wie und warum. *Sie* wollte Vaters Andenken beschmutzen, damit wir sie nicht an den Ausschweifungen hindern sollten, denen sie sich von nun an überließ. Zwei Tage später erhielt ich auf der Fazenda den Beweis, und nicht ich allein: Oceano, Luísa und ich, wir ertappten *sie*, als sie sich auf den Hofplatz schlich, um sich dort mit einem Neger zu treffen – mit einem Neger! – und Vater war noch nicht im Grabe erkaltet. Da sagte ich zu ihr an der Tür:

»Also deshalb hast du mir gesagt, Vater wäre auf einer Dirne in Rio de Janeiro gestorben, nicht wahr?«

An der Tür zum Fazendahof wurde ein Spiel gespielt, dessen Ausgang – das wußte Dona Francisca Paula de Moura Alves – über ihr künftiges Lebensschicksal entschied. Von ihm hing ab, ob sie auch künftighin jemanden fürchten mußte, dessen Macht größer wäre als ihre eigene, oder ob in Zukunft sie den unumschränkten Befehlshaberplatz einnehmen würde. Sie durfte die Gelegenheit nicht vorübergehen lassen, sonst würden ihre Kinder an die Stelle des Vaters treten. Denn Heleno de Moura hatte ihnen immer Schlechtes über die Frauen erzählt und ihr nie die geringste Autorität belassen. Daher war es keine impulsive Geste, keine Panikhandlung gegenüber der entschlossenen Haltung ihrer Kinder, daß sie, als sie ihr den Ausgang versperrten, mit einer genau überlegten, abgemessenen Gebärde ihren kleinen Revolver mit dem Perlmuttgriff zog und mit der Geistesgegenwart eines Verbrechers sagte:

»Wer mir vor diesen Revolver kommt, den schieße ich ohne Gnade nieder. Tretet zur Seite und laßt mich durch!«

Wenn Oceano nicht gewesen wäre, hätte ich *sie* an Ort und Stelle in gerechter Gegenwehr umgebracht: aber er erlaubte es nicht. Oceano liebt *sie*, warum weiß ich nicht, aber er liebt sie: den alten Kapitän hat er nur deshalb nicht gleich aus dem Wege geräumt, weil er nicht ihr Mißfallen erregen wollte. Hätte ich damals eine Waffe bei mir gehabt, wäre zuallererst *sie* niedergeschossen worden: besser eine tote als eine ehrlose Mutter.

Sie verschwand auf dem dunklen Hofplatz; niemand folgte ihr, niemand versuchte ihrer Spur nachzugehen, aber als sie gegen Morgen heimkehrte, sah sie euch drei regungslos auf der gleichen Stelle sitzen, als ob sie eben erst ausgegangen wäre.

Sie wußte, ich würde auf sie warten, eine, zehn, ja zwanzig Stunden – ein ganzes Leben lang, falls es nötig sein sollte. Unsere Diskussion zwei Tage zuvor war zu keinem rechten Abschluß gelangt: ich wußte, sie log mich aus irgendeinem Grunde an, hinter ihren Lügen steckte immer irgend etwas, ich mußte hinter ihre Schliche kommen. Deshalb stand mir Gott zwei Tage später bei und ich konnte sie dabei ertappen, wie sie vorsichtig den

Schlüssel im Schloß umdrehte, um auf dem Hofplatz ihren Negergeliebten zu treffen (Oceano machte ihm später den Garaus). Als ich ihre Flucht entdeckte, rief ich Oceano und Luísa, damit sie sehen sollten, wer ihre Mutter war. Und deshalb habe ich auch zu ihr gesagt:

»Also deshalb hast du diese schmutzige Geschichte über Vaters Tod erfunden, nicht wahr?«

»Nein, nein«, protestierte Dona Paula, und ihr linkes Auge zitterte und verkleinerte sich durch ihren nervösen Tic, »du weißt, daß ich so etwas nicht tun würde: frag die Jungen, frag jeden einzelnen von ihnen; sie sagen dir die Wahrheit. Ich habe auch meinen Teil zu leiden gehabt. Die Betrogene war schließlich ich und nicht du, Dorotéia: schließlich bin ich Helenos Frau gewesen, es wird gut sein, wenn du das nicht vergißt! Ich habe gehört, wie er sich bei der Reise nach Rio herausredete. ›Ich werde dieses Geschäft aufgeben, immer den Kaffee der anderen zu verkaufen‹, sagte er beim Zubettgehen. ›Ich habe schon mit dem Rubens darüber gesprochen, das ganze Kaffeegeschäft bringt nichts mehr ein. Wir werden die Gesellschaft auflösen, und ich werde nur noch den Kaffee meiner eigenen Fazenda verkaufen. Ich habe große Angst, daß der Kaffeepreis auf einmal sinkt und uns alle an den Bettelstab bringt. Ich werde mich mehr um meine Reisfelder kümmern, wie das der Zé Antônio auf »Närrische Welt« getan hat, und um mein Vieh. Deshalb muß ich übermorgen nach Rio fahren.‹ *Deshalb* hat er zu mir gesagt, und deine Brüder haben mir erzählt – Indinho hatte den Mut dazu –, daß Heleno nach dem Mittagessen in dem bewußten Viertel von Rio auf einem Straßenmädchen gestorben ist. Oceano steht hier, du kannst ihn fragen: ich habe kein Wort erfunden.«

Aber ich wollte gar nichts von Oceano hören; ich weiß, er liebt sie so, daß er sogar lügen würde, um ihr einen Kummer zu ersparen. Ich kenne meinen Bruder, ich kenne seine Schwächen; deshalb ahnte ich, daß er sagen würde, was ich nicht hören wollte.

»Du brauchst mir nichts zu sagen«, sagtest du zu Oceano, der schweigend an der Zimmertür stand – sein weißer Pyjama war ein heller Tupfen in der Finsternis – »du hast ja gesehen, warum *sie* sich solche Mühe gibt, das Andenken unseres Vaters zu beschmutzen.« Das sagtest du, und es war dir gleich, ob die Hausleute hören konnten, was du laut herausschriest, während die Adern an deinem Halse anschwollen. »Steh ihr nicht bei bei dieser Verunglimpfung eines Toten, der sich nicht mehr verteidigen kann. Ich habe *ihr* schon nach der Messe des siebenten Tages gesagt, daß ich ihr nicht glaube, nicht glauben kann, was sie mir erklärt, daß alles, was sie sagt, einen verborgenen Grund hat, daß ich früher oder später diesen Grund ans Licht bringen würde – und jetzt weiß ich ihn.«

Da trat Oceano ins Lampenlicht und ich konnte bemerken, daß er kalkweiß geworden war, weil *sie* mir von der Angelegenheit gesprochen hatte – das sah ich sofort. Da fragte er sie:

»Was willst du denn dort draußen anstellen, zu dieser späten Nachtzeit?«

Ein schwaches Licht am Ende des Korridors zeigte an, daß Maria Luísa näherkam; sie schien auf den Zehenspitzen zu gehen, man hörte sie überhaupt nicht.

Dona Paula wartete ab, bis ihre Tochter herangekommen war, dann beantwortete sie Oceanos Frage, ruhig, ohne die Stimme zu heben, nur der Tic ihres linken Auges war stärker geworden. Die Gebärde, mit der sie die Hand in den Kimono steckte, wirkte so zufällig, daß nicht einmal der mißtrauische Oceano darauf achtete.

»Ich habe meine erste Lebenszeit damit verbracht, meinem Vater über alle meine Schritte Rechenschaft zu geben«, sagte Dona Paula auf ihre abgewogene Weise, »in einem zweiten Lebensabschnitt mußte ich alles, was ich tat, Heleno sagen – nicht nur das, ich mußte ihm sogar alles sagen, was ich Lust gehabt hätte zu tun, und wenn ich keine Lust dazu hatte, mußte ich sie erfinden, sonst glaubte er, ich führte etwas im Schilde und bekam Prügel, ohne zu wissen wofür. Ich habe nur noch ein kleines Stückchen Leben vor mir; diese restliche Zeit will ich nicht damit zubringen, auf die Fragen meines Sohnes zu antworten, habt ihr mich verstanden?«

Ja, sie wollte immer frei sein. Jede ehrvergessene Frau braucht Freiheit, um das tun zu können, was ihr gerade einfällt, ist es nicht so?

Maria Corina hat zu Oceano gesagt, sie würde lieber sterben als ohne Freiheit leben, verstehen Sie jetzt?

Sicherlich haben auch die elenden Frauenzimmer, die in der Avenida hausen, andauernd das Wort Freiheit auf der Zunge, bis sie eines Tages im Bordell einer Kleinstadt des Hinterlandes landen.

Als sie nun Oceano sagte, ihre Kinder sollten ihr keine Fragen stellen, weil sie doch nicht darauf antworten würde, trat ich auf die Tür zu, um ihr den Ausgang zu versperren.

Da stieß Dona Paula ihre Drohung aus, und es war deutlich zu erkennen, daß sie bereit war, ernst zu machen mit dem, was sie sagte:

»Wer mir vor den Revolver kommt«, sagte sie, und richtete den kleinen Revolver mit dem Perlmuttgriff auf dich, Maria Dorotéia, »den schieße ich ohne Gnade nieder. Tretet zur Seite und laßt mich durch!«

Jawohl, sie hätte mich umgebracht, nicht weil ich ihr den Ausgang verwehrte – das war nur ein Vorwand –, sondern weil ich ihr zwei Tage vorher, nach der Messe des siebenten Tages, rückhaltlos die Meinung gesagt hatte. Als sie so unverschämt von Vater sprach, dessen Leib noch nicht im Grabe erkaltet war, warf ich sie aus meinem Zimmer hinaus und bat sie, in Zukunft nur noch das Allernotwendigste mit mir zu reden.

»Ich weiß, daß du mich immer gehaßt hast, Dorotéia«, sagte Dona Paula, ohne von deinem Bett aufzustehen, als ob sie die Aufforderung, sich aus dem Zimmer zu scheren, nicht verstanden hätte, »ich glaube, du kannst mir nicht verzeihen, daß ich und nicht du die Frau deines Vaters gewesen bin, ist es nicht so?«

Deshalb legte sie in jener Nacht auf Gratidão den Revolver auf mich an, auch wenn sie so tat, als bedrohe sie gleichzeitig Oceano und Luísa. Pure Heuchelei! Sie wollte mich umbringen, mich, die einzige Tochter, die immer gewußt hat, wer sie war, die alle ihre Schlechtigkeit gegen den Vater wachsam verfolgt hat – sie hat ihn nur deshalb nicht betrogen, weil sie Angst vor ihm hatte! – und als ich daher auf sie zuging, um ihr den Revolver zu entreißen, wußte ich genau, daß mein Leben keinen Pfifferling wert war, weil ich ihr damit das erwünschte Motiv bot, ihren Haß auf die Tochter auszuspeien, die Tochter, die immer gewußt hat, wer Dona Paula in Wirklichkeit war.

Abgesehen von ihrer Verbundenheit durch die Ländereien, fühlte sich Heleno nicht als Zé Inácios Sohn: mit diesem Mann mit der schneeweißen Haut und dem grauen Haar und Bart, der oft reizbar war, weil er seit vielen Jahren an Hämorrhoiden litt, der in der Rechten das Weinglas hatte und in der Linken das Buch, in dem er gerade las, dessen Schwäche, Gleichgültigkeit und Unfähigkeit, die ihm von Chico dem Bauern hinterlassene Erbschaft zu verwalten, die Fazendas an den Rand des Ruins gebracht hatten, mit diesem Mann hatte er nichts gemeinsam. Im Innersten verachtete er ihn sogar wegen seiner ununterbrochenen Betrunkenheit. Ihn interessierten nur seine Erbschaft und seine Geschichten, vor allem wenn sie sich auf Chico den Bauern, seinen Großvater, bezogen; ihm fühlte sich Heleno so nahe und so verbunden, als ob er sein wahrer Vater wäre. Niemand konnte sich in seinen Augen mit dem alten Viehtreiber aus Minas Gerais vergleichen. Er bat Zé Inácio immer wieder, ihm statt der Meeresgeschichten, die ihn früher einmal begeistert hatten, mit ihren Piraten, vergrabenen Schätzen auf einsamen Inseln und singenden Sirenen, die den Schiffsleuten den Untergang brachten, von seinem Vater zu berichten. Dann saß er straff auf seinem Stuhl, verzog keine Miene, füllte Zé Inácio das Weinglas nach und bemühte sich, nicht nur zuzuhören, sondern auch etwas dabei zu lernen. Er fand, das Leben Chicos des Bauern war eine gute Lehre für alle, die, wie er, aus dem Nichts kamen und sich alles erst selber erobern mußten. Er sah das Leben als einen Wettkampf an, bei dem sich jemand ein Vergnügen daraus gemacht hatte, alles, was der Einzelmensch zum Überleben brauchte, auf den Gipfel eines unzugänglichen Berges zu stellen. Und so galt ihm auch Gott – selbst wenn er sich es nicht offen einzugestehen wagte – als ein Wesen, das mit den armen Sterblichen auf der Erde spielte: er sah ihn als einen Kater, der mit dem armen Mäuschen spielt, oder als streitlustigen Riesen, dem es Spaß machte, die wehrlosen Menschlein seines Herrschaftsgebietes vor Überraschungen zu stellen. So faßte er auch die Fügung auf, daß Christkönig Chico dem Bauern empfohlen hatte, er solle »die häßlichste Jungfrau heiraten, denn sie würde die schönste sein«, ihm aber einige Zeit nach der Heirat Didila, die Näherin seiner Frau, über den Weg geführt hatte. Sie war Witwe geworden, als sie schon auf Gratidão wohnte, und deshalb konnte niemand genau sagen, ob Glorinha, ihre Tochter, Chico den Bauern oder den verstorbenen Mann der Näherin zum Vater hatte. Didila siedelte in ein Hinterzimmer des großen Fazendahauses über, und dort kam das Mädchen zur Welt und erregte das Gemunkel der Sklaven. Die Zauberin der Gegend, Secundina, die Mutter von Tomás, erzählte Zé Inácio ganz genau, was sich zwischen Siá Dinas Näherin und Chico dem Bauern abgespielt hatte. Siá Dina bot sämtliche Zaubermittel gegen diese Leidenschaft auf – auf den Rat Secundinas hielt sie sich lange Zeit sogar eine Kröte unter dem Bett in einem Topf und ernährte sie mit Kuhmilch – aber nichts wollte helfen. Secundina erzählte, durch die Tür des halb geöffneten Zimmers hindurch hätte sie Didila auf dem großen rosa Nachttopf mit den goldenen Verzierungen sitzen sehen, während Chico der Bauer ausgestreckt auf ihrem Bett lag und sich mit ihr unterhielt. Diese Szene konnte man zwischen fünf und sechs Uhr nachmittags beobachten, und um nicht von einem solchen Anblick beleidigt zu werden, vermied es Siá Dina, um diese Zeit ihr Zimmer zu verlassen; sie saß da, mit ihrem Kropf und der gekränkten Miene, die ihr nicht die Welt zugefügt hatte, sondern der Auswuchs, der ihr Kinn unmittelbar in den Hals übergehen ließ.

Was der große Unbekannte mit dieser merkwürdigen Fügung bezweckt hatte, war Heleno unklar geblieben: Chico der Bauer gehorchte seinem Heiratsgebot resigniert, machte sich aber auch keine Gewissensskrupel daraus, mit Didila in wilder Ehe zu leben. Er hatte sich im gleichen Hause alles aufs bequemste eingerichtet, und bei den Mahlzeiten hielt er darauf, daß beide ihren Platz am langen Tisch aus Jacarandá-Holz einnahmen; er entschuldigte sie nur, wenn Gäste kamen. Bei diesen Gelegenheiten blieb Didila in ihrem Hinterzimmer, und Siá Dina ging in die Küche, um die Essensvorbereitungen zu überwachen. Auch das einfachste Gericht kam nicht auf den Tisch, ohne daß sie vorher davon gekostet hätte, das war eine Feinheit, die ihre Mutter, eine Portugiesin aus dem Minho, ihr anerzogen hatte. Sie hatte ihre Tochter nicht heiraten lassen, ohne sie zuvor in der hohen Kunst der Gewürze unterwiesen zu haben. Chico der Bauer verbrachte zwar seine Nächte im Hinterzimmer der Näherin Didila (obwohl er sich den ehelichen Pflichten nicht entzog, wie die neun Kinder bezeugten, die er seiner rechtmäßigen Gattin in den Leib gesetzt hatte), aber auf die Anwesenheit seiner Frau in der Küche wollte er nicht verzichten. Sein Leibgericht, gebratene Stierhoden, aß er nur, wenn es von Siá Dinas Hand zubereitet worden war. Zé Inácio erinnerte sich noch an die Zeit, als die Familie bei Tisch saß, bevor seine Schwestern in das Kloster der Karmeliterinnen in Rio eingetreten waren: da saßen die neun Kinder von Chico dem Bauern, sein Schwiegervater João Pasqualho, dessen Frau und ihre ledigen Kinder, Didila und ihre Tochter Glorinha, Pater Cesário (der in der Kapelle von Parada de Deus die Messe las, aber auf Gratidão wohnte), mit Verwandten und Anhang insgesamt vierzig Menschen an dem Tisch, an dessen Kopfende sich Chico der Bauer niederließ – die goldenen Rosenkränze glänzten unter seinem pechschwarzen Bart, den er sich mit dem langen Daumennagel seiner rechten Hand strählte. Der Vater flößte Zé Inácio Angst ein, vor allem weil ihm sein Mund übergroß erschien: mit seinen dicken blutroten Lippen verschlang er die Stierhoden, deren Fett ihm über den schwarzen Bart troff. An diese Szene konnte sich Zé Inácio nicht ohne Ekel erinnern. Später, als er selbst schon ein alter Mann war, verstand er, daß er sein Leben lang versucht hatte, diese Primitivität zu verleugnen, diese rohen Instinkte, roh sogar in der Art der Gottesverehrung. Chico der Bauer kasteite sich damit, ein zentnerschweres Kreuz über die Wege von Gratidão zu schleppen. Dieser Vater mißfiel ihm in allem so gründlich, daß er sich bemühte, die Erfahrung des Vaters in Abrede zu stellen, unbewußt haßte er ihn, noch schlimmer, er fand für jede seiner Handlungen eine Rechtfertigung, die dem Willen seines Vaters entgegengesetzt war.

Zé Inácio vertraute seinen neu entdeckten Haß auf den Vater Heleno an und stellte sich dabei die Frage, ob nicht seine eigene Schwester Maria Olegária, die einzige, die dem Kloster, der Ehelosigkeit und dem Kropf entgangen war, eben darum mit Honório, dem Sohn von Maria Du-bringst-mich-um, von der Fazenda geflüchtet war. Die beiden tauschten bei Tisch Blicke miteinander, während der Vater den Bericht des Verwalters anhörte und sich dabei den Bart mit seinem großen Daumennagel strählte; dann kam Siá Dina an die Reihe, bis auch ihr Bericht zu Ende war und Chico der Bauer dazu überging, als ein seiner Größe, Allmacht und Unfehlbarkeit bewußter Gott Gerechtigkeit zu üben: »Soundso viele Peitschenhiebe für A, soundso viele Kuchenstücke für B, verdunkeltes Zimmer für Olegária«, und so ging es weiter; er unterbrach seine Sätze nur, um große Stücke Maiskuchen von dem Berg auf dem Tischtuch zu nehmen und mit untrüglicher Genauigkeit zu seinem Munde zu führen. Wenn am Schluß der Mahlzeit die Sklavin erschien, um ihm den silbernen Becher aus dem Tonkrug zu füllen, hatte Chico der Bauer alle dienstlichen und disziplinären Probleme bereits gelöst, nicht nur für die Negerhütten, sondern auch für sein eigenes Haus. Dann hörte man seine Holzschuhe über den Flur schlurfen, wobei er sich räusperte und auf dem Wege ausspie, bis Hüsteln und Holzschuhe am Flurende verschwanden, dort, wo das Zimmerchen der Näherin Didila lag. Wie Tonho, der Vertrauenssklave des Vaters, Zé Inácio später erzählte, beschränkten sich die Seitensprünge des

Alten nicht nur auf das Hinterzimmer der Näherin Didila. Auch die Weiden dienten Chico dem Bauern als Lagerstätte; nicht selten sahen ihn seine Leute mit einer Sklavin im Gras herumtollen; am nächsten Tage schleppte er dann das riesige Kreuz auf seinen Schultern, das Zé Inácio nach seinem Tode auf dem Cruzeiro-Hügel in Parada de Deus aufstellen ließ.

Als er schon längst auf die Fazenda Degrêdo verbannt worden war, flüchtete seine Schwester Maria Olegária am Vorabend ihres Eintritts ins Kloster mit dem Mulatten Honório, dem Pferdebändiger. Ihn pflegte Chico der Bauer in seinem Hause unterzubringen, wenn er eben wieder einmal einen Trupp wilder Fohlen beisammen hatte. Zé Inácio setzte keinen Fuß mehr nach Gratidão, in Befolgung des strengen väterlichen Befehls; wenn er Geld oder Waren brauchte, bekam er sie durch den Sklaven Tonho, der den Auftrag hatte, die übrigen Sklaven auf Befehl seines Herrn auszupeitschen. Eines Morgens – Zé Inácio war noch nicht aufgestanden, er war erst bei Morgengrauen nach Hause gekommen und hatte sich auf die frisch auf Eselsrücken aus Rio angekommenen Bücher gestürzt – kam Glorinha aufgeregt in sein Zimmer gelaufen, draußen in der Küche stände Tonho und wolle mit ihm reden.

»Siô Chico läßt fragen, ob Sinhàzinha Olegária hierher gekommen ist«, sagte der Sklave und hielt den Kopf auf die Brust geneigt, zum Zeichen des seiner Rasse eigenen Respekts vor den Weißen. »Sie ist seit dem frühen Morgen aus ihrem Zimmer verschwunden, und niemand weiß, wo die Sinhàzinha hingegangen ist.«

»Hast du mir nicht gesagt, daß der Vater die Mädchen heute ins Kloster bringen wollte?«, erkundigte sich Zé Inácio.

Der Sklave nickte zustimmend.

»Gewiß, aber Sinhàzinha Olegária ist heute Nacht verschwunden, und kein Mensch weiß, wo sie steckt. Deshalb hat mich Siô Chico hierhergeschickt, weil er dachte, die Sinhàzinha wäre vielleicht zu Ihnen gekommen.«

Zé Inácio erzählte Heleno, schon bei Tonhos ersten Worten

habe er geahnt, was vorgefallen war: nur war ihm nicht in den Sinn gekommen, daß sie ausgerechnet mit Honório geflüchtet war. Ihn, den Sohn der bekannten Maria Du-bringst-mich-um aus Santo Antônio, einer freigelassenen Sklavin und Prostituierten jener Ortschaft, hatten sie, obwohl er frei war, stets als ihren Dienstmann angesehen. Er hatte geahnt, was vor sich gegangen war, weil diese Schwester immer anders gewesen war als die übrigen Schwestern; die Flamme der Auflehnung leuchtete in ihrem Blick, als ob ihr alles, was sie erlebe, ungewohnt wäre und zum ersten Mal geschähe. Als Chico der Bauer einige Zeit vorher – die Schwestern waren noch kleine Mädchen – bei Tisch davon redete, es wäre sein Wille, alle seine Töchter im Kloster zu sehen und den einzigen Sohn als Priester in der von ihm eigenhändig erbauten Kapelle zu Ehren von Christkönig, da hob sie als einzige den Kopf und schaute ihren Vater stillschweigend an; dieser Blick bedurfte keiner Worte, er sprach ihren Protest deutlich genug aus. Zé Inácio erinnerte sich noch, daß er erst unter dem Einfluß dieser Schwester begonnen hatte, seinen Vater kritischer ins Auge zu fassen. Maria Olegária hatte ihm auch das Vergnügen beigebracht, splitternackt in der Schwarzen Lagune zu baden, als sie noch Kinder waren; sie lehrte ihn, mit Glorinha »Mann und Frau« zu spielen und sie um die Schultern zu fassen, wenn der »Mann« nach Hause kam. Sie zeigte ihm, wo Chico der Bauer einen Großteil seiner Nächte verbrachte, und erklärte ihm, was es zu bedeuten hatte, wenn er in Holzpantinen und langen Unterhosen in das Zimmer der Näherin Didila ging.

»Er macht mit ihr genau das, was der Hahn mit der Henne tut«, erklärte Maria Olegária, und ihre Augen leuchteten heftiger. »Eines Tages habe ich durchs Schlüsselloch geschaut, es war gerade niemand auf dem Flur, und da sah ich: er macht es genau so wie der Hahn mit der Henne.«

Zé Inácio hatte Mühe, diesen Vergleich zu begreifen; da rief seine Schwester, um ihn besser aufzuklären, die Sklavin Rufina und legte sich auf sie; diese Stellung beeindruckte ihn sehr und regte ihn unbewußt auf.

Jahre später, wenn Chico der Bauer ihn unter Druck setzte, damit er ins Priesterseminar zurückkehren sollte, war Maria Olegária, inzwischen ein junges Mädchen, die einzige, die ihn aufstachelte, dem Vater den Gehorsam zu verweigern.

»Du wirst mir auf keinen Fall Pater! Gibt es ein langweiligeres, faderes Leben? Mir tut der Pater Cesário leid, er ist so jung und hübsch und steckt so voller Energie...«

»Aber Maria Olegária, hat man je gesehen, daß jemand solche Dinge an einem Pater bemerkt hat? Ich glaube, du bist nicht recht bei Verstand«, erwiderte Zé Inácio, konnte jedoch ein Lachen nicht völlig unterdrücken. Sie war oft mit ihm zusammen; beide ähnelten einander nicht nur in ihrem Gelächter, sondern auch in der gleichen hellen Hautfarbe, den gleichen großen schwarzen Augen und dem zarten Mund, der nur bei ihnen beiden anders geschnitten war als bei Chico dem Bauern.

»Hast du etwa Zweifel, daß ich Pater Cesário dazu bringe, seine Sutane abzulegen?«, fragte sie und verschloß sich gleich danach die Lippen mit der Hand, als hätte sie Angst, ihre eigenen Worte zu hören.

Zé Inácio drohte ihr, er werde alles dem Vater erzählen, falls sie Ernst machen würde; da beteuerte sie, sie hätte nur gescherzt; zuvor aber erklärte sie so ernsthaft, wie man sie selten gesehen hatte:

»Ich werde Pater Cesário nicht in Versuchung führen, weil ich dich nicht verärgern will. Aber eines schwöre ich dir: ins Kloster, wie es unser Vater will, gehe ich bestimmt nicht. Das kommt überhaupt nicht in Frage. Und wenn ich als Sklavin verkleidet flüchten müßte.«

Dann kam Zé Inácios eigene Flucht, seine Heirat und die Verbannung nach Degrêdo: Maria Olegária hatte ihn noch einmal besucht, übrigens heimlich – die einzige Schwester, die das gewagt hatte – aber Chico der Bauer bekam durch die Sklaven Wind davon und Tonho berichtete, daß sie eine Woche lang in dem Hinterzimmer gefangen saß, das einst der verstorbenen Didila, Glorinhas Mutter, gehört hatte.

»Mamá erzählte mir viele Jahre später«, sagte Zé Inácio zu Heleno, während sie hinter verschlossenen Türen im Arbeitszimmer von Gratidão saßen, »je näher der Zeitpunkt rückte, zu dem die Mädchen ins Kloster eintreten sollten, desto aufgeregter wurde Olegária; sie benutzte die Augenblicke, in denen Vater nicht zugegen war, um den armen Pater Cesário zu quälen, der gar nicht mehr wußte, wie er sie loswerden sollte. Stell dir vor, eines Tages kniete Olegária vor dem Pater nieder und sagte, sie müsse ihm etwas beichten. Pater Cesário legte die Stola um und wartete ruhig auf ihre Beichte, da sprudelte Olegária ohne Umschweife heraus: ›Pater Cesário, der Teufel hält mich in seinen Krallen. Ich brenne vor Liebe, Pater Cesário. Der Teufel, der Teufel hat mir dieses Fieber angehext, und alles weil ich Sie so sehr liebe.‹

Das kleine Luder war so schlau«, erzählte Zé Inácio amüsiert von dieser Schwester, die seit ihrer Flucht mit dem Mulatten Honório nie wieder etwas von sich hatte hören lassen, »daß der arme Pater Cesário nichts gegen sie unternehmen konnte: er konnte sich nicht einmal bei ihrem Vater beklagen. Sie schrieb alle Schuld dem Teufel zu, und so blieb dem Pater nur übrig, eine Teufelsaustreibung zu versuchen, bei der die falsche Verhexte ihn noch mehr provozieren konnte.«

Die Ankunft des Pferdebändigers Honório war für den Pater ein wahrer Segen gewesen. Dieser Honório war nämlich ein strammes Mannsbild und sah unverschämt aus wie ein Buschräuber, und das stand ihm gut zu Gesicht. Siá Dina bekannte Zé Inácio nach dem Tod des Vaters, das Gebaren Honórios habe ihr gleich nicht gefallen, aber Chico der Bauer sei so eingenommen gewesen von ihm, daß sie den Mund hielt; sie glaubte, der junge Mann wäre vielleicht ein Sohn ihres Gatten; viele Jahre zuvor waren Gerüchte zu ihr gedrungen, Chico der Bauer ritte einmal pro Woche nach Santo Antônio do Pomba, nur um dort Maria Du-bringst-mich-um zu sehen, die Sklavin, die sich ihre Freiheit mit dem eigenen Körper erkauft hatte und nach Meinung der damaligen Männer die verrückteste Geldverschwendung lohnte.

Bei Honórios diesmaligem Aufenthalt im Hause bestrafte Chico der Bauer seine Tochter Maria Olegária so häufig mit Einschließung in dem Hinterzimmer, das einst Didila gehört hatte, daß sich niemand darüber wunderte, als das Mädchen auch fernerhin in diesem Zimmer am Ende des Korridors, gegenüber dem Vorratsschrank, schlafen wollte.

Die Negerin Rufina, Maria Olegárias Gespielin, schlug Alarm, als sie das Mädchen zur Frühmesse abholen wollte, die Pater Cesário in der kleinen Fazenda-Kapelle las, bevor er in den Ort ging.

Als einige Zeit später Zeca Araújo (der »Farblose« oder auch »der Gescheckte« – wer diesen Spitznamen in seiner Gegenwart ausgesprochen hätte, wäre ein toter Mann gewesen!) mit seinen Leuten auf dem Coronha-Hügel Stellung bezog, während Chico der Bauer ihn unten neben dem Brotbaum erwartete, dessen Zweige über den Bonito-Fluß hinüberhingen, konnte er es nicht lassen, dem Besitzer von Gratidão bei Morgengrauen zuzurufen:

»Ich habe übrigens deine Tochter getroffen, Chico, sie zähmte gerade ein Fohlen, drüben in der Nähe von Carangola.«

Seit Beginn der Nacht standen die beiden dort: der eine oben auf dem Hügel, der andere unter dem Baum, zwei Gestalten in der Dunkelheit und ihren leisen Geräuschen; niemand wußte, worauf sie beide warteten, nur die Bedeutung des Augenblicks war allen klar, denn ohne einen Schußwechsel würden beide schwerlich auseinandergehen. Jeder von ihnen hatte nur einmal geredet. Doch die Anspielung auf Maria Olegárias Flucht mit dem Pferdebändiger Honório beschleunigte die Entscheidung, das spürten alle. Als sich die geisterhafte Gestalt von dem Brotbaum ablöste und den Coronha-Hügel emporritt, wurden die Flinten geladen; Zeca Araújos Leute versuchten die Männer zu erspähen, die Chico der Bauer zur Verteidigung seiner Ländereien mobilisiert haben mußte.

Der Ritt hügelaufwärts dauerte lange; das Tier schüttelte die langen Ohren, und Chico der Bauer dachte gar nicht daran, es mit den Sporen zur Eile anzutreiben. Während die schleifenden Tritte des Maultiers die Zeit besser vermaßen als eine Taschenuhr, wurden die Gegner auf dem Hügel immer unschlüssiger, welche Haltung sie einnehmen sollten. Zeca Araújo selbst traute seinen Augen nicht und glaubte, der andere käme nur auf ihn zu, um sich über ihn lustig zu machen. Er gab seinen Leuten Befehl, ihm nicht zu folgen, und sprengte auf seinem Pferd hügelabwärts.

Nicht nur die Männer, die auf Gratidão im Versteck lagen, sondern auch die Männer, die den Coronha-Hügel besetzt hielten, sahen, wie die beiden Reiter einander begegneten, zwei Väter, die sich beleidigt fühlten, weil sich ihre Töchter in Mestizen, in Angehörige einer dienstbaren, nicht zum Geliebtwerden bestimmten Rasse verliebt hatten. Sie fühlten sich dadurch ins Unrecht gesetzt, verletzt, beschämt, verraten, verachtet – alle wußten, wie Zeca Araújo mit dem Sklaven Jerônimo und der armen Olivinha verfahren war, die in einem alten Fazendaschuppen dahinvegetierte, ohne die Sonne oder einen Menschen zu Gesicht zu bekommen und ihr Essen durch einen Türspalt zugeschoben bekam. Was Maria Olegária und ihren Pferdebändiger betraf, so hatten sie klugerweise getrachtet, sich außerhalb der Reichweite von Chico dem Bauern in Sicherheit zu bringen; er suchte eifrig und hartnäckig nach den Flüchtlingen und, wenn er sie gefaßt hätte, wäre nach allgemeiner Ansicht die Bestrafung kaum milder ausgefallen als bei Zeca Araújo – und ihre einzige Möglichkeit, ihren Schmerz zu erleichtern, bestand darin, einander die größere Schmach, die drückendere Demütigung zuzuschreiben. Wegen ihrer Ähnlichkeit im Unglück haßten sie sich. Ihr Leid zuzugeben hielten sie für ein Schwächezeichen; zu leiden, ohne sich dessen bewußt zu werden, regte sie auf, drängte sie, alles zu zerstören, was ihnen in die Quere kam. Bei den Worten des Führers von Várzea da Palma war beiden klargeworden, was sie einander ähnlich und für den Rest des Lebens zu Feinden machte.

Alle sahen, wie sie einander gegenüberstanden, und obwohl niemand ihre Worte hören konnte, war man überzeugt, daß sie miteinander redeten – freilich nicht, daß sie sich auch verstanden.

Viele Jahre später, als Zeca Araújo von der berühmten »Todesbande« ermordet worden war, die nur zu dem Zweck gegründet wurde, ihn auf dem schnellsten Wege ins Jenseits zu befördern, saß Chico der Bauer einmal auf einem Mehlsack in seinem Laden in Parada de Deus, strählte sich den dichten schwarzen Bart mit dem langen Daumennagel und sagte:

»Er war ein gemeiner Bandit – aber er war ein Mann von Ehre. In der Nacht auf dem Coronha-Hügel hielt er, während ich ihm entgegenritt, den Gewehrlauf auf mich gerichtet: er schoß mir keine Kugel in die Brust, weil er kein Feigling war. Als ich in seine Nähe kam und sagte, ich müßte ihn töten, weil er mich so weit gebracht hätte, sagte er leise: »Entschuldigung!« Da sagte ich, eine leise Entschuldigung nütze mir nichts, weil ich immer noch der Beleidigte bliebe. Da brüllte er laut: »Entschuldigung!« Und dann sagte er: »Ich bitte dich nicht aus Feigheit um Entschuldigung. Beweis dafür ist, daß ich dich töten konnte und es nicht getan habe. Aber du bist ein Mann von echtem Schrot und Korn. Und ich schätze mutige Männer.«

Nach diesen Worten straffte er die Zügel seines Pferdes und ritt mit seinen Männern davon. In Parada de Deus wurde kein Mädchen geraubt.

Ich habe geahnt, wie die Dinge kommen würden. In Friburgo hat Maria Corina zu mir gesagt: »Carmosina, wie ist es möglich, daß du von Anfang an alles gewußt hast?« Sie war bestürzt, und ich ahnte, daß etwas Niederträchtiges geschehen würde. Damals in Friburgo schlug mein Herz ebenso bedrückt wie jetzt. Als dieser Schuft von Einundsiebzig mit seinem Hundegesicht, bei dessen Anblick sich die Schüsseln im Schrank umdrehen, im Haus auftauchte, witterte ich gleich etwas und sagte zu meinem Täubchen: »Maria Corina, dieser Giftmischer von Einundsiebzig führt etwas gegen uns im Schilde.«

Ihr Gelächter klingt mir noch in den Ohren. Mein Täubchen wollte gerade mit den Kindern zu einem Spaziergang auf dem

Marktplatz ausgehen und hatte ein weinfarbenes Wollkleid angezogen. Maria Corina war so braun, daß sie wie eine Zigeunerin wirkte. Sie glaubte nicht an die Bosheit der anderen, weil sie selbst keine Bosheit in sich hatte. Maria Corina konnte Einundsiebzig nie leiden, weil sie weiß, er ist Oceanos böser Geist und setzt ihm in den Kopf, X lauere ihm auf der Straße auf, Y habe einen Zauberer in Macaé gegen ihn aufgeboten, und Siô Oceano glaubt das alles, als wäre er ein neugeborenes Kind. Ich wußte, daß der räudige Einundsiebzig Siô Oceano unwahre Gedanken gegen mein Täubchen in den Kopf setzen würde, sie kam diesem leprazerfressenen Hund zu sehr in die Quere! Ich kenne sogar den Tag, an dem der Schuft merkte, daß er dadurch – weil Siô Oceano immer eifersüchtig war auf seine Frau – auf seinen Herrn mehr Einfluß ausüben konnte. Der Unverschämte merkte das, ein Esel ist er schließlich nicht, und er benutzte diese Tür so eilig wie möglich, um in den Salon, den Vorratsschrank und die Küche von Oceanos Haus einzudringen.

Nie vergesse ich den Tag, an dem mein Täubchen mit ihm stritt und den Kapitän, den Gatten Dona Paulas, verteidigte, Einundsiebzig beschuldigte ihn, der Urheber des Hinterhalts zu sein, dem Oceano auf der Straße nach Santo Antônio do Pomba mit Mühe entgangen war.

Das war in der Nacht gewesen, Oceano fuhr in seinem Ford auf Santo Antônio zu, wo er nach der Revolution gegen den Willen des Volkes Präfekt geworden war – in seiner einjährigen Amtszeit war er jedoch noch nie beleidigt oder in Lebensgefahr gebracht worden. Pater José aus Santo Antônio und Pater Júlio aus Parada de Deus hatten einen Waffenstillstand zwischen Oceano de Moura und Antônio Carlos Leite de Freitas erreicht, dessen Haß auf Oceano durch die Abtrennung von Parada de Deus noch verstärkt worden war. Er konnte nicht verwinden, daß Oceano das Präfektenamt nur übernommen hatte, um die Selbständigkeit von Parada de Deus wirksamer erkämpfen zu können – das hatte Oceano selbst auf öffentlichem Platz bekannt, bei der Siegesversammlung der »Trennungs«-Bewegung.

So deutete alles darauf hin, daß die Schüsse, die Oceanos Autoverdeck durchlöchert hatten, auf Befehl von Antônio Carlos Leite de Freitas, dem politischen Führer von Santo Antônio do Pomba, abgefeuert worden waren. Da rückte auf einmal Einundsiebzig mit einer neuen Version des Attentats heraus, aus dem Oceano übrigens unverletzt hervorgegangen war.

– Ich habe alles mitangesehen: Siô Oceano saß ruhig am Kopfende des Tischs und schaute, wie er das an sich hat, in die Ferne, als ob die Leute in seiner Nähe nicht für ihn vorhanden wären. Einundsiebzig erklärte immer noch, in Santo Antônio wüßten es alle Leute, daß der Kapitän diesen Hinterhalt mit Dr. Antônio Carlos ausgemacht habe. Mein Täubchen hörte das mit an, aber an ihrem Gesichtsausdruck erkannte ich, daß sie nicht mehr lange an sich halten würde. Und es dauerte nicht lange, da kam Maria Corina dem armen Kapitän zu Hilfe, der in diese Geschichte hineingezogen wurde wie Pilatus ins Credo.

Gewiß, Maria Corina wurde schon immer gereizt, wenn ihr das kleine rundliche Affengesicht Einundsiebzigs über den Weg lief – seine grünen Augen ließen nichts Gutes vermuten! Anfänglich meinte sie noch, diese Antipathie würde durch sein körperliches Erscheinungsbild ausgelöst: er erinnerte an ein Seidenäffchen, Arme und Beine waren zu kurz für den großen Rumpf, die grünen Augen verdeckten sein Mestizentum; ein gepflegter langer Schnurrbart unterstrich das Katzenhafte seines Gesichtes. Im Lauf der Zeit begriff sie jedoch, daß dies nicht der wahre Grund ihrer Unduldsamkeit gegen ihn war. Sie sah ihn bei Oceano intrigieren und denunzieren und eine Rachelust schüren, und deshalb fand sie ihn immer unerträglicher, bis sie schließlich sah, wie er ohne jeden Grund den Kapitän beschuldigte, nur um Oceano einen Vorwand zu liefern, einen ihm verhaßten Menschen aus dem Wege zu räumen.

Ich wollte den Wortwechsel beenden, aber ehe ich noch dazu kam, schrie Maria Corina auf Einundsiebzig ein. Als er sie so wütend sah, krümmte er sich wie ein Kater zusammen, blickte sie aus den Augenwinkeln an und setzte ein gelbes Lächeln auf.

»Ich wußte gar nicht, daß Ihnen der Kapitän so nahestand«, sagte Einundsiebzig und heuchelte Verlegenheit; »wenn ich das geahnt hätte, wäre in Ihrer Gegenwart kein Wort über meine Lippen gekommen.«

»Es handelt sich nicht darum, ob mir der Kapitän nahesteht oder nicht«, protestierte Maria Corina entrüstet und wandte sich an Oceano, der starr auf die Wand schaute, als ginge ihn der Streit gar nichts an. »Es ist eine Frage der Gerechtigkeit – der Kapitän würde so etwas niemals tun. Vielleicht wäre er imstande, in einem Augenblick der Wut auf Oceano zu schießen, aber andere Leute dafür zu bezahlen – das nie. So handelt nur ein Feigling, und der Kapitän ist kein Feigling.«

In diesem Moment schien Oceano zu sich zu kommen: er wandte sich an Maria Corina und fragte sie auf seine bedächtige Weise, die es anderen Menschen nie erlaubt, zu erfahren, was in ihm vorgeht:

»Warum meinst du eigentlich, daß der Hauptmann kein Feigling ist, Maria Corina?«

Da sah ich, daß dieser räudige Hund sein Ziel erreicht hatte: ich begriff alles. Ich bin nur eine dumme Negerin, aber im Leben kenne ich mich aus. Nur aus diesem Grund hatte er die ganze Sache in Gegenwart meines Täubchens angepackt: sie sollte sich mit ihrem Mann überwerfen; er wußte, daß Maria Corina den Kapitän irgendwie verteidigen würde. Da griff ich in die Diskussion ein und behauptete, Heleninho weine in seinem Zimmer und habe nach der Mutter gerufen: es mußte doch irgend jemand mein Täubchen retten, denn je mehr sie sagte, desto mehr verstrickte sie sich in die Netze dieses räudigen Schuftes.

Gleich darauf verschwand der Kapitän aus Parada de Deus, Dona Paula behauptet, er sei geflüchtet, die Leute munkeln mancherlei, ich persönlich bin überzeugt, daß es Oceano gewesen ist, der den armen Kapitän verschwinden ließ. Er ist verschwunden wie ein vom Winde verwehtes Gespenst.

An jenem Nachmittag in Friburgo wolltest du Maria Corina noch warnen. Da tauchte Einundsiebzig auf. Sie wollte nicht glauben, daß er die ganze Reise nur unternommen hatte, um sie auf Oceanos Befehl zu überwachen.

»Dann hätte er sich doch niemals offen blicken lassen, Carmosina«, sagte sie zu dir und schob die Kinder aus dem Haus. »Wenn er nach mir spionieren sollte, mußte er versteckt hinter den Hausecken stehen und beobachten, was ich mir in Oceanos Abwesenheit an Niederträchtigkeiten zuschulden kommen ließ.«

»Wissen Sie denn, ob er nicht schon viele Tage hier auf der Lauer liegt und Sie bespitzelt, um anschließend nach Parada de Deus zurückzukehren und die schlimmsten Lügen über Sie zu verbreiten?« so sprach ich zu ihr, »sehen Sie denn nicht, daß Siô Oceano gerade das gern will: je mehr Gründe Einundsiebzig zusammenbringt, damit Siô Oceano auf Sie eifersüchtig werden kann, desto dankbarer wird er ihm sein, denn eben das will er ja: er möchte Grund haben, um auf Sie eifersüchtig sein zu können, verstehen Sie?«

»Carmosina, du bist so überklug«, erwiderte Maria Corina und lachte herzlich, »daß ich beinahe Angst vor dir bekomme. Also mein Mann ist wild eifersüchtig auf mich? Wie kommt es dann, daß ich davon noch nichts bemerkt habe? Oder kennst du etwa meinen Mann besser als ich selber?«

Nein, sie hat mir nie Glauben geschenkt, sie meinte, ich wäre eine zu dumme Negerin, um etwas verstehen zu können. Später – wir befanden uns bereits in Parada de Deus – als Oceano Steinchen an Maria Corinas Fenster warf, sagte mein Täubchen zu mir, während sie sich zum Hinuntergehen anschickte:

»Du hattest ganz recht, Carmosina: es tut mir nur leid, daß ich das jetzt erst merke, wo es schon zu spät ist.« Sie kämmte eben ihr schwarzes Haar, aber sie hielt bei diesen Worten inne und starrte nachdenklich zu Boden.

Da öffnete sich die Zimmertür, und Dona Paula trat ein: ihr halb geschlossenes Auge zitterte, ihr Mund hing schief und sie sagte: »Dort unten wartet Oceano auf dich, Maria Corina.« Da verlorst du jede Hoffnung, mit ihr gehen und über ihre Sicherheit wachen zu können.

Ich wollte mit Gewalt mitgehen, denn ich habe mein Täubchen nie allein gelassen, ausgenommen in der Nacht ihrer Flucht – es war eine böse Stunde, Gott weiß, daß ich die Wahrheit ausspreche –, auch jetzt gehe ich nur deshalb nicht zu Fuß nach Degrêdo, weil Dona Paula und Nhonhô mir weisgemacht haben, es wäre besser, die beiden allein zu lassen, dann könnten sie ihr Leben schneller ins reine bringen. Ich machte schon Miene, Maria Corina zu begleiten, da packte mich Dona Paula beim Arm und sagte, die beiden müßten jetzt eine Weile allein bleiben, um alle Mißverständnisse zu bereinigen. Ich befolgte Dona Paulas Rat und fand damals, daß sie im Recht war.

Aber bis heute weiß ich nicht, wie ich meinen Seelenfrieden wiederfinden soll: wenn ich daran denke, daß mein Täubchen bei diesem höllischen Schuft ist und niemanden bei sich hat, ist mir, als wolle mir das Herz aus dem Mund herausspringen. Dann fällt mir wieder die Nacht ein, als ich in ihr Schlafzimmer in Degrêdo kam und Titina in der Wiege lag und weinte und ich mir einbildete, Maria Corina wäre schon eingeschlummert – niemand ist so schwer aufzuwecken wie sie; ich öffnete sacht die Tür, die Lampe stand auf einer Ecke der Kommode, und was sehe ich zu meinem Schrecken (anfangs traute ich meinen Augen nicht): Siô Oceano saß auf dem Bettrand, hatte die Ellenbogen auf die Knie gestützt und schaute seine schlafende Frau an.

Am andern Tag sagte ich Maria Corina Bescheid:

»Vorsicht mit Siô Oceano«, sagtest du, »dieser Mann ist so närrisch, was ich gestern Nacht beobachtet habe, daß er nicht etwa schläft, sondern Sie bewacht.«

Sie lachte so sorglos wie immer. »Du bildest dir Schwachheiten ein, Carmosina, du wirst sehen, Oceano konnte nur keinen Schlaf finden. Das war der Grund.«

Ich verneinte das, ich machte es vor, mit welchem Augenausdruck er ihren Schlaf bewachte: wie ein Kater, der auf die erste Unbesonnenheit des Mäuschens wartet. Sie aber lachte mich aus, warf das Haar in den Nacken und sagte, ich schiene ihr langsam alt zu werden.

Mit seinen Erzählungen für Heleno schien Zé Inácio keine andere Absicht zu verfolgen, als sich wenigstens in den Augen seines unehelichen Sohnes reinzuwaschen, da er sich schon selbst nicht verzeihen konnte. Er fragte jedoch den Sohn nie, was er von dem Erzählten hielt, er brachte nie den Mut zu der Frage auf: »Und du, was meinst du dazu?« Nein, er redete und redete, als ob die bloße Tatsache, daß er diese Geschichten erzählte, ihm Befreiung verschaffte.

Zé Inácio sprach von seinem Vater und beschrieb die ganze Epoche, und dann und wann sagte er Heleno, er wolle später einmal ein Buch über Chico den Bauern schreiben, aber erleichtert wirkte er nur, wenn er die Geschichten auspackte, die ihn selber betrafen: andauernd sprach er von seiner ersten Frau Glorinha, der Tochter der Näherin Didila: zwar vergiftete der bewußte Verdacht ihr Leben, aber er war wohl auch verantwortlich für ihre Liebe; denn so viele Geliebte Zé Inácio auch haben mochte und obgleich er nach Glorinhas Heirat noch ein zweites Mal heiratete, er hatte doch nie eine andere Frau geliebt, nie aufgehört, seine erste Frau zu lieben. Dabei waren seine geschlechtlichen Beziehungen zu ihr gleichzeitig faszinierend und quälerisch: nie hatte er auf Glorinhas Leib gelegen, ohne daß ihm jener Verdacht zur Gewißheit wurde; und nicht nur dies stellte ihre Beziehungen immer wieder auf eine Zerreißprobe, er ahnte im gleichen Augenblick auch, daß Glorinha an nichts anderes dachte – und das erfüllte beide mit Scham. Als Zé Inácio noch in der Zeit ihrer Verbannung in Degrêdo anfing, nachts auszugehen und in Gesellschaft anderer Frauen seine Schuld abzutragen, sah man Glorinha zur gleichen Zeit an einem Fenster an der Vorderseite des Hauses sitzen: ihr helles Haar wallte aufgelöst über ihre Schultern, sie sang melancholische Lieder und gab bei diesem einsamen nächtlichen Gesang niemand Antwort. Der Mond färbte ihr zartes Gesicht milchweiß, und erst wenn Zé Inácio am Portal auftauchte und sein drosselfarbenes Pferd wieherte, brach sie ihren Gesang ab; sie schloß das Fenster erst, wenn ihr Mann die Türschwelle betreten hatte.

Nach der Geburt seines ersten Sohnes fing Zé Inácio an zu trinken. Er schützte Kopfschmerzen vor, die ihm die Stirn bedrückten und gar nicht weichen wollten. Die Geburt hatte nur bestätigt, was er immer gefürchtet hatte. Oft starrte er in panischer Angst auf ihren geschwollenen Bauch, die Leibeswölbung erschien ihm unnatürlich, er ahnte, daß da eine Strafe heraufzog für die Sünde, von der er nicht mit letzter Genauigkeit wußte, ob er sie begangen hatte. Zweimal hatte er sich an den Vater gewandt und ihm durch Tonho, seinen Vertrauenssklaven, die Bitte übermittelt, Chico der Bauer möge doch geruhen, ihm »eine Erklärung zu geben«. Zweimal war der Neger mit der gleichen Botschaft des Vaters zurückgekehrt:

»Siô Chico läßt sagen, er hat Ihnen nichts zu erklären; in Valença, auf der Fazenda von Hauptmann Gonçalves, ist alles Nötige erklärt worden«, so sagte der Neger und hielt die Augen demütig zu Boden geschlagen, während der Inhalt der Botschaft diese knechtische Stellung Lügen zu strafen schien. »Er läßt Ihnen ausrichten, Sie sollten ihn nur nach Dingen fragen, die sich auf die Arbeit beziehen. Nachrichten über Ihre Gesundheit sind überflüssig. Sie seien nur deshalb nicht tot für ihn, weil Siá Dina ein weiches Herz hat und sich wegen Ihnen das Herz aus dem Leibe weint.«

So gab er dem Vater auch keine Nachricht, als ein kleines, kränkliches Wesen auf die Welt kam; sein Kopf war für seinen übrigen Körper viel zu groß, und die Idiotie stand ihm ins Gesicht geschrieben. Sechs Jahre lang vegetierte das kleine Wesen dahin und verschwand dann in einem weißen Sarg. Als seine Schwester Maria Odila aus dem Kloster in Rio eintraf, um in Gratidão zu sterben, betrat er die Fazenda nicht; er wartete, bis der Leichnam auf der Straße vorüberkam und gab ihm bis zum Ort das Geleit, wo die Novizin in der Kapelle beigesetzt wurde.

Zwölf Jahre dauerte seine Verbannung von Gratidão: wenn er von einem religiösen Fest erfuhr, versteckte er sich im Gebüsch, um die Sänfte vorüberkommen zu sehen, auf der seine Mutter saß; an der Spitze des Zuges ritt Chico der Bauer auf seinem

Maultier mit den wiegenden Ohren; die goldenen Rosenkränze schimmerten an seinem Hals, der große Filzhut verdeckte seine Stirn, sein dichter scharzer Bart zeigte die ersten weißen Fäden, doch verriet seine gestraffte Miene noch immer den ehemaligen Milizsoldaten, der morgens die Hühner seines Hühnerhofes mit gellenden Hornrufen herbeirief. Oft hatte dieser Ruf Zé Inácio in die Nähe von Gratidão gelockt; der ferne Hornklang erinnerte ihn magisch an seine Kinderzeit.

Nur etwas verweigerte der Vater ihm nicht: Geld. Wenn er durch Tonho Hilfe erbat, kam die Summe stets höher als erbeten; dank dieser väterlichen Großzügigkeit gewöhnte er sich daran, mindestens zweimal im Jahr nach Rio de Janeiro zu fahren. Dort pflegte er die Etablissements der berühmten »Bärtigen« aufzusuchen, einer Mulattin mit dickem Schnurrbart, deren Mädchen ihn mit ihrer Liebeskunst in Erstaunen setzten. Hernach wühlte er in den Buchhandlungen oder genoß ganz einfach den Blick aufs Meer auf dem Pharoux-Kai. Diese Reisen entrissen Zé Inácio seiner beklemmenden Angst; überhaupt verabscheute er es, in der Gegend leben zu müssen, von der doch sein Unterhalt abhing: während er auf der langen Heimfahrt nach Degrêdo von der Postkutsche durchgeschüttelt wurde, kamen die Gewissensbisse zurück, er dachte wieder an Glorinha, die manchmal zwei bis drei Monate in Gesellschaft der Sklaven im Herrenhaus von Degrêdo zurückblieb und sich mit niemandem aussprechen konnte.

Zé Inácio fand seine Frau jedesmal welker vor, mit tieferen Augenringen; doch aus ihrem Munde kam kein Wort des Protestes oder der Klage. Sie schien sich der Sünde bewußt zu sein, die sie mit dieser Heirat auf sich geladen hatte; deshalb erduldete sie alle Leiden, die aus dieser Verbindung erwuchsen, mit anhaltender Resignation.

Obwohl beide nie über die Angelegenheit sprachen, hatten sie doch bei der Geburt des ersten Kindes den gleichen Gedanken: das Kind war noch nicht gewaschen worden, da trat Zé Inácio nach mehr als vierundzwanzigstündiger Angst ins Zimmer seiner Frau. Nur eine neugierige alte Sklavin wohnte der komplizierten

Geburt bei, und ihr maß Zé Inácio lange die Schuld an dem Wasserkopf seines Kindes bei. Es mußten erst andere auf die Welt kommen, damit er begriff, daß die Schuld bei Glorinhas und seinem Blut lag. Wenn die Kinder nicht geradezu anormal waren, so litten sie doch an Rachitis und vielerlei Krankheiten. Als Glorinha in jenem Augenblick leichenblaß im Bett lag, die Augen aufschlug und seine Gegenwart wahrnahm, sprach dieser Blick ihrer beider Gedanken und Befürchtungen aus. Zé Inácio ging langsam neben seiner Frau in die Knie und küßte schweigend ihre Hand; keiner von ihnen wollte die Tränen in den Augen des anderen sehen.

»Der Pate hat es wohl geahnt«, murmelte Glorinha kaum hörbar, »aber ich hätte nie gedacht...«

»Still, sprich nicht, du bist noch zu schwach«, bat Zé Inácio; er wollte nicht hören, was seine Frau dachte, er fürchtete, daß sie es deutlich aussprechen könnte.

»Und wenn?« fragte sie, ohne Mut, den Satz zu Ende zu führen.

»Still, sei jetzt ruhig, sei ruhig!«

Von dieser Stunde an kam das Weinglas nicht mehr aus seiner Hand, er besuchte nur noch selten die Arbeiter auf den Feldern; er teilte sein Leben zwischen den Büchern, mit deren Lektüre er den ganzen Tag zubrachte, und nächtlichen Eskapaden. Dann verschwand er auf den Wegen: er ritt auf seinem Rotfuchs, begleitet von Wolkenbrecher, dem Hund, der lange seinem Vater gehört und bei Zé Inácios Abreise nach Degrêdo zwischen der Freundschaft des Vaters und des Sohnes gewählt hatte, indem er dem Sohn den Vorzug gab. Die Sklaven tuschelten, Wolkenbrecher sei eine Seele, die sich in einem Hund verkörpert habe, weil er seinen Herrn so gut verstand wie ein Mensch. Wenn Zé Inácio bei seinen Eroberungen in fremdes Gebiet eindrang, kläffte der Hund nicht, damit sie unbemerkt blieben; er ertrug sogar stillschweigend den Biß eines anderen Hundes, damit sein Herr nicht kompromittiert wurde. Ging das Liebesabenteuer auf den Weiden vonstatten, so hielt Wolkenbrecher Wache und verständigte

Zé Inácio, falls jemand in die Nähe kam. Als der Mann der Mestizin Manoelina, ein Vorarbeiter auf der Fazenda Santa Bárbara, die den Rodrigues Arzão gehörte, ihm im Gebirge von Caldeirão einen Hinterhalt legte, kam Zé Inácio nur dank Wolkenbrecher mit dem Leben davon. Der Hund erschnüffelte die Drohung in der Luft. Er umstrich den Platz, an dem sich der Vorarbeiter Tião versteckt hatte, um Zé Inácio zu überraschen, sprang ihn plötzlich an und biß ihm ins Handgelenk, so daß er den Gewehrabzug nicht mehr betätigen konnte.

Der Hund war sein einziger Gefährte und folgte ihm auf den entlegensten Wegen. Manchmal kamen sie am frühen Morgen durch das wilde Caldeirão-Gebirge, das Parada de Deus von Santo Antônio do Pomba trennt. In solchen Stunden vertraute er mehr auf den Hund, der dicht hinter dem Pferd lief, als auf die Waffe an seinem Gürtel. Er war kein schießfreudiger Mann wie sein Vater, der zwar niemanden herausforderte, aber auch vor niemandem die Flucht ergriff. Zé Inácio konnte die Roheit und Primitivität dieser Auseinandersetzungen nicht ertragen. Er wäre lieber gestorben, als daß er getötet hätte. Wenn Wolkenbrecher nicht gewesen wäre, hätte er seinem Vater nicht nur bei dem Hinterhalt des Vorarbeiters Tião, sondern auch bei seinem Streit mit Clemente Caetano de Melo unter den Steinfliesen der Kirche von Parada de Deus Gesellschaft geleistet. Zum Glück entstand die Feindschaft erst nach dem Tod Chicos des Bauern und des Feldwebels José Caetano de Melo, Clementes Vater. Chico der Bauer war dem Feldwebel von Herzen dankbar, weil er durch seine Vermittlung die Gerechtsame für seine Ländereien bekommen hatte. Zé Inácios Langmut gegen Clemente hatte ihren Grund nicht nur in der Achtung für die Freundschaft ihrer beiden Väter, sondern auch in der Tatsache, daß er bei Ehrenmännern keine Straßenräubermethoden gelten ließ.

Die Zeit der Sklaverei neigte sich dem Ende zu. Die Nachrichten, die aus der Hauptstadt eintrafen, meldeten, daß die Befreiung der Sklaven unmittelbar bevorstünde. Die Auseinandersetzungen im Parlament wurden immer erbitterter; die Vorkämpfer der

Befreiung verstärkten ihre Pressekampagne und setzten damit vor allem die Fazendeiros in Schrecken, die ohne die Sklavenarbeit nicht ihre Felder bestellen konnten. Zé Inácio wußte, daß seine Nachbarn das Kriegsbeil ausgegraben hatten; schon zweimal waren sie auf der Fazenda Bela Vista zusammengetroffen, die dem Patriarchen der Gegend gehörte: nach dem Tod Chicos des Bauern und des Feldwebels Zé Caetano war das der alte Artur Procópio Monteiro. Sie sannen auf Mittel, um das Gesetz umgehen zu können, falls die Sklaverei abgeschafft werden sollte. An der ersten dieser Versammlungen hatte auch Zé Inácio teilgenommen und war von Anfang an mit den anderen Fazendeiros in Streit geraten. Sie waren der Ansicht, man müsse zur Peitsche greifen und ein eisernes Regiment der Strenge über die Neger führen, »damit sie sich keine Flausen in den Kopf setzten bei diesen Rauchwolken von Freiheitsgerede, die ein halbes Dutzend verantwortungsloser Elemente in Brasilien in die Luft puffte«.

Es waren versammelt: die Familien Caetano de Melo, Rodrigues Arzão, Procópio Monteiro, Gonçalves Ribeiro und Moura Alves, die letzteren von Zé Inácio vertreten. Sie saßen im großen Kreis auf der großen, geländerumzogenen Veranda der Fazenda. Ihre Ankunft war von Sporengeklirr angezeigt worden; sie trugen trotz der Hitze dunkle Anzüge. Bei Zé Inácios Ankunft ging ein Gemurmel durch das ganze Haus, es schwirrten Gerüchte über seine Inzestliebe zur Stiefschwester und seine zahlreichen nächtlichen Liebschaften, als ob er die mit seiner Frau begangene Sünde in den Armen anderer Frauen vergessen wollte, schließlich auch über die aufsehenerregende Heirat mit Iaiá de Melo, die den Widerstand der ganzen Familie herausgefordert hatte. Mittlerweile waren die Melos zu erbitterten Feinden der Moura Alves geworden, weil eine Anzahl Sklaven von der Fazenda Domingos Alfonso nach Gratidão geflüchtet und dort angegeben hatten, sie wollten die Mißhandlungen durch die Besitzer von Domingos Alfonso nicht länger ertragen. So waren die Augen, die hinter den Rolläden nach Zé Inácio Ausschau hielten, begierig, mehr Einzelheiten aus dem Leben dieses Mannes zu erfahren, der eher wie ein Dichter als wie ein Fazendeiro aussah mit seinem schwarzen Lockenhaar, den fein geschnittenen Zügen, dem zarten Mund und dem spärlichen parfümierten Bart. So groß war das Interesse der Neugierigen hinter den Rolläden, daß sie darüber die ganze Versammlung vergaßen, die zumindest das Verdienst gehabt hatte, uralte Feindschaften beizulegen, weil über allen Versammelten die Drohung der Sklavenbefreiung schwebte.

Nur ein Mann schien diese Drohung nicht zu fürchten, nur einer blieb so völlig ruhig, als ob die Sklavenbefreiung auf dem Mond oder in China erfolgen sollte und nicht in Brasilien. Als der alte Artur Procópio Monteiro darauf zu sprechen kam, gab er dem Unbehagen der versammelten Nachbarn Ausdruck, die nur allzu gut wußten, daß sich Zé Inácio in einer schlimmeren finanziellen Lage befand als jeder von ihnen; denn seit Chicos des Bauern Tod war die Produktion auf Gratidão und den übrigen Fazendas zurückgegangen; sie waren verantwortungslosen Pächtern und trägen Sklaven ausgeliefert, ohne daß sich ihr Besitzer um die Überwachung der Saaten und Plantagen kümmerte.

»Sie scheint das alles nichts anzugehen«, sagte der alte Procópio Monteiro und fingerte an seinem Spazierstock, während seine kleinen glanzlosen Augen mit strenger Aufmerksamkeit an Zé Inácio hingen, »wer Sie anschaut, kann auf den Gedanken kommen, daß die Sklavenbefreiung ein großes Geschäft für Sie werden wird. Warum ist das so?«

Nicht zum ersten Mal spürte Zé Inácio deutlich – er spürte es im Inneren, ob man ihn nun feindselig behandelte oder nicht: er war anders als sie alle, die dort neben ihm saßen, wortkarge Leute, die nur mit Mühe einen Satz zu Ende bringen konnten. Wenn er sie sich anschaute, mußte er an Cicero, Seneca oder Titus Livius denken, die er so gut gelesen hatte, und er kam zu dem Schluß, daß es pure Zeitverschwendung war, diesem Haufen von Halb- und Ganzanalphabeten zuzuhören. Immer war er ein Außenseiter gewesen. Nicht nur sie hatten ihn ausgeschlossen, auch sein eigener Vater nahm sich nie die Mühe, seine Skrupel, seine Scheu, seinen Ehrenkodex, seine Gefühle zu verstehen. Ihn stieß diese grobe Primitivität ab. Wenn er sie ansah, kam ihm Chico der Bauer in den Sinn, wie er mit blutroten Lippen und tiefschwarzem, fetttriefendem Bart Stierhoden, sein Leibgericht, verschlang. Von Kindheit an mißfiel ihm das alles, auch wenn er sich nur bei Maria Olegária darüber aussprechen konnte; der Anblick seines Vaters, der die Jungstiere, die das Brandzeichen erhalten sollten, am Nacken zu Boden riß, war ihm widerlich; er dankte seinem Schöpfer dafür, daß ihm das Priesterseminar die brutale Lehrzeit erspart hatte, die ihm der Vater schon in früher Kindheit in Aussicht stellte. Er machte diese Umwelt für die ganze Nutzlosigkeit seines Lebens verantwortlich: immer war er unangepaßt geblieben, er war mit diesen Männern zusammengetroffen wie ein Mensch, der sich in einer großen Menge verirrt hat. Jetzt bemühte er sich nicht mehr darum, sie zu verstehen oder von ihnen verstanden zu werden. Je mehr sie sich bemühten, die Umwelt zu verhäßlichen, desto lieber entschlüpfte er ihnen mit Hilfe seiner Bücher, dem Bild des Meeres und seinen Träumereien. Als er zum zweiten Mal Witwer geworden war, verbrachte er seine Zeit nur noch trinkend und lesend, eingeschlossen in seinem Büro in Gratidão oder in dem Hotel »Mutter Joana« in Parada de Deus, im Gespräch mit dem Spanier Pontuondo, der zwei Jahre in Madrid verbracht hatte. Hier unter diesen Männern, deren tiefste Gedanken der Frage galten, ob es regnen würde oder nicht, wie hoch die Kopfzahl des Viehs war, das jeder von ihnen besaß, oder die Zahl der einstweiligen noch in den Negerhütten eingesperrten Sklaven, fühlte er sich in der Diskussion wie ein Ausländer, als ob sie nicht die gleiche Sprache sprächen wie er.

Als er anfing, die Frage des alten Procópio Monteira zu beantworten, ahnte er noch nicht, daß er das alles aussprechen würde. Was er zu sagen hatte, wurde ihm erst in dem Maße klar, in dem er seine eigenen Worte hörte. Auf dieser Versammlung auf der Fazenda Bela Vista entdeckte Zé Inácio sogar, daß er seinen eigenen Standpunkt besaß und worin dieser Standpunkt bestand. Seine Worte ließen den Unterschied zwischen den Caetano de

Melo und ihm nur noch deutlicher hervortreten, die seit jenem Morgen seine Feinde geworden waren, als Tonho bestürzt an sein Fenster klopfte und ihm mitteilte, die Sklaven von Siô Clemente, von der Fazenda »des verstorbenen Domingos Afonso«, wären in den Negerhütten von Gratidão angelangt und bäten den weißen Herrn, er möchte so gnädig sein, sie zu kaufen und nicht zugeben, daß sie wieder auf der Fazenda »des Verstorbenen« mißhandelt würden.

Zé Inácio hatte sie persönlich in den Negerhütten in Augenschein genommen: er fand schmutzige, verstörte Gestalten vor, deren Haut von Narben zerrissen war, deren Lumpen kaum ihren Körper bedeckten. Sie waren so voller Angst wegen der Kühnheit ihrer Flucht, daß Zé Inácio große Mühe hatte, die Gründe für diese Flucht aus ihnen herauszubekommen: einige Stücke Vieh waren verschwunden, und das hatte einen der schrecklichen Wutanfälle von Siô Clemente ausgelöst. Er hatte ihnen gedroht, sie vierundzwanzig Stunden ohne Essen und Trinken ins Gefängnis zu stecken, falls das Vieh nicht wiedergefunden würde.

Während Zé Inácio den stammelnden Sklaven zuhörte, fiel ihm ein, daß ihm die Caetano de Melo bis heute nicht den Raub seiner zweiten Frau Iaiá de Melo, Clementes Tochter, verziehen hatten. Sie hatten ihn nur deshalb nicht umgebracht, weil der alte Wolkenbrecher wachsam genug gewesen war, Clementes Gebärde zu bemerken, der eben die Hand zum Revolver führen wollte: der Hund hatte Clemente angesprungen und zu Boden gerissen, so daß die übrigen Familienmitglieder Zeit bekamen, das Familienoberhaupt festzuhalten. Als Zé Inácio auf ihn zutrat, um sich zu verabschieden, spuckte ihm der von den übrigen festgehaltene Clemente ins Gesicht: Zé Inácio war einen Moment lang unschlüssig, wie er sich verhalten sollte, dann verstand er die Gründe für den Zorn des anderen, sie gehörten zu den unnützen Formalitäten, nach denen eine Umwelt verfuhr, an der er nie Anteil genommen hatte.

Als Zé Inácio erlaubte, daß die Sklaven in den Negerhütten

von Gratidão bleiben durften, wußte er, was ihn von seiten der Caetano de Melo erwartete. Unter diesem Vorwand würden sie sich, wie dies Clemente schon lange wünschte, für Zé Inácios Heirat mit Iaiá rächen können. Diese Lieblingstochter Clementes war eben dreizehn geworden, als Zé Inácio sie bei einem Bohnenessen kennenlernte. Trotz des gewaltigen Altersunterschiedes begann eine Liebelei: Zé Inácio war sechsundvierzig Jahre alt, als er sich mit der Leidenschaft und der Ritterlichkeit eines Jünglings in dieses Abenteuer einließ, Mauern überstieg und am Flußufer ausglitschte, nur um einen flüchtigen Kuß oder einen eiligen Händedruck zu erhaschen. Da jedoch die Heirat zwischen älteren Leuten und halb erwachsenen Mädchen durchaus üblich war, kam Zé Inácio gar nicht auf den Gedanken, daß ihm Clemente unter diesem Vorwand die Hand seiner Tochter verweigern würde, als er im Frack, mit Spazierstock, dem Besitzer der Fazenda Domingos Afonso seinen protokollarischen Besuch abstattete und um Iaiás Hand bat.

Durch den alten Pater Cesário hatte er Clemente Caetano de Melo den Zweck dieses Besuches einen Tag vorher mitteilen lassen. So sehr sich auch Pater Cesário abmühte, Clementes Reaktion in Erfahrung zu bringen, blieb der Sohn des Feldwebels bei seinen ausweichenden Antworten und sagte, er wolle darüber mit dem Besitzer von Gratidão persönlich sprechen.

Am folgenden Abend sprang Zé Inácio kurz vor dem Portal, das zum Kaffeelager der Fazenda führte, vom Pferd und zog sich den Frack an, den ein Sklave sorgfältig auf dem Arm getragen hatte, damit er nicht zerknittern sollte. Zé Inácio erblickte das Herrenhaus in vollem Lichterschmuck, als solle ein Fest gefeiert werden: auf der Veranda erwartete ihn Clemente im schwarzen Anzug, die Hände auf dem Rücken verschränkt, mit der entschlossenen Miene eines Generals, der sich stark genug fühlt, keinen Waffenstillstand abzuschließen. Zé Inácio begriff nicht recht die festliche Atmosphäre im Herrenhaus von Domingos Afonso, als sei der Grund für diesen Jubel der ganzen Familie, daß er, ein Moura Alves, um Iaiás Hand anhielt, während sich Clemente in Wirklichkeit schon bei den ersten Worten über die Angelegenheit beleidigt zeigte, daß er, ein »Alter« von sechsundvierzig Jahren, um die Hand eines Mädchens anhielt, das eben dreizehn geworden war. Als wolle Clemente das runde und lautstarke »Nein« feiern, mit dem er Zé Inácios Bitte beantwortete, hatte er das gesamte Silbergeschirr des Hauses zur Schau stellen lassen; es schimmerte im Licht der Lampen und Kandelaber. Die Caetano de Melo hatten sich im Salon versammelt, die Frauen mit ausgeschnittenen Kleidern, die Herren im schwarzen Anzug, wie Clemente, und feierten diese Absage, als ob sie für alle einen Anlaß zum Stolz darstelle. Das hatte Zé Inácio nie begriffen, und vielleicht spornte ihn eben dies an, hartnäckig auf dem Besitz der kleinen Iaiá zu bestehen, die er im Grunde nie geliebt hatte; er fand nur ein gewisses Gefallen an ihren schwarzen, leuchtenden Augen und ihrem schlanken bräunlichen Körper, der so gewunden war wie der Leib einer kleinen Kobra. Sie hingegen liebte ihn und bewies das am Tag nach der Weigerung ihres Vaters, indem sie zu Pferd nach Gratidão floh (die Fazendas lagen nahe beieinander) und Zé Inácio abermals versicherte, sie würde, sobald er wolle, flüchten, um in seiner Gesellschaft zu leben.

Bei seiner Rückkehr aus Domingos Afonso hatte er die ganze Episode bereits mit einer gewissen Erleichterung als erledigt betrachtet und selber geglaubt, die Heirat wäre töricht, weil der Altersunterschied zwischen ihm und Iaiá so groß war. Im Grunde war ihm klar, daß er das Mädchen gar nicht liebte, und Clementes Weigerung schien ihm ein Wink des Himmels zu sein, der ihn vor einem neuen Irrtum bewahren sollte. Er wußte, Glorinha war seine einzige Liebe gewesen. Sie hatte er unglücklich gemacht und keinen Frieden bei ihr gefunden. Das drängte ihn, in die Welt zu reisen und seine eigene Identität zu vergessen – er unterließ es nur mit Rücksicht auf Siá Dina, seine recht betagte Mutter, und seine Schwestern Tudinha, Dorotéia und Hermengarda, die unter Chicos des Bauern eiserner Fuchtel aufgewachsen waren und sich ohne einen Mann, der ihre Schritte lenkte, nicht zu behelfen wußten – er hatte Lust, ins Meer einzutauchen und nie wieder an die Oberfläche zu kommen, weil jener Verdacht in seinem Geist eine unendliche Wendeltreppe bildete, deren Stufen, so hoch er auch klimmen konnte, kein Ende nehmen würden. Chico der Bauer hatte ihm als rechtschaffene Strafe diese Ungewißheit hinterlassen, die im Sonnenlicht Ungewißheit blieb, im Dunkel der Nacht aber zum Verhängnis wurde – jawohl, Glorinha war seine Halbschwester, und es war seine Schuld, wenn ihre Kinder krank, gebrechlich und geistesgestört waren, denn im Innersten kannte er immer den Grund, weshalb sich der Vater seiner Heirat widersetzt hatte.

Iaiá selber, das Mädchen Iaiá, dessen heftige Liebe ihm ein beinahe väterlich herablassendes Lächeln entlockte, bestärkte in ihm den unklaren Wunsch, die lächerliche Familienversammlung der Caetano de Melo auf seine Weise zu beantworten. Alles deutete darauf hin, daß sie sich nur versammelt hatten, um Clementes »Nein« auf Zé Inácios Heiratsantrag mitanzuhören. Vor allem deswegen kam die Heirat doch noch zustande, und ihr Komplize war Pater Cesário, Chicos des Bauern alter Freund, der erste Pfarrer der Kirche von Parada de Deus.

Ja, unsere Beziehungen hatten sich nach dem kirchlichen Wohltätigkeitsfest ziemlich abgekühlt: ich habe nie begreifen können, daß Maria Corina bei der Tanzversteigerung diesem Unverschämten den Gefallen getan hat.

Ganz Parada de Deus stand gegen uns, als die Leute von der geplanten Tanzversteigerung hörten. Manche Mütter wollten ihre Töchter gar nicht mehr an dem Fest teilnehmen lassen, das doch Pater Júlios karitative Werke fördern sollte. Da gingen Maria Corina und ich, als Frau des politischen Führers und Frau des Stadtrichters, von Haus zu Haus, baten jeden einzelnen um Mithilfe und erklärten den Sinn des Balls. Da die Einkünfte der Kirchengemeinde zuflossen, war jeder böse Verdacht ausgeschlossen.

Pater Júlio mußte bei der Sonntagsmesse in seiner Predigt über den Plan reden und die gute Absicht verteidigen, damit unser Fest nicht scheiterte.

Ich meine aber, wir waren verpflichtet, auf der Hut zu sein und das Prestige des Balls zu verteidigen, so als tanzten dort unsere eigenen Töchter im Clubsalon. Diese Verpflichtung hatten wir beide – Maria Corina und ich – gegenüber den Müttern, die nur aus Rücksicht auf uns erlaubt hatten, daß ihre Töchter den Ball besuchten.

Aber vom Beginn des Balls an lag etwas Überraschendes in der Luft; alles deutete darauf hin, daß dieser Ball denkwürdig bleiben würde. Maria Corina war sehr ausgelassen, aber ich ahnte nicht im Traum, daß sie tun würde, was sie getan hat. Ich weiß nicht, wie sie es wagen kann, sich bei ihrem Mann etwas Derartiges herauszunehmen, ich habe mich nie in Oceano getäuscht – er war immer übertrieben eifersüchtig auf Maria Corina. Stolz wie er ist, läßt er sich diese Eifersucht nicht anmerken. Maria Corina hat mir einmal gesagt, Carmosina sei genau der gleichen Meinung wie ich: nun wohl, wenn es so auffallend war, weiß ich nicht, wo Maria Corina ihren Kopf hatte, daß ihr selber nie etwas auffiel.

Da fällt mir eine Begebenheit aus ihrer ersten Ehezeit ein (ich war noch unverheiratet und hatte Siqueira noch gar nicht kennengelernt); Maria Corina kam von der Fazenda in die Stadt und wollte den Tag in Parada de Deus zubringen, in Dona Paulas Haus: ein eigenes Stadthaus besaßen sie noch nicht, und Nhonhô hatte noch kein normales Verhältnis zu seinem Schwiegersohn gefunden. Kurzum, sie quartierten sich in Dona Paulas Haus ein, und gleich lief Maria Corina zu ihren Eltern, um sie zu begrüßen, und dann kam sie auch zu mir. Wir schlossen uns in meinem Zimmer ein, schwätzten miteinander und vergaßen die Zeit: wenn zwei törichte junge Mädchen anfangen, von der Liebe zu sprechen, vergessen sie Zeit und Raum.

Bei dieser Gelegenheit erzählte mir Maria Corina etwas von Oceanos Absonderlichkeiten, aber sie erzählte es lachend, denn Maria Corina hat nie etwas ernst genommen, weder ihre eigene Ehe noch ihre Kinder. Für sie zählte nur Genuß, Amüsement,

Eitelkeit und Luxus: in dieser Hinsicht tut mir Oceano leid; was er auch sonst für einen Charakter haben mag, er ist ein wichtiger Mann und ein bekannter Politiker; er hätte eine Gefährtin verdient, die sich mehr für die Karriere ihres Mannes einsetzen würde; statt dessen hat er eine leichtsinnige, frivole Person neben sich, ein Wirrköpfchen. Vielleicht handelt sie gar nicht in böser Absicht, vielleicht handelt es sich eher um eine Veranlagung, aber nach meiner Meinung ist Maria Corina nie eine gute Gattin gewesen: ich halte sie nicht einmal für eine gute Mutter. Immer ließ sie ihre Kinder in Carmosinas Obhut: wie oft ist sie aus dem Hause gegangen und hat ihren Sohn fiebernd in den Händen der Negerin zurückgelassen. Ich machte mir Sorgen und riet Maria Corina, wir sollten umkehren, um nach dem Kind zu schauen. Glauben Sie, daß sie manchmal nicht einmal wußte, von welchem ihrer Kinder ich überhaupt redete?

Wie leichtsinnig Maria Corina ist, begriff ich erst auf dem erwähnten Wohltätigkeitsfest, das jetzt schon ein paar Jahre zurückliegt: da spielte sie mir einen Streich, der mir völlig die Sprache verschlug. Sie diskutierte mit dem unverschämten Handelsreisenden, der 500 Cruzeiros zahlen wollte, falls Maria Corina einmal mit ihm tanzen würde.

Der Mann war keinesfalls in irgendeiner Hinsicht auffallend, es sei denn in seiner Hartnäckigkeit, die du schon als beleidigend empfandest; hartnäckig hielt er sich an deiner Seite, schaute die übrigen Mädchen gar nicht an, sondern käute nur immer, leise, daß nur du ihn hören konntest, den gleichen Satz wieder:

»Ich biete 500 Cruzeiros, um mit der Frau von Hauptmann Oceano tanzen zu können. Ich biete 500 Cruzeiros.«

Das erste Mal, als ich das hörte, sah ich ihn mir an – er war mir unbekannt – und sagte:

»Hauptmann Oceanos Frau tanzt natürlich nur mit Hauptmann Oceano«, so sagtest du. »Aber es fehlt hier nicht an hübschen Mädchen: wählen Sie sich eine aus, bezahlen Sie das Billett zugunsten des kirchlichen Hilfswerks, und Sie können tanzen.«

Darauf gab er, glaube ich, keine Antwort; ich gab ihm diese

Antwort und vergaß im gleichen Augenblick, daß er neben mir stand. Maria Corina und ich verkauften die Billetts, die Anrecht auf die Kontertänze gaben; infolgedessen hatten wir alle Hände voll zu tun.

Das Orchester – aus Campos verpflichtet – hatte mit einem Foxtrott begonnen und es herrschte die übliche Verlegenheit der ersten Ballminuten. Die Mädchen waren mit gesenkten Köpfen erschienen, geführt von ihren Müttern, denen deutlich anzumerken war, daß sie sich nur dort befanden, weil sie dem Pfarrer, der Frau des Richters und vor allem der Frau des gefürchteten politischen Führers von Parada de Deus nichts abschlagen konnten. Es braucht wohl nicht eigens erwähnt zu werden, daß die Töchter der Familien, die eine schüchterne Opposition gegen Oceano bildeten, nicht auf dem Fest erschienen; sie spazierten auf der anderen Seite der Syrer-Straße vorbei, die dem Club gegenüberlag, und verwünschten gewiß die Barrieren der Politik, die sie daran hinderten, ebenfalls an diesem neuartigen Ball teilzunehmen: die Salonleuchter waren mit blauem Krepp verkleidet, als hinge Sündiges in der Luft, und außerdem konnten die Verliebten ihren Mädchen beweisen, wie sehr sie sie schätzten, indem sie sich beim Kauf der Billetts in Unkosten stürzten.

Es war ein voller Erfolg, oder besser gesagt, es hätte ein voller Erfolg sein können, wenn dieser Vertreter (dessen Namen ich bis heute nicht weiß) nicht auf seiner Absicht beharrt hätte: Maria Corina war immer eine stattliche Erscheinung, sie war sogar hübsch: aber ich kann versichern, dort auf dem Ball gab es mindestens zehn jüngere und hübschere Tänzerinnen als sie. Warum also bestand dieser Mann auf der einzigen Frau, die nicht mit ihm tanzen konnte?

(Wenn ich diesen Tanz angenommen hätte, wäre ich von Siqueira ausgeschimpft worden, aber ich wäre nicht in Gefahr gekommen und der Vertreter ebensowenig: bei Oceano mußte geschehen, was geschehen ist; niemand konnte etwas anderes erwarten.)

Als ich ihn also seinen Satz wiederholen hörte, drehte ich mich gar nicht erst um wie beim ersten Mal, ich erwiderte nur ganz trocken:

»Ich habe Ihnen schon einmal gesagt, Hauptmann Oceanos Frau ist nicht hier, um mit irgend jemandem zu tanzen. Bitte bestehen Sie nicht darauf!«

»Tausend Cruzeiros!« stieß er leise zwischen seinen Zähnen hervor, daß nur du es hören konntest. »Ich biete tausend Cruzeiros, um mit Hauptmann Oceanos Frau tanzen zu können.«

In diesem Augenblick war ich schon einigermaßen gereizt wegen seiner Zudringlichkeit. Als ob es ums Geld gegangen wäre!

»Eintausend Cruzeiros, um mit Hauptmann Oceanos Frau tanzen zu können«, wiederholte er und schien nicht zu begreifen, daß du ihm entrüstete Blicke zuwarfst.

Ich weiß nicht mehr, was ich zu dem zudringlichen Menschen gesagt habe, ich weiß nur, daß ich gegen meinen Willen die Beherrschung verlor, laut redete und schon willens war, einen der Clubdirektoren zu holen, um den Mann an die Luft setzen zu lassen: da erschien auf einmal Maria Corina, die auf der anderen Seite des Saals mit dem Kartenverkauf beschäftigt gewesen war. Sie kam strahlend auf uns zu, in ihrem wiegenden Schritt, den ich ihr immer zum Vorwurf gemacht habe, und fragte, was denn vor sich ginge.

Von dem Moment an, in dem Maria Corina näherkam, sagte der Vertreter kein Wort mehr, er starrte sie nur noch an, als ob er dazu berechtigt wäre, ohne sich um das zu kümmern, was du ihm über Maria Corina gesagt hattest.

Ein Mann weiß immer, mit wem er es zu tun hat: der Vertreter spürte, daß Maria Corina ihm keinen Korb geben würde, im Gegenteil. Daher hielt er den Mund und war nicht eine Spur überrascht, als Maria Corina sich, nachdem sie mir zugehört hatte, zu ihm wandte und sagte:

»Wo sind die tausend Cruzeiros?«

Er hielt ihr ernsthaft und wortlos die beiden Geldscheine hin und konnte seinen Blick nicht von ihren Augen losreißen: man sah nun auch, daß er gut gewachsen war, er hatte grüne, romantische Augen mit tiefen Ringen. Wie auf Verabredung legte das Orchester eine kurze Pause ein; so konnten alle Maria Corinas lachend ausgesprochenen Satz vernehmen:

»Abgemacht, noch tausend weitere Cruzeiros für Pater Júlios Kirchenkasse.«

Ich brauchte gar nicht mehr hinzuschauen; ich wußte, beide würden eng aneinandergeschmiegt tanzen. Da schämte ich mich wegen des Balls, als ob das ganze Fest für mich geschändet worden wäre. Mehr noch: mit Schrecken dachte ich daran, was für Folgen Maria Corinas Handlungsweise haben würde; ich konnte mir nicht vorstellen, daß Oceano eine solche Kränkung unbeantwortet lassen würde. Instinktiv schaute ich auf die Ausgangstür, gerade rechtzeitig, um Indinho in ihr auftauchen zu sehen; er lachte nervös, und als er die Schwägerin mit dem Vertreter tanzen sah, stürmte er die Treppe hinunter – ich wußte, wen er suchte. Nie ist mir ein Musikstück – es war ein argentinischer Tango – länger erschienen; ich hatte Sorge, Oceano würde Maria Corina an Ort und Stelle umbringen, hier im Salon, ohne großes Federlesen. Ich hörte, wie Dona Diba, Dr. Fuads Frau, neben mir sagte:

»Sie hätte sich lieber nicht mit dem Vertreter einlassen sollen: das ist eine Schmach und eine Beleidigung für Hauptmann Oceano.«

Kein Mensch sonst tanzte im Saal. Die Paare schleiften über den Boden, aber niemand schien der Musik und ihrem schmachtenden Rhythmus Aufmerksamkeit zu schenken: nur Maria Corina und ihr Partner schienen alles um sich her vergessen zu haben, alles, was nicht zum Ritual der komplizierten Tanzschritte gehörte, die so weit wie möglich entfernt waren von der Einfalt und Kunstlosigkeit, mit der die Einwohner der Stadt bei den Klängen aus Buenos Aires durch den Saal schleiften.

Maria Corina tanzte die ganze Zeit über mit geschlossenen Augen, ich sah es sehr genau, und so, kann man sagen, hat Maria Corina bis vor kurzem ihr ganzes Leben verbracht: mit geschlossenen Augen, die nicht begreifen, die nur die Genüsse des Lebens auskosten wollten.

Ich bemerkte das am ersten Abend nach ihrer Heirat, als Maria Corina stundenlang bei uns im Hause blieb: als ich dann mit ihr zu Dona Paulas Stadthaus hinüberging, saßen Oceano und seine Mutter starr wie die Bildsäulen im Besuchssalon. So etwas muß man gesehen haben! Ich merkte gleich, daß er über Maria Corinas Verschwinden verärgert war, aber sie kümmerte sich gar nicht um die abweisende Haltung ihres Mannes, sie lachte über alles mögliche, kitzelte Oceano im Ohr, während er griesgrämig dreinschaute und mißtrauisch von der Seite her auf sie blickte, als wolle sein Blick herausbringen, was sie fern von ihm getrieben hatte.

Als ich am Tag nach dem Ball erfuhr, der Reisende wäre aus der Stadt verschwunden – es ging ein Gerücht um, wonach Einundsiebzig und andere Leibwächter Oceanos dem Zudringlichen eine Tracht Prügel verabfolgt und den Mann mit Gewalt in den Frühzug gesetzt hätten –, wunderte ich mich gar nicht darüber. Man braucht Oceano nur oberflächlich zu kennen und man weiß sofort, daß mit diesem Mann nicht zu spaßen ist.

Mein Mann sagt immer, Maria Corina spielt mit dem Feuer, und ich glaube, mein Mann hat ganz recht. Oceano macht es wie der Angler, der dem Fisch Spielraum gibt und ihn dann plötzlich ans Land zieht. Nach dem Ball führten Maria Corina und ich ein freimütiges Gespräch miteinander; ich sprach zu ihr, wie ich zu einer Schwester geredet haben würde. Ich wollte ihr klarmachen, daß ihr Verhalten auf dem Ball nicht mit dem einer verheirateten Frau in Einklang stand, daß sie auf diese Weise in Parada de Deus ins Gerede kommen würde. Aber meine Worte fruchteten alle nichts, wie immer lachte sie oft, schnitt mir Grimassen, warf das Haar mit ihrer eigentümlich leichtsinnigen Gebärde in den Nakken zurück und erwiderte, was die Leute sagten, kümmere sie herzlich wenig.

Erst da beschloß ich, mich von Maria Corina zurückzuziehen, es tut mir leid, denn ich konnte sie wirklich gut leiden; auch jetzt noch bedaure ich, daß sie so viel durchmachen muß, aber ich muß auch wieder zugeben, daß sie für ihren Kummer allein verantwortlich ist. »Wer Wind sät, wird Sturm ernten«, sagt ein altes Sprichwort. Und ich konnte einfach nicht mehr ihre nahe Freundin sein, da ich mit ihrem Verhalten so ganz und gar nicht einverstanden war. Ich war immer der Meinung, es wäre nicht genug, wenn eine Frau anständig ist – sie muß auch den anderen gegenüber anständig wirken. Maria Corina (als junge Mädchen haben wir oft über dieses Thema gesprochen) war immer gegenteiliger Ansicht: sie meinte, es genüge vollauf, ein reines Gewissen zu haben, dann habe die Meinung der anderen Leute nicht die geringste Bedeutung.

Mag sein, daß dem so ist: es mag sein, daß sie gar nichts mit dem Dr. Fábio in Friburgo hatte, aber was hilft ihr das reine Gewissen (falls sie es hat)? Der Mann ist ermordet worden, sie ist in Degrêdo eingesperrt, verbringt böse Minuten mit ihrem Gatten, und in ganz Parada de Deus hat sich, abgesehen von Pater Júlio, keine Stimme zu ihrer Verteidigung erhoben.

Was nützt es da, wenn man ein reines Gewissen hat?

Das Schicksal wollte es nicht, daß Zé Inácio eine friedliche Hochzeit haben sollte, bei der die Braut mit Kränzchen und Schleier, mit Orgelspiel und Gesang in die Kirche einziehen konnte, in jene Kirche, die Chico der Bauer erbaut hatte, damit in ihr später einmal sein Sohn als Pfarrherr von Parada de Deus die heilige Messe lesen sollte. Obwohl Zé Inácio ein zutiefst unruhiger Mensch war, liebte er die Einsamkeit, im Ritus des Alltags erblickte er den schönsten Sinn eines zurückgezogenen Lebens. Noch lange nach seiner zweiten Verwitwung fragte er sich, welche Bedeutung das Mädchen Iaiá wohl für sein Leben gehabt haben mochte; denn mit zunehmendem Alter glaubte er immer mehr an die Vorbestimmtheit der Rollen, die die Menschen in dieser Welt verkörpern. So hielt er seine leidvolle Verbindung mit Glorinha für eine Art von Sühne, von Gott seinem Vater,

Chico dem Bauern, auferlegt, weil dieser die Gabe der Prophetie, die Fähigkeit zur Kommunikation mit dem Herrn empfangen und doch durch seine maßlose Sinnlichkeit verscherzt hatte, vor allem durch die außereheliche Verbindung mit der Näherin Didila, die er in seinem Hauswesen wohnen ließ und seiner Frau als tägliche Plage zumutete. Welche Rolle jedoch Iaiá in seinem Leben zugekommen war, vermochte Zé Inácio nicht zu enträtseln. Sie hatte sich für ihn begeistert mit ihren knapp vierzehn Jahren, mit einer jungmädchenhaften, romantischen Schwärmerei, die von heimlich gelesenen Romanen geschürt wurde: für Iaiá verkörperte Zé Inácio den Ritter, von dem alle jungen Mädchen träumen; es faszinierte sie die geheimnisvolle Aura, die seinen Namen umgab, wenn die Rede auf seine erste Ehe und auf die ihm vom Vater auferlegte Verbannung kam, eine Verbannung, die erst mit des Vaters Tod zu Ende gegangen war.

Iaiás Flucht war am Ufer der Schwarzen Lagune eilig abgesprochen worden, wo beide sich ein halb Dutzend Male mit Billigung von Iaiás »schwarzer Mutter« getroffen hatten. Zé Inácio erzählte Heleno, trotz all seiner Lebenserfahrung habe er sich gewundert, daß das Mädchen, vom Vater mit dem Tode bedroht, gleichwohl die Kühnheit besessen habe, ein Pferd zu besteigen und einsame Wege zu durchreiten, nur um sich mit ihm treffen zu können. Sie stachelte ihn auf, ihrem Vater und dem gesamten Klan der Melos die Demütigung der vergeblichen Brautwerbung heimzuzahlen.

Schmollend fragte sie ihn: »Hast du nicht Chico dem Bauern um der *anderen* willen die Stirn geboten? Warum forderst du jetzt nicht meinen Vater heraus und fliehst mit mir?«

Mehr aus Lust an der Herausforderung, aus purer Freude am Abenteuer als aus wahrer Liebe hatte Zé Inácio schließlich eingewilligt: eines frühen Morgens entflohen sie in einem wilden Galopp und erreichten in São Fidélis die Postkutsche; sie erreichten Praia Grande und gelangten in einem Kahn nach Rio de Janeiro. Drei Monate lang lebten sie in einem Hotel in Aguas Férreas, vergaßen die Wut der Caetano de Melo und besuchten nachts die Theater; bei diesen Ausflügen erwies sich Iaiá als ausgezeichnete Kameradin und vertrug mit erstaunlicher Widerstandsfähigkeit große Mengen Wein.

»Alle meine törichten Einfälle«, erzählte Zé Inácio Heleno, »griff sie begierig auf; ich merkte kaum, daß die Arme von Tag zu Tag elender aussah; sie beteiligte sich an meinen Trinkgelagen, trank selber ordentlich mit und verpaßte Mittag- und Abendessen, wenn ich die Mahlzeiten vergaß.«

Sie kehrten erst nach Parada de Deus zurück, als ihnen das Geld ausging: als Zé Inácio Gratidão betrat, fand er seine Schwestern in höchster Angst, weil Clemente Caetano de Melo blutige Rache geschworen hatte: er hatte die ganze Gegend nach dem Paar absuchen und in alle Winde verbreiten lassen, er werde die beiden töten, wenn er sie fände.

An dem Morgen, an dem die geflohenen Sklaven auf Gratidão erschienen, war sich Zé Inácio darüber im klaren, daß dies der Vorwand sein würde, unter dem sich Clemente für die Flucht seiner Tochter rächen konnte, obwohl Iaiá schon vor einiger Zeit bei der Geburt des Jungen gestorben war, den nun seine Schwester Tudinha wie ihr eigenes Kind aufzog. Zé Inácio wußte, es genügte Clemente nicht, daß er ihm ins Gesicht gespuckt hatte, als er, der verheißenen Bestrafung durch den Schwiegervater zuvorkommend, nach Domingos Afonso geritten war, um sich persönlich mit ihm zu verständigen. Nur Wolkenbrechers Wachsamkeit hatte Zé Inácio es zu verdanken, daß er in jener Nacht nicht ums Leben kam; dabei hatte er den Hund auf dem Ritt zur Fazenda mehrfach mit Peitschenhieben verscheuchen wollen, der jedoch verweigerte ihm den Gehorsam, als ahne er die Gefahr, in der sein Herr schwebte; genau im richtigen Augenblick erschien er auf der Bildfläche.

Der Vorfall trug sich, erzählte Zé Inácio, in einer Sturmnacht zu (die Regenzeit hatte schon eingesetzt); obwohl seine Schwestern und seine Frau Iaiá ihn anflehten, nicht mit Clemente zusammenzutreffen, zumindest nicht auf dessen Fazenda, wo er dem sicheren Tod entgegengehen und seine Leiche anschließend wie durch Zaubertrug verschwinden würde – es wäre nicht das erste und nicht das letzte Mal gewesen, daß die Caetano de Melo etwas Derartiges fertiggebracht hätten –, bestieg er seinen Schekken. Nur sein Hund Wolkenbrecher begleitete ihn; sein Fell war so schwarz, daß man des Nachts auf der Straße seine Gegenwart nur an seinem Hecheln bemerken konnte; Zé Inácio scheuchte ihn mehrfach fort und schlug ihn sogar mit der Peitsche. Als er jedoch das Portal der Fazenda der Caetano de Melo erreichte, vernahm er hinter sich das Hecheln seines Hundes. Abermals verjagte er das Tier, und als er dann sein Pferd festband und »Hallo, Leute!« rief, meinte er, Wolkenbrecher wäre endlich doch nach Gratidão zurückgekehrt oder hätte sich an einer Wegbiegung versteckt, um seine Rückkehr abzuwarten.

Nie habe er den Tod so nahe gefühlt, erklärte Zé Inácio Heleno, wie in jener Sturmnacht, als Clemente, die Öllampe in der Hand, die Haustür öffnete und sich die Augen rieb, als könne er nicht begreifen, daß er zu jener Stunde allein dort vor ihm stand und ihn gleichsam herausforderte, seinen Schwur zu erfüllen. Er selbst begriff später, daß er bei diesem einsamen, unbewaffneten Ritt nach Domingos Afonso möglicherweise beabsichtigt hatte, seine Ungewißheit und sein ekelerregendes Sündenbewußtsein aus der Welt zu schaffen, die nur nachließen, wenn er völlig betrunken war. Nach den drei Monaten in der Hauptstadt und der Rückkehr nach Gratidão lastete das Gewicht des Lebens abermals schwer auf seinen Schultern. Nicht im Augenblick selber, wohl aber später verstand er, daß der Ritt nach Domingos Afonso, mit dem er sich dem zornigen Klan der Caetano de Melo stellte, im Grunde einem versuchten Selbstmord gleichkam. Nur so konnte er sich erklären, daß er nicht seine Ruhe verlor, als die Familie, die sämtliche Grasbüschel der Umgegend nach Iaiá und ihm abgesucht hatte, nun, da sie ihn leibhaftig vor sich hatte, auseinanderstob, schreiend im Haus hin- und herlief, die Türen knallte, Flüche ausstieß und Clemente aufzuhalten versuchte, der nach einer Waffe suchte, um ihn zu töten. So groß war Zé Inácios Ruhe, daß er nicht umhin konnte, das alles einigermaßen lächerlich zu finden, etwa wie eine schlecht geprobte Oper, bei der Geschrei und Geheul den Gesang ersetzten und die Auftritte der Künstler schlechthin niederschmetternd wirkten. Dennoch wußte er, daß aus dieser Lächerlichkeit die Tragödie erwachsen konnte; schwerlich würde er aus Domingos Afonso lebendig herauskommen. Er sprach kein Wort mehr (ohnehin hörte ihn niemand, angesichts des Wirbelsturms in den Korridoren und Salons des Herrenhauses), er wartete nur mit verschränkten Armen auf der Türschwelle und wie immer, wenn er mit mehr als einem Vertreter der Menschengattung kämpfen mußte, überkam ihn das Gefühl gänzlicher Vergeblichkeit. Einen Augenblick lang kam es ihm vor, als ob der ganze Aufruhr gar nichts mit ihm zu tun hätte. Er war nicht *nur* der Mann mit dem schwarzen Haar und Bart, der sich mit auf der Brust verschränkten Armen lässig gegen das Portal lehnte. Plötzlich begriff er das Sinnlose dieses still wartenden Mannes, das Absurde und Törichte seiner Haltung, die als Herausforderung ausgelegt wurde, während er närrischerweise kaum wußte, was er an diesem Ort zu suchen hatte, über den entstandenen Aufruhr staunte und eher an die Folgen dachte als an das Einnehmen einer bestimmten Haltung. Er war nicht nur dieser Mann dort, und diese sonderbare Empfindung wiederholte sich, als ob Zé Inácio vermocht hätte, sich von sich selber abzusetzen und von einer höheren Ebene aus die Nutzlosigkeit jeder Gebärde zu beobachten, das Falsche in jedem Stimmausdruck, den Mangel an Sparsamkeit, mit dem die Menschen Worte verwendeten. Da änderte sich seine Einstellung: hatte er anfänglich vielleicht gewünscht, sich der Gefahr auszusetzen, *um ihr nicht zu entrinnen*, so war ihm von diesem Augenblick an bewußt, daß dies alles, das Ritual zur Verteidigung der eigenen Ehre inbegriffen, wertlos war. Er fühlte sich wie ein Ausländer, und eben diese Empfindung überkam ihn bei jener Versammlung auf der Fazenda Bela Vista des alten Artur Procópio Monteiro, als er sein jahrelanges – lebenslanges? – Schweigen brach und den ebenfalls nichtigen Versuch unternahm, den anderen zu zeigen, was ihn von ihnen trennte, wo die Trennlinie, die

Grenze lag, die *seine* Welt abgrenzte von derjenigen, in der die anderen lebten: es erstaunte ihn nicht eigentlich, daß er ein Bekenntnis zur Negerbefreiung ablegte; was er sagte, war mehr als das, auch wenn die anderen es gewiß nur als solches verstanden, vielmehr wollte er sagen, daß seine Interessen nichts mit denen der Fazendeiros gemeinsam hatten, denn obwohl er selber Fazendabesitzer war und auf den Gütern lebte, die ihm der Vater hinterlassen hatte, fühlte er sich nicht an den Boden gebunden. Er war für ihn ein Gefängnis, eine Fessel, die ihn daran hinderte, sich, wie er immer gewünscht hatte, ablösen zu können, ein Grund für das Scheitern seiner Träume von einem kultivierteren Leben. Vor ihren fassungslosen Gesichtern (sie verstanden wenig oder nichts von seinen Worten) sprach er von einem fernen Kontinent und seinen Hauptstädten, wo die Kunst kein abstraktes Wort war, von Musik und Büchern, von einem wahrhaft herrenhaften Ehrenkodex, von einem anderen Begriff der Männlichkeit, in dessen Licht ihrer aller Leben – das seinige inbegriffen – verwerflich und primitiv erschien: bei ihnen zwang der Mensch sein Gesetz durch die Kraft seiner Waffen den anderen auf, bedeutete die Freiheit einer Minderheit die Sklaverei der Mehrheit.

Als daher die Sklavenschar aus Domingos Afonso nach Gratidão floh, sah er wohl, daß seine Worte auf der Versammlung in Bela Vista, auch wenn die übrigen sie nicht verstanden hatten, nur dann Wert haben konnten, wenn er bei dieser Gelegenheit zu ihnen stand und aufrecht und fest das kümmerliche Recht dieser armen Teufel verteidigte, dort zu leben, wo man sie nicht mißhandelte. Er erkannte, daß ein Mann, der innerhalb einer patriarchalischen Gesellschaft mit weit von ihr abweichenden Prinzipien lebt, dafür einen Preis zu bezahlen hat.

Heleno war noch ein Knabe und lebte mit Mutter und Halbbrüdern in einer Hütte in der Nähe des tief gelegenen Weidegeheges auf Gratidão, als er dem unerhörten Vorkommnis beiwohnte – er verstand kaum, was vor sich ging –, daß die Sklaven Waffen erhielten, nicht nur die des Obersten Zé Inácio, sondern auch die Horde entkräfteter Neger, die sich in die leeren Hütten von Gratidão geflüchtet hatten; sie hantierten unbeholfen mit den Gewehren und schlossen die Augen, bevor sie auf den Abzug drückten.

Während dieser beiden ungewöhnlichen Tage – das Leben auf der Fazenda war zum Stillstand gekommen, die Kaffeeplantagen lagen trotz der Erntezeit verlassen, die Ochsen irrten frei auf den Weiden umher, die Kühe brüllten mit gefüllten Eutern und verlangten nach den Melkern – kümmerte sich die Mutter gar nicht um ihn, Heleno, der mit gespannter Aufmerksamkeit diese sonderbaren Vorkehrungen begleitete und nicht begriff, warum Oberst Zé Inácio den Schwarzen erlaubt hatte, zu den Waffen zu greifen. In der Schenke von Schwarze Lagune hörte er sagen, Sió Clemente von Domingos Afonso sei damit beschäftigt, eine Kampfgruppe aufzustellen, um die entflohenen Sklaven auf Gratidão einzufangen, da Oberst Zé Inácio die Busch-Aufseher persönlich von seinem Besitztum verjagt hatte. Heleno hörte das, an einen Sack Reis gelehnt, mit an und war insgeheim stolz darauf, daß sein Vater doch nicht nur der Mann mit dem Brillantring am Finger und der weichen Stimme war, dem seine »Patenkinder« am Neujahrstag jeden Jahres die Hand küssen durften. Während Heleno das Gespräch der Männer verfolgte, die ihr Gläschen tranken und dabei auf den lehmgestampften Boden spuckten, begriff er, daß Oberst Zé Inácio sich als einziger Fazendeiro von Parada de Deus gegen die Sklaverei ausgesprochen und dadurch in den Augen der übrigen verdächtig gemacht hatte. Indem er sich als Gegner der Sklaverei entpuppte, erhielt Clemente die erwünschte Gelegenheit, den Sohn von Chico dem Bauern zu diffamieren. Bis dahin hatten Nachbarn und Freunde Iaiás Flucht mit Zé Inácio und seine Trinkerei (eine diskrete Trinkerei, alle wußten, daß der Besitzer von Gratidão, wenn er betrunken war, nicht den Fuß über die Schwelle seines Arbeitszimmers setzte) mit Nachsicht betrachtet; sie kannten Zé Inácio von klein auf und bedauerten die Verbannung, die der Vater dem jungen Mann nur wegen einer geheimnisvollen Heirat auferlegt hatte, von der niemand genau sagen konnte, was an ihr nicht in Ordnung war.

Indem Zé Inácio jedoch einen Standpunkt bezog, der ihrer aller Interessen zuwiderlief, verletzte er den Ehrenkodex der Gegend in einem wichtigen Punkte. So fand Clemente besseres Gehör, wenn er Zé Inácio anklagte, seine Tochter verdorben und ins Unglück gestürzt zu haben; sie entsannen sich auf einmal an Iaiás letzte Messe-Besuche, abgemagert, tiefe Ringe um die Augen, mit dem beginnenden Bauch der Schwangerschaft, ohne die kecke Miene, die sie ehedem so reizvoll erscheinen ließ, und gaben Clemente recht.

Es hatte Clemente nicht genügt, demjenigen ins Gesicht zu spucken, der sein Vertrauen getäuscht und seine Tochter geraubt hatte; Wolkenbrechers entschlossenes Eingreifen hatte ihn um den Genuß geprellt, den Elenden, der ihm die Jüngste geraubt hatte, von vorn zu töten (er war kein Fallensteller, sondern ein Ehrenmann). Iaiá war sein Liebling, sie durfte als einzige auf dem Zuchthengst Soberbo reiten; sie war auch die einzige, die mit dem Vater umgehen konnte und ihn sich mit ihrem spielerischen Wesen und ihrer großen Keckheit gefügig machte. Als Clemente eines Tages Frau und Kinder anbrüllte (wenn ein epileptischer Anfall bevorstand, häuften sich seine Zornesausbrüche), klemmte sich Iaiá ihren Zopf zwischen Oberlippe und Nase, verschränkte die Arme auf der Brust und schaute so wild und Clemente so ähnlich drein, daß er beim ersten Blick auf seine Tochter so tun wollte, als habe er nichts bemerkt, der Versuchung aber nicht widerstehen konnte und ein zweites Mal zu ihr hinüberschaute, woraufhin er abbrach und das Zimmer fluchtartig verließ, um sein Gelächter zu verbergen. Als Clemente die Pistole zog, um Zé Inácio zu töten, wollte er nicht nur einen Mann bestrafen, der einen Befehl von ihm mißachtet hatte; er war vor allem wütend, daß der Besitzer von Gratidão den einzigen Menschen aus seiner Gesellschaft gerissen hatte, der nicht von ihm erwartete, daß er immer der sein müßte, der er gewesen war; im Gegenteil, sobald er seine alte wilde Miene aufsetzte, blickte sie ihn spöttisch an, als wollte sie sagen, zwischen ihnen wären solche Zeremonien überflüssig. Deshalb machte ihn die Flucht der Sklaven auf Zé Inácios

Fazenda eher vergnügt als wütend; es war eine willkommene Gelegenheit, nicht nur Rache zu nehmen an dem Sohn Chicos des Bauern, sondern auch die benachbarten Fazendeiros gegen den einstigen Priesterzögling aufzubringen, der seinen Leuten, als sie auf Gratidão nach den Sklaven suchen wollten, zu antworten wagte, »er werde niemanden, nicht einmal schwarze Sklaven, dazu zwingen, seine Güter gegen ihren eigenen Willen zu verlassen«.

Heleno war Zeuge, wie die Caetano de Melo und ihre Leute auf Gratidão anrückten. Hinter einem Baumstamm am Bonito versteckt, sah er die Reiter vorüberziehen, nicht heimlich, wie vor vielen Jahren Zeca Araújos Männer, während sie Chico der Bauer einsam unter dem großen Brotbaum erwartete, sondern auf der Straße zum Hofplatz. Sie trabten gewichtig über den schlammigen Weg. Es war am frühen Morgen eines sonnenlosen Tages, schmutzige Wolken hingen niedrig am Himmel. In Vorahnung des Kampfes waren die Vögel verstummt; sogar die Blätter der Kaffeeplantagen raschelten nicht mehr, als wollten sie das Zusammentreffen Siô Clementes mit Zé Inácio bezeugen.

Wenn Heleno den Kopf reckte, konnte er an der Spitze des Trupps den Besitzer von Domingos Afonso erkennen: sein dichter schwarzer Bart stach wie ein Fleck von der weißen Hemdbrust ab, er gab Soberbo, dem schönsten Zuchthengst der Gegend, die Sporen. Gleich hinter ihm ritten seine Brüder, Schwäger und Neffen; sie schwangen ihre Gewehre mit den dicken Läufen und blickten düster drein. Heleno machte sich schon auf die ersten Schüsse gefaßt (die ganze Nacht über hatte er die Vorbereitungen auf Gratidão verfolgt, denn die Gerüchte besagten, Siô Clemente habe sich verschworen, keinen Stein auf dem anderen zu lassen, um den Raub seiner Tochter Iaiá zu rächen), als mit einem Male auf der Straße ein Trupp von Berittenen auftauchte. Er brachte Angreifer wie Verteidiger aus der Fassung. Heleno sah den alten Artur Procópio Monteiro im gestreckten Galopp vorüberreiten, gefolgt von einem stark beleibten Manne, dessen Hängebacken im Takt des wuchtigen Galopps seines Pferdes auf und ab geschüttelt wurden. In einigem Abstand folgte den beiden ein Trupp von Uniformierten. Heleno riß die Augen sperrangelweit auf und versuchte vergeblich, das unglaubhafte Schauspiel zu begreifen: den mageren, über den Sattel gekrümmten Alten, der sein Pferd mit dieser seltsamen Haltung zur höchsten Geschwindigkeit anzuspornen schien, und den Dicken, aus dessen auf und ab tanzenden Hängebacken das Hufgetrappel seines geschundenen Pferdes herauszukommen schien.

Über Oceano und Maria Corina denke ich anders als meine Familie: eine Frau, die ihren Mann betrügt, muß sofort sterben, ohne großes Federlesen. Auch wenn ein Mann seine Frau betrügt, muß, so meine ich, seine Seele im gleichen Augenblick zur Hölle fahren.

Ich habe es schon Mamá gesagt: du willst mich unbedingt verheiraten, aber ich sage dir eins: wenn mein Mann mich mit einer anderen hintergeht, schieße ich ihm im gleichen Augenblick, ohne Gefackel, sämtliche Kugeln meines Revolvers in den Bauch.

Auf Santo André gehört mir eine Stute mit Namen Garbosa, die einen Hengst meines Bruders Indinho mit einem Huftritt getötet hat, weil sie eifersüchtig auf ihn war. Indinho lachte, als ich ihm das erzählte, er wollte es nicht glauben, aber es ist die reine Wahrheit. Ich kenne Garbosa wie meine Rocktasche, sie stammt ab von Mulata, einer Stute aus Santana, und Senhor, dem Schimmel Oceanos; als sie geboren wurde, stand ich im Stall, zusammen mit Pacífico, der kein Talent für den Umgang mit Pferden hat. Wenn Nonó und ich nicht zur Stelle gewesen wären, hätten die Stute und ihr Fohlen sterben müssen. Ich habe mit diesen Händen, die die Erde fressen wird, Garbosa aus dem Bauch ihrer Mutter herausgezogen; da machte mir Pacífico das Fohlen zum Geschenk; sobald die Mutter es nicht mehr ernährte, brachte ich es zu mir nach Santo André. Wer sollte also besser als ich die Temperamentsausbrüche von Garbosa kennen, die eifersüchtiger ist als irgendeine andere Stute, mir gegenüber aber sanfter als ein Täubchen!

Vater lachte über die Art und Weise, wie ich ein wildes Pferd zähmte.

»Bei diesem Mädchen«, sagte er zu Mamá, »stimmt etwas nicht: sie hätte nicht als Frau auf die Welt kommen dürfen. Dieses Frauenzimmer versteht mit Tieren umzugehen wie keiner von den Jungen.«

Vater erzählte, eine Schwester unseres Großvaters, Maria Olegária, wäre am Abend vor ihrem Eintritt ins Kloster aus dem Hause entflohen, um einen Pferdebändiger zu begleiten. »Ich glaube, Luísa wird auch einmal auf diese Weise heiraten«, sagte er und wollte sich über mich lustig machen, »ein Pferdebändiger muß es sein, der die Fohlen mit festem Griff bändigt, in den Stall schafft und zur Räson bringt – denn auch sie ist eine wilde Stute.«

Ich habe ein aufsässiges Temperament und Mamá hat schon mehrfach von mir zu hören bekommen, daß ich mich nicht von ihr verheiraten lasse. Ein unmoralischer Mann wie Juca Biá, Dorotéias Bräutigam, ekelt mich an, und mit inquisitorischen Männern, wie es meine Brüder sind, gäbe es einen Kampf auf Leben und Tod, denn ich bin eine gute Schützin, Christkönig sei Dank.

Deshalb begreife ich nicht, daß Oceano sich so stellt, als ob er Wasser in den Adern hätte; er hat doch Blut in den Adern, leidenschaftliches Blut – wie ich. In unserem Hause gibt es keinen Schlappschwanz. Als ich klein war, drückte Vater mir gern ein Kissen auf den Kopf, damit ich mich nicht rühren konnte. Ich glaube, wenn Mamá nicht hinzugekommen wäre, hätte er mich mit diesen Scherzen erstickt: wenn er das Kissen dann hochhob, ging ich wie ein wildes Tier auf ihn los, und einmal mußte er nach der Peitsche greifen, um mir Angst einzujagen.

Deshalb mache ich mir auch nichts aus dem sogenannten Familienleben, ich habe dazu nicht die Geduld meiner Geschwister: in diesem Punkt ähnele ich Indinho. Deshalb vertragen wir uns auch so gut – er hat unbegrenztes Vertrauen zu mir und läßt seine Frau nur auf die Straße gehen, wenn Mamá oder ich ihr Gesellschaft leisten. Selbst zu Dorotéia hat Indinho kein Vertrauen – das ist natürlich töricht von ihm. Er hat mir gesagt, er könne Maria nicht trauen, weil sie vor der Ehe ihren Vater betrogen habe, indem sie ihm die Schlafzimmertür öffnete, damit er mit ihr schlafen konnte; wie solle er da wissen, ob der nächste Betrogene nicht er, Indinho, sei?

Was nun Oceano angeht, so habe ich nie verstanden, warum er ausgerechnet diese Frau heiraten mußte. Ich habe meine Schwägerin Dinge tun sehen, Herr des Himmels!, daß ich mich an den Kopf faßte und fragte, ob dieser Bruder wirklich meines Vaters Sohn wäre.

Etwa zwei Monate nach ihrer Heirat verbrachte ich ein paar Tage auf Degrêdo, um eines von Oceanos Fohlen zuzureiten (denn wenn meine Brüder ein wildes Pferd zum Zähmen haben, rufen sie nur mich), und so blieb ich 14 Tage bei ihnen; ich half sogar beim Schlachten eines kastrierten Ziegenbocks, weil Maria Corina von solchen Dingen nichts verstand und ihre alte Negerin gerade stark erkältet war. In diesen Tagen sah ich, wen sich mein Bruder zur Frau gewählt hatte. Ich sprach darüber mit Dorotéia, als ich nach Hause zurückkam. Gleich am ersten Abend nach dem Abendessen stellte Maria Corina das Grammophon an, das sie im Laden des schuftigen Crespi kaufen ließ – Gott lasse seine Seele in der Hölle schmoren! – und fing an, ganz allein zu tanzen, wie ich das bei den Schauspielerinnen im Kino gesehen hatte. Sie streckte Oceano die Arme hin, damit er mit ihr tanzen sollte, aber er rührte sich nicht; er schaute an ihr vorbei.

In diesen ersten Ehezeiten wiederholte sich dieser Vorgang jeden Abend. Maria Corina verstand es, das Abendessen auf Degrêdo etwas hinauszuzögern, damit es nicht mehr hellichter Tag wäre, wenn sie vom Tisch aufständen. Viele Besucher waren erstaunt, daß die beiden bei Lampenlicht zu Abend aßen, Maria Corina jedoch machte sich nichts aus den Kritiken, die sie wegen ihrer absonderlichen Art der Haushaltsführung zu hören bekam. Sie warf das Haar in den Nacken, stimmte ihr heiseres Gelächter an und tat weiterhin alles, was ihr in den Sinn kam; sie verließ sich auf Oceanos Schweigsamkeit. Anfänglich holte Maria Corina in manchen Dingen seine Zustimmung ein, aber da er ihr immer wieder zur Antwort gab: »Es macht dir Spaß, das zu tun? Nun also: warum soll es einen Unterschied geben zwischen Spaß an etwas haben und den Spaß ausführen? Mich interessiert nicht deine Handlungsweise, sondern die Absicht, die dahintersteht«, wurde er endlich zum bloßen Zuschauer, Carmosina mochte noch so sehr mit Maria Corina zanken und ihr sagen, eine Ehefrau müsse immer darauf achten, ob sie mit einem Anstoß erregenden Verhalten ihrem Mann gefalle oder nicht.

So stellte denn Maria Corina jeden Abend nach dem Essen das Grammophon an und spielte die wenigen Platten ab, die sie von einer kürzlichen Reise nach Rio mitgebracht hatte.

»Ich werde dir beweisen, daß diese Fazenda es nicht fertigbringt, mich in eine Mumie zu verwandeln«, sagte sie zu Oceano und tanzte Boston nach den Tanzfiguren, die ihr eine Kusine aus Rio mitgebracht hatte. »Ich kann hier mein Leben zubringen und werde doch nicht zur Mumie vertrocknen, das sollst du sehen.«

Oceano schwieg sich aus und starrte sie an; nur seine Reglosigkeit verriet Mißbilligung, aber Maria Corina verstand das nie, und wenn sie es verstanden hätte, wäre es ihr einerlei gewesen.

Das Schlimmste passierte eines Morgens: Oceano war zur Feldarbeit aus dem Hause gegangen, und meine Schwägerin lief im Unterrock durch die Zimmer, ohne sich darum zu kümmern, daß ein Mann auftauchen und sie in diesem Aufzug erblicken konnte. Wohlverstanden, im Unterrock: eines Tages kam mein Bruder unverhofft zurück und ertappte seine Frau in einem der vorderen Zimmer im Unterrock mit nackten Armen, der Ausschnitt war so tief, daß man ihre Brüste erkennen konnte – es war eine Schande!

Oceano war nicht zurückgekommen, um Maria Corina in flagranti zu ertappen, in Unterwäsche, die keine anständige Frau unserer Gegend außerhalb des Schlafzimmers trägt – vielleicht würde sogar im Schlafzimmer keine andere Frau aus der Gegend wie Maria Corina leichte seidene Unterröcke tragen, die sich an den Körper anschmiegen und so weit ausgeschnitten sind, daß Rücken und ein Teil der Brüste offen zutage liegen – Oceano trat so unvorbereitet ins Haus, daß er Maria Corina, als er sie mitten im Salon stehen sah, nicht erkannte und auf der Türschwelle stehenblieb, als warte er darauf, daß die Frau sich mit ihm bekannt machte.

»Nanu, du bist schon zurück?« sagte Maria Corina, drehte sich um und lächelte. »Ich dachte, du wärst in weiter Ferne.«

Als Oceano seine eigene Frau erkannte, seufzte er tief, als ob er Luft schöpfen müßte, weil es ihm später noch gründlicher den Atem verschlagen würde. In seinem Gesicht stand nicht Resignation und Hinnahme eines unabwendbaren Schicksals geschrieben, sondern ein resigniertes Aufbegehren, so als wäre ihm dieser Mensch und sein Schicksal gänzlich deutlich geworden, als wäre er bereit, zur Erfüllung dieses Schicksals beizutragen und die Gelegenheit zur Rache zu benutzen. Er verschränkte die Arme, blieb auf der Schwelle stehen und fragte:

»Bist du verrückt geworden?«

Zur Antwort drehte sich Maria Corina kreisend durch den Salon, hielt die Schleppe ihres Unterrocks fest und trällerte halblaut einen Walzer. Noch einmal fragte Oceano:

»Bist du verrückt?«

In diesem Augenblick erschien ich ganz unabsichtlich auf der Bildfläche. Ich hatte mir aus dem Schrank, worin Oceano die Waffen verwahrt, einen Dolch zum Schweineschlachten herausgesucht und, statt durch die Küche zu gehen, kam ich unglücklicherweise durch den Salon, wo ich die beiden traf, und man brauchte gar nicht zweimal hinzuschauen, um zu bemerken, daß irgend etwas nicht stimmte: Maria Corina tanzte ausgelassen durch das Zimmer, während mein Bruder sie kalkweiß mit zitternden Lippen bat, sie möchte um Gottes willen damit aufhören. Ich hätte vorbeigehen und so tun sollen, als hätte ich nichts bemerkt, aber als ich meinen Bruder beinahe flehentlich reden hörte und seine Frau völlig gleichgültig gegen seine Worte sah, war mein Entsetzen so groß, daß ich mich nicht verstellen konnte: ich blieb wie vor den Kopf geschlagen im Salon stehen, als ob mich ein Blitzstrahl getroffen hätte.

Ich weiß nicht, wie lange ich dort stand, wie eine Närrin, ohne ein Glied zu rühren: ich sah etwas, was keines von uns Geschwistern je glauben würde, wenn es uns jemand anderes erzählen würde: er flehte jemanden um etwas an!

Wir haben vor Oceano allen Respekt, und das nicht etwa, weil er der Älteste ist: Oceano könnte sogar unser Benjamin sein, und ich glaube, das würde nichts an der Tatsache ändern. Niemand von uns regelt irgendeine Angelegenheit, ohne zuvor mit Oceano darüber zu sprechen; auch wenn wir ihn nicht um seine Meinung bitten, ist Oceano durchaus imstande, den Mund aufzumachen und uns ohne lange Umschweife zu sagen, was er dazu meint. Vater meinte immer, aus Oceano wäre ein guter Richter geworden, so geduldig hört er die Leute an, ohne Partei zu ergreifen, und fällt schließlich eine gerechte Entscheidung.

Selbst Dorotéia, (die Oceano vergöttert), wollte es nicht auf Anhieb glauben, als ich ihr erzählte, Oceano habe Maria Corina gebeten, nicht im Unterrock durch den Salon zu tanzen, und sie habe seine Bitte nicht beachtet, als ob sie taub wäre. Sie war wohl die erste in der Familie, die zu der Einsicht kam, daß diese Ehe kein gutes Ende nehmen würde. Nach der Heirat erkannte auch Mutter, daß Maria Corina nicht die Frau war, die Oceano brauchte; schon vorher hatte sie nur unter starkem Druck in die Flucht der beiden nach Gratidão eingewilligt. Dorotéia war zugegen, als Oceano Mutter bat, Maria Corina auf die Fazenda bringen zu dürfen; das war am Vorabend der Flucht, und sie sagte mir, Mutter habe lange Zeit nein gesagt, ehe sie endlich dem Wunsch ihres Sohnes nachgab.

Von Dorotéia weiß ich auch, daß Maria Corina schon als unverheiratetes Mädchen kein stilles Wiesenblümchen gewesen ist, sondern auf Männer versessen, daß sie meinen Bruder mit dem kleinen Doktor, der im Haus der Procópio Monteiro wohnte, zum Narren gehalten hat. Von diesen Dingen weiß ich nichts Genaueres, weil ich damals, als Oceano heiratete, erst vierzehn Jahre alt war und mir die Welt am liebsten vom Rücken eines Pferdes aus ansah (bis heute kenne ich kein größeres Vergnügen als auf dem Rücken eines guten Pferdes zu sitzen), aber Dorotéia und Mutter wissen Bescheid. Sie kennen auch den Vorfall mit dem Kapitän, meinem Stiefvater, der sich in Maria Corina verliebte und mit António Carlos de Freitas aus Santo Antônio verbündete, um meinem Bruder das Lebenslicht auszublasen. Diese beiden organisierten den Überfall auf der Straße nach Santo Antônio, kurz bevor man das Caldeirão-Gebirge erreicht. Wäre Oceano nicht so gewitzt, so läge er heute unter der Erde: aus dem Gebüsch krachten Schüsse und durchlöcherten das Verdeck seines kleinen Ford. Deshalb wunderte es mich auch nicht, als ich kurze Zeit darauf erfuhr, der Kapitän wäre geflüchtet und hätte seine gesamte Wäsche auf der Fazenda zurückgelassen. Sicherlich konnte er entkommen, bevor ihm meine Brüder den Garaus machten, denn davon war er gewiß nicht weit entfernt. Als Dorotéia die Entdeckung machte, daß der Kapitän Maria Corinas Foto in seiner Brieftasche trug, und diese Geschichte Mutter weitererzählte und ihr das Bild zeigte, fand ich gleich, daß das eine schlimme Sache wäre, nicht nur für den Kapitän, sondern auch für Maria Corina. Ich nahm zwar nicht unmittelbar an den Auseinandersetzungen teil (Pía und ich stehen immer abseits, ich, weil sie meinen, ich sei noch immer das Nesthäkchen von früher, und Pía, weil die Ärmste krank ist), aber ich sah, daß Mutter ab und zu mit den Jungen redete und begriff haargenau, was vor sich ging. Ich hörte, wie Mutter zu Pacífico sagte, Oceanos Jüngster, Heleninho, habe seinem Vater erzählt, während der Sommerfrische in Friburgo hätten sie immer mit Maria Corina auf dem Marktplatz spazierengehen müssen, selbst wenn sie nicht wollten, weil es ihnen zu kalt war; selbst dann führte Maria Corina ihre Kinder auf den kleinen Platz, nur um ja mit den Männern flirten zu können. Mein Neffe ist unglaublich intelligent, sehr mißtrauisch und seinem Vater sehr zugetan. Heleninho ist ganz versessen auf Oceano: ich glaube, er und kein anderer hat den Vater durch seine Unschuld davon überzeugt, daß seine Frau ein Flittchen wäre. Das Übelste dabei war, daß Heleninho Oceano fragte, »wer ihm denn später etwas zu sagen hätte, er oder Dr. Fábio«.

Für meine Begriffe hätte die Sache von diesem Tage an bereinigt werden müssen: dann wäre es gar nicht nötig gewesen, Maria Corina in Degrêdo einzusperren, um die Wahrheit ans Licht zu bringen; die Wahrheit war schon Heleninho aus dem Munde geschlüpft, und die Leute von Friburgo, von Parada de Deus denken nicht anders – sie alle wissen, daß Maria Corina nicht bei Trost und eine verkommene Person ist.

Weil ich anders denke als meine Familie, will ich lieber gar nicht wissen, was vor sich geht; ich halte mich im Pferdestall auf, besehe mir meine Tiere oder reite zur Feldarbeit in der Fazenda Santo André, die Vater mir hinterlassen hat. Er pflegte zu sagen, ich verstünde weitaus mehr von Tieren als von Menschen, und das stimmt; meiner Stute Garbosa fehlt nur noch die Sprache, sie versteht mit einem Blick, ob ich vergnügt oder traurig bin, und an der Art, wie sie in den Zügel beißt, kann ich sehen, ob sie mißgelaunt ist oder nicht. Kein Mensch auf der Welt versteht mich so gut wie Garbosa, obwohl sie nicht sprechen kann: ich meine, das Reden macht die Leute nur verwirrt. Worte verdrehen mir den Kopf – und deshalb liebe ich die Pferde: sie zeigen alles, was sie fühlen, sie sind nicht wie die Menschen, die ihre Gefühle verstecken.

Ich liebe die Tiere, die Erde, die Pflanzen, das Wasser, das Feuer, die Saaten, den Wind und den Himmel; ich liebe das Vieh, ich befasse mich gern mit ihm, und ich jage auch gern. Als Vater noch lebte, ging er mit Pacífico und mir auf Degrêdo auf die Jagd. Auf Degrêdo gibt es einen dichten Buschwald: niemand konnte so gut den Ruf des Nhambu nachmachen wie Vater; wir jagten auch die Wildenten von der Schwarzen Lagune. Diese schöne Zeit kann ich nicht vergessen: auf unsere Streifzüge nahmen wir von Siá Olava zubereitete Hähnchen mit, und wenn wir ins Unterholz eindrangen, war die Stille so groß, daß wir nur das Zwitschern der Vögel hörten. Niemand jagte so gut wie Vater, nicht einmal Pacífico; er ist zwar ein guter Jäger, aber er ist zu nervös. Selbst Oceano, der manchmal auf Fasanenjagd geht und mehr Geduld hat als Indinho, reicht nicht an Vater heran; er verstand jeden Vogel und jedes Tier, als ob sie zu seiner Familie gehören würden.

Nach Vaters Tod wollte Pacífico nie wieder auf die Jagd gehen. Aber Nono und ich jagen immer noch; wir verbringen manchmal zwei oder drei Tage mitten im Buschwald und vergessen das Leben; wenn ich heimkomme, schimpft Mutter mich heftig aus und sagt, es schicke sich nicht, daß ein junges Mädchen mit einem Mann allein sei, selbst wenn dieser Mann ein Mulatte und ihr Angestellter ist. Ich lasse Mutter reden; mir liegt die Antwort auf der Zunge: Viel unschicklicher war es, daß du zum zweiten Mal geheiratet hast, als du schon eine alte Frau warst, und noch dazu einen Mann, der nur das Geld verschwenden wollte, das Vater im Schweiße seines Angesichtes verdient hatte. Und dennoch hast du geheiratet. Und vor dieser zweiten Heirat...

Aber ich will mich nicht über Mamás Geschichten ärgern: ich bin nicht wie Dorotéia, deren ganzes Leben damit hingeht, daß sie sich darüber und über den idiotischen Juca Biá aufregt. Ich bin anders als meine Familie; wenn ich könnte, würde ich im Buschwald leben wie ein Tier. Es war die glücklichste Zeit meines Lebens, als Vater, Pacífico und ich ins Caldeirão-Gebirge eindrangen, um den Jaguar zu jagen, der dort hauste und die Kälber der benachbarten Fazendas riß. Es war eine ausgekochte Jaguarkatze, groß, listig und verschlagen, aber Vater war sie nicht gewachsen.

Vater war ein gerissener Jäger: er durchschaute die schlauesten Schliche jedes Tieres; der besagte Jaguar nun...

Vielleicht hätte der Streit ein blutiges Ende genommen, an jenem Morgen eines sonnenlosen Tages, als der Himmel dunkel verhangen war und der Regen so sacht zu fallen begann, als ob er sich nur vorgenommen hätte, die kleinen Blumen am Rande des Buschwalds zu gießen – vielleicht hätte sich Clemente Caetano de

Melo an jenem Tage für alle ihm von Zé Inácio zugefügten Kränkungen gerächt, denn eben darauf hatte er sich vorbereitet: er hatte seinen Verwalter nach São Fidélis geschickt, um dort Schläger anzuheuern, sobald ihm Zé Inácios Antwort bezüglich der geflüchteten Sklaven bekannt wurde. Als Soberbo seine Hufe auf die Fazenda setzte, bei deren Erwerbung einst Feldwebel José Caetano de Melo Chico dem Bauern behilflich gewesen war, war sein Sohn willens, keinen Stein auf dem anderen zu lassen und ein Blutbad zu veranstalten, nur um Zé Inácios Stolz zu brechen; der hatte ihn so erregt, daß er mehrmals epileptische Anfälle bekommen hatte; von dem letzten dieser Anfälle trug er noch die Spuren auf der Stirn, eine rote Narbe, die fast bis zur linken Braue reichte; er hatte sie sich zugezogen, als er bewußtlos auf die Treppenstufen der Veranda fiel. Vielleicht wäre dies der Tag der Rache geworden, hätte es nicht in der Umgegend einen alten Mann namens Artur Procópio Monteiro gegeben, den benachbarten Besitzer der Fazenda Bela Vista, der mit Chico dem Bauern und José Caetano de Melo befreundet gewesen war, die Söhne der Freunde noch als Kinder gekannt hatte und, obwohl gänzlich anderer Meinung als Zé Inácio, nicht zulassen wollte, daß er und seine Familie von Clemente und seinen Schlägern ermordet würden.

Am gleichen Tage, als der Friede wiederhergestellt war und der Richter Matos Lobão, Weinglas, Zucker und Wasser in der Hand, auf dem Kanapee saß (in dem geräumigen Schaukelstuhl in Zé Inácios Arbeitszimmer fanden seine Fettmassen keinen Platz), hatte der alte Procópio Monteiro, schlank und mit dem bewegten Mienenspiel eines Hasen, Zé Inácio erzählt, aus welchem Grund er im Galopp von seinem Besitztum aus zum Bezirksrichter geritten war; auf dem Wege noch brüllte er dem Richter zu, was vorzufallen drohte; nachdem der Richter zwei Pferde zuschanden geritten hatte, machten sie Polizeichef und Polizisten von Parada de Deus mobil und sprengten in vollem Galopp nach Gratidão, um den Streit zwischen Caetano de Melo und Moura Alves zu bereinigen. Während der Richter sich erneut mit Wein, Wasser und Zucker bediente, erzählte Artur Procópio Monteiro, wie er nach Parada de Deus gekommen und Chicos des Bauern Freund geworden war. Er war damals noch Junggeselle und lebte auf der kleinen Fazenda seines Vaters in Magé, als er hörte, einer seiner Brüder, ein Offizier, der bei dem ehemaligen Generalkapitän der Provinz als Ordonnanz diente, habe ein Erbgut im Inneren des Staates, fast an der Grenze von Minas Gerais, zum Geschenk erhalten. Artur vereinbarte nun mit seinem Bruder, daß er dieses Erbgut verwalten sollte – sein Leben lang hatte er nichts anderes getan als das Land zu bebauen – und was sie dort gewinnen oder verlieren würden, sollte geteilt werden. Er erzählte, sein Vater habe ihm für diesen Neubeginn etwas Geld und einen Sklaven mitgegeben. Auf dem Wege schloß er sich einigen Viehtreibern an. Als sie am Abend ihr Lager aufschlugen, erfuhr er, daß der Anführer des Trupps in die gleiche Gegend ritt, in der das Erbgut seines Bruders lag, da sich einer seiner Brüder, ebenfalls Viehtreiber, dort eingerichtet hatte und auf einem ausgedehnten Gelände »schürfte«, das er zuvor den Händen von Banditen und Indios entrissen hatte. Der alte Artur erzählte, besagter Viehtreiber habe ihn eingeladen, seine Mahlzeit zu teilen – sie bestand aus Trockenfleisch, Mehl und Bohnen nebst einem guten Schluck Zuckerschnaps – und ihm auf alle Fragen Auskunft gegeben, die ihm Artur über das unbekannte Land stellte. Gewiß, dort gab es Indios, aber sie zogen sich mehr und mehr ins Innere der Wälder zurück und griffen nur selten an, wenn man sie feindselig behandelte; sein Bruder war geachtet und lebte mit ihnen in bestem Einvernehmen, nachdem er sie in etlichen Scharmützeln in die Flucht geschlagen hatte. Der Boden eignete sich gut für Pflanzungen, so gut, daß sein Bruder daran dachte, sobald er den Bau einer Kapelle zu Ehren von Christkönig abgeschlossen hätte, das Goldschürfen aufzugeben und sich ausschließlich der Landwirtschaft und speziell dem Kaffeeanbau zu widmen. Er selber brachte die Schößlinge aus Valença von der Fazenda eines Gevatters mit; bei der neu zu bepflanzenden Gegend handelte es sich nicht um ein Bergland (wie in Minas), sondern um Hügel, auf denen man bis zur Ankunft seines Bruders nur Mais, Bohnen und Apfelsinen angepflanzt hatte und in den tieferen Lagen Reis und Zuckerrohr, die bevorzugten Kulturen der Gegend. Nach allem, was Artur aus Ochsen-Zés Erklärungen verstand, lag das Erbgut vor der Ortschaft Santo Antônio do Pomba und hinter dem von seinem Bruder gegründeten Ort. Dieser bestand aus einer Schenke, der im Bau befindlichen Kapelle und einem Gefängnis, nebst einem halben Dutzend Wohnhäusern. Sein Bruder hatte den Ort Parada de Deus genannt – Gottes Aufenthalt –, weil ihm Christkönig, dem er fromm zugetan war, erschienen war, als er mit seinem Trupp in die Gegend kam, und zu halten befohlen hatte. Christkönig trug ihm auf, die Goldadern in der Nähe des Flüßchens auszubeuten und das gewonnene Geld auf die Erbauung einer Kapelle zu Seinen Ehren zu verwenden und dort eine Stadt mit Seinem Namen zu gründen. Ochsen-Zé erzählte Artur von seines Bruders Kampf mit der Bande des Zigeuners Teodureto und von dem rätselhaften Schuß, den sein Bruder auf den Banditen abgefeuert hatte. Dieser stand auf der Anhöhe, um zuzuschauen, wie seine Leute den Viehtreiber und dessen Sklaven liquidierten, und wurde von einer verirrten Kugel getroffen, die aus dem Gewehr des Viehtreibers kam. Bis heute konnte dieser nicht erklären, auf welche Weise er sie abgeschossen hatte. Artur erzählte Zé Inácio und dem Richter, der Viehtreiber habe ihm so viel von seinem Bruder berichtet, dem Christkönig im schönen roten Umhang, mit einer Krone auf dem Haupt, erschienen war, daß er, als sie Santo Antônio do Pomba hinter sich hatten, darauf brannte, jenen Chico kennenzulernen, der durch das geschürfte Gold aus dem ihm von Gott zugewiesenen Land zu Vermögen gekommen war. Aber Artur lernte Chico den Bauern weder an diesem noch an einem der vielen folgenden Tage kennen. Er mußte sich auf dem Erbgut einrichten, und die Arbeit, die damit verbunden war, lenkte ihn ab und beanspruchte ihn derartig, daß er sich darauf beschränken mußte, sooft er mit Nachbarn oder Kennern der Gegend zu tun bekam, Chicos des Bauern Namen zu hören; einige nannten ihn mit Haß, andere voller Verehrung, aber, ob nun Zuneigung oder Antipathie am Werke waren, eines konnte er stets bemerken: alle sprachen von Chico dem Bauern mit Achtung. Eines Morgens nun, als Artur sein Pferd auf der Weide gesucht und nicht gefunden hatte, forschte er hier und dort nach und erfuhr schließlich, in der Umgegend gäbe es eine Bande von Pferdedieben. Freilich wollte ihm niemand den Namen des Bandenchefs sagen und auch nicht, wo sie steckten. Er ritt weiter, wunderte sich über die Furcht, die auf den Gesichtern der Leute auftauchte, sobald er nach dem Ort fragte, an dem sich die Diebe versteckt hielten, und spornte eben sein Pferd zu einer neuen Anstrengung an, als er auf der Straße etwas bemerkte, wovon er auf Anhieb nicht sagen konnte, was es sein mochte – es war, als ob sich ein Holzstier langsam vorwärtsschöbe – er rieb sich die Augen und glaubte schon, einer Halluzination zum Opfer gefallen zu sein, weil die Sonne so heftig auf seinen Kopf einstach, als er zunächst die Stiefel, dann den Körper eines Mannes bemerkte, der unter einer schweren Last gebückt ging, die er näherkommend als ein aus einem dicken Baumstamm gefertigtes, durch Lianen mit einem Querbalken verbundenes Kreuz erkannte. Er trat heran, zog den Hut, bekreuzigte sich und wünschte dem Unbekannten einen guten Tag. »Gelobt sei unser Herr Jesus Christus!« antwortete ihm eine starke Stimme, die nicht aus der Kehle, sondern mitten aus der Brust zu dringen schien. »Sie tun wohl Buße?« fragte Artur. Der Mann wischte sich mit dem Daumen den Schweiß von der Stirn und erkundigte sich: »Sind Sie neu in der Gegend?« »Ich wohne dort oben«, antwortete Artur, »und versuche eben herauszubringen, wo sich die verdammten Pferdediebe versteckt haben, aber es scheint, die Leute haben alle Angst, es mir zu sagen: heute Nacht ist nämlich mein Pferd gestohlen worden. Wissen Sie nicht, falls ich mir die dumme Frage erlauben darf, wo ich diese Unruhestifter finden kann?« Artur erzählte, der Mann habe das schwere Kreuz an den Wegrand geschleppt und, als er ihm dabei helfen wollte, habe er (er war immer so mager gewesen wie heute, prahlte aber gern mit seiner Muskelkraft) das

Kreuz keinen Millimeter von der Stelle zu bringen vermocht. »Ich heiße Francisco de Moura Alves«, sagte der Mann mit dem langen schwarzen Bart, »ich bewohne das ganze Gebiet, das von diesem Hügel, der Chapada heißt, bis weit über die Ländereien hinausreicht, die Sie dort am Horizont sehen, einige kennen mich als Ochsen-Chico, weil ich mein Leben als Viehtreiber begann; aber seit ich angefangen habe, auf diesem Boden nach Gold zu »schürfen«, bin ich als Chico der Bauer bekannt. Wenn ich mir eine dumme Frage erlauben darf, haben Sie eine Feuerwaffe bei sich?« »Nein, ich trage nie Waffen bei mir«, erwiderte Artur; da trocknete sich der Mann abermals das Gesicht mit dem Hemdsärmel ab und murmelte etwas, was Artur nicht verstehen konnte. »Dann gehen wir mal zu meiner Kate, junger Mann«, sprach er mit seiner sonderbaren Stimme, die weder aus dem Mund noch aus der Kehle zu kommen schien, sondern von drinnen, gleichsam aus der Seele. »Der Bandenchef heißt Zeca Araújo, er ist Besitzer der Fazenda Pedra und politischer Führer von Várzea da Palma; wenn Sie Ihr Tier wiederhaben wollen, brauchen Sie eine Kanone und müssen bereit sein, zu töten oder zu sterben.« Da erzählte Artur, er wäre Chico gefolgt, nicht in dem Wunsch, sein Pferd zurückzubekommen oder in den Besitz einer Waffe zu gelangen und sich dadurch stärker zu fühlen, sondern weil er in der Nähe dieses Mannes nur von dem Willen beseelt gewesen wäre, ihm zu folgen, auch wenn er gewußt hätte, der Weg führe in die Hölle und der Teufel erwarte ihn dort zum Duell. Von der Höhe des Poeira-Hügels aus hatte Artur zum ersten Mal die Fazenda von Gratidão erblickt und den riesigen Brotbaum, dessen Schatten über die Baumbrücke fiel, die den Bonito überquerte. Jenseits des Flüßchens schürften die Neger nach Gold; alles war in emsiger Bewegung: Im Buschwald am Hügelhang legten die Sklaven Feuer, um das Anpflanzen der Kaffeeschößlinge vorzubereiten. Als die Sklaven an ihnen vorbeikamen, fiel Artur der Fanatismus auf, mit dem sie ihren Herrn anblickten; nicht Wertschätzung oder Furcht sprachen aus diesen Blicken, sondern bedingungslose Verehrung, als könne er sie dazu bringen, ohne Zögern ihr Leben für ihn in die Schanze zu schlagen. Sie begrüßten Chico den Bauern mit den Worten: »Ihren Segen, Sinhô!« Der gleiche Mann, den Artur auf der Straße getroffen hatte, wo er ein riesiges Holzkreuz schleppte, den seine Sklaven zu vergöttern schienen, öffnete eine Ledertruhe, entnahm ihr zwei große Pistolen und zwei Flinten, verteilte sie an seine Leute und zog auf einem aufwendig gesattelten Reittier – das ganze Lederzeug glänzte, so gut war es gewichst, ebenso die Stiefel, die ihm fast bis zu den Schenkeln reichten, und auch das Leder des Sattelzeugs knirschte vor Neuheit auf dem reich versilberten Geschirr – mit seinem Gefolge in Artur noch unbekannte Gegenden, nach Várzea da Palma an der Grenze des Staates Rio, eine schon auf dem Gebiet von Minas Gerais liegende Ortschaft. Das alles erzählte der alte Artur Procópio Monteiro Zé Inácio und dem Bezirksrichter Matoa Lobão an jenem Tage, an dem die Polizeieskorte aus Parada de Deus auf Weisung der Amtspersonen die streitenden Parteien entwaffnet und ein Gemetzel auf Gratidão verhindert hatte. Der Richter hatte so unerwartet eingegriffen, daß sowohl Clemente wie auch Zé Inácio und ihre Leute keinen Widerstand zu leisten wagten, sondern der Kommandostimme des Richters gehorchten, der im Vollgefühl seiner 120 kg den Streitfall mit wenigen Worten entschied. Der alte Artur vergaß auch nicht zu erwähnen, daß er bei ihrer Rückkehr aus Zeca Araújos Fazenda Pedra das Pferd am Halfter hinter sich her zog, das ihm gestohlen worden war und er sich für den Rest seines Lebens als Freund des einstigen Viehtreibers betrachtete, mit einer so großen Dankesschuld, daß er nie hoffen konnte, sie zu begleichen. »Wie verlief die Sache auf Hauptmann Zeca Araújos Fazenda?« erkundigte sich Zé Inácio, während der Richter halb die Augen schloß und alsbald seine blatternarbigen Backen aufblies und laut losschnarchte. Da erzählte Artur Procópio Monteiro, Chico der Bauer sei mit der gleichen Geruhsamkeit, mit der er samstags die Kundschaft in seinem Ausschank in Parada de Deus beobachtete, in die dunkle Schneise eingebogen, die zu dem festungsartigen Hause des Fazendabesitzers und Chefs der Pferdediebe führte: sein Gewehr hatte er über Kreuz auf den Sattel gelegt, seine Rechte hielt es ebenso gelassen fest, wie er die Perlen eines Rosenkranzes abspulte. Und das eben setzte Artur in Erstaunen: der gleiche Mann, den er auf der Straße für eine unbekannte, wer weiß wie große Sünde Buße tun sah, verzog keine Miene, während sie über die dunkle Schneise zogen und die ausrutschenden Tiere am Zaum über den klebrigen Schlamm zogen; über ihnen schlossen sich die Bäume so dicht, wie Artur es nie gesehen hatte, zu einem grünen Laubdach zusammen. Chicos grobes Gesicht mit dem gewaltigen Bart und den breiten Backenknochen behielt seinen fast gleichmütigen Ausdruck bei. Er war so schweigsam wie ein Mensch, der sich keine Sorgen macht, sondern still abschätzen will, was um ihn her vor sich geht. So groß sei die Ruhe seines Begleiters gewesen, erzählte Artur, daß er nicht für sein Leben fürchtete, als die ersten Leibwächter von Hauptmann Zeca Araújo auftauchten. Er vertraute weder auf sich noch auf Gott – sein Zutrauen zu Chico dem Bauern war von Anfang an so groß gewesen, daß es beinahe gotteslästerlich war, so als ob diese Bekanntschaft eine ausreichende Stütze wäre, um Gottes Schutz von nun an, der Herr verzeihe ihm, entbehrlich zu machen – sondern einzig auf den riesenhaften Mann neben sich: seine breiten Gesichtszüge waren nicht schön zu nennen, seine vorspringende Nase erinnerte an einen Falken, der sich über seine Beute beugt. So sah er sich ohne zu erschrecken von finster blickenden Männern umringt, in der Mehrzahl zivilisierten Indios aus verschiedenen Stämmen, er erkannte Puris und Coroados. Einige der Indios waren hochgewachsen und hatten lange Beine und Hälse. Er war so benommen, daß er kein Wort herausbrachte, als ihn einer der wenigen Leibwächter mit weißer Hautfarbe aufforderte, seine Waffe zu übergeben. »Ich nehme die Waffe nicht zum Spaß in die Hand, junger Mann«, sprach Chico der Bauer, während seine Hand regungslos auf dem Gewehr auf seinem Sattel ruhte; »entweder reite ich so weiter oder ich kehre um.« Artur sah, wie sein Gefährte sein Pferd antrieb und folgte ihm, während die Leibwächter zurückwichen, obwohl sie Waffen trugen. Sonderbarerweise spürte Artur, daß sie ihre Waffen nicht benutzen, und wenn sie sie selbst benutzen sollten, mit ihnen gegen Chico den Bauern nichts ausrichten würden. Er verstand auf einmal, warum sich seit dem berühmten Schuß, der den Zigeuner Teodureto niedergestreckt hatte, nie wieder jemand erkühnte, auf Chico den Bauern zu schießen, zumindest nicht in der Absicht, ihn persönlich treffen zu wollen. Artur sah fassungslos und überrascht zu, wie sein Gefährte durch die Schneise ritt, die zu einem soliden dreistöckigen Haus führte, zu dem man nur über eine Zugbrücke gelangen konnte. Es sah aus wie eine Burg aus alten Zeiten, erklärte Artur, und als er die große hölzerne Zugbrücke in ihren Ketten knarren und sich langsam zu Boden senken sah, wußte er nicht, was er davon halten sollte, er sperrte wie ein Einfaltspinsel Mund und Nase auf. Die Brücke ächzte, als Chico und er auf ihr in einen weiträumigen, viereckigen Innenhof einritten. Dort arbeiteten emsige Sklaven, sie liefen kreuz und quer über den Hof, am meisten aber beeindruckte Artur der Mann, der auf den obersten Stufen einer Treppe auf sie zu warten schien: dieser Mann erinnerte ihn an jemanden, den er gut kannte, und während sein Blick von Hauptmann Zeca Araújo zu Chico dem Bauern wanderte, fiel ihm ihre Ähnlichkeit auf, der gleiche dichte schwarze Bart und die groben Gesichtszüge, knorrig wie Baumstämme. Deshalb überraschte ihn auch die Arroganz nicht mehr, mit der beide ein Zwiegespräch von gleich zu gleich führten, obwohl der Mann auf der Treppe der Hausherr war. »Was steht zu Diensten, Chico?« fragte Zeca Araújo. Artur schaute ihn prüfend an, mit der Absicht, in dem Mann, der schwarz gekleidet, eine goldene Kette über der Weste, die Haut farblos und gleichsam gescheckt, vor ihnen stand, den Chef der Pferdediebe zu entlarven, der sich hinter der Fassade des Politikers und Fazendabesitzers verstecken mußte. Chico der Bauer saß lässig im Sattel und schien sich recht wohl zu befinden unter all diesen Bewaffneten, die sicherlich beim ersten Wink ihres Herrn gnadenlos auf sie beide schießen würden. »Gelobt sei Gott, Hauptmann«, erwiderte Chico der

Bauer, als ob er die Frage des anderen nicht gehört habe, und trieb sein Pferd an. Da trat ihm ein gedrungener Mann mit kurzgeschnittenem Haar, der Holzstäbchen in der Unterlippe und in den Ohren trug, in den Weg; sein Gesicht war bis zur Nase mit hellroter »Urucum«-Farbe bemalt. Artur erzählte, dieser Indio – später hörte er, daß er Jipará Taratatu hieße, was in der Sprache des Botokudenstammes, dem dieser Stellvertreter Zeca Araújos angehörte, so viel wie »Bruder der Nacht« bedeutet – wäre von dem Bandenchef in Vila do Fanado in Minas Gerais vor der Todesstrafe gerettet worden und habe sich fortan nie mehr von dem Hauptmann getrennt; er war sein wachsamer Schatten, hatte den Besitzer von Pedra schon vor zahlreichen Hinterhalten bewahrt und ihn mehrmals vor dem sicheren Tode gerettet. Der Indio zog ein riesiges Buschmesser, stellte sich vor Chicos des Bauern Pferd und knurrte ihm zwischen den Zähnen zu: »Halt an!« Da erst zog Chico der Bauer, ohne sich zu übereilen, die Zügel des Pferdes an, und Artur entging nicht die behende, unmerkliche Bewegung des Fingers auf dem gespannten Abzug: Der Reiter schien das erhobene Messer in der Hand des Indios einfach zu übersehen, seine Rede war ruhig, beinahe freundschaftlich, auch wenn freilich die grobe, aus den Tiefen der Brust heraufdringende Stimme seinen Worten eine Sicherheit und einen Befehlston verlieh, dessen Gewalt man sich nur schwer entziehen konnte. »Wir sind wegen eines Pferdchens hierhergekommen«, sagte Chico der Bauer, »das irrtümlich von einem Ihrer Leute eingefangen worden ist.« »Befand sich das Tier auf Ihrem Grund und Boden?«, fragte Zeca Araújo. »Um die Wahrheit zu sagen, Hauptmann, es ist nicht mein Tier, es gehört diesem jungen Mann hier, meinem Freunde«, und Chico der Bauer suchte mit den Augen nach Artur, der es nun erst wagte, den Hauptmann geradeheraus anzuschauen. Dieser war die Steintreppe heruntergestiegen, ohne auf die Stufen zu achten, während seine häßlichen, gescheckten Hände ein Maisblatt zur Zigarette drehten. »Wenn ich eine dumme Frage stellen darf«, sagte Zeca Araújo, »wie heißt denn Ihr Freund?« »Ich heiße Artur

Procópio Monteiro, gebürtig aus Magé«, hatte Artur erwidert und seine Stimme war ihm, verglichen mit denen der beiden anderen, falsettähnlich vorgekommen. »Er verwaltet das Erbgut Bela Vista«, fügte Chico der Bauer hinzu, »es gehört seinem Bruder, dem Generalkapitän.« Es trat eine lange Pause ein, während deren Zeca Araújo völlig damit beschäftigt schien, das Maisblatt zuzuschneiden; er steckte die Hand in die Jackentasche und zog kleine schwarze Häufchen hervor, die er in das Blatt einrollte: ein Leibwächter reichte ihm Feuer, und erst nach dem ersten Zug schaute Zeca Araújo erneut Chico den Bauern an. Dieser saß ganz gelassen, halb seitlich, auf dem Sattel und wartete, daß der andere reden würde. »Falls ich mir die dumme Frage erlauben darf, wie sah denn das verschwundene Pferd aus?« fragte der Fazendeiro und blieb zwei Stufen vor dem Ende der Treppe stehen, um auf gleicher Höhe zu sein wie die beiden auf ihren Pferden. »Es ist ein kleines Tier, grau, mit einem Stern auf der Stirn, und es ist ein guter Traber, jawohl, Herr«, gab Artur zur Antwort. Eine Rauchwolke hüllte den Kopf des Bandenchefs ein; er sog unablässig, mit hinter dem Rücken verschränkten Händen, an seiner zerbissenen Zigarette. »Jipará«, sagte er endlich: der Indio wandte ihm sein rotmaskiertes Gesicht zu, ohne seinen Körper zu bewegen, als könne er den Kopf nach hinten drehen, ohne den Rumpf zu verlagern – »geh und hol das Pferdchen dieses jungen Mannes. Ich habe euch schon einmal gesagt: wenn ihr Feste feiert, sollt ihr zu Fuß gehen und nicht das Eigentum anderer Leute antasten.« Zeca Araújo hatte noch nicht ausgeredet, da war der Botokude schon aus ihrem Gesichtskreis verschwunden, die Klinge seines Buschmessers blitzte in der Sonne, die mit ihrer Glut die Kälte der vorangegangenen Nacht auszugleichen schien. »Nehmen Sie das nicht krumm, urteilen Sie nicht falsch über meine Männer«, sagte Zeca Araújo, »sie stehlen nicht, sie leihen sich nur gelegentlich etwas aus.« Er lachte derb, ohne die Zigarette aus dem Mund zu nehmen, deren Asche ihm auf die Hemdbrust fiel. »Deshalb brauchen Sie sich aber nicht anzugewöhnen, hier auf der Fazenda Pedra, dem Besitztum des ehrenwerten Hauptmanns Zeca Araújo, nach allen Tieren zu suchen, die von Ihrer Weide verschwinden.« Dabei lachte er abermals, und diesmal stimmten seine Leute in sein Gelächter ein. »O je, Hauptmann«, gab Chico der Bauer zurück, »wenn mein Freund nicht hier bei Ihnen sucht, wo soll er denn sonst suchen?« Auf dem Heimritt erzählte Artur Chico dem Bauern, wie erschrocken er gewesen sei, als dieser gefährlich respektlose Satz ausgesprochen wurde, den Zeca Araújo mit seinem Gelächter abschnitt. »Ich begreife nicht«, hatte Artur zu seinem Gefährten gesagt, »warum der Hauptmann nicht die Pistole gezogen hat, um Sie umzulegen; Lust dazu fehlte ihm nicht.« »Sein Leben ist ihm lieb, junger Mann; der Hauptmann mag ein tapferer Mann sein, aber sterben will er nicht«, erwiderte Chico der Bauer und ritt ruhig auf der Straße dahin, ohne sich mit einem Blick zu vergewissern, ob ihm vielleicht die Leibwächter des Hauptmanns folgten, »und Zeca Araújo weiß, wer auf mich schießt, den nehme ich mit mir mit, denn der Herr wird diese Verbrecherhände nicht ohne Strafe lassen.«

Der Bezirksrichter öffnete halb die Augen, hob den Kopf, der ihm während des langen Schlummers auf die Brust gesunken war, und fragte den alten Artur, was sich denn nach Chicos des Bauern Herausforderung auf der Fazenda Pedra abgespielt hätte. Artur schlug seine langen, mageren Beine so übereinander, daß der linke Fuß den rechten umfaßte, und berichtete, sonderbarerweise wäre gar nichts geschehen, der Hauptmann habe um Entschuldigung gebeten und in Gegenwart aller dem Botokuden Jipará Taratatu eine Rüge erteilt – denn alles sprach dafür, daß er der Pferdedieb gewesen war. Da wollte Zé Inácio wissen, ob dieser Botokude ebenfalls von der »Todesbande« umgebracht worden wäre, die auch dem Bandenchef den Garaus gemacht hatte. Artur erzählte, alle Mitglieder der »Todesbande« hätten genau gewußt, daß sie, um Zeca Araújo das Lebenslicht auszublasen, vorher oder gleichzeitig auch den Botokuden töten mußten, denn wenn dieser nach dem Tod seines Herrn auch nur eine Minute am Leben geblieben wäre, so hätte er sie dazu benutzt, den Mörder des Hauptmanns ins Jenseits zu befördern, denn er sei von einer in ganz Parada de Deus bekannten Treue und Hingabe gewesen. Doch verschob er den Bericht über Zeca Araújos Ende auf einen anderen Tag, weil er zuvor zu Ende erzählen wollte, wie er Chicos des Bauern Freund geworden war. An jenem Tage war ihm klargeworden, daß er mit einem außergewöhnlichen Manne Bekanntschaft geschlossen hatte, den man nicht beurteilen konnte, indem man sagte, er wäre religiös und dennoch den Frauen zugetan gewesen und habe wegen seiner groben Stimme nur selten mit anderen Menschen herumgeschrien: nein, für Chico den Bauern war das nicht ausreichend, er war ein ungewöhnlicher Mann, den eine übernatürliche Macht beschützte, und sie bewirkte, daß man bei ihm durchgehen ließ, was anderen Menschen verboten war. Nur so konnte er sich auch das Verhalten des furchteinflößenden Zeca Araújo erklären, der bei viel nichtigerem Anlaß jeden getötet haben würde, der sich etwa unterstanden hätte, die Rückgabe eines von seinen Leuten gestohlenen Tieres von ihm zu verlangen. Alle wußten, daß diese Diebstähle auf sein Geheiß hin geschahen und niemand auf der Fazenda Pedra ohne seinen Befehl einen Holzspan anrührte. Von jenem Tage an, erzählte Artur, habe er alles geglaubt, was über Chico den Bauern berichtet wurde. Deshalb verstand er auch, weshalb der Feldwebel José Caetano de Melo Anlaß zur Dankbarkeit gehabt und sich in einen treuen Freund des Besitzers von Gratidão verwandelt hatte. Seine ganze Erzählung sollte nur verdeutlichen, wie er, Artur Procópio Monteiro, sich an Chico den Bauern und später auch an den Feldwebel angeschlossen hatte. Er wollte dem Richter Matos Lobão, der Chico den Bauern nur vom Hörensagen kannte, einen Begriff davon geben, aus welchem Holz der Vater des Mannes geschnitzt war, dessen Gast sie in diesem Augenblick waren.

Die Fazenda der »verstorbenen Domingos Afonso« war in das Erbgut einbezogen worden, das der Feldwebel, einige Zeit nach der Unabhängigkeitserklärung Brasiliens, vom Generalkapitän der Provinz erhalten hatte. Eine beginnende Tuberkulose zwang

José Caetano de Melo, sich eine Zeitlang von seinen Berufspflichten zurückzuziehen; später kam er mit einem Mal auf sein Besitztum zurück, weil dessen Höhenlage seinen Lungen bekömmlich war, da es in der Nähe der gezackten Bergkette lag, die das Caldeirão-Gebirge durchquert. Der Feldwebel kam mithin nach Artur und längere Zeit nach Chico dem Bauern, und brachte eine riesige Karawane von Sklaven mit, dazu Frau und Kinder und etliche Verwandte: zu dieser Zeit traf Artur bereits an jedem Samstagabend mit Chico dem Bauern in dessen Schankwirtschaft in der kleinen Ortschaft zusammen, die binnen kurzem ihr Gesicht verändern sollte. Armselige kleine Lehmhäuschen begannen rings um die Kapelle zu entstehen, in der jeden Sonntag die Messe gelesen wurde, und zwar von einem Kaplan aus Várzea da Palma, der von Chico dem Bauern persönlich abgeholt und für seine Dienste bezahlt wurde – erst später erschien Pater Cesário, bezog auf Gratidão Quartier und wurde Pfarrer von Parada de Deus, aber zu dieser Zeit war Chico der Bauer schon verheiratet und Vater eines Sohnes. In jenem Jahr wurde zum ersten Mal die Christkönigsprozession veranstaltet; für sie ließ Chico der Bauer sein Bildnis in natürlicher Größe aus Rio kommen. Es wurde unter den Augen des staunenden Volkes, das sich um den Brunnen zusammenscharte, auf einem Prozessionswagen durch den Ort gefahren. Die Leute kamen aus meilenweiter Entfernung herbei, die meisten barfuß, ihre Schuhe unter dem Arm; sie zogen sie erst an, wenn die Prozession begann, andere kamen zu Pferde, dazu ein paar Kranke, die keine Gelegenheit ausließen, um ein Wunder zu erbitten: an der Spitze dieser und aller späteren Prozessionen zog Chico der Bauer, ein riesiges goldenes Kruzifix in der Hand, gleich hinter ihm der Pater mit dem Allerheiligsten (damals hatte Chico noch nicht den Baldachin gekauft, er, Artur, schritt neben dem Priester und hielt den geöffneten Sonnenschirm über seinen Kopf): hinter ihnen folgten Ochsen-Zé und sein Sohn; sie trugen die rotweißen Fahnen der Christkönigsbruderschaft, die Chico der Bauer gerade gegründet hatte, und darauf folgte Sein schönes Bildnis, das bis heute auf dem Hauptaltar der Kirche von Parada de Deus stand: Christus im roten Samtumhang, die Schrift in der Rechten, in der Linken das Zepter, eine Krone (aus dem Gold von Parada de Deus) auf dem Kopfe. Das Bildnis fuhr auf einem Prozessionswagen, der mit Gänseblümchen, Feldlilien, Dahlien und Nelken reich geschmückt war. Der alte Artur war stolz, daß er an der ersten Prozession teilgenommen hatte, die in Parada de Deus zu Ehren von Christkönig, dem Schutzpatron des Ortes, stattfand. Die Bruderschaft bestand aus den Fazendeiros der Umgegend, die bei feierlichen Messen und Prozessionen einen rotseidenen Umhang trugen. Das Christusbild selbst stammte von dem französischen Arzt Dr. Saint-Yves, einem vortrefflichen Maler, der sich zu Tode getrunken hatte. Wie dieser Ausländer in die Ortschaft gekommen war, blieb ein Rätsel. Eines Tages tauchte er in der Herberge Mutter Joanas auf – so nannte man die Spanierin, die von ihrem Gatten oder Geliebten, dem Spanier Pontuondo, »Mutter« genannt wurde, während er seinerseits seine Frau oder Geliebte »mein Schatz« nannte. Niemand wußte, wer er war und wie er hierher verschlagen worden war, bis er auf einen Karton mit roten und gelben Schnörkelbuchstaben folgenden Text aufzeichnete:

Dr. Jean Gabriel Saint-Yves
Französischer Arzt
Praktischer Arzt
Chirurg
Sprechstunden hier!

Da wußte man endlich, wer der schweigsame Herr mit den ehemals feinen Gesichtszügen war, die vom übertriebenen Alkoholgenuß so vergröbert worden waren, daß Augen und Gesicht ganz verschwollen aussahen. Mit der Zeit überzeugten sich die Leute davon, daß es sich um einen ausgezeichneten Arzt und einen anständigen Kerl handelte, der nur zuweilen, wenn er trank, unleidlich wurde, aber in solchen Stunden brummelte er nur unentwegt in seiner Sprache, und mit der Zeit verstanden sie die Schimpfworte, aber sie waren nicht beleidigt, weil er auf französisch fluchte. Später gewann Dr. Saint-Yves die Achtung und Dankbarkeit der Einwohnerschaft von Parada de Deus, als der Arzt bei der Typhus-Epidemie von 1828 Tag und Nacht ohne Schlaf auskam, die Cognac-Flasche in Reichweite und völlig verwahrlost, aber immer am Lager der Kranken. Als die Seuche vorüber war, gab es niemanden, der dem Franzosen nicht verpflichtet gewesen wäre. Er betrank sich nach wie vor, brummte Flüche in seiner Sprache und malte auf jedes Stück Papier, das ihm in die Hände kam, obszöne Figuren. Die Leute fanden daran nichts mehr auszusetzen, denn nach der Epidemie waren sie übereingekommen, den Franzosen als Heiligen anzusehen. Artur erzählte dann (einen Augenblick war er etwas verlegen und strich sich über den weißen Kinnbart, als dächte er nach, ob es wohl der Mühe wert wäre, das Kind beim Namen zu nennen: es war nur ein Augenblick der Verlegenheit, Zé Inácios interessierter Blick und der scheinbare Schlummer des Richters Matos Labão halfen ihm darüber hinweg, und so fuhr er fort in seinem Bericht), sie vier – Chico der Bauer, der Feldwebel, der französische Arzt und er – seien die ersten Einwohner von Parada de Deus gewesen, die das Haus der freigelassenen Sklavin Maria-Du-bringst-mich-um besuchten. In ihrer Gesellschaft lebten ein paar Mulattinnen, kürzlich aus São Fidélis eingetroffene Prostituierte; sie alle wohnten auf einer kleinen Ranch am Ufer des Pomba, dicht bei Santo Antônio. Der alte Artur lachte heiser, preßte die Hand auf seinen zahnlosen Mund und sagte, nie habe er ein verteufelteres Weibsstück kennengelernt als diese Maria-Du-bringst-mich-um – aus Taktgefühl erwähnte er nicht Maria Olegária, Zé Inácios Schwester, und ihre Flucht mit dem Sohn dieser Sklavin, dem Mulatten Honório, dem Pferdebändiger, der gemeinsam mit der Tochter Chicos des Bauern in der weiten Gotteswelt untergetaucht war – und nie einen hübscheren Körper, eine Haut, dunkler als Bronze: das erste Mal, als er sich allein mit ihr im Zimmer sah, war eben Chico der Bauer herausgekommen und hatte sie ganz zerschmolzen im Bett zurückgelassen, so als ob ein ganzes Heer über ihren Leib hinweggezogen wäre. Es war das erste Mal, daß Artur einer Berufsmäßigen gegenüberstand, und das beschämte ihn, er wußte selbst nicht warum. Bis dahin hatte er seine Liebesabenteuer bei den kleinen Negersklavinnen auf der Fazenda seines Vaters gesucht und, seit er nach Bela Vista gekommen war, hatte er keine Frau mehr angerührt, denn die wenigen Sklavinnen, die er besaß, hatten schon Männer, und er fand es unbillig, sich als Mann einer Frau aufzuzwingen, nur weil sie seine Sklavin war. So stand er denn da, so wie ihn Chico der Bauer mitgeschleppt hatte, der von Maria als erster empfangen worden war: er sah sich im Geiste vor ihr stehen, fein und tolpatschig, wie er seinen Hut in den langen, geröteten Händen drehte. So verblieben sie längere Zeit, wie lange, war mit der Uhr nicht abzumessen, er stand und schwieg erwartungsvoll, während Maria ausgestreckt, mit geschlossenen Augen in dem großen Bett mit den zerknitterten Laken lag. Ihre nackten Brüste hoben und senkten sich im beschleunigten Rhythmus frischer Erschöpfung, doch beeindruckte Artur nicht so sehr ihre Größe (es hieß, sie wäre die hochgewachsenste Sklavin gewesen, die es in der ganzen Gegend gab), als vielmehr die langen, dunklen Säulen ihrer ebenfalls nackten Beine; er ahnte ihr glatte Wärme, die zum heißen Zentrum des Geschlechts führte, und diese Hitze wollte Artur auf seiner Haut spüren.

– Ganz unter uns: daß jemand in Parada de Deus Polizeikommissar wird, ist nicht sonderlich schwierig, aber daß er es bleibt und sich zwei Jahre hindurch hält, wie das mein Fall ist, deutet auf gutes Stehvermögen. Vor meiner Zeit hatte der Polizeikommissar hier immer ein kurzes Leben. Unter Hauptmann Heleno soll es geradezu schandbar gewesen sein. Der einzige Kommissar, der Manns genug war, ihm die Stirn zu bieten, wurde weich und mußte es sich gefallen lassen, daß Hauptmann Heleno den Revolver in seiner Hand bepinkelte – hören Sie gut zu! – ihn mit seinem Urin benetzte, was ihn nötigte, sich beschämt aus dem Staube zu machen.

In Niterói gewährte der Staatspräsident dem Obersten Crespi jegliche Unterstützung im Widerstand gegen Heleno de Moura. Warum stritten die beiden überhaupt? Beide kämpften doch für eine gemeinsame Sache, für die Trennung der hiesigen Gemeinde von Santo Antônio do Pomba. Und doch war diese »gute Sache« geschwächt worden, weil sich die Gegensätze zwischen den beiden politischen Führern vertieft hatten; sie schienen sich zu hassen oder doch fast ebenso zu hassen wie die Nachkommen des Grafen von Pomba, die Leite de Freitas, Ângelo Crespi und Heleno de Moura haßten und diese beiden wiederum die Söhne des berühmten Grafen, der ein Senator des Kaiserreichs gewesen war. Weil die beiden politischen Führer von Parada de Deus derart verfeindet waren, ernannte der Staatssekretär des Inneren und der Justiz in dieser Stadt einen Polizeisergeanten namens Anselmo: das war ein Mann, mit dem nicht zu spaßen war, klein und schmächtig, aber immer rasch mit der Waffe bei der Hand; er hatte einen fanatischen Respekt vor allem, was er als die *»Ordnung«* betrachtete. Zu ihrer Aufrechterhaltung wäre er imstande gewesen, seine eigene Mutter zu opfern. *Ordnung* bedeutete für ihn, daß niemand brüllte, die Fenster geschlossen waren, die Einwohner um acht Uhr abends in den Betten lagen und alle Gespräche erstarben, sobald er hinzutrat; wollte man weitergehen und diese einander überstürzenden Gedanken, die er selber nicht zum Ausdruck bringen und definieren konnte, in einem einzigen Satz zusammenfassen, so hieß *Ordnung* für den Sergeanten Anselmo, daß die herrschende Gesellschaftsordnung, und sie war in seinem Verständnis die Basis aller übrigen, unabänderlich war und nicht den geringsten Kratzer vertrug.

Wie es heißt, kam der Sergeant mit dem Auftrag hierher, Hauptmann Heleno ganz besonders scharf unter die Lupe zu nehmen. Das hatte der Makkaronifresser mit den Leuten von Niterói ausgemacht, um Oceanos Vater das Leben sauer zu machen; ich glaube aber, niemand hat dem Sergeanten klargemacht, in welchem Hornissenneste er da herumstocherte. Oh ja, er stocherte wirklich!...

Es gab niemand, der nicht darauf gebrannt hätte, diese Begegnung mitzuerleben. Als der Sergeant mit seiner glänzenden, frisch gebügelten Uniform und spiegelblank gebürsteten Gamaschen auf dem Bahnhof von Parada de Deus ausstieg – den Kopf hochgereckt, als wolle er mehr sehen als ihm sein kleiner Wuchs erlaubte –, da machte sich das Volk auf die Auseinandersetzungen gefaßt, die nicht auf sich warten lassen würden. Nur wenige jedoch ahnten, daß dieser Polizeisergeant, der wie ein Zwerghahn aussah, der am Hahnenkampf teilnehmen möchte, seine Größe und seinen Untergang binnen weniger Minuten erleben würde; denn er war dazu bestimmt, einer der wenigen zu sein, die dem sicheren Schützen Hauptmann Heleno mutig standhielten und doch, ungeachtet dieses persönlichen Mutes, die schlimmste Demütigung erlebte, die einem Manne zugefügt werden kann. Schon als der Sergeant den Hahnenkämpfen einen Besuch abstattete und die Veranstaltung verbot, unter dem Vorwand, es handle sich um ein Glücksspiel, wartete die Einwohnerschaft von Parada de Deus auf eine Auseinandersetzung mit Hauptmann Heleno, dessen Lieblingsspiel der Hahnenkampf war: er fand auf einem unbebauten Geländestück neben dem Spielfeld des Athletenclubs von Parada statt. Damals hatte sich Hauptmann Heleno damit begnügt, seine Leibwächter maskiert auszuschicken; am frühen Morgen drangen sie ins Haus des Polizeisergeanten ein und verprügelten ihn. In ihrem Zusammenstoß auf dem Kirchplatz war mithin die Abrechnung für viele andere Kränkungen enthalten, die der Hauptmann erfahren zu haben glaubte. Als die Nachricht umlief, die Auseinandersetzung stände kurz bevor, versuchten sich die Frauen, die Kinder an der Hand oder auf dem Rücken trugen, eilig vom Schauplatz zu entfernen. In Begleitung des Sergeanten Anselmo befand sich nur ein Polizist, aber für alle Fälle blieben Freunde des Obersten Crespi bei ihm. Aus der Tränen-Straße stieg eine feine rote Staubwolke auf, kam näher und deutete auf eine anrückende Menschengruppe. Je näher die Gruppe kam, desto mehr Fenster wurden sperrangelweit geöffnet, damit Hauptmann Heleno nicht meinen sollte, die Anwohner der Straße wollten sich vorsehen. Die Gruppe zog dicht geschlossen hinter Hauptmann Heleno her; als er den Platz betrat, blieb er stehen und wandte sich rasch um, als erteilte er Befehle, und so war es auch, denn sein Gefolge ging rasch auseinander und umstellte den Platz, während Heleno de Moura auf den Polizeisergeanten zuging. Dieser legte die Hand auf das Pistolenhalfter und stellte sich fast auf die Fußspitzen, als verstelle ihm eine Mauer, ebenso groß wie er selber, die Sicht – so erwartete er die Ankunft des Feindes.

Tatsache ist: Hauptmann Heleno mag ein gefährlicher Mensch gewesen sein, boshaft und rachsüchtig, aber alles, was er unternahm oder unternehmen ließ, war ihm selber eingefallen. Er ließ sich nichts von anderen Leuten einblasen, er las auch das ABC nicht nach einer fremden Fibel. Nein, er war ganz und gar nicht wie Hauptmann Oceano, der nicht nur verteufelt mißtrauisch ist und die Leute je nach den wechselnden Mondphasen beurteilt, sondern obendrein noch den schuftigen Einundsiebzig in seinen Diensten hat, diesen Sohn einer Stute, der dem Hauptmann Flöhe ins Ohr setzt. Das Schlimmste ist, daß er nicht nur gegen Hauptmann Oceanos Feinde Verleumdungen erfindet, sondern auch gegen uns, seine Freunde. Dieser Renegat ist ein ausgemachter Schurke, und trotzdem sind seine Phantasien geschickt zusammengestellt: in die Lügen, die er erfindet, mischt er immer ein bißchen Wahrheit ein. Wehe dem, der sich seinen Haß, seine Rachsucht zuzieht! Ich denke bei mir, der Konflikt zwischen dem Hauptmann und seiner Frau Maria Corina geht zum großen Teil auf sein Konto, das ist meine Ansicht. Mir hat er nie etwas davon verraten, denn Einundsiebzig weiß ganz genau, daß ich ihn nicht mag, ihn und sein Affengesicht, das nichts Gutes verspricht, denn der Affe ist das unbesonnenste Tier, das es überhaupt gibt. Einundsiebzig ist an vielen falschen Entscheidungen des Hauptmanns schuld, er und kein anderer. Wer hat die Intrige gegen den Stiefvater des Hauptmanns eingefädelt, gegen den Kapitän, der spurlos verschwunden ist? Wer hat dem Hauptmann eingeblasen, der Alte habe mit den Leite de Freitas aus Pomba eine Absprache getroffen und den Überfall auf den Hauptmann organisiert, als er noch Präfekt von Santo Antônio war? Jeder kann es nachprüfen: Einundsiebzig war ein paar Tage aus Parada de Deus verschwunden (ich hörte, daß er in Friburgo Dona Maria Corina nachspionieren sollte), und gleich darauf bekam der Mann von der Bank dort drei Kugeln als Geschenk verpaßt. Wer steckte dem Hauptmann die Nachricht zu, daß man ihm Hörner aufgesetzt hatte, wer?

Gut die Hälfte aller Konflikte des Hauptmanns hier in Parada de Deus ist von diesem Satansbraten ausgelöst worden. Ich weiß, wie er das macht, ich war sogar schon einmal dabei: dieser Mensch hat gute Manieren; wenn es nicht so wäre, so hätte er schon vor langen Zeiten ins Gras gebissen. So aber verkauft er dem Hauptmann seine Lügen sacht, wie ein Tropfenzähler, der den Fluß vergiftet; ehe man sich versieht, ist das ganze Wasser verseucht. Ich habe gesehen, wie diese Eiterbeule den Zé Pedro umschmeichelte, nur weil er auch an der China Gefallen gefunden hatte, der Mulattin aus der Pension der Japanerin in der Avenida. Das Mädchen verliebte sich in den Pächter – eine Dirnenlaune! – und verschmähte Einundsiebzigs leichtes Geld. Da nun Zé Pedro einer alteingesessenen Familie von Parada de Deus angehört, beschloß der gemeine Affe, seine Rache mit Hilfe des Hauptmanns anzuzetteln, der hier der mächtigste Mann am Platz ist, vor allem seit der Revolution. Einen Vorwand zu finden, war nicht schwierig, denn zumindest bis zum Geburtsjahr des Hauptmanns verstanden sich die beiden Familien nicht. Das erzählt der Rechtsanwalt Lourenço, ein Uralter, der alle Geschichten aus der Umgegend kennt. Der Anwalt sagt, kurz vor der Sklavenbefreiung wären die Sklaven von Zé Pedros Großvater aus ihrer Fazenda entflohen – die Caetano de Melo waren schwerreich, haben später aber alles verloren, wie es heißt, durch Machenschaften von Hauptmann Heleno, der seinen Feinden nicht einmal in der Todesstunde verzeiht – und hätten sich, um einer schweren Strafe zu entgehen, auf Gratidão versteckt, wo ihnen Hauptmann Oceanos Großvater Obdach gewährte, weil er gutherzig war. Deshalb wäre es fast zum Kampf gekommen, wenn der Vater des Rechtsanwalts nicht trotz seines Alters im Galopp das Polizeikommando von Parada de Deus geholt hätte, um die streitenden

Parteien zur Vernunft zu bringen. Die armen Sklaven kaufte schließlich der Alte selber, der Vater des Anwalts; auf diese Weise blieben die Neger nicht auf Gratidão und brauchten doch nicht auf die Fazenda von Zé Pedros Großvater zurückzukehren. Aber wenn auf diese Weise der Streitgrund entfiel (es gab noch andere Gründe, der Anwalt berichtete, eine Caetano de Melo wäre von Hause geflohen, um den Großvater des Hauptmanns zu heiraten, und das hätte der Vater des Mädchens nie verzeihen können), so nahm der Haß zwischen ihnen nur noch zu: ich möchte wohl wissen, ob es in irgendeiner Gegend gehässigere Leute gibt als die hiesigen; es ist ein wahrer Hohn auf den frommen Namen, den die Stadt trägt. Der Anwalt kam auch auf die Moura Alves zu sprechen und erzählte, daß der Haß auch bei ihnen grassiert: sie sind untereinander zerstritten (die ehelichen Moura Alves können die unehelichen nicht ausstehen, die Nachkommen von Hauptmann Heleno, die weitaus reicher und mächtiger sind als die legitimen Nachkommen von Oberst Zé Inácio; sie sind allesamt halb verrückt, verkrüppelt oder krank, und was von ihnen übrig ist, lebt im schmutzigsten Elend), sie bauen nur auf die Freundschaft von Leuten, die unter ihnen stehen; sie wollen keinen Gedankenaustausch, sie verlangen nur Gehorsam. Sämtliche großen Familien von Parada de Deus stehen nicht mit den Moura Alves; sie halten sich zu Oberst Crespi, obwohl er ein Makkaronifresser ist und sein Gegner ein Brasilianer. Jetzt eben gewinnt Dr. Alfredo an Einfluß, der Sohn des Anwalts, der dem Hauptmann bei den letzten Präfektenwahlen unterlag – vielleicht wird er den verstorbenen Crespi eines Tages ersetzen. Aber ich wollte eigentlich von der Intrige reden, die der Giftmolch Einundsiebzig gegen Zé Pedro ausheckte, einen verarmten, aber anständigen, tatkräftigen Mann: ich entsinne mich ganz genau: ich war ins Haus des Hauptmanns gegangen, um mit ihm über den Fall eines Pächters auf Degrêdo zu reden, der seinem Gevatter einen Messerstich beigebracht hatte; da ging die Tür auf und der höllische Zwerg trat ein.

In Oceanos Arbeitszimmer im Stadthaus von Parada de Deus

steht ein Teil der Bibliothek, die seinem Großvater, dem Obersten Zé Inácio, gehört hat; sein Vater überließ ihm die große Bibliothek, und Oceano brachte einen Teil in sein Arbeitszimmer nach Degrêdo und den Rest in sein Haus nach Parada de Deus. Mitten unter all diesen Büchern spricht er gern über Politik und Ernten und entscheidet über Dinge, die mit Literatur herzlich wenig zu tun haben. Es hat den Anschein, als mache er den plumpen Männern der Gegend eine Konzession, wenn er sich herbeiläßt, mit ihnen so primitive Probleme wie Vieh, Schweine, Mais oder Kaffee zu besprechen. Wer sein Haus in der Geraden Straße besucht, kann beobachten, daß Oceano seiner Gestalt etwas Aristokratisches verleiht, gelassen die Beine übereinanderschlägt und seinen in die Ferne schweifenden, verschwommenen Blick nur selten auf den Gesprächspartner heftet; auffällig ist das Porträt Hauptmann Helenos, vor allem wenn man es mit dem schwarzbärtigen Chico dem Bauern und dem schönen Dichtergesicht Zé Inácios vergleicht; das liegt nicht nur an den Farben, in denen das Porträt gemalt ist, sondern weil es sehr befremdlich wirkt, ein Mestizengesicht mit dicken karminroten Lippen und rosa Wangen wie einen Europäer zurechtgemacht zu sehen (übrigens waren die Retuschen auf Veranlassung von Heleno de Moura vorgenommen worden!). In dieses Zimmer tratest du, Leutnant Arnóbio, zum ersten Mal ein, als man dich zum Dienst nach Parada de Deus beordert hatte, kurz vor Oceanos Wahl zum Präsidenten der Gemeinde und kurz nach der Abtrennung von Parada de Deus von Santo Antônio do Pomba. Du kanntest Oceano nur dem Namen nach als einen bekannten Hauptmann der Revolution, der die ganze Gegend bis Campos unter seine Kontrolle brachte.

Das erste Mal, als ich dort eintrat, fühlte ich mich ganz zerknittert, ganz klein und häßlich im Vergleich zu dem großen Hauptmann, dem ich in Zukunft unterstehen sollte. Denn mit dieser Instruktion hatte man mich nach Parada geschickt, und sie ist bis heute durch keinen Gegenbefehl aufgehoben worden: die kleineren Fälle soll ich allein klären, bei den größeren soll ich kein

Steinchen anrühren, ohne mich vorher mit dem Hauptmann Oceano abzusprechen; bis dahin war alles klar und einleuchtend, das Leben eines Polizeikommissars ist eben so, eine Ausnahme macht nur Leutnant Curaci, mit dem legt sich niemand an, weil er verrückt ist; wir aber, die wie Polizeikommissare kleiner Nester im Landesinneren sind, wir wissen genau, daß der politische Führer immer mehr zu sagen hat als wir, und daß es keinen Sinn hat, dagegen anzukämpfen: der Fall des Sergeanten Anselmo spricht Bände!

Auf dem Kirchplatz geschah an jenem Tage, was man erwartet hatte, ja sogar mehr: es mußte mit Notwendigkeit dazu kommen: einer von ihnen beiden – Heleno de Moura oder der Sergeant Anselmo – mußte untergehen, Parada de Deus war nicht groß genug, sie beide zu ertragen, Feinde, die nicht mehr atmen konnten, weil sie den Sauerstoff mit ihrem Gegner teilen mußten.

Als das Volk Heleno de Moura herankommen sah und seine Begleiter rings um den ganzen Platz Position bezogen hatten, meinten alle, einer müsse nun sterben, denn gute Schützen waren sie beide. Auf einmal legte sich der Lärm, der Parada de Deus an diesem bewegten Wahltag eingehüllt hatte; es sah aus, als ob den Menschen, die auf der anderen Seite der Stadt wohnten, auf dem Bahnhof oder in der Zuckerfabrik standen, mitgeteilt worden wäre, was sich in diesem Augenblick auf dem Kirchplatz abspielte. Sogar der rötliche Staub beruhigte sich auf dem Boden, und die Reflexe der Sonnenstrahlen, die auf den bunten Fenstern der Herrenhäuser in der Geraden Straße glitzerten, wirkten gedämpfter. Sie hörten Heleno de Mouras Stimme; sie klang fein und zart, und das deutete darauf hin, daß die Wut des Besitzers von Gratidão einen hohen Grad erreicht haben mußte – alle Einwohner von Parada de Deus wußten, je mehr Hauptmann Heleno in Rage kam, desto zarter wurde seine Stimme –: »Wer soll hier verhaftet werden?« fragte er den Sergeanten. Dieser erblaßte so sehr, daß sich seine Gesichtszüge verzerrten. »Jeder, der die Ordnung mißachtet, Hauptmann«, gab er zur Antwort, und dabei öffnete er mehrmals den Mund und klappte ihn wieder zu, bevor endlich der Ton herauskam. »Hier wird keiner festgenommen, Scheiße noch einmal«, sagte Heleno de Moura und seine Stimme war lieblicher als die eines Chorknaben. »Ich sehe hier auch niemanden, der Manns genug wäre, um einen von meinen Leuten festzunehmen«, setzte er hinzu. Während die beiden ihr Gespräch führten, schaute das Gefolge Heleno de Mouras schweigend zu, denn ausnahmsweise konnte diesmal niemand voraussagen, wer als Sieger auf dem Platz bleiben würde; Heleno hatte zwar dem Sergeanten eine Tracht Prügel verabfolgen lassen, aber alle wußten, daß dies im Grunde feige und hinterhältig gewesen war, weil der Mann nicht darauf gefaßt war, von einer Gruppe von vier Männern angegriffen zu werden. Sie erschraken, als eine Mauserpistole in den Händen des Polizisten auftauchte, und sie erschraken noch mehr, als Heleno do Moura seinen Hahn über dem blauen Tuchmantel erscheinen ließ; es plätscherte wie aus einem geöffneten Wasserhahn und die schrille Stimme sagte: »Für die Pistole einer Großschnauze gibt es nur das eine: einmal gepißt und es ist erreicht, junger Mann!«

Nun ja – bis heute erzählen sich die Leute von Parada de Deus diese Geschichte. Für den Sergeanten Anselmo gab es nur einen Ausweg: er mußte den Mann ohne zu fackeln niederschießen; gleich darauf wäre er selber in Zuckungen zu Boden gesunken – denn Hauptmann Helenos Gefolgsleute hätten ihn an Ort und Stelle fertiggemacht. Das Verteufelte ist halt, wenn man hinterher selber stirbt, ist das ganze Töten nichts wert; das sage ich mir immer wieder; deshalb bin ich auch so geduldig hier in Parada de Deus, und versuche mich mit Hauptmann Oceano gut zu stellen. Er ist wortkarg und waghalsig, aber im Grunde ein gerader Mann; wer hier alles durcheinander bringt, ist nur der Zwerg, dieser schäbige Kerl, der nicht einmal einen Namen hat: Einundsiebzig – hat man je davon gehört, daß jemand Einundsiebzig heißt?

Gleich das erste Mal, als ich meinen Fuß ins Arbeitszimmer des Hauptmanns setzte, sah ich, daß mir Scherereien bevorstanden:

ich bin nicht von gestern. Ehe der Hauptmann mich zum Sitzen einlud, schaute er mich nachdenklich, mit einem langen Blick von oben bis unten an und fragte dann:

»Sind Sie Leutnant Arnóbio, von der Staatspolizei?« Oceano saß dabei ganz angespannt auf dem Stuhl hinter dem Schreibtisch in seinem Arbeitszimmer.

»Sie sprechen mit ihm«, gab ich zur Antwort und nahm Haltung an. Dann erst ließ er mich Platz nehmen, und nun konnte ich mir den Mann genauer anschauen – denn bis dahin hatte er mich gemustert. Ich brauchte gar nicht zweimal hinzuschauen, ich sah sofort, daß ich einen gefährlichen Menschen vor mir hatte, explosiv wie eine Zündschnur, die man nur anzuzünden braucht, damit sie in die Luft geht. Die scharf gebogene Nase, der weiche Mund, die täuschend sanfte Redeweise, dieser Blick, der den Leuten nie in die Augen schaut, sondern auf die Wand ausweicht, das alles begriff ich im Handumdrehen. Ich sagte zu mir selber: »Mit dem ist nicht gut Kirschen essen, Arnóbio!«

Und ich habe mich nicht geirrt: nur das konnte ich mir nicht vorstellen, daß ein so mißtrauischer Mann, der überall Feinde wittert, einen Lump wie den Zwerg Einundsiebzig neben sich dulden würde. Ich bekenne, daß ich mich darin rundweg getäuscht habe. Ich bemerkte es erst – samt dem Rattenschwanz unliebsamer Konsequenzen –, als ich wieder einmal in Hauptmann Oceanos Arbeitszimmer saß und Einundsiebzig hereintrat, um in meiner Anwesenheit gegen den Kapitän, den Stiefvater des Hauptmanns, Ränke zu schmieden. Dieser Elende, dieser wild gewordene Zwerg hat das Verschwinden des Kapitäns auf dem Gewissen; denn ich glaube, Hauptmann Oceano hat ohne Federlesen seinen Stiefvater um die Ecke gebracht. Ich hörte ihn zum Hauptmann sagen, Zé Pedro habe mit einem Kerl aus São Fidélis vereinbart, den Hauptmann in den nächsten Tagen in einen Hinterhalt zu locken. Diese Pestbeule schaute mich schief an und sagte, wenn die Polizei diese Morddrohungen nicht aufdecken könnte, so wäre er, Einundsiebzig, dafür zuständig. Das brachte mich in Harnisch. Ich erklärte ihm rundweg: »Die Polizei erfindet keine Geschichten, nur um zu beweisen, daß sie nicht untätig ist. Die Polizei untersucht, was an den Geschichten wahr ist, die Faulpelze in Umlauf setzen, um damit ihr Geld zu verdienen.« Die Sache wäre böse ausgegangen, wenn nicht der Hauptmann zugegen gewesen wäre. Als er bemerkte, daß ich drauf und dran war, den höllischen Zwerg niederzuknallen, sagte er: »Ich brauche weder den Leutnant noch Sie, Einundsiebzig. Wenn Christkönig und Vater Tomá mir beistehen, werden *sie* mir diesmal nichts anhaben können.«

Ich glaube, der Hauptmann hält sich für unverwundbar; deshalb knallt er alle ab, die ihm nicht zu Willen sind.

Nun stellen Sie sich meine Lage vor, als die Schererei von Friburgo auf mich zukam!

Der dortige Polizeikommissar erschien hier in Begleitung des Untersuchungsrichters: die beiden waren ganz versessen darauf, ohne große Umstände Hand an den Hauptmann zu legen. Sie nahmen mich in der Polizeistation beiseite und fragten, was ich über den Hauptmann wüßte: ob es wahr wäre, daß er den zweiten Mann seiner eigenen Mutter habe töten lassen und was ich von der Ermordung hiesiger Pächter wüßte, vor allem eines gewissen Deodato, der von Chicão Fio, dem Leibwächter des Hauptmanns, in der Nähe von Porciúncula umgebracht wurde.

Ich stellte mich dumm, sagte, von all diesen Dingen hätte ich nie etwas gehört, aber ich glaube, die beiden haben den Schwindel nicht geschluckt. Der jüngere von beiden, der Untersuchungsrichter, fragte mich, ob ich schon gehört hätte, daß der Hauptmann auf Dona Maria Corina verdammt eifersüchtig sei. Ich erwiderte, sie wäre seine Frau, nicht meine, und über Eifersucht zwischen Mann und Frau wisse am besten das Schlafzimmer Bescheid. Da tauschten sie einen Blick aus, der mir nicht entging, und der Polizeikommissar, mein Kollege im Amt, aber nicht in der Uniform, sagte zu mir, ich möchte mich bereithalten, denn ich könnte von einer Stunde auf die andere den Befehl bekommen, den Hauptmann zu verhaften. Und dann fragte er unvermittelt: »Wenn dieser Befehl Sie erreicht, werden Sie ihn dann auch wirklich verhaften?« »Ich bin eine Amtsperson und werde meine Pflicht erfüllen«, erwiderte ich so würdig wie irgend möglich, aber ich berichtete alles dem Hauptmann, auch daß die beiden planten, mit einem Durchsuchungsbefehl zurückzukehren und Degrêdo zu durchstöbern, um Dona Maria Corina aufzuspüren. Dona Paula hatte ihnen zwar gesagt, ihre Schwiegertochter wäre nach Rio verreist, aber das schluckten sie nicht. Der Hauptmann hat hier in Parada viele Feinde, die ihn für ihr Leben gern ans Kreuz schlagen würden; jemand von diesen Leuten muß den beiden etwas gesteckt haben.

Und ich – was soll ich dabei tun?

Wie kann ich den Hauptmann verhaften?

Und wie soll ich einen etwaigen Befehl vom Staatssekretär des Inneren mißachten?

Wenn ich den ersten Befehl ausführe, lebe ich keine fünf Minuten mehr: die Brüder des Hauptmanns töten mich oder lassen mich töten. Wenn ich der zweiten Anordnung nicht Folge leiste, verliere ich meine Stellung und werde degradiert.

Ich kann nur hoffen, daß das Ansehen des Hauptmanns so groß ist, daß keiner sich mit ihm anzulegen wagt: inzwischen ist aber der Hauptmann schon aus der Präfektur entfernt worden – er hat um Urlaub gebeten und das Amt seinem Stellvertreter übergeben. Ich habe läuten hören, daß er vom Staatssekretär selbst nach Niterói gerufen worden ist, um bei den Ermittlungen wegen des Mordes an Dr. Fábio auszusagen. Es heißt, daß auch Dona Maria Corina aussagen soll. Der Ermordete hat einen Bruder, der Bundesabgeordneter ist; wie es scheint, hat der Hauptmann in ein Hornissennest gestochen.

Eines würde ich gern tun: den Verbrecher Einundsiebzig zu mir rufen und ihm eins auf den Pelz brennen, denn er und kein anderer ist schuld an allem, was sich zugetragen hat: schuld am Tod des Geschäftsführers der Bank von Friburgo, schuld an den Leiden Dona Maria Corinas, die ich noch vor wenigen Tagen, bevor sie auf die Fazenda umzog, in die Kirche pilgern sah: die Ärmste sieht aus wie eine Schwindsüchtige, sie ist zum Skelett abgemagert; schuld an dem Verschwinden des Kapitäns, eines sympathischen Mannes, der die Unterhaltung und ein Pokerspielchen liebte und keiner Fliege etwas zuleide tat – ich empfehle Gott in meinen Gebeten seine Seele! – schuld schließlich an dem Haß, der unter den Leuten von Parada de Deus umgeht, an der Angst, mit der jeder Gegner des Hauptmanns sich die Frage vorlegt, ob er am anderen Tage wohl noch lebendig aufwachen werde; an alledem ist Einundsiebzig schuld, denn er ist es – weit mehr als Indinho, wie manche Leute meinen –, der den Hauptmann gegen diesen oder jenen aufputscht.

Aber eines schwöre ich mir: wenn mir eine Gemeinheit widerfährt, wird dieser Zwerg es mir büßen; und wenn ich sterbe, so habe ich andere, die für mich Rache nehmen werden. Ich weiß, daß ich mich auf sie verlassen kann; und das in aller Kürze, unberufen ... Ich bin auf alles vorbereitet, und wer mir Schaden zufügt, der wird seiner Strafe nicht entgehen, so gewiß ich der Sohn einer unbescholtenen Mutter bin.

Die Jahre waren dahingegangen, inzwischen war er ein alter Mann geworden, aber den ersten Gang zum Haus der freigelassenen Sklavin Maria-Du-bringst-mich-um hatte er nie vergessen: die Verlegenheit, die Schüchternheit, die ihn an der Tür festnagelten, die Bewunderung für die hochgewachsene, kaffeebraune Frau, die ausgestreckt auf dem Bett lag und ihn erst etwas später zu bemerken schien: ein zaghaftes Lächeln lief über ihr Gesicht, dessen Züge sonderbarerweise fein und beinahe zart geschnitten waren und ihre dunkle Haut um so deutlicher hervortreten ließen. Sie winkte ihn näher zu sich heran, ein amüsanter Einfall schien ihr gekommen zu sein, sie lächelte nun vollends und zeigte ihre schönen weißen Zähne: »Komm her!« sagte sie leise und unterstrich die Einladung mit einem Winken, »komm her, komm!« Draußen vor der Tür stammelte Dr. Saint-Yves gräßliche Flüche in seiner Sprache; sie wurden mit solchem Nachdruck ausgesprochen, daß sie ihren Ohren schon fast geläufig geworden waren. Da unterbrach Artur seine Erzählung, als suche er nach einem vergessenen Wort.

Zé Inácio wartete geduldig auf die Fortsetzung seines Berichts; er bemühte sich, nicht mehr daran zu denken, daß er noch am Morgen sein Gewehr zur Hand genommen hatte, bereit, seinen Anteil zu dem nutzlosen, primitiven Ehrenritual der Männer jener Gegend beizutragen: er, der Gebildeteste, Zivilisierteste von allen, war dennoch dem Druck der Umwelt erlegen. Hätte der vor ihm sitzende alte Mann nicht rettend eingegriffen, so wären er und seine Leute um diese Stunde schon tot gewesen. Es war ihm klar, daß die Caetano de Melo nicht nur besser bewaffnet waren als sie, sondern Clemente kampfeslustiger, bösartiger und gewalttätiger war als er und diese Eigenschaften auf seine Untergebenen zu übertragen verstand. In jener Stunde der schrecklichen Erwartung, als er durch den regnerischen Morgen seine Feinde auf der Straße zum Herrenhaus von Gratidão vorrücken sah, wäre es ihm an liebsten gewesen, er hätte ein paar Flaschen guten spanischen Weins aus seinem Keller holen, mit Freund und Feind Bruderschaft trinken, Horazoden vorlesen und alle von der Kürze des Lebens, der Unentrinnbarkeit des Todes und der Nutzlosigkeit jedweden Streites zwischen den Menschen überzeugen können. Er fühlte sich gedemütigt, weil er nicht stark genug gegen den groben Impuls reagiert hatte, zu den Waffen zu greifen, weil er sich auf das Niveau der groben Kerle begeben hatte, die zum Klan der Caetano de Melo oder sonstiger Hinterwäldler gehörten.

Nach Augenblicken tiefen Nachdenkens sprach Artur weiter. Vielleicht hätte er lieber geschwiegen, um die Erinnerungen nicht preiszugeben, die ihm an seine Beziehungen zu Maria-Dubringst-mich-um verblieben waren. Er wollte eben auf die Geschichte des verstorbenen Domingos Afonso übergehen, der in früheren Zeiten Besitzer der Fazenda der Familie Caetano de Melo gewesen war, als der Richter seinen fetten Rumpf aufrichtete und fragte, wie denn Maria zu ihrem Spitznamen gekommen wäre. Da zeigte sich auf dem welken, runzligen Gesicht des alten Artur (in dessen Mund nur zwei Vorderzähne übriggeblieben waren, was seine Ähnlichkeit mit einem großen Hasen mit langen Ohren und ausweichendem, erschrockenem Blick nur noch deutlicher hervorhob) nicht so sehr ein Lächeln als vielmehr ein Anflug von Bosheit, und er zog die Mundwinkel hoch: »Erst wenn man Maria gut kannte und in ihrem Schlafzimmer mit ihr allein war, begriff man, wie sie zu ihrem Beinamen gekommen war: man war dann völlig davon überzeugt, daß sie ihren Namen mit vollem Recht führte«, so sagte er und nahm sogleich seinen Bericht über die Fazenda der Caetano de Melo wieder auf. Der Richter schloß die Augen, als schlummere er wieder auf seinem dicken Doppelkinn, das sich auf seiner Hemdbrust ausbreitete, doch zeigte sich eine halbe Stunde später, daß er nur scheinbar ein Nickerchen gehalten hatte, denn es war ihm kein Wort von dem Bericht des alten Artur entgangen:

Domingos Afonso war ein Bauer gewesen, der lange vor Chico dem Bauern auf jener Fazenda gelebt hatte; als er einmal einen betrunkenen Indio verprügelte, versetzte ihm dieser acht Messerstiche in den Bauch. Trotz seiner schweren Verletzungen blieb er fünfundzwanzig Tage und ebensoviele Nächte am Leben (manche versicherten sogar, der Sterbende habe drei Monate lang mit dem Tode gerungen); obwohl seine Augen verglast, die Haut blutleer, der Körper zu Eis erstarrt, der ganze Mensch ein Abgeschiedener war, schlug sein Herz immer noch weiter; die Sklaven des Sterbenden meinten, er wolle nicht sterben, um seine Ländereien nicht verlassen zu müssen, auf die er eifersüchtig erpicht war, weil sie ihn viel Mühe gekostet hatten. Der Portugiese Domingos Afonso und seine wenigen bewaffneten Männer hatten sie den Puri und Coroado-Indios abgejagt, ihren rechtmäßigen Besitzern. Domingos Afonso errichtete eine Zuckerrohrmühle, eine Wassermühle zum Entkörnen von Mais, kaufte einige Stück Vieh und faßte in der Gegend Fuß; wenn die Indios ihn belästigten, gab er ihnen Branntwein. Das machte es leichter, sie aus der Umgegend zu vertreiben, so groß war der Erschlaffungszustand, in den sie das Trinken versetzte. Die Sklaven erzählten jedoch, der Indio, der am meisten getrunken habe, wäre zugleich der rebellischste gewesen, weil sein Stamm um die Ländereien geprellt worden war: daher entstand der Streit, der mit den schlimmen Verletzungen endete, die jeden anderen sogleich umgebracht hätten, nicht so den Portugiesen. Die Neger wußten zu berichten, daß die Leute aus weiter Ferne herbeikamen, um das »Wunder« zu sehen – einen Mann, der wie ein Verstorbener aussah, dessen Herz aber immer noch weiterschlug. Schließlich, so sagten die Sklaven, ließ man ständig eine brennende Kerze neben dem Sterbenden stehen, Tag und Nacht, weil man erwartete, daß der Portugiese bald »aus dieser Welt in eine bessere übergehen« würde – im großen Vorderzimmer des Hauses langten unterdessen die Neugierigen an, anfänglich wollten sie nur zuschauen, dann aber kam der Glaube an ein »Wunder« auf, und die Besucher strömten herbei, um sich von dem »verstorbenen Domingos Afonso« Gnadenbeweise zu erbitten. Dieser lag immer noch, weißer als die Laken, auf seinem geräumigen Bett, mit glasigen Augen, während die Kerzenflamme neben ihm sein regloses Gesicht erhellte: in seinem halbgeöffneten Mund konnte man seine großen Zähne erkennen. Der alte Artur erzählte, man habe einen Pater gerufen, damit die arme Seele endlich ihre Ruhe fände. Als der Pater seine lateinischen Gebete begann, erzählten die Sklaven, habe sich der »Verstorbene« auf seinem Lager aufgerichtet, heisere Kehllaute ausgestoßen und erst hernach seinen letzten Seufzer getan: von dieser Zeit an wurde die Fazenda bekannt als die »Fazenda des verstorbenen Domingos Afonso« und niemand wollte auf ihr wohnen oder arbeiten, weil sie im Ruf stand, es spuke auf ihr.

Als der Feldwebel in die Gegend kam, so berichtete der alte Artur, war Chico der Bauer mit der Ausbeutung seiner Goldader und der Rodung seiner Ländereien beschäftigt; außerdem arbeitete er samstags und sonntags an der Errichtung der kleinen Kapelle zu Ehren von Christkönig: Chico selber habe ihm, Artur, erzählt, daß er augenblicklich den Grund erriet, der den Fremden zu ihm führte, obwohl er José Caetano de Melo nie zu

Gesicht bekommen hatte. »Gelobt sei Jesus Christus«, rief Chico der Bauer, »ich weiß, Sie kommen in friedlicher Absicht, um mein Gebet zu erbitten, damit die Seele des verstorbenen Domingos Afonso ihre Ruhe findet.« »Man hat mir gesagt, Sie könnten alles«, gab der Feldwebel zur Antwort, »deshalb bin ich gekommen, um Sie um diesen Gefallen zu bitten.« Jedermann wußte, daß die Familie des Feldwebels, seit sie auf der Fazenda eingezogen war, keine einzige Nacht mehr ruhig schlafen konnte, weil merkwürdige Geräusche das große alte Haus erschütterten; Josés älteste Tochter und ihr Mann schworen beide, in ihrem Bett hätte ein Mann gelegen: mit aufgerissenen Augen, halb geöffnetem Mund, ohne einen Blutstropfen im Gesicht. Am nächsten Tag war es die Frau des Feldwebels selber, die den gleichen Mann in ihrem Bett liegen sah, so als ob er sterben wolle und nicht könne. Da hörte José Caetano de Melo von seinen Nachbarn, Chico der Bauer besitze übernatürliche Kräfte und habe auf seinem Besitztum auf Gottes Geheiß Gold entdeckt; nur er und niemand sonst könne den Zauberspuk des Verstorbenen aufheben. Daraus erwuchs die Freundschaft, die José Caetano de Melo mit Chico dem Bauern verband; obwohl der erstere eine beinahe religiöse Ehrfurcht vor Chico hegte, pflegten beide gemeinsam in Santo Antônio im Hause von Maria-Du-bringst-mich-um Orgien zu feiern.

An dieser Stelle des Berichts hob der Richter mühsam seinen schweren Kopf und fragte: »Hat denn Chico der Bauer wirklich mit seinen Gebeten den Geisterspuk verscheucht?« Der alte Artur gluckste ein hintergründiges Lachen, das seinen welken Mund verzog, und versicherte, nie wieder sei auch nur der Schatten des verstorbenen Domingos Afonso zu bemerken gewesen, obwohl die Neger, die ja nichts lieber tun als Geschichten und Lügen erfinden, Stein und Bein schworen, der Verstorbene ließe sich ab und an blicken. Erst nachdem Chico der Bauer einen ganzen Rosenkranz in dem großen Hause abgebetet hatte, ließ der Tote die neuen Eigentümer der Fazenda in Frieden; für die Caetano de Melo wurde Chico der Bauer zur Verkörperung Gottes auf

Erden. Deshalb trat der Feldwebel auch für die endgültige Übertragung des Pachtgebietes an Chico den Bauern ein, obwohl es größer war als sein eigenes Besitztum. Die Freundschaft verstärkte sich noch, als sie später, zusammen mit ihm und dem französischen Arzt, in Santo Antônio Orgien feierten. Damals hatte Dr. Saint-Yves noch nicht an der kleinen Mulattin Luzia Bandó Geschmack gefunden, einem der »Mädchen« aus Marias Hause, das sich, sobald es den Franzosen zu Gesichte bekam, sterblich in ihn verliebt hatte; das brachte der Du-bringst-mich-um schweren Ärger, denn Luzia Bandó fing an, die Kunden des Hauses abzuweisen und nach der Gesellschaft des Franzosen zu schmachten. Dieser bemerkte ihre Existenz erst einige Monate später; er war so eingehüllt in den Nebel seiner Trunkenheit, daß er, abgesehen von seinen Patienten und deren Krankheiten, gar nicht bemerkte, was um ihn her vor sich ging. So war ihm, Artur, die Liebesleidenschaft der Mulattin zuerst aufgefallen: sie war so füllig wie ein kleiner Tonkrug, hatte starkes, glattes Haar und war die Tochter eines Indios und einer Negerin: er entdeckte das an einem Samstagabend. Am Morgen hatten alle vier am Bau der Dorfkapelle gearbeitet, die groß genug war, um eines Tages eine Kirche zu werden. »Hier wird mein Sohn, der Pater Moura Alves, eines Tages die Messe lesen«, pflegte Chico der Bauer zu sagen, im Brustton der Überzeugung und gleichzeitig voller Bekümmerung, daß er die Zukunft nicht nach seinen Wünschen gestalten konnte. Sie ritten im Galopp bis nach Santo Antônio, und als sie ihren Durst mit einem guten Glas portugiesischen Weines gestillt hatten, suchte Chico der Bauer nach der kleinen Mulattin, die vor nicht einmal zwei Monaten aus Barbacena gekommen war. Luzia Bandó hatte sich jedoch schon für den Franzosen entschieden, und als Chico der Bauer sie anrief, stellte sie sich taub und tat so, als müsse sie Dr. Saint-Yves zu trinken bringen. Da verzichtete der ehemalige Viehtreiber auf einen zweiten Anruf, er packte die kleine Mulattin beim Arm und schleppte sie mit sich fort, ohne sich um ihr Schreien zu kümmern. Er, Artur, hatte gemeint, Luzias Abneigung wäre nur eine flüchtige Laune gewesen, aber als sich die Tür schloß, und die Schreie anhielten, sah er, wie Maria empört die Stirn runzelte. Auf einmal ging die Tür wieder auf, und Chico der Bauer erschien mit zerzaustem Haar und einem roten Striemen auf der Stirn, der über das ganze Gesicht reichte. Er strich sich über den Bart und fragte Maria-Du-bringst-mich-um schnaufend: »Was ist denn mit dieser Wildkatze los?« Im Zimmer hörte man die Mulattin erstickt in ihre Kissen weinen. »Nie hat mich eine Frau auf diese Weise beleidigt, wer ist sie, daß sie das wagt?« und er stieß Maria vor sich her und schloß sich wütend mit ihr in einem anderen Zimmer ein. Als Luzia sich von Du-bringst-mich-um und Chico befreit sah, stieg sie aus dem Bett und ging Schritt für Schritt auf den Franzosen zu, der stillschweigend weitertrank, als habe er gar nicht bemerkt, was sich soeben um seinetwillen abgespielt hatte. Als Artur sah, wie zärtlich die kleine Mulattin das Glas füllte und dem Arzt an den Mund setzte, zweifelte er nicht mehr daran, daß sie in den Ausländer verliebt war, obwohl diesem die Tatsache so unbekannt war, als ob das Mädchen auf der anderen Seite des Planeten wohnte. Auf dem Heimritt nach Parada de Deus bot die Entdeckung Anlaß zu allerlei Scherzen mit dem Franzosen; er hörte sich die anzüglichen Witze so ungerührt an, als verstünde er nicht, was sie damit sagen wollten. Die Leidenschaft der Mulattin nahm solche Ausmaße an, daß Maria-Du-bringst-mich-um sich gezwungen sah, sie aus ihrem Hause zu verweisen. Sie sagte zu ihr: »Eine Hure kann sich nicht den Luxus erlauben, sich in einen Mann zu verlieben, denn das mit der Liebe ist für reiche weiße Frauen da, nicht für irgendein Mischlingsmädchen.« Aus der Vertreibung von Luzia Bandó entstand die Familie Santives (so brasilianisierte das Volk den ausländischen Nachnamen), dunkelhäutige Menschen mit blauen Augen. Vielleicht hatte der französische Arzt sie aus Mitleid in seinem Haus aufgenommen, als sie eines Tages weinend an seine Tür pochte und sagte, sie hätte nun keine Bleibe mehr: überdies war der Doktor wie üblich zu dieser Nachtstunde betrunken und in solchen Augenblicken lag ihm nur daran, in Ruhe gelassen zu werden; er brummte seine Flüche und zeichnete obszöne Figuren. So sahen die Bewohner des Ortes von einem Tag auf den anderen eine Frau im Hause des Arztes; anfänglich meinten sie, es wäre seine Hausangestellte, im Lauf der Zeit aber bemerkten sie, daß es ein bevorzugtes Dienstmädchen sein mußte, denn sie schlief bei ihrem Brotherrn und erwartete von ihm ein Kind.

Von nun an galoppierten an den Samstagabenden nur noch drei Reiter nach Santo Antônio do Pomba, um dem Haus von Maria-Du-bringst-mich-um einen Besuch abzustatten. Auch als er, Artur, schon geheiratet hatte, sah er Chico den Bauern und den Feldwebel samstags im Stall das Reittier wechseln (für die Ritte waren ihre üblichen trägen Pferde unbrauchbar) und in die benachbarte Stadt galoppieren. Deshalb, so beschloß der alte Artur seine Geschichte, könne er nun, wo seine großen Freunde, deren guter Kamerad er gewesen sei, verstorben seien, nicht zugeben, daß die beiden Familien Todfeinde blieben und einander nach dem Leben trachteten.

»Todfeinde waren wir schon vor dem Überfall von heute morgen«, erwiderte Zé Inácio, »Clemente hat mir die Heirat mit seiner Tochter Iaiá nie verziehen. Er behauptete, sie wäre viel zu jung für mich. Das stimmte, aber ich glaube nicht, daß dies der einzige Grund für seinen Haß war. Ich muß etwas an mir haben, was Clemente nicht ausstehen kann, wenn ich auch selbst nicht sagen kann, was es sein mag.«

Als er viele Jahre später diese Geschichte, die ihm der alte Artur mitgeteilt hatte, an seinen unehelichen Sohn weitergab, beteuerte Zé Inácio immer wieder, er wisse nicht, aus welchem Grunde Clemente Caetano de Melo ihn nicht habe ausstehen können. Heleno seinerseits dachte gar nicht daran, diesem Grund nachzuspüren, er faßte den Vorsatz, die Familie Caetano Melo zugrunde zu richten. Es drängte ihn, die wenigen alteingesessenen Familien der Gegend zu drücken, zu demütigen und sie seine Macht fühlen zu lassen. Das konnte nur geschehen, indem er ihre Macht beschnitt und sie mit Hilfe seines Geldes unterwarf, damit sie die neuen Zeiten anerkannten, deren Sinnbild er, Heleno de

Moura, war. Nur wenige wußten von seiner Allianz mit Dr. Rubens von der Nord-Rio-Bank. Wäre nicht Ângelo Crespi gewesen, so hätte womöglich die ganze Stadt Parada de Deus vor seiner Macht kapituliert, da die Fazendeiros den Anbau ihrer Plantagen mit seinem Geld finanzierten. Heleno de Moura war zum geheimen Besitzer eines Marionettentheaters geworden; wäre nicht Ângelo Crespi sein großer Nebenbuhler bei der Finanzierung der Fazendeiros und beim Ankauf des Kaffees geworden, so hätte man von Heleno sagen können, daß niemand ohne seine Genehmigung einen Finger krumm machte. Man hörte, daß er zu einem der größten Aktionäre der Nord-Rio-Bank geworden war, die im ganzen Bundesstaat ihre Operationen abwickelte, und so erlebte Parada de Deus die Machtentfaltung eines Moura Alves, die selbst jene Zeiten in den Schatten stellte, in denen Chico der Bauer aus seinen Ländereien fast sechzig kg Gold gefördert hatte. Der schlanke Mann mit der mateteefarbenen Haut, dem spärlichen Kinnbart und dem langen, an den Mundwinkeln nach unten gebogenen Schnurrbart besaß eine solche Kraft, daß er sich nie mit dem Erreichten zufriedengab, die Macht verachtete, die er schon besaß und die des Nachbarn, in diesem Fall des Italieners Ângelo Crespi, an sich zu bringen versuchte. Man mußte Helenos Kindheit kennen, um den Ehrgeiz zu begreifen, der in ihm nagte und brannte, bis er endlich mit der Gelassenheit eines Mannes raubte und mordete, der nur an sich bringt, was ihm zusteht. Alles, was er unternahm, konnte nur seine Mitmenschen überraschen; sein Plan lag seit langem fest, und deshalb war er auch umsichtig genug, den Kampf nicht an verschiedenen Fronten gleichzeitig zu eröffnen. Als sein Vater, Oberst Zé Inácio, verstarb, wohnten im Herrenhaus von Gratidão nur dessen zwei unverheiratete Schwestern. Der französische Arzt hatte sie in ihrer Kindheit vom Kropf geheilt, sie trugen nur noch eine kleine eiförmige Geschwulst unter dem Kinn. Zé Inácios von Glorinha stammende Kinder hatten sich in alle Winde zerstreut, eine Tochter war an Tuberkulose verstorben, zwei andere lebten im Irrenhaus in Rio de Janeiro. Nur Martinho, Iaiá de

Melos Sohn, war übriggeblieben, ein kränklicher Junge, den Zé Inácio einem geistlichen Internat in der Hauptstadt anvertraut hatte. Zé Inácios uneheliche Söhne bereiteten Heleno keine Sorgen; sie lebten alle auf den Fazendas der Moura Alves als demütige Pächter, denen nie gestattet wurde, die Küchentür von Gratidão zu überschreiten. Als die Krankheit Zé Inácio ans Bett fesselte, hatte Heleno Vertrauen und Zuneigung seines Vaters gänzlich für sich gewonnen; er ließ ihn oft von der Feldarbeit holen, und wenn Heleno ins Zimmer trat, packte der bärtige Mann mit dem weißen Haar, dessen fieberglänzende Augen von dunklen Ringen umzogen waren, seine Hände und fragte schweratmend: »Glaubst du, daß Er mir verzeihen wird? Glaubst du das?!«

Um diese Zeit war Heleno bereits der angehende Besitzer von Gratidão, Degrêdo, Cachoeira, Santana, Lagoa Preta und Santo André: schon seit langem unterhandelten die Siedler nicht mehr mit dem alten Herrn, der sich schon, bevor er bettlägrig wurde, nur noch für sein Weinglas interessierte. Heleno besaß zwar einen angeborenen Besitzinstinkt und eine Autorität, die die Dienstleute seines Vaters spürten und nicht anzuzweifeln wagten, aber er veränderte sich nicht: wenn es eine schwierige Frage zu lösen galt, fand man ihn unfehlbar auf der Leitplanke seines Ochenwagens, wo er den Ochsenstachel mit der Eleganz eines mittelalterlichen Ritters schwang, oder im Stall, wo er die Kühe molk, und bei dieser Arbeit konnte keiner mit ihm wetteifern: seine fleißigen Hände bearbeiteten die Zitzen, aus denen die weiße schäumende Flüssigkeit rann. Zur Zeit der Kaffee-Ernte sah man ihn auf seinem Falben die Plantagen abreiten; oft genug trug er den Strohkorb in der Hand und pflückte die dunkelroten kleinen Früchte, die den größten Reichtum dieses Landstrichs darstellten. Er kannte weder Ermüdung noch Erschlaffung, er erlaubte sich nicht einmal eine Siesta – wie sie alle Fazendeiros aus der Umgegend nach dem Mittagessen hielten – seine Arbeiter vermerkten seine Anwesenheit mit dem Satz: »Wenn man vom Teufel redet...« Niemals erlaubt er einem Verwalter, ihn bei der Abrechnung mit einem Pächter zu vertreten, und obwohl er sich das Wenige, was er wußte, allein angeeignet hatte, war keiner gewitzter als er bei diesen Abrechnungen, auch wenn er sie mit Hilfe seiner fünf Finger vornahm. Seine Autorität auf den Besitztümern seines Vaters wuchs, ohne daß die Dienstleute es bemerkten, so stillschweigend übernahm er die Pflichten, die bis dahin dem Obersten Zé Inácio obgelegen hatten. Anfangs erlaubte er sich nicht einmal, im Namen seines Vaters Befehle zu erteilen; als er sie schließlich erteilte, waren sie so kurz und treffend, daß man nicht anders konnte, als sie ausführen. Binnen kurzem veränderte sich der Arbeitsrhythmus auf dem alten Erbgut Chicos des Bauern; mit den Arbeitern, die sich nicht umstellen wollten, wurde ohne Diskussion abgerechnet; sie mußten binnen einer Woche ihre Pacht räumen. Nur der Halbpächter Altino, den der Oberst immer geschätzt hatte, begriff Helenos Plan. Bei einer Abrechnung in der Zeit der Kaffee-Ernte wog Heleno eben die Säcke ab, die Altino geerntet hatte, da spuckte der Pächter seitwärts aus, zog den Hut, um sich am Kopf zu krauen, und bemerkte: »Junge, wer dich früher einmal gesehen hat, konnte auch nicht ahnen . . .«

Heleno schaute den Mann an, der sein Onkel war – Helenos Mutter war seine Stiefschwester –, und kaute auf seinem Zahnstocher. Er sah den Leuten nicht in die Augen, er prüfte sie mißtrauisch von der Seite. Schließlich schob er seinen formlosen Hut in den Nacken und wischte sich mit dem Handrücken den Schweiß von der Stirn.

»Hast du etwas zu reklamieren?« fragte er so leise, daß nur Altino ihn verstehen konnte.

»Hm, was sollte ich wohl reklamieren, mein Himmel! Du zahlst den Preis, der dir paßt, und ich verkaufe dort, wo ich will, an denjenigen, der mich am besten bezahlt«, erwiderte der alte Pächter, indem er das Wasser auf seine Mühlen leitete.

Heleno de Moura spuckte aus und schob den Hut in die Stirn, so daß er einen Teil des Gesichtes verdeckte.

»Ein Pächter auf Gratidão, der uns nicht seinen Kaffee verkaufen will, kann seine Siebensachen packen und sich einen anderen Arbeitsplatz suchen, hier hat er nichts mehr verloren.« Das sagte er sanft und gleichmütig, aber Altino wußte wohl, daß diese Sanftmut keine Weichheit oder Nachgiebigkeit zu bedeuten hatte, daß Heleno de Moura, der Sohn seiner Stiefschwester Isaltina, von nun an nicht zulassen würde, daß er seinen Anteil an der Kaffee-Ernte an den Meistbietenden verkaufte, ein Verfahren, das Oberst Zé Inácio – übrigens als einziger Fazendeiro der ganzen Gegend – immer geduldet hatte.

Die übrigen Pächter bemerkten die Veränderung, die der Pächter Altino so aufmerksam verfolgt hatte, erst geraume Zeit später, als die neue Lage ein unverrückbares Faktum geworden war: nun erst begriffen sie, warum die Warenpreise in den Fazendaläden angestiegen waren, nun erst verstanden sie auch, warum die Pächter der anderen Fazendas es nicht mehr wie früher als besonderen Vorzug rühmten, daß jemand bei Oberst Zé Inácio arbeiten konnte. In einem bestimmten Augenblick spürten sie, ohne es genau definieren zu können, daß sie den Sinn des Wortes »Brotherr« bis zur Stunde nicht gekannt hatten. Oberst Zé Inácio, in seiner Jugend mit seinen Abenteuern, später mit seinen Büchern und dem Alkohol beschäftigt, hatte sich nie die Mühe gemacht, alles aus ihnen herauszuziehen, was die Fazenda erbringen konnte. Im Gegenteil, der Sohn Chicos des Bauern hatte immer Wert darauf gelegt, einen weitherzigen, gütigen Paternalismus zu kultivieren. Dieser Paternalismus kennzeichnete seine Beziehungen zu den Sklaven. Auf diese Freundlichkeit mochte er auch bei seinen Abenteuern mit den Sklavinnen nicht verzichten. Er unterließ es nie, sie vorher zu fragen: »Wollen Sie?« Im Umgang mit seinen Arbeitern hatte Zé Inácio die Rolle eines Beschützers gespielt. Mit Helenos Machtantritt änderte sich die Verwaltung der Fazendas. Menschliche Probleme waren von nun an der Produktion nachgeordnet. Von einem bestimmten Augenblick an spürten die Pächter, daß ihnen ein unsichtbares Wesen das Blut aussog, jede Energie an sich zog und alles in Kapital verwandelte, was man aus ihnen herausholen konnte. Sie begriffen nur mit Mühe – der Pächter Altino bildete eine Ausnahme –, daß diese Veränderung von Heleno ausging, einem Mann, der allgegenwärtig schien, an zwei Orten beinahe gleichzeitig auftauchte, wie sie gekleidet war und wie sie redete, dessen Interessen jedoch grundverschieden von den ihrigen waren; das rückte ihn in die Distanz, stellte ihn beinahe gegen sie. Der Pächter Altino erkannte das, als er Heleno wieder einmal in Parada de Deus traf: an seinen Füßen, die er früher nur mit Straßenlehm beschuht gesehen hatte, erblickte er Stiefel aus knirschendem gelbem Leder, den unförmigen Strohhut ersetzte ein grauer Filzhut, er trug einen Anzug aus blauer Serge und einen goldenen Kragenknopf an seinem Hemd, wie es bei den Fazendeiros Sitte war. Er war nun einer der ihrigen geworden und sah auch so aus wie ein disziplinierter Großgrundbesitzer.

Als der erste Streit zwischen Heleno de Moura und einem Pächter ausbrach, wollte es das Schicksal, daß dieser Pächter sein Halbbruder Romão war, der Sohn einer ehemaligen Sklavin von Cachoeira, dem sein »Pate« Zé Inácio ein kleines Anwesen auf der Fazenda zugewiesen hatte, das er gegen eine 50prozentige Pachtabgabe bebauen durfte. Es war allen bekannt, daß Romão vor Neid und Eifersucht platzte, weil Zé Inácio Heleno so großes Vertrauen bewies, sich schließlich völlig von den Geschäften zurückzog und seinem unehelichen Sohn die Verwaltung seiner Güter überließ. Ebenso wußten alle, daß Romão ein gefährliches, der Zauberei kundiges, ränkesüchtiges Individuum war, dessen Tage auf der Fazenda Cachoeira gezählt sein mußten. Desto genauer beobachteten sie daher Helenos Vorgehen; sie wollten erfahren, ob Heleno de Moura im Ernst geredet hatte, als er jedem, der seine Befehle mißachten würde, mit einer einwöchigen Räumungsorder drohte.

Als der Mann der Mulattin Otalina auf Cachoeira ermordet wurde, warteten alle darauf, daß Heleno mit seinem Halbbruder abrechnen würde. Er unternahm jedoch nichts; vielleicht wollte er der Polizei nicht unliebsam auffallen, die ihn als einen der mutmaßlichen Mörder unter Verdacht genommen hatte, jedoch

»aus Mangel an Beweisen« nicht verhaften konnte. Heleno machte Romão mit anderen Vorwänden zu schaffen: bei der Abrechnung nach der Ernte bezichtigte er ihn des Diebstahls und hetzte die Nachbarn gegen ihn auf. Bis eines Nachts Romãos Haus von unbekannten Tätern in Brand gesteckt wurde, die, wie alle wußten, ihren Auftrag nur von Heleno erhalten haben konnten. Da kam es nun doch zu einer abschließenden Auseinandersetzung, die sich wie ein Lauffeuer in der Gegend herumsprach. Sie ereignete sich eines Samstagabends, einige Zeit nach Zé Inácios Tod, in einem der Fazendageschäfte. Als Romãos Haus auf Cachoeira abbrannte, erwarteten alle, daß er sich rächen würde. Romão war der Sohn einer hellhäutigen Mulattin und glaubte, wegen seiner hellen Hautfarbe habe er Vertrauen und Zuneigung seines Vaters eher verdient als Heleno. Als dieser nach Zé Inácios Tod Dokumente vorlegte, aus denen hervorging, daß sein Vater schon bei Lebzeiten die Fazendas an seinen unehelichen Sohn verkauft und so die übrigen unehelichen wie ehelichen Söhne benachteiligt hatte, hielt Romão diese Dokumente für das Resultat einer schmutzigen Machenschaft Helenos, der dadurch von einem Tag auf den anderen zum steinreichen Mann geworden war. Seit langem schon hatte er aufmerksam beobachtet, wie sich Heleno in das Vertrauen des alten Herrn einstahl; als nun die Dokumente auftauchten, überraschte ihn das nicht sonderlich. Er fuhr nach Parada de Deus und klopfte dort bei dem Rechtsanwalt Oliveira an, der sich seit kurzem in der Stadt niedergelassen hatte und wahrscheinlich als einziger den Mut haben würde, einen Prozeß gegen Heleno de Moura zu führen. Wie Romão vorausgesehen hatte, übernahm der junge Anwalt den Fall, wohl eher in Unkenntnis dessen, was ihm bevorstand, als zum Beweis seines Mutes. Heleno brach deshalb mit den Gonçalves Ribeira, mit deren Tochter der junge Oliveira verlobt war, obwohl sie gute Freunde von Zé Inácio und seit altersher Verbündete von Chico dem Bauern gewesen waren. Daß Romãos Haus niederbrannte, war seine Vergeltung dafür, daß sein Stiefbruder dem Mann der Mulattin Otalina seine samstäglichen Besuche verraten hatte –

Heleno konnte nicht wissen, daß seine eigene Frau Paula Romão gesteckt hatte, daß er samstagabends ins Haus der Mulattin ging, wenn deren Mann in den Schenken von Parada de Deus Zuckerschnaps trank – überdies aber ein Racheakt, weil der Anwalt Oliveira Romão de Mouras Fall übernommen und die Anerkennung seines Mandanten als Sohn des Obersten Zé Inácio bei der Gemeinde Santo Antônio do Pomba betrieben hatte. Bei Gericht lachte man über den Fall, weil der angebliche Vater bereits verstorben war, und Heleno ordnungsgemäß alle Dokumente über Ankauf und Verkauf vorlegen konnte und außerdem von Zé Inácio kurz vor seinem Tode als Sohn anerkannt worden war.

Obwohl Heleno wußte, daß er der Sieger war, befiel ihn an jenem Abend im Versorgungsgeschäft der Fazenda, als Romão in der Ladentür auftauchte und mit seiner Größe das auf den Ladentisch fallende Licht verdunkelte, die ungemütliche Gereiztheit, die seinen Wutanfällen unfehlbar voranging. Heleno war gerade dabei gewesen, unterstützt von den beiden Söhnen des Pächters Altino, Reis, Bohnen, Feinmehl und Trockenfleisch abzuwiegen und die Schuld der einzelnen Leute in ein großes Buch einzutragen: er fuhr fort zu schreiben, ohne den Kopf zu heben, feuchtete die Feder sorgfältig im Tintenfaß an und nahm wahr, daß in dem kleinen Laden Schweigen eingetreten war. Er trug ein Messer in seinem Gurt, aber er war überzeugt, daß sich der andere mit einem Revolver bewaffnet hatte. Das erforderte eine blitzschnelle Reaktion von seiner Seite. Er fuhr jedoch fort, mit der Sorgfalt des halben Analphabeten seine Eintragungen vorzunehmen, obwohl er alles genau überdacht hatte und bereit war, im gleichen Augenblick, in dem die Hand seines Stiefbruders nach dem Revolver greifen würde, sie mit seinem Messer aufzuhalten.

»Du hast mein Haus in Brand gesteckt und die Ochsen auf meine Pflanzungen losgelassen. Ich brauche gar nicht zu fragen, wer den Befehl dazu gegeben hat«, brachte Romão mit erstickender Stimme hervor, als hielte er gewaltsam an sich, um weniger zu sagen, als er eigentlich sagen wollte: er stand immer noch aufrecht am gleichen Platz, seine Gestalt wurde von der Tür eingerahmt. Er hatte den Strohhut in die Stirn gedrückt, und das bräunliche Gesicht mit den feingeschnittenen Zügen erinnerte im Dunkeln an das seines Vaters Zé Inácio. Die Arme hingen an seinem Körper herunter, aber trotz dieser Haltung erriet man am Gurt den Umriß seiner Waffe, die nur er, der Träger, dort vergessen zu haben schien.

»All das hast du mir angetan, Heleno de Moura«, fuhr Romão fort und es schien ihm weniger daran zu liegen, daß ihn der Mann am Ladentisch hören konnte, als vielmehr daran, seine eigenen Klagen kennenzulernen, als ob sie ihm nur klar und deutlich würden, wenn er sie mit seiner eigenen Stimme hören konnte. »Du hast es sogar fertiggebracht, mir die Zuneigung meines Paten zu stehlen. Du bist ein Räuber, Heleno de Moura.«

Die Pächter, die im Laden herumstanden, hatten sich, als Romão in der Tür erschien, instinktiv zurückgezogen, obwohl ihnen klar war, daß Romão in diesem Augenblick keinen Schritt vorwärts tun würde. Sie wichen zurück, aber sie flüchteten nicht, weil jeder spürte, daß eine gute Gelegenheit näherkam, einem Kampf beizuwohnen; sie überlegten sogar schon, wie sie die bevorstehenden Ereignisse ihren Bekannten erzählen sollten. Wäre ein Fremder zugegen gewesen, so hätte er niemals voraussehen können, daß sich ein Kampf anbahnte, so ruhig und eintönig redete Romão, so still und friedlich saß Heleno de Moura an seinem Ladentisch. Nach dieser Auseinandersetzung zwischen den beiden Stiefbrüdern wunderte es die Pächter nicht mehr, als sie hörten, daß Heleno de Moura bei einer Wahlversammlung in Parada de Deus auf den Revolver des Sergeanten Anselmo gepißt und den gefürchteten Polizeikommissar, den Schrecken aller Unruhestifter im Staate Rio, mit dieser Geste für immer demoralisiert hatte.

»Du hast Otalinas Mann umgebracht, weil er dich beim Ehebruch ertappte, du hast die Dokumente vom angeblichen Verkauf der Fazendas an dich erfunden, du hast die Schwestern des Paten in die Hütte an der Schwarzen Lagune gesperrt und das Herrenhaus von Gratidão an dich gerissen, bevor noch der Leib unseres Paten kalt geworden war«, sagte Romão, »du hast uns und den Kindern des Paten alles gestohlen, sogar den armen Martinho, ein Kind, hast du bestohlen, du hast dich nicht geschämt, ein Kind zu bestehlen ...«

Heleno schrieb mit der Gewissenhaftigkeit eines Zeichners weiter – doch glaubte niemand im Ernst, daß diese Beschäftigung Feigheit oder gar Angst bedeutete. Der neue Herr von Gratidão schien sich vorgenommen zu haben, alles mit anzuhören, was sich der andere von der Seele reden wollte, dann aber würde der Moment kommen, wo er nicht mehr reden, sondern handeln und sich für alles rächen würde, was er so ungerührt mitanhörte, während seine Kinnbacken den ewigen Zahnstocher zerkauten.

– Sie ist dort schon diese ganze Woche lang eingeschlossen; die Fenster sind zugenagelt. An den beiden ersten Tagen ertrug sie die Isolation gut und ohne Klagen. Die Dienstmädchen, die ihr das Essen brachten und das Nachtgeschirr forträumten, haben mir alles berichtet: sie weinte oft und redete fast gar nichts; ich hielt mich in meinem Arbeitszimmer auf und fuhr nur einmal in die Stadt, um den alten Tomás auf einer spiritistischen Sitzung um Rat zu fragen. Die beiden Beamten aus Friburgo fuhren wieder ab, der Staatssekretär hatte sie ins Innenministerium rufen lassen. Ich hatte mit ihm telefoniert, um ihn von der Aufdringlichkeit des kleinen Untersuchungsrichters in Kenntnis zu setzen, der mich unbedingt dem Buchhalter der Bank gegenüberstellen wollte. Vielleicht bringen sie mich am Ende doch noch vor Gericht; Tomás sah mich in einer Vision von Uniformierten umringt, und ein Mann in einer schwarzen Robe stellte mir in einem großen Saal Fragen; das deutet auf die Gestalt eines Richters bei einer Geschworenensitzung.

Aber ich habe keine Angst vor der Justiz. Ein Mann kann nicht von anderen Männern verurteilt werden, nur weil er seine Ehre und seinen Namen verteidigt hat.

Das alles läßt mich unbesorgt. Mamá verliert über alledem fast den Verstand, sie schickt mir jeden Tag Botschaften, ich solle mich vorsehen, sie steckt voller Alpträume und Visionen. Aber ich lasse mich durch nichts aus der Fassung bringen. Mein Plan steht fest, und niemand hat Macht, mich aus dem Gleis zu werfen. Pater Júlio kam die ganze Woche lang hierher, aber ich habe nicht zugelassen, daß er Maria Corina zu Gesicht bekam und behauptet, sie wäre zu Einkäufen nach Campos gefahren. Ich war jedoch umsichtig genug, durchblicken zu lassen, daß es sich dabei um einen Vorwand handelte, damit der Pater meine Frau nicht zu Gesicht bekäme; mir scheint, Pater Júlio hat das begriffen; denn er ist nicht wiedergekommen.

Als Chicão Fio an die Tür deines Arbeitszimmers pochte und dir mitteilte, Pater Júlio habe das Hoftor durchschritten und käme zu Fuß auf das Haus zu, weil sein Wagen bei Poço Frio im Schlamm steckengeblieben wäre, begriffst du sofort, worum es sich handelte, was der Pater in deinem Hause vorhatte, eine Woche, nachdem Maria Corina aus Parada de Deus verschwunden war. Allen anderen hattest du ausrichten lassen, sie wäre augenblicklich nicht auf der Fazenda, Pater Júlio mußte man besser ein für allemal von der Nutzlosigkeit seiner Besuche überzeugen.

Ich weiß nicht, was mit Pater Júlio vor sich geht, ich glaube, er ist in Maria Corina verliebt, weil er sie mit solcher Leidenschaft in Schutz nimmt. Einmal brachte ich ihn mitten in der Nacht hierher auf die Fazenda, um aus ihm herauszulocken, was ihm Maria Corina in der Beichte anvertraut hatte, aber das gelang mir nicht, obwohl ich mir auf der Fahrt hierher alle Mühe gegeben hatte, ihn in Schrecken zu setzen, es nützte nichts. Pater Júlio wiederholte nur mehrfach diesen einen Satz:

»Ich kann das Beichtgeheimnis nicht brechen, aber ich kann Ihnen garantieren, daß Ihre Frau unschuldig ist.«

Wie kann das möglich sein, wo ich doch die Gewißheit habe, daß mich Maria Corina einmal und mehrfach hintergangen hat? Entweder hat sie Pater Júlio nicht die Wahrheit gesagt – das mehrt die Anzahl ihrer Sünden vor Gott – oder er hat mich angelogen: dann muß ich mich fragen, was das für eine Art von Gefühl oder Freundschaft ist, die einen Priester zur Lüge anstiftet.

Als ich nun von Chicão Fio erfuhr, daß Pater Júlio auf mein Haus zukam, nahm ich mir vor, ihn ein für allemal von hier zu verscheuchen. Ich war nicht gerade grob, gab mich aber auch nicht gerade liebenswürdig, ich war nicht ausgesprochen feindselig, aber ich gab ihm zu verstehen, meine Zeit wäre begrenzt und ich könnte mich nicht lange mit ihm unterhalten, weil ich eine Menge auf der Fazenda zu tun hatte.

Der Pfarrer von Parada de Deus hat von Anfang an verstanden, daß du die Absicht hattest, ihn für immer von hier zu vertreiben, aber er konnte sich nicht zum Abzug entschließen, er suchte mit den Blicken nach einer Spur, einer Fährte, einem Zeichen für Maria Corinas Gegenwart. Er wollte unbedingt etwas für sie tun, deshalb wagte er sich auf die Fazenda, als niemand das wagte, als nicht einmal ihr Vater Nhonhô nach ihr zu suchen oder die Stimme zu ihrer Verteidigung zu erheben wagte, während du zugegen warst: die Zeit verstrich, du verharrtest in deinem Stillschweigen, der Pater spähte nach allen Türen, aus den Geräuschen im Haus versuchte er Maria Corinas heisere Stimme herauszuhören.

Niemand bekommt Maria Corina zu Gesicht, das steht fest. Als ich meinen Plan entwarf, war meine Absicht, Maria Corina in völliger Einsamkeit, in schrecklicher Verzweiflung zu belassen, um die Wahrheit aus ihr herauszubringen. Ich will ihre Beichte, ich will von ihrer eigenen Stimme, mit ihren eigenen Worten hören, daß sie mich betrogen hat, daß ich nicht ungerecht oder gar bösartig bin, daß sie all das verdient hat, was ich ihr zufüge. Das habe ich ihr klargemacht, nachdem sie eine Woche lang nur die Dienstmädchen, und auch sie nur für kurze Zeit, zu Gesicht bekommen hatte.

Pater Júlio schöpfte tief Luft, als er den Kaffee getrunken hatte, den du ihm bringen ließest, und er einsah, daß das Schweigen um Maria Corina undurchdringlich war. Es war ihm klar, daß er, wenn er nicht selber fragte, fortgehen mußte, ohne ein einziges Wort über seine Freundin gehört zu haben. Er stützte die Ellbogen auf die Knie, schaute dir fest in die Augen und fragte:

»Wo ist Maria Corina, Oceano?« Ich bemerkte, daß er noch blasser wurde, als er diese Worte aussprach. Seine Nase war wachsbleich, seine Ohren waren geradezu durchsichtig. Ich dachte bei mir: »Was ist das für eine Art von Freundschaft, die diesen Mann sich so weit vorwagen läßt?«

Auch er, Pater Júlio, wußte ganz genau, was er sich herausnahm: als du die Beine ruhig übereinanderschlugst und fragtest: »Wünschen Sie etwas von meiner Frau, Pater Júlio?« mußte ihm auffallen, daß deine Stimme zitterte, auch wenn sie wie immer schleppend und langsam klang. Er wußte, in diesem Moment gefährdete er nicht nur seine Stellung, seine Laufbahn, seine Pfarrei und sein Priestertum, sondern sogar sein Leben, er wußte, die Hartnäckigkeit, mit der er Maria Corina sehen wollte, konnte dein Mißtrauen wecken. Aber er wollte gar nicht wissen, ob sich sein Aufwand lohnte oder nicht, er war nicht fähig, das Schweigen um Maria Corina zu respektieren. Zuvor war er mehrfach in Dona Paulas Haus erschienen, hatte aber immer wieder zu hören bekommen, Maria Corina wäre mit Oceano verreist, man wüßte nicht genau wohin; als er das erste Portal von Degrêdo durchschritt, fragte er sogleich den erstbesten Leibwächter, ob Oceano auf der Fazenda wäre, und als er eine bejahende Antwort bekam, dankte er Gott und glaubte schon, er könne sich nunmehr endlich davon überzeugen, daß Maria Corina noch am Leben war und nicht leiden mußte.

Ich ließ nicht locker, um herauszubringen, was er von Maria Corina wollte: »Haben Sie zwingende Gründe, um mit meiner Frau zu reden, Pater Júlio?«

Er sah kalkweiß aus wie eine Leiche. Am gleichen Tage ging ich in Maria Corinas kleines Gefängnis im Hinterzimmer und erzählte ihr, was Pater Júlio für sie unternommen hatte.

»Hast du gewußt, daß sogar Pater Júlio in dich verliebt ist?«

Maria Corina lächelte traurig, als sie diese Frage hörte: ihr brünettes Gesicht lief rot an, es schwoll geradezu an, vor allem in der Nasen- und Augengegend. Ein anhaltender Schnupfen zwang sie, sich häufig zu schneuzen, und ihre Stimme klang noch heiserer als sonst, fast unhörbar.

Gewiß, sie war stark abgemagert, ihre Augen lagen tief in den Höhlen, ihr Blick wirkte erloschen; ich kann nicht leugnen, daß ich in diesem Augenblick beinahe schwach geworden wäre und mit der auf dem Bett liegenden Frau Mitleid empfunden hätte. Sie wirkte ganz anders als die Maria Corina, die ich kannte, das eitle und hinterhältige Wesen, die gerissene Person, die mich in Friburgo betrog und sogar in der Zeitung sich von diesem toten Schuft in Versen anhimmeln ließ. Nichts ist so wirksam wie die Einsamkeit, daß der Sünder bereut und Gottes Strafen fürchtet! Ich glaube, Furcht ist das heilsamste Gefühl im Menschen, das einzige, das ihn zu vervollkommnen, seine bösen Neigungen zu dämpfen und ihn auf dem Weg zum Herrn zu halten vermag. Nur die Angst hält den Menschen im Zaum, die Angst vor Strafe, er ist nur tugendhaft, weil seine böseren Instinkte mit Gewalt unterdrückt werden. Es schien mir so, als wäre Maria Corinas moralische Besserung von der Strafe bewirkt worden, die ich als Drohung über ihrem Haupte schweben ließ; sobald die Drohung aussetzte, kam sogleich die Schlange wieder zum Vorschein. In den ersten Augenblicken jedoch, als ich den Schlüssel in der Tür umdrehte und in das vom Licht der Kerzen und Lampions erleuchtete Zimmer eintrat, fand ich eine demütige, besiegte, eingeschüchterte Frau vor, die, auch während sie sprach, kein Auge von mir verwandte und immerzu sehen wollte, ob ich einverstanden wäre – sie hatte Angst vor mir.

Nein, es sah wirklich so aus, als wäre sie nicht mehr der gleiche Mensch: mager, ja abgezehrt lag sie in der Haltung des Verzichts auf ihrem Bett, sie kämpfte nicht mehr um die Anerkennung ihrer Unschuld. Als du sie so erblicktest, besänftigten sich dein Haß und deine Rachewünsche.

Du schlossest die Tür hinter dir und fragtest sie stehend, ohne sie anzuschauen: »Hast du das Ausmaß deiner Sünde erkannt?«

Maria Corina schwieg immer noch und schaute dich an, als ob sie die Frage nicht verstanden hätte. Ihre Hände lagen auf der Brust verschränkt, ihre Lippen bewegten sich langsam, doch drang kein Laut hervor.

»Ich habe dir eine Woche Zeit gelassen, damit du darüber nachdenken konntest, in welchen Sumpf der Gemeinheit du meinen Namen gezogen hast; ich habe dir eine Woche Zeit gelassen, damit du vor Gott die Kränkung bereuen konntest, die du Ihm zugefügt hast. In der mittlerlosen Einsamkeit muß der Mensch bereuen und Gewissenspein erleiden; daher habe ich dich hier mit den Heiligenbildern alleingelassen, damit du beten und nachdenken könntest. Nun?«

Während du sprachst, machte sich ein weißer Speichelfaden an deinem linken Mundwinkel bemerkbar; Maria Corina entging diese Kleinigkeit nicht. Sie richtete sich allmählich auf dem Bett auf.

»Nun?« fragte ich noch einmal und schaute sie von der Seite her an; ich hatte Angst, sie könnte, mager und geschwächt wie sie war, meinen Haß brechen und meinen Racheplan zunichte machen.

»Nun was, Oceano?« fragte sie dich, und es fiel dir der heisere, gedämpfte Klang ihrer Stimme auf; so hattest du sie nie gesehen oder gehört. Ihre Schultern waren gekrümmt, ihr ganzer Körper verriet den Verzicht auf das Leben.

»Ich weiß jetzt, was du willst, daß ich dir sagen soll, ich weiß es endlich: ich soll dir sagen, daß ich dich betrogen habe, nicht nur mit dem Ermordeten in Friburgo, sondern mit dem Kapitän, auch mit Pater Júlio, überhaupt mit allen Männern, ist es nicht so?«

Sie zitterte, als litte sie unter Kälte, während es eher heiß im Zimmer war, da das einzige Fenster zugenagelt war und alle Kerzen brannten.

»Ich weiß jetzt alles«, sagte sie mit einem Seufzer der Entmutigung und der Resignation. »Ich habe dich mit einem Mal völlig verstanden: ich habe dich so gut verstanden, daß mir klar wird, wie sehr ich mich getäuscht habe, wie blind ich gewesen bin, in welcher Gefahr ich all die Zeit über geschwebt habe.«

Ja, genau das war es, was ich hören wollte. Jetzt endlich kam Maria Corina auf das Gebiet, das dir am Herzen lag. Ich drang in sie, um sie zu weiterem Reden zu veranlassen:

»In Gefahr?« Du runzeltest die Stirn, als verstündest du sie nicht. Sie blickte dich furchtsam an, ein schwaches Lächeln erschien – wie eine Bitte um Entschuldigung – auf ihrem Mund.

»Nein, nein, fahre nur fort«, sagte ich und versuchte sie zu beruhigen. »Eben deshalb bin ich ja hier: um dich anzuhören.«

»Ich wußte nicht, was für ein Mensch du warst. Nur das stand zwischen uns. Ich habe es nie gewußt, das ist die Wahrheit. Ich habe in dieser Gefahr geschwebt, ohne es zu wissen: ich wollte dich nicht herausfordern, ich wußte einfach nicht, wer du warst. Das war mein ganzer Irrtum«, sagte sie und schaute dir in die Augen. Ihre Hände lagen auf ihrer Brust, als bete sie.

»Was willst du damit sagen?« fragte ich, ohne ihre Worte zu begreifen. Eine Frau ist ein hinterlistiges Geschöpf, man muß ständig achtgeben wie auf der Jagd. Auf einmal sah Maria Corina nicht mehr entmutigt aus wie eine Kranke, sie wirkte eher wie eine Schwindsüchtige: ihre Augen glänzten wie glühende Kohlen. Sie geriet in eine fiebrige Lebhaftigkeit, die einem Delirium ähnelte, auf ihrer Stirn und Oberlippe sammelten sich die Schweißtropfen; die Ringe um ihre Augen schimmerten violett, ihre Pupillen glänzten fast boshaft; sie glühte vor Fieber.

»Du kannst mir glauben, Oceano«, sagte sie zu dir, während ihre Erregung sichtlich zunahm, »ich habe nichts Böses getan, was ich zu bereuen hätte: weder habe ich gesündigt noch habe ich dich betrogen, nichts von alledem, du kannst es glauben. Aber ich habe mich geirrt, weil ich deinen Charakter nicht zu begreifen versuchte, weil ich meinte, du wärest genau der Mensch, für den du dich mir gegenüber ausgabst. Das – jawohl – das war mein Irrtum, und nur für ihn werde ich so schwer gestraft.«

Mein Vater pflegte zu sagen, eine Frau sei ein Tier, das häufiger sein Wort breche als ein Chamäleon die Farbe wechsele. Als ich sah, daß Maria Corina nicht die Wahrheit sagen wollte, verlor ich die Geduld.

»Dein Heiligenschein kümmert mich nicht«, sagtest du zu ihr und das Blut stieg dir ins Gesicht, und als einzigen Anflug von Ironie vermochtest du den Schatten eines Lächelns aufzubringen: »Ich habe dich nicht alle diese Tage über hier eingeschlossen, damit du am Ende heiliggesprochen wirst, hast du mich verstanden? Ich verlange die Wahrheit: alles, was mit der Wahrheit zu tun hat. Genug mit den Lügen: sag mir ohne Furcht, daß du mich nie geliebt hast, das tut mir gut zu hören, das hilft meinem Verständnis auf.«

»Das kann ich nicht sagen!« Sie wollte schreien, aber ihre Stimme gab nur ein Schrillen her. »Genau das wäre eine Lüge: ich liebe dich, Oceano, ich habe dich immer geliebt; wenn ich mich herausputzte und schön machte, so geschah es, damit dich die anderen Männer beneiden sollten, damit du deine harte Art und Weise, mich zu lieben, ablegen solltest. Begreifst du jetzt?«

Maria Corina hatte sich im Bett hingekniet; du tratest näher auf sie zu – nicht in der Absicht, die sie vielleicht vermutete, das ist sicher: ich hatte mich ihr genähert, ohne es eigentlich zu wollen, der Haß trieb mich auf sie zu, auf diese Frau, die meine Rache fürchtete und doch nicht auf die Lüge verzichten konnte, mit der sie mich immer hinters Licht führte. Ich habe schon Pater Júlio gesagt: ich kann keine Lügen vertragen, ich lehne mich so sehr gegen sie auf, daß mich blinder Haß packt. Das gab ich ihm zur Antwort, als er noch einmal wiederholte, er könne das Beichtgeheimnis nicht brechen, er könne nur beim heiligen Namen Jesu schwören, daß meine Frau die gegen sie erhobene Anklage nicht verdiene und unschuldig sei. Da fragte ich ihn, was er davon halte, daß ein unschuldiges Kind von nur sechs Jahren zum eigenen Vater komme und ihn frage, wer denn von nun an im Hause zu sagen habe, der Vater oder der Geliebte der Mutter? Um nicht von anderen Dingen zu reden, grundlosen Ausgängen und intimen Beziehungen, wie sie ein verheirateter Mann mit einer verheirateten Frau nie unterhalten durfte.

Maria Corina kniete auf dem Bett und mühte sich so mit dem Sprechen ab, daß ihre Halsadern anschwollen, das Flüstern, das sie herausbrachte, erinnerte kaum noch an eine Menschenstimme.

»Glaube doch nicht, daß ich das aus Angst vor dir sage: ich habe zwar Angst, das leugne ich nicht, aber ich habe nicht genug Mut, um zu lügen, nur weil dir das angenehm wäre.«

Sie tat nur dies eine: sie log wie eine Verzweifelte, um mir zu gefallen.

»Ich ziehe den Tod vor«, sagte Maria Corina und senkte resigniert den Kopf. »Ich weiß nicht, was du unter Wahrheit verstehst...«

»Ganz einfach«, sagte ich, »du brauchst mir nur zu sagen, wieviel Liebhaber du gehabt hast, du brauchst dich nur zu erinnern, wie oft du mit jedem einzelnen geschlafen hast, wie lange jeder einzelne dazu gebraucht hat, daß du dich ihm hingabst...«

Während du das sagtest, wich Maria Corina zurück und flüchtete sich bestürzt, mit offenem Mund ans Kopfende des Bettes. Endlich brachte sie heraus: »Du bist wahnsinnig, Oceano! Du bist wahrhaftig wahnsinnig!« wiederholte sie murmelnd. »Wie kannst du so viel Gemeines und Schlechtes von mir denken? Du bist wahnsinnig, ganz und gar wahnsinnig!«

Das Licht der Kerzen und Lampions schien stärker zu brennen, Maria Corinas bestürzter Gesichtsausdruck erinnerte an den halluzinatorischen Blick der Heiligen; sie schien vom First eines Gebäudes herabzustürzen und außerstande, dem eigenen Körper das Gleichgewicht zurückzugeben.

Jetzt erst sah sie ein, daß ihre Listen bei mir keine Wirkung tun würden. Sie ließ sich auf das Bett zurücksinken und starrte die Decke an.

»Ich will alles erfahren, hab keine Angst, mir alles zu erzählen«, sagte ich und setzte mich zu ihr auf den Bettrand, »du kannst mir glauben: es ist für mich sogar ein Trost. Erzähl mir mit allen Einzelheiten, was du getan hast, um deinen geschlechtlichen Hunger zu stillen: ich weiß, du hast sogar den Negerjungen Bide verdorben; er hat alles erzählt, bevor er starb...«

Sie lag ausgestreckt in ihrem Bett, aber nicht entspannt, sondern mit verkrampften Muskeln, die an der braunen Haut ihrer Arme und Beine hervortraten. Sie war so bestürzt und verwirrt, daß sie nichts mehr überraschen konnte, nur die Kränkung schmerzte sie wie ein Schlag auf ihren Leib, mitten zwischen die Brüste. Sie hörte aufmerksam auf das, was du sagtest, aber sie schien für immer verstummt zu sein; ihr Blick hatte die scheue Beweglichkeit eines Menschen, der nicht sprechen, sondern nur noch beobachten will.

»Ich bedaure nur«, sagte ich zu ihr, »daß ich dem Hund in Friburgo nicht Zeit gelassen habe, all die Schweinereien zu bekennen, die ihr beide zusammen getrieben habt. Als ich ihn hinter seinem Schreibtisch in der Bank sitzen sah, war mir zumute, als ströme ein ganzes Meer mit seinen Wellen und Strömungen in mich ein, verblende mich und verwirre meinen Kopf. Ich erinnere mich nur … Aber halt, vielleicht hörst du sogar sehr gern etwas Näheres über die letzten Augenblicke deines Geliebten, ist es nicht so?«

Da ertrug es Maria Corina nicht länger: sie vergrub den Kopf in ihrem Kissen, und ihre Schultern wurden von einem Schluchzen geschüttelt. Sie weinte und stöhnte abwechselnd, aber du ließest dich nicht von ihr unterbrechen.

»Jetzt weinst du, aber dieser Hund hat nicht geweint, bevor er starb: wie sollte er auch? Als sein Mitarbeiter mich ins Büro führte, wußte er nicht, daß sein letztes Stündchen gekommen war. Sobald er meiner ansichtig wurde, setzte er sein zuvorkommendstes Berufslächeln auf, das Lächeln eines Bankgeschäftsführers; vermutlich dachte er, er habe irgendeinen Kartoffelbauern vor sich, den er übers Ohr hauen könnte. Da er mich nie gesehen hatte, konnte er auch nicht auf den Gedanken kommen, daß der Mann, der vor ihm stand, der betrogene Ehemann war, der Hahnrei, der Hintergangene, der bequeme diskrete Ehemann, der sich nicht von seiner Scholle trennen kann und statt dessen seiner Frau eine Sommerfrische in Friburgo und Einkaufsreisen nach Rio de Janeiro verschafft, bei denen sie die verschwiegenen

Hotels der Avenida Niemeyer für flüchtige Stelldicheins benutzen kann. Aber der Herr Dr. Fábio konnte nicht wissen, daß ich, der Gehörnte, genau Bescheid wußte: also empfing er den Rächer, der ihn in Blitzesschnelle bestrafen sollte – und wie empfing er ihn?«

Maria Corina weinte in ihr Kissen hinein und hörte nicht auf zu stöhnen.

»Er lächelte mich an, Maria Corina«, ich berührte ihre Schulter, damit sie dieser mir wichtig erscheinenden Einzelheit ihre Aufmerksamkeit zuwenden sollte, »noch nie hat jemand seinem eigenen Henker zugelächelt. Aber genau so hat mich der Schuft empfangen, an dem Lächeln, mit dem er mich beim ersten Mal anschaute, konnte ich sehen, wie er mich für den Rest seines Lebens anschauen würde, falls ich ihn am Leben ließe, falls ich ihn etwa nur kastrieren würde, was ich mir ursprünglich vorgenommen hatte, in Anlehnung an den berühmten Bandenchef Hauptmann Zeca Araújo, der einen Sklaven kastrieren ließ, weil er der Tochter des Hauptmanns zu nahe getreten war.

Doch gab es für diesen Hundesohn nur eine Strafe: den Tod – selbst als Kastrierter war er immer noch in irgendeiner Weise lebendig und konnte anderer Leute Frauen andichten. Er gehörte unter die Erde –«

Während ich redete, regte mich ihr Stöhnen auf; ich verlor die Geduld und schrie: »Hör auf mit diesem unangebrachten Weinen – als du bei diesem Hunde schliefst, hast du doch bestimmt nicht geweint – oder?«

Da hörte das Stöhnen auf, nur ihre Schultern zitterten weiter.

»Gut so«, sagte ich, »jetzt verstehen wir uns schon besser. Während er lächelte und mich gerade begrüßen wollte, fragte ich ihn nur ganz trocken: »Sind Sie Dr. Fábio Osório?« – Er kam gar nicht dazu, ja zu sagen, es genügte mir schon, daß er zustimmend mit dem Kopf nickte: mir lag nicht daran, den Klang seiner Stimme im Ohr zu behalten: ich schoß ihm in die Brust, mitten ins Herz, und ich glaube, ich habe keinen Schuß verfehlt. Er schaute mich überrascht an, aber ich spürte, in dieser Sekunde zwischen Leben und Tod begriff er, was vor sich ging, hatte jedoch keine Zeit mehr, einen Schluß daraus zu ziehen, verstehst du? So als falle ihm plötzlich mein Name ein, der Name der Stadt, aus der ich kam, die Absicht meines Besuches und doch bleibe ihm keine Zeit mehr, die Überlegung zum Abschluß zu bringen, daß er verletzt war, weil ich ihn besucht hatte, daß er sterben mußte, weil ich ihn getötet hatte. Bei dem Versuch, einen Zusammenhang zwischen diesen Dingen herzustellen, griff er in die Luft und sackte langsam zu Boden, wie eine schläfrige Puppe. Als ich sah, daß keine weitere Reaktion seinerseits zu erwarten war, drehte ich ihm den Rücken zu und verließ das Zimmer; da traf ich auf den Buchhalter: und deshalb wollen mich Polizeikommissar und Untersuchungsrichter diesem Manne gegenüberstellen: er wird mich wiedererkennen und ganz gewiß vor Gericht bringen.«

Es trat eine Pause ein: Du beobachtetest Maria Corina stillschweigend, und sie wandte den Kopf und schaute dich an. Als ob ihr der Sinn des Wortes unklar geblieben war, wiederholte sie:

»Gericht?«

»Jawohl, vor Gericht«, gabst du zur Antwort, »oder meinst du etwa, daß ich dem entgehen kann? Ich habe einen Menschen getötet, und dafür muß ich bezahlen.«

»Ich sage aus, was du willst«, sagte sie und weinte leise, »ich sage nur aus, was für dich gut ist.«

Ja, sie versuchte mit allen Mitteln, mich zurückzuerobern, versuchte es wie ein fügsames, kriecherisches Tier. Ehe ich aus dem Zimmer ging, nahm sie meine Hand, küßte sie und bat leise, immer noch unter Tränen: »Erlaube doch, daß ich meine Kinder sehen kann! Ich vergehe vor Sehnsucht. Auch wenn es nur für eine Minute ist, laß sie mich sehen, bei deiner Liebe für deine Mutter!«

All ihr Übermut war gebrochen, sie hatte sich in eine leidende Frau verwandelt; ihr lag einzig daran, mir zu gefallen und meine Gedanken zu erraten, aber das alles kam zu spät, das habe ich auch Pater Júlio gesagt: zwischen uns beiden ist eine Versöhnung unmöglich geworden. Eine gebrochene Frau ist noch lange keine tugendhafte Frau. Muß ich sie ständig in Angst und Schrecken halten, damit sie meinem Namen ein wenig Achtung erweist und unserem Ehebündnis die Treue wahrt?

Nein, nein, unter Liebe verstehe ich etwas anderes: ich gebe mich sogar mit Wenigem zufrieden, wenn es schon wenig sein muß, aber dieses Wenige muß spontan erfolgen. Auch wenn das Wahnsinn sein sollte, ich verlange nur zwei Dinge vom Leben: von meinen Mitbürgern Respekt und von meiner Frau Liebe, verstehen Sie mich?

Pater Júlio tat so, als begreife er das nicht. Letzten Endes ist er in sie verliebt, er hat es nur noch nicht bemerkt.

Von diesem Augenblick an erkanntest du, daß du ihr Zimmer gar nicht mehr abzuschließen brauchtest, weil sie doch nicht mehr fliehen würde. An Maria Corinas Blick erkannte auch der Unwissendste die Schicksalsergebenheit des Opferlamms, das nicht mehr fliehen will und sich von der Strafe selber angezogen fühlt: es war kein menschliches Wesen mehr, das du in dem von Kerzen und Lampions erhellten Zimmer gefangenhieltest, sondern ein bloßer Gegenstand, ja vielleicht weniger als das, denn sie war knetbarer Stoff in deinen Händen, willenlos und ohne jede Erinnerung an den Begriff der Menschenwürde.

Jetzt erst hatte ich sie für mich gewonnen, so wie es von Anfang unserer Ehe an eigentlich hätte sein müssen – aber nun ist es zu spät. Eines jedoch hat sie gelernt und das wird sie für alle Ewigkeit behalten: man betrügt einen Mann nicht ungestraft.

Das hat sie gelernt, dessen bin ich sicher.

An jenem Samstagabend erfuhren sie, die Pächter der Fazendas, wer Heleno de Moura wirklich war und was für einen »Brotherrn« sie künftig an ihm haben würden. Sobald Romão in die Tür des Fazendageschäfts getreten war, hatten sie die Bedeutsamkeit dieser Auseinandersetzung verstanden. Diejenigen, die irgendwelche Forderungen an Heleno hatten, ergriffen für Romão

Partei, während die übrigen Helenos Sieg erhofften, weil seine Niederlage ihre eigene Ehre gekränkt hätte, die stets geringeren Wert besaß als die Ehre ihres Herrn. So warteten sie, während Romão seine Rede schwang und Heleno de Moura pedantisch Zahlen in sein Rechnungsbuch eintrug, auf das Geschehnis, denn sie wußten, daß alle Worte darauf zuführen mußten, wie ein Vorspiel zur Tat.

»Sogar deine Frau hast du ihrem Vater gestohlen, das Mädchen nicht verschont, das in der Lagune badete und keine Ahnung hatte, daß du im Gebüsch auf der Lauer lagst«, so sprach Romão, »dich interessieren nur die Dinge, die man stehlen kann: du bist ein Räuber, von der Fußspitze bis zum letzten Haupthaar, das denke und meine ich.«

Heleno schrieb nicht mehr; er legte den Federhalter auf das große, in der Mitte aufgeschlagene Buch; seine beiden Helfer wogen nicht mehr Reis, Bohnen, Feinmehl und Trockenfleisch ab, sie entfernten sich stillschweigend und begaben sich an die Wand; Heleno wandte den Kopf und schaute den an einem Draht von der Decke herabbaumelnden Käfig an, in dem ein gelber, schwarzgestreifter Kanarienvogel unverdrossen weitersang.

»Nun gut«, sagte er, ohne den Kopf zu wenden, »möglicherweise bin ich das alles, was du sagst, es ist gut möglich – aber trotzdem bin ich der neue Besitzer von Gratidão, Degrêdo, Cachoeira, Santana, Lagoa Preta und Santo André, hast du verstanden? Im übrigen – was willst du eigentlich? Glaubst du etwa, dieser Narr von Oliveira wird mich arm und dich reich machen? Das wäre sehr dumm von dir – deine ganze Wut auf mich kommt ja nur davon, daß mein Vater Zé Inácio (dessen Seele Gott gnädig sein möge) mich mehr liebte als irgend jemanden sonst: das ist alles, ich weiß genau, wo der Wurm sitzt. Er wußte genau, daß er es mir zu verdanken hatte, daß er nicht im Elend verkam; wenn es nach euch gegangen wäre, wäre er erkrankt und verhungert, und keiner hätte dem alten Mann eine warme Suppe gegeben. Deshalb hat er mich als rechtmäßigen Sohn anerkannt, während ihr für ihn Hurensöhne ...«

Ein Aufschrei folgte, aber niemand wußte, wer aufgeschrieen hatte: sie hatten gesehen, daß Heleno dem singenden Kanarienvogel in seinem Käfig zuschaute, und aufmerksam auf seine Worte gelauscht, so sanft und weich und gänzlich ohne Erregung. Von seiner sanften Sprechweise getäuscht, entging ihnen Romãos Versuch, den Revolver aus dem Gürtel zu ziehen; bei dieser Gebärde wurde die Hand von Helenos Messer getroffen und durchbohrt.

»Das sei dir eine Warnung, Neger Romão«, sagte Heleno laut, aber ganz ruhig, als spräche er nur lauter, damit dem anderen keines seiner Worte entgehen sollte, »aber eines kannst du mir glauben: wenn du dich noch einmal blicken läßt, macht deine Seele mit dem Teufel Bekanntschaft, so wahr ich Heleno de Moura heiße. Mach dich aus dem Staube und komm nie wieder, denn von jetzt an werde ich immer mehr Geld und immer mehr Macht besitzen, dessen kannst du versichert sein. Und was ich gegen dich unternehmen kann, das glaube mir, tue ich mit fröhlicher Seele und festlichem Herzen.«

Die Pächter schauten Heleno de Moura an und jetzt verstanden sie ihn auf einmal: er kaute an seinem ewigen Zahnstocher und mahlte die Wörter langsam aus, aber sein blitzender, lebhafter, wacher Blick strafte alle Schlaffheit Lügen. Heleno versteckte ihn, sooft es anging, indem er die Blicke der anderen Menschen vermied. An jenem Abend erkannten die Pächter das Format des Mannes, der die Ländereien siebzehn Jahre lang mit absoluter Machtvollkommenheit verwalten sollte – in der Arbeit wie einer der ihrigen, die nackten Füße mit einer Lehmkruste überzogen, die Hose aus gewöhnlichem Segeltuchleinen oder dunkler Baumwolle, das weiße Hemd vom rötlichen Straßenstaub vergilbt: dieser Mann war imstande, eine ganze Nacht hindurch um lumpige 200 Réis zu feilschen, zögerte aber nicht, große Geldsummen beim Hahnenkampf zu verwetten, der nächst den Frauen seine größte Leidenschaft war. Unter dem Vordach von Gratidão oder im Herrenhaus von Parada de Deus hing ein Käfig mit einem Araponga, und sein hämmernder, rhythmischer Gesang gefiel dem mißtrauischen Manne, der stets von sich sagte, er habe nur von seinem Großvater Chico dem Bauern gelernt, den er gar nicht persönlich kannte (der ehemalige Viehtreiber war vier Jahre vor seiner Geburt gestorben): er kannte alle Einzelheiten seines Lebens, nicht nur dank der Monologe seines Vaters, sondern weil er bei Tomás nachgeforscht hatte, Zé Inácios Kindheitsgespielen, der von seiner Mutter her, die Gesellschafterin von Siá Dina gewesen war, alle Familiengeheimnisse der Moura Alves kannte: von Tomás erfuhr er beispielsweise, daß der Spanier Pontuondo, der Mann Mutter Joanas, vom »Goldrausch« gepackt worden war – der Spanier war mit dieser Frau aus seiner Heimat geflüchtet, weil er sie aus dem Kloster geraubt hatte, in dem sie Nonne war. Tomás sagte, in der ganzen Umgegend habe es keine hübschere Frau als Mutter Joana gegeben. Alle kannten sie unter diesem Namen, weil Pontuondo selber sie so nannte, als ob es ihm Freude bereite, sich das Ordenshabit der Spanierin zu vergegenwärtigen. Sie waren mit der Postkutsche nach Santo Antônio do Pomba gekommen, wo sie im Hause eines Vetters unterkamen; Chico der Bauer hatte sie nach Parada de Deus gebracht, indem er dem Ehepaar ein neu erbautes Haus, das ihm gehörte, zur Verfügung stellte, damit sie es in eine Herberge umwandeln sollten: so entstand »Mutter Joana«, zu Heleno de Mouras Zeiten längst ein Hotel, in der Nähe des Bahnhofs gelegen und zweistöckig, mit kräftigen grünen Ölbildern auf den Wänden des großen Speisesaals. Auf dem Bürgersteig vor dem Hause standen Korbstühle, in die sich am Abend die Politiker und Honoratioren der Stadt fallen ließen, um zu rauchen und ein Gesprächsgarn abzuspinnen: Nachdem Chico der Bauer das Ehepaar schon in Parada de Deus angesiedelt hatte, erzählte er zu Hause, er habe sie hergebracht und Santo Antônio do Pomba entzogen, weil die Frau eine Schönheit sei. Nur deshalb – und weil er in sie verliebt war – machte er auch gute Miene, als der Mann auf den unvernünftigen Einfall kam, am gleichen Platz Gold finden zu wollen, an dem Chico der Bauer fünfzehn Jahre zuvor 60 kg Gold gefördert hatte. Es fruchtete nichts, daß Chico der Bauer Pontuondo geduldig erläuterte, dieses Gold wäre nur vorhanden gewesen, damit Gottes Wille erfüllt und eine Kapelle erbaut werden konnte, aus der Parada de Deus hervorwuchs. Seit seiner letzten Reise nach Rio de Janeiro war der Mann völlig verbohrt; er hatte von dort eine komplizierte Maschine mitgebracht, die er, vermutlich nach ihrem Erfinder oder Fabrikanten, »Carlos Bertran« nannte – ihr höllischer Mechanismus brachte die Einwohner von Parada de Deus zum Staunen: sie erinnerte an eine Wanduhr, ihr eleganter goldener Pendel schwang rhythmisch hin und her, während auf ihrer Rückseite kleine Zeiger, Uhrzeigern ähnlich, mit englischen Inschriften nervös zitterten; ein durchdringend rotes Licht erleuchtete diesen Teil des Zifferblatts. Sobald die Maschine in einer Reichweite von 50 Metern Gold feststellte, erzählte Tomás, leuchtete das verklärende rote Licht auf: in ihrem Inneren vernahm man das Geräusch springender Federn, und der große Pendel unterbrach seinen schwingenden Gang und begab sich in Ruhestellung; nur die kleinen Zeiger des Zifferblatts erzitterten noch stärker, als ob ein böses Fieber sie befallen habe.

»Carlos Bertran« beschäftigte die Fantasie der Einwohner von Parada de Deus, aber nicht die Maschine, sondern die schöne Mutter Joana war verantwortlich dafür, daß Chico der Bauer dem Spanier gestattete, den Tag über auf seinen Ländereien nach dem Gold zu suchen, das er, Francisco de Moura Alves, falls man es finden sollte, ganz und gar Pontuondo schenken wollte. Zu dieser Zeit hatte Chico der Bauer seine Besuche im Haus der freigelassenen Sklavin Maria-Du-bringst-mich-um schon seit langem aufgegeben; auf ihrem hübschen rosa Nachtgeschirr mit dem goldenen Zierat sitzend, herrschte die Näherin Didila, während der Besitzer von Gratidão, in Hemd und Unterhosen im Bett liegend, in Erregung kam, wenn er seine Geliebte mit gespreizten Beinen dasitzen sah, während sie so ungezwungen Konversation trieb, als befände sie sich auf einer Causeuse im Besuchszimmer. Mutter Joana war in Chicos Leben auf andere Weise eingetreten. Vielleicht war sie die einzige hübsche Frau gewesen, die er angeschaut hatte, ohne sogleich daran zu denken, mit ihr schlafen zu wollen. In dem weißen Gesicht der Spanierin stand etwas geschrieben, was Chico den Bauern dazu gebracht hatte, sie zunächst auf die Probe zu stellen und nicht sogleich zu begehren. Als die Postkutsche mit dem Ehepaar in Santo Antônio do Pomba eintraf, befand sich Chico der Bauer zufällig auf dem kleinen Marktplatz, und so sah er die beiden, die der Spanier Alonso in sein Haus aufnahm, weil er dem Vetter behilflich sein wollte, der nach der Auswanderung böse Stunden in Rio verlebt hatte. Alonso berichtete Chico von den Scherereien, die Pontuondo sich zuzog, als er die Schwester Pförtnerin in Spanien aus ihrem Kloster entführte, mit dem Erfolg, daß ihre Familie eine wahre Verfolgungsjagd veranlaßte, so daß das Ehepaar nach Übersee fliehen mußte, um irgendwo zur Ruhe zu kommen. Alonso erzählte Chico dem Bauern auch, die Frau seines Vetters sei nicht nur Pförtnerin eines Klosters, sondern außerdem eine bemerkenswerte Köchin gewesen, eine Spezialistin für Leckerbissen, und wenn der Prior den Nonnen einen Besuch abstattete, mußte sie und keine andere die Mahlzeiten für den Herrn Abt zubereiten. Doch das allein war es nicht, was Chico den Bauern veranlaßte, das spanische Ehepaar zur Übernahme der Herberge von Parada de Deus einzuladen; es war vor allem das Gesicht der Valencianerin: über ihm lag ein Schatten, ein Geheimnis, etwas, was ihm verborgen blieb und ihn dazu brachte, sie zu respektieren, obwohl er sich unwiderstehlich von ihr angezogen fühlte. Er sprach die Einladung mit Alonso, ihrem Vetter, ab, und dieser war froh, daß er durch Chico den Bauern von der Last dieser Gäste befreit wurde.

So erlebten die Einwohner von Parada de Deus den Einzug der Fremden in das niedrige, behaglich ausgestattete Haus, das Chico der Bauer zur Herberge bestimmt und an dessen Fassade er schon in großen blauen Lettern dieses Wort hatte anbringen lassen. Mißtrauisch versammelten sich die Leute vor dem Haus und stellten fest, daß ein riesiger, von Bänken umgebener Tisch den großen Saal füllte, dessen Fenster auf die Straße gingen. Sie konnten auch sehen, daß man vier Farbdrucke an die frischgekalkte

Wand gehängt hatte: die nackten, tanzenden Frauen mit den Blumengirlanden in den Händen, so erfuhren sie später, stellten den Frühling dar, die übrigen Drucke mit Schneelandschaften, gelben fallenden Blättern und einer sattgrünen Ebene entsprechend den Winter, den Herbst und den Sommer. Diese Drucke und ein großes versiegeltes Weinfaß, das Pontuondo im gleichen Saal aufgestellt hatte, dazu natürlich die Tatsache, daß das Paar ausländischer Herkunft war, machten das Gasthaus in den Augen der Leute sehr verdächtig. Sie versammelten sich vor dem Hause und spähten durch die geöffneten Fenster in den üppig mit vielen Deckenlampen bis tief in die Nacht hinein beleuchteten Saal, der unfehlbar mit Chicos Besuch rechnen konnte: er sprang vom Pferd, trat, ohne in ihre Richtung zu schauen, ins Gasthaus und schien dabei ganz und gar zu vergessen, seinen Hut zu lüften und zu grüßen. Da merkten die Leute nun, daß sich Chico der Bauer in die Spanierin verliebt hatte, und sie täuschten sich nicht, als sie der Ansicht waren, sie gebe ihm einen Korb, nicht weil sie einen mächtigeren, reicheren oder schöneren Mann vorzog – das gab es damals in Parada de Deus nicht mehr –, sondern ihren eigenen Mann liebte, den sonderbaren großen und schlanken Pontuondo mit der großen Nase und den Puppenaugen. So trat denn ein, was Chico der Bauer vorausgesehen hatte: die Männer, die Fazendeiros fingen an, das Gasthaus zu besuchen; unter dem Vorwand, ihnen gefalle der gute spanische Wein, den man in einem Saalwinkel aus dem versiegelten Faß trinken konnte; in Wirklichkeit aber galt der Besuch doch der schönen Spanierin mit dem schneeweißen Gesicht, das immer von einem Hauch von Traurigkeit verschleiert wurde, die Pater Cesário als »die traurige Sehnsucht nach Gott« definierte. Auch alles übrige an ihr war hübsch, selbst der schwarze Schal, den sie über den Schultern trug, der glänzende schwarze Haarknoten auf ihrem Nacken und der wie eine Krone auf dem Kopf befestigte Schildpattkamm. Der Umstand, daß sie einmal Nonne gewesen war, ließ sie Chico dem Bauern noch geheimnisvoller erscheinen. Tonho, Chicos Vertrauenssklave, erzählte Tomás' Mutter Secundina, daß der Besitzer von

Gratidão stundenlang im Wirtshaus herumsitzen konnte, nur um Mutter Joanas Bewegungen zuschauen zu können, auch wenn sie sich gar nicht um ihn kümmerte. Zé Inácio erklärte Heleno, es sei eine platonische Leidenschaft gewesen, denn keiner zweifelte daran, daß die Spanierin Chico nie die geringste Freiheit erlauben würde. Sie war ihrem Gatten treu ergeben; dieser schien ihre Existenz längere Zeit hindurch völlig zu vergessen, und wenn er wieder auf sie aufmerksam wurde, so nur, um sie hinten im Hausgarten zu verprügeln. Die Nachbarn hörten die schöne Valencianerin schreien: »Por piedad, Pepe, por piedad!«, und am nächsten Tag konnten Mutter Joanas Bewunderer die roten Striemen bemerken, die der unbarmherzige Pontuondo auf der Haut seiner Frau zurückgelassen hatte. Doch deutete alles darauf hin, daß er sich auf diese Weise ihre Liebe verschafft hatte; und deshalb erhielt er auch die – für alle Einwohner erstaunliche – Sondergenehmigung Chicos des Bauern, mit der seltsamen Maschine (das Volk von Parada nannte sie die »Teufelskiste«) das Gelände am Picão und am Bonito zu durchkämmen. Seine lange Nase verlängerte sich noch mehr, wenn er sie nach unten beugte, um den großen Pendel und die kleinen Zeiger zu verfolgen, die, wenn Gold in die Nähe kam, ausschlagen mußten.

Dieses »Goldfieber« blieb nicht auf Pontuondo beschränkt; bei seinen Streifzügen über die Ländereien Chicos des Bauern erregte er die Begehrlichkeit anderer Fremder, und so kam der Tag, an dem der alte Viehtreiber aufstand und, gleich nachdem er die Hühner mit den Klängen seines alten Milizhorns herbeigerufen hatte, auf Leute stieß, die am Flußbett, die Hacke in der Hand, die Erde aufwühlten, ohne ihre Arbeit bei seinem Näherkommen zu unterbrechen: Chico der Bauer traute seinen Augen kaum; als ob die Zeit zurückgekehrt wäre, in der er mit der Flinte in der Hand gegen die Eindringlinge kämpfte, als das Erbgut noch nicht in seinem Besitz war, und er sich mit der Macht seiner Waffen Respekt verschaffen mußte. Nun mußte er, wenn er seine einstige Heldentat wiederholen wollte, auch Pontuondo vertreiben, und »da lag der Hund begraben«, wie es Tomás Heleno gegenüber ausdrückte. Da er in Mutter Joana verliebt war, bedeutete ein Streit mit dem Spanier zugleich einen Bruch mit ihr: deshalb ereignete sich etwas, was man von Chicos des Bauern heftigem Temperament niemals erwartet hätte: er verschränkte die Arme und ließ die Heerschar von Leuten auf seinem Boden kampieren und die Erde umwühlen, eine Tätigkeit, die Chico der Bauer als pure Narrheit betrachtete, weil er überzeugt war, daß es nur solange Gold in der Gegend gegeben hatte, daß Gottes Wille Genüge geschehen konnte.

Ein Unbekannter, ein Ausländer, ein Narr mit engen Hosen und einer sonderbaren »Teufelskiste« mußte kommen, damit man den starken Chico den Bauern schwach werden sah. Gleichwohl trug ihm seine Langmut nicht die geringsten Gunstbeweise der Spanierin ein: das einzige, was er davon hatte, war die Gelegenheit, sie im großen Speisesaal des Gasthauses auf und ab gehen zu sehen. Ein Anflug von Sehnsucht verschönerte ihr schneeweißes Gesicht, von dem sich die großen schwarzen Augen abhoben, die sie immer zu Boden schlug, was den Eindruck hervorrief, die Besitzerin der Herberge habe im Geist noch nicht auf die Ordenstracht verzichtet. Das war alles, was Chico der Bauer zu erreichen vermochte, obwohl er seine Ländereien mit Hacke und Spaten umherstreunenden Leuten freigegeben hatte; sie suchten nach dem Gold, das ihnen die Maschine anzeigen sollte, die Pontuondo mit der Feierlichkeit eines Priesters, der das Allerheiligste in der Prozession trägt, auf dem Arm hielt. Die Leute von Parada de Deus, so erzählte Tomás Heleno, meinten bereits, Chico wäre von einer tödlichen Krankheit befallen worden oder das Alter habe seine Willenskraft zersetzt, da vernahmen eines guten Tages die Sklaven von Boa Sorte, der Fazenda von Quincas Gonçalves Ribeiro, Musketenschüsse auf den benachbarten Grundstücken Chicos des Bauern, und kurze Zeit darauf sahen die Leute von Parada de Deus, wie die fremden Eindringlinge entmutigt Pontuondo umstanden. Er weinte laut und zeigte auf seinen Armen die einst so wunderbare »Carlos Bertran«, die »Teufelskiste«: sie hatte sich in einen Schrotthaufen mit gesprungenen

Federn, zerbrochenen Gläsern und verbogenen Zeigern verwandelt; der lange Pendel hatte seine Bewegung eingestellt, als habe er das ersehnte Gold entdeckt: einen Monat lang schloß sich der Spanier in sein Zimmer ein, weil die »Carlos Bertran« zerstört worden war, nur Mutter Joana hatte bei ihm Zutritt, und Chico der Bauer verzichtete seinerseits für längere Zeit auf Besuche im Gasthaus, weil er die Reaktion der Spanierin fürchtete.

Tomás und Pater Cesário verglichen Helenos Wutanfälle mit denen seines Großvaters Chico; freilich war Helenos Wut, wenn man genauer achtgab, berechnet, abgezirkelt, vorhergeplant, auch wenn er unerwartet handelte, hatte man immer den Eindruck, daß eine lange Überlegung voraufgegangen war. Heleno rechnete nicht auf glückliche Fügungen; jeder Schritt, mit dem er einem seiner Wünsche näherrückte, war so mühevoll, als schleppe er eine schwere Sklavenkette am Fuß hinter sich her. Selbst wenn er spielte (und alle in Parada de Deus wußten, daß der Hahnenkampf zu seinen Leidenschaften gehörte), kamen die Tiere, auf die er wettete, klapperdürr zu ihrem Sieg und starben häufig kurz darauf an den erlittenen Verletzungen. Heleno erreichte nichts durch glückliche Zufälle; er mußte sich alles hart erobern; deshalb schenkte er den geringsten Kleinigkeiten Beachtung, die seinen Reichtum oder sein Prestige vermehren konnten.

Immer hatte er die Versuche anderer Leute, sein Ansehen herabzusetzen, entschlossen geahndet. Deshalb machte er bei der Auseinandersetzung mit seinem Stiefbruder Romão die Hand seines Gegners mit seinem Dolch aktionsunfähig. Deshalb brachte er den Polizeikommissar Anselmo für immer um seinen Kredit, als dieser im Auftrag des »verfluchten Makkaronifressers« Ângelo Crespi in der Wahlperiode nach Parada de Deus kam. Als er sein Glied aus der Hose zog und auf die gezogene Pistole des Polizisten pißte, hatte er alles vorausberechnet, was etwa geschehen konnte. Er fürchtete den Tod nicht, der ihn bei der Verteidigung eines Namens ereilen konnte, den er geschaffen und nicht ererbt hatte – er unterzeichnete nur mehr mit Heleno de Moura und nicht mehr als Heleno de Moura Alves – als er sah, daß sein

Gegner nicht auf den Abzug drückte, nachdem der erste Augenblick der Bestürzung vorüber war, verharrte er in seinem Schweigen und urinierte in aller Seelenruhe und steckte sodann das Glied in die Hose, während der Kommissar unter den Augen der verblüfften Umstehenden eine rasche Kehrtwendung vollzog und harten Schrittes davonging, die nasse Pistole in der Hand. Die Einwohner von Parada de Deus bekamen den Feldwebel Anselmo nie wieder zu Gesicht; er verschwand nicht aus dem Ort, sondern aus dem ganzen Bundesstaat und wurde erst viele Jahre später von einem Reisenden als friedlicher Apotheker im Inneren von Goiás wiedererkannt – das geschah viele Jahre nach dem Zwischenfall mit Romão, der die Fazenda Cachoeira verließ und nach Divino das Flôres, eine Siedlung in der Nachbarschaft von Parada de Deus, umzog. Keiner der Pächter täuschte sich mehr über den Charakter des neuen Besitzers, der zwar von ihnen nicht verlangt hatte, als Herr behandelt zu werden, weil er lange nur einer der ihrigen gewesen war, die ihm spontan angebotene Willfährigkeit jedoch als eine Konsequenz der neuen Lage hingenommen hatte. Er achtete darauf, daß sein neu erworbener Reichtum nicht öffentlich zur Schau gestellt wurde: sogar seine erste Reise nach Rio de Janeiro wickelte er in aller Heimlichkeit ab; nur seine Frau Paula, Dr. Rubens, der Bankgeschäftsführer und der Rechtsanwalt Lourenço, der Sohn des alten Artur Procópio Monteiro von der Fazenda Bela Vista, Helenos Rechtsberater bei der Regelung der Hinterlassenschaft Zé Inácios, erfuhren von dieser Reise. Er unterbrach sie an mehreren Orten, damit niemand von seinem Abenteuer erfahren sollte, mit dem er den lange gehegten Traum verwirklichte, das Meer zu Gesicht zu bekommen. Seinen ersten Sohn hatte er Ozean (Oceano) genannt, auf Dorotéia war Pazifik (Pacífico) gefolgt, ohne daß er bis dahin das Meer gesehen hatte. Um sich die unendliche Wassermenge, von der sein Vater sprach, vorstellen zu können, dachte er sich den Picão-Fluß auf die Hänge der Hügel von Coronha oder Beiral ausgegossen. Zé Inácio korrigierte seine Vorstellung, indem er sagte, um auch nur eine entfernte Vorstellung vom

Ozean zu bekommen, müsse Heleno sich den großen, dunklen, majestätischen Paraíba-Strom zwischen die Hügel des Caldeirão-Gebirges ausgegossen denken – und selbst das war, wie er später einsah, zuwenig: als er zum ersten Mal das Meer betrachtete, kam er zu der Einsicht, daß weder Zé Inácio noch die Fotografien das unermeßliche Gewässer zutreffend geschildert hatten. Es war groß und tief wie Gott selber, besaß die schönste Farbe, die er je gesehen hatte und überstieg die Macht eines Menschen, vieler Menschen, ja der gesamten Menschheit auf Erden: er liebte diese große Freiheit und Unabhängigkeit eines Naturelementes. Er hörte, daß es in der Nähe einer Ortschaft namens Botafogo einen Strand gäbe, dorthin fuhr er in einem Zweispänner, krempelte sich die Hosen bis zu den Knieen auf und stieg ins Meer. Es bedeutete ihm mehr als eine seit langem geliebte Frau, es verwandelte sich in eine angenehme Empfindung, als er in das kühle, schaumbedeckte Wasser stieg; er beobachtete die Abstufungen seiner grünen Färbung, durchsichtig leicht am Morgen und ein tiefes Trauergrün am Abend. All diese Tage hindurch tat er nichts anderes als dies: nach dem Meer ausschauen und das Kräuseln beobachten, das in der Ferne begann, immer mehr zunahm und anschwoll, bis es sich in eine Welle verwandelte, die sich selbst überschlug wie ein wildes Pferd und dann toll und ungezügelt mit ihrem weißen Schaumstrom hereinbrach. Alle diese Vorgänge erschienen ihm so geheimnisvoll und schön, daß er meinte, er sähe dem Wirken Gottes selber zu, und wenn die Welle gegen seine Füße brandete, war ihm zumute, als ob ihn der HERR berührt hätte. Auf seiner Reise nach Rio begriff er zum ersten Mal, warum ihm Witterungsumschläge, das Ziehen der Wolken, die Kraft des Windes, die Morgendämmerung und die Schatten der Nacht so zusagten – sie waren der sichtbare Ausdruck Gottes. All das war immer leicht zu begreifen gewesen, aber nur dort am Strand fühlte er sich von all diesen Dingen wahrhaft »berührt«. Später fuhr er noch öfter nach Rio, aber er mochte dort nie lange bleiben, weil ihn das Gefühl erdrückte, daß er mitten unter all diesen Leuten, die seinen Namen noch nie gehört hatten, ein

Niemand war. Diese Namenlosigkeit war ihm unerträglich, er glaubte, die Leute machten sich über ihn lustig, wenn er auf der Rua do Ouvidor spazierenging und die Passanten gleichgültig die Gesichter von ihm abwandten. Als er nach Parada de Deus heimkehrte, versuchte er seiner Frau zu erklären, was er erlebt hatte, während er allein auf dem unendlichen weißen Strand stand, das Gefühl, er berühre den Himmel mit seinen Händen, den Druck in seiner Kehle und die Vorstellung, sein Körper schwelle, wachse, dehne sich nach oben aus, den Augenblick, in dem er davon überzeugt war, als einziger eine annähernde Ahnung von seiner Größe zu besitzen – das alles versuchte er seiner Frau zu erklären, und er kaute dabei so nervös auf seinem Zahnstocher, daß Paula ihn ganz erschrocken ansah.

»Du kannst dir nicht vorstellen, was mit mir in Rio vorgegangen ist«, sagte er schleppend, auf ihrem Bettrand sitzend – in der Nacht seiner Rückkehr – »es geschah nicht gleich bei der Ankunft, es dauerte ein paar Tage, aber dann ist es geschehen.«

»Was ist geschehen?« fragte Paula und rückte das Kind an ihrer Brust zum Trinken zurecht.

»Ich stand auf einem Strand, so groß wie man ihn sich nicht vorstellen kann. Der Sand ist so weiß wie deine Brust, und du glaubst nicht, wie aufgewühlt das Meer ist, Frau: es steht keinen Augenblick still, es hebt sich auf, wild und gefährlich, und streckt sich gleich wieder aus und leckt uns so sacht die Füße, wie es nicht einmal ein Hund tut, wenn sein Herr nach Hause kommt ...«

Heleno unterbrach sich und betrachtete seine Fußspitzen, während Paula ihren Gatten anschaute und abwartete, was er sonst noch zu erzählen haben würde. Als Heleno sich ausschwieg, fragte sie: »Na und?«

Heleno gab nicht gleich Antwort. Er schaute seine Frau an wie jemand, der von einer weiten Reise zurückkommt und Mühe hat, seine Nächsten wiederzuerkennen.

»Da habe ich Gott besser kennengelernt. Mir war, als hätte er mir die Hand gegeben, um mich zu begrüßen.«

»Was sagst du da?« fragte sie verwundert.

»Nichts«, erwiderte er und kaute so langsam wie üblich auf seinem Zahnstocher, »gib deinem Kind zu trinken und laß mich in Frieden.«

Viele Jahre lang sprach er mit niemandem mehr über den Vorfall. Er gewöhnte sich an, nach innen zu leben und, was er dachte und fühlte, nicht an die Außenwelt dringen zu lassen, bis seine älteste Tochter Maria Dorotéia heranwuchs und ein junges Mädchen wurde. Bis zu dieser Zeit ging er, wenn ihn etwas bedrückte, in den Viehstall der Fazenda: dort hockte er sich mitten unter den Kühen hin, sog den starken Geruch nach Fellen und Mist ein und dachte nach, bis er einen Ausweg aus seinen Schwierigkeiten fand. Nur selten bat er jemanden um Rat, nicht einmal Tomás, den Sohn der Sklavin Secundina – er hörte ihn zwar an, fühlte sich aber nicht gehalten, das zu tun, was der andere ihm riet; mehrfach entschied er sich anders und brauchte das nicht zu bereuen.

Nur einen Mann bewunderte er so sehr, daß er seinen Rat gesucht und mit ihm über das sonderbare Erlebnis, Gott in der Natur zu finden, gesprochen haben würde, aber dieser Mann gehörte einer Familie an, mit der er sich aus politischen Gründen zerstritten hatte: es war Dom Raimundo Arzão, der Bischof von Campos, der in einer Karwoche nach Parada de Deus kam und ihm mit seinen Predigten gefiel, obwohl er deren Inhalt nicht genau verstanden hatte: er bewunderte die Leidenschaft, mit der Dom Raimundo Arzão redete, als ob er seine Zuhörer anklage oder mit Gott selber diskutiere. Er war dunkelhäutig – seine Mutter war eine Mulattin gewesen –, dick und mit einer Donnerstimme begabt; wenn er predigte, blähten sich seine Backentaschen, als ob er den Wind anblasen wolle. Dom Raimundo hätte er gern erzählt, was er am Strand empfunden hatte, aber die Feindschaft zwischen den beiden Familien verhinderte jede Annäherung.

Erst bei der Überschwemmung des Jahres 1909, als die Wasser in der Geraden Straße fast an die Fenster der Häuser heranreichten, und die Gemüsegärten hinter den Häusern verwüsteten, hatte er mit dem Mann in Verbindung kommen können, den er so sehr bewunderte. Damals war Dom Raimundo nach Parada de Deus gekommen, um durch seine Anwesenheit die Opfer der Katastrophe zu ermutigen und denjenigen, die bei der Wasserhose Hab und Gut verloren hatten, materielle Hilfe zu bringen. In seiner Predigt bei der Dankesmesse für die Errettung der Einwohner von Parada de Deus erwähnte Dom Raimundo lobend Helenos mutiges, ja heldenhaftes Verhalten bei der Katastrophe; als ausgezeichneter Schwimmer hatte er viele vor dem sicheren Tode bewahrt (übrigens lobte er auch Ângelo Crespi, der sämtliche Hilfsaktionen für die bei der Überschwemmung obdachlos gewordenen Familien organisiert hatte). Als Heleno de Moura, auf seinem Lieblingsplatz an der linken Seitentür der Kirche stehend, den Mann mit dem schönen violetten Talar auf der Kanzel seinen Namen donnern hörte, erlebte er eine so starke Gemütsbewegung, daß er fast auf seinen Zahnstocher beißen mußte, um nicht in Gegenwart anderer Leute schwach zu werden. Er segnete die schreckliche Überschwemmung, weil sie ihm die Gelegenheit verschafft hatte, sich ausgiebig mit Dom Raimundo unterhalten zu können, ohne sich demütigen zu müssen. Die grobe Stimme des Bischofs versetzte ihn zurück in jene Samstagnacht, als er in seinem Hause in Parada de Deus schlief – noch hatte er sich nicht dazu entschließen können, ein neues Stadthaus zu errichten, obwohl Ângelo Crespi das seinige in nächster Zeit einweihen wollte. Auf einmal vernahm er ein gedämpftes, nicht näher bestimmbares Geräusch, als grollte es im Inneren eines Steinbruchs, als beschleunige sich etwas im Inneren der Erde. Dieses sonderbar massive Geräusch übertrug sich auf seine Brust, und als Heleno die Augen aufschlug – erst dann –, kam ihm dieses betäubende Geräusch zum Bewußtsein. Es klang, als ob sich die Welt verschworen hätte, ihn oder vielmehr alle zu töten, denn dieses Grollen bedrohte nicht ihn allein: als er das Fenster öffnete, sah er, daß draußen der Regen niederging, der den ganzen Tag über der Stadt drohend gehangen hatte. Jetzt erst fiel ihm ein, was geschehen konnte, und während dieser Gedanke sein Gehirn durchzuckte, hörte er jemanden im Hause der Gonçalves Ribeiro schreien:

»Das Wasser kommt, zu Hilfe, zu Hilfe!«

– Ich habe die ganze Zeit über für sie gebetet: das ist das einzige, was ich tun kann. Das ist der schwierigste Augenblick für den Gläubigen: wenn er sieht, daß die Grenze seiner Handlungsfähigkeit erreicht ist, daß wirkliches Zutrauen zu Gott nottut, damit man weiterhin zu hoffen vermag. Unsere Einsamkeit in der Welt verleitet uns zum Unglauben, zu der Annahme, wir seien vergessen, und nur die Verzweiflung bleibe uns übrig. Sogar ich, ein Priester, bin versucht, so zu denken, da ich eine Unschuldige in den Händen eines Wahnsinnigen leiden sehe und nichts tun kann.

Parada de Deus ist eine primitive Gemeinde; ich bin seit elf Jahren hier (ich weiß, daß mich der Herr Bischof zur Strafe hier beläßt) und habe mich nicht an die Sitten dieser Gegend gewöhnen können. Ein Ehemann ist ein sakrosanktes Wesen, das keinen Irrtum begehen und mit der Gattin nach seinem Belieben umspringen kann. Deshalb greift niemand in die Intimsphäre eines Ehepaars ein, auch wenn man weiß, daß der Mann seine Frau umbringen wird. Sie erscheinen zur Gedenkmesse für die Seele der Unglücklichen, selbstverständlich erscheinen sie dort, aber sie werden kein Hälmchen aufheben, um die Frau aus den Händen ihres Henkers zu erretten, nein, das werden sie bestimmt nicht tun.

Was sind das nur für Menschen, daß ich, der ich seit elf Jahren ihr Pfarrer bin, mich wieder und wieder über ihre Härte, Unnachgiebigkeit und Unbarmherzigkeit dem Nächsten gegenüber entsetze?

Es war eine ausgesuchte Bosheit von Dom Raimundo Arzão, mich in diese Gemeinde zu schicken. Ich werde das brasilianische Hinterland und seine rückständigen Bewohner nie begreifen. Ich bitte Gott dafür um Verzeihung, daß ich sie verachte, aber ich verachte sie wirklich, da hilft keine Ausrede, ich verachte sie vom

Grund meiner Seele. Ich bin zum Stadtpfarrer geboren oder aber überhaupt nicht zum Pater berufen; hier leben zu müssen ist eine ständige Herausforderung für mein Priestertum, daran gibt es für mich keinen Zweifel.

Ich vermag nicht in den Mechanismus ihrer Gedankengänge einzudringen, ich schaffe es einfach nicht. Wie kann man böse Absicht in Dingen suchen, die sich vor aller Augen abspielen, wie es bei dem Tanz geschah, den Maria Corina dem Handelsreisenden gewährte, was von Parada de Deus als skandalös empfunden wurde. Was war daran so schlimm, frage ich? Sie kannte nicht einmal den Namen des Mannes, sie wollte nur soviel Geld wie möglich für das kirchliche Liebeswerk zusammenbringen, worin also bestand ihr Verbrechen? Es sah so aus, als hätte Maria Corina in Gegenwart aller erklärt, sie habe einen Geliebten. Dona Branca, die Frau des Richters Dr. Siqueira, brach wegen dieser Sache alle Beziehungen zu Maria Corina ab, mit der sie von Kindheit an befreundet gewesen war – und sie verlangten von mir, daß ich die junge Frau wegen ihres Verhaltens rügen sollte.

Hingegen die heimliche Wollust, die Verkommenheit, die sich in den vier Wänden abspielt, vor allem die männliche Verkommenheit – sie wird respektiert, anerkannt und mit Lob bedacht!

Ich bin Zeuge all dieser Dinge und kann sie doch nicht ändern: ihre Unabänderlichkeit beweist mir mein Versagen als Seelenhirte – im Laufe von elf Jahren habe ich nicht einmal eine kleine Milderung im Verhältnis der Menschen zueinander bewirken können. Ich habe keine bessere Einsicht in die Rolle der Frau innerhalb der Gesellschaft bewirken können. Die Männer verlangen nur das eine: daß ihre Frauen sich wie Heilige aufführen; die Frauen ihrerseits halten sich für heilig – wer sich mehr irrt, ist schwer zu sagen; im Endergebnis betragen sich alle wie die Schweine.

Ich habe versucht, ihnen die Wahrheit vor Augen zu halten, und ich weiß, daß Dom Raimundo sogar eine Liste mit Unterschriften erhalten hat, auf der meine Abberufung verlangt wurde. Ich bin nur deshalb nicht umgebracht worden, weil Gott wollte, daß ich am Leben bleiben sollte, und nächst ihm wollte das Dona Paula Francisca de Moura Alves; sie hat bisher den Drang ihrer sanften Söhnchen, mich umzubringen, gezügelt. Sie brannten darauf, vor allem seit ich dem armen Deodato, dem ehemaligen Pächter von Degrêdo, Unterschlupf gewährte; er floh von der Fazenda, um nicht ermordet zu werden, denn Oceano bildete sich ein, er treibe Zauberei, um ihm nach dem Leben zu trachten. Diese meine Handlungsweise war für die Söhne Dona Paulas unverzeihlich. Ich weiß, daß sie nur deshalb nicht in mein Pfarrhaus eingedrungen sind, weil sich die Alte ins Mittel legte; sie redet so sanft wie ein Lamm (Oceano tut es ihr nach), aber sie kann durchaus so wild werden wie ein reißendes Tier.

Es wäre mir lieber gewesen, sie wären ins Pfarrhaus eingedrungen und hätten mich umgebracht, wenn das Oceano daran gehindert hätte, Maria Corina zu töten. Denn er wird sie töten, das wissen alle, aber sie stellen sich so, als wüßten sie es nicht. Ich habe Dona Paula aufgesucht, um mit ihr darüber zu reden und ihr die Gefahr klarzumachen, in der Maria Corina schwebt, aber sie will daran nicht glauben, sie behauptet, ihr Sohn wäre zu einer derartigen Handlungsweise unfähig, Maria Corina wäre nach Rio gereist, um dem Gerede der Leute in Parada de Deus zu entgehen. Und Maria Corina selber hat zu mir gesagt:

»Ich glaube, Oceano wird mich eines Tages umbringen, Pater Júlio.« Sie sagte das nicht im Beichtstuhl, sondern in der Sakristei während der ausgedehnten Gespräche, die ich dort mit ihr führte, unter dem Bild des gekreuzigten Heilands an der Wand. »Manchmal will ich mich darüber hinwegtäuschen und meine dann, er sei gar nicht der Mörder des armen Fábio gewesen. Ein andermal denke ich, er könne mich gar nicht für schuldig halten, seine Eifersucht habe sich nur auf die Person Dr. Fábios gerichtet, gegen mich direkt aber habe er bis heute nichts unternommen, er sei unschlüssig, bereue sein Verhalten und verzeihe mir. Dann plötzlich fällt mir sein Schweigen ein, das nun schon den ganzen Monat seit meiner Rückkehr aus Friburgo währt, denn solange habe ich Oceano nicht mehr zu Gesichte bekommen, ich weiß nicht, was er denkt oder plant, und dann, Pater Júlio, packt mich schreckliche Angst und die Ahnung, daß er mich am Ende noch umbringen wird.«

Und dieser armen Frau mußte ich Mut zusprechen, in Dona Paulas Haus zu bleiben, während ich nichts sehnlichster wünschte, als sie weit von hier fortzuschaffen, damit sie vor dieser Bande von Wahnsinnigen, den Moura Alves, in Sicherheit wäre!

Nie habe ich so sehr an meinen eigenen Worten und Ratschlägen gezweifelt wie zu der Zeit, in der ich Maria Corina beinahe täglich die Beichte abnahm. Ich wußte genau, es wäre das Klügste gewesen, ihr die Flucht anzuraten, weit fort von Parada de Deus, aber als Priester durfte ich ihr nicht raten, sich von ihrem Gatten zu entfernen und den Vorwurf der Treulosigkeit von seiten Oceanos stillschweigend hinzunehmen. Aber jeden Nachmittag, wenn sie immer magerer und immer heiserer in der Kirche auftauchte, kämpfte ich mit mir selber, sie fortzubringen und vor diesem Wahnsinnigen zu retten, der sie jetzt auf der Fazenda gefangenhält.

Die Leute sahen, wie sie eilig mit gesenktem Kopf auf die Kirche zuging, in der Hand den Rosenkranz, das Meßbuch und den Schleier. Mit ihrem raschen Gang und ihren gebeugten Schultern schien sie die einst so strahlende Gestalt jener Maria Corina verstecken zu wollen, die das Leben der Stadt mit ihren Festen erheiterte, mit ihrer Anmut und ihrem heiseren Lachen die Aufmerksamkeit der Männer auf sich zog und selbst die hübschesten Mädchen von Parada de Deus ausstach. Wenn die Leute sie so vorübergehen sahen, in sich versunken und gedemütigt, die Blicke ihrer Mitmenschen vermeidend, empfanden sie den einzigen kleinen Triumph, den ihr trüber, schaler Alltag ihnen verschaffen konnte; sie triumphierten über eine Frau, die den Spielregeln einer Gesellschaft getrotzt hatte, die sie nicht geschaffen, sondern einfach übernommen hatten, über die sie sich niemals Gedanken gemacht hatten, ob sie richtig oder nicht etwa falsch waren. Sie übernahmen sie mit der gleichen Gelassenheit, mit der sie sie an ihre Kinder weitergaben, mit der diese sie einst an die Enkel weiterreichen würden: Maria Corina, die Frau des allmächtigen Hauptmanns Oceano de Moura Alves, galt ihnen als die Ehebrecherin, und die Rache, die sich über ihrem Haupte zusammenzog, erschien ihnen so gerecht, daß für Mitgefühl kein Platz übrigblieb.

Nur das erste Mal mußte mich Maria Corina aus dem Pfarrhaus holen lassen, die übrigen Male erwartete ich sie im Beichtstuhl: genau um drei Uhr nachmittags empfing sie die Kommunion und anschließend kam sie in die Sakristei, wo wir miteinander redeten. Als Oceano mich des Nachts aufsuchte, um zu erfahren, was mir Maria Corina gebeichtet hatte, teilte ich ihr das am nächsten Tage mit.

Ihr saßet beide in der verlassenen Sakristei. Maria Corina biß sich in die Lippen – es war dies ein Tick, den sie erst seit kurzem an sich hatte – und es kostete sie riesige Mühe, deinem Bericht zu folgen, ohne dir ins Wort zu fallen. Aber obwohl du immer wieder innehieltest, um nach den rechten Worten zu suchen, biß sie sich immer wieder auf die Lippen und brachte nicht den Mut auf, selber zu sprechen. Die Kirche lag in mittäglichem Schweigen, und du hattest deine Stimme zu einem Flüstern abgedämpft, damit der Küster, der eben den Hauptaltar in Ordnung brachte, nichts von deinen Worten verstehen sollte.

Ich wußte genau, was sie mich fragen wollte, aber sie mußte wissen, daß ich ihr darauf keine Antwort geben konnte. In jener Nacht, als mich Oceano nach Degrêdo holte, habe ich ihn kennengelernt, als hätte ich meine gesamte Lebenszeit mit ihm verbracht, aber Oceano ist ein so seltsamer Mensch, daß es durchaus nichts nützt, wenn man weiß, wie er *gewesen* ist; man kann deshalb noch lange nicht wissen, wie er in der Zukunft sein *wird*. Auf der Fahrt zur Fazenda sah ich, wie er den Revolver zog und im Mondlicht mit sicherem Schuß ein Blatt vom Stengel abschoß. Ich begriff, daß er mich einschüchtern wollte, aber Gott weiß, daß ich keine Angst vor ihm hatte. Dann fuhren wir in die Fazenda ein: der Weg wurde von seinen Leibwächtern gesäumt, und im Herrenhaus fand ich das Verbrechertrio, das uns allen in Parada de Deus wohlbekannt ist: João Congo, Dionísio Boa-Morte und Chicão Fio. Nur den erbärmlichen Einundsiebzig sah ich nicht, und doch bin ich sicher, daß er die Intrige gegen Maria Corina ausgebrütet hat. Diese Nacht war ein böser Alptraum; so sehr ich mich anstrengte, bei klarem Verstand zu bleiben und mit vollem Bewußtsein zu sehen, zu hören und zu reden, hatte ich doch den Eindruck, wie in einem bösen Traum, wie im Fieberwahn zu leben, und diesem Gefühl entging ich nur, weil ich spürte, daß meine Füße einschliefen, offenbar weil ich so lange im Auto gesessen hatte.

Ihr saßet längere Zeit in Oceanos Arbeitszimmer, aber es schien, als wolle die Zeit nicht fortschreiten, als habe sie sich verdichtet zu einem einzigen Augenblick, zu einem lastenden Block, und obwohl vom Fenster her eine leichte Brise ins Zimmer strich, schwitztet ihr beide, möglicherweise weil der Widerstand, den einer dem anderen entgegensetzte, so große Anstrengung kostete. Dennoch hattet ihr beide nach außen hin eine ruhige Haltung eingenommen: Oceano hatte die Beine übereinandergeschlagen und die Arme über der Brust verschränkt, und du fächeltest dir mit dem Taschentuch Luft zu oder trocknetest dir den Schweiß von der Stirn. Eure Stimmen waren gedämpft und die Worte fielen langsam – und doch kämpftet ihr in diesem Augenblick miteinander: jeder wollte erraten, wie weit der andere gehen würde, die Sätze, die ihr ausspracht, wurden nicht in ihrer unmittelbaren Bedeutung aufgefaßt, sondern als Fährten für eventuelle spätere Schlußfolgerungen. Du, Pater Júlio, wolltest wissen, ob Oceano eine Drohung für Maria Corinas Leben darstellte, und Oceano versuchte die Geheimnisse herauszubringen, die dir Maria Corina im Beichtstuhl anvertraut hatte.

Gleich zu Beginn, als er mich fragte, was mir Maria Corina im Beichtstuhl anvertraut hätte, und unbedingt wissen wollte nicht etwa, ob sie ihn betrüge – davon war Oceano schon seit langem überzeugt –, sondern mit wem und mit wie vielen Liebhabern, und wie oft sie sich jedem einzelnen von ihnen hingegeben hätte – lauter Narrheiten, die nur im Kopf eines Wahnsinnigen entspringen konnten – erklärte ich ihm eindeutig, ich könne ihm nichts enthüllen, da wir Priester um keinen Preis das Siegel des Beichtgeheimnisses brechen dürften.

»Dennoch kann ich Ihnen etwas garantieren, Oceano«, sagtest du, »Ihre Frau ist unschuldig: mehr kann ich dazu nicht sagen, mein Priestergelübde hindert mich daran, aber diese eine Gewißheit kann ich Ihnen geben: Maria Corina hat den Vorwurf der Untreue nicht verdient.«

Oceano lächelte nun nicht mehr, aber er blieb ruhig in der gleichen Stellung sitzen und baumelte mit seinem rechten Bein, als ob ihn die Angelegenheit gar nicht so nahe berühre.

»Sie sind verpflichtet, die Wahrheit zu sagen, Pater Júlio«, sagte Oceano zu mir, »deshalb sind Sie zu dieser nachtschlafenden Stunde hier in Degrêdo – Gott ist die Wahrheit, und Sie sind sein Stellvertreter. Außerdem nützt das ganze Lügen nichts, denn ich werde doch nie mit Maria Corina Frieden schließen.«

Ich hatte nicht den Mut, Maria Corina das alles an jenem Nachmittag in der Sakristei zu erzählen. Ich sagte ihr auch nicht, daß mich Oceano in das Zimmer seines jüngsten Sohnes Heleninho geführt und mir das in seinem Bettchen schlafende Kind gezeigt hatte. Das Kind, behauptete er, habe ihm berichtet, daß ihn Maria Corina betrog. Noch immer sehe ich ihn in der Zimmertür stehen und ebenso weich daherreden wie seine Mutter Paula. Da verlor ich die Fassung, meine Nerven ließen mich im Stich – es waren zu viele Stunden gewesen, während deren ich jeden Satz neu erläutern mußte, weil er ihn sogleich entstellt dazu benutzte, Maria Corina zu kompromittieren.

»Sie wollen beweisen, was nicht ist, Oceano«, sagtest du zu ihm.

»Ich brauche nichts mehr zu beweisen: ich will nur genaue Einzelheiten erfahren, das ist mir wichtig«, erwiderte er.

»Es gibt keine solchen Einzelheiten, das wissen Sie ganz genau.«

»Wollen Sie immer noch mit der Wahrheit hinter dem Berge halten, Pater Júlio?« fragte er, ohne in Erregung zu geraten.

»Haben Sie mich hierhergebracht, um mich einen Lügner zu nennen?«

Ich protestierte, denn ich hielt es nicht für verdienstlich, mich von einem Wahnsinnigen beschimpfen zu lassen.

»Kehren Sie nach Parada de Deus zurück und fragen Sie die Leute, einen um den anderen, was sie von Maria Corina halten – fragen Sie sie und Sie werden erleben, daß alle mir rechtgeben«, erklärte Oceano und an seinen Mundwinkeln zeigte sich Speichel, ein klares Zeichen dafür, daß ihm meine Worte Eindruck gemacht hatten. »Meinen Sie vielleicht, ich würde mir diese ganze Geschichte aus den Fingern saugen? Warum sollte ich das wohl tun. Um meine Frau Maria Corina loszuwerden? Warum sollte ich das wünschen, wo ich sie doch immer geliebt habe und heftig, das dürfen Sie glauben. Hören Sie gut zu, Pater Júlio: ich bin so aufrichtig zu Ihnen, als ob ich im Beichtstuhl säße, und rufe Gott zum Zeugen an: ich habe aus Liebe geheiratet. Ich wußte, daß meiner Mutter diese Heirat mit der Tochter eines Mannes mißfiel, der ein Feind meines Vaters gewesen war und immer für Ângelo Crespi gestimmt hatte, den verfluchten Makkaronifresser, der Hauptmann Heleno de Moura haßte. Gleichwohl sah ich darüber hinweg und heiratete, ich tat alles für diese Heirat und brachte Maria Corina auf die Fazenda, weil wir unsere Absicht nur so durchsetzen konnten. Warum sollte ich mich wohl solchen Unannehmlichkeiten aussetzen, wenn es nicht aus Liebe geschah? Wo doch Maria Corina nicht einmal reich war!«

»Nicht Sie allein haben Schwierigkeiten in Kauf genommen, um heiraten zu können, Oceano«, erwidertest du, »auch Maria Corina hatte sie zu bestehen, und in stärkerem Maße als Sie, denn als Frau war sie wesentlich unfreier als Sie: warum gestehen Sie ihr nicht das gleiche Verdienst zu: ebenfalls aus Liebe geheiratet zu haben?«

»Nein, da irren Sie sich: Frauen heiraten nur selten aus Liebe, sie heiraten aus Neugier, verstehen Sie?«

»Wie soll ich das verstehen?«

»Ich meine, aus sexueller Neugier. Die Frauen verwechseln das mit Liebe, aber es sind zwei völlig verschiedene Dinge. Es wundert mich, daß Sie als Beichtvater das noch nicht festgestellt haben. Bevor ein Mädchen an einem Mann Gefallen findet, denkt es nur daran, wie der Körper dieses Mannes beschaffen sein mag – daher sind sie alle, auch wenn sie körperlich Jungfrauen sind, im Geiste Huren. Ich bin sicher, daß Maria Corina, bevor sie mich heiratete, dem kleinen Doktor, der bei den Procópio Monteiro logierte, viele Gunstbeweise gewährt hat.«

Vielleicht hätte ich es aufgeben sollen, in jener Nacht weiterzukämpfen, nachdem ich Beweise für Oceanos Wahnsinn erhalten hatte. Je mehr ich davon überzeugt bin, desto heftiger verzweifle ich über mein Unvermögen, Maria Corina zu retten. Soll eine Unschuldige, die nichts ernstlich Böses getan hat, sterben müssen, weil ihr Mann geistesgestört ist – mehr noch: sollen wir anderen, die wir die ganze Wahrheit kennen, vor ihrem Martyrium die Arme verschränken und uns mit ihrem Henker verbünden?

Ich habe die Leute mit meinen Sonntagspredigten wachzurütteln versucht, aber ich gestehe, daß ich die Hoffnung aufgebe. Letzten Sonntag sprach ich über das Gebot: »Du sollst nicht falsch Zeugnis erheben ...«, einen Sonntag zuvor über das Wort: »Richtet nicht ...« Sie hören mir aufmerksam zu und reißen die Augen weit auf, als ob sie mich verschlingen wollten, und dann, kaum haben sie den Fuß aus der Kirche gesetzt, vergessen sie auch schon, was ich ihnen eben gesagt hatte. Wie können meine Worte in den Köpfen gedächtnisloser Leute nachwirken? Schlimmer noch als ihr fehlendes Gedächtnis ist ihre völlige Unbewußtheit: die Einwohner dieser Stadt können nicht begreifen, daß meine Worte sie ganz persönlich betreffen, sie meinen immer, sie seien für ihren Nachbarn bestimmt. Ebensogut könnte ich das, was ich laut auf der Kanzel der Kirche sage, in aller Stille vor mich hindenken, so daß es niemandem zur Kenntnis käme: es hilft nichts, daß ich gegen die Grundfehler anpredige, die ich bei meinen Gemeindegliedern gefunden habe – sie schreiben diese Fehler doch immer den anderen zu, weit entfernten Leuten oder ihren Nachbarn in Santo Antônio do Pomba.

Unterdessen sitzt eine Unschuldige eingesperrt auf ihrem Zimmer und wird von ihrem verrückten Mann weiß Gott welchen Bosheiten ausgesetzt, und ich bin nutzlos und untätig und finde keine Lösung, wie ich Maria Corina retten könnte. Ich habe den Eindruck, daß ich alles versucht habe, was in meinen Kräften stand (ich wäre gern sicher, daß es sich wirklich so verhält, wie ich sage); ich bin sogar nach jener gespenstischen Nacht noch einmal nach Degrêdo gefahren. Wir sind gerade in der Regenzeit, die Straßen sind verschlammt, und mein Wagen blieb ein gutes Stück vor dem Herrenhaus der Fazenda stecken: ich legte die verbleibende Strecke zu Fuß zurück und krempelte die Soutane hoch, um sie nicht mit Lehm zu beschmutzen. Es ist ein sonderbares Land, das wird mir allemal deutlicher: die Hügelabhänge sind wahre Trainingsplätze für Bergsteiger. Der zahme Picão erscheint einem in Degrêdo nicht mehr als alter Bekannter; er braust heftig und aggressiv durch das Dickicht. Auch die Vögel wirken wie Raubvögel und erschrecken uns mit ihrem harten Gekreisch. Und dann gibt es dort Hunde, alle mager, mit vorstehenden Rippen, die ihre spitzen Wolfszähne fletschen. Ich glaube kaum, daß irgend jemand nach Degrêdo kommt und sich nicht wundert über die Atmosphäre, die ganz anders ist als auf den übrigen Fazendas. Mag sein, daß der Fremde den Unterschied nicht genau definieren kann, auf alle Fälle wird er befremdet sein; vor allem, wenn er Oceanos drei Leibwächter zu Gesichte bekommt: Dionísio Boa-Morte, João Congo und Chicão Fio. Man braucht gar nicht ihren Beruf zu kennen, um klar zu erkennen, daß es sich um gemeine Subjekte handelt – man braucht ihnen nur in die Augen zu schauen (das ist nicht ganz einfach, denn diese Sorte von Leuten schaut einem nur ungern in die Augen), um zu wissen, mit was für Kerlen sich Oceano umgeben hat. Seltsamer als dies alles aber war, daß ich, sobald ich den Fuß auf den Hof setzte, von Maria Corinas Anwesenheit fest überzeugt war. Ich spürte ihre Nähe, auch wenn ich vergeblich die Ohren spitzte, um ihre mir so wohlbekannte Stimme zu vernehmen.

Andererseits waren nur wenige Augenblicke nötig, damit du

verstandest, daß es sich um eine nutzlose Gewißheit handelte, Maria Corina war zwar im gleichen Hause, vermutlich hinter sieben Schlössern eingesperrt, aber Oceano würde nicht gestatten, daß du sie zu Gesichte bekämst.

Die Farce würde weitergehen: so wie in Parada de Deus alle Leute sich darüber im klaren sind (aber so tun, als ob das nicht der Fall wäre!), daß Oceano Maria Corina am Ende umbringen wird, so sah ich mich an jenem Abend auf der Fazenda ebenfalls gezwungen, so zu tun, als glaubte ich Oceano, als er mir auf meine Frage erklärte, Maria Corina wäre zu Einkäufen nach Campos gefahren. Meine Ahnungen waren bestätigt worden, mir fiel wieder der erschrockene Gesichtsausdruck ein, mit dem mir Maria Corina in der Sakristei bekannt hatte, sie glaube, Oceano werde sie eines Tages umbringen.

Dennoch wirkte Oceano ausgesprochen ruhig. Er machte den Eindruck eines Menschen, der das gefunden hat, was er sucht. Nur wenn er lange sprach, trat Speichel in seine Mundwinkel, was seine innere Spannung verriet. Du wußtest ja, daß der Umgang mit Oceano einem Spaziergang am Rande eines Abgrundes gleichkam – der kleinste Fehltritt und man stürzte ab . . .

Auf einmal wiederholte sich alles, so als ob die Zeit zwischen der Nacht, in der Oceano mich in seinem Ford nach Degrêdo brachte, und dem Abend, an dem ich auf Degrêdo nach Maria Corina suchte, gar nicht vorhanden gewesen wäre. Es schien, als hätten wir die ganze Nacht im Gespräch verbracht und bei der ständigen Wiederholung der gleichen Angelegenheit den Abend erreicht. Er konnte und wollte von gar nichts anderem reden als ihr. Das eben ist das Schreckliche und Sonderbare: Oceano vergöttert Maria Corina, davon bin ich völlig überzeugt, und deshalb schwebt sie in so großer Gefahr. Oceano liebt sie, und diese Liebe allein hat seine Eifersucht ausgelöst. Mir gegenüber hat er diese Tatsache auf andere Weise ausgesprochen: er ist ein introvertierter, trockener und zurückhaltender Mensch, der wie viele Menschen aus der Provinz gar keine freiere Äußerung über die Lippen bringen würde. Er sagte zu mir, er habe Maria Corina nie ein bestimmtes Verhalten nahegelegt, weil er auf die spontane Liebe seiner Frau gewartet hätte. So spricht nur ein Mensch, der heftig liebt, das weiß ich wohl, und die ganze krankhafte Eifersucht hat die gleiche Ursache. Einundsiebzig hätte niemals ein geeignetes Terrain für seine Intrigen gefunden, wenn Oceano nicht stets auf Maria Corina leidenschaftlich eifersüchtig gewesen wäre. Schlimm ist nur, daß sie das nie bemerkt, oder besser, sich nicht die Zeit genommen hat, das an ihrem Mann zu bemerken: sie war so sehr damit beschäftigt zu leben und das Leben gierig in sich einzusaugen. Verstehen Sie, sie war wie ein Läufer, der sich keine Zeit nahm, seinen Atem zu kontrollieren, und deshalb den Wettkampf verlor. Diese Schwäche beutete Einundsiebzig aus. Er wollte mit aller Macht seine Stellung bei dem allmächtigen, reichen Präfekten von Parada de Deus festigen und merkte in seiner Schläue, daß hier die Achillesferse seines Herrn lag, in der schlecht versteckten Eifersucht auf seine Frau. Diese Goldader beutete Einundsiebzig aus. Heute sieht alles danach aus, als ob Einundsiebzigs Worte für Oceano entscheidend wichtig seien, Oceano ist unglücklich geworden, wenn er auch von der Entdeckung, daß ihn seine Frau betrogen hat, tief befriedigt zu sein scheint. Klingt das nicht wie ein Roman, wie eine Wiederholung von »Othello«? Oceano hat mir erzählt, daß er innerlich jubiliert habe, als ihm Einundsiebzig zum ersten Mal zu verstehen gab, daß ihn Maria Corina betrüge, weil ihm unterdessen schon sein Sohn Heleninho enthüllt hatte, daß seine Mutter einen Liebhaber besaß. Je mehr Beweise er gegen Maria Corina sammeln konnte, desto lauter jubelte es in seinem Inneren. Ich entsetzte mich darüber, und da sagte er zu mir, seit zehn Jahren schon trage er seinen Verdacht allein mit sich herum und lese in den Gesichtern seiner Mutter und seiner Geschwister, was sie von Maria Corina hielten; er, Oceano, habe sich nie etwas anmerken lassen, seine Zweifel immer wieder überprüft und für sich behalten.

»Wie, seit zehn Jahren zweifeln Sie schon an Ihrer Frau?« fragtest du ihn erschrocken. »Aber Sie sind doch genau zehn Jahre verheiratet?«

»Eben deshalb«, gab er zur Antwort, »seit ich Maria Corina geheiratet habe, zweifle ich an ihrer Treue. Um ganz genau zu sein, ich mißtraue ihr, seit sie auf jenem Fest auf der Fazenda Celo da Serra ihren Eltern sagte, sie wolle auf der Straße spazierengehen, in Wahrheit aber wartete, daß ich hinter ihr herkäme, damit wir miteinander sprechen könnten. Das sagte ich ihr auf den Kopf zu, als wir uns auf der Straße trafen, und sie lachte heiser und leugnete nicht. Mein Vater, der in den Augen der Leute lesen und nach fünf Minuten Bekanntschaft sagen konnte, ob jemand gut oder böse war, pflegte immer zu mir zu sagen: der erste Mann, den eine Frau betrüge, sei ihr eigener Vater; und wenn eine Tochter keine Skrupel hat, ihren Vater anzulügen, was soll dann der Ehemann zu erwarten haben, der einen großen Teil des Lebens hindurch nur ein Fremder für sie gewesen ist?«

»Verstehen wir uns recht, Oceano«, ließest du nicht locker, »warum trotzte Maria Corina dem Willen ihrer Eltern und bestand darauf, Sie zu heiraten, wenn nicht aus Liebe? Bestimmt nicht aus Angst sitzenzubleiben; denn erstens war sie damals sehr jung und außerdem ein bezauberndes Geschöpf, um das sich ein Dutzend Männer bewarben. Warum bestand sie darauf, gerade Sie zu heiraten und ihren Eltern zu trotzen, wenn nicht aus Liebe?«

Ich wußte schon, es half nichts, mit ihm zu rechten, ich redete nur, um Zeit zu gewinnen, um zuzusehen, ob ich irgendeine Spur von Maria Corina entdecken könnte. Doch entweder war sie in einem abgelegenen Zimmer eingesperrt oder geknebelt worden, denn ich hörte nicht das geringste Geräusch.

Während Oceano redete, den Blick auf einen Punkt hinter der Wand gerichtet und einen Speichelfaden in den Mundwinkeln, vergaß er gänzlich, daß er dir bei deiner Ankunft zu verstehen gegeben hatte, er habe keine Zeit, um zu dieser nachtschlafenden Stunde Besucher zu empfangen.

Oceano befindet sich im Stadium des Deliriums, und deshalb mache ich mir allemal größere Sorgen um Maria Corinas Leben. In einem Zeitraum von wenigen Tagen (zwischen jener Nacht im

Auto und dem Abend, an dem ich von mir aus nach Degrêdo fuhr) hatte sich sein Zustand verschlimmert. Allerdings hatte ich ihn auch schon vorher für verrückt gehalten, und nicht nur ihn, sondern alle Moura Alves. Auch die so religiöse Dona Paula ist eine widersprüchliche, bösartige Person. Ich möchte meinen, daß ihr zweiter Mann, der Kapitän, eher vor ihrem boshaften Wesen als aus Angst vor seinen Stiefsöhnen Reißaus genommen hat (wie die Leute von Parada de Deus meinen). Ich kenne sie alle, den einen wie den anderen, und keiner von ihnen ist ausgeglichen und normal: Pacífico hat eine Negerin geheiratet und hält sie hinter Schloß und Riegel, selbst Dona Paula sagt, sie habe die Frau ihres Sohnes nie gesehen. Von ihrem Vorhandensein wissen wir überhaupt nur deswegen, weil immer mehr kleine Mulatten die Treppen zu Dona Paulas Stadthaus hinaufsteigen, um den Segen der Großmutter zu erbitten. Pacífico lächelt nur höchst selten und steckt immer im Hause des Geisterbeschwörers Tomás, dessen Mutter Sklavin bei Pacíficos Urgroßvater war. Indinho ist vielleicht der Schlimmste von allen, wegen der geringsten Lappalie zieht er den Revolver, er ist in ständiger Erregung, mit ihm kann man nicht diskutieren, ohne in Lebensgefahr zu schweben. Außerdem wissen alle, daß er ein jammervoll schlechter Ehemann ist, der Vater seiner Frau, der Türke Chalita, hat sich bei mir beklagt und erklärt, seine Tochter werde von Indinho schrecklich verprügelt. Unter den Mädchen lebt Pía geisteskrank auf ihrem Zimmer und wird von der alten Olava gepflegt. Luísa lebt wie ein wildes Tier, sie geht den Menschen aus dem Wege und sitzt am liebsten zu Pferde oder versteckt sich auf der Jagd im Buschwald, und wenn man mit ihr sprechen möchte, so kommt nur ein gegrunztes Ja oder Nein heraus. Dorotéia ist womöglich noch ärger, auch wenn sie normaler wirkt als Luísa. Ihre Verlobung mit Juca Biá, dem Sohn von Titino Bompiani, dauert schon länger als fünfzehn Jahre, und von einer Heirat ist nicht die Rede. Ihre Mutter und sie können einander nicht ausstehen, und nach dem Tod ihres Vaters gibt es für Dorotéia überhaupt nur noch einen wertvollen Menschen: ihren Bruder Oceano, ihn vergöttert sie, und ich frage mich, ob nicht auch Dorotéia, zusammen mit dem Schuft von Einundsiebzig, an Maria Corinas Unglück ihren Anteil hat.

Gewiß, Oceano delirierte, er schaute dich überhaupt nicht an, es sah so aus, als wäre nur sein regloser Körper mit den übereinandergeschlagenen Beinen und den am Stuhl hinunterhängenden Händen zugegen. Selbst seine Stimme schien aus weiter Ferne zu dir zu dringen:

»Die Frau wird von Kindheit an auf die Lüge vorbereitet, das muß man klar und deutlich sehen«, sagte Oceano, »selbst ihre Wäsche und ihr Putz müssen dazu dienen, ihre Mängel zu verstekken oder ihre Vorzüge hervorzuheben. Kein Mensch sieht, wie heuchlerisch diese Erziehung ist: sie rät den Mädchen List und Eitelkeit an, auf der anderen Seite aber Gehorsam und weibliche Fügsamkeit. Aber wie kann man von einer Frau verlangen, daß sie stolz ist auf ihre Schönheit und ständig vor den Spiegel tritt und die übrige Welt verachtet, sich ihrem Haushalt widmet und nur für ihren Mann und die Kinder lebt? Ist das nicht inkonsequent, Pater? Als Maria Corina noch nicht verheiratet war, schaffte sie sich, obwohl ihr Vater nicht reich war, jede Woche ein neues Kleid an; nach der Heirat ging sie dazu über, da meine Finanzlage besser war als die ihres Vaters, zwei bis drei Kleider wöchentlich anzuschaffen, bis sie schließlich kaum noch das gleiche Kleid zweimal anzog. Man kultiviert aber nicht seinen eigenen Körper derartig, wenn man keinen besonderen Grund dafür hat. Zumindest heißt das doch, daß die Betreffende ihren Körper über alles liebt, und wenn der Körper an die erste Stelle gesetzt wird, so will man ihm auch Genüsse verschaffen, neue Empfindungen, unbekannte, unverhoffte Freuden – so ist der Weg zum Ehebruch vorgezeichnet. Sie als Priester könnten dieser Lage abhelfen, Pater Júlio. Sie sollten die falsche Erziehung verurteilen, die die Mütter ihren Töchtern auf den Weg geben. Wie kann Harmonie in einem Hauswesen herrschen, wenn der Mann dazu erzogen wird, die Wahrheit zu sagen und die Frau zur Verstellung? Das ist die Grundlage für den späteren Ehebruch, Pater Júlio.«

Ich konnte dieses unleidliche Geschwätz kaum noch ertragen. Oceano hat nie begriffen, daß seine Frau ein Ausnahmewesen ist, auf die Welt gekommen, um die Herzen ihrer Mitmenschen zu erheitern. Maria Corinas angeborene Koketterie gehört zu ihrer Strahlkraft – darin liegt durchaus nichts Böses, ich kenne sie gut. Wenn sie ihr heiseres Lachen anstimmte und ihr schwarzes Haar in den Nacken warf, so geschah das nicht aus Leichtsinn; sie war so unruhig und ausgelassen wie ein Vogel Gottes und verlangte keine größeren Leistungen von sich selbst, weil sie dazu bestimmt war, uns mit ihrer bloßen Anwesenheit zu erfreuen. Ihr und niemand anderem verdanke ich es, daß ich in den elf Jahren meines hiesigen Exils nicht völlig gescheitert bin. In manchen Augenblicken wollte ich meine Koffer packen und flüchten, und dann erschien jedesmal wie eine göttliche Fügung Maria Corina und änderte meinen Entschluß. Dabei verändert sie die Menschen nicht etwa mit Argumenten, oder weil sie etwa überlegt und logisch verführe. Vielleicht ahnt sie gar nicht einmal, was in uns vor sich geht – es genügt, wenn sie in unserer Nähe ist: dann ist einem zumute, als ob man neue Augen und eine andere Art und Weise zu sehen bekommen hätte.

Und ein solches Wesen will Oceano zugrunderichten, obwohl er es vergöttert. Im Grunde liebt er sie so abgöttisch, daß er nicht mit ihr weiterzuleben vermag, weil andere Männer seine Vergötterung für Maria Corina teilen könnten; ich weiß nicht, warum er mich selber noch nicht bedroht oder bestraft hat, denn eifersüchtig ist er sicherlich auch auf mich, obwohl ich Priester bin. In der Logik seines Wahnsinns erscheint Oceano der Mord an Maria Corina möglicherweise als ein Mittel, um sie besser für sich zu behalten, um den Gegenstand seiner maßlosen Liebe besser zu beschützen, verstehen Sie? Dona Paula erklärte mir, es bestände keine ernstliche Gefahr, weil ihr Sohn ihre Schwiegertochter so sehr liebe – sie begreift nicht, daß eben darin die Ursache für die Gefahr liegt.

Seit ich diesen Mechanismus begriffen habe, weiß ich, daß ein Todesurteil über Maria Corina schwebt. Im Grunde wissen das alle, weil sie ganz genau den Ehrenkodex dieser Gegend kennen: wenn eine Frau einmal diffamiert worden ist, so kann der Ehemann seine eigene Ehre nur mit Blut reinwaschen. Es macht dabei nichts, daß sich die Zeiten geändert haben, daß Lokomotive, Kino, Telefon und Auto erfunden worden sind. Für die Einwohner von Parada de Deus gibt es nur eine Zeit und aus dieser kommen sie nicht heraus; ihr Leben ist in diese Zeit hineinprojiziert: die Epoche des Stadtgründers, Chicos des Bauern, der Oceanos Urgroßvater war. Die Leute hier hängen immer noch am Ersten Kaiserreich fest. Es dringt nichts zu ihnen, was nicht zu dieser Epoche in irgendeinem Bezug stände. Die Revolution vor fünf Jahren haben sie nur deshalb erlebt, weil Oceano an ihr beteiligt war, der Urenkel Chicos des Bauern, der diese Stadt auf Gottes Geheiß begründete. Integralismus und Kommunismus konnten hier keinen Fuß fassen, konnten nur wenige Gefolgsleute finden, weil diese Parteien keine Verbindung zu der Zeit von Chico dem Bauern besitzen. Ich habe das Dom Raimundo Arzão persönlich gesagt, als er den Domherrn Assis herschickte, um ein integralistisches Zentrum ins Leben zu rufen. Ich selbst bin immer wieder neu überrascht, wenn ich bemerke, daß ein Bewohner von Parada de Deus einen kleinen Fortschritt der Zivilisation übernimmt, im allgemeinen benutzen sie sie, als ob sie gar nicht vorhanden wäre. Ihre Gedanken über Welt, Menschheit und Gesetze, nach denen sich Männer und Frauen verhalten sollen, sind die gleichen wie vor hundert Jahren. Ehe sich noch Oceano schlüssig geworden ist, auf welche Weise er Maria Corina bestrafen will, kann er schon überzeugt sein, daß dieses ganze Volk sie verurteilt hat. Wenn sie so tun, als ob die Angelegenheit sie nichts anginge, dann nur, um es Oceano gegenüber nicht an Respekt fehlen zu lassen. Aber glauben Sie mir, was ich Ihnen sage. Maria Corina ist bereits von allen verurteilt worden – jetzt sind sie nur noch neugierig darauf, wann das von ihnen – vor Oceano – gefällte Urteil vollstreckt werden wird.

Das sind meine »Schäfchen«. Datum und Ausführung des Verbrechens interessieren sie; niemals die Schlachtung des Opfers.

Es war die schlimmste Katastrophe, die Parada de Deus jemals heimsuchte. Weder die Typhusepidemie von 1828, die der französische Arzt Saint-Yves gebannt hatte, noch die Cholera, die 1858 die Negerhütten dezimierte, versetzten die Bevölkerung in derartige Furcht. Als Heleno das dumpfe Geräusch vernahm, das sich wie eine ins Erdinnere verpflanzte Bronchitis anhörte, fürchtete er, was ihnen bevorstand, denn der Wasserstand stieg alle Augenblicke und das schreckliche Grollen schien anzuzeigen, daß sich die Lage weiter verschlimmern würde.

Heleno erlaubte sich keine Panikstimmung. Innerhalb weniger Minuten weckte er Paula und die Kinder, befahl seiner Frau, alles Eßbare, was sich im Hause befand, einzupacken, ein paar Decken unter den Arm zu nehmen und sich eilig in die Kirche zu begeben, die auf dem Hügel hinter dem Stadtgarten lag.

»Heilige Jungfrau, bleibt uns überhaupt noch Zeit, um dort nach oben zu gelangen?« stöhnte Paula, erschrocken über den Lärm, der sich vom Fluß her erhob. Bis zu diesem Tage war das ein sanftes Flüßchen gewesen, das im Sommer sogar die Hühner durchqueren konnten. Nur wenige Leute ließen sich auf der Straße blicken, als wüßten die Menschen nicht recht, was sie tun sollten, Heleno jedoch verlor keine Zeit. Während er vorwärtsschritt, hinter sich die Familie, klopfte er an die Fenster und weckte alle diejenigen, die trotz des Getöses weitergeschlafen hatten. Als sie den Stadtgarten schon hinter sich hatten, quoll das Wasser bereits in die Hausportale der Geraden Straße ein. Es regnete stärker; einige schrien auf, das erschrockene Murmeln des Volkes kündigte den Beginn einer Panik an. Die Wassermassen durchbrachen alle Hindernisse, unempfindlich gegen jeden Widerstand.

Als Heleno den höchsten Punkt des Kirchhügels erreicht hatte, drehte er sich um: in der stockdunklen Nacht konnte man kaum die Umrisse der Bäume des Stadtgartens wahrnehmen. Er hörte die Wassermassen brausen und das Gemurmel der Leute, unterbrochen zuweilen von einem Schrei oder einem Fluch. Pater Cesário ließ, von Heleno gewarnt, durch den Küster die Glocken läuten, um die Bewohner der Stadt von der nahenden Gefahr zu verständigen. Heleno schärfte seiner Frau ein, sich um die Kinder zu kümmern, die sich in die Sakristei geflüchtet hatten, und stieg wieder hügelabwärts. Als er in die Gerade Straße kam, reichte ihm das Wasser bis fast zu den Knien. Das Hemd klebte ihm regendurchnäßt an der Brust, ebenso die Hosenbeine, seine Schuhe hatte er im Wasser verloren (und das gab ihm ein größeres Freiheitsgefühl), von seiner Hutkrempe tropfte eine wahre Dachtraufe. Er lief die ganze Nacht hindurch zwischen Kirchberg und Stadt hin und her. Eine Glasscherbe hatte die Sohle seines rechten Fußes verletzt, aber er hatte noch keine Zeit gefunden, die schmerzende Schnittwunde zu bemerken: er half, Kinder und Bündel zu transportieren, und als die Wasser noch höher stiegen, nahm er sogar alte Frauen auf die Arme. Diesmal sah er keine Feinde, seine regennassen Augen machten keinen Unterschied zwischen den Gesichtern; sie waren nur bedacht, die Gefahr abzuwenden und den Bedürftigen Hilfe zukommen zu lassen. Ângelo Crespis Neffe trat ihm eine Art von Holzpodium ab, das sich wie ein Floß oder ein Kanu verwenden ließ. Mit seiner Hilfe steuerte er auf die im niedrig gelegenen Teil der Stadt eingeschlossenen Familien zu und nahm sie auf seinem Podium mit; in Ermangelung von Rudern nahmen seine Gefährten und er lange Stangen zu Hilfe. Er, Heleno, und Temístocles de Melo, Iaiás jüngerer Bruder, taten sich trotz aller Feindschaft in dieser Nacht zusammen, um den Einwohnern von Parada de Deus beizustehen, da sie beide die besten Schwimmer der Umgebung waren. Die beiden deutlichsten Erinnerungen aus jener Nacht waren das blinde Vordringen der Wassermassen, die sich in der Breite und in der Länge ausdehnten, unter den Türen einsickerten und jedes Hindernis umstürzten, das ihre Macht ihnen umzustürzen erlaubte – und die in seinem Kopf widerhallenden Glockenschläge, grell und schneidend im allgemeinen Brausen des fallenden Regens und der die Straßen in Flüsse verwandelnden Gewässer. Von einem bestimmten Zeitpunkt an wurde die Flutwelle für ihn eine Wesenheit, genau gesagt eine Person, deren Tyrannei ihn zur

Ohnmacht verurteilte; denn die formlose lebendige Masse war stärker als alles andere und völlig gleichgültig gegen die Verheerungen, die sie bei ihrem Zuge anrichtete, sie überspülte, riß nieder, überholte und verwüstete alles. Heleno hatte immer das Meer, seine Wellen, seinen Schaum und sein klares veränderliches Grün geliebt, aber er haßte diese dunkle Masse, deren schlammbraune Farbe erst am nächsten Morgen erkennbar wurde. Wenn er so furchtlos auf die am meisten überfluteten Gebiete zuschwamm oder das Holzpodium in den tiefer gelegenen Teil der Stadt steuerte, so geschah dies nicht allein aus Solidarität gegenüber den Bedrängten, sondern weil er auf diese Weise gegen ein Phänomen ankämpfen konnte, das sich seiner Kontrolle entzog: die Kante eines umherschwimmenden Möbelstücks stieß gegen ihn und schlug ihm eine Augenbraue auf, als er mitten in der Geraden Straße schwamm. Seine Augen waren blutunterlaufen, und wenn er einen Augenblick zu schwimmen aufhörte, zitterte er vor Kälte und klapperte mit den Zähnen, als ob er Fieber hätte. Dennoch erlaubte er sich in jenem Augenblick keine Schwäche. Es tagte bereits, und immer noch transportierte er auf seinem Holzpodium die Familien des Schusters Vittorio Anselmi und des Schneiders Titino Bompiani, und obwohl er die Makkaronifresser nicht ausstehen konnte, ging es ihm in diesem Moment einzig darum, der Flut ihre Opfer zu entreißen. In einem erbitterten Kampf stemmte er sich gegen die Flut, nur ein einziges Mal dachte er an seine Ländereien und die Verheerungen, die die Überschwemmung auf ihnen anrichten mußte, aber er verscheuchte diesen Gedanken sogleich wieder: er durfte seine Kräfte nicht verzetteln. Im Augenblick war sein Platz hier, wo er der Flut Widerstand leisten mußte, die sich, richtungslos wie eine Ochsenherde, im Tal ausbreitete.

Mitten in der Nacht (als die Glocken für Augenblicke ihr Läuten eingestellt hatten) hörten alle ein gedämpftes Geräusch, als ob ein Gebäude filzgedämpft zusammenstürze. An der Ecke der Geraden und der Türkenstraße stürzte die alte Schule des Lehrers Melgaço ein; das baufällige Gebäude hatte dem Druck der Wassermassen nicht standgehalten. Als der Morgen graute, stellte sich Heleno auf die Höhe des Kirchenhügels. Von hier oben konnte er Parada de Deus übersehen: die ganze Ortschaft schien auf dem Fluß dahinzutreiben wie eine besiegte Zufluchtsstätte. Die Einwohner, auf dem Hügel abgeschnitten, sahen zu, wie die Strömung die Trümmer vorbeitrieb. Der Regen hatte aufgehört, der Tag war düster, und die Menschen lehnten sich über die die Kirche umgebende Mauer, um dem melancholischen Vorbeizug von Tischen, Baumstämmen und toten Tieren zuzuschauen, bis gelegentlich auf einem Baumstamm, der als Kanu herhalten mußte, einer ihrer Bekannten auftauchte, der das Unheil überlebt hatte. Obwohl der Wasserstand langsam sank, war Heleno zumute, als laste ein zentnerschweres Gewicht auf seinem Herzen. In seiner Traurigkeit drängte es Heleno, sich von den anderen, sogar von Frau und Kind, zu entfernen: er stieg weiter aufwärts bis zum Friedhof. Auf einem Grab kauernd, riß er die Wunde in seinem Inneren auf, er wühlte in seinen Gefühlen, um die eigene Wut lebendig zu halten. Die Apathie, in die Parada de Deus und seine Bewohner an jenem Morgen versunken waren, mußte sich in eine endgültige Niederlage verwandeln, falls sie nicht zum Kampf um den Wiederaufbau erwachten. Im Inneren der Kirche hörte man den alten Pater Cesário mit den Gläubigen Gebete murmeln, aber Heleno wollte in diesem Augenblick nicht beten. Er ahnte, daß er die anderen mit seiner Energie zum Neubeginn anspornen mußte. Chico der Bauer hatte seinerzeit aus dem Nichts eine Stadt gegründet; durch ihn war die Ortschaft mit der Zeit zu einer der wohlhabendsten im Norden des Staates Rio geworden. Heleno begriff, daß die schreckliche Überschwemmung, die die Pflanzungen verheert, die Häuser der Armen zerstört und den Mut der Einwohner gebrochen hatte, ihm eine von Gott geschickte Gelegenheit bot: er mußte das Volk anfeuern, den Kampf wieder aufzunehmen, und so würde er auf seine Weise die Heldentat seines Großvaters, des Stadtgründers, wiederholen.

»Sohn einer Stute«, sagte er leise, ohne auf seine eigenen Worte zu hören, »Sohn einer Stute, Sohn einer Stute« – eine heiße Welle stieg in seine Brust und verstärkte sich noch mehr, als er Ângelo Crespi bemerkte, der mit hochgekrempelten Hosen herankam und ein floßähnliches Gebilde voller Konserven, Mehl, Bratwürsten und Trockenfleisch hinter sich herzog, um damit die geflüchteten Einwohner zu versorgen. »Sohn einer Stute!« schrie Heleno lauter und schleuderte einen Stein weit fort. Als er wieder zum Kirchplatz hinunterkam, herrschte ein allgemeines Jammern: die ersten Nachrichten trafen ein, was in der übrigen Gegend vor sich gegangen war: die Wasser hatten Meilen und Abermeilen überschwemmt, Lagoa Preta und ihr Ackerland waren völlig zerstört worden. In diesem Augenblick dachte Heleno nicht an die beiden alten Jungfern, Zé Inácios Schwestern, die er dort nach dem Tod seines Vaters untergebracht hatte. Die Gerüchte überschlugen sich, nach ihnen zu urteilen, gab es nach dieser Katastrophe nur wenige Überlebende. Man übertrieb die Vorgänge auf der Fazenda Campo Santo, die einer Familie aus Itaperuna gehörte. Dort war die Wasserhose niedergegangen, von der die Überschwemmung ausgelöst wurde, und es hieß, es wäre dort keine lebende Seele am Leben geblieben. Auch die Fazendas Retiro und Boa Sorte der Familie Gonçalves Ribeiro waren stark in Mitleidenschaft gezogen worden, doch hatte sich der alte Rodrigo samt seiner Familie im Augenblick der Katastrophe gerade in Parada de Deus befunden, so daß seine Pächter die einzig betroffenen waren. Diese Geschichten verdrossen Heleno, er wußte, passiv ertragener Schmerz würde zu gar nichts führen. Er persönlich hielt die Auflehnung für das einzig brauchbare Mittel zum Wiederaufbau; deshalb reizten ihn die mit Tränen vermischten Jeremiaden der Leute so sehr, daß er »Sohn einer Stute!« wiederholte, bis er nicht mehr an sich halten konnte. Ehe er es gewahr wurde, schimpfte er einen Gevatter aus, seinen Halbpächter aus Santana, der zu seinen Wocheneinkäufen in die Stadt gekommen war und sich bitter beklagte, weil er keine Nachricht von seiner Frau und sechs kleinen Kindern hatte. »Teufel auch, ihr benehmt euch wie alte Jungfern bei der Beerdigung ihres Vaters!« rief er aufgebracht. »Dieses Gejammere ist nicht mehr auszuhalten: seid ihr eigentlich richtige Männer oder tragt ihr nur ihre Hosen?«

Jemand sagte darauf: »Haben wir denn kein Recht dazu, unsere Freunde und Gevattern zu beweinen, die gestorben sind oder ihre Kinder verloren haben?«

»Das führt zu nichts, merkt ihr das nicht? Kämpfen müssen wir, diese Scheißflut darf doch nicht unsere Stadt, unser Parada de Deus zugrunderichten, die Stadt, die Chico der Bauer, ein echter Mann, gegründet hat.«

Er schrie immer weiter und steigerte sich so lange in seine Wut hinein, bis er selber an sie glaubte; er wußte, mit Rebellion und Entrüstung würden sie sich wieder aufrichten oder aber nie wieder aus dem Elend herauskommen.

»Eine Scheißflut – das ist sie gewesen. Und wo hat man je gesehen, daß Wasser dem Menschen Furcht einjagt? Wie sie gekommen ist, wird sie auch wieder verschwinden« – er deutete auf den Stadtgarten, an dessen Bäumen und deren Feuchtigkeitsmarken man sehen konnte, daß das Wasser in der Tat abgesunken war. – »Es scheint, daß die Leute von Santo Antônio do Pomba diese Überschwemmung bestellt haben, damit sie uns vom Erdboden wegfegt. Sollen wir ihnen diesen Gefallen tun? Wenn wir jetzt weibisch losheulen, als wenn wir uns unter Frauenröcken verstecken wollten, wird Parada de Deus wirklich zugrunde gehen: aber solange ich, Heleno de Moura, hier lebe, geht Parada de Deus nicht unter, das schwöre ich bei der Seele meines Großvaters.«

In diesem Augenblick wußte er noch nicht, was seinen Tanten Tudinha und Dorotéia, den beiden kropfkranken alten Jungfern, zugestoßen war, die er gleich nach dem Tode Zé Inácios aus dem Herrenhaus von Gratidão, in dem sie immer gewohnt hatten, verwies und in eine Hütte auf Lagoa Preta schickte. Eher hätte er an seine Kühe und Ochsen, an seine Hühner und Kampfhähne gedacht als an die Tanten; sie hatten ihn nie als Neffen anerkannt und sprangen mit ihm um, als ob er ein einfacher Pächter auf der Fazenda wäre; sie taten so, als wüßten sie gar nicht, daß Zé Inácio ihn vertrauensvoll behandelte. Auch als dieser die beiden an sein Sterbelager rufen ließ und ihnen mitteilte, Heleno werde nunmehr einziger Besitzer von Gratidão, Degrêdo, Cachoeira, Santana, Lagoa Preta und Santo André sein, sagten sie weder ja noch nein und taten so, als ob diese Mitteilung auch nichts änderte, als ob sie ihnen gar nicht gemacht worden wäre, denn sie hatten seine Existenz als unehelicher Sohn des Hausherrn (oder was sonst immer) gar nicht zur Kenntnis genommen. Als ihr Bruder ausgeredet hatte, zogen sich beide, dick und imposant mit ihren Kröpfen, aus dem Zimmer zurück, als hätten sie gar nichts gehört, und nahmen von Heleno auch weiterhin nur Notiz, um irgendwelche Anordnungen zu erteilen, bis er eine Woche nach Zé Inácios Tod zu ihnen ging und ihnen sagte, er habe beschlossen, sie in ein Haus in Lagoa Preta umzuquartieren. Da erwiderte Tudinha nur:

»Wenn das der Wille unseres armen Bruders war, so gehen wir.«

Daraufhin sagte Heleno: »Ich weiß nicht, ob der Verstorbene das gewollt hat, aber da ich nunmehr hier der neue Herr bin, habe ich hier zu befehlen. Und ich habe beschlossen, daß ihr in Lagoa Preta wohnen werdet, und in diesem Hause wohnen ich, meine Frau und meine Kinder.«

Dorotéia schaute ihn nicht einmal an, so als wäre er Luft für sie, während Tudinha wiederholte:

»Wenn dies der Wille unseres armen Bruders war, so gehen wir.«

Heleno quartierte sie in dem kleinen Lehmhaus mit dem Ziegelboden ein, in dem er sich aufhielt, wenn er des Nachts auf Fischfang ging. Er begleitete sie nicht beim Umzug, gab ihnen jedoch seinen Vertrauensmann Cipriano mit auf den Weg, einen Kreolen, der noch keine zwanzig Jahre, aber erprobtermaßen mutig und treu war. Man mußte die beiden auf dem Ochsenwagen sitzen sehen, mit den wenigen Habseligkeiten, die sie aus Gratidão mitnehmen durften, mit der Miene beleidigter Majestäten – es sah aus, als wollten sie nur eben Einkäufe machen und gleich danach wiederkommen.

»Die Ärmsten!« meinte Paula, als sich der Ochsenwagen mit quietschenden Rädern entfernte. »Eigentlich durftest du ihnen das nicht antun, Heleno! Das Haus ist groß, wir hätten hier alle Platz gehabt.«

Heleno kaute auf seinem Zahnstocher und gab keine Antwort. Es ging ihm gar nicht darum, mehr oder weniger Platz zu haben – Paula begriff das nicht –, er wollte seine Autorität stärken; deshalb durften in seinem Hause nicht zwei Geschöpfe leben, für die er ausdrücklich nicht vorhanden war, für die nur der Wille ihres verstorbenen Bruders zählte. Heleno wußte nur zu gut, daß die wenigen überlebenden Kinder aus Zé Inácios erster Ehe bald die Rechtsgültigkeit seiner Besitzergreifung anfechten würden. Das würde ihm genug zu schaffen machen, und deshalb konnte er nicht zulassen, daß man in seinem eigenen Hauswesen seine Autorität in Frage stellte. So vergaß er die Tanten in Lagoa Preta, und nur Cipriano hatte die Anweisung, ihnen jede Woche Bohnen, Mehl und Trockenfleisch zu überbringen. Wenn Heleno in Lagoa Preta angelte, schaute er nicht einmal in die Richtung des Hauses. Deshalb war er ganz erstaunt, als ihn der Kreole Anunciato in der Nacht nach der Katastrophe aufsuchte und ihm mitteilte, man habe Tudinhas Leiche in einem Wasserstrudel in der Nähe der Pferdeweide gefunden. Die Flut hatte die Hütte zerstört; die beiden lagen wohl zu Bett und schliefen, als die Wasser einbrachen. Dorotéias Leiche wurde nie geborgen; der Zauberer Tomás behauptete, sie irre durch die dunklen Wasser der Lagune und komme nur in Mondnächten an die Wasseroberfläche. An diese Geschichten glaubte Heleno nicht; er verbot Tomás, anderen Leuten davon zu erzählen.

Er richtete Tudinhas Beerdigung aus und sparte dabei keine Kosten. Diesmal hörte er auf den Rat seiner Frau: obwohl Tudinha über sechzig war, wurde sie als Jungfrau beigesetzt: Orangenblüten bedeckten ihren Leib, ein langer Brautschleier reichte ihr vom Kopf bis zu den Füßen – so lag sie in dem weißen, mit blauen Bändern geschmückten Sarg. Es war eben die Zeit schwierigsten Wiederaufbaus nicht nur der Stadt, sondern auch der Fazendas, und Heleno hatte keine Lust, seine Arbeit zu unterbrechen, um die beiden alten Jungfern zu beweinen, aber er gönnte Tudinha eine Beerdigung, die seiner Ansicht nach die Mißachtung aufwog, die er ihr bei Lebzeiten hatte angedeihen lassen. Das »Sohn einer Stute!«, das er auf dem Kirchplatz gebrüllt hatte, als die Wasser zu sinken begannen, wurde zum Kampfgeschrei gegen Mutlosigkeit und Verzichtstimmung. Flüche traten an die Stelle der Klagen, die Leute seufzten nicht mehr, sie schimpften; Ângelo Crespi fuhr nach Niterói, um den Präsidenten des Bundesstaates um finanzielle Hilfe für die Überschwemmungsopfer zu bitten. Jedoch waren die großen Fazendeiros gar nicht so sehr geschädigt worden, denn die Kaffeeplantagen lagen auf den Hügelhängen und hatten unter der Katastrophe nur wenig gelitten, und der Kaffee war der Hauptreichtum der Plantagenbesitzer in dieser Gegend. Heleno warf sich nicht nur auf die Feldarbeit, sondern auch auf die Politik; er unterstützte bei der Wahl für das Parlament des Bundesstaates einen Kandidaten von São Fidélis, um gegen Custódio Leite de Freitas Front zu machen, den jüngsten Sohn des Grafen von Pomba, der für ihre Gegend kandidierte. Seit Parada de Deus dem Gemeindebezirk von Santo Antônio do Pomba zugeschlagen worden war, revoltierten die Einwohner gegen diese Zugehörigkeit; denn Parada de Deus war zwar kleiner und jüngeren Datums, aber erheblich dynamischer als Santo Antônio do Pomba. Dafür gab es Beweise: als ein Jahr nach der Flutkatastrophe mit Raketen und Blasmusik die Eisenbahnlinie eingeweiht wurde, die Parada de Deus mit Rio de Janeiro verband, witterten sogar die erfahrenen Handelsvertreter, daß sie in dieser Stadt ausgezeichnete Geschäfte machen könnten und verbrachten weitaus mehr Zeit in Parada de Deus als in Santo Antônio do Pomba. Sie logierten im Hotel »Mutter Joana«, das sich zu dieser Zeit im Besitz des Portugiesen Gonçalves befand; er führte die Tradition der gepflegten Küche fort, die einst Mutter Joana in ihrer Herberge eingeführt hatte. Gleich nachdem der Portugiese das Gebäude gekauft hatte, riß er den alten Bretterkasten ab und trug den Italienern Totônio und Pietro Salviati, den

Bauunternehmern der Ortschaft, die Errichtung eines zweistökkigen Neubaus auf. An seiner kremfarbenen Fassade, die der Staub im Laufe der Zeit leicht rötlich tönte, konnte man in großen schwarzen Lettern lesen: »Hotel Mutter Joana«. Auf der langen, von Rhizinusöllampen erhellten Hauptstraße sahen die Mädchen der Stadt die Handelsreisenden flanieren und nutzten die Gelegenheit zum Flirten. Zur Heirat führte das nur sehr selten; denn die Vertreter sind die Matrosen des Festlands: entweder macht ein Vertreter vielen Mädchen den Hof und heiratet mehrere zur gleichen Zeit, dann ermordet ihn eine der angeheirateten Familien, oder er flirtet viel und heiratet keine.

Die Vertreter strömten nach Parada de Deus, weil der örtliche Handel aufblühte: nicht nur in der Geraden Straße eröffneten neue Läden, sondern auch in der tiefer gelegenen Zone der Stadt, in der Italienerstraße hinter dem Kirchplatz. Dieser Stadtteil wurde das Handelszentrum für das arme Volk; dort erschienen die Pächter an den Samstagabenden und kauften für die nächste Woche ein. In dieser Straße befanden sich die kleinen Fleischerläden: sie hatten nur eine Tür, und auf dem Ladentisch lagen große, blutbefleckte Stücke Stierfleisch und in der Mitte geöffnete Mastschweine. In der Italienerstraße besaß Ângelo Crespi verständlicherweise seinen Wählerstamm, freilich keinen sehr einflußreichen, da die Bewohner in der Mehrheit Ausländer waren und nicht wählen durften. Immerhin ging von ihnen, obwohl sie nicht zur Wahl gehen durften, der erste Anstoß aus, Crespis Wahlkampagnen größere Wirkung zu verschaffen. Sie kamen zuerst auf den Einfall, den Zirkus »Bruder Fasano« zu mieten, der eben zu dieser Zeit Parada de Deus besuchte. Auf Kosten von Ângelo Crespi, der die Wahlkämpfe im Inneren des Staates Rio um jeden Preis revolutionieren wollte, vernahmen die Einwohner von Parada de Deus zum ersten Mal mit staunendem Unverständnis die näselnden Klänge aus einem kleinen, mitten auf der Reitbahn aufgestellten Apparat; sie erlebten zum ersten Mal ein Grammophon. Zu dieser Zeit wurde auch die erste Musikkapelle gegründet; Nino Accetta, der Bäcker, hatte in seiner Heimat, einem kleinen Provinznest bei Neapel, Posaune spielen gelernt und brachte seinen Landsmann Ângelo Crespi auf diesen Gedanken. Crespi stiftete das Geld für die Instrumente und gab der Kapelle ihren Namen: »Musikgesellschaft 15. November« – zu Ehren der Republik, deren glühender Anhänger er war. Felicio Falone, der Schlosser, schlug das Becken, und als die Kapelle zum ersten Mal durch die Straßen zog und ihre blauen Kaschmiruniformen mit den goldbetreßten Mützen vorführte, war es ein Vergnügen, dem Italiener zuzuschauen. Sein weingerötetes Gesicht strahlte, daß sich der Schnurrbart verzog, und wenn das Becken erklang, so schrie er vor lauter Freude mit.

Allmählich festigte sich Ângelo Crespis Stellung. Als er in die Politik eintrat, stand als einziger Punkt eine Schulgründung in Parada de Deus auf seinem Programm. Man hatte seine Pläne anfänglich feindselig aufgenommen, weil er Ausländer war, aber es gelang ihm mit der Zeit, seine politische Führerstellung zu festigen. Er kaufte sich den Titel eines Hauptmanns (später eines Obristen) der Nationalgarde und beschloß, sich auf Anraten des Vizepräsidenten der Republik naturalisieren zu lassen. Dieser konnte Ângelo gut leiden und nannte ihn »mein Italiener«. Die Einweihung der neuen Eisenbahnlinie war ein weiterer Sieg Crespis: es gelang ihm, zur Einweihung den Vizepräsidenten höchstpersönlich nach Parada de Deus zu ziehen; er bezog in Crespis neuem Herrenhaus Quartier, das am gleichen Tage eingeweiht wurde. Heleno erschien nicht zur Einweihung der Bahnlinie; er zog es vor, aus der Ferne zuzuschauen. An der Biegung des Poeira-Hügels verfolgte er mit dem von Zé Inácio ererbten Fernglas die Ankunft der ersten Lokomotive in Parada de Deus. Auf der Maschine prangten zwei Fahnen in den Landesfarben und ein Spruchband, auf dem zu lesen stand: »Der Fortschritt kommt nach Parada de Deus: es lebe Ângelo Crespi!«

An jenem Tage gewann Heleno die Gewißheit, daß die Grenze des Erträglichen erreicht, ja überschritten worden war; er schämte sich über sich selber, weil er zugelassen hatte, daß die Dinge mit seiner Zustimmung so weit gediehen waren. Sein

Gegner, der Ausländer, der »Makkaronifresser«, dessen Ankunft aus Italien er selber miterlebt hatte – er besaß eine einzige Wäschegarnitur – war zum reichen Mann geworden und gebärdete sich als Herr der Stadt. Er empfing den Vizepräsidenten der Republik und beherbergte ihn in seinem luxuriösen Herrenhaus, als ob kein einziger Brasilianer in der ganzen Gegend imstande wäre, die Vertreter der Behörden würdig zu empfangen. Bei Ângelo Crespi war es mit einer einfachen Provokation nicht getan. Mehrfach hatte Heleno versucht, ihn herauszufordern, es war immer umsonst gewesen: der »Makkaronifresser« lachte heiser und hob den Mantel hoch, damit man sehen konnte, daß er unbewaffnet war. Es mußte etwas geschehen, was seinem Aufstieg Einhalt gebot, was ihn vor seinen Mitbürgern beschämte, etwas, was das Empörende an der Tatsache hervorhob, daß ein Makkaronifresser Brasilianern auf brasilianischem Boden Befehle erteilte. Es kostete Mühe, diesen Plan zu schmieden; er gelangte erst viel später zur Ausführung, als das in Niterói angeheuerte Ehepaar Crespi eine Falle stellte; aber vom Tage der Einweihung der Eisenbahn an wurde ihm die persönliche Auseinandersetzung mit dem Makkaronifresser wichtiger als die Mehrung seines Reichtums, die Befestigung seines Ansehens, wichtiger als das Gedeihen der von Chico dem Bauern gegründeten Stadt. Bis zu seinem Tode zog Crespi seine geballte Fähigkeit zu hassen auf sich; er war häufiger in seinen Gedanken als Gott selber. Bei diesen ständigen Reibereien spornte ihn sein Gegner an, er trieb ihn vorwärts, denn er wollte bei diesem Wettstreit um keinen Preis zurückbleiben. So ließ er vom Architekten Alamão aus Santo Antônio do Pomba ein neues Stadthaus erbauen; Rodrigo Gonçalves Ribeiro, Tonico Arzão, der Bruder des Bischofs von Campos, und der Rechtsanwalt Lourenço Procópio Monteiro, der Besitzer von Bela Vista, taten es ihm nach. Da die von Crespi gegründete und in der Mehrzahl aus Makkaronifressern bestehende Musikkapelle »15. November« einen so großen Erfolg erzielte, gründete Heleno die Konkurrenzkapelle und nannte sie »Musikgesellschaft 7. September«: doch rivalisierte er nicht nur mit allen Unternehmungen des Italieners, er behielt ihn Tag und Nacht im Auge und wartete nur darauf, daß er sich eine Blöße gäbe, um ihn außer Gefecht setzen zu können; im Kaffeehandel boten beide ihr ganzes Geschick auf, die Konkurrenz vom Markt zu verdrängen, aber es gelang Heleno niemals, endgültig über Crespi die Oberhand zu gewinnen, es blieb bei ständigen Versuchen und Gegenversuchen. War Crespi nach der Überschwemmung erfolgreich bemüht, den armen Leuten zu helfen, die Haus und Habe eingebüßt hatten, so holte Heleno seinerseits eine ganze Anzahl von Flutgeschädigten auf seine Fazendas und gab ihnen Land zur Bestellung. Er feuerte die Leute an, indem er sie wütend beschimpfte und Faulpelze, Weichlinge und Schnecken nannte. Man hörte ihn nicht nur auf den Plantagen von Gratidão oder Santo André schimpfen, sondern auch in Parada de Deus und näherer Umgebung, wo man sich nach einer gewissen Zeit an den Wiederaufbau der Anwesen machte. Gerade wenn man ihn weit entfernt glaubte, tauchte er auf seinem ruhelosen Fuchs auf: sein krawattenloses weißes Hemd wurde am Halse von einem goldenen Kragenknopf geschlossen, der spärliche schwarze Schnurrbart hing ihm über die Mundwinkel herab, auf dem Kopf saß ein grünlicher Hasenfellhut – oft erschien er mit an die nackten Füße geschnallten Sporen, ein Brauch, der ihn deutlich von den anderen Fazendeiros aus alteingesessenen Familien unterschied.

»Sie Sohn einer Stute!« sagte er sanft und eindringlich, so daß dem Angeredeten die gute Absicht hinter der Beleidigung nicht entgehen konnte, »sind Sie noch immer nicht weitergekommen mit Ihrem Haus? Seit einem Monat komme ich bei Ihnen vorbei, und alles sieht noch genauso aus wie vorher.«

Doch konnte er von der gleichen Kurve am Poeira-Hügel aus, wo er einst die Ankunft der ersten Lokomotive in Parada de Deus beobachtet hatte, mit Genugtuung feststellen, daß sich die Stadt von den Verwüstungen zu erholen begann: die Häuser und der Stadtgarten, dessen Palmen einst Chico der Bauer angepflanzt hatte, erstanden neu, die Jasminbüsche dufteten bis zu ihm hinüber. Helenos Blick umfaßte die Straßen, die Kirche, die Baugerüste an der neuen Schule, die Läden, die Kaffeesilos, den Bahnhof, die Prostituiertenpension in der Avenida und das Hotel »Mutter Joana« – auf seinem hochgelegenen Standort war Heleno zumute, als halte er das pulsierende Herz der Stadt mit eigener Hand umfangen, als sei Parada de Deus ein Teil seiner selber. Er, der Enkel des Stadtgründers, hatte eine Mission zu erfüllen und die Werke seines Großvaters fortzuführen. Dazu hatte ihn das Schicksal auserwählt, das glaubte er fest, und eben deshalb durfte er es dem Makkaronifresser nicht erlauben, eine Rolle an sich zu reißen, die nur ihm zustand. Er sprach darüber nie mit irgend jemandem, aber seine Tochter Dorotéia verstand ihn auch ohne Worte, als sich – Jahre später – seine Gegnerschaft zu Crespi derart verschärfte, daß die Anhänger des einen wie des anderen nicht mehr das gleiche Kino besuchten und zum Tanzen verschiedene Clubs bevorzugten. Dorotéia verstand ihren Vater besser als irgendein anderer Mensch auf der Welt. Er glaubte seinen Ohren nicht zu trauen, als sie ihm eines Tages erklärte, sie wisse genau, warum er, Heleno, die Gegenwart eines anderen politischen Führers in der Stadt nicht hinnehmen könne. Sie habe immer gewußt, sagte Dorotéia, Gott habe Heleno de Moura, dem leiblichen Sohn des Obersten Zé Inácio de Moura Alves, die Führung der Einwohnerschaft von Parada de Deus vorbehalten. Bei diesen Worten seiner Tochter begriff er, daß es auch echte Freundschaft zwischen Mann und Frau geben konnte: bis dahin hatte er sich Frauen nur genähert, um mit ihnen zu schlafen, und ehe er das tat, reizte er sie zur Rebellion, zur offenen Auseinandersetzung, um beide hernach mit dem Gewicht seines Körpers zu ersticken. Für seine Mutter, die ehemalige Sklavin Isaltina, empfand er eine Verachtung, die angesichts seiner Situation durchaus begreiflich erscheinen mußte, und wenn er sie überhaupt noch als seine Mutter gelten ließ, so nur deshalb, weil sie für eine kurze Minute Zé Inácios Begehren geweckt hatte, was ihn als Bastard eines schwerreichen Mannes auf die Welt kommen ließ. Bei seiner Frau Paula wiederholte sich diese Gegnerschaft; obwohl Heleno ihr starkes Temperament und ihre ausgeprägte Persönlichkeit witterte – sie gab nur aus Angst vor körperlicher Züchtigung nach – hatte er sie nie ins Vertrauen gezogen, sie niemals zur Mitwisserin gemacht und in seine Pläne eingeweiht. Paula blieb in seinem Leben allenfalls die stillschweigende Komplizin; er ließ sich nie dazu herbei, sie zu fragen, ob sie mit seiner Handlungsweise einverstanden wäre oder nicht. Mit Dorotéia hingegen tauchte etwas Neues, Unvermutetes in seinem Leben auf, so als habe sich während der Jahre ihres Heranwachsens ein mitleidiger Gott, eingeschlossen in einem Zimmer seines Hauses, mit seinem Glück beschäftigt und es ihm erst nach so vielen Jahren zeigen wollen. Erst im Umgang mit seiner Tochter erfuhr Heleno, was es bedeutete, wenn man im Leben einen Menschen besaß, der einen so verstand, als ob man laut mit sich selbst gesprochen hätte. Zu jener Zeit postierte er sich auf seinem Pferde an der Kurve des Poeira-Hügels und spähte gierig und stolz nach der Stadt aus, die sich zu seinen Füßen auszudehnen begann. Der Blick, den er von dort oben über Parada de Deus schweifen ließ, ähnelte dem Blick, mit dem er einst das Erbgut Chicos des Bauern betrachtet hatte. Wenn er gegen das Vordringen und die betrügerische Autorität eines Ausländers ankämpfte, so geschah das, weil er das Chaos fürchtete, das die von Crespi verkörperte neue Ordnung heraufführen mußte. Heleno vertraute auf Gott und die Militärs, um einer Revolution zustimmen zu können, mußte man sich vorher versichern, daß sie die Unterstützung angesehener Heerführer besaß. Wie die meisten Bewohner der Gegend konnte Heleno eine Revolution nicht von der anderen unterscheiden; sie erfolgten mit der ewig gleichen Begründung, »der Zustand der Dinge sei unhaltbar«, und doch kam Heleno zu der Ansicht, daß die brasilianischen Revolutionen fast alles so fortbestehen ließen, wie er es bei seiner Geburt vorgefunden hatte. Er bewunderte Florianos Festigkeit und Energie, hielt aber im Grunde seines Herzens die Republik für ein Unglück und, im Gegensatz zu seinem Vater, die Aufhebung der Sklaverei für ein noch größeres Unglück ... Was nicht das Siegel der Tradition und der Vergangenheit trug, verurteilte er von vornherein, und es flößte ihm Furcht ein. Der Ausländer blieb für Heleno de Moura ein unbekanntes Wesen, ein Wesen, das er nicht begreifen konnte, er war unfähig, die wahren Absichten des Fremden vorauszuahnen. Er schaute sich die Gewohnheiten, Gedanken und Taten Crespis an, und sie schienen ihm nicht zu einem politischen Führer Brasiliens zu passen, noch weniger zu denen eines Führers von Parada de Deus: dieses geräuschvolle Gelächter, das übermäßige Gestikulieren, die merkwürdig schamlose Weise, in der Crespi die Makkaroniröhrchen aussog, sein gütiges (aber im Grunde hinterhältiges) Wesen, das alles mißfiel ihm und stieß ihn ab. Wenn beide gelegentlich im »Hotel Mutter Joana« zu Abend aßen, beobachtete Heleno den Italiener, seinen Redeschwall und die merkwürdige Geste, die Finger zusammenzulegen und die Hand auf und ab zu wiegen, als wolle er ihr Gewicht ermitteln. Noch unerträglicher erschien ihm die Falschheit und Heuchelei, die er in jedem Wort, in jeder Meinung Crespis wiederfand. Alles was er zu lieben behauptete, stellte sich bei näherer Betrachtung als Bluff heraus. Crespi behauptete, er vergöttere seine Frau, und doch gab es keinen größeren Weiberhelden als ihn (seine Liaison mit der Frau des Bäckers Nino Accetta war in ganz Parada de Deus bekannt); Crespi schwor Stein und Bein, er liebe Brasilien wie seine wahre Heimat, nahm aber nie die Anstecknadel mit den italienischen Landesfarben aus seinem Rockaufschlag. Seine Landsleute meinten sogar, er spreche in voller Absicht mit Akzent, denn für einen Mann, der mit sechs Jahren nach Brasilien gekommen war, sprach er sehr schlecht portugiesisch. Crespi behauptete, wenn er zu wählen gehabt hätte, wäre er in Parada de Deus auf die Welt gekommen, mietete aber gleichwohl, kaum daß er zu Vermögen gekommen war, eine Wohnung in Rio de Janeiro, wo seine Familie längere Zeit verbrachte.

Als Heleno nun, auf seinem Fuchs sitzend und das Fernglas auf den Bahnhof gerichtet, Ângelo Crespis Glorifizierung miterlebte, erleichterte es ihn nicht hinreichend, daß er leise zu sich »Sohn einer Stute! Sohn einer Stute!« sagte. Die Unruhe in seiner

Brust hätte nicht größer sein können, wenn er seine Frau Paula in flagranti mit einem anderen Mann ertappt hätte: eben diese Empfindung überkam ihn: Auflehnung, Entrüstung, schwere Gekränktheit. Er spürte den unmittelbaren Drang, sich nicht nur zu rächen, sondern die Rache sorgsam zu planen und langsam auszukosten. In seinem Mund fühlte er den »Geschmack der Klapperschlange« – er war blutjung und Zé Inácio hatte ihm soeben die Verwaltung des Fazendageschäftes übertragen, da beschloß er, die Avenida, das Bordell von Parada de Deus, zu besuchen: bald darauf mußte er feststellen, daß er sich eine Geschlechtskrankheit zugezogen hatte. Tomás selber bereitete ihm mit Kobrafleisch einen Absud zu, den er an drei aufeinanderfolgenden Tagen einnahm. Es war eine wahre Schwitzkur, und sie heilte die Erkrankung wunderbar aus – dieser bitter-scharfe Geschmack erinnerte ihn nicht allein an den Aufguß, den er vor Jahren getrunken hatte, er schien ihm auch zu beweisen, daß die Kobra, das Teufelsvieh, in ihm steckte – ein Leben war zu kurz, um allen Haß auszulöschen, den er von jenem Augenblick an gegen Ângelo Crespi in sich trug.

Jedesmal wenn er sich von nun an an die Biegung des Poeira-Hügels stellte und mit dem Fernglas auf die Stadt schaute, beobachtete er nicht nur die Häuser der Leute, die Crespi ihre Wahlstimmen gaben, sondern auch den Stadtteil, dessen Entstehung der Hartnäckigkeit seines Gegners zu verdanken war: den Bahnhof, das Schulgebäude, später den Stadtclub, genau neben der Brücke über den Bonito in der Türkenstraße gelegen, ebenso wie das Fußballfeld. Letzteres legte der Nudelfresser an, um dem Gatten seiner Tochter einen Gefallen zu tun, einem Herrn aus Rio, der in Parada de Deus Wohnung bezogen hatte und ein Meister des Fußballs war. Alle diese Unternehmungen erschienen Heleno als verfehlt, selbst wenn sie der Einwohnerschaft zugute kamen. Sooft er auf seinem Beobachtungsposten am Poeira-Hügel die Einweihung einer Neuerung beobachtete, die der Nudelfresser geplant und durchgesetzt hatte, spürte er den bitterstechenden »Geschmack nach Klapperschlange« in seinem

Munde. Er brütete lange über einer Idee, einer Idee, die nicht weichen wollte und ihm beharrlich und nachdrücklich durch den Kopf ging – er wollte seinen Gegner nicht töten, er brauchte ihn, wenn sein Leben Interesse haben sollte, er brauchte ihn als Wettkampfgegner, der ihn dazu zwang, nicht allein zu arbeiten, Reichtum anzuhäufen und sich weiterzuentwickeln, sondern um sich an das Leben klammern und den Versuch unternehmen zu können, den Gegner auszustechen. Er brauchte einen lebendigen Crespi, da er ihn nur so besiegen konnte, und je mehr er dafür lebte, desto stärker fühlte er sich leben. Nur um den Nudelfresser zu besiegen, ihn so zu schlagen, daß ihn die erlittene Demütigung zwingen würde, nach Italien zurückzukehren, sann er Monate und Jahre hindurch nach, bis sein Gedanke sich entwickelte und zu einem Plan verzweigte, für den er auf Gottes Mitwirkung rechnen konnte; er zweifelte nicht daran, daß der Herr Heleno de Moura als einen Enkel Chicos des Bauern unterstützen würde; denn gewiß wollte auch er nicht, daß der Makkaronifresser auf brasilianischem Boden herrschen sollte.

Einen Monat nach seiner Reise nach Niterói tauchte ein Ehepaar in Parada de Deus auf: der Mann war ein riesiger, vierschrötiger Mensch, dem ein breiter Ochsentreiberhut mit abgebogener Krempe ins Gesicht fiel. Die Frau hatte ein lautes Gebaren an sich, das auffallen mußte: ihre Arme waren mit dichtem schwarzem Haarflaum bedeckt, und sie schritt einher, als ob sie viel lieber tanzen wolle. Beide bezogen in einem kleinen Haus in der Rua do Cruzeiro Quartier; dort hörten die Nachbarn, wie die Frau obszöne Lieder sang, die sie noch von niemandem gehört hatten, selbst nicht von den Huren aus der Avenida.

Im Hotel »Mutter Joana« hörte Heleno die ersten Kommentare über die neuen Bewohner der Rua do Cruzeiro. Er verzog keine Miene und kaute auf seinem Zahnstocher, während der portugiesische Hotelbesitzer begeistert die Frau beschrieb: »Na, wenn man die schon sieht, läuft einem das Wasser im Munde zusammen... Sie ist bestimmt nicht hübsch, aber sie hat Hüften... tatatata... Nur der Mann kann einem Angst machen, er sieht aus wie ein nackter Bär, dem man den Pelz abgezogen hat. Sie hat aber schon zu jemandem gesagt, er schliefe tief und fest, selbst wenn sie nicht bei ihm im Bett liegt: kurzum, er sieht zwar aus wie ein starker Kerl, aber er macht mir keine Angst.«

Heleno wußte, daß diese Frau nach Crespis Geschmack war: dazu brauchte man sich nur die Frau des Makkaronifressers anzuschauen, eine Italienerin mit üppigen Brüsten, rundlichen Armen, breiten Hüften; außerdem konnte man sich noch seine Geliebte anschauen, Ema aus Kalabrien, die Frau von Nino Accetta: viele Leute gingen nur deshalb in die Bäckerei in der Rua do Cruzeiro, um sie sich ansehen und mit ihr am Ladentisch schwätzen zu können. Dann spähten sie nach den beiden weißen Bergen aus, die die Italienerin großzügig in ihrem weiten Ausschnitt zur Schau stellte, als ob ihr all die naschhaften Blicke Spaß bereiteten. Die Frau des Ochsentreibers suchte sich ebenfalls in der Rua do Cruzeiro eine Wohnung; denn dort kam Oberst Ângelo Crespi jeden Tag nach dem Mittagessen vorbei, wenn der Bäcker eine stille Siesta hielt und den Liebenden ihre Freiheit ließ. Die fremde Frau lehnte sich aus dem Fenster, trällerte halblaut ihre Liedchen und folgte mit lächelnden, komplizenhaften Blikken dem Vorüberschreiten des großen, beleibten Mannes. Gleich am ersten Tage bemerkte er ihre Gegenwart und zog mit ausladender Gebärde seinen großen Chilehut, um sie zu grüßen. Um ihn nicht zu verschrecken, vermied sie die ganze Woche hindurch neue Zugeständnisse, dann aber ging sie dazu über, ein höfliches »Guten Tag, Herr Oberst« zu murmeln. Da bemerkte sie, daß der mächtige Kaffeemakler der Stadt langsamer ausschritt, wenn er vor ihrem Hause den Hut zog. Ein Flirt hing in der Luft, sie lehnte sich immer weiter aus dem Fenster, ließ ihren Ausschnitt immer weiter geöffnet, und der Italiener schien nur noch für die großen, ihm dargebotenen Brüste Augen zu haben, deren Grübchen ebenfalls ein schwarzer Flaum bedeckte. Währenddessen spähte Heleno de Moura vom Poeira-Hügel aus auf die wimmelnde, wachsende Stadt: er hatte sein Fernglas in Stellung gebracht, kaute langsam auf seinen Zahnstochern und war versucht zu glauben, daß er nicht nur das Leben jedes einzelnen Einwohners bestimmte, sondern auch die Absichten der Leute erspähte und in ihre Geheimnisse eindrang. Er ließ die Augen durch die lange Wirbelsäule der Geraden Straße gleiten, die die Stadt fast von einem Ende zum anderen durchschnitt, und hielt bei dem weißen Bau mit den beiden Glockentürmen und dem großen Vorplatz inne, auf der Höhe eines Hügels; dort spielten schreiende Kinder jenseits der Bananenstauden, deren grünliche Wedel in der Sonne glänzten und sogar dem kleinen Friedhof auf dem Abhang hinter der Kirche etwas von ihrer Heiterkeit abgaben.

Als der große Skandal in Parada de Deus ruchbar wurde, saß Heleno wieder einmal auf seinem Fuchs an der gleichen Hügelbiegung und hatte das Fernglas vor den Augen, nicht um zu beobachten, was im Hause des Ochsentreibers vor sich ging – das war nicht möglich –, sondern um das Terrain zu sondieren; es verzeichnete für ihn jede Erschütterung, als ob er einen Seismographen in sich trüge. So sehr war er mit diesem Land verbunden, ein so starkes Band verband ihn mit Parada de Deus, daß nicht nur die Ländereien seiner Fazendas, sondern auch der Grund und Boden der Stadt gleichsam mit ihm redete. Er war imstande, die geringste Veränderung im Rhythmus der Stadt festzustellen, wenn etwas Ungewöhnliches vorfiel. An jenem Tag zum Beispiel, als der Viehtreiber Crespi mit einem Peitschenhieb das Gesicht zerschnitt, ging niemand über die Straßen, aber Heleno konnte erkennen, daß ein paar Gesichter an den Fenstern erschienen und Ângelo Crespi den Schauplatz rascher als üblich verließ, indem er etwas gegen sein Gesicht preßte: deutlicher jedoch als dies alles war die Mitteilung, die er vom Boden selber erhielt, als halte er seinen Puls in der Hand und erfahre durch seine rascheren oder langsameren Schläge, was er ihm sagen wolle. Als er spät in der Nacht in seiner Fischerhütte bei der Schwarzen Lagune den Bericht aus dem Munde des Viehtreibers selber vernahm, konnte ihn nichts mehr überraschen; er hatte Jahre damit zugebracht, diese Rache auszuhecken und ins Werk zu setzen, er hatte geahnt, was in der Stadt vor sich ging, als er sie durch sein Fernglas beobachtete.

»Hat der Peitschenhieb ihm ordentlich das Gesicht zerfetzt?« fragte Heleno.

Die beiden waren allein in der Fischerhütte, die Heleno an der Schwarzen Lagune errichten ließ, nachdem er die alte den Schwestern Zé Inácios abgetreten hatte. Nur das flackernde Licht eines Öllämpchens erhellte sie in der kleinen Kammer, deren Mobiliar aus einem Feldbett und einer Bank bestand; in der Ecke aufgereiht standen Helenos zahlreiche Angelruten. Der Ochsentreiber hatte sich der Wand zugekehrt; das kleine Flämmchen ließ deutlich die breiten, gedrungenen Schultern des Mannes hervortreten; er stand mit dem Rücken zu Heleno.

»Das Gesicht ist von der einen Seite bis zur anderen zerschnitten«, erklärte er grob und abgehackt, »als der Makkaronifresser aus der Tür ging, hielt er sich ein Taschentuch vors Gesicht, um den roten Streifen zu verstecken. Unterdessen tat Maria so, als hielte sie mich fest, damit ich den Schuft nicht umlegte.«

In der Ferne hörte man Kröten quaken und die tausend verlorenen Geräusche der Nacht. Die beiden Männer in der Hütte schwiegen sich feindselig an; ihre stille Gegnerschaft war nur daran zu erkennen, daß der eine ungern reden wollte und der andere auf seinen Fragen beharrte.

»Hat der Schlag auch wirklich das Gesicht von einer Seite zur anderen zerschnitten?« fragte Heleno noch einmal.

»Schauen Sie doch selber nach!« erwiderte der Ochsentreiber, ohne sich umzudrehen. »Der Makkaronifresser ist noch in der Stadt, Sie brauchen nur hinter ihm her zu gehen.«

Als er sich auf seinen Hacken umdrehte, weil er ein eindeutiges Geräusch hörte, griff Heleno schon zur Flinte, kaute aber gleichzeitig gemessen auf seinem Zahnstocher, als ob er seit ihrem Eintritt in die Hütte nichts anderes getan hätte, als den Karabiner zu fassen. Der Ochsentreiber ließ sich von dieser Ruhe nicht täuschen; er wußte plötzlich, bei der geringsten Kleinigkeit würde ihn sein Gegenüber umbringen und seine Leiche in der

Lagune mit dem dunklen Wasser verschwinden lassen, die alle Leute von Parada de Deus als Helenos Gehilfin bei den von ihm begangenen Verbrechen betrachteten.

»Antworten Sie auf das, was ich Sie gefragt habe, wenn Sie nicht wollen, daß ich Sie niederschieße, junger Mann«, und bei diesen Worten hob der Besitzer von Gratidão ein wenig die Hand mit der Waffe. »Wenn ich einen Handel abschließe, so erfülle ich meinen Teil: hier in meiner Tasche habe ich das Geld, um Sie auszubezahlen, aber Sie müssen auch Ihren Teil erfüllen, den Teil des Arbeitnehmers: wer für mich arbeitet, darf weder launisch noch widersetzlich sein. Entweder er tut, was ich verlange, oder er erblickt das Licht des nächsten Tages nicht mehr. Haben Sie jetzt verstanden, junger Mann?«

Mit der Zeit zogen sie den Belagerungsring um mich enger. Mein schlimmster Feind war nicht Oceano, auch nicht Indinho, sondern Dorotéia, obwohl ich während der ganzen Zeit, in der ich in ihrem Hause lebte, nie ein böses Wort von ihr zu hören bekam. Sie ist vielleicht die merkwürdigste unter Paulas Töchtern. Sie hat sich wie niemand anderes sonst gegen unsere Heirat gestemmt; offenbar hat sie sie als unzweideutigen Verrat ihrer Mutter am Andenken des Vaters betrachtet. Dorotéia hat ihren Vater vergöttert; mehrmals fand ich sie im Gebet vor seinem Porträt; sie verehrt ihn wie einen Heiligen. Ihr Kampf gegen mich hat mir den meisten Schaden zugefügt, weil er in aller Heimlichkeit geführt wurde. Nie erhob sie ihre Stimme, um mir in irgend etwas zu widersprechen. Und dennoch war sie, bei dem Vorfall mit der Fotografie, die Anstifterin des Planes, nach dem die Brüder mich mit Paulas Zustimmung aus dem Wege räumen sollten.

In den letzten sechs Monaten unserer Ehe fühlte ich, daß sich der Ring um mich schloß: die Söhne meiner Frau schienen hinter der Tür auf der Lauer zu liegen und auf einen kleinen Fehler von mir zu warten, um von der Mutter die unentbehrliche Erlaubnis zu erhalten, mich auszuschalten; und auch Paula selber stellte sich zerstreut und wartete doch auf die geringste Gebärde meinerseits, die ihr beweisen könnte, daß ihre Eifersucht auf Maria Corina berechtigt war.

Einmal erwachte ich am frühen Morgen: Paula stand über mich gebeugt und hatte ihre Hand auf mein Herz gelegt, während sie leise fragte:

»Liebst du Maria Corina? Willst du mit ihr fliehen?«

Der Lichtmast warf einen Streifen Helligkeit auf Paulas Gesicht, ihr linkes Auge zitterte, der nervöse Tick hielt es fast ganz geschlossen. Obwohl sie sah, daß du wach warst, ließ sie sich nicht beirren, ihre Hand lastete noch schwerer auf deiner Brust und sie wiederholte mit lauterer Stimme:

»Du liebst doch Maria Corina, nicht wahr. Du bist in sie verliebt?«

Nie habe ich die krankhafte Eifersucht Paulas auf die eigene Schwiegertochter begreifen können. Maria Corina war für mich immer die Tochter, die ich nicht gehabt hatte; in den beiden Jahren, die ich in diesem Vipernnest lebte, verdanke ich Maria Corina die wenigen Momente der Freude und des geistigen Vergnügens, die ich erlebte. Paula begriff nie, warum ich weder mit ihr noch mit einer ihrer Töchter zu einem Gespräch kommen konnte. Auch wenn ich nur ein einfacher Mann bin, so bin ich doch dank der vielen Reisen, die ich in meinem langen Seemannsleben unternommen habe, weitherzig und phantasievoll, und meine Gespräche mit einem anderen Menschen verfolgen nicht die einzige Absicht, ihn als feindliches Boot an mich zu ziehen, wie es die Moura Alves tun. Ich spreche gern mit anderen Menschen, um Gedanken auszutauschen und meine Menschenkenntnis zu erweitern. Ich bin neugierig auf andere Menschen, versessen auf ihre Geheimnisse, ich beobachte gern ihre Reaktionen und bin trotz meines Alters vom Leben so bezaubert wie in meinen jungen Jahren. An Maria Corina schätzte ich die instinktive Freude eines menschlichen Wesens, das sich der Vollkommenheit nicht durch eine in schweren Erlebnissen gewonnene

Weisheit nähert, sondern weil es für seine menschliche Bestimmung eine angeborene Leidenschaft mitbringt, gut in die Welt hineinpaßt und die wunderbare Gelegenheit, die wir Leben nennen, mit Bewußtsein wahrnimmt. Ihre Anwesenheit im Herrenhaus von Parada de Deus genügte, um die Umgebung zu verändern: sie stieg die Treppe empor, und schon hörte man ihr Gelächter, ihre heisere Stimme schien sogar das Frauenhaar auf der Veranda und die Zimmerwände zu erheitern; selbst Heleno auf seinem Gemälde im Besuchszimmer schaute nicht mehr so verschlagen, finster und gefährlich drein. Von allen diesen Menschen, die Maria Corina haßten, weil sie nie ihren Scharm besitzen würden, konnte nur die arme, geistesgestörte Pía ihre Schwägerin leiden. Selbst bei ihren schlimmsten Anfällen, wenn sogar die Negerin Olava die Kranke nicht zu beruhigen vermag, braucht Maria Corina nur auf sie zuzugehen, damit sie allmählich sanfter wird, das Schreien und Stöhnen nachläßt, bis sie nur noch sanft klagt wie ein verwundetes Tier, während Maria Corina mit der Hand ihren Kopf streichelt.

Kein anderer Mensch hat jemals eine solche Macht über Maria Pía ausgeübt: in Gegenwart Paulas wird sie noch reizbarer, bei Maria Dorotéia muckst sie sich nicht, aus Angst, verprügelt zu werden, denn die Schwester hat nie Geduld für sie aufgebracht. Bei Maria Corina ist das anders: wenn sie in der Zimmertür erscheint, verstummen Pías Schreie, lassen ihre Anfälle nach. Als Oceano Maria Corina – zwei Tage vor ihrer Heirat – zum ersten Mal ins Zimmer der Kranken führte, lag sie dort auf den Knien, aber man konnte sogleich merken, daß sie nicht betete, ihre Augen glitten auf dem Boden hin und her, als fände sie dort zahllose Kleinigkeiten, die kreuz und quer durcheinander liefen und einander in den Ecken des Zimmers begegneten. Als Oceano Maria Corina ins Zimmer einließ, hatte er seine künftige Frau bereits auf das sonderbare Verhalten seiner Schwester vorbereitet, damit sie nicht allzu überrascht oder erschrocken sein sollte. Der Überraschte war jedoch er, Oceano, als er nämlich bemerken mußte, daß seine Schwester bei Maria Corinas Anblick nicht wie sonst in den hintersten Winkel kroch und sich hinter der Truhe versteckte, um den Neuankömmling furchtsam anzuschauen. Diesmal untersuchte Pía nicht weiter den Fußboden, als sie Maria Corinas Gegenwart bemerkte: sie lächelte sie schweigend an, und es war, als gehorchten ihr ihre Gliedmaßen nicht mehr, sie hockte entspannt auf ihren Knien und schaute die Schwägerin nicht geistesabwesend, sondern aufmerksam, ja verständig an. Selbst als Oceano sagte: »Das ist Pía, unsere kranke Schwester«, selbst da lief sie nicht weg; sie blinzelte nur mit den Augen, als blende sie die Helligkeit der geöffneten Tür. So verblieb sie und spähte zu Oceanos Braut hinüber, und so wäre sie die ganze Zeit über verblieben, wenn Maria Corina nicht auf sie zugegangen wäre. Da versuchte sie einen Augenblick lang zu fliehen, aber sie war außerstande zur Flucht, Maria Corina schien sie zu faszinieren: sie beugte sich zu ihr hinunter und küßte sie leicht auf das Gesicht. Von diesem Tage an hatte die Kranke nur noch Augen für Maria Corina; sie erriet, was ihre Schwägerin von ihr wollte, bevor diese noch den Mund öffnete; für Maria Corina hob sie die größten Käfer, Schmetterlinge und Glühwürmchen auf, die ihr die Dienstboten aus dem Buschwald mitbrachten. Bei Maria Corina allein machte sie von den spärlichen Wörtern ihres Wortschatzes Gebrauch: »Ja«, »nein« und »ich will nicht«, mehr als dies alles aber überraschte der verzückte Gesichtsausdruck, mit dem die Kranke ihre Schwägerin anstarrte.

Das sind die Folgen der Syphilis – diese bornierten Leute aus dem Hinterland heiraten und wissen nichts von Geschlechtskrankheiten und deren Nachwirkungen! Paula selber hat mir erzählt, daß Heleno bei ihrer Heirat an einer Geschlechtskrankheit litt. Paula war eine Zeitlang krank, ohne zu wissen woran, und erst als sie sich bei ihrem Mann beklagte, versuchte er, seine Krankheit auszuheilen, und zwar mit einer »Klapperschlangenbrühe«. Paula behauptete, das wäre ein großartiges Mittel für diese Sorte von Krankheiten. Was konnte wohl bei einem syphilitischen Ehepaar anderes herauskommen als Abnormale und Wahnsinnige wie Paulas Kinder.

Gehen wir sie noch einmal durch: Oceano, der Älteste, ist der schlimmste Unmensch von allen, trotz seinem ruhigen Gehabe und dem täuschend sanften Stimmklang. Die Leute sagen, er hätte schon unzählige Feinde in den dunklen Wassern der Schwarzen Lagune verschwinden lassen – wie sein Vater, Hauptmann Heleno de Moura. Dann folgt Dorotéia: ihre Verlobung mit Juca Biá ist ein Rätsel; niemand weiß, warum sich dieses reiche Mädchen mit einem häßlichen, armen und sehr merkwürdigen Mann eingelassen hat. Das Schlimmste ist, man braucht beide nur zusammen zu sehen, und man weiß, daß die Verlobung nie auseinandergehen, eine Heirat aber ebensowenig zustandekommen wird. Es sieht so aus, als spiele Dorotéia die Rolle der Braut, um die anderen Leute davon abzulenken, daß sie nie heiraten wird. Ihre Verehrung für den Vater hat sie auf ihren ältesten Bruder übertragen, und außerdem haßt sie ihre Mutter, und Paula weiß das genau; all das ist maßlos und übertrieben wie bei einer Geistesgestörten. Pacífico hat eine Negerin geheiratet, aber nie den Mut gefunden, sie seiner Mutter vorzustellen. Es heißt, daß er seine Frau häufig schlägt, weil sie ihn zur Heirat veranlaßt und dadurch an sich gebunden hat. Außerdem ist er cholerisch und rachsüchtig, wenn auch weniger explosiv als Indinho. Dieser ist ein erklärter Narr, ein Mißgünstiger, Intrigant und Verleumder – es war kein Zufall, daß gerade Indinho Oceano nach Friburgo begleitete, als er dort den Geschäftsführer der Bank ermordete. Indinho ist, zusammen mit dem schurkischen Einundsiebzig, der schreckliche Anstifter von Oceanos Verbrechen. Was Luísa anbetrifft, so ist sie halb Mensch und halb Pferd: sie lebt auf dem Rücken der Pferde, es vergehen manchmal Tage, ohne daß Paula ihre Tochter zu Gesichte bekäme; sie lebt am liebsten auf Santo André, der Fazenda, die ihr bei der Erbteilung zugefallen ist, kümmert sich um Pferdezucht oder jagt und fischt wie ein Mann – sie ist wirklich die am wenigsten Gefährliche der Moura Alves; sie nimmt kaum am Familienleben teil, ihre Mutter muß sie ständig ermahnen, damit sie sich ihnen nicht völlig entfremdet. Sie schießt beinahe so gut wie Oceano, ist ohne jeden Scharm und genauso tierhaft wie die Frau irgendeines Pächters. Wenn ich Luísa in diesen zwei Jahren viermal im Kleid, ohne Stiefel und Reithosen, gesehen habe, so ist es viel gewesen. Schließlich haben wir noch die arme Pía, die einzige, die auch nach außen hin in der Familie als verrückt gilt. Dennoch meine ich, ihre Geschwister sind es nicht weniger als sie.

Eines Tages sagte ich zu Paula:

»Du denkst schlecht von Maria Corina, weil sie nicht verrückt ist wie alle deine Töchter.« Das sagtest du ihr bei einem Streit, der ganz unmerklich aufkam, wie jedesmal, wenn Paula das Wort an sich riß.

Dorotéia hatte bereits Maria Corinas Bild, das dir aus der Brieftasche gefallen war, gefunden und Paula übergeben, aber davon wußtest du nichts: du konntest nur bemerken, daß die Spannung wuchs, den Grund dafür kanntest du nicht.

Nicht allein, daß sie mich mitten in der Nacht weckte, mir die Hand aufs Herz legte und mir lächerliche Fragen stellte, ob ich Maria Corina liebte, ob ich sie wegen ihres Geldes geheiratet hätte usw., oh nein: es gab Streitigkeiten, die mich immer von neuem überraschten, weil ich nie sagen konnte, wann und weshalb sie begonnen hatten: das begann dann mit einer Standpauke – Paulas linkes Auge blinzelte stark, ein Zeichen, daß Gefahr im Verzug war. Und ehe ich es gewahr wurde, waren wir schon mitten in der Auseinandersetzung und bemühten uns, einander zu kränken: ich schaute Paula an, sah ihr Auge blinzeln, als ob es von unten her verschoben würde, ihr Mund verzog sich nach links und dabei ließ sie unaufhörlich ihren goldenen Rosenkranz durch die Finger gleiten. So geschah es auch, als ich einmal von Helenos Tod sprach, von den beschämenden Begleitumständen seines Todes.

Du und sie befanden sich im Schlafzimmer, im zweiten Stockwerk des Stadthauses in Parada de Deus: ihr strittet bereits seit zwei Stunden, und es war wohl schon die zehnte Nacht, während deren du kein Auge zutun konntest, weil dich Paula mit ihren sonderbaren Verhören aus dem Schlaf riß. Benommen von der

Erschöpfung, schüttetest du dir Wasser aus dem Krug in die blumenverzierte Porzellanschüssel. Du benetztest dir das Gesicht und dann sprachst du den Satz aus, der Paula reglos erstarren ließ, als habe sie eine plötzliche Lähmung befallen:

»Weil dein erster Mann gestorben ist, indem er dich hinterging«, sagtest du, »brauchst du noch lange nicht zu denken, daß ich genauso bin wie er.«

Sie zog eben die Bettdecken zurecht, aber kaum hattest du ausgesprochen, unterbrach sie ihre Tätigkeit, als ob sie unbedingt über das Gehörte nachdenken müsse. Sie fragte noch einmal: »Wie war das?«, um Zeit für die Antwort zu behalten; sie reagierte überstürzt und eben deshalb aufrichtig.

»Wie hast du das in Erfahrung gebracht?« fragte sie mich und blieb regungslos, über das Bett gebeugt, stehen. »Wer hat dir das erzählt, Dr. Fuad? Oder Celo da Serra?«

»Niemand von ihnen«, erwidertest du, »es braucht dich auch nicht zu kümmern, wer es mir gesagt hat: Tatsache ist, daß ich es weiß und damit basta. Und deshalb bitte ich dich: verwechsle mich nicht mit dem Hauptmann Heleno de Moura; er war ein Ehebrecher und ein Mörder.«

»Nein, nein, sprich nicht so von ihm!« flehte Paula, drehte sich erschrocken zu mir um und legte sogar den Finger auf die Lippen, »wenn dich einer meiner Söhne hört, bist du verloren. Vergrößere nicht die Wut, die sie ohnehin auf dich haben.«

Ich spürte, daß Paula auf einmal zu Geständnissen aufgelegt war: gegen Ende unseres Ehelebens ahnte ich die plötzlichen Launen dieser Frau; ich provozierte sie noch einmal, damit sie bei der Sache bleiben sollte:

»Aber warum hassen sie mich eigentlich? Was habe ich ihnen getan? Niemand weiß besser als du, daß ich mit den besten Absichten in dieses Haus gekommen bin. Ich wollte ihnen nicht eben ein Vater sein – als Vater hätten sie mich doch nicht anerkannt –, aber ich hatte zumindest den Wunsch, ihrer aller Freund zu werden.«

Es war das einzige Mal, daß Paula sich von meinen Worten

beeindruckt zeigte; sie glaubte meinem mit der größten Ehrlichkeit vorgebrachten Bekenntnis:

»Ich weiß, du hast wirklich kaum Schuld an ihrem Verhalten«, sagte sie und wandte dir das Gesicht zu, schaute dich aber nicht an. »Sie alle sind eifersüchtig, weil du den Platz ihres Vaters eingenommen hast, weißt du? Der verstorbene Heleno hat sich mir gegenüber nie wie ein Heiliger betragen, aber für ihren Vater fanden sie immer eine Entschuldigung, nur für mich nicht. Seit Heleno tot ist, muß ich meinen Kindern ständig beweisen, daß ich mich von ihnen nicht unterkriegen lasse; es gab sogar eine Zeit, da mußte ich den Revolver ziehen, damit sie nicht mit mir Schindluder trieben.«

Man konnte diesen Leuten nicht vertrauen. Paula selbst hat nie Zutrauen zu mir gefaßt. Die Eifersucht ist ihre einzige Art und Weise, ihre Liebe zu zeigen, und damit mich diese Eifersucht nicht aus dem Gleis warf, hätte ich ein Klotz sein müssen wie Heleno de Moura, der sie mitleidlos verprügelte. Ich bin aber nie ein hinterwäldlerischer Grobian gewesen, ich bin schon als ritterlicher Seemann auf die Welt gekommen. Ich wollte diesmal nur nicht die gute Gelegenheit auslassen, ihr alles mitzuteilen, was ich über den Tod ihres ersten Mannes wußte. Dieses einzige Mal ließ ich meiner Entrüstung über das unerträgliche Leben freien Lauf, das mir Paula mit ihren Verdächtigungen bereitete. Wenn ich mich schon damit kompromittiert hatte, daß ich Maria Corina verteidigte und lobte, so beschleunigte ich in dieser Nacht meinen eigenen Untergang, indem ich ihr alles ins Gesicht sagte, was ich über den lächerlichen Tod Heleno de Mouras in Erfahrung gebracht hatte.

»Ich weiß alles und schon seit langem«, sagtest du, legtest das Handtuch weg, mit dem du dir das Gesicht abgetrocknet hattest und drehtest dich zu Paula um; sie hatte sich hingelegt und schien zu beten, ein tonloses Murmeln kam aus ihrem Munde. »Ich habe es dir nur deshalb nicht gesagt, weil ich vor unserer Ehe Respekt habe, das hast du nie begriffen. In unserem Alter ist es einigermaßen lächerlich, von Liebe zu reden; was wir unserer Gefährtin, außer einer angemessenen Zuneigung, schulden, ist Respekt, ein Respekt, der nur auf Gegenseitigkeit beruhen kann, hast du mich verstanden? Ich habe seit jeher über alles Bescheid gewußt. Über seine Liebschaften und über die Apotheose, die seinen Lebenslauf krönte, der durch Raub und Verbrechen gekennzeichnet war. Daß Heleno de Moura auf einer Dirne in Rio sterben mußte, war nur die Apotheose dieses Lebensweges. Sterben ...«

Als ich anfing zu sprechen, tat sie noch so, als bete sie, aber je weiter ich sprach, desto unruhiger wurde sie, bis sie endlich ihre Verstellung aufgab, aus dem Bett sprang und auf mich losstürzte:

»Schweig still!« sagte Paula, und ihre verhaltene Stimme klang entrüsteter als wenn sie geschrien hätte, »der verstorbene Heleno war kein Heiliger und niemand kannte ihn besser als ich, seine Frau, aber weder du noch irgendein anderer Mann darf in meiner Gegenwart schlecht von ihm reden. Du ganz bestimmt nicht: du bist ziellos durch die Welt vagabundiert und hast kein Recht, in diesem Zimmer, in dem der Verstorbene so lange geschlafen hat, den Enkel von Chico dem Bauern, dem Gründer von Parada de Deus, auf diese Weise anzugreifen. Ich will nicht Paula Francisca de Moura Alves heißen, wenn ich hier untätig zuhöre, wie ein hergelaufener Seemann das Andenken an Hauptmann Heleno de Moura in den Schmutz zieht, den Vater des Präfekten und politischen Führers dieser Stadt.«

Ich glaube beinahe, daß Dorotéia in dieser Nacht an der Tür gelauscht und unseren Streit ganz oder teilweise mitangehört hat. Jedenfalls scheint sie genug gehört zu haben, um mich bei ihren Brüdern anzuschwärzen. Oder Paula selber hat ihnen alles berichtet; denn von nun an spürte ich, daß meine Tage gezählt waren. In jener Nacht endete meine Diskussion mit Paula damit, daß sie mir wie ein Racheengel Maria Corinas Bild vor die Augen hielt, das mir aus der Brieftasche gefallen war. Was nicht mehr als ein Ausdruck herzlichen Einvernehmens gewesen war, erschien ihnen, den Moura Alves, als unstreitiger Beweis dafür, daß ich Maria Corina liebte und sie mir ihre Gunst erwies. Daß Dorotéia das Bildchen fand, scheint ihren Entschluß, mich aus dem Wege zu schaffen, entscheidend beschleunigt zu haben. Ursprünglich mag Oceano, ihr ausführendes Organ, geschwankt haben, ob er Indinhos Einflüsterungen und Ränken folgen sollte, die nicht so sehr meiner Person als der Gestalt des Stiefvaters galten, den ich, wenn auch wider Willen, verkörperte. Aber von dem Augenblick an, in dem Oceano in mir einen möglichen Liebhaber seiner Frau sah, konnte ich nur überleben, wenn ich Parada de Deus fluchtartig verlassen hätte. Nichts hinderte mich daran, in der Stille der Nacht den Zug zu besteigen und andere Küsten anzusteuern, um der Verschwörung zu entrinnen, aber das hätte bedeutet, daß ich eine Schuld eingestand, die gar nicht auf mir lastete, ich hätte damit den törichten, und gänzlich gegenstandslosen Verdacht auf Maria Corina sitzen lassen, sie betrüge Oceano mit dem Mann ihrer Schwiegermutter.

Das alles hinderte mich an der Flucht; außerdem bin ich auch nicht der Mann, der ausweicht, flieht und eine zweideutige Haltung einnimmt. In diesem Augenblick zu fliehen bedeutete, daß ich stillweigend die Gemeinheiten zugab, die sie mir nachsagten und – schlimmer noch – Namen und Person einer wehrlosen unschuldigen Frau in die Angelegenheit verwickelte.

Aus allen diesen Gründen – blieb ich.

So mußte ihm der Ochsentreiber erzählen, wie er Ângelo Crespi den Peitschenhieb versetzt hatte, und während sich das Gesicht des Mannes rötete und beinahe violett anlief, als er von den ausgeschlagenen Zähnen redete, so als fiele es ihm schwer, seinen Zorn zu beherrschen, blieb Helenos Gesichtsausdruck ungerührt, seine halb geschlossenen Augen hatten den gleichen Schnitt wie sein mongolischer Schnurrbart, er kaute gemächlich auf seinem Zahnstocher und schien zu schlummern, solange der Viehtreiber redete, aber sobald dieser seine Rede für Augenblicke unterbrach, hob Heleno sein Gewehr. Als dann aber der Viehtreiber berichtete, wie erschrocken Crespi gewesen war, gleich in den ersten Minuten, als die Frau noch nicht einmal die Kaufsumme genannt hatte, verzog sich Helenos Mund zu einem Grinsen, wie es nur wenige je auf seinem Gesicht erblickt hatten. So sehr genoß er diese Demütigung seines Feindes, daß er den Viehtreiber zwang, die Geschichte zu wiederholen, indem er das Gewehr fester packte. Gleich am nächsten Tage, nachdem er das Ehepaar ausbezahlt und nach Niterói abgeschoben hatte, ließ er sich bei Honorino Santives, dem besuchtesten Friseur von Parada de Deus, die Haare schneiden, um nur ja alle Gerüchte zu hören. Honorino war ein schmächtiger, dunkelhäutiger Mann, dessen französische Abstammung man nur an seinen feingeschnittenen Gesichtszügen erkennen konnte; er war ein Enkel des trunksüchtigen Dr. Saint-Yves, der sich mit einer Dirne aus dem Hause von Maria-Du-bringst-mich-um zusammengetan hatte und bis zu seinem Tode mit ihr lebte. Er starb an Gehirnerweichung als Folge übermäßiger Trunksucht. Nach dem Tode des Arztes geriet seine Gefährtin, die Mulattin Luzia Bandó, ins Elend; sie mußte eine Handvoll Kinder großziehen, und wäre nicht Chico der Bauer mildtätig gewesen, so hätten die Kinder Hunger gelitten. Kinder und Enkel des Dr. Saint-Yves sanken auf die gesellschaftliche Ebene von Luzia Bandó ab und entsannen sich sehnsüchtig der vergangenen Tage des Ansehens. Selbst der französische Name Saint-Yves war zu Santives brasilianisiert worden. Honorino selber merkte gar nicht, daß seine Kunden über ihn spotteten, wenn er seinen ärztlichen Großvater so angeberisch erwähnte, als wäre er ein Enkel von Kaiser Pedro II. Das Rasiermesser zärtlich durch die Finger gleiten lassend, erfand er immer wieder neue Varianten für das Leben seines Großvaters und die Gründe, die ihn nach Brasilien, speziell nach Parada de Deus, verschlagen hatten. Er faßte das Messer mit tänzerischer Leichtigkeit, tat so, als erinnere er sich an etwas wirklich Erlebtes, und sagte:

»Bevor mein Großvater, der Arzt, nach Brasilien kam ...«

Geduldig ertrug er die hämischen Anspielungen seiner Kunden auf den Arzt-Großvater, sofern man ihn nur über seine Vorfahren reden ließ, den einzigen Grund seines Stolzes, das Wappenschild seines Friseurladens.

Als Heleno de Moura in den gegenüber dem Hotel »Mutter Joana« gelegenen Laden eintrat, war es Samstagnachmittag gegen drei Uhr. Das Gemurmel verstummte, als ob jemand einen Schalter betätigt hätte, der Herr von Gratidão blieb an der Ladentür stehen und genoß, ruhig auf seinem Zahnstocher kauend, das jähe Schweigen, seine Lippen hatten sich verlängert, aber niemand hätte das für ein Lächeln gehalten: ohne den Hut zu lüften, betrat er den Laden, als wolle er darauf warten, bis er an der Reihe wäre, bedient zu werden. Honorino jedoch hatte bereits den gegenwärtigen Inhaber des Stuhls überredet, aufzustehen und dem Sohn des Obersten Zé Inácio seinen Platz abzutreten. Heleno setzte sich, als ob er gar nichts bemerkt hätte, auf den geräumten Platz, und dort erst nahm er seinen Hut vom Kopf und legte ihn auf die Knie (er lehnte es ab, ihn Honorino zu überlassen, damit er ihn auf den Garderobenständer hängen konnte): er legte den Kopf auf die Rückenlehne und schloß die Augen. Das genügte, damit die übrigen Kunden ihr Gespräch wieder aufnahmen, zunächst flüsternd, später murmelnd wie zuvor, wie Heleno geahnt hatte, sprach man von nichts anderem als von dem Peitschenhieb, den der Viehtreiber aus der Rua do Cruzeiro Ângelo Crespi versetzt hatte. Er hörte sogar, wie jemand erzählte, Crespis Frau wolle ihren Mann dazu bringen, gänzlich nach Rio de Janeiro umzuziehen.

»Warum tut der Makkaronifresser das nicht?« fragte Heleno unter einem Berg weißen Seifenschaums. »Parada de Deus ist eine Stadt für Brasilianer; Ausländer, die gemeine Geschäfte treiben, sollen in der Hauptstadt wohnen, da ist der rechte Platz für sie und ihre Lebensweise; wenn ich Ângelo Crespis Freund wäre (was ich weiß Gott weit von mir weisen würde), so würde ich ihm diesen einen Rat geben: Rio de Janeiro oder auch S. Paulo sind die rechten Orte für Makkaronifresser. Parada de Deus nicht: unsere Stadt ist von einem ganzen Mann gegründet worden, der zu viel Anstand im Leibe hatte, um sich mit einem gemeinen Nudelfresser einzulassen.«

In den Tagen nach dem Peitschenhieb bemerkte Heleno, daß

er beschattet wurde, sobald er sich außerhalb seines Besitztums befand: bald von Oceano, manchmal von Pacífico und gelegentlich sogar von Indinho (Indinho war damals kaum mehr als ein großer Junge). Nicht einmal zu Cipriano hatten die Söhne Zutrauen, weil man zu dieser Zeit immer wieder hörte, daß sich verschiedene Leute Crespi freiwillig zur Verfügung stellten, um die erlittene Schmach für ihn zu rächen.

Die Rache erfolgte am 13. Mai, als die dumpfen Trommelklänge der Caxambu-Tänze durch das stille Parada de Deus dröhnten. Die Neger gedachten mit herausfordernd in die Länge gezerrten Klagegesängen der Aufhebung der Sklaverei. Crespi hatte die Rache weder geplant noch ins Werk gesetzt, Heleno wußte, daß körperliche Gewalt nicht zu den Methoden des Italieners gehörte. Vielmehr hatte Temístocles Caetano de Melo, ein Neffe Iaiás, der zweiten Frau Zé Inácios, einen seiner Leute mit der Rache beauftragt. Obwohl Heleno auf der Hut war und nie sein Zimmer verließ, ohne sich eine Pistole in den Gürtel zu stecken, obwohl seine Augen die Gegenwart eines Fremden selbst in der tiefsten Dunkelheit ahnten und ihm seine Sinne sogar, wenn er schlief, die Gefahr übermittelten (zu seinen Söhnen pflegte er zu sagen, er schlafe mit einem geschlossenen und einem offenen Auge, um gleichzeitig schlummern und seine Feinde beobachten zu können), hatte er in jener Nacht versagt und sich der erfahrenen Hand des Beauftragten der Cateano de Melo geradezu dargeboten. Er war an jenem Tage früh aufgestanden wie immer, freilich nicht, um an die Arbeit zu gehen – denn am 13. Mai war kein Neger zur Arbeit zu bewegen – vielmehr ritt er, nachdem er seinen Kaffee und Maiskuchen zu sich genommen hatte, zur Schwarzen Lagune, um dort zu angeln. Wenn er sich später diesen Tag ins Gedächtnis zurückrief, an dem er dem Tode so nahe gewesen war wie nie zuvor, so fand er, daß er ganz unbewußt alles, was seine Welt ausmachte, gesteigert genossen hatte, als wäre es wirklich sein letzter Lebenstag gewesen. Er ließ sich von seinem Pferd über den Weg tragen, den das Tier so gut kannte, daß es keinen Zügel brauchte, und seine Augen umfaßten liebevoll die Ländereien, durch die er als Junge mit seinem Ochsenwagen gezogen war, mit staubgeröteten Füßen, den Ochsenstachel an seine schmächtigen Schultern gelehnt. Gerührt rief er den hartnäckigen Jungen vor seine Augen, der die gehorsamen Tiere lenkte und begriff nun erst, warum der Junge von damals so sehr danach gedrängt hatte, der beste Ochsentreiber weit und breit zu werden, und indem er wuchs, nahm auch seine Hartnäkkigkeit zu und aus dem besten Fuhrmann wurde der beste Angler, der beste Jäger, der beste Kenner der Umgegend und ihr bester Schütze. Dreimal waren Ehrengäste auf der Fazenda erschienen und ihm, Heleno, hatte Zé Inácio sie anvertraut, damit er sie durch den Buschwald führen sollte, voran das magere, bellende Hundevolk, das Heleno für die Jagden abgerichtet hatte. Diese Hartnäckigkeit hatte sich eingestellt, ohne daß der Junge angeben konnte wann und warum; sie reizte die ehemalige Sklavin Isaltina, weil niemand voraussehen konnte, was das Kind gerade vorhatte. Jedes Hindernis fiel vor dieser stummen Kraft, Heleno hatte zuweilen den Eindruck, als triebe ihn ein Generator in seinem Inneren zur Leistung an. Heute konnte er nun, auf seinem Fuchs reitend, die Ländereien überblicken, die zu Chicos des Bauern altem Erbgut gehörten, sie gehörten ihm trotz aller gerichtlichen Eingaben, mit denen nicht nur Romão, sondern auch der Gatte einer Tochter von Zé Inácio die rechtliche Gültigkeit der Kaufdokumente angefochten hatten. An jenem aufziehenden Morgen verweilte er länger als gewöhnlich auf dem Weg nach der Schwarzen Lagune und ritt über die sogenannte »Wasserweide«, um besser überblicken zu können, was ihm gehörte, und durch den Nebel hindurch ahnte er die Hügel, an die seine Fazendas grenzten, die Abhänge mit den Kaffeeplantagen, die Ebene mit dem Reisfeld, die besonderen Gerüche jedes Landstreifens, die nur er unterscheiden und bestimmen konnte. Bei jeder Wegbiegung nahm er den nächsten Geruch vorweg – »jetzt kommt der süßliche Duft der Orangenhaine, jetzt riecht es nach den gedörrten Kuhfladen der Weide, jetzt kommt der Honigduft der Kaffeeblüten, jetzt riecht es nach frischem Buschgras, jetzt nach Pferdeschweiß, nun folgt der laue Geruch des Ochsensabbers, der Sahnegeruch aus den Zitzen der Kühe, der staubige Duft der Kaffeesäcke, jetzt riecht es nach dem säuerlichen Fraß in den Schweinekoben« – selbst mit geschlossenen Augen wäre er in der Lage gewesen, an der Art des Geländes und dem jeweiligen Geruch abzulesen, wo er sich gerade befand und zu welcher Fazenda der betreffende Platz gehörte. An jenem Tage genoß er alles, was ihm nur der Buschwald geben konnte: den unberührten Duft der Wildnis, und vielleicht hatte er sich noch nie so glücklich gefühlt wie an jenem Morgen, als er auf einem Stein an der Schwarzen Lagune hockte und die Angelrute ins Wasser hängen ließ. Als er daher bemerkte, daß Cipriano ihm gefolgt war und sich hinter einem Mangobaum versteckt hatte, um ihn nicht durch seine Anwesenheit zu ärgern, wurde er wütend und rief den Neger zu sich.

»Du weißt, ich kann es nicht haben, wenn jemand hinter mir steht«, brüllte er los und vergaß ganz, daß das Geschrei die Fische aus der Nähe des Ufers vertreiben konnte, »wenn ich in Parada de Deus bin, mag es noch hingehen – aber hier nicht. Scher dich fort und laß mich in Frieden, Cipriano, verdirb mir nicht diesen schönen Tag!«

Der Kreole verschwand, Heleno lächelte und vergaß den Vorfall; erst in jener Nacht fiel er ihm wieder ein, als der Tod so nahe neben ihm stand, daß er ihn leibhaft zu sehen glaubte, als schwarz verkleideten Totenkopf, wie er ihn auf den Stichen in Zé Inácios Büchern erblickt hatte. Oceano erzählte ihm später, seine Freunde und seine Söhne hätten das Attentat geahnt und deshalb habe er, Oceano, beizeiten eingreifen können, als der Neger im Auftrag von Temístocles Caetano de Melo bei Tomás' Caxambu-Tanz seinen Dolch gegen Heleno zückte. Seit seinem Eintritt in die Politik war Heleno diesem Tanz nie ferngeblieben: die Kleinpächter, die ihn bei den Wahlen unterstützten, besuchten das Negerfest, und deshalb mischte sich Heleno unter die Singenden, um ihnen, die Arme über die Brust verschränkt, zuzuhören, während er gemächlich auf seinem Zahnstocher kaute.

In jener Nacht hatte Heleno nicht bemerkt, daß ihm sein ältester Sohn gefolgt war. Wie immer begleitete ihn Cipriano, und da ihn das Wettsingen der in der Kreismitte abwechselnden Sänger und das immer stärkere Trommeldröhnen ablenkten, sah er nicht, daß ein hochgewachsener Mann in einem breiten, dunklen Umhang, der ihm über die Füße reichte, allmählich nähertrat. Nur Cipriano tauschte einen Blick mit dem Neuankömmling, der in einer gewissen Entfernung von Heleno auf dem Hofplatz stehenblieb, als stände er nur dort, um den ausgelassenen Negern zuzuschauen; er wies sogar den Branntwein zurück, den alle tranken und auch ihm reichen wollten. Die Nacht war kalt, der Himmel sternübersät, ein fester, harter Glanz von bläulicher Durchsichtigkeit ließ die Umrisse der Bäume, der Grasbüschel, der im Hintergrund liegenden Hügel ahnen. Das Dröhnen der Trommeln durchzog die Stadt von einem Ende zum anderen, weit über sie hinaus hallte der dumpfe Rhythmus, über die Felder, durch die dichten Kaffeeplantagen und die flachen Reisfelder. Die begüterten Neger trugen am 13. Mai ihren neuen Anzug zur Schau; wer sich diesen Luxus nicht erlauben konnte, ging so, wie er war, zu den Caxambu-Tänzen, abgerissen und schmutzig, barfuß, mit vom Straßenstaub geröteten Füßen, aber bereit für den Gesang und einen guten Schluck Zuckerschnaps. Auch als Hauptmann Heleno mit Tomás und den übrigen Weißen ins Hausinnere eintraten, um die Spanferkel und Hähnchen zu verzehren, die der Hausherr an diesem Tag auffahren ließ, nahm der Caxambu seinen Fortgang. Bei diesem geballten Vergnügen aus Gesang und Tanz, das ein Stück Afrika nach Brasilien trug, geschah der Mordversuch, als eben das Abendessen im Hause von Tomás seinen Anfang nehmen sollte. Der Versuch schlug fehl, weil ein geistesgegenwärtiger Schuß des Negers Cipriano, wie Zeugen berichteten, den Beauftragten von Temístocles Caetano de Melo genau in dem Augenblick niederstreckte, als dieser den Arm hob, um Heleno den Dolch in den Rücken zu stoßen.

Aber obwohl der Angreifer Heleno unvorbereitet überfiel,

hatte er wohl bemerkt, wer ihm in Wahrheit das Leben gerettet hatte. Als der Schuß fiel, wandte er sich um, sah den Neger zu Boden sinken wie eine dunkle Rauchspirale, und gleichzeitig merkte er intuitiv, daß Cipriano gerade die Pistole aus dem Gürtel gezogen hatte, um die Verantwortung für den Mord auf sich zu nehmen.

Niemand konnte recht begreifen, daß der Mordversuch beim Caxambu des alten Tomás nicht von einem Schläger im Dienste Ângelo Crespis, sondern von einem Dienstmann des Temístocles Caetano de Melo unternommen wurde. Die Älteren verwiesen darauf, daß der Haß der Caetano de Melo aus den Zeiten von Zé Inácio und seiner Entführung der Lieblingstochter Clemente Caetano de Melos herrührte, aber die Jüngeren hielten eine andere Erklärung bereit: die Nord-Rio-Bank hatte die auf der Fazenda Domingos Afonso lastende Hypothek genau in dem Augenblick eintreiben lassen, als Hauptmann Heleno de Moura Teilhaber dieser Bank geworden war. Die älteren Einwohner der Stadt bestanden darauf, alle diese Vorkommnisse in einen Zusammenhang zu bringen: Iaiás Flucht mit Zé Inácio, die Flucht der Sklaven aus Domingos Afonso nach Gratidão, den anschließenden, nur durch die Intervention des alten Artur Procópio Monteiro verhinderten Kampf zwischen den beiden Familien, Helenos wachsenden Einfluß in der Verwaltung der Nord-Rio-Bank und den Mordversuch, unternommen von einem Beauftragten des Temístocles Caetano de Melo, der den größten Teil seines Erbgutes an die Bank verloren hatte, weil die Zahlungsfrist für die Hypothek nicht verlängert worden war. Sie konnten sich nicht vorstellen, daß Heleno die alteingesessene Familie schädigte, nicht um Rache zu nehmen, sondern nur weil es eine angesehene Familie war, die bald nach Chico dem Bauern in diese Gegend gekommen war. Er wollte nicht zulassen, daß irgend jemand, wer immer es sei, mit ihm in der Politik, in der Landwirtschaft, an Macht, an Geld oder Herkommen rivalisierte.

»Dieser Temístocles ist ein solcher Schlappschwanz«, sagte Heleno am andern Tag zu seiner Frau Paula, als sie sich wieder auf

Gratidão befanden, »daß er sich nicht einmal den richtigen Mann ausgesucht hat, um mich zu ermorden. Es war ein dichtes Menschengewühl, ich war so ahnungslos wie ein Lamm, und der Hundesohn hat mich doch nicht mit seinem langen Messer erwischt! So etwas kann sich nur ein Schläger der Caetano de Melo leisten; das sind keine Männer, sondern Schnecken.«

Die beiden lagen im Bett, das Zimmer war schon dunkel. Sie hatten es sich angewöhnt, über wirklich ernsthafte Angelegenheiten kurz vor dem Einschlafen zu reden. Paula hatte während der Ehejahre gelernt, daß es müßig war, aus Heleno an einem anderen Ort und zu einem anderen Zeitpunkt etwas herausbringen zu wollen. In der Dunkelheit, kurz vor dem Einschlafen, redete er sogar, wenn Paula ihm keine Fragen gestellt hatte. Im Bett ausgestreckt, auf die Decke starrend und an seinem Zahnstocher kauend, redete er, ohne seine Frau anzuschauen, als läse er seinen Bericht von der Holzdecke ab.

»Sie alle sind dumme Teufel, Paula«, sagte er. »Stell dir vor, es hat niemand den Vorgang richtig beobachtet. Sie meinen alle, Cipriano habe den Angreifer umgelegt.«

»Hast du mir nicht selber erzählt, daß es Cipriano gewesen ist?« fragte sie.

»Das habe ich gesagt, als andere Leute dabei waren, und wenn du etwa durchblicken läßt, daß ich das Gegenteil gesagt habe, nenne ich dich eine Lügnerin und prügele dich durch.«

Helenos Gesicht verzog sich zu einem sonderbaren Lächeln: sein mongolischer Schnauzbart hing ihm über die Mundwinkel herab und die dicken schwarzen Koteletten vervollständigten seine Ähnlichkeit mit einem mexikanischen General.

»Aber es war gar nicht Cipriano. Dieser Neger ist mir treu ergeben«, fuhr er fort, »er verstand, was ich wollte, bevor ich noch selber wußte, *was* ich eigentlich wollte.«

»Ich verstehe gar nichts mehr«, wunderte sich Paula und richtete sich auf, um ihren Gatten besser ins Auge fassen zu können; er lag regungslos da, starrte zur Decke und kaute auf seinem Zahnstocher. »Ein Neger wollte dich bei Tomás' Caxambu umbringen, und er ist nicht dazu gekommen, weil er im gleichen Augenblick niedergeschossen wurde. Alle Leute, die dabei waren, wie der Neger zu Boden stürzte und starb, haben den Revolver in der Hand von Cipriano gesehen und dich rufen hören: Verschwinde, Cipriano, damit dich die Polizei nicht zu fassen bekommt! Wenn das nicht so gewesen ist, warum hast du dann Cipriano Geld gegeben, damit er im Sertão von Mato Grosso untertauchen konnte?«

»Wen sollte ich vor der Polizei retten? Unseren Sohn Oceano, der den Schläger von Temístocles Caetano de Melo in Wirklichkeit getötet hat, oder Cipriano, der an seiner Statt die Schuld an dem Mord auf sich nahm?«

»Oceano?« fragte Paula erstaunt.

Doch keine Bitte von ihrer Seite konnte Heleno dazu bewegen, den restlichen Teil der Geschichte zu erzählen; Paula war gezwungen, ihre eigene Fantasie zu Hilfe zu nehmen. Heleno kehrte seiner Frau im Bett den Rücken zu und beschloß, ihr die Szene vorzuenthalten, deren Wert auf dem stillschweigenden Einverständnis zwischen ihnen dreien beruhte: Cipriano, Oceano und ihm selber. Der Vater bemerkte Oceano erst, als er in die Richtung schaute, aus der er den Schuß vernommen hatte – er bemerkte eben noch eine leichte Ausbuchtung aus dem breiten Umhang, der über Oceanos Schultern fiel; sie verriet, daß sein Sohn gerade den Revolver eingesteckt hatte, der seine Ermordung verhinderte. Einen Augenblick dieser Art konnte man erleben und bezeugen, aber man durfte ihn niemals dadurch verderben, daß man ihn mit Worten wiederaufleben lassen wollte.

Als eine Zeitlang darauf seine Lieblingstochter Maria Dorotéia ihn fragte, warum er jeden Monat, den Gott werden ließ, dem Neger Cipriano Geld in sein Versteck in Mato Grosso schickte, erwiderte er nur: »Ich verdanke diesem Neger nicht wenig, Dorotéia, gar nicht wenig, das kannst du glauben. Die Söhne und Enkel, die Urenkel und die Ururenkel von Chico dem Bauern müßten sogar das eigene Hemd verkaufen, um den guten Namen der Familie zu verteidigen.«

Mehr sagte er nicht, aber dem letzten Satz hatte er Gewicht und Stolz verliehen. Seit seiner Jünglingszeit entflammte ihn dieser Stolz wie eine Standarte: er war nicht nur ein leiblicher Sohn des Besitzers von Gratidão, Degrêdo, Cachoeira, Santana, Lagoa Preta und Santo André, sondern sein Fleisch und Blut stammten mindestens teilweise von dem Fleisch und Blut jenes Mannes, der aus der Einöde von Vila do Príncipe in Minas Gerais kam und den Befehl Christkönigs empfing, im Norden des Staates Rio eine neue Stadt mit dem Namen des Herrn zu gründen. Doch Heleno war nicht darauf stolz, sondern vor allem auf die Verbindung aus Gewalttätigkeit und Mystizismus, Sinnlichkeit und Selbstkasteiung, Verzückung und Reserviertheit, Unordnung und Disziplin, die seinen Großvater kennzeichnete. Wie Heleno vom Meer fasziniert worden war, seit er von ihm hatte reden hören, faszinierte ihn Chico der Bauer: bei seinen langen Unterhaltungen mit Zé Inácio rekonstruierte er sich Stück für Stück die Gestalt seines Großvaters: die Kämpfe mit den wilden Botokuden, seine Märsche durch die Wildnis, durch das Gebiet der Patachó- und Maxacali-Indios – auf seiner Brust trug Chico die Narbe eines Pfeils, den ein Madonnenamulett aus der Bahn geschleudert hatte, was ihn vor dem sicheren Tode rettete. Heleno glaubte ihn vor sich zu sehen, den mehr als einen Meter achtzig großen Mann, der einen Jungstier mit seinen Händen niederwarf und dessen krauser schwarzer Bart einen kräftigen Gegensatz bildete zu dem goldenen Rosenkranz an seinem Halse; er sah ihn auf seinem alten Milizhorn blasen, um das Federvieh zusammenzurufen, und ein schweres, naturgroßes Kreuz schleppen, das Zé Inácio später auf dem Hügel von Parada de Deus aufstellen ließ. Er brauchte nicht einmal die Augen zu schließen, um ihn vor sich auf silberverziertem Sattel auf seinem Pferd sitzen zu sehen; er stand im Schatten des Brotbaums und schaute dem vorüberfließenden Bonito zu. Heleno hatte sich von seinem Namen angezogen gefühlt, ehe er noch wußte, daß er ihm durch Blutsbande verbunden war: »Chico der Bauer«, dieser Name besaß den Glanz eines Juwels, wie der Brillant auf Zé Inácios

Ringfinger. Je mehr Heleno begriff, daß alles, was es auf den Fazendas seines Vaters und in Parada de Deus gab, nur entstanden war, weil Chico der Bauer dem Befehl des Herrn gehorcht und seinen Trupp dort angehalten hatte, desto deutlicher wurde ihm die Wahlverwandtschaft mit diesem Manne, der gegen die Menschen unerschrocken, gegen Gott gehorsam und schüchtern wie ein Kind gewesen war.

Alle Taten Chicos des Bauern aber, die Heleno de Moura gewaltig erschienen wie die Taten eines Riesen oder Helden aus den Büchern in den Schränken seines Vaters, gipfelten in der größten von allen: in der erleuchteten Stadt des Jahres 1905, als Heleno Parada de Deus zum ersten Mal in elektrischem Licht erstrahlen sah. Als er, von Paula aufgeweckt, schlaftrunken ans Fenster trat und die Gerade Straße erleuchtet sah, enthüllte sich ihm mit einem Schlage das Bild jenes Mannes, der fast ein Jahrhundert zuvor gelebt und nicht nur die Stadt erbaut – aus dem Nichts, aus gestampftem Lehmboden, mit dem Schutz des Himmels! –, sondern auch den Nachlebenden den Willen vererbt hatte, die Stadt weiterzuentwickeln, denn eine Stadt ist nie abgeschlossen, sie muß immer weitergebaut werden. Über den Balkon des Besuchszimmers gelehnt, die Kaffeekanne in der Hand und um sich die Kinder, die ebenfalls die erleuchteten Lichtmasten bewundern sollten, so betrachtete Heleno die Lichterkette, die von der Italienerstraße über die Gerade Straße zum Stadtgarten lief und von dessen Quadrat zu der Kirche auf der Höhe des Hügels mit ihren erleuchteten Glockentürmen: es war nicht mehr die rohe, von Chico dem Bauern erbaute Kapelle; sie war später auf Drängen von Pater Cesário erweitert und in eine weiße Kirche mit blauen Portalen umgewandelt worden, so stillos wie alle Bauten Brasiliens zu jener Epoche! Die kleinen Lichtmaste warfen ein ganz anderes Licht als die viele Jahre benutzten Lampen mit Rhizinusöl. Die Stadt wirkte schmucker dank dieser Helligkeit; außerordentliche Ereignisse schienen bei diesem Glanz bevorzustehen, als brauchten die Einwohner von Parada de Deus nach der Einweihung des elektrischen Lichtes nicht mehr in Alltag und Routine zu leben, als könnte ihnen jederzeit Bemerkenswertes widerfahren. Später bemerkte Heleno, daß die Beleuchtung bei der Einweihung nicht halb soviel Licht hergab wie einige Zeit darauf – doch für ihn erglänzte Parada de Deus nie stärker als in jener ersten Nacht. Nicht nur die Vergangenheit, auch die Zukunft der Stadt stand in seinen Augen, alles, was aus ihr noch einmal werden würde: er erblickte eine große Menschenmenge in ihren Straßen, er sah die Häuser an Größe zunehmen und in den Himmel wachsen, hörte Autos vorübersausen und Bahnen auf ihren Schienen quietschen, den Höllenlärm des Fortschritts, der die träge Stille der Urwaldnähe ablöste.

In der gleichen Nacht entsann sich Heleno, auf dem Balkon stehend, als Paula und die Kinder schon wieder zu Bett gegangen waren, an den Tod Zeca Araújos, des politischen Führers von Várzea da Palma. Unter seinem Kommando stand eine Bande von Pferdedieben und später entführte er die hübschesten Mädchen von Parada de Deus, um die Schmach zu rächen, daß seine eigene Tochter von einem Sklaven verführt worden war. Diese Geschichte kam Heleno in Erinnerung, übrigens nicht, wie sie das Volk von Parada de Deus erzählte, sondern in Zé Inácios Fassung – dieser hatte sie, weil er damals verbannt auf Degrêdo lebte, von Tonho, dem Vertrauenssklaven Chicos des Bauern, erfahren (einem untergeordneten Teilnehmer und Augenzeugen der Kämpfe) – vielleicht fiel Heleno diese Geschichte als Reaktion gegen den Fortschritt ein, den er als Kette von weiß emaillierten Lichtschirmen vor seinen Augen hatte: er konnte sich noch genau an das frühere Parada de Deus erinnern, an den alten Bretterbau der »Mutter Joana« und die schöne ehemalige Nonne, der die stille Leidenschaft Chicos des Bauern gleichgültig war; Heleno sah noch die Remise von Sinhô Arzão vor sich (dem Mestizenbruder von Antônio Rodrigues Arzão), wo sich die Fazendeiros zu treffen pflegten, um ihre Tiere zu beschlagen, aber auch um sie umzutauschen oder neue zu erwerben. Auf der Anhöhe, auf der sich jetzt die Kirche mit dem erleuchteten Glockenturm befand, stand die von Chico dem Bauern eigenhändig aufgeführte Kapelle zu Ehren von Christkönig; ein anderer Treffpunkt war der Verkaufsladen Chicos des Bauern (den Zé Inácio später an Ângelo Crespi verkaufte). Dies war die Umwelt – rohe Bauten in einer Ortschaft, die während der Woche fast verlassen war und sich nur an den Samstagen und Sonntagen belebte; die Bewohner waren wortkarg, kannten ihre Rechte nicht, respektierten nur die Gewalt –, in der Hauptmann Zeca Araújo, der »Gescheckte«, seine Heldentaten verrichtete. Die spärlichen Bewohner von Parada de Deus mußten sich die Übergriffe der Bande gefallen lassen, die nicht nur Pferde raubte, sondern auch Vieh. Zeca Araújo drang in die Besitzungen ein und brachte mit seiner Indiohorde, die er im Umgang mit Karabinern unterwiesen hatte, verschiedene Leute um. Die Einwohner ließen alles über sich ergehen, weil sie überzeugt waren, daß niemand außer Chico dem Bauern diesen Übergriffen ein Ende setzen könnte, war er doch faktisch eine Art von Ortsgouverneur. Bis zu diesem Zeitpunkt jedoch hatte Chico darauf verzichtet, Partei zu ergreifen, weil Zeca Araújo ihn seit ihrem berühmten Treffen auf dem Coronha-Hügel respektierte. Eines Tages aber – und darauf warteten alle – würde auch Chico der Bauern genötigt sein, die Führungsrolle im Kampf gegen Zeca Araújo zu übernehmen, eine Rolle, die ihm seit langem auf den Leib geschrieben war: und dieser Tag erschien.

Ich versuche mir oft vorzustellen, wie sich der verstorbene Heleno in dem Streitfall zwischen Oceano und Maria Corina verhalten haben würde. Ich glaube, bevor noch sein Sohn irgendeine Maßnahme treffen konnte, hätte er selbst seine Schwiegertochter aus dem Weg räumen lassen. Dazu wäre gar nicht viel nötig gewesen – der Ball zugunsten des kirchlichen Hilfswerks hätte genügt – allein daß Maria Corina mit einem Fremden zu tanzen wagte, hätte ausgereicht, daß der Verstorbene jeder Frau, die seinen Namen trug, das Lebenslicht ausgeblasen hätte. Was nun gar das Bild anlangt, das der Kapitän aus seiner Brieftasche fallen ließ – davon wollen wir gar nicht reden.

Ich selber wundere mich über Oceanos Ruhe; er wirkt gar nicht wie ein Sohn von Hauptmann Heleno de Moura. Indinho ist zu mir gekommen, um sich über die Schlaffheit seines Bruders zu beschweren. »Er handelt gar nicht wie ein Enkel von Chico dem Bauern, Mutter«, sagte er zu mir: »Sei ruhig und warte es ab!«, erwiderte ich und heuchelte ein Vertrauen, das mir mehr und mehr abhanden kam, »dein Bruder weiß schon, was er tut: im übrigen ist sie seine Frau, nicht deine.«

»Das ist Maria Corinas größtes Glück«, murrte er näselnd, wie immer, wenn er wütend ist, »wenn sie meine Frau wäre, läge sie schon seit langem unter der Erde.«

Dann erschien der wortkarge Pacífico und sagte das gleiche Sprüchlein auf; er berichtete, das ganze Volk von Parada de Deus lache bereits über Oceano. Einundsiebzig habe ihm erzählt, Maria Corina unterhalte eine Liebschaft mit dem Geschäftsführer der Industrie- und Handelsbank von Friburgo, alle wüßten von dieser Angelegenheit, und das wäre eine Schmach für unsere Familie. Von Dorotéia wollen wir gar nicht reden: seit dem Bankett zu Ehren von Oceanos Amtsantritt als Präfekt hat meine Tochter ihrer Schwägerin nicht verziehen, daß sich Juca Biá an sie heranmachen wollte; sie macht kaum den Mund auf, um ihre Fragen zu beantworten. Sogar Luísa, die nur für ihre Pferdezucht in Santo André Augen und Ohren hat, nahm an Maria Corinas Benehmen Anstoß; gleich nach Oceanos Heirat verbrachte sie eine gewisse Zeit in Degrêdo und half dort beim Schlachten eines Mastschweins.

»Mutter«, sagte Luísa zu mir, »Maria Corina benimmt sich nicht wie eine anständige Frau: in Gegenwart der Dienstboten tanzt sie im Nachthemd herum – sie sieht aus wie die Puffmutter der japanischen Pension.«

Aber was konnte ich tun?

Nur ein Mensch konnte den Eskapaden meiner Schwiegertochter Einhalt gebieten, und das ist Oceano, mein ältester Sohn. Aber Indinho setzte mir derartig zu in dieser Sache – es ist ein Teufelsjunge, wenn er möchte, daß man etwas Bestimmtes tun soll, so ist er wie eine Klette, er hängt sich an einen und redet und redet, bis man schließlich das tut, was der Spitzbube möchte, daß ich ihm schließlich seinen Willen tat und den Einundsiebzig rief, damit er mir frank und frei den Hergang der Geschichte mit dem Geschäftsführer der Bank von Friburgo erzählen sollte.

Eigentlich ist es gar nicht die Sache von Dona Paula Francisca de Moura Alves, jemand rufen zu lassen, irgend jemanden, damit er ihr Auskünfte gibt. Normalerweise müßten die Leute zu ihr kommen, um ihr spontan zu erzählen, was sich in Familiendingen ereignet, denn auch wenn Oceano Familienoberhaupt geworden ist, so bist du doch die eigentliche Befehlshaberin des Klans, du, Dona Paula, und überträgst nur die Ausführung deiner Anordnungen auf den ältesten Sohn. Doch selbst in diesem Punkte wollte Einundsiebzig über den Familienstolz triumphieren; die Familie feindete ihn zwar nicht an, hatte ihn aber nie als ihresgleichen angesehen, sondern immer nur als Oceanos Leibwächter betrachtet. Als der Mulatte daher im Stadthaus von Parada de Deus auftauchte, trug er den Kopf hoch, unruhig suchten seine grünen Katzenaugen das Zimmer ab, während er auf dem Strohsofa auf dich wartete, die kurzen Beine mühsam übereinandergeschlagen.

Als ich ins Zimmer trat, fiel mir auf, daß irgend etwas nicht in Ordnung war; ich schaute die Frauenhaarranken auf der Veranda an und hatte schon Angst, es wäre vielleicht irgendeine Blumenschale heruntergefallen und die Dienstmädchen hätten es nicht bemerkt: aber sobald ich den Menschen vor mir ins Auge faßte, wußte ich schon, was es war:

»Stehen Sie auf, junger Mann!«, sagtest du und bliebst mitten im Zimmer stehen, wo das große Ölbild von Chico dem Bauern die Frau seines Enkels zu überwachen schien, »wo hat man je den Wagen vor die Ochsen gespannt gesehen – der Angestellte sitzt, während die Herrin steht?«

Er trug Jackett und Krawatte, wahrscheinlich weil ihm eine gewisse Feierlichkeit angebracht schien, seit er für die Moura Alves wichtiger und von Oceano beauftragt worden war, Maria

Corina in Friburgo und Rio de Janeiro zu überwachen. Als er Oceano die Bestätigung seines Verdachts gebracht hatte, riefen ihn João Congo, Dionísio Boa-Morte und Chicão Fio, die Leibwächter des Präfekten, in Oceanos Büro, und dort führten sie im Flüsterton ein drei oder vier Stunden dauerndes Gespräch, dem niemand beiwohnen durfte. Auch Indinho und Pacífico grüßten ihn nun achtungsvoller, als ob sie mehr in ihm sähen als eine nützliche Puppe, die Oceanos Befehle ausführte. Einundsiebzig wußte jedoch, das Thermometer, an dem er seinen genauen Standort innerhalb der Familie ablesen konnte, befand sich bei dir, Dona Paula; du und niemand sonst bestimmt die Art der Beziehungen, die die Moura Alves zu einem bestimmten Individuum unterhalten.

Er schnellte von seinem Sitz auf, als ob man ihm einen Nadelstich in sein rückwärtiges Körperteil verpaßt hätte. Da gab ich dem Tuca, dem Enkel der Olava, den ich bei mir großziehe, ein Zeichen, er möchte dem Menschen eine Tasse Kaffee bringen.

»Jetzt können Sie sich setzen, junger Mann«, sagtest du, um den Leibwächter Oceanos zu beruhigen. »Ich habe es nur nicht gern, wenn der Wagen vor die Ochsen gespannt wird. Gleich bekommen Sie eine Tasse Kaffee, damit Sie wieder Farbe bekommen; denn wenn ein Mulatte blaß wird, sieht er aus wie ein Toter.«

Der Ärmste sah wirklich aus wie eine Wachskerze, aber ich mußte ihn auf seinen wahren Platz in unserer Familie hinweisen. Meine Jungen verhätscheln ihn, weil er Maria Corinas Seitensprünge entdeckt hat. Ich hingegen habe die Dinge wieder zurechtgerückt, ohne viel Aufhebens zu machen. Ich habe in meinem ganzen Leben keinen Skandal geschlagen, nicht einmal, als ich schwarz auf weiß erfuhr, wie mein erster Mann Heleno wirklich umgekommen war. Es war ein Jammer, daß niemand vorhanden war, den man für die erduldete Untreue haftbar machen konnte; alle wußten eher davon als ich, noch bevor die Jungen nach Rio de Janeiro fuhren, um die Leiche abzuholen. An dem Tag, an dem Heleno starb, trat, kaum hatten wir die traurige Nachricht telegrafisch erfahren, die verrückte Tochter des Makkaronifressers auf den Balkon ihres Hauses und lachte und spottete über den Tod des Hauptmanns. Gleich kam jemand gelaufen und hinterbrachte es mir:

»Der ehrenwerte Hauptmann Heleno ist im Bordell gestorben«, schrie das Mädchen, »mitten unter den Dirnen von Rio de Janeiro!«

Als nun Indinho mit seinen Brüdern aus Rio zurückkam und die Leiche seines Vaters mitbrachte, nahm ich ihn beiseite und fragte ihn, ob es wahr sei, daß der Verblichene auf einer Hure gestorben wäre, mit der er gleich nach dem Essen Unzucht trieb. Indinho betrachtete ganz verwirrt seine Fingernägel und wußte nicht, was er sagen sollte: da begriff ich alles, bevor er noch den Mund aufgemacht hatte.

Heleno de Mouras Leiche lag im Besuchszimmer aufgebahrt, umgeben von Kerzen und Blumen, und unablässig besuchten ihn seine Freunde und politischen Verbündeten. Unterdessen führtest du mit Indinho ein Zwiegespräch im kleinen Bügelzimmer des Korridors. Durch die halbgeöffnete Tür erblickte man den Leichnam im rötlichen Schimmer der brennenden Kerzen. Die Fenster waren geschlossen; deshalb erfüllten die Blumen und die brennenden Wachskerzen das Haus mit einem widerlichen Geruch. Maria Pía wurde auf ihrem Zimmer unruhig und fing an, in gewissen Abständen langgezogene Heultöne von sich zu geben.

»Nun«, fragte ich ihn.

»Nun gut, wenn du es doch schon weißt: Es verhält sich so: Vater hat im Hotel zu Mittag gegessen und ist dann ins Bordell gegangen. Als ärztliche Hilfe kam, lag er steif und kalt auf einer Frau.«

Ich ließ mir nicht anmerken, was ich empfand. Wenn mir jemand befohlen hätte: »Zeig uns mal, wie weh der Schmerz tut, der in deiner Brust brennt!«, hätte ich nicht gewußt, wie ich das tun sollte. Ich hatte ein bohrendes Gefühl zwischen den Brüsten, das schmerzte und zog, und vor meinen Augen lag eine Wolke, daß ich die Menschen um mich her nur verschwommen erkennen konnte. Am nächsten Tag erst begann mein linkes Auge zu zittern, verzerrte sich mein Mund. In dieser Stunde tappte ich die Küchentreppe hinunter in den Gemüsegarten. Der Wirrwarr im Hause war so groß, daß ich erst zwei Stunden später gefunden wurde – wenn ich mich recht entsinne, war es Oceano, der mich in der Nähe des Wassertanks still auf einer Kiste sitzen fand. Er meinte, ich wäre dorthin gegangen, um Helenos Tod in aller Stille beweinen zu können, aber das war nicht der Fall: ich wollte nur herausfinden, wie ich am besten heucheln könnte, daß mir Helenos Tod zu Herzen gehe; seit dem Augenblick, in dem mir Indinho bestätigte, daß Ângelo Crespis verrückte Tochter die Wahrheit gesprochen hatte, habe ich keine Träne der Trauer oder der Sehnsucht um den Verstorbenen vergossen. Heute gibt es für mich zwei Helenos: einmal den Vater meiner Kinder, den politischen Führer von Parada de Deus, den tapferen angesehenen Hauptmann, den unehelichen Sohn von Oberst Zé Inácio, der als Ochsentreiber anfing und als alleiniger Besitzer der Fazendas seines Vaters endete – für diesen Mann trage ich bis zum heutigen Tage strenge Trauer. Und dann gibt es den anderen, den Leichtfuß und Nachtschwärmer, der schon in den ersten Ehejahren mit taudurchnäßtem Haar und Gesicht heimkam, wenn der Morgen graute, sich auf den Viehweiden mit herumstreunenden Negerinnen wälzte und gar nicht anders enden konnte, als er in der Tat geendet ist, schamvergessen wie ein Mann, der keine Selbstachtung besitzt. Wegen dieses Heleno habe ich wieder geheiratet und mir den Unwillen meiner Kinder zugezogen.

Als ich an jenem Tag im Garten saß, dachte ich nicht an den ersten Heleno: nur der unverschämte Heleno ging mir durch den Kopf, aber auf einmal – und das war wirklich ein merkwürdiges Gefühl! – fühlte ich nicht mehr den Schmerz in meiner Brust, meine ganze Traurigkeit war verflogen: ich fühlte mich auf einmal erleichtert, wie der Ausblick von einer Anhöhe auf den vorbeiströmenden Paraíba. Die Leute mochten ruhig den Leichnam des Verstorbenen, die Blumen, die Kerzen und alles übrige mitnehmen. Ich wollte nur die Fenster aufreißen und freier atmen. Ich begriff in diesem Augenblick, daß ich durch Helenos

Tod nichts eingebüßt hatte, im Gegenteil, nur gewonnen. Ich war frei wie ein Vogel und brauchte nicht mehr in Angst zu leben vor einem Mann, der nur eine Zwiebelschale auf seinem Teller zu finden brauchte, um die Tischdecke zu packen und alles, was auf dem Tisch stand, zu Boden zu reißen.

Plötzlich dachte ich bei mir: mein Gott, ich bin ja frei, frei von dieser Bosheit, frei von den Prügeln, die ich um jeder Kleinigkeit willen bezog. Helenos Tod ersparte mir Demütigungen und Beschämung; wenn er mir den Mund verbieten und mich aus dem Zimmer schicken wollte, mochte anwesend sein, wer da wollte, er tat, was ihm gerade in die Krone fuhr. Sogar in Gegenwart von Dom Raimundo Rodrigues Arzão, dem Bischof von Campos, hat der Verstorbene, so unglaublich das klingt, einmal etwas Derartiges fertiggebracht. Dabei hatte Heleno hohe Achtung vor dem Herrn Bischof; was Gott der Herr im Himmel war, war Dom Raimundo hier unten auf Erden. Aber all das nützte nichts, ich erinnere mich nicht mehr, was ich gesagt habe, plötzlich wurde mein Mann zur wilden Bestie und schickte mich im gleichen Moment aus dem Zimmer. Als ich im Hausgarten saß, sah ich mit einem Mal ein, daß ich von Demütigungen und Betrügereien, die mein ganzes Eheleben begleitet hatten, endlich freigekommen war. Ich mußte mir geradezu Gewalt antun, um nicht die Leute, die bei der Leiche wachten, meine uferlose Freude merken zu lassen. Ich mußte mich zusammennehmen, um den Freunden nicht überglücklich zuzulächeln. Deshalb (und weil mein Sohn Indinho mich darum bat) kam ich auch auf den Gedanken, die Trauerkleidung beizubehalten, selbst als ich zum zweiten Mal heiratete, trug ich weiterhin Trauer, obwohl der Kapitän mich unentwegt bat, ich möchte nicht länger in Schwarz gehen, weil er diese Farbe nicht ertragen könne. Ich tat ihm nicht den Willen, ich ahnte, glaube ich, daß jedes Opfer von meiner Seite für diesen Mann zu schade war.

Vor Tagen war Gevatterin Luzia, Dom Raimundos Schwester, bei uns im Haus und fragte mich, ob ich auch glaubte, daß mich der Kapitän wegen meines Geldes geheiratet hätte. Gevatterin

Luzia ist so, sie ist etwas borniert und fällt unversehens aus der Rolle und sagt etwas, was sie besser für sich behalten hätte – aber ich nehme ihr das nicht übel – ich mag sie gern, und selbst als mir der Verstorbene untersagen wollte, mich mit ihr abzugeben, weil er sich mit den Arzão nicht verstand, gab ich nicht nach – und so wurde sie schließlich die Patin unserer jüngsten Tochter Luísa. Obwohl sich die Gevatterin wie niemand sonst um meine Freundschaft bemühte, konnte sie einem Fragen stellen, wie sie sich niemand anders in Parada de Deus herausgenommen hätte. Aber ich habe mich deshalb nie mit ihr verzankt, ich weiß, die Arme ist ein bißchen borniert, und ihre den Kapitän betreffende Frage ließ mich sogar des längeren über den Fall nachdenken.

Eines schönen Tages tauchte ein alter Mann in Parada de Deus auf; er war ein Freund unseres Rechtsanwalts und ich lernte ihn in Dr. Fuads Büro kennen, wo ich in einer Prozeßangelegenheit zu tun hatte. Einen solchen Mann hatte ich nie gesehen, er schaute einem tief in die Augen, als verlange er eine Antwort auf die Frage, die er gerade gestellte hatte: wahrscheinlich war es gerade dieses autoritäre Auftreten des Kapitäns, das mir an ihm gefiel. Im Grunde fehlte mir wohl die Autorität des Verstorbenen, und Heleno und der Kapitän hatten, so grundverschieden sie im übrigen waren, eines gemeinsam, so sehr gemeinsam, daß es mich manchmal erschreckte, das Gesicht des einen in der Seele des anderen zu bemerken. Das habe ich einmal meiner Tochter Luísa erklärt; da lachte sie mich aus und spottete, in ihren Augen wäre der Kapitän ein Schlappschwanz, weil er sich von Indinho beleidigen ließ. Nun gut, der Verstorbene, ihr Vater, ließ sich von niemandem eine Unverschämtheit gefallen, nicht einmal von Christkönig, Gott verzeih' mir die Sünde. Ich weiß, es gab etwas Gemeinsames zwischen den beiden, nur kann ich nicht genau sagen, was es war: mag sein, daß beide dazu geschaffen waren, anderen Menschen Befehle zu erteilen, das war es wohl. Feststeht jedenfalls, daß mir die Frage der Gevatterin Luzia nachging, und so fing ich an, mich an einzelne Vorkommnisse aus unserer zweijährigen Ehezeit zu erinnern, und da fand ich denn, daß meine

Söhne eigentlich im Unrecht waren, wenn sie behaupteten, der Kapitän habe mich nur des Geldes wegen geheiratet – denn bei der Heirat vereinbarten wir Gütertrennung –; im Grunde hatten sie wohl wirklich einen Pick auf den Kapitän; sie wollten ihn zwingen, sein Bündel zu schnüren, sich aus dem Staube zu machen und zu vergessen, daß er in Parada de Deus seine Frau und seine Familie zurückließ.

Als ich diesen Mann zum ersten Mal sah, dachte ich gar nicht daran, daß er mein Mann werden würde – damals war ich entschlossen, mich nicht wieder zu verheiraten – ich ahnte nicht, daß er mich mit meiner eigenen Schwiegertochter betrügen und anschließend verlassen würde. Zwei Monate lang besuchte er mich jeden Nachmittag um drei Uhr: er erzählte so unterhaltsam, daß ich jeden Tag auf sein Kommen wartete und ganz begierig darauf war, ihn von Gottes großer Welt erzählen zu hören, denn er war ein weitgereister Mann und hatte mit seinem Schiff alle Meere befahren. Damals kam keines meiner Kinder zu mir und sagte, ich solle ihn nicht heiraten. Gewiß, Dorotéia war nicht freundlich zu mir, aber da ich von ihr nie ein besonders zuvorkommendes Betragen erfahren hatte, setzte ich mein fröhliches Leben fort und wartete auf die Stunde, wo der Mann aussprechen würde, was er von mir wollte.

Freilich war keine lange Ehezeit nötig, damit ich erkannte, daß der Kapitän dem Verstorbenen auch noch in einem anderen Punkte ähnelte: das häusliche Leben behagte ihm nicht, er hielt sich lieber an den Pokertischen auf, er behauptete, ich hätte ihm jede Einmischung in die Verwaltung der Fazenda untersagt und blieb in Parada de Deus, ohne einen Fuß nach Gratidão zu setzen. Er war wahrhaftig nicht wie der Verstorbene, der immer mit anderen Weibsbildern anbändelte: der Kapitän verliebte sich lieber gleich in Maria Corina – das war ein schöner Anfang.

Indinho sprach mir zuerst davon, aber ich wollte es nicht glauben: mein Sohn nahm bei jeder Kleinigkeit an dem Kapitän Anstoß und erfand auch manches: der Vorfall mit Pía war bestimmt nicht wahr. Der Kapitän dachte nicht im Traum daran, etwas gegen meine Tochter auszuhecken, die arme Kranke tat ihm eher leid. Mit Maria Corina hingegen hatte Indinho recht; ich war töricht, daß ich nicht wahrhaben wollte, was alle Welt wußte – außer Oceano und mir.

»Bist du denn blind, Mamá?«, rief Indinho und sprach wütend durch die Nase. »Merkst du nicht, daß der erbärmliche Seemann dich und Oceano gleichzeitig beleidigt?«

Hätte Indinho nicht protestiert, so würden der Kapitän und Maria Corina vielleicht heute noch Süßholz raspeln, und Oceano und ich würden wie die Ölgötzen dabeistehen.

Da verfuhr ich mit ihm so, wie ich schon mit Erfolg bei dem Verstorbenen verfahren war: während er schlief, legte ich ihm die Hand aufs Herz und fragte ihn alles, was ich wissen wollte. Aber der Kapitän war gerissener als der Verstorbene. Heleno versuchte zwar mich zu hintergehen, aber wenn ihm das zu anstrengend war, sagte er mir lieber gleich die Wahrheit und verprügelte mich dann. Bei dem Kapitän war das anders. Wenn ich die Hand auf seine Brust legte und ihn fragte: »Hast du mich wirklich lieb?«, tat er so, als schliefe er und antwortete, er liebe mich und andere honigsüße Redensarten, so daß ich nur allzu gut merkte, daß mich der Schlauberger betrügen wollte.

Es war eine schlimme Zeit, ich dachte schon, ich müßte den Verstand verlieren. Ich roch sogar an der Wäsche des Kapitäns, um herauszubringen, was er getrieben hatte, und wenn die Nacht kam, schlossen wir uns im Schlafzimmer ein und stritten wie die Verzweifelten, bis der Tag kam, an dem ich es nicht mehr aushielt – wir hatten uns wegen der Begleitumstände von Helenos Tod gezankt; er sagte, weil mein erster Mann gestorben wäre, indem er mich betrog, dürfte ich nicht denken, er wäre genauso: da wurde ich wütend und erwiderte ihm, ich brauche gar nichts zu erfinden und zeigte ihm Maria Corinas Foto, das Dorotéia mir übergeben hatte, nachdem es ihm in Gratidão aus der Brieftasche gefallen war, und so eindeutig war seine Schuld, daß er nicht einmal zu behaupten wagte, das Foto gehöre ihm nicht (es stand schließlich keine Widmung darauf). Das Blut stieg ihm ins Gesicht und er wurde ganz still, während ich ihm das Bild hinhielt und fragte:

»Nun, was hast du mir jetzt zu sagen?«

Er blieb ganz still, schaute in meine Richtung und tat, als sähe er mich nicht.

Du hieltest noch immer dem Kapitän das Bild hin, er nahm das Foto und warf nur einen Blick darauf, er schien sie im gleichen Augenblick wiederzuerkennen. Da wußtet ihr, ihr würdet nicht länger streiten und euch quälen, weil von nun an jeder hartnäckig auf seiner Position beharren würde, bis einer allein zurückbliebe und wortlos seinen Triumph genießen könnte.

Das vergessene Handtuch in den Händen, sagte der Kapitän:

»Erklärungen helfen hier nicht mehr; sie helfen nicht, weil ich sicher bin, daß ihr sie doch nicht begreifen würdet.«

So war er: wenn er keine Entschuldigungen vorzubringen hatte, behauptete er, wir würden ihn doch nicht verstehen. Die einzige, die den Kapitän verstand, war »Dona« Maria Corina, und warum sie ihn verstand, erfuhren Oceano und ich erst später.

Nach dieser nächtlichen Auseinandersetzung führten Oceano und ich ein Gespräch. Mit der Bindung meines Sohnes an mich hat es eine merkwürdige Bewandtnis: jedesmal wenn ich hier ganz still an etwas denke, kommt er von der Fazenda, aus Rio oder sonstwoher zu mir und will mit mir über die gleiche Angelegenheit reden, an die ich eben gedacht habe.

Ich war nach Gratidão gefahren, weil dort gerade Reis gepflanzt wurde, und bei dieser Gelegenheit zähle ich die Saatpflanzen für die Leute – sie bekommen ein Drittel der Ernte und die übrigen zwei Drittel sind für mich; daher war ich in Gratidão sehr beschäftigt, als Oceano dort mit seinem kleinen Auto auftauchte; es war, als hätte ich ihm ein Telegramm geschickt, um ihn wissen zu lassen, was mir unausgesetzt durch den Kopf ging.

Du standest an der Tür des Herrenhauses und gabst dem Verwalter Anordnungen, als du Oceanos Ford an der Straßenkurve auftauchen sahst: im gleichen Augenblick ahntest du auch den Grund seines Kommens und die Bedeutung des Gespräches, das ihr miteinander führen würdet. Wieder einmal spürtest du deutlich, daß du und niemand anders das letzte Wort über Menschen zu sprechen hattest, die sich gegen etwas vergangen hatten, was die Moura Alves als heilig betrachten. Vielleicht ist ihnen Gott selber nicht so heilig wie der Respekt, den sie von den anderen verlangen, die gehorsame Ehrerbietung, mit der sie ihre Worte aufgenommen wissen wollen.

Ich schickte Leôncio, meinen Verwalter, fort und ging mit Oceano ins Arbeitszimmer des Verstorbenen. Am Aussehen meines Sohnes – wenn Oceano Probleme mit sich herumträgt, bildet sich eine tiefe Falte auf seiner Stirn, zwischen den Brauen – begriff ich, daß wir ein sehr ernstes Gespräch miteinander führen würden. Ich kenne meine Kinder: vor mir stand Oceano, aber sie alle wußten, daß er mit mir über Maria Corinas Verhältnis mit dem Kapitän reden wollte; wenn Fraktur geredet werden soll, schikken meine Kinder Oceano vor, um meine Meinung zu erkunden, und erst danach treffen sie eine Entscheidung.

Das Gespräch fand in dem Arbeitszimmer statt, in dem Oberst Zé Inácio de Moura Alves, von seinen Büchern umringt und das Weinglas in der Hand, seine letzten Lebensjahre verbracht hatte; in diesem Zimmer hatte er Heleno de Moura die ganze Geschichte seiner verbotenen Liebe zu Glorinha, der Tochter der Schneiderin Didila, mitgeteilt, und nicht nur sie, sondern die gesamte Chronik der Moura Alves von Chico dem Bauern, dem Stadtgründer, an. Ein großer Teil von Zé Inácios Büchern stand noch in den Schränken, und diese ledergebundenen Bücher, deren Inhalt Oceano wie dir verschlossen blieb, weil sie in einer fremden Sprache abgefaßt waren, wohnten unserem Zwiegespräch bei. Wir führten es im Flüsterton des Geheimnisses, und das war der beste Beweis dafür, daß es sich die Moura Alves nicht nehmen ließen, aus eigener Machtvollkommenheit Recht zu sprechen.

Ich ließ eine frische Tasse Kaffee für uns bringen, und als Olava aus dem Arbeitszimmer hinausgegangen war, sagte ich zu Oceano:

»Du kannst reden, mein Sohn, ich höre.«

Oceano schien nicht von irgendwelchen Gefühlen überwältigt zu sein; trotz der tiefen Falte zwischen seinen Augenbrauen konnte man meinen, er beschäftige sich mit den Problemen eines anderen Menschen, mit denen seine Gefühle nichts zu tun hätten. Er hatte seine langen Beine übergeschlagen und schaute nicht auf dich, sondern auf die Wand, als könne sie besser auf seine Fragen antworten als sein Gesprächspartner.

Darin ähnelt Oceano dem Verstorbenen: wenn er nach Várzea da Palma fahren will, macht er einen Umweg über Carangola und verlängert seinen Weg, damit niemand erraten kann, wohin er gelangen will. Das habe ich bei dem Verstorbenen erlebt, und deshalb verstehe ich mit Oceano umzugehen. Bevor er auf den Kapitän und Maria Corina zu sprechen kam, sprach er eine halbe Stunde lang von seiner Heirat und davon, daß sie ein Fehler gewesen sei, und von seiner Duldsamkeit gegen Maria Corinas Eskapaden. Ich wartete geduldig, hörte alles mit an, ohne mich zu mucksen, bis er endlich dorthin kam, wohin er von Anfang an kommen wollte.

Wer Oceano in diesem Augenblick ansah, konnte auf den Gedanken kommen, er berichte von den Schwierigkeiten eines anderen Ehemannes, so groß war seine Ruhe, so zögernd zerkaute er die Worte; seine Hände ruhten auf den Stuhllehnen und rührten sich nicht: vielleicht ist das seine Weise, seine Wut im Zaum zu halten und den anschließenden Ausbruch zu zügeln, bei einem Mann von Oceanos Temperament erfolgt dieser Ausbruch unfehlbar und verwandelt sich alsdann in einen Racheakt.

Mein ältester Sohn gleicht ganz dem Verstorbenen; es macht ihm nichts aus, ein Leben lang zu warten, selbst wenn die Rache in der Todesstunde erfolgt, schmeckt sie ihm noch süß. Es tut mir heute noch leid, daß Heleno nicht noch ein Weilchen länger gelebt hat, um das Ende des verfluchten Makkaronifressers mitzuerleben; selbst im Grabe noch muß er vor Freude einen Luftsprung getan haben, als Ângelo Crespi bei der großen Baisse der Kaffeepreise Hab und Gut einbüßte. Um aber auf das Gespräch an jenem Morgen zurückzukommen: nachdem Oceano lange um die Sache herumgeredet hatte, drehte er sich zu mir um und fragte:

»Wenn der Kapitän flüchten würde«, sprach Oceano und schaute dir zum ersten Mal in die Augen, »wenn er von einer Stunde zur anderen aus Parada de Deus verschwinden würde, so wie er gekommen ist – würde er dir dann fehlen?«

Es mag sein, wer da will, und wenn es der Präsident der Republik ist; wenn ich es will, bringe ich den Kerl dazu, mir das zu sagen, was ich wissen will. Mit Einundsiebzig war das ebenso: dieser Schnüffler kam ganz aufgeblasen daher und machte es sich prahlerisch auf dem Stuhl bequem, selbst als ich schon ins Zimmer getreten war, aber ich scheuchte ihn mit zwei Worten auf, daß er stramme Haltung einnahm wie irgendein Negersklave. Diesem grünäugigen Mulatten mit dem hochgezwirbelten Schnurrbart muß man die rechte Behandlung zuteil werden lassen, man muß ihn an die kurze Leine legen, wenn man von ihm respektiert werden will. Ich löste ihm die Zunge, und er berichtete mir alles, was er von dem schamlosen Umgang meiner Schwiegertochter mit dem Bankgeschäftsführer von Friburgo wußte. Um diese Zeit hatte sich der Kapitän bereits aus dem Staube gemacht, ich habe nie wieder etwas von ihm gehört. Ich glaube, meine Jungen haben ihm eine so gründliche Tracht Prügel verabfolgt, daß er sich heute noch das Fell mit Salzlake kuriert. Der Wahrheit zuliebe muß jedoch gesagt werden, daß ich an jenem Morgen, als Oceano bei mir auf Gratidão erschien, keine Maßnahmen gegen den Kapitän getroffen habe. Auf die Frage meines Sohnes antwortete ich lediglich:

»Er wird mir nicht fehlen; denn mein Mann vergnügt sich mit anderen Frauen.«

Ich wußte, genau das wollte er erfahren; kurz darauf bat er denn auch um meinen Segen und ging.

So wartete ich denn auf das, was geschehen würde, aber ich ahnte nicht, was wirklich geschah: ich ahnte zwar, daß der Kapitän seine letzten Tage in Parada de Deus verlebte, aber ich konnte nicht voraussehen, daß er fliehen würde wie ein Viehdieb, wie ein feiger Bandit, ein schamloser alter Mann ohne Selbstachtung. Nach jenem nächtlichen Streit, als ich ihm Maria Corinas Bild gezeigt hatte, redeten wir keinen Ton mehr miteinander, er war ständig außer Hause, nahm die Mahlzeiten nicht mehr bei mir ein, und wenn er zum Schlafen erschien, zog er sich im Dunkeln aus und legte sich auf die Bettkante, als ekle er sich davor, sich an mich anzulehnen. Dieses Verhalten brachte mich zur Verzweiflung – ich sah schon voraus, daß ich meine Pistole auf ihn abdrükken würde –, deshalb begab ich mich mit den Mädchen nach Gratidão, ohne dem Kapitän Bescheid zu sagen oder eine Erklärung zu geben. Zwei Tage später kam Leóncio, mein Verwalter, aus Parada de Deus mit der Neuigkeit zurück, der Kapitän wäre aus der Stadt verschwunden. Ich war so bestürzt, daß ich die Nachricht kaum fassen konnte; Leóncio mußte sie mir Wort für Wort wiederholen, damit sie mir zu Bewußtsein kam. Anfangs glaubte ich an einen abgeschmackten Scherz unserer Feinde; dann ertrug ich es nicht länger, die Neuigkeit still für mich wiederzukäuen – mit den Töchtern sprach ich darüber nicht, nur Dorotéia schaute mich sonderbar an, als ob sie mich auslachen wollte – ich schickte einen Dienstmann der Fazenda zu Oceano auf die Präfektur und ließ ihm ausrichten, seine Mutter habe dringend mit ihm zu reden.

Bei diesem Gespräch – wenigen Sätzen, deren Worte so sparsam gesetzt wurden, als hätte jeder Angst, sich mit ihnen selber zu bezichtigen oder dem anderen preiszugeben – erhieltest du die Gewißheit, daß der Kapitän nicht zurückkehren würde und daß dies die beste denkbare Lösung war (wenngleich du vermuten durftest, daß nicht der Kapitän selber, sondern deine Söhne diese Lösung gefunden hatten).

Ich muß es zugeben, meine zweite Ehe war fauler als eine von den Vögeln angepickte Frucht. Wissen Sie, welches der Unterschied zwischen meiner ersten und meiner zweiten Ehe ist? Daß die erste nichts wert gewesen war, merkte ich erst nach Helenos Tod; bei der zweiten bemerkte ich es, als mein Mann noch am

Leben war. Das erklärte ich Oceano bei jenem Gespräch; denn mir war die törichte Idee durch den Kopf geschossen, meine Söhne hätten den Kapitän vielleicht aus dem Wege geräumt. Oceano schaute mich eindringlich an (er, der anderen nie in die Augen schaut!) und fragte mich:

»Hast du unseren Vater auch nicht geliebt? Nicht einmal, als er noch am Leben war?«

Ihr standet auf der Veranda: Oceano war auf der untersten Stufe stehengeblieben und schaute dir zu, wie du auf und ab gingst und den goldenen Rosenkranz durch die Finger gleiten ließest.

»Wenn ihr ihn aus dem Wege geschafft habt«, sagtest du, »so sagt es nur laut und deutlich! Ich will doch sehen, ob meine Söhne sich auf diese Weise in mein Leben einmischen dürfen. Und wenn ihr das nicht getan habt, möchte ich es ebenfalls wissen, damit ich nicht denken muß, ich wäre zum zweiten Mal zur Witwe geworden.«

Da lehnte sich Oceano an die Verandabrüstung und verschränkte die Arme über der Brust, als wolle er sein ganzes Leben lang diese Stellung genießen.

»Wenn er fortgegangen ist, weil er es so wollte, so hat er getan, was er tun mußte«, erwiderte Oceano, »und wenn wir ihn aus dem Wege räumten, so hätten wir nur unsere Pflicht getan.«

Es sind nicht meine Söhne gewesen, daran glaube ich ebenso fest wie an die Tatsache, daß ich eines Tags mit dem Leibe auferstehen werde, den ich als Zwanzigjährige gehabt habe. Oceano hat das nur gesagt, weil er mir das demütigende Gefühl ersparen wollte, daß mich mein zweiter Mann verlassen hatte. Wer Oceano nicht so gut kennt wie ich, mag schlecht von ihm denken, aber er ist ein guter Junge, ein Prachtskerl, ein treuer Gatte (nie ist er seit seiner Heirat hinter einem Weiberrock hergelaufen) und ein liebevoller Vater. Auch jetzt weiß ich, daß er gegen Maria Corina so verfährt, weil er sie liebt und Temperament und Anstand im Leibe hat. Ich weiß, was ich sage, denn ich kenne meinen Sohn wie meine eigene Hand. Wenn man mich fragt, was

Oceano mit Maria Corina vorhat, kann ich keine Antwort geben, denn niemand – nicht einmal sein eigene Mutter – kann die geheimen Gedanken eines Mannes erraten, aber eines weiß ich schon jetzt: was immer Oceano seiner Frau antut, geschieht aus Liebe zu ihr, aus einer echten Liebe, die damals auf dem Fest in Celo da Serra entstand, als er die Tochter des verstorbenen Nhonhô ansah und diesem braunhäutigen Mädchen verfiel, das ihn für den Rest seines Lebens verzauberte und ihn leiden ließ wie nur wenige Männer leiden müssen. Wenn der Verstorbene ihre ehelichen Seitensprünge miterlebt hätte, würde er sich noch im Grabe krümmen, weil Maria Corina solche Schmach über die Moura Alves gebracht hat. Mir schmerzt die Brust, wenn ich nur daran denke, daß meinem ältesten Sohn das Schicksal aufgespart blieb, der erste betrogene Ehemann unserer ganzen Familie zu werden.

Der Tag rückte heran, an dem Chico der Bauer Zeca Araújo gegenübertreten mußte, nicht weil einer den Mut des anderen auf die Probe stellen wollte – das war seinerzeit bei ihrer Begegnung auf dem Hügel von Coronha geschehen –, sondern weil die Einwohner von Parada de Deus begriffen, daß nur ein Mann imstande war, sie von der ständigen Bedrohung durch Zeca Araújo zu befreien, und dieser Mann war Chico der Bauer. Zeca Araújo respektierte ihn so sehr, daß er Befehl gegeben hatte, es dürfe kein Esel, ja kein Jungstier aus seinem Besitztum geraubt werden. Manche Leute schrieben diesen Respekt der Tatsache zu, daß beide aus Minas stammten, und bei den Unterhaltungen in Sinhô Arzãos Remise kamen einige Männer sogar zu der Ansicht, aus eben diesem Grunde werde niemand die beiden zu einem Kampf aufeinanderhetzen können.

Dieser Tag rückte heran, als die Einwohner der Ortschaft gar nicht mehr an Zeca Araújos Bestrafung glaubten; mehrfach hatten die Bewohner von Parada de Deus, aber auch von Santo Antônio do Pomba, Itaperuna, Muriaé, São Fidélis und Carangola an die Justiz appelliert, damit sie dem Bandenchef ohne Gewalttätigkeit das Handwerk legen sollte, aber das politische Ansehen Zeca Araújos war so groß, daß man nicht ein einziges Bataillon, ja nicht einmal einen einzigen Soldaten in Marsch setzte, um seinen Übergriffen, seinen Raubüberfällen und Mordanschlägen ein Ende zu bereiten. Jedermann wußte, wie Zeca mit seiner eigenen Tochter, der armen Olivinha, umsprang; seit sieben Jahren lebte sie wie ein Tier in eine kleine Hütte gesperrt; man schob ihr den Teller mit ihrem Essen durch die einzige vorhandene Öffnung; Türen und Fenster waren zugenagelt worden, damit kein Sonnenstrahl in ihr Gefängnis einfiele. Während dieser Zeit starb Zeca Araújos Frau, wahrscheinlich aus Kummer darüber, daß ihre Tochter eingesperrt war und ihr nicht erlaubt wurde, sie zu sehen: die Sklaven der Fazenda Pedra berichteten, daß weder die Tränen noch die Bitten der Mutter Hauptmann Zeca Araújo zu rühren vermochten. Sie siechte an ihrer Traurigkeit dahin; die Haussklaven berichteten, in ihren letzten Lebensmonaten habe Olivinhas Mutter kein Wort mehr mit ihrem Gatten gewechselt, als ob sie sich mit dem Los abgefunden habe, das ihr Mann ihr auferlegte. Nicht einmal in ihrer Todesstunde brachte sie die Bitte vor, die sie allein am Leben hielt und vermutlich auch ihren Tod verursachte.

Dieser Tag erschien, als die schwachsinnige Schwester von Quincas Gonçalves Ribeiro, die alte Dodocha, ums Leben kam. Sie war ein weißhaariges, schrumpeliges Hutzelweibchen und hatte die Manie, über die Weiden zu irren und die getrockneten Kuhfladen zu untersuchen, von denen sie glaubte, es wäre Gold. Alle Leute in der Gegend kannten sie und hatten sie gebückt umhergehen sehen, als suche sie einen im Gras verlorenen Gegenstand, bis sie die runden, dunklen, holzähnlichen Gebilde aufhob und ausrief: »Gold! Gold!« Sie steckte den harten Kuhmist in ihren Sack und setzte ihre Goldsuche fort. Als Dodochas harmloser Wahn zum ersten Mal auftrat, holte sie ihr Bruder häufig am frühen Morgen von ihrer »Goldsuche« auf den Weiden nach Hause; er unterließ das erst, als sich ihre Anwandlungen wiederholten und er sicher war, daß sie immer wieder nach Hause kommen würde, gebeugt unter der Last ihres Sackes, den ein Sklave im Buschwald entleerte, ohne daß sich die Kranke weiter für das Schicksal ihres »Vermögens« interessiert hätte. Als nun Quincas' Sklaven auf dem Gambá-Hügel den kugeldurchbohrten Leib seiner Schwester fanden, konnte sich der Besitzer von Retiro und Boa Sorte gar nicht vorstellen, wer die Gemeinheit ausgeheckt haben mochte. Wenn nicht zur gleichen Zeit auch etliche Färsen verschwunden wären, die man zur Weide auf den gleichen Hügel gebracht hatte, so hätte er vielleicht nie herausbekommen, daß die Ermordung seiner Schwester auf das Schuldkonto der Bande Zeca Araújos ging. Bei der Totenwache für Dodocha erschien Chico der Bauer in Boa Sorte, unter seinem dichten schwarzen Bart glitzerten die goldenen Rosenkränze, und nachdem er gemeinsam mit der Familie gebetet hatte, rief er Quincas auf die Veranda des großen Hauses, um eine Angelegenheit ins reine zu bringen.

Der über neunzigjährige Artur Procópio Monteiro hatte Zé Inácio von diesem Gespräch zwischen Chico dem Bauern und Quincas, dem Bruder der Ermordeten, erzählt, und Heleno entsann sich an die Schilderungen seines Vaters, als er in jener Nacht, als das elektrische Licht in Parada de Deus eingeweiht wurde, auf dem Balkon seines Stadthauses stand: an dieser Zusammenkunft nahmen teil: Artur, der Feldwebel José Caetano de Melo, Antônio Rodrigues Arzão, Chico der Bauer und Quincas. Artur hatte die Reise nach Boa Sorte in der Begleitung von Chico dem Bauern unternommen, und dieser murmelte während des Rittes, indem er sich den Bart mit seinem großen Daumennagel strählte: »Die Stunde ist gekommen, Bruder Artur: Christkönig stehe uns bei, denn die Stunde ist gekommen.« Auf der von Lampions hell erleuchteten Veranda von Boa Sorte wiederholte Chico der Bauer diesen Satz, während die übrigen stillschweigend zuhörten und damit einverstanden waren, daß der Mann, der sie alle an Größe überragte, das Kommandowort aussprach und ihnen sagte, was nun zu tun war.

»Bruder Quincas«, sagte Chico der Bauer und kämmte sich immer noch den schwarzen Bart mit dem langen Daumennagel, »Christkönig weiß, daß ich dieser Stunde nach allen Kräften ausweichen wollte. Aber da es dem Herrn gefallen hat, mir durch die Ermordung dieses unschuldigen Menschenkindes den Weg zu weisen, fliehe ich nun nicht länger: die Stunden des ›Gescheckten‹ sind gezählt.«

Bei dieser Totenwache hatten sie die »Todesbande« gegründet, mit dem einzigen Ziel, Zeca Araújo und seinen Stellvertreter, den gefährlichen Botokuden, zu liquidieren. Anfänglich gehörten nur die fünf zu der Bande, aber Tage darauf kamen weitere Mitglieder hinzu, Angehörige der fünf Verschworenen, außerdem ihre Vertrauenssklaven.

Tonho hatte Zé Inácio berichtet, was sich in der Nacht des Hinterhalts auf dem düsteren Weg zwischen Várzea da Palma und der Fazenda Pedra zugetragen hatte: die Mitglieder der »Todesbande« waren schwarz gekleidet, schwarze Masken verhüllten ihre Gesichter und sie versteckten sich an der Biegung eines von dichten Bäumen umstandenen Weges, durch deren Wipfel kein Lichtstrahl fiel, um die Ankunft des »Gescheckten« abzuwarten. Es war eine kalte Julinacht, und im Wald ringsumher vernahm man nur das Krächzen der Krähen; ab und an erhellte ein Glühwurm die Finsternis. Tonho, der Vertrauenssklave von Chico dem Bauern, erzählte Zé Inácio, in seinem ganzen Leben habe er keine solche Angst ausgestanden: seit sie auf der Fazenda zusammengekommen und sich die schwarzen Masken über die Gesichter gestülpt hatten, fürchtete er sich vor der Begegnung mit dem ›Gescheckten‹ und seinem schrecklichen Begleiter, dessen Gesicht rot angemalt war, als ob er sich mit dem Blut seiner Opfer eingeschmiert hätte. (Manche behaupteten, Jipará Taratatu fresse seine Opfer nicht wie seine Stammesgenossen auf, sondern tränke ihr Blut bis zum letzten Tropfen.) Tonho war äußerst unwohl in der Gesellschaft dieser feierlichen, maskierten Reiter, unter denen er nur mit Mühe seinen Herrn erkannte. So zogen sie in einem mäßigen Trab dahin, bis der Truppführer (an dessen

Größe Tonho seinen Herrn erkannt hatte) an einer Wegbiegung verhielt und jedem mit leiser Stimme seinen Platz zuwies: Quincas und Antônio Arzão mußten sich mit ihren Leuten auf einer kleinen Anhöhe hinter den Bäumen verstecken, Artur Procópio Monteiro, dem Feldwebel José Caetano de Melo und ihren Begleitern wurde der rechte Flügel anvertraut, genau an der Wegbiegung, hinter einigen Steinblöcken; falls Hauptmann Zeca Araújo den Kugelhagel durchbrechen sollte, mußten sie auf Chico den Bauern, Tonho und einen Bantu-Sklaven treffen. Tonho ebenso wie der alte Artur hatten Zé Inácio gestanden, nie wäre ihnen die Zeit so langsam vergangen wie in jener Nacht. Artur suchte sich von einer quakenden Kröte ablenken zu lassen, aber es ging ihm nicht aus dem Kopf, daß ihr Unternehmen Schiffbruch erleiden konnte – es brauchte nur ein Pferd im unrichtigen Augenblick zu wiehern, dann behielt Zeca Araújo Zeit, um Hilfe zu rufen, und das hätten gewiß seine Leibwächter gehört, die in Reichweite ihres Chefs auf den Weiden umherstreiften. Wenn es nach dem Willen von Chico dem Bauern gegangen wäre, so hätte der »Gescheckte« eine Gelegenheit zum offenen Kampf bekommen, wie seinerzeit bei der Begegnung auf dem Coronha-Hügel, aber die Mehrheit hatte sich für den Hinterhalt entschieden, und vielleicht aus diesem Grunde hatte Chico der Bauer sich und seinen Sklaven einen zweitrangigen Platz bei dem zu erwartenden Gemetzel zugewiesen. Der Feldwebel José Caetano de Melo hatte Chico den Bauern schließlich überzeugt, indem er argumentierte, ein Hinterhalt sei keine so feige Handlungsweise wie die Ermordung der unglücklichen Dodocha, die nie jemandem ein Haar gekrümmt und ein so erbärmliches Ende nicht verdient hatte. Chico der Bauer selbst hatte den Platz für den Hinterhalt ausgesucht, weil ihm bekannt war, daß Zeca Araújo dort vorüberkam, wenn er mit dem Friedensrichter von Várzea da Palma ein Würfelspiel machen wollte.

Zunächst vernahmen sie nur den Galopp eines einzigen Pferdes, es schien frei zu galoppieren, ohne Zügel oder Steigbügel, aber es tauchte nicht in der Kurve auf, es schien vor irgend etwas zurückzuscheuen. Die Verschwörer hielten den Atem an, und Artur glaubte, sein Herz schlage zu laut und werde ihre Position verraten. Da hörte Tonho die gutturale Stimme des Botokuden und im gleichen Augenblick hörten alle Zeca Araújo mit grober Stimme befehlen: »Vorwärts!«

In diesem Moment glaubten sie alle, der ›Gescheckte‹ befände sich in Begleitung seiner Bande, und sie baten Christkönig um Beistand für das, was ihnen bevorstand; da gewahrten sie in der Finsternis, an die sich ihre Augen inzwischen gewöhnt hatten, verblüfft das Pampapferdchen des Botokuden und hinter ihm das ruhig trabende Pferd des Bandenhäuptlings. Sie brauchten kein zweites Mal hinzuschauen, um das unzertrennliche Duo zu erkennen, gleichwohl spähten alle Mitglieder der »Todesbande« angestrengt in die Dunkelheit, weil sie schon meinten, das Zurückweichen des Indios und das Geflüster mit seinem Herrn sei ein Zeichen dafür, daß der Wilde den Hinterhalt geahnt habe. Als dann Zeca Araújo auf dem dunklen Weg erschien und sein Pferd sich aufbäumte, weil es die drohende Gefahr witterte, zweifelten sie nicht mehr daran, daß der ›Gescheckte‹ der Gefahr ganz bewußt entgegenging, als verachte er den Tod und suche ihn geradezu als Lösung seiner Lebensprobleme.

Weder Tonho noch der alte Artur oder Zé Inácio hatten die Beerdigung miterlebt, aber für das Volk von Várzea da Palma senkte sich die Zugbrücke, die zur Fazenda Pedra führte, mit knirschenden Ketten, als das sonderbarste Begräbnis stattfand, das die Gegend je erlebt hatte. Am nächsten Abend nach dem Hinterhalt fand man die Leichen von Hauptmann Zeca Araújo und Jipará Taratatu auf dem Weg zwischen Várzea da Palma und der Fazenda, viele Stunden nach den Gewehrsalven, die über die beiden niedergegangen waren und ihre Körper mehr als zwanzigmal durchlöchert hatten. Unerklärlich blieb, warum die Leibwächter des ›Gescheckten‹ (nicht einmal die Indios, die doch die entferntesten Geräusche auf dem Erdboden hören können) nicht die Schüsse gehört hatten, die ihren Hauptmann niederstreckten. Einige schrieben diesen merkwürdigen Tatbestand der Anwesenheit Chicos des Bauern in der »Todesbande« zu. Seit dem berühmten Schuß, der den Zigeuner Teodureto getötet hatte, stand Chico der Bauer in dem Ruf, Christkönigs besonderen Schutz zu genießen, und mit dieser göttlichen Protektion rechtfertigten die Leute fortan alles, was an Bemerkenswertem vorfiel und, wenn auch nur entfernt, mit Chicos Namen verknüpft war.

Sobald man die beiden Leichen gefunden hatte, fanden sich Einwohner von Várzea da Palma auf der Fazenda Pedra ein; der Hauptmann war bei ihnen geachtet, und selbst diejenigen, die ihn fürchteten, konnten ihm eine gewisse Bewunderung nicht versagen, denn die Taten des Bandenchefs hatten den bis dahin unbekannten Namen der Ortschaft berühmt gemacht. Jahrelang hatten sie erlebt, daß sich Hauptmann Zeco Araújo Übergriffe herausnahm und die Mächtigen erschreckte; sie beugten sich seinen Launen, schmeichelten ihm und handelten nach seinem Willen. Deshalb wunderte es sie auch nicht, daß der Friedensrichter, der Priester und der Kommandant der Polizeitruppe vergebliche Anstrengungen machten, die beiden Leichen auf christlichem Boden beizusetzen: die auf der Fazenda lebenden Indios erlaubten das nicht. Die Behörden erreichten lediglich die Befreiung Olivinhas, der Tochter Zeca Araújos, die dieser seit ihrer verbotenen Liebschaft mit dem Sklaven Jerônimo in eine schmutzige Hütte gesperrt hatte. Einige von ihnen hatten das Mädchen aus der stinkenden Hütte heraustreten sehen; sie sagten, sie wäre wie ein Tier in der aufgebrochenen Tür erschienen, das Haar verdreckt, die Nägel in Klauen verwandelt, und hätte wirres Zeug gestammelt. Am Abend nach diesem Vorfall wurden die Pui, Coroados, Naxacali und Botokuden, die auf der Fazenda lebten, im Schmuck ihrer Arara- und Papageienfedern sichtbar; sie hatten ihre Körper rot angemalt, Holzscheibchen in Kinn und Ohren gesteckt und stimmten Totengesänge an für ihren Hauptmann und ihren toten Gefährten. Auf Bananenstauden gebettet, lagen die beiden Leichen mitten auf dem Hof. Alle fragten sich, wann wohl die sonderbare Zeremonie zu Ende gehen würde, niemand vermochte zu sagen, was wohl hernach geschehen würde; da sahen sie bei Sonnenuntergang zwei riesige Gefäße auf dem Hof auftauchen, in der Indio-Sprache »Camucis« genannt, und erfuhren zu ihrem Erstaunen, daß Zeca Araújo, der »Farblose« oder, wie ihn seine Feinde nannten, der »Gescheckte« zusammen mit dem Botokuden Jipará Taratatu wie ein Häuptling der Eingeborenen beerdigt werden sollte. Es erhob sich keine Stimme des Protestes, als die Wilden die Leichen Zeca Araújos und seines treuen Botokuden in die »Camucis« legten, und der Zug der Indios unter anhaltenden Totengesängen, gefolgt von den Weißen, auf einen hinter dem Herrenhaus der Fazenda gelegenen Hügel zuschritt, wo beide Männer begraben wurden.

Als Heleno in jener Nacht auf dem Balkon seines Stadthauses stand, fiel ihm auch wieder ein, welches Ende der nächtliche Hinterhalt genommen hatte. Aus dem geöffneten schwarzen Fächer der Nacht tauchte ein Menschenpferd auf, gebildet aus Jipará Taratatu und seinem Pampapferdchen; sie galoppierten heran und hielten an der Wegbiegung inne. Hinter ihm ritt Zeca Araújos massige Gestalt, und sein Tier wieherte, weil es die Gefahr aus der Entfernung witterte. Die Mitglieder der »Todesbande« ließen beide nahe heranreiten, obwohl sie gleich beim ersten Auftauchen verabredungsgemäß alle zur gleichen Zeit auf sie schießen sollten. Erst der Schrei des Wilden: »Orón!« – was in der Sprache seines Stammes »Halt!« bedeutet – riß sie aus ihrer Lethargie; alle drückten zur gleichen Zeit auf den Abzug. Für eine Sekunde oder wenig mehr schienen die Schüsse weder den Botokuden noch den Weißen zu treffen, sie setzten ihren Weg fort, als könne ihnen kein Blei etwas anhaben. Artur hatte Zé Inácio erzählt, ihm stände immer noch die hoheitsvolle Würde vor Augen, mit der Zeca Araújo in den Tod geritten sei; er ritt erhobenen Hauptes, während die rote Glut seiner Zigarre in der Dunkelheit schimmerte. Die Gewehrsalven verstummten erst, als die beiden Reiter zu Boden gesunken waren. Zeca Araújos Maultier stürmte wie toll weiter; der Sklave Baltazar streckte es mit einem sicheren Schuß nieder. Das Pampapferdchen des Botokuden bäumte sich und wieherte laut, als es sich herrenlos sah; eine neue Salve riß es zu Boden, wo es ausschlug und wieherte wie eine Seele Gottes. Dann trat tiefe Stille ein, und die Verschworenen stiegen vom Pferd, um die Leichen zu untersuchen. Da stieß jemand einen Schreckensruf aus: Jipará hatte sich mühsam aufgerichtet und, mehrfach zusammensinkend, zu dem Platz geschleppt, an dem Zeca Araújo niedergesunken war. Sie trauten ihren Augen kaum, als der Indio über der Leiche seines Hauptmanns zusammenbrach, als ob er ihn mit seinem Leibe schützen wollte; sie umstanden bestürzt die beiden Leichen und erwachten erst aus ihrer Erstarrung, als Chico der Bauer in Begleitung von Tonho und Baltazar auftauchte und sie daran erinnerte, daß sie flüchten mußten, bevor Zeca Araújos Leibwächter auf dem Schauplatz eintrafen.

Ich gehe jede Wette ein, daß niemand Hauptmann Oceano besser kennt als ich; ich errate beinahe jede seiner Regungen. Er taucht an der Straßenecke auf, und kaum habe ich sein Gesicht gesehen, so weiß ich schon Bescheid. Deshalb kann niemand so gut mit ihm umgehen wie ich. Vor allem bei seiner Auseinandersetzung mit seiner Frau zweifle ich sehr, ob irgend jemand anderes in dieses Wespennest stechen konnte, ohne selber gestochen zu werden. Ich hingegen bin heil davongekommen: der Hauptmann und die übrigen Moura Alves schätzen mich, das können Sie sehen. Sogar Dona Paula, eine verdammt hochgestochene Dame, ließ mich eines Tages zu sich ins Haus rufen und wollte erfahren, was zwischen ihrem Sohn und der Schwiegertochter vorgefallen wäre. Denn der Hauptmann sagte die Dinge nicht gerade heraus, er schließt anderen Menschen nur ungern sein Inneres auf. So kam es, daß ich, ein Fremder, der hier anfänglich als eine Null angesehen wurde, mit Dona Paula, der allmächtigen Königin von Parada de Deus, in einem Zimmer bei einem Täßchen Kaffee saß und mich mit der Witwe des berühmten Hauptmanns Heleno de Moura unterhalten durfte, während die Gemälde von Chico dem Bauern, dem Obersten Zé Inácio und Oceanos Vater auf uns beide herabschauten. Ich erzählte der Alten, was ich über die Lebensweise ihrer Schwiegertochter in Friburgo und Rio herausgebracht hatte. Ulkig ist dabei, daß sich die Alte die ganze Zeit über so stellte, als schenke sie meinen Worten keine besondere Beachtung, dabei wußte ich, daß ihr kein Tüttelchen entging. Ihr Mund war verzerrt und ihr Auge zitterte, als wollte es das Gesicht herunterlaufen. Die Alte ist mächtig, wer die Moura Alves in Wirklichkeit kommandiert, ist sie, die Mannsbilder der Moura Alves sind Scharfschützen, an die niemand heranreicht, aber wenn die Mutter ihre Stimme erhebt, ducken sie sich und werden so sanft wie ein im Haus aufgezogenes Lämmchen. Als ich daher Dona Paula vor Wut außer sich geraten sah, weil ich ihr berichtete, daß ich Dona Maria Corina in Begleitung ihrer Kinder und des Bankgeschäftsführers auf dem Marktplatz von Friburgo spazierengehen sah, zweifelte ich nicht daran, daß dieser Fábio früher oder später zur Hölle geschickt werden würde. Es stand nur noch die Zustimmung der Alten aus, und bei unserem Gespräch gewann ich sie für die Rachepläne des Hauptmanns. Es war wirklich ein Triumphtag für den Einundsiebzig, der mit richtigem Namen João Avelino heißt: Dona Paula hatte mich gerufen, und ich blieb beinahe zwei Stunden lang bei ihr und unterhielt mich leise mit ihr.

Das kann die offizielle Anerkennung deiner Stellung im Hause Moura Alves bedeuten! Freilich genossest du auch schon vorher das Vertrauen des wichtigsten Familienmitgliedes, des Hauptmanns Oceano, und er besitzt das absolute Vertrauen der Männer der Revolution von 1930, die immer noch unser Land regieren. Auch wenn Oceanos Geschwister dir nicht die geringste Aufmerksamkeit schenkten und dich als bloßen Leibwächter behandelten, so wußten sie doch, daß du dazu bestimmt warst, Oceanos Vertrauen zu gewinnen und infolgedessen Mitwisser der Familiengeheimnisse zu werden.

Nun, die Geheimnisse der Schwarzen Lagune kenne ich nur allzu gut... Ich rieche genau: wenn man das Wasser aus der Lagune ablassen könnte, würden die Knochenhaufen auf ihrem

Grunde ausreichen, um alle Hunde der Welt für den Rest ihres Lebens zu sättigen. Nicht nur der Hauptmann und seine Brüder haben die Lagune dazu benutzt, ihre Feinde darin verschwinden zu lassen. Wie es heißt, war schon Hauptmann Heleno de Moura in ihrer Benutzung erfahren. Ich wundere mich, daß Ângelo Crespi, bei dessen Namen die Moura Alves noch heute die Zähne fletschen, nicht im dunklen Wasser der Lagune verschwunden ist.

Als ich nach Parada de Deus kam, sagte mir der Hauptmann kein Wort von der Schwarzen Lagune, die zu Dona Dorotéias Besitztum gehört. Erst in Gesellschaft der Kreolen von der Fazenda wurde ich mißtrauisch, als ich immer wieder hörte, an der Lagune gingen Gespenster um, Gespenster mit bestimmten Familiennamen: da gibt es die »Seele des verewigten Marcelino«, »des Gevatters Juca«, des Alípio de Melo, und alle diese Toten erscheinen bei Nacht oder in dunstigen Morgenstunden und schwimmen auf der Lagune, als wären ihre Wasser aus Glas und die Verstorbenen liefen auf ihr Rollschuh. Und wirklich, die verteufelte Lagune hat etwas an sich, was einem die Augen nach innen dreht; ich weiß nicht, was es ist, aber seit ich sie zum ersten Mal sah, spürte ich in meinem Inneren einen Faustschlag, mitten auf den Magen, wie eine Warnung, und dabei ahnte ich damals noch nichts. Zeca, ein Sohn Altinos, hatte mich auf Geheiß des Hauptmannns mitgenommen, um mir die Fazendas der Moura Alves zu zeigen. Wir kamen eben aus Santo André, Dona Luísas Fazenda, wo mir angesichts ihrer schönen Pferde das Wasser im Munde zusammengelaufen war, und von einer hochgelegenen Weide aus erblickte ich das trübe, dunkle Wasserrund, unendlich ausgedehnt und dem São Francisco-Strom ähnlich, den ich in Minas sah, bevor ich in diese Gegend flüchtete.

Die Einwohner der Gegend berichten, an der Schwarzen Lagune hätte Chico der Bauer seinerzeit Schießübungen veranstaltet und Kaimane gejagt. Damals war die Lagune noch von einem dichten Waldgebiet umgeben (heute ist es stark gelichtet, Dona Maria Dorotéia hat viele Bäume zu Brennholz verarbeiten lassen), man konnte dort allerlei Getier jagen. Tapire, Wildschweine, dazu Biber, Sai-açu-Affen, Araras und Papageien, eine unterdessen verschwundene Fauna, zu deren Ersatz das Gürteltier zurückgeblieben ist, dazu Pakas, Enten, Zwergenten und Stelzvögel, deren Anschweben die Lagune verschönert. An diesem See verbrachte Heleno de Moura einen großen Teil seiner Zeit, die lange Angelrute in der Hand, neben sich den Faden mit den Köderfischchen. Neben Helenos Fischerhütte stand seinerzeit das Haus, in dem Zé Inácios unverheiratete Schwestern, Tudinha und Dorotéia, ihre letzten Tage verbrachten. Sie kamen bei der Überschwemmung des Jahres 1909 ums Leben; Tudinhas Leiche fand man aufgetrieben wie einen Ballon in einem Wasserwirbel, von der armen Dorotéia jedoch war keine Spur zu finden; der Zauberer Tomás war der Meinung, Dorotéias Leiche wäre nicht von den Fischen oder sonstigem Getier gefressen worden, sondern irre immer noch durch die dunklen Wasser der Lagune. Zahlreiche Leute wollten gesehen haben, wie die Tochter von Chico dem Bauern und Siá Dina, mit ihrem dicken Kropf, der ihr den bekümmerten Gesichtsausdruck ihrer Mutter verlieh, über die Lagune irrte. Sie ist das hartnäckigste Gespenst der Lagune, dann folgt dasjenige des Alípio de Melo und schließlich kommt das Gespenst des Kapitäns, Oceanos Stiefvater. Die Siedler im Gebiet der Schwarzen Lagune, die den Platz für nicht geheuer halten, erzählen von dem Gespenst des Kapitäns, es pflege früh morgens zu erscheinen, wenn die Lagune aussieht wie ein riesiger Kessel voll siedenden Wassers und ihre Dämpfe aufsteigen bis zu den Baumwipfeln, bis zu den Lianen, die sich über das dunkle Wasser neigen und mit ihm Verbindung suchen – um diese Stunde, sagen sie, erscheint die verschwimmende Gestalt des Kapitäns in der Uniform der Handelsmarine, die krumme Pfeife im Mundwinkel und mit einem krausen grauen Backenbart.

So sah ich die Lagune zum ersten Mal und fragte Zeca: »Ist das dort unten der São Francisco oder hält mich der Teufel zum Narren?«

Zeca lachte: »Wir wollen ein bißchen näher gehen, damit Sie die Lagune besser sehen können.«

Und es war wirklich nicht der São Francisco, sondern eine riesige Wassermulde: das schwarze Wasser benetzte die Ufer; Inga-Bäume, Ipés, Trauerweiden, Zypressen, Palmen, Kokosbäume, Brotbäume und Zwergpalmen warfen ihre Schatten über die Ufer, und das Wasser dampfte am frühen Morgen, als ob es siede. Es soll Leute geben, die in der Lagune baden, aber ich – Gott steh' mir bei, die heilige Jungfrau bewahre mich vor dieser bösen Stunde! – ... seit ich diese Lagune anschaute, spürte ich ein Schaudern. Ich erriet wohl die Schädelversammlung, die dort insgeheim unter dem Wasser haust. Wenn ich mitten in der Nacht an der Lagune einen Dienst zu verrichten habe – wir werfen die Toten nur tief in der Nacht dort hinein, nachdem wir ihnen vorher Steine mit Ketten an den Leib gehängt haben – gebe ich Chicão Fio Befehl, um keinen Preis der Welt aus meiner Nähe zu verschwinden. Und wenn ich der Lagune den Rücken kehren kann, fühle ich mich wie ein neuer Mensch.

Das Schlimmste, was mir passierte - schlimmer als die Nacht, in der wir dem armen Kapitän die Lagune zum Geschenk machten, damit er wieder ein Schiff kommandieren konnte – geschah in der Nacht nach dem Tod des Geschäftsführers der Bank von Friburgo; da ließ der Hauptmann mich in sein Auto einsteigen und fuhr mit mir an die Schwarze Lagune. Und dort, am Ufer des großen Sees, zog mich der Mann in ein langes Gespräch, bis der Morgen graute. Stellen Sie sich vor, wie nervös ich war, welche Angst ich auszustehen hatte! Allmächtiger! Ich glaube, wenn ich mir davon hätte etwas anmerken lassen, hätte der Hauptmann zu dem Chef seiner Leibwächter kein Vertrauen mehr gehabt. Er hätte bestimmt nicht geglaubt, daß ich zwar vor keinem Lebenden ausrücke, auch nicht wenn ich unbewaffnet bin und der andere mit dem Revolver auf mein Herz zielt, aber vor Toten! Heilige Jungfrau! João Avelino leiht Einundsiebzig den Arm, und der hat einmal dort gestanden, um den Toten in Empfang zu nehmen!

Oceano hatte seinen Wagen in der Nähe der alten Fischerhütte seines Vaters geparkt. Seit dem Tod seines Vaters lag der Platz verlassen da; nur Luísa geht dort manchmal fischen, in Begleitung ihres Vertrauensmannes Nonó. Oceano trat mit dem sicheren Schritt des Ortskundigen in die Hütte, wandte sich in eine Ecke und zündete die Öllampe an.

In der Hütte steht kaum etwas. Die Hausleute berichten, daß Hauptmann Heleno dort viele Tage beim Angeln zuzubringen pflegte; wenn Dona Paula einen Negerjungen schickte, um ihn holen zu lassen, schoß er zweimal in die Luft, um den Boten zu verscheuchen; viele Verbrechen des Hauptmanns sollen hier ersonnen oder ausgeführt worden sein. Die Leute sagen, der Hauptmann habe seinen eigenen Halbbruder getötet, das einzige Kind seines Vaters Zé Inácio von seiner zweiten Frau. Wegen Erbstreitigkeiten, so heißt es, hat der Hauptmann seinen jüngsten Halbbruder in dieser Hütte umgebracht; Hauptmann Oceano und ich redeten kein Wort – wir hörten den quarrenden Kröten und den zirpenden Grillen zu.

In dieser Nacht wurde dir klar, daß Oceanos Rache mit dem Mord an dem Bankgeschäftsführer noch nicht zu Ende war. Nachdem sie einmal in Gang gekommen war, konnte niemand ahnen, wer von ihr verschont bleiben würde.

Aber nicht ich habe dem Hauptmann seinen Verdacht eingegeben, wie Dona Paula glaubt und mir auf den Kopf zugesagt hat. Der Hauptmann begann an seiner Frau zu zweifeln, als sein Sohn Heleninho sich darüber beklagte, daß die Mutter sie in Friburgo zum Spaziergang in den Park schleppte, selbst wenn es ihnen zu kalt war, und sich dort mit einem »gewissen Fábio« traf.

Eines Tages ließ mich der Hauptmann auf die Veranda von Degrêdo rufen und fragte mich, warum die Männer seine Frau nicht in Frieden liessen. Ich verhielt mich ganz still und muckste mich nicht. Ich war nicht so töricht, etwas zu sagen, was den Hauptmann ärgern konnte. Er redete und redete und, während er sprach, dachte ich mir mein Teil; bis ich alles begriff. Dona Maria Corina ist wirklich eine schamlose Person, aber selbst wenn der Hauptmann mit einer Heiligen verheiratet wäre, würde er die gleiche Eifersucht, die gleichen Wutanfälle, die gleichen Haßausbrüche erleben wie jetzt. Der Hauptmann ist von Natur aus mißtrauisch, es nützt nichts, wenn man ihm treu ergeben ist. Ich erinnere mich an den Tag, an dem er mir erklärte, der Kapitän müsse verschwinden, denn er sei in Maria Corina verliebt. Ich bekam einen gewaltigen Schrecken, und als ich meinen Mund wieder zuklappte, gab ich ihm zu verstehen, es wäre wohl das Beste, dem Alten eine unangenehmere Sache zu ersparen, ihm eine Tracht Prügel zu verabreichen und ihn anschließend in den Zug zu setzen. Ich garantierte dafür, daß er nicht wieder in Parada de Deus aufkreuzen würde.

»Wollen Sie den *Dienst* nicht übernehmen?«, fragte Oceano und wandte sich zu mir um. Er sah verschlossen aus, und seine Brauen hatten sich an der Nasenwurzel zusammengezogen.

Das genügte, um mich auf andere Gedanken zu bringen. Ich tat alles, wie er es verlangt hatte, und wenn ich in der Folgezeit Geschichten über Maria Corina erfand, so nur deshalb, weil ich dem Hauptmann bei der Rückkehr von meinem ersten Überwachungsauftrag berichtete, ich hätte nichts Verdächtiges bemerkt – und was geschah? Der Mann wurde zum wilden Tier, er schnaubte vor Haß, nannte mich Ochse, Idiot, Schwachkopf, Sohn von diesem und jenem, ich sah schon die Stunde kommen, wo er mich heftig schlagen würde. Von da an beging ich diesen Fehler nicht mehr. Ich kehrte immer mit einer »Entdeckung« heim und hatte eine hübsche Geschichte auf der Zunge, die ich mir über Maria Corinas »Schamlosigkeit« aus den Fingern gesogen hatte.

Nur über den Geschäftsführer der Bank von Friburgo brauchte ich nichts zu erfinden. Es war der kleine Heleninho, der seine eigene Mutter anschwärzte: so ist es gewesen.

Als der Hauptmann beschloß, diesen Mann umzubringen, rief er mich in sein Arbeitszimmer auf der Fazenda und erklärte, er führe nach Friburgo, um diese Angelegenheit abzuschließen. Ich war am Vorabend von dorther zurückgekehrt und hatte ihm berichtet, ich hätte Dona Maria Corina und besagten Herrn im Kino erblickt und in einem örtlichen Käseblatt wäre ein Gedicht dieses Fábio erschienen, das einer M.C. gewidmet war – alle Leute in Friburgo wußten, daß damit nur Maria Corina gemeint sein konnte. Als der Hauptmann das hörte, zog er sein Taschentuch und trocknete sich die Mundwinkel ab, in denen Speichel stand, und er konnte seinen Mund kaum finden, weil seine Hand zu stark zitterte. Es dauerte nicht lange, und er ließ seinen Bruder Indinho rufen. Da begriff ich, daß er, der Hauptmann, sich selber sein Recht holen wollte. Ich bot ihm noch freiwillig an: »Hauptmann, überlassen Sie die Sache doch mir und Chicão Fio: Sie brauchen sich in diese Dinge nicht einzumischen.« Aber er gab mir nicht einmal Antwort, so sehr war er in seine Gedanken vertieft. Es dauerte nicht lange, und Siô Indinho erschien; er sah aus wie ein Mensch, der Gespenster erblickt hat, seine Lippen waren weiß, sein Gesicht aschfahl, er, der sonst eher wie ein Deutscher aussieht, so viel Blut hat er im Gesicht. Sie schlossen sich eine Zeitlang im Arbeitszimmer ein, und als sie wieder herauskamen, sagte der Hauptmann: »Einundsiebzig, ich verreise jetzt, in zwei Tagen bin ich wieder zurück.« Im gleichen Augenblick betete ich ein Ave Maria für die Seele von Dr. Fábio.

Zwei Tage später war der Hauptmann wieder da, wer ihn anschaute, hätte gar nicht meinen können, daß dieser Mann einen anderen »umgelegt« hatte, mit drei Schüssen, und von Angesicht zu Angesicht – es sah so aus, als wäre der Hauptmann nach Rio oder sonstwohin gefahren, um irgendwelche Geschäfte zu erledigen. Als ich sah, wie der Hauptmann, die Hände in den Taschen, von der Veranda aus die Landschaft betrachtete, kamen mir sogar Zweifel, ob er die Tat wirklich begangen hatte, als ich den Mann so beherrscht sah, fiel mir der Vorfall aus Santo Antônio do Pomba wieder ein. Der Hauptmann wurde zum Präfekten von Santo Antônio ernannt, und das gab eine gewaltige Aufregung. Man stelle sich vor, ausgerechnet in Pomba, dessen großmächtiger Chef Dr. Antônio Carlos de Freitas lieber mit dem Teufel verhandelt als mit dem Hauptmann, ausgerechnet dort wurde er zum Präfekten ernannt – ich glaube, dem Hauptmann war nur daran gelegen, sich mit Dr. Antônio Carlos anzulegen, weil dieser in Niterói und in Rio seinen ganzen Einfluß aufbot, damit die Trennung von Parada de Deus von Santo Antônio do Pomba unterblieb; und wenn die Revolution nicht gekommen wäre, zahlte Parada de Deus möglicherweise noch heute Steuern an die Faulpelze von Santo Antônio – aber wie gesagt, kaum war der Hauptmann ernannt, so gab es einen tollen Wirbel. Die dortigen Einwohner meinten, Gott könne leichter das Weltende kommen lassen als der Hauptmann sein Amt in Santo Antônio übernehmen. Damals hat der Einundsiebzig, als alter Vertrauter seines Herrn, so leicht Geld gewonnen, als hätte er die Hand in anderer Leute Taschen gesteckt und ihnen die Börse weggenommen. Ich glaubte nicht eine Sekunde lang, daß der Hauptmann auf seinen Amtsantritt als Präfekt von Santo Antônio verzichten würde. Man braucht nur eine Minute lang mit dem Hauptmann gesprochen oder ihn angeschaut zu haben, und man weiß, daß er kein Mann ist, der vor einer Drohung zurückschreckt.

Da sagte ich zu meinen Rockknöpfen: »Einundsiebzig, leih dir Geld, wenn es nötig ist sogar beim Pater, aber ich mache jede Wette, diese Scheine hast du in der Tasche.« Und ich wettete wirklich mit Hinz und Kunz, aber da packte mich auf einmal die Angst, ich könnte meine Wetten gewinnen und doch nicht mehr am Leben sein, um das Geld einzutreiben; zum Glück erklärte mir der Hauptmann, am Tag seines Amtsantritts brauche er seine Leute nicht. Mit Gott als alleinigem Begleiter trat er sein Amt an: genau so geschah es, viele Leute wollten es nicht glauben, aber es war genau so. Der Mann stieg in seinen Wagen, setzte seinen großen Hut ab und statt dessen einen Angeberhut auf den Kopf und fuhr los, allein mit Gott: Sogar Dona Paula, seine eigene Mutter, hatte den Hauptmann gebeten, nicht zu fahren, aus Angst, er könnte ermordet werden. Nur Dona Maria Corina lachte einfach (ich glaube, im Grunde betete sie zu Gott, ihr Mann möchte umkommen, damit sie sich auch in Zukunft amüsieren könnte), ohne sich darum zu scheren, ob ihr Mann umkommen würde oder nicht. Die Freunde und Wähler des Hauptmanns jedoch sahen ihn an jenem Tage mit Sorge abfahren; sie waren überzeugt, daß man den Hauptmann abknallen würde, sobald sein Wagen in Santo Antônio einfuhr. Wir folgten ihm erst mit großem Abstand, weil der Hauptmann Wert darauf legte, daß seine Freunde und Bediensteten erst viel später ankämen. Ehe er abfuhr, legte er uns ans Herz, wir sollten erst schießen, wenn er uns Erlaubnis dazu gäbe. Als wir daher nach Santo Antônio kamen, war alles Wichtige schon geschehen.

Oceano fuhr in seinem Ford mit offenem Verdeck in Santo Antônio ein; er blickte starr geradeaus, als gelte seine Aufmerksamkeit nicht der Straße, sondern dem Motor oder dem Metallzierat an der Öffnung des Benzintanks. Die Bewohner von Santo Antônio sahen ihn vorbeifahren, aber im ersten Augenblick erkannte ihn niemand, weil es so unglaublich schien, daß Oceano dem gesamten bewaffneten Aufgebot von Antônio Carlos Leite de Freitas, seinem Todfeind, trotzen würde. Als sich die Einwohner der Stadt von ihrer Überraschung erholten, hielt Oceano bereits vor dem Rathaus, einem alten, verblichenen, zweistöckigen Bauwerk mit einer aufwendigen Treppe aus imitiertem Marmor, öffnete ruhig den Schlag, sprang heraus, als wäre das ein ganz alltäglicher Vorgang und als kenne er nicht die Gefahr, der er sich in diesem Augenblick aussetzte. Selbst als der erste Schuß fiel und neben ihm vom Boden abprallte, ging er ruhig weiter, ohne nach rechts oder links zu schauen, als wäre er blind oder taub – oder wahnsinnig.

Sogar Dr. Antônio Carlos' Leibwächter staunten über den Mut und die Ruhe des Hauptmanns; der eine oder andere von ihnen schoß zwar weiter, wollte aber nicht mehr treffen und konnte wohl kaum mehr zielen, weil die Bestürzung zu groß war. Einige Zeit später unterhielt ich mich mit einem von ihnen in São Fidélis, und der Mann erklärte mir, auch wenn das Volk von Santo Antônio in diesem Moment nicht die Partei des Hauptmanns ergriffen hätte, so wäre es ihnen doch unmöglich gewesen, auf ihn zu schießen, weil sie alle zu verwirrt gewesen wären. Als wir eine halbe Stunde später in Santo Antônio eintrafen, ging ein Gemurmel durch das vor dem Rathaus versammelte

Volk; es klang wie ein Gebet. Der alte Tomás, der Zauberer vom Dienst, hat mir später erklärt, der Hauptmann gleiche seinem Urgroßvater, Chico dem Bauern, dem Gründer von Parada de Deus. Es heißt, daß er unverwundbar war; so genau man auch auf ihn zielte, der Mann stand unter dem Schutz von Christkönig, oder von sonst jemandem, und mit dem Hauptmann ist es ebenso. Können Sie es sich sonst erklären, daß an jenem Tage in Santo Antônio sogar die Schüsse im Lauf steckenblieben?

Als Dr. Antônio Carlos und der Stiefvater des Hauptmanns ihm an der Straße nach Santo Antônio einen Hinterhalt legten, konnte der Heckenschütze aus der kurzen Entfernung gar nicht vorbeischießen: und wer war dieser Schütze? – Eusébio Gatilho, der beste weit und breit, das weiß der Himmel! Aber der Schuß ging daneben, alle Schüsse gingen daneben, und bis heute sagen alle, die den Gatilho kennen, er selbst könne sich nicht erklären, warum er seinen »Auftrag« nicht ausführen konnte.

Ich weiß, Christkönig schützt den Hauptmann, das ist das ganze Geheimnis, Tomás hat es mir gesagt. Nur so kann ich begreifen, wie der Hauptmann in Santo Antônio mit dem Leben davonkam, als er eine ganze Leibwächterschar auf dem Halse hatte. Wieder auf Degrêdo zurück, erklärte mir der Hauptmann, er hätte nicht einen Augenblick gedacht, daß ihn die Schüsse treffen könnten. »Ich glaube an Christkönig, Einundsiebzig«, erläuterte er mir ganz ruhig, als wäre die ganze Schießerei ein Kinderspiel gewesen.

»Ich habe noch einiges auf der Welt zu beschicken«, sagte er zu mir, es ist nicht viel, aber es sind doch ein paar wichtige Dinge darunter: und außerdem – nur ich und niemand anders kann sie zu Ende bringen, verstehst du mich?«

Nun gut, ich bezweifle gar nicht, daß der Hauptmann unter Gottes Schutz steht. Das habe ich ihm auch schon gesagt, und ich glaube, er freute sich darüber, denn er wurde ganz lebhaft, er, der sonst ruhiger ist als eine Kobra, die einen Ochsen verdaut, und er fragte mich, wie ich das erraten hätte. Am gleichen Tage bat ich ihn um einen Vorschuß, und er zuckte nicht mit der Wimper.

Der Hauptmann hält die Hand auf dem Geld, aber zwei Menschen besitzen den Schlüssel zu seinem Geldschrank. Der eine Mensch ist Dona Maria Corina, sie bekam so viel Geld wie sie brauchte für ihre Eskapaden, ihre Reisen und ihre Kleidung, der andere Mensch bin ich – ich glaube kaum, daß irgend jemand aus dem Hauptmann so viel herauszieht wie ich in den letzten Zeiten aus ihm herausgezogen habe. Wenn ich nach Friburgo oder nach Rio reisen mußte, um Dona Maria Corina zu beschatten, bat ich jedesmal um ein hübsches rundes Sümmchen, der Hauptmann machte zwar ein böses Gesicht, aber er rückte die Banknoten schließlich doch heraus.

Weil ich gerade vom Geld rede, kommt mir in den Sinn, wie töricht doch eine Frau sein kann, wenn sie mit Leib und Seele sündigt: niemand kann sich vorstellen, auf wie großem Fuß Dona Maria Corina gelebt hat. Mein Himmel, das waren Feste und Huldigungen! Ich habe in meinem Leben keine Frau gekannt, die mehr gefeiert worden wäre, nicht einmal die Frau des Staatspräsidenten, das steht fest. Der Hauptmann mag seine Eigentümlichkeiten haben, das leugne ich nicht, aber er ist ein Ehrenmann, treu wie Gold und er liebte sie wie ein verliebter Jüngling. Eines Tages sah ich, wie sich der Hauptmann – der allmächtige Oceano de Moura Alves, der reichste Mann von Parada de Deus! – hinter einem Baum, an einem Felsen nahe bei Degrêdo versteckte, um Dona Maria Corina in ihrem Zimmer zu beobachten, wie ein blutjunger Bursche, wenn er zum ersten Mal verliebt ist.

Sehen Sie, in der Nacht an der Schwarzen Lagune, als der Hauptmann und ich in der Fischerhütte seines Vaters saßen, merkte ich, daß er immer noch bis über beide Ohren verliebt war. Obwohl der Hauptmann ganz genau wußte, daß ihm seine Frau Hörner aufsetzte, liebte er Dona Maria Corina immer noch – ich habe ihm das natürlich nicht gesagt, weil ich weiß, er hätte mich umgebracht – und ich weiß nicht, ob er je imstande sein wird, sie nicht mehr zu lieben. Er ist unrettbar in sie verliebt, und das Schlimme ist, daß er nie den Mut gehabt hat, ihr das zu sagen. In der Nacht an der Schwarzen Lagune sagte er zu mir:

»Ich habe es ihr niemals gestanden« – das Licht der Öllampe fiel auf seine linke Gesichtshälfte, die vorspringende Nase, die dicken Lippen, die jedes Wort wiederzukäuen schienen – »ich habe das mit allen Kräften vor ihr verborgen. Ich habe mich niemals gefragt, ob das richtig war oder falsch, nein: wenn ich das aussprechen würde, was ich hier im Inneren für sie fühle, dann, ja, dann wäre ich gewiß verloren: ich habe mich in all diesen Ehejahren verhalten wie ein Krake und immer versteckt, wenn die Gefahr bestand, daß Maria Corina meine Liebe zu ihr bemerken konnte. Manchmal fragte sie mich lachend: ›Warum beobachtest du mich immer so mißtrauisch, wie jemand, der etwas aus mir herauspressen will?‹ Dann war ich gezwungen, mich noch mehr zu verschließen und streng zu bleiben, weil ich überzeugt war, nur so würde sie mich respektieren; je weniger sie wüßte, wie sehr ich sie liebte, desto größer würde ihr Respekt vor mir sein. Ein Mann wird nur respektiert, wenn er Furcht verbreitet – die Liebe schafft das nicht. Ich hoffte immer, Maria Corina würde mich auch ihrerseits ein wenig lieben, aber inzwischen habe ich diese närrische Hoffnung aufgegeben: Maria Corina will nur bewundert werden, daher ist sie so schrecklich eitel, die Bewunderung ihres Mannes genügt ihr nicht, sie möchte von allen Männern umschwärmt werden, mit weniger gibt sie sich nicht zufrieden. Pater Antônio Vieira hat einmal gesagt, es sei besser, jemanden herzlich zu verabscheuen als ihn schlecht zu lieben – und darin habe ich mich geirrt: ich wollte, daß Maria Corina sich mir gegenüber spontan verhalten sollte; deshalb wollte ich sie in dem Glauben wiegen, sie wäre frei und könne sich ungehemmt bewegen, beinahe wie ein unverheiratetes Mädchen. Ich habe ihr eine Freiheit gegönnt, die ihr nicht einmal ihr Vater Nhonhô gelassen hat: bei ihm durfte sie überhaupt nicht tanzen, bevor sie nicht verheiratet war. Ich habe immer ein strenges Gesicht aufgesetzt, damit sie nicht merken sollte, daß ich alles, was ich tat, aus Liebe zu ihr tat. Ich schaffte Mamás Grammophon nach Degrêdo, damit sie mir das Tanzen beibringen sollte, aber das alles hat mit einem völligen Mißerfolg geendet, und es wäre besser gewesen, ich hätte sie zu einem anständigen Lebenswandel gezwungen: dann hätte ich ihr und mir viele Unannehmlichkeiten erspart!«

Es wäre eine Übertreibung, wenn ich behaupten würde, ich hätte damals alle seine Worte verstanden, jedoch verstand ich sehr wohl ihren Sinn: der Hauptmann beklagte sich über etwas, was er provoziert hätte, auch wenn es gar nicht vorhanden gewesen wäre. Denn der Hauptmann kann nur lieben, wenn er eifersüchtig ist, und er ist nicht der einzige, der so empfindet: die übrige Familie macht es genauso: sogar Dona Dorotéia ist eifersüchtig auf ihren Juca Biá, obwohl der Mann häßlicher ist als es die Polizei erlaubt, deshalb ist sie auch schlecht zu sprechen auf ihre Schwägerin, denn der arme Juca schwärmt von Dona Maria Corina. Auch davon sprach der Hauptmann in jener Nacht:

»... Da ist noch etwas anderes: alle Männer nehmen sich das Recht heraus, sich in meine Frau zu verlieben. Als ich bei dem Bankett zu Ehren meiner Amtsübernahme als Präfekt bemerkte, daß sogar Juca Biá meiner Frau den Hof machte, begriff ich, daß alles verloren war. Und daran ist sie allein schuld: sie ist glücklich, wenn sie umschwärmt wird, selbst wenn die Huldigung von einem Vagabunden, einem Krüppel oder einem Geisteskranken kommt. Maria Corina ist alles recht, sofern nur ihre Eitelkeit befriedigt wird.« So sprach Oceano zu dir, und du hörtest ihm stillschweigend zu, versuchtest ihn zu verstehen und kämpftest gleichzeitig mit der Angst, die dir die Schwarze Lagune einflößte: in der Hütte roch es nach Schimmel und Feuchtigkeit; in einer Ecke standen noch ein paar Angelruten, die dem verstorbenen Hauptmann Heleno de Moura gehört hatten.

Es ist keine Ausgeburt meiner Fantasie, das schwöre ich bei der allerheiligsten Jungfrau: während der ganzen Zeit unseres Beisammenseins war mir so, als hörte ich eine Frau ein kleines Kind in den Schlaf singen. Endlich hielt ich es nicht mehr aus und fragte den Hauptmann, ob er nicht auch etwas gehört hätte.

»Das ist meine Tante Dorotéia, die in der Lagune ertrunken ist«, sagte er, »ihre Leiche hat man nie gefunden. Nachts erscheint sie den Leuten, die hier in der Nähe wohnen, und gleitet mit einem Kind über die Gewässer der Lagune – wahrscheinlich ist es ihr Patenkind, ein Sohn meines Großvaters Zé Inácio von seiner ersten Frau, der im Alter von zwei Jahren verstorben ist.«

Der Hauptmann redet von solchen Dingen, als spreche er von der nächsten Kaffee-Ernte. Er hat vor niemandem Angst, nicht einmal vor denjenigen, die auf seinen Befehl oder auf Geheiß seines verstorbenen Vaters in der Lagune verschwunden sind – er hat nicht einmal Gewissensbisse. Ich bin nicht so wie der Hauptmann, auch nicht wie Chicão Fio oder João Congo: solange mein Feind am Leben ist, bin ich sogar fähig, sein Blut zu trinken, wenn er aber gestorben ist, betet niemand rascher ein Vaterunser für die Seele des Unglücklichen als ich. Von Stund an respektiere ich den Verstorbenen und seine arme Seele und fordere diesen Respekt für ihn, bei Gott!

Der Hauptmann hingegen ist ein Mann der Extreme: wem er einmal Feind wird, der ist sein geschworener Feind für immer, selbst in der Ewigkeit. Ich möchte lieber, Gott steh mir bei, beim Teufel selber in Ungnade fallen als den Ärger des Hauptmanns erregen. Ich weiß nicht, woher Dona Maria Corina den Mut genommen hat, ihrem Mann Hörner aufzusetzen, so ungeniert, als ob es nicht seit der Erschaffung der Welt verboten wäre, daß eine Frau ihren Mann betrügt. Ich habe sie gesehen, wie sie, die Kinder an der Hand und ihren Liebhaber neben sich, auf dem Marktplatz von Friburgo spazierenging: sogar nach Parada de Deus wagte sich dieser Mensch, er hatte nur nicht den Mut, sich dem Hauptmann persönlich bekanntzumachen, das fehlte noch!

Jetzt haben wir das Ergebnis vor unseren Augen: ihr Liebhaber liegt unter der Erde, und sie – davon rede ich besser nicht: die Wände haben Ohren, und diese Angelegenheit betrifft nur den Hauptmann und niemanden sonst.

Ich kann nur eines feststellen: Dona Maria Corina hat alles getan, um ihr jetziges Leiden zu verdienen; mir soll niemand kommen und sagen, sie hätte nicht gewußt, daß der Hauptmann krank war vor Eifersucht. Ich kann das nicht glauben. Man braucht ihn sich doch nur anzuschauen, um klar zu sehen, daß er der Typ des mißtrauischen Menschen ist, und Eifersucht ist ja nichts anderes als eine Form des Mißtrauens.

Dona Maria Corina hat alles getan, um ihr Schicksal zu verdienen: das ist meine Meinung. Wenn sie nun in einer anderen Familie Ehebruch getrieben hätte, mag es sein, daß sie davongekommen wäre, aber einen Moura Alves betrügen und dazu noch den Hauptmann Oceano ...

Ich glaube, nur ein einziger Mensch könnte Dona Maria Corina retten, und er wird keinen Finger für sie krümmen: Dona Paula ist nämlich der Meinung, ihre Schwiegertochter habe ihre Ehe mit dem Kapitän auf dem Gewissen, der ebenfalls in Maria Corina verliebt gewesen ist. Der Kapitän hatte sich seinerzeit mit den Leite de Freitas aus Santo Antônio zusammengetan, und beide bezahlten den Eusébio Gatilho, damit er den Hauptmann auf dem Wege nach Santo Antônio überfallen sollte. Als ich das dem Hauptmann in Gegenwart von Dona Maria Corina berichtete – es geschah mit voller Absicht –, hätte sie mich vor Haß beinahe umgebracht: sie nahm den Alten in Schutz, weil er gewiß zu jener Zeit schon ihr Liebhaber war.

Dona Maria Corina tut mir nicht leid; ich warte seelenruhig ab, welches Schicksal der Hauptmann ihr zugedacht hat. In meinem Inneren glaube ich es schon zu kennen. Möchten Sie mit mir wetten?

In den Augen des Volkes von Parada de Deus hatte Chico der Bauer und kein anderer Zeca Araújo und den Indio Jipará Taratatu getötet, nur Heleno de Moura kannte den wahren Hergang, den ihm Zé Inácio berichtet hatte, und in jener Nacht, als das elektrische Licht eingeweiht wurde, entsann er sich daran. Je mehr er sich das Leben Chicos des Bauern vergegenwärtigte, desto deutlicher begriff er, welchen Auftrag er in der von ihm gegründeten Stadt zu erfüllen hatte: er mußte das alte Erbgut schützen, die Zitadelle der Moura Alves, und das Führungsprivileg für seine Familie bewahren. Auch bei dem Kampf um die Trennung der Stadt Parada de Deus von der Gemeinde Santo Antônio wollte er nicht zulassen, daß ihn jemand bei der Lenkung dieser Bewegung ersetzte, die ihr Ziel noch erbitterter verfocht, seit Heleno de Moura mit dem Italiener Ângelo Crespi gemeinsame Sache machte. Jeder von beiden kämpfte auf seine Weise um diese »Trennung«; der Italiener brachte seinen Einfluß als reicher Mann und persönlicher Freund des Staatspräsidenten ins Spiel, Heleno de Moura hingegen baute auf seine Mauserpistole, auf die Wirkung seiner nächtlichen Ritte gegen Santo Antônio, bei denen er an der Spitze seiner Leibwächter, seiner Söhne und der Söhne seiner Freunde in die Rivalenstadt eindrang und blindlings in die Luft ballerte oder seine Zielkunst an den Blättern der Bäume erprobte. Auf diese Weise brachten sie manchen Tanzball zu einem jähen Ende. Sobald die Tänzer das Hufgetrappel auf der Straße vernahmen, löschte der Wirt eilig die Lichter, weil sie die erste Zielscheibe für Hauptmann Helenos Reiter bildeten.

Ângelo Crespi gab Heleno de Moura die Schuld daran, daß sie die ersehnte Trennung noch nicht erreicht hatten; jedesmal wenn er seine Überredungskünste bei dem Präsidenten aufgeboten hatte, änderte dieser seine Meinung, wenn eine Nachricht von einem neuen Streifzeug Helenos nach Santo Antônio eintraf. So kam es, daß sich die Honoratiorengruppe, die sich nach alter Sitte auf den Rohrstühlen vor dem Hotel »Mutter Joana« zusammenfand, mit der Zeit von Heleno abwandte, nicht mit offener Feindseligkeit, aber doch so distanziert, als ob Heleno immer noch der Sohn der Sklavin Isaltina wäre und nicht der Hauptmann Heleno von der Nationalgarde, der Besitzer von Gratidão, Degrêdo, Cachoeira, Santana, Lagoa Preta und Santo André. Heleno merkte diese Entfremdung, zog sich seinerseits zurück und schrieb diese Zurückweisung durch die alteingesessenen Familien der Stadt den Intrigen des verdammten Makkaronifressers zu. Mit den Caetano de Melo hatte er ohnhin nichts im Sinn; nach dem Mordversuch des Bediensteten von Temístocles de Melo ließ er den Speicher in Brand stecken, in dem der Pflanzer seine kleine Kaffee-Ernte untergebracht hatte. Mit den Gonçalves Ribeiro lag er in offenem Kampf, seit der alte Rodrigo den Gatten seiner Tochter, den Anwalt João Alfredo de Oliveira, unterstützte; dieser plädierte vor Gericht im Namen von Helenos Halbbrüdern Romão und Medinha auf die Rückgabe der Fazendas, mit der Behauptung, Heleno habe den alten Zé Inácio unter Druck gesetzt, damit er die Quittungen unterschrieb, die das Besitztum in Helenos ausschließliches Eigentum verwandelten. Die Familie Arzão wiederum hielt er für falsch und verschlagen, vor allem den einbeinigen Tonico Arzão, der ständig an einem Zigarrenstummel kaute und im Hause des verdammten Makkaronifressers verkehrte, wo er die Nudelspeisen mit Chiantiwein begoß; aus dieser Familie nahm er nur Luzia Arzão, Luísas Patin, aus und vor allem Dom Raimundo Arzão, den fetten Mulatten, Stolz von Parada de Deus und Bischof der Diözese Campos; Heleno achtete die Patres, ließ ihr Gelände ungeschoren, hielt Sonn- und Festtage ein und versäumte keine Messe, jedoch ging er nie zur Beichte, obwohl ihn Paula lebhaft dazu drängte.

»Sei nicht töricht, Frau«, sagte er zu ihr, indem er phlegmatisch an seinem Zahnstocher kaute, »hast du je einen Tuberkulosekranken gesehen, der seine Krankheit zugegeben hätte?«

Nur bei Dom Raimundo wäre er imstande gewesen, freimütig zu beichten, und er hatte es nur deshalb nicht getan, weil ihn der Bischof nie dazu aufgefordert hatte. Angesichts dieses Prälaten dämmerte ihm die Einsicht, daß der Mensch nicht notwendigerweise Zorn, Neid, Verachtung, Haß, Wut und Bosheit im Herzen seines Mitmenschen erwecken muß. Die Gestalt Dom Raimundos zeigte ihm, daß man auf einen anderen Menschen stolz sein konnte, auch wenn er nicht sein Vater, sein Bruder oder sein Sohn war. Denn es erfüllte ihn mit ehrlichem Stolz, wenn Dom Raimundo die Kanzel bestieg und die Kirche von Parada de Deus mit seiner Donnerstimme erfüllte, die in die Ohren der Gläubigen einfiel wie die Posaunen aus der Apokalypse. Da Heleno nicht im Hause der Arzão verkehrte, empfing Dom Raimundo ihn in der Pfarrei; dort erschien Heleno mit dem Hut in der Hand, demütig und unbeholfen; er küßte dem Kirchenfürsten in aller Förmlichkeit die Hand, und wenn er wieder ging, war er ein anderer Mensch, gesprächig und zum Scherzen aufgelegt, wie man ihn sonst kaum kannte.

Als Heleno de Moura unerwartet in Rio de Janeiro verstarb und in dem gleichen Grab beigesetzt wurde, in dem schon Zé Inácio, seine beiden Frauen, seine Schwestern und seine Söhne ruhten – Chico der Bauer war unter dem Mittelgang der Kirche beigesetzt worden –, erschien Dom Raimundo höchstselbst in Parada de Deus, um die Gedenkmesse zu lesen. Viele sahen in dieser Geste des Bischofs die erklärte Absicht, durch seine Anwesenheit und eine kurze Predigt gegen Ende der Messe die Gerüchte über die näheren Umstände von Helenos Ableben Lügen zu strafen.

»Invocabis et Dominus exaudiet: clamabis et dicet: Ecce adsum«, donnerte Dom Raimundo bei der Messe des siebenten Tages von der Kanzel herunter. Er hielt seine rundlichen, dunkelhäutigen Hände über dem Überwurf gefaltet und legte zwischen jedem lateinischen Satz und der Übersetzung eine lange Pause ein, als ob er das Erstaunen der Gläubigen genießen wollte, deren Mehrheit die Worte nicht verstanden hatte.

»Ihr werdet mich anrufen und nach mir schreien, und im gleichen Augenblick werde ich zugegen sein. Praestet fides supplementum sensuum defectuir.«

Bei dieser neuerlichen Pause ließ der Bischof seinen strengen Blick über die Anwesenden gleiten, die von der Donnerstimme Seiner Exzellenz eingeschüchtert waren; er umklammerte die Brüstung der Kanzel und übersetzte mit hohler Stimme:

»Der Geist hilft unseren schwachen Sinnen auf.«

Bei diesem Predigtanfang fürchtete Oceano, der schwarzgekleidet neben seiner Mutter in der ersten Bank vor dem Hauptaltar saß, was Dom Raimundo nun noch alles sagen würde. Er spähte verstohlen zu Dona Paula hinüber, deren Gesicht von ihrem langen schwarzen Schleier halb verdeckt wurde, und bemerkte, daß ihr rechtes Auge nervös zitterte. Von nun an jedoch verlor die Predigt ihren drohenden Unterton; Oceano atmete erleichtert auf, beobachtete aber seine Mutter nach wie vor aus den Augenwinkeln. Wie weit ihr die Gerüchte, die in der Stadt über den Tod seines Vaters umliefen, zu Ohren gekommen waren, vermochte er nicht genau zu sagen.

Als das Telegramm des Bankdirektors eintraf, waren Oceano, Indinho und Pacífico im Oldsmobile des letzteren nach Rio gefahren. Noch ehe sie sich ins Leichenhaus begaben, wo Helenos Leichnam für die Bahnfahrt nach Parada de Deus vorbereitet wurde, erzählte ihnen Dr. Rubens in der Bar des Hotels Avenida die näheren Umstände von Helenos Tod.

Oceano verzog keine Miene, als Dr. Rubens erklärte, er wäre von einem der Ordnungspolizisten des Bordells gerufen worden: zu dieser Zeit hatte man schon Helenos Leichnam von der Dirne heruntergezogen. Als Dr. Rubens im Bordell eintraf, sah er die Frau; es war eine junge magere Blondine, die bestürzt in einer Ecke des Zimmers saß und vor sich hin schluchzte, als wäre sie die wahre Witwe Heleno de Mouras. Der Bankdirektor erzählte, Heleno habe nackt auf dem Bett gelegen, mit offenen, erschrokkenen Augen, als könne er selber nicht fassen, was ihm zugestoßen war. Die Besitzerin des Bordells, eine Französin, berichtete ihm, Monsieur wäre am frühen Morgen gegen sieben Uhr bei ihr erschienen und habe eine »blonde, recht junge Frau« verlangt. Da hatte sie die Zizá geweckt, die noch keine sechzehn Jahre alt war, und als das Mädchen schlaftrunken auftauchte, bemerkte sie, daß der Kunde, der auf einer Kugel oder etwas Ähnlichem kaute, sehr zufrieden war. Er schob ihr eine 10-Mil-Réis-Note in die Hand und bat, er wolle von niemandem gestört werden, und so geschah es denn auch. Gegen Mittag machte Zizá die Tür auf und ließ sich die Mahlzeit geben. Das Paar speiste im Zimmer, und so nahm das ganze Unglück seinen Anfang, sagte die Französin und verdrückte dabei ein paar Tränchen. Ein ähnliches Mißgeschick hatte sich auch einmal in einem anderen Etablissement ereignet, auch dort war einmal ein Mann auf einer Bordellreise über einer

Dirne verstorben, allerdings mit dem Unterschied, daß das betroffene Mädchen schreiend unter dem Toten aufsprang und um Hilfe schrie, während sie beim besten Willen nicht erklären konnte, warum das Dummerchen Zizá länger als fünf Stunden mucksmäuschenstill unter dem »Cher Monsieur« liegenblieb. Wenn das Dienstmädchen nicht an die Tür geklopft hätte, um das Tablett zu holen, wäre das Mädchen vielleicht noch länger in dieser Stellung verblieben. Als die Französin, vom Dienstmädchen herbeigerufen, die Tür öffnen wollte, fand sie sie verschlossen. »Ich wette, die beiden da drinnen sind gestorben«, meinte das Mädchen, gewöhnt an die Sexualverbrechen, die im Bordell vorkamen. Madame nahm den Schlüsselbund aus ihrer Rocktasche, öffnete die Tür und es bot sich ihr ein seltsames Bild, das sie anfänglich gar nicht begreifen konnte. Sie fand nur die Hautfarbe von Monsieur auffällig, sonst hätte sie rasch wieder die Tür geschlossen und tausendmal um Entschuldigung gebeten, weil sie das Paar in einer äußerst intimen Position überraschte. Sie konnte nicht genau sagen, was ihr merkwürdig vorgekommen war, der fahle Rücken im Bett oder die Regungslosigkeit des Pärchens, das sich bei ihrem Eintreten nicht überrascht zeigte, sich auch nicht umwandte, um sich die Störung zu verbitten; auf alle Fälle dämmerte es Madame, daß diese Unbeweglichkeit nichts Gutes verhieß. Sie trat langsam näher und rief leise »Zizá, Zizá«, und je näher sie kam, desto mehr wunderte sie sich, daß der Rücken sich nicht bewegte, bis sie schließlich sah, daß unter dieser Haut kein Blut mehr kreiste, und da entdeckte sie die sperroffenen, vom Schrecken geweiteten Augen »ihres Mädchens«, das die Lippen bewegte, ohne daß ein Ton hörbar wurde. Erstarrt blickten die Französin und das Dienstmädchen auf Zizá, und diese ihrerseits lugte unter Monsieur hervor auf sie, als wolle sie um Hilfe bitten, und konnte doch kein einziges Wort herausbringen. Das Dienstmädchen trat vor und rührte Monsieur an der Schulter an, zunächst sacht, dann schüttelte sie ihn, gab ihm einen Stoß und legte ihn mit dem Bauch nach oben auf das Bett. Und nun stellten sie beide fest, daß er schon vor längerer Zeit verstorben sein mußte, denn seine Kälte war auf Zizás Leib übergegangen, der unter Monsieur zu einem wahren Eisblock erstarrt war – verhüte le bon Dieu, daß sie sich eine Lungenentzündung geholt hatte, weil sie fünf Stunden lang den eisigen Leichnam auf ihrem nackten Leibe hatte.

Als Dr. Rubens die Erzählung der Puffmutter vernommen hatte, sah er sich die Ziaza oder Zizá, wie Madame sagte, etwas genauer an. Daß sie noch nicht völlig ausgewachsen war, merkte man an ihrer mangelnden Übung im lasterhaften Leben; sie schien geradezu um Entschuldigung dafür zu bitten, daß sie sich im Bordell aufhielt. Das Haar fiel ihr in Locken und kurz geschnitten über das Gesicht. Unaufhörlich entquollen Tränen ihren Augen, und ab und zu schneuzte sie sich geräuschvoll. Dr. Rubens fragte das Mädchen, ob Heleno zum ersten Mal bei ihr Kunde gewesen wäre; sie schaute ihn mißtrauisch an, säuberte sich die Nase und sagte ja, aber das habe nichts zu sagen, obwohl es das erste Mal war, hätte sie für ihn gewaltige Hochachtung empfunden, so als ob sie schon seit vielen Jahren bekannt wären. Während ihre Tränen immer weiter rannen, erzählte sie Dr. Rubens, warum der Unbekannte für sie nicht nur ein gewöhnlicher Kunde unter anderen gewesen war. Als sie beide ins Zimmer eintraten, setzten sie sich auf den Bettrand, und noch bevor er sich auszog, schaute er ihr tief in die Augen und fragte sie, wie denn ihre Mutter hieße. »Andrelina«, antwortete sie und staunte über diesen Herrn, der anders war als ihre sonstigen Kunden, die sie aufs Bett warfen, kaum daß sie ins Zimmer getreten waren, und gar nicht ihren Namen wissen wollten, geschweige denn den ihrer Mutter. Er wollte auch von ihr wissen, wo sie denn herkäme, und als sie von Barro do Pirai sprach, schlug er sich auf die Schenkel und war ganz vergnügt und sagte, er hätte gleich anfangs gespürt, gleich als er sie zu Gesicht bekam, daß er sie seit langem kenne, denn in seiner Brust habe es so sonderbar gepocht. »Wir sind nämlich aus dem gleichen Staat, meine Tochter – unsere Haut duftet nach Guavenbirnen, das ist es«, sagte er, wiederholte »Andrelina, Andrelina, Andrelina«, und sie glaubte schon fast, er hätte vielleicht ihre Mutter gekannt, die auch eine Käufliche gewesen und an Tuberkulose im Hospital verstorben war. Jedenfalls empfand sie für den Herrn mit dem langen, abwärts gezwirbelten Schnurrbart und der sanften schleppenden Stimme das ihr neue Gefühl, als wäre er gleichzeitig ein Vater und ein Sohn für sie, und sie gab sich ihm hin, als liebte sie ihn und schliefe zum ersten Mal mit einem Mann. Als Dr. Rubens nun fragte, wie denn Helenos Tod vor sich gegangen wäre, schluchzte das Mädchen stärker und sagte: »Ich habe gar nicht gemerkt, was das wirklich gewesen ist, ich dachte ..., es wäre ...« Sie schaute den Bankdirektor mit tränennassen Augen an, und ihre Lippen stammelten tonlos Worte. »Er war gerade auf dem Höhepunkt, und als ich ihn anrief, gab er keine Antwort, ich rief einmal, zweimal, dreimal, ich weiß nicht wie viele Male, bis ich schließlich abzuwarten beschloß, ob er schliefe oder tot wäre. Die Kälte war so groß, daß ich trotz dieser Decke in allen Knochen fröstele.«

Während Oceano Dr. Rubens' Bericht anhörte, dachte er mit Sorge an seine Mutter; weit größere Sorge aber bereitete ihm der Gedanke an Dorotéia, die ihren Vater beinahe vergötterte: er mochte sich noch so sehr bemühen, den sonderbaren Tod des Vaters geheimzuhalten, er wußte, die Gerüchte würden bis Parada de Deus dringen. Oceano fragte sich ernstlich, warum ein Mann, der sein ganzes Leben darum gekämpft hatte, Prestige zu erringen und seine uneheliche Geburt vergessen zu machen, unter so schmachvollen Umständen ums Leben kommen mußte. Als er in einem Hurenhaus über einer Dirne starb, schien es einem mächtigen Wesen Vergnügen bereitet zu haben, Heleno de Moura in einem Augenblick der Zerstreutheit zu packen und im Handumdrehen seinen von Kindheit an geführten Kampf um Besitz und Ansehen zunichte zu machen.

Trotz Dom Raimundo Arzãos Predigt brachten die Leute für Helenos Tod nicht den gleichen Respekt auf wie für Oberst Ângelo Crespi, als dieser 1932 verstarb, infolge der abgesunkenen Kaffeepreise verarmt und Haus und Geschäft durch Hypotheken belastet. Oceano war dieser Abstieg nicht verborgen geblieben;

letztlich hatte der Teufel doch gute Arbeit geleistet! Als Heleno beigesetzt wurde, lagen Andeutungen, versteckte Hinweise, mühsam unterdrücktes Gelächter in der Luft, obwohl zur Totenwache nicht nur Freunde aus Parada de Deus und anderen Orten des Staates, sondern sogar Abgeordnete erschienen waren; Oceano bemerkte, daß sich die Leute alle Mühe gaben, ihr Wissen zu verbergen, aber dadurch wurde alles nur noch schlimmer. Als daher Dona Paula geraume Zeit später in Gratidão vor Dorotéia und Luísa auf die ganze Sache zu sprechen kam, wunderte ihn das nicht, wie es ihn auch nicht erstaunte, daß seine Mutter zum zweiten Mal heiratete. Auch das hing mit Helenos Todesart zusammen. Wenn Oceano den Tod Helenos mit dem Tod Crespis verglich, kam er zu der Einsicht, daß nicht das Geld allein Prestige erwarb. Man mußte auch im täglichen Leben streng und makellos bleiben. Zwar war das nicht Ângelo Crespis Fall, aber er starb immerhin zu Hause, umstanden von seiner Frau, seinen beiden Töchtern, Geschwistern und Neffen. Die Arteriosklerose hatte ihn ereilt, und Glied um Glied gelähmt, bis er nicht mehr essen und trinken konnte. Seine Familienangehörigen und Freunde warteten darauf, daß das Herz aussetzte, und das dauerte zwei Tage. Oceano saß an einem Bartisch gegenüber dem Crespischen Herrenhaus – eine Woche nach dem Tod des Italieners trieb die Nord-Rio-Bank auf Druck der Aktionäre Moura Alves die Hypothek ein – und beobachtete die Besucher, die von dem Sterbenden Abschied nehmen wollten. Es waren nicht die mächtigsten Männer von Parada de Deus, aber doch die Leute der guten Gesellschaft, deren Vorfahren Chico dem Bauern bei der Gründung der Ortschaft geholfen hatten: Zé Pedro Caetano de Melo, Urenkel des Feldwebels José Caetano de Melo, heute ein bescheidener Kleinbauer, dem nur noch ein kleines Stück der einstigen »Fazenda des verstorbenen Domingos Afonso« gehörte; Gonçalves Ribeiro, Urenkel des alten Quincas Gonçalves Ribeiro, dessen von Zeca Araújos Bande ermordete Schwester die Bildung der »Todesbande« bewirkt hatte, ihn ließ Oceano bei der Revolution von 1930 gemeinsam mit Zé Pedro verhaften, obwohl er sie als Führer der Trennungs-Bewegung schätzte; Alfredo Procópio Monteiro, Sohn des Anwalts Lourenço – mit ihm hatte sich Oceano überworfen, weil er den jungen Arzt in seinem Hause beherbergte, der in Maria Corina verliebt war – diese Gruppe, die Nachkommen der engsten Freunde von Chico dem Bauern, gaben bei dem Kampf zwischen Heleno de Moura und Ângelo Crespi dem letzteren den Vorzug, obwohl er naturalisierter Ausländer war. Der Frauenheld Crespi starb eines erbaulichen Todes; Pater Júlio erschien an seinem Krankenlager und reichte ihm die Kommunion, solange das noch möglich war.

Am Bartisch gegenüber von Crespis Hause sitzend, wartete Oceano auf das Ableben des Todfeindes der Familie. An den beiden Tagen, über die sich der Todeskampf hinzog, ging er weder zur Präfektur noch nach Degrêdo. Als Crespis Frau einen Schmerzensschrei ausstieß, packte Oceano die Kaffeetasse fester, weil er überzeugt war, der Tod des Makkaronifressers wäre nun eingetreten. Die Schreie häuften sich, und die Italiener aus der Unterstadt trafen im Herrenhaus ein, um ihren ehemals so mächtigen Landsmann zu beweinen, bei dessen Tod die politische Führung der Gegend in die Hände von Helenos ältestem Sohn übergehen mußte.

Während Oceano am nächsten Tag vom gleichen Beobachtungsposten in der Bar aus zusah, wie der Sarg des Italieners langsam über die Marmortreppen seines Stadthauses getragen wurde und starker Regen aus schmutzigen, niedrig hängenden Wolken über die Stadt fiel, fiel ihm auf, daß keiner der beiden großen Kämpen für die Abtrennung der Stadt Parada de Deus von Santo Antônio do Pomba die Verwirklichung dieses Traumes erleben konnte. Er hatte gerade vom Sekretär des Staatspräsidenten erfahren, daß dieser am nächsten Tag – dem 7. November 1932 – ein entsprechendes Dekret unterzeichnen wollte: sieben Jahre nach Helenos Tod und einen Tag nach Crespis Abtreten von der politischen Bühne.

Als der violett verhangene Sarg mit den goldenen Tressen an seinem Tisch vorüberzog, nahm Oceano zum Zeichen der Achtung seinen Hut vom Kopf, aber in seinem Inneren war er erleichtert; nun brauchte er nicht mehr – im Andenken an seinen Vater – Rachepläne zu schmieden, hätte es ihm doch durchaus kein Vergnügen bereitet, einen über Sechzigjährigen anzufeinden oder zu demütigen. Als freilich Dr. Adoremus zu ihm gekommen war und gebeten hatte, bei Dr. Rubens dafür einzutreten, daß die Hypothek auf Crespis Besitztümern verlängert wurde, weil sein Gesundheitszustand so schlecht geworden wäre, versprach er dem Arzt zwar, sein Möglichstes zu tun, in Wahrheit aber drang er mit dem ganzen Gewicht seiner Aktien innerhalb der Bank darauf, daß die Hypothek rasch eingetrieben würde. Auf diese Weise beschleunigte er ohne jede Gewalttätigkeit den Tod des Mannes, der seit vielen Jahren mit seiner Familie konkurrierte und unerklärlicherweise nie Opfer eines Hinterhalts geworden war. Heleno hatte nie mehr gegen Crespi unternommen als jenes Ehepaar aus Niterói angeheuert, das dem Italiener mit einem Peitschenhieb das Gesicht zerschnitten hatte. Seinem Ältesten gegenüber klagte Heleno, mit Crespi wäre jeder Schußwechsel unmöglich, weil er nie irgendeine Art von Waffen bei sich trüge. Selbst nach Heleno de Mouras Tod konnte Oceano sich zu nichts anderem entschließen als dazu, Crespis finanziellen Ruin zu beschleunigen; daß er die Aktiengesellschaft in der Nord-Rio-Bank besaß, erwies sich als das wirksamste Instrument der Rache. Während die Moura Alves die Bank praktisch in der Hand hatten und dem Italiener die kleine Frist zur Begleichung der Schulden verweigerten, hatte dieser Opfer gebracht, um die Fazendeiros, die ihm Geld schuldeten, nicht zu pfänden.

Am Nachmittag der Beerdigung – Oceano zog eben den Hut, als Ângelo Crespis Sarg von seinem Schwiegersohn und seinen Freunden vorübergetragen wurde, und der Regen fiel stärker auf die Stadt – schrie eine Frauenstimme von der anderen Straßenseite, gerade als er fortgehen wollte:

»He, Mörder, laufen Sie nicht fort!«

Oceano hob den Kopf, denn die Stimme war von oben gekommen.

»He, Mörder, haben Sie Ihre Rache genossen?«

Trotz des Regens blieben einige Leute auf der Straße stehen, schauten zum Balkon des Crespischen Hauses empor und wunderten sich, daß die Tochter des Italieners kurz nach der Beerdigung ihres eigenen Vaters so laut zu schreien wagte.

»He, Mörder, warum haben Sie nicht meinen Vater niedergeschossen und seine Leiche in die Schwarze Lagune geworfen, wie Sie es mit allen Leuten machen, die mit Ihnen und Ihrem gottlosen Vater politisch nicht einer Meinung sind?«

Da senkte Oceano den Kopf, setzte sich den Hut auf, verließ gemessenen Schrittes die Bar und rieb seine Finger gegeneinander; zum ersten Mal in seinem Leben war jemand mutig genug gewesen, ihn herauszufordern, und zum ersten Mal sah er sich gezwungen, eine Beleidigung unbestraft hinzunehmen, weil sie von einer Frau kam.

Bei der Beerdigung seines Vaters hatte sich sein Wille verstärkt, um jeden Preis die Achtung seiner Mitmenschen zu erringen. Während seiner Predigt bei der Gedenkmesse hatte Dom Raimundo davon geredet, Heleno de Moura habe ein so tadelloses Leben geführt, daß man seinen plötzlichen, schmerzlosen Tod nur als Belohnung Gottes für sein Verhalten auf Erden betrachten könnte. Oceano glaubte bei diesen Worten das Gelächter der Einwohnerschaft von Parada de Deus zu hören. Später trug man ihm zu, Crespis verrückte Tochter hätte Dom Raimundo am gleichen Tage auf der Geraden Straße getroffen und mit dem unschuldigsten Gesicht von der Welt gefragt, was er in dieser Jahreszeit in Parada de Deus suchte, wo es doch keine Firmung vorzunehmen gäbe.

»Ich bin gekommen, um die Gedenkmesse für die grundgütige Seele meines lieben Freundes Heleno de Moura zu lesen«, sagte der Bischof, während seine tiefe Baßstimme widerhallte und sein großes braunes Doppelkinn zitterte.

Ângelo Crespis jüngste Tochter war zu klein geraten und schien ständig auf den Fußspitzen einherzugehen, um nur ja an die Größeren heranzureichen; ihre Pupillen wanderten unruhig umher, als wolle sie so viele Eindrücke in sich einsaugen, daß sie schließlich gar nichts mehr richtig sähe. Nichts konnte sie davon abbringen, sich in Diskussionen einzumengen; sie schaute dabei so keck und ironisch drein, als vergnügte sie sich schon im voraus im Gedanken an den nächsten Streich, den sie gegen jemanden aushecken wollte.

»Aber Herr Bischof«, versetzte sie und setzte die Miene gut gespielter Frömmigkeit auf, »Heleno de Moura hat doch Selbstmord begangen; wie können Sie dann eine Gedenkmesse für ihn in unserer Kirche lesen?«

Als das Mädchen so redete, schaute der Bischof sie bestürzt an und wußte nicht, was er davon denken sollte. Sie schaute den Gottesmann verschmitzt an und fragte ihn:

»Wissen Sie denn nicht, Herr Bischof, wo und woran Heleno de Moura gestorben ist?« – Ohne ihm Zeit zur Antwort zu geben, fuhr sie fort: »Oder ist das etwa kein Selbstmord, wenn jemand kräftig zu Mittag ißt und dann das Dirnenviertel von Rio de Janeiro besucht? Heißt das nicht freiwillig in den Tod gehen, Dom Raimundo?«

Sie kreuzte die Arme über der Brust und blickte zu Boden:

»Entschuldigen Eure Exzellenz, daß ich einem heiligen Manne gegenüber eine so häßliche Angelegenheit angeschnitten habe. Aber ich habe von Ihrer Predigt von heute morgen gehört, und da sah ich gleich, daß Ihnen die Todesumstände Ihres Freundes unbekannt sein mußten. Und jetzt entschuldigen Sie mich: ich muß zur Kirchenchorprobe.«

Der Bischof und seine Begleiter waren sprachlos; sie blieben mitten auf der Geraden Straße stehen. Zum Glück ging gleich darauf jemand auf sie zu und erlöste sie aus ihrer Beklemmung. Tatsächlich aber suchte Dom Raimundo Oceano nie auf, um sich zu erkundigen, ob Ângelo Crespis Tochter gelogen hatte oder nicht. Dieser Vorfall vor allem bekräftigte Oceanos Entschluß, die ungetrübte Hochachtung seiner Mitbürger für sich zu erobern. Der einbeinige Tonico Arzão, der ständig auf der Lauer lag, um, die Zigarre im Mund und den Beinstumpf in die Krücke geklemmt, die geheimsten Vorgänge in Parada de Deus zu entdecken, wußte genau, daß der Stadtpräfekt keinen größeren Ehrgeiz hatte als diesen. Tonico Arzão war zugegen gewesen, als Einundsiebzig, João Congo, Dionísio Boa-Morte und Chicão Fio am Morgen nach Maria Corinas Tanz mit dem Vertreter ein Bündel zum Bahnhof schleppten, das eher einem Sack oder einer Puppe als einem Menschen glich. Er sah, wie sie ihre Last brutal in den Zug warfen und sah sie abspringen, als sich der Zug in Bewegung setzte. Am Abend erzählte er den Besuchern von Nhonhôs Apotheke, was er gesehen hatte, freilich ohne den Vorgang mit dem Ereignis am Vorabend, dem kirchlichen Ball, in Verbindung zu bringen, weil ihm der Apotheker leidtat: als Nhonhô sich später von ihnen entfernte, um ein Medikament zu holen, stemmte Tonico das Stummelbein auf die Krücke und sagte: »Ich weiß nicht, ob ihr schon erraten habt, daß der Mann, der die Prügel bezogen hat und heute morgen im Zug verstaut wurde, gestern den Mut hatte, 1000 Cruzeiros für einen Tanz mit Maria Corina zu bieten. Die junge Frau war verrückt genug, das Geld anzunehmen und zu tanzen, und wie ich heute gehört habe, ist Pater Júlio mit ihrem Verhalten völlig einverstanden gewesen. Eines ist sicher: das wird Maria Corina teuer zu stehen kommen; darauf gebe ich euch Brief und Siegel. Ich habe bis heute nicht begriffen, warum der Sohn von Heleno de Moura zuläßt, daß seine Frau sich schminkt, ein Décolleté trägt und alle Männer anlächelt. Aber jetzt verstehe ich die Geschichte: er läßt den Fisch an der Angel schwimmen, versteht ihr? Er gibt dem Fisch Leine, damit er schwimmen kann, wie er mag – eines Tages wird er die Angel einziehen, versteht ihr? Und dann geht es ihr an den Kragen ...«

– Ich bin unschuldig. Ich werde es bis zum letzten Augenblick wiederholen, auch wenn niemand meinen Worten Beachtung schenkt, ich muß es um jeden Preis sagen: ich bin unschuldig.

In all diesen Tagen, in denen ich in diesem Zimmer mit Kerzen und brennenden Lampions eingesperrt war, bin ich nur deshalb nicht wahnsinnig geworden, weil mir Christkönig beigestanden hat. Ich bin nur deshalb nicht wahnsinnig geworden, weil ich unschuldig vor Gott treten kann, denn Er weiß, daß ich Oceano nie betrogen habe, weder in Taten noch in Gedanken. Wie er auf diese Idee verfallen ist, weiß ich nicht; es muß dieser elende Hund gewesen sein, der früher als ich entdeckt hat, daß Oceano eifersüchtig ist, und entschlossen war, ihn ununterbrochen auszubeuten und auch mich zu quälen. Wenn ich heute an das Ausmaß des Unglücks denke, so kann ich es kaum fassen: ein unschuldiger Toter in Friburgo, mein Gatte ein Mörder, und ich eingesperrt in diesem Zimmer: mein Ruf ist ruiniert, ich weiß nicht, was mir bevorsteht, ich darf nicht einmal meine Kinder sehen.

»Er« hat mir erzählt, Pater Júlio wäre hier gewesen, und er behauptet, Pater Júlio wäre in mich verliebt: mein Gott, wie habe ich mich so lange über meinen Mann täuschen können?

Jede Nacht wache ich auf und höre, wie sich der Schlüssel im Schloß umdreht und sehe Oceano ins Zimmer treten: er bleibt an der Tür stehen und späht zu mir herüber, lange, unendlich lange: ich stelle mich schlafend, nur dann und wann öffne ich die Augen, um ihn zu beobachten. Da ich nachts oft husten muß – ich habe seit drei Wochen eine Erkältung, die nicht weichen will und mir diese verwünschte Heiserkeit verursacht –, benutze ich einen dieser Hustenanfälle, um so zu tun, als wachte ich gerade auf. Ich sehe ihn forschend nach mir ausschauen, als wolle er in meine Geheimnisse eindringen. Eines Tages erwachte ich, als er die Hand auf mein Herz legte und mich frage: »Wie viele Liebhaber hast du gehabt, sag es mir! Wie oft hast du mit jedem von ihnen geschlafen?« Nur daran denkt er, er ist von diesem einzigen Gedanken besessen. Es erinnert mich an den armen Kapitän, Oceanos Stiefvater, der mir in seinen letzten Tagen in Parada de Deus erzählte, meine Schwiegermutter habe ihm genau das gleiche getan. Noch immer steht mir der arme Alte vor den Augen, sein dickes, stark gerötetes Gesicht schnaufte vor Entrüstung, und er sagte zu mir: »Maria Corina, wir befinden uns in einer Familie von Geisteskranken, von Schizophrenen, gnade uns Gott!«

Erst jetzt verstehe ich, was der arme Kapitän sagen wollte: ich zweifle auch nicht mehr daran, daß er gar nicht zur Flucht gekommen ist, wie es uns Oceano und seine Brüder weismachen wollen. Der Kapitän war ein mutiger Mann und er sagte mir einmal, sein Platz wäre hier, bei seiner rechtmäßigen Gattin Dona Paula. Gewiß hat meine Schwiegermutter es zugelassen, daß ihre Kinder ihren zweiten Mann aus dem Wege räumten, und dabei haben sie, allen voran Indinho, keine Zeit verloren: Carmosina hat mir berichtet, am frühen Morgen erscheine der Geist des Kapitäns auf den Wassern der Schwarzen Lagune. Dort hinein werfen die Moura Alves ihre Feinde. Bis vor kurzem habe ich diese Dinge nicht glauben können, ich meinte, das wären Hirngespinste der Neger, aber jetzt glaube ich alles, buchstäblich alles, denn ich weiß jetzt, wozu die Moura Alves fähig sind.

Jedesmal, wenn ich Oceano in mein Zimmer treten sehe, sage ich zu mir selber: »Mach dich bereit, Maria Corina, deine Todesstunde ist gekommen.«

Von dem Augenblick an, in dem sich die Tür hinter ihm schließt, bin ich darauf eingestellt, meine Seele Gott zu empfehlen. Wenn er wieder hinausgeht, seufze ich erleichtert auf und denke bei mir: »Ein weiterer Lebenstag ist gewonnen.«

Seit Oceano dich nach Degrêdo brachte und im Hinterzimmer der Küche einsperrte, hat er seinen schwarzen Umhang und die Reithosen nicht mehr ausgezogen; sein Haar ist in diesen Tagen rasch ergraut, selbst sein Gesicht sieht eingefallen aus. »Er« hat mich bisher nicht ein einziges Mal geschlagen, aber es wäre mir lieber, er würde mich verprügeln, als das auszuhalten, was ich seit Wochen aushalten muß. Manchmal packt er meinen Kopf mit seinen Händen, als wolle er ihn zerquetschen, und sagt:

»Wenn ich doch nur die Sünde hier herausreißen könnte.«

Dann läßt Oceano deinen Kopf los und reibt seine Finger an deinem Herzen, als ob er die Haut aufschürfen wolle.

»Oder steckt die Sünde etwa hier?« So fragt er nachts in der stillen Fazenda, und obwohl wir im kalten Juni sind, schwitzt Oceano in diesen Stunden stark, als koste es ihn gewaltige Mühe, an sich zu halten und sich nicht die geringste Gewalttätigkeit gegen dich zu erlauben.

Aber ich weiß, daß diese nächtlichen Verhöre die Ohrfeigen ersetzen sollen, die er mir nicht gegeben hat. Ich weiß, daß er mich für den Rest meines Lebens hier gefangenhalten will. Denn wenn er mich umbringt, so bin ich sicher, daß er es sich niemals verzeihen wird, mich getötet zu haben. Nicht, daß es Oceano so sonderlich schwerfiele, jemanden umzubringen – sobald ein guter Grund vorhanden ist, hört Mord auf, für ihn ein Verbrechen zu sein und wird für ihn die Gerechtigkeit, die er sich mit eigenen Händen verschafft –, aber wenn Oceano mich tötet, so wird er es früher oder später bereuen, wenn er entdeckt, daß ich unschuldig bin.

Vorgestern kam er nach Mitternacht in mein Zimmer – ich hatte die Standuhr zwölf schlagen hören und war etwas eingeschlummert; ich erwachte durch das Geräusch des Schlüssels in der Tür. Ich hatte seine Befehle mißachtet und die Lampions und Kerzen in der Hauskapelle gelöscht; deshalb rief er, kaum daß er die Tür geöffnet hatte:

»Bist du da?« Das rief er laut und war sehr erregt. Du gabst keine Antwort und regtest dich nicht. Oceano nahm sich nicht die Mühe, einen der Lampions anzuzünden; er blieb eine Zeitlang an der Tür stehen, schloß sie von innen ab und kam dann auf dein Bett zugeschritten; du lagst ganz still und sahst nur, wie sein riesiger Schatten näher kam.

In diesem Augenblick hatte ich keine Angst vor ihm, ich hatte eher den Eindruck, meine Brautnacht wäre zurückgekehrt, als wir beide im Dunkeln lagen und einer Angst vor dem anderen hatte. In jener ersten Ehenacht hatte mir Oceano die merkwürdige Frage gestellt, die ich damals nicht verstanden habe. Erst jetzt erkenne ich, welche Gefahr sie in sich barg. Mehrmals bat er mich damals, ich »solle ihm *seinen* Namen sagen, damit er, Oceano, den Betreffenden töten könne«. Ich war so harmlos, daß ich gar nicht begriff, was er damit meinte: ich versuchte diese Frage zu vergessen, und wenn sie mir doch wieder einmal einfiel, dachte ich, er hätte den Arzt Raúl, den Gast der Monteiros, damit gemeint, um dessentwillen er mit dieser ganzen Familie brach.

Oceano beugte sich über das Bett und tastete die Laken ab, bis er dein Bein berührte. Die Berührung rief keinen Widerwillen hervor; Hand und Bein rührten sich nicht: Oceano beugte sich über mich und erdrückte mich mit seinem Gewicht; ich hatte gar keine Zeit, darüber nachzudenken, ob es auf diese Weise vielleicht zu einer Versöhnung zwischen uns kommen würde. Ich erschrak freilich, als ich bemerkte, daß er vor Erregung schnaufte; ich versuchte zu verstehen, was er sagte, vermochte es aber nicht.

Die Bedeutung dieses Augenblicks war dir unklar, und doch wurde bei dieser Gelegenheit – bei gelöschten Kerzen und Lampions – dein Urteil gesprochen: die Wiederversöhnung von jener Minute ab, als seine Liebe sein gekränktes Ehrgefühl besiegte, ihn zu dir trieb und die Anschuldigungen von Einundsiebzig vergessen ließ, denen er so sehr Gehör geschenkt hatte, daß er den Mann ermordete, den er für meinen Liebhaber hielt.

Das alles haben sich Menschen ausgedacht, die neidisch auf mich waren, neidisch, ohne daß ich wußte, warum und worauf, alle haben sich gegen mich gewandt, auch Einundsiebzig, der nur darauf aus ist, Oceano mit Hilfe von Intrigen und Verleumdungen auszubeuten; nur die arme Pía hängt an mir: es klingt ganz unglaubhaft, aber diese Kranke war die einzige von den Moura Alves, die mich nicht verleumdet hat und nicht böse zu mir gewesen ist. Alle übrigen – ich kenne sie: meine Schwiegermutter kann mich nicht ausstehen, und das nicht erst seit dem Vorfall mit dem Kapitän, sondern seit ich zum ersten Mal den Fuß nach Gratidão gesetzt habe. Schon in der Nacht meiner Flucht mit Oceano spürte ich ihre Abneigung gegen mich: ich brauchte sie nur im Salon der Fazenda vor mir zu sehen, schwarz gekleidet, den Leuchter in der Hand, wie sie mich von Kopf bis Fuß musterte, um zu wissen, daß ich an dieser Frau für den Rest meines Lebens nur eine Schwiegermutter, nie eine Mutter haben würde. Ich habe alles getan, um Dona Paula für mich einzunehmen. Ich wollte sie zur Freundin gewinnen, vor allem nachdem meine eigene Mutter gestorben war, aber Dona Paula wollte nur die Schwiegermutter sein und nichts mehr. Selbst wenn sie mich rufen läßt, weil Pía einen Anfall hat – die arme Kranke erträgt dann nur mich in ihrem Zimmer, alle anderen scheucht sie aus dem Zimmer, selbst Olava, die sie von Kind an betreut hat, von ihrer Mutter gar nicht zu reden! –, fühle ich deutlich, daß sie das widerwillig tut, weil ihr nichts anderes übrigbleibt. Und so sind auch die anderen: Dorotéia, Luísa, Indinho und Pacífico – nur mit dem armen Kapitän konnte ich rechnen, der gewiß, einen Stein an die Füße gebunden, in den dunklen Wassern der Lagune sein Ende gefunden hat. Und Oceano ließ sich mir gegenüber mit keinem Wort anmerken, daß er auf diesen oder jenen eifersüchtig war, im Gegenteil: mir gegenüber hielt er den Mund, und ihnen erzählte er alles.

Die Männer dieser Familie, von dem verstorbenen Hauptmann Heleno bis zu Indinho, dem Jüngsten, gleichen einander alle in einem: sie können es nicht ertragen, daß ihre eigene Frau sich schön macht, nicht einmal für sie selber, weil sie nie glauben, daß es für sie geschieht.

Tatsache ist, daß ich diese Eigenart Oceanos lange nicht bemerkte. Ich entsinne mich an ein Club-Fest; ich hatte ein pistaziengrünes Kleid für mich anfertigen lassen, dessen V-förmigen Ausschnitt Carmosina für zu groß hielt, und darüber stritten wir eben, als Oceano ins Zimmer trat, um die Zeitung zu holen – er geht nur selten mit mir auf ein Fest, meist läßt er mich in Begleitung befreundeter Ehepaare gehen – und ich nutzte die Gelegenheit, um ihn zu fragen, wie ihm mein Décolleté gefalle; ich wollte Carmesina zum Schweigen bringen.

Er schaute nur flüchtig auf deine Brüste, als fürchte er sich davor, genauer hinzuschauen; er rieb verlegen die Finger aneinander, schaute dir dann in die Augen und fragte:

»Gefällst du dir so?«

»Natürlich«, gabst du zur Antwort, »das ist nämlich jetzt die Mode: Carmosina begreift das nicht – aber du kannst das begreifen, nicht wahr?«

»Ich meine, wenn es dir gefällt, einen solchen Ausschnitt zu tragen, wäre es töricht, ihn dir verbieten zu wollen: für mich zählt nur, was aus eigenem Antrieb getan wird. Daß du diesen Ausschnitt nicht trügest, wäre mir nur willkommen, wenn ihn die Näherin so gemacht hätte und du ihn zurückgeben würdest, weil er zu groß ist. Das würde ich dann begrüßen, Maria Corina.«

Immer wieder hat Oceano wiederholt, ich solle mich ganz spontan entscheiden. Also ging ich, wie er es wollte, mit meinem V-förmigen Ausschnitt auf das Club-Fest.

Nun frage ich: wie konnte ich ahnen, daß dieser gleiche Mann so schrecklich eifersüchtig auf mich war?

Als wir nun in jener Nacht in diesem Zimmer eng beieinanderlagen und er in der Dunkelheit unverständliche Worte brummte, fragte ich ihn, was denn seine Worte in der ersten Ehenacht zu bedeuten hatten: »Sag mir seinen Namen, damit ich ihn töten kann.« So hatte der Satz gelautet, und ich wollte erfahren, was Oceano damit gemeint hatte, auch wenn seither zehn Jahre ins Land gegangen waren. Er gab nicht gleich Antwort, er fuhr fort, wütend vor sich hin zu brummen, und auf einmal merkte ich, daß Oceano etwas tat, wozu ich ihn sonst auch nicht mit Bitten bewegen konnte: er küßte mich.

Ich darf sagen, daß ich von meinem Mann nur selten geküßt worden bin; er schien sich seiner Küsse zu schämen. Ich will nicht behaupten, Oceano sei ein kühler Mensch, ganz im Gegenteil; manchmal meinte ich, er hielt an sich und verbarg absichtlich seine Gefühle. Ich sagte ihm das auf den Kopf zu, bekam aber keine Antwort. Wenn ich ihn bat, mich zu küssen, runzelte er ärgerlich die Stirn und murmelte, so etwas verlangten nur die Dirnen. Ich lachte ihn dann aus und nannte ihn einen Puritaner; manchmal sprang ich ihm an den Hals und küßte ihn gegen seinen Willen – dann wurde Oceano rot wie ein junges Mädchen, das zum ersten Mal vom Liebhaber geküßt wird. Es klingt unglaublich, aber so war es.

Wie wenn die Dunkelheit seine Befangenheit ausgelöscht hätte, küßte Oceano deinen Hals und seine Hände tasteten deinen

Körper ab, in einer wütenden, jähen Suche, die beinahe den Eindruck hervorrief, er wolle dich demütigen.

Ich ließ mir alles gefallen, die törichte Hoffnung erwachte in mir, das möchte vielleicht das Ende des Alptraums bedeuten, in dem ich lebte.

Du gabst ihm deinen Leib hin und verbissest den Schmerz, den Oceanos Hände deiner Haut verursachten. Es war nicht der Versuch des Mannes, die Frau zum Geschlechtsakt zu bringen, sondern beginnende Zerstörungswut, die versuchte Auslöschung der Frau durch den Geschlechtsakt mit dem Mann. Es lag eine Verzweiflung in diesen Liebkosungen, falls man die ausgehungerten Gebärden Liebkosungen nennen konnte, die auf deiner Haut brannten und sie röteten, dann traten Bisse zu den Küssen, und du wußtest nicht, was das alles zu bedeuten hatte, bis dann auf einmal...

Erst als ich Oceano schluchzen hörte, begann ich zu verstehen – auch jetzt noch kostete es mich Mühe, was eigentlich vor sich ging und warum er mich in meinem Bett besucht hatte: es war sein einziger und letzter Versuch, an meine Unschuld zu glauben; ich weiß jetzt, daß sich Oceano mit aller Kraft bemüht hat, an mich zu glauben, aber es nutzte ihm nichts, weil seine Eifersucht und sein Mißtrauen stärker waren als alles andere.

Er versuchte, mit Hilfe deines Leibes an deine Unschuld zu glauben, weil ihm sein Verstand oder seine Seele dazu keine Hilfe boten. Er versuchte, die Stimme seines Gewissens zu übertönen, versuchte, über die Vereinigung der Leiber eine Harmonie wiederherzustellen, an der sein Verstand längst gezweifelt hatte.

Deshalb schluchzte er, als ich es am wenigsten erwartete: zum ersten Mal in zehn Ehejahren scheiterte Oceano bei dem Wunsch, mich zu besitzen – in seiner Verzweiflung versuchte er alles, sogar Küsse, aber es nutzte nichts. Da stieß er mich brutal von sich und flüchtete aus dem Zimmer, als wäre der Teufel hinter ihm her. In jener Nacht hätte ich fliehen können, denn in seiner Eile hatte er vergessen, die Tür hinter sich abzuschließen. Die Frage, ob ich fliehen sollte oder nicht, ließ mich die ganze Nacht über kein

Auge zutun. Die Sehnsucht nach meinen Kindern, nach meinem Vater, nach Carmosina, nach Pater Júlio, die Sehnsucht nach dem Wind und dem Geruch der Freiheit, das alles lockte mich zur Flucht, selbst wenn ich am nächsten Tage zurückkehren mußte, weil Oceano ohne Zweifel bis zur anderen Seite der Erde gefahren wäre, um mich wieder in seine Gewalt zu bringen. Die Stunden gingen dahin, und ich überdachte alle Fluchtmöglichkeiten, überlegte, wie ich fliehen könnte, ohne meine Lage gegenüber Oceano noch weiter zu verschlimmern. Die Flucht als solche interessierte mich nicht, ich wollte nicht völlig von meinen Kindern getrennt werden; nein, das wollte ich nicht, da ziehe ich es vor, als Gefangene hierzubleiben und abzuwarten, was auf mich zukommt. Ich kenne die Geschichte der Tochter von Hauptmann Zeca Araújo, als er erfuhr, daß sie sich mit einem Neger eingelassen hatte, sperrte er sie in einer entlegenen Hütte ein, wo die Ärmste sieben Jahre lang leben mußte, ohne das Sonnenlicht zu erblicken – Oceano ist imstande, etwas Ähnliches mit mir zu tun, daran zweifle ich nicht mehr. Ich will lieber hier als Gefangene leben als frei und von meinen Kindern getrennt sein. Auch wenn man mir nicht gestattet, meine Kinder zu sehen, werden sie eines Tages doch erfahren, daß ihre Mutter nicht fortgelaufen ist, daß sie lieber gefangen sein, aber in ihrer Nähe leben wollte.

Am nächsten Morgen hörte ich, wie er den Schlüssel im Schloß umdrehte. Als er in der Nacht zu mir kam, hatte ich nur einen Lampion brennen lassen. Oceano rief eines der Dienstmädchen und ließ auch die übrigen Kerzen und Lampions anzünden. Als die Negerin das Zimmer verlassen hatte, lehnte er sich gegen die Tür und fragte mich:

»Wie ist es? Willst du nun reden?«

Da spürte ich, daß ich den Kampf verloren hatte, und zwar für immer. Ich glaube, selbst wenn ich es wollte, habe ich nicht mehr Mut genug, um den Kampf fortzusetzen. Ich blieb liegen und schaute ihn an: er stand schwarz gekleidet und still an der Tür, als ob die Gedenkmesse für meine Seele gelesen werden sollte. Ich fragte ihn nur, ob sich die sonderbare Frage in unserer Brautnacht auch auf einen Liebhaber bezogen habe.

»Auf wen sonst?«, erwiderte Oceano und verschränkte die Arme.

»Also hast du schon in unserer Hochzeitsnacht den Verdacht gehabt, ich könnte einen Liebhaber besitzen?« fragte ich ihn. »Merktest du nicht, daß ich unschuldig war?«

»Ein Liebhaber ist für mich jeder Mann, auch einer, der nur mit dir geflirtet hat«, antwortete Oceano. »Ein Liebhaber ist für mich ein Verräter, der betrügt, nicht ein Liebender.«

Was sollte ich dazu sagen? Wie soll sich eine Frau verhalten, die von der Brautnacht an verdächtigt wird, einen Geliebten zu besitzen? So tief saß dieser Verdacht, daß er ihn vor mir verbarg, indem er heuchlerisch sagte: »Ich will nur das, was du aus eigenem Antrieb tust«, und dabei wartete er nur auf Worte oder Gesten, die ihm Motive für seine Eifersucht liefern konnten.

Und ich habe nichts davon bemerkt – wie konnte ich nur so töricht sein? Eine analphabetische Negerin war mir weit voraus; wie oft hat die arme Carmosina sich nicht bemüht, mich von Oceanos Eifersucht zu überzeugen, und ich lachte sie aus und meinte, sie habe sich das aus den Fingern gesogen. Der arme Fábio mußte erst sterben, damit mir die Augen aufgingen.

Jetzt nun, wo mir alles klar ist, auch die Verbrechen und Greuel, die Oceano, Pacífico und Indinho begehen, weil sie angeblich von ihren Mitmenschen respektiert werden wollen, jetzt kann ich mir nicht mehr vorstellen, wie ich weiterhin an Oceanos Seite leben könnte. Wenn ihm allein, wie er mir vor zwei Nächten erklärt hat, an dem uneingeschränkten Respekt seiner Mitmenschen gelegen ist, so ist mir meinerseits nur noch an meiner Unschuld im Angesicht Gottes gelegen. Vielleicht ist dies auch der Grund, weshalb es mich kaum noch kümmert, was die Leute von Parada de Deus über mein Verhalten denken. Der Herr weiß, daß meine Seele rein ist, daß ich unschuldig bin. Das habe ich Oceano nicht nur einmal, sondern mehrfach gesagt, als wir vor zwei Nächten heftig stritten.

»Wer ist denn dein Herr?«, fragte er dich; er lehnte wie immer an der Tür, hatte die Arme auf der Brust verschränkt und betrachtete die Hauskapelle, aber seine Aufmerksamkeit galt nur zum Schein den Heiligen, sie galt im Grunde nur dir.

Da machte ich meinem Herzen Luft, ohne an die etwaigen Folgen zu denken: es gibt kein schlimmeres Leben als hier wie eine Gefangene oder Wahnsinnige bei unausgesetzt brennenden Kerzen in diesem Zimmer eingesperrt zu sein. Es ist möglich, daß ich mir alles verdorben habe, aber es tat doch gut, Oceano klar und deutlich zu sagen:

»Du meinst, es sei nur schwer für dich, mit mir zusammenzuleben, weil du dir einbildest, daß ich nichts tauge?«, das sagtest du und setztest dich im Bett auf. »Ich meinerseits weiß auch nicht mehr, wie ich mit dir weiterleben könnte, hast du begriffen? Ich habe nicht gewußt, daß du ein böser Mensch bist, Oceano, ich wußte auch nicht, daß du ein Mörder bist, was allen Leuten in Parada de Deus hinlänglich bekannt ist. Erst jetzt verstehe ich es.«

Ich bin vielleicht zu weit gegangen, aber ich mußte ihm das einfach sagen: warum sollte nur Oceano das Recht besitzen, mich eine Ehebrecherin zu nennen, hatte ich etwa kein Recht, enttäuscht von ihm zu sein?

»Eine Dirne wie du«, gab er mir zur Antwort, »hat nicht einmal einen Totschläger zum Mann verdient, geschweige denn jemanden, der getötet hat, um seine Ehre zu schützen. Du mußt eines wissen, Maria Corina, ich schätze nichts höher auf dieser Welt als meine Ehre, und das einzige, was ich von meinen Mitmenschen verlange, ist Respekt. Von dir erwartete ich etwas mehr, das gebe ich zu, von dir erhoffte ich Liebe, aber wenn du mir schon keine Liebe geben konntest, hättest du mich respektieren sollen – das hätte mir genügt.«

Trotz des kalten Winterwetters: dicke Schweißtropfen standen auf seiner Oberlippe, während du die Strickjacke gegen deine Brust preßtest. Du hustetest häufig und warst erregt, es war schwer zu sagen, ob diese Erregung vom Fieber herrührte oder weil deine Worte an Oceanos Ungerührtheit abprallten.

Jede Nacht kommt er wieder, weil er sich in den Kopf gesetzt hat, mich zum Reden zu bringen, aus keinem anderen Grunde. Ich gebe mich keiner Täuschung hin. Wenn er den Schlüssel im Schloß umdreht, weiß ich ganz genau, was mich erwartet. Gestern und vorgestern hatte ich keine Kraft mehr, mit ihm zu rechten. Er trat ins Zimmer und wiederholte seine ewige Frage: »Wie ist es? Wirst du heute reden?«

Ich hebe nicht einmal mehr den Kopf vom Kissen, ich bin zu sehr entmutigt: das Schlimme ist, daß dadurch auch seine letzte Entscheidung hinausgezögert wird. In der Nacht unseres letzten Streits – seither diskutiere ich nicht mehr mit ihm – habe ich ihm erklärt:

»Die Ehre ist nicht dein ausschließliches Privileg, Oceano«, das sagtest du mit deiner vom Husten heiser gewordenen Stimme, »vielleicht hast du dir darüber noch keine Gedanken gemacht, aber jedenfalls habe ich auch meine Ehre und weiß sie zu schätzen, und du warst es, du allein, der meine Ehre gekränkt hat – die ja zu einem Teil auch die deinige ist –, indem du Verleumdungen gegen sie ausstreutest und zuließest, daß sie allen Leuten zur Kenntnis kamen. Jahre um Jahre habe ich nichts davon hören wollen, wenn die Leute von Parada de Deus über deine Verbrechen redeten, wenn beispielsweise das geheimnisvolle Verschwinden des Negerjungen Bide zur Sprache kam, von dem man bis heute nicht weiß, warum er sterben mußte oder warum du ihn umbringen ließest. Erst jetzt, nachdem ich mitangesehen habe, wozu du imstande bist, glaube ich den anderen und nicht dir – verstehst du? Und wie sollte ich mit einem Mann leben können, zu dessen Worten ich kein Vertrauen mehr habe?«

Oceano schwitzte vor Anstrengung, um sich zu beherrschen und nicht über mich herzufallen und mich zu verprügeln, weil ich den Mut gehabt hatte, ihm die Wahrheit ins Gesicht zu sagen. Er bewahrte aber die Fassung und gab mir ironisch zur Antwort:

»Maria Corina, meinst du nicht auch, daß es in deiner Situation reichlich optimistisch ist, Pläne für das künftige Leben zu schmieden?«

Da sahst du die Nutzlosigkeit dieser Diskussion ein und sagtest, um sie zu Ende zu bringen, du hättest nichts mehr zu sagen und müßtest nun schlafen, weil dir fiebrig zumute sei...

Er machte sich nichts daraus, er versprach, am folgenden Tage wiederzukommen, und er kam auch wieder, er ist jede Nacht wiedergekommen: wie lange ich dieses Verhör noch aushalte, das nur aus Beschimpfungen besteht, weiß ich nicht. Mit jedem Tag, der vergeht, fühle ich meine Kräfte abnehmen, ich möchte am liebsten den ganzen Tag über im Bett liegen bleiben. Das Gefühl, hier Tag und Nacht eingesperrt zu sein, wird mich noch umbringen oder zum Wahnsinn treiben, und eben das will Oceano. Ich habe mein Leben in die Hände Christi gelegt und warte gefaßt ab, was da kommen wird. Ich kann nur hoffen, daß es nicht mehr lange dauern wird. Ich kann nur eines nicht länger ertragen: das Wissen, daß er mich nicht einmal ruhig schlafen läßt, daß ich um Mitternacht das Geräusch seines Schlüssels hören werde, daß mir jede Nacht von neuem ein hartnäckiges Verhör bevorsteht, das so unsinnig ist, daß ich ihm die Antwort verweigere, weil es mich beleidigt.

Gestern habe ich ihn gebeten, er möge mich das Abendmahl empfangen lassen und Pater Júlio oder einen Priester aus Várzea da Palma rufen. Er erwiderte mir, ich wäre nicht würdig, den Leib des Herrn zu empfangen, weil ich nicht den Anstand besessen hätte, Pater Júlio meinen Ehebruch zu beichten.

»Meinst du vielleicht, ich hätte an den Kommunionsnovenen teilgenommen, wenn meine Seele bei der Rückkehr aus Friburgo nicht rein gewesen wäre?«, sagtest du schleppend, »meinst du, ich hätte den Mut, Pater Júlio irgendeine Sünde zu verbergen?«

»Du bist mutig genug gewesen, deinen Mann zu hintergehen, den Namen deiner Kinder in den Schmutz zu ziehen und Schande über die Familie deiner Eltern zu bringen«, erwiderte er mir, »warum solltest du also nicht den Mut haben, deinen Ehebruch nicht in der Beichte preiszugeben?«

Er lächelte aus den Mundwinkeln heraus – bei Oceano bedeutet dieses Lächeln Haß – und sagte, ich würde Pater Júlio niemals die Wahrheit sagen, weil er zu denen gehörte, die in mich verliebt wären.

Wer so eine der reinsten Freundschaften, die ich in meinem Leben besessen habe, in den Schlamm zu ziehen vermag, mit dem gibt es keine Diskussion mehr. Ich habe schon Pater Júlio, als wir uns seinerzeit in der Sakristei unterhielten, meine Befürchtung mitgeteilt, daß Oceano mich am Ende umbringen wird. Heute weise ich diesen Gedanken um jeden Preis von mir – mein Gott, ich wünsche mir wirklich sehnlichst, daß meine jetzige Situation zu Ende geht, aber ich will nicht sterben. Ich will nicht sterben, aber manchmal kommt mir der Gedanke, Oceano habe nur das im Sinne gehabt, als er mich in dieses Zimmer einsperrte und Tag und Nacht die Kerzen brennen ließ. Er will mich auf meinen Tod vorbereiten, so erscheint es mir zuweilen, und dann muß ich weinen. Was ich jetzt erlebe, erinnert mich an die Zeiten, als meine Mutter mich im Dunkeln allein ließ, zu der Zeit, als ich noch ein kleines Mädchen war, dann fing ich an zu weinen und wünschte mir, Carmosina möchte erscheinen und meine Angst beenden. Nach einiger Zeit kam sie dann wirklich, und ich leckte mir die Tränen vom Gesicht und war glücklich, weil meine große Angst vorüber war. Auch jetzt weine ich oft und hoffe, daß Carmosina auftaucht und meine Angst beendet – aber es bleibt alles wie zuvor: wenn mir die Dienstmädchen das Essen bringen, gönnen sie mir kein Wort, Oceano hat es ihnen verboten, auf meine Fragen zu antworten; er ist mein einziger Gesprächspartner, er ist der einzige Mensch, den ich zu Gesicht bekomme, aber er ist nur darauf bedacht, mir die imaginäre Beichte zu entreißen, deren Inhalt ich mir nicht vorstellen kann. Jede Nacht erscheint er, und sein Blick beängstigt mich; wer Oceano so gut kennt wie ich, kann schon an seinem Blick sehen, in welcher Verfassung er sich befindet: wenn er mit mir spricht, tritt Schaum in seine Mundwinkel, und ich ahne, daß sein Leib im Innersten zittert, aber nach außen läßt er sich nichts anmerken, nur sein Blick ist der eines Wahnsinnigen. Jede Nacht tritt er in mein Zimmer, lehnt sich gegen die Tür und fragt mich, ob ich bereit sei zu reden, und selbst wenn ich nein antworte, erwidert er nichts weiter. Ich glaube, ihm liegt kaum noch etwas an meiner Antwort, er will nur reden und reden, bis ihm der Schaum in die Mundwinkel tritt und sein Blick zu flackern beginnt.

So verzehrt ist Oceano von seiner Zwangsvorstellung, daß er nur in dem Augenblick, wenn er an der Tür lehnt, sein großes Publikum findet, das einzige Publikum, vor dem zu reden ihn wirklich interessiert: dich, Maria Corina. Von seiner improvisierten Rednertribüne aus monologisierte er über Sexualprobleme, über Falschheit und Heuchelei bei der Erziehung der Frau, über den Verfall des Ehrgefühls in der modernen Welt und die Auflösung der Familie infolge der weiblichen Aufsässigkeit. Dann spürtest du, daß er nicht nur dich persönlich, sondern dein ganzes Geschlecht haßte. Oceanos tiefes Mißtrauen ist von der Kindheit an geschürt und genährt und gegen seine künftige Lebensgefährtin gelenkt worden. Trotz all diesen deutlichen Zeichen seiner Geistesverwirrung fühlt er sich im Grunde erleichtert, seit er felsenfest davon überzeugt ist, daß er wirklich von mir betrogen worden ist. Wenigstens braucht er nicht länger zu zweifeln; es ist eine schreckliche Gewißheit, aber er behauptet, er ziehe sie dem voraufgehenden Zweifel vor.

Jetzt ist es zu spät als daß ich noch meine Unschuld beweisen oder Oceano dazu bringen könnte, an sie zu glauben. Gott allein weiß, daß man mich nicht des Ehebruchs bezichtigen kann: ich wollte nur glücklich sein, und Glücklichsein bedeutete für mich Freude am Leben, verstehen Sie?

Daher rührt unser Irrtum, ich wiederhole, *unser* Irrtum, nicht etwa mein Irrtum oder meine Verfehlung, denn ich habe ja nicht allein geheiratet – wir beide wollten diese Heirat, und darin haben wir uns geirrt. Vielleicht ist es meine Schuld, daß ich den Charakter meines Mannes nicht erkannte und nicht so gelebt habe, wie es zu seinem Temperament gepaßt hätte – vielleicht. Aber es hat mich halt nie gekümmert, was die anderen Menschen aus ihrem Leben machen wollten, auch Oceanos Neigungen haben mich nie gekümmert, ich muß es zugeben: ich war immer darauf bedacht, nach meinem Gusto zu leben. Ich weiß, indem ich das bekenne, erscheine ich als große Egoistin, aber es geht mir jetzt nicht mehr darum, als etwas zu gelten, was ich nicht bin, ich will nur entdecken, weshalb ich als Frau und weshalb wir beide, Oceano und ich, in unserer Ehe gescheitert sind. Ich kann dazu viele Gründe anführen, aber auf einmal verdunkelt sich alles, und ich bringe alles durcheinander: dann gewinnt der Gedanke die Oberhand, daß mir nur eine kurze Lebensfrist übrigbleibt, und dann erscheint es mir als Torheit, von Täuschung und Irrtum zu reden. Ich sehe Oceano schwarzgekleidet an der Tür stehen – wie einen Todesboten – und er redet und redet, und dann wird mir klar, daß mein Leben in höchster Gefahr schwebt.

Aber wie könnte ich denken, daß mein Mann, der Vater meiner Kinder, mich töten sollte? Ich weiß, das hätte für Oceano nicht den geringsten Sinn, er kann nicht einem Menschen das Leben nehmen, der Jahre hindurch mit ihm gegessen und geschlafen hat, auch wenn ihm dieser Jemand inzwischen verhaßt geworden ist.

Gestern habe ich Oceano gebeten, er solle mich immer darüber im unklaren lassen, was er mit mir, mit uns zu tun vorhabe. »Ich will nichts davon wissen«, hast du gesagt, während er dir an der Tür stehend zuhörte, »ich will nicht wissen, warum du die Fenster hast öffnen lassen. Ich weiß nur eines, und das sollst auch du wissen: ich will nicht fliehen; ich will lieber sterben als von meinen Kindern getrennt leben.«

Er gab keine Antwort, er erklärte mir nicht, warum seine Angestellten gestern früh die Nägel aus dem einzigen Fenster des Zimmers entfernt haben. Heute konnte ich zum ersten Mal bei geöffnetem Fenster beten – wie sehnsüchtig habe ich zum Himmel aufgeblickt, zu den Wolken, zum Wind, wie habe ich den Lebensduft eingesogen, der von draußen hereindrang: die ganze Zeit über hatte ich wie im Grabe gelebt, und ich glaube, wenn Oceano nicht das Fenster hätte öffnen lassen, wäre ich gestorben, so groß war meine Luftnot.

Manchmal denke ich, Oceano hat gemerkt, daß ich in dem

verschlossenen Zimmer dahinsiechte und deshalb die Anordnung erteilt, das Fenster wieder zu öffnen. Aber dann kommt die Stunde, wo mir sonderbare Ideen durch den Kopf gehen und ich meine, das Öffnen des Fensters könne eine andere, schlimme Vorbedeutung haben.

Ich lasse mich von niemandem von meinem Vorhaben abbringen, mein Plan steht fest, und kein Mensch wird ihn umwerfen können: »sie« selbst hat es aufgegeben, mich mit Schmeicheltönen einlullen zu wollen. Jawohl, zehn Jahre lang hat mich Maria Corina behext – es begann bei dem Fest auf der Fazenda Celo da Serra, als ich die ganze Zeit zu ihr hinüberspähen mußte, ohne die Augen von ihr abziehen zu können. Es war Zauberei; Tomás hat später herausbekommen, daß ihre Familie sie ausgetüftelt hatte, um mich einzufangen. An jenem Abend ahnte ich, daß mir etwas Schlimmes bevorstand, aber die Art meines Leidens konnte ich nicht voraussehen, niemand konnte ahnen, daß eines Tages der Makel des Hahnreis an einem Sohn von Hauptmann Heleno haften würde. Von Stund an machte ich mich auf das Schlimmste gefaßt und konnte doch zu keinem Entschluß gelangen; ich ließ die Ereignisse einfach auf mich zukommen. Mein Bruder Indinho meinte, ich sollte Maria Corina hinter sieben Riegeln einsperren, wie er es mit seiner Frau tut, aber ich wollte einen Tatbestand nicht für erwiesen halten, ehe ich nicht Beweise in den Händen hätte. Es genügte mir nicht, von meiner Frau nur deshalb respektiert zu werden, weil ich sie im Hause eingeschlossen hatte – sie sollte volle Freiheit haben, damit ich sicherging, daß sie ihre Wahl aus freien Stücken traf. Das hat meine Familie nicht begriffen – sie begriff nicht, warum ich Maria Corina vom ersten Ehetag an so viel Freiheit ließ. Meine Familie und sie meinten, meine Haltung sei ein Zeichen der Schwäche, aber darin irrten sie sich: ich ließ den Fisch an der Angel schwimmen, weil ich nur auf diese Weise erfahren konnte, wie weit sein Atem reichen würde. Maria Corina überschätzte ihren Einfluß auf mich. Mein Schweigen ermutigte sie, sich immer mehr Freiheiten herauszunehmen; ich sah voraus, was passieren würde, aber ich versuchte es nicht zu verhindern: dem Schicksal entgeht man nicht – man muß es erfüllen. Was sollte ich mit einer Frau beginnen, die das Temperament einer Hure hat?

Auf der letzten Spiritistensitzung im Hause von Tomás stieg der Geist von Bruder Indalécio auf die Erde, um mir mitzuteilen, Fábio, Maria Corinas Liebhaber, den ich in Friburgo ermordete, wäre mir, obwohl er noch immer in Verwirrung befangen sei, dankbar dafür, daß ich ihn getötet hätte, denn nur so wäre er der schweren Sünde des Ehebruchs entgangen.

Bruder Indalécio ist ein erleuchteter Geist, der gegen 1700 in São Paulo gelebt hat. Er beschützt mich, und es ist geradezu erschreckend, wie sehr seine Gedanken mit meinen eigenen übereinstimmen – wir denken beide das gleiche. Wenn er auf Tomás niedersteigt, ahne ich es schon von weitem, nicht nur weil mich ein Schüttelfrost befällt, sondern auch, weil ich an Tomás' weißem Haarschopf ein Leuchten wahrnehme. Niemand kann Tomás' genaues Alter angeben, die bloße Tatsache, daß er als einziger um die Flucht meines Großvaters mit Glorinha weiß, beweist das hohe Alter des Kreolen, der in den Achtzigern stehen muß: wenn nun Bruder Indalécios Ankunft bevorsteht, springt Tomás so behende wie ein Zwanzigjähriger auf, behender als ich es selber bin.

Drei Tage vor der Reise nach Friburgo hatte ich Einundsiebzig dorthin geschickt, damit er Maria Corina beschatten und herausbringen sollte, ob das der Wahrheit entsprach, was mir mein Sohn Heleninho erzählt hatte. Einundsiebzig war noch nicht aus Friburgo zurück, aber ich war ziemlich sicher, was für eine Nachricht er mir bringen würde. Da bat ich den alten Tomás, er möchte eine Sitzung abhalten, damit ich Bruder Indalécio hören könnte.

Tomás' kleines Haus liegt am Weg zum Bahnhof und besitzt einen hübschen Vorplatz, wo der Kreole die traditionellen Maifeste feiert. In den Nächten, in denen spiritistische Sitzungen stattfinden, bleiben die Türen offen, damit die Kranken und Notleidenden freien Zutritt haben. Zwar hat Leutnant Arnóbio Tomás schon oft gebeten, seine Sitzungen bei verschlossenen Türen abzuhalten, damit ihn nicht Pater Júlio mit seinen Bitten behelligt, »Vater Tomás' Spiritistenkreis« zu schließen – denn seine Gläubigen nennen den alten Tomás Vater. Wenn aber ein Moura Alves an einer Sitzung teilnimmt, – auch Pacífico ist ein eifriger Gast –, werden die Türen geschlossen, und es wirken nur zwei Medien mit, die Tomás' besonderes Vertrauen genießen. So geschah es auch in jener Nacht, der Saal war nur von der Flamme eines Öllämpchens erhellt, und der Alte begann so zu stöhnen und zu zittern, daß man gleich merkte, daß Bruder Indalécio unterwegs war.

Bruder Indalécio hat ein ziemlich unheiliges Leben geführt, deshalb muß er bis heute für seine Sünden büßen und bei den spiritistischen Sitzungen erscheinen, um anderen Leuten zu helfen. Welcher Art seine Sünden gewesen sind, hat er uns nie mitgeteilt. In jener Nacht – drei Tage, bevor ich nach Friburgo fuhr – teilte mir Bruder Indalécio, sobald er zur Erde niedergestiegen war, mit, er habe eine traurige Nachricht für mich; er wisse schon, daß ich einen Vertrauensmann nach Friburgo geschickt hätte, um das Verhalten meiner Frau zu überprüfen, und ich müßte mich auf Schlimmes gefaßt machen, denn mein Verdacht sei nicht unbegründet. Ich fragte ihn dann, sobald ich mich von meiner Bestürzung erholt hatte, ob es denn wirklich wahr sei, daß mich Maria Corina betrüge.

Es war dunkel, und Tomás' schwarzes Gesicht war nur schwer von der umgebenden Finsternis zu unterscheiden: du hörtest seinen keuchenden Atem, sahst das Weiße in seinen Augen und die rote Zunge, mit der er sich die Lippen zu feuchten versuchte. Trotz dieser Dunkelheit aber sahst du, daß er mehrmals mit seinem weißen Kopf nickte und Maria Corinas Verrat bestätigte.

Das waren die schlimmsten Augenblicke meines Lebens. Ich glaube nicht, daß ich bei anderen Gelegenheiten so viel durchgemacht habe, nicht einmal als mein Vater starb und ich ihn in der

Leichenhalle des Schauhauses fand, wo vier Kerzen rings um seinen Leichnam her brannten. Auch nicht, als ich mein Amt in der Präfektur von Santo Antônio antreten mußte und die Leibwächter von Antônio Carlos mir nachstellten, um mich zu liquidieren, bevor ich das Rathaus betrat. Nein, weder vorher noch nachher habe ich so gelitten wie jedesmal, wenn ich meine Zweifel an Maria Corinas Treue bestätigt sah. Als Tomás für Bruder Indalécio mit dem Kopf nickte, litt ich, ich schwöre es beim Leben meiner Kinder, nicht weniger als zu dem Zeitpunkt, als mir Heleninho in seiner Unschuld berichtete, seine Mutter betrüge mich, oder als Einundsiebzig meinen Verdacht bekräftigte. Niemand kann ahnen, wie sehr ich unter alledem leide (die einzige ist vielleicht meine Schwester Dorotéia), gewiß zu sein, daß die Frau, die man liebt, einen betrügt, heißt zusehen, wie der Richter die Todesstrafe über sie verhängt, ohne daß man dagegen etwas tun könnte.

Ich habe alles getan, um zu vergessen, alles, um mit ihr weiterleben zu können: oh Himmel, wie oft habe ich Maria Corinas Betrug zu vergessen gesucht, das war meine größte Schwäche – ich glaube, wenn das mein Vater gesehen hätte, wäre er vor Scham gestorben; er hätte sich für immer von mir abgewendet. Aber ich muß bekennen, daß ich jedesmal, wenn ich daran denken mußte, wie leer mein Leben ohne Maria Corinas Gegenwart sein würde, schwach wurde, und als ich in jener Nacht in ihr Zimmer trat und es völlig dunkel fand, fühlte ich mich zum Schlimmsten ermutigt; ehe ich mich selber versah, küßte ich sie, was ich in unserer Ehezeit nur selten getan habe, denn bei einer Frau wie Maria Corina darf man keine Schwäche zeigen. Bei einem anderen Mann hätte sie schon seit langem den Respekt verloren, denn sie hat eine Hurenseele, das ist die Wahrheit. In den Sommernächten schlief sie gerne nackt, auch als ihre Töchter schon größer geworden waren, und ich mußte sie grob anfahren, um ihr diese Unsitte abzugewöhnen; denn Heleninho war kein Baby mehr und fing an, diese Dinge zu verstehen. Gibt es irgendeine Frau bei uns im Hinterland von Rio, die sich so etwas herausnimmt?

Unter allen Frauen der Welt mußte ich mir auf dem verwünschten Fest von Celo da Serra ausgerechnet eine Maria Corina auswählen. Eine Frau wie sie ist wie ein Laster, dem man unbemerkt verfällt – selbst wenn man später seine bösen Folgen erkennt, selbst wenn man einsieht, daß es tödliche Folgen haben wird, kann man sich das Leben ohne dieses Laster nicht mehr reizvoll vorstellen, das ist die Wahrheit. Mein Himmel, ich hasse Maria Corina, aber wie wird mein Leben ohne sie aussehen? In den zehn Jahren unserer Ehe erlitt ich jeden Tag die Qual, mich hintergangen zu fühlen; jetzt bin ich ruhiger, so unglaublich das klingt, seit ich meiner Sache sicher bin – ich hasse Zweifel – und ich müßte ein Lügner sein, wenn ich nicht zugäbe, daß Maria im Laufe dieser zehn Jahre im Mittelpunkt meines Sinnens und Trachtens stand. Für sie habe ich gearbeitet, um ihretwillen erstrebte ich Ehrungen; als die Revolution von 1930 siegte, als mein politisches Ansehen im Staat wuchs, war der erste Mensch, an den ich dabei dachte, Maria Corina, ihr wollte ich diese Ehrungen zu Füßen legen. Sie weiß, wie sehr ich immer in sie verliebt war, und immer wieder hat sie auf mich eingeredet, ich sollte mich nicht schämen und ihr zeigen, wie sehr ich sie liebte. Ich hingegen versuchte dieses Gefühl zu verstecken, damit sie nicht Schindluder mit mir treiben sollte, und gab ihr jede Freiheit: Indinho meint, ich hätte das Gegenteil tun müssen, etwa so, wie er mit Maria verfährt. Wenn er seine Frau am Fenster antrifft, verprügelt er sie und anschließend geht er mit seiner Frau ins Bett, damit sie ihm die Prügel nicht nachträgt. Aber unter Eheleben stelle ich mir etwas anderes vor. Diese Methode paßt vielleicht für eine Hure, aber nicht für die Mutter meiner Kinder. Jede Nacht sehe ich Maria Corinas Schlaf zu – wie kann sich nur ein Mensch im Schlaf so verwandeln? Nur wenn sie schläft, kann ich an Maria Corinas Unschuldsbeteuerungen glauben. Ich habe dann den Eindruck, das junge Mädchen von früher wäre wieder vorhanden, ihr Haar liegt auf dem Kissen und ihre Gesichtszüge sind ruhig. Sobald sie erwacht, ändert sich das: sie ist zwar abgemagert, ungekämmt und ungeschminkt und hat tiefe Ringe um die

Augen – sie ist auch körperlich nur noch ein Schatten der früheren Maria Corina –, aber sobald sie die Augen aufschlägt, wird der Geist des Bösen sichtbar, den Maria Corina in sich trägt.

Ich habe schon Maria Corinas Kopf in meinen Händen gehalten, nur um abzutasten, wo die Sünde stecken mochte, aber es gibt für sie wohl kein Heilmittel: ich habe lange darüber nachgedacht, und ich meine heute, es gibt nur eine einzige Lösung für unseren Konflikt: das ist keine Meinung mehr, es ist eine Gewißheit. Um Maria Corina unter meine Kontrolle zu bringen und sie zu dem stillen, unterwürfigen Benehmen einer Hausmutter zu veranlassen, mußte ich ein Klima des Schreckens um sie verbreiten, einen Hausaltar neben ihr Bett stellen und befehlen, daß Tag und Nacht die Kerzen und Lampions brennen sollten, selbst das einzige Fenster wurde zugenagelt, all das, damit sie Buße täte, Gewissensbisse spürte, Reue fühlte. Dennoch ist sie davon im Innersten nicht berührt worden, sie geht nach wie vor darauf aus, mir eine Falle zu stellen, damit ich ihr verzeihe: eines Nachts kam ich in ihr Zimmer und fand die Lichter gelöscht, nur ein schwacher Lichtstrahl erhellte die Schlafende.

Es war wohl eine Halluzination, bis heute weiß ich nicht, was mit mir vorging, ich weiß nur, daß ich mich auf einmal neben ihrem Bett befand und die Laken abtastete, bis meine Hand Maria Corinas Schenkel berührte: sicherlich war es meine Liebe, die mich so schwach werden ließ, daß ich meine Ehre aufs Spiel setzte. Es war beinahe eine Kapitulation, selbst als sie mich ansprach und irgend etwas fragte, kam es mir so vor, als wachte ich auf, aber mein Wille, Maria Corinas Verrat zu vergessen, war so stark, daß ich sie küßte und ihren Leib befühlte, nur weil ich vergessen wollte, daß sie, die sich mir in diesem Augenblick hingab, meinen Namen besudelt und mich zum Hahnrei gemacht hatte.

In diesem Moment rollte mein Drama wie ein Filmstreifen vor meinen Augen ab – ich glaubte Maria Corina und Fábio in diesem Bett liegen zu sehen, statt daß ich sie küßte, tat er es, der Geliebte, er strich über ihre Brüste, ihre Schenkel, ihr Geschlecht.

Ich brauchte mich nicht weiter zu zerquälen, um zu der Einsicht zu gelangen, daß ich mit Maria Corina nie wieder Verkehr haben könnte, ohne daß das Gespenst ihres toten Geliebten zwischen ihr und mir stehen würde – nie wieder. Das alles sah ich so klar, als ob ich nicht neben ihr auf dem Bett gelegen hätte. Ich sah mich und weinte, weil mir jeder Verkehr mit ihr unmöglich geworden war, ich weinte über meine verlorene Liebe; erst jetzt begriff ich, daß ich sie nie wieder zurückgewinnen könnte. Es gibt für uns keine Möglichkeit mehr zum Friedensschluß: eine leidende Frau ist deshalb noch lange nicht eine tugendhafte Frau: soll ich etwa ständig Angst und Schrecken um sie verbreiten müssen, damit sie meinen Namen achtet und das Ehegelübde einhält?

Wogegen ich mich wehre, ist dies: daß jemand meint, ich wäre nicht betrogen worden, wenn ich Maria Corina beizeiten die Möglichkeit zum Ehebruch genommen hätte. Meine Schwester Luísa ist bei ihrer Pferdezucht wesentlich besser dran – sogar die Füllen fressen ihr aus der Hand, nicht aus Furcht, sondern aus Zuneigung, die sie von Geburt an für sie hegen. Etwas Ähnliches habe ich bei meiner Frau nicht zu erreichen vermocht: sie hat weder Liebe – die wünsche ich gar nicht so sehr – geschweige denn Zärtlichkeit oder Schätzung für mich empfunden. Vor zwei Nächten, als wir darüber sprachen, habe ich ihr das vorgeworfen. Sie sollte mir erzählen, wie viele Liebhaber sie hatte, wie oft sie mit jedem gegangen war und warum sie das getan hatte. Da drehte sie auf einmal den Spieß um, klagte mich an und nannte mich einen Mörder; ich jedoch ließ mich nicht aus der Fassung bringen, niemand kann mich von meinem Plan abbringen, auch wenn mein Vater aus dem Grabe aufstünde und mir das Gegenteil anraten sollte. Jede Nacht schließe ich ihre Zimmertür auf und hoffe, daß sie Gewissensbisse bekommen hat und bereit ist, alle Gemeinheiten auszupacken, die sie während unserer Ehejahre begangen hat. Ich will alle Einzelheiten wissen, denn ich möchte sie mit dem vergleichen, was ich in diesen Jahren der Gemeinsamkeit immer geahnt habe. Maria Corinas Ehebruch beschäftigt mich so sehr, daß ich manchmal meine, ich hätte alles miterlebt,

Minute für Minute und Geste für Geste. Auf der Reise nach Friburgo – Indinho steuerte den Ford – hatte ich die beiden die ganze Zeit über vor Augen, sie und ihren Geliebten, als ob sie sich hätten filmen lassen, damit ich sie später vor mir sehen konnte. In Wirklichkeit hatte ich diesen Fábio nur einmal gesehen, als er Maria Corina, die am Fenster neben mir stand, grüßte. Dennoch wäre ich in der Lage gewesen, sein ganzes Gehabe, seine Art und Weise, zu sprechen und zu lächeln, ja die Einzelheiten seines Gesichtes für mich zusammenzusetzen. Auf dieser Reise meinte ich, ich sähe die beiden vor mir: im Gespräch, beim Küssen oder im Bett.

Ich weiß, daß dieser Bankgeschäftsführer nicht ihr einziger Geliebter gewesen ist. Einundsiebzig hat mir erzählt, daß er meine Frau in Rio mehrmals in der Galeria Cruzeiro die Elektrische besteigen sah, begleitet von einem braunhäutigen, gut gekleideten jungen Mann mit einer Aktentasche unter dem Arm. Wenn ich mich einmal inkognito in Rio aufhielt, um Maria Corina mit dem Betreffenden zu überraschen, hatte der Teufel seine Hand im Spiel und ich bekam sie nicht zu Gesicht.

Mehr als an der Rache selber bin ich daran interessiert, den Mechanismus des Ehebruchs kennenzulernen, von dem Augenblick an, wo die Frau sich zum ersten Mal wünscht, ihrem Gatten untreu zu werden bis zu dem Augenblick, wo sie sich einem anderen Mann hingibt. Ich habe auch Maria Corina danach gefragt, aber sie verteidigt sich jetzt nicht mehr; sie blickt mich nur schweigend an und unterdrückt ihren Husten, indem sie den Mund in ihr Kissen preßt. Gestern noch habe ich zu ihr gesagt:

»Ich möchte von dir hören, worin ich als Ehemann versagt habe. Ich denke, das ist keine allzu große Bitte. Der Mann, den du betrogen hast, den alle Leute in Parada de Deus zu dieser Stunde Hahnrei und Geweihträger nennen, möchte von dir nur wissen, welchen Grund du hattest für diesen Verrat, falls es einen solchen Grund gab. Wolltest du dich amüsieren oder hat dir dein Körper diesen Drang übermittelt? Ich vergesse dabei sogar, daß ich der Beleidigte, der »betrogene Gatte« bin, mich interessiert nur das

Überpersönliche an dieser Geschichte, das Drama der Jahrhunderte, der Ehebruch als solcher.«

Maria Corina sagt keinen Ton. Sie hört kaum zu und preßt das Kissen gegen ihren Mund, um ihren Husten zu ersticken. Ich meine, sie zerbricht sich den Kopf darüber, wie sie einen faulen Trick finden könnte, damit es zu einer Versöhnung zwischen uns käme. Jedesmal wenn das scheitert, steht in ihren Augen die stumme Frage, was ich wohl mit ihr vorhaben mag. Mamá selbst hat mich schon nach Gratidão holen lassen, um zu hören, welches Schicksal ich ihr zugedacht habe. Mamá war in Verlegenheit, weil der Polizeikommissar und der Untersuchungsrichter sie mehrfach in Parada de Deus aufsuchten. In Mamás Augen kann ich jeden Augenblick verhaftet werden.

»Stell dir doch nur vor, Oceano!«, sagte sie und ließ ihren goldenen Rosenkranz durch die Finger gleiten, während ihr rechtes Auge wütend blinzelte, »ein Sohn von Hauptmann Heleno muß vor Gericht erscheinen! Denke an seinen Rat: töte, sooft es notwendig ist, aber hüte dich davor, als Verbrecher angeklagt zu werden – Mörder sein ist kein Fehler, aber als ein Verbrecher dazustehen ist eine Schande.«

Das waren so die Vorstellungen meines Vaters: dennoch bin ich überzeugt, daß er mir beistehen würde, auch wenn er vielleicht nicht einverstanden wäre mit der Art und Weise, wie ich den Kerl in Friburgo umgebracht habe. Wenn es nach ihm gegangen wäre, hätte der Schuft bei tiefer Dunkelheit sterben müssen, denn Vater war der Ansicht, es gäbe keinen besseren Totschläger als die Nacht, dann hätte er auch keine Spuren hinterlassen und sicherlich einen Dreh gefunden, wie damals, als ich den Mordbuben der Caetano de Melo auf dem Vorplatz von Tomás tötete, und Cipriano und er dafür sorgten, daß die Schuld nicht auf mich fallen konnte. Trotzdem habe ich keine Angst, vor Gericht zu erscheinen, ich glaube, kein Geschworener dieses Bundesstaates kann einen Menschen verurteilen, der getötet hat, um seine Ehre zu verteidigen. Mamá begreift das nicht, Dorotéia hat mit ihr zanken müssen.

Seit dem Tod von Hauptmann Heleno beteiligt sich Dorotéia nur an den Gesprächen, um mit Mamá zu streiten; das macht ihr Freude, möglicherweise ist es ihr wichtiger als der Bräutigam, den sie kaum ansieht, wenn er neben ihr sitzt, herauszubringen, welche Meinung Dona Paula vertritt, um die gegenteilige vertreten zu können. An jenem Abend, als du auf Wunsch deiner Mutter nach Gratidão fuhrst, saß sie ganz nahe bei euch und spielte nervös mit ihren Hemdknöpfen, bis sie nicht länger an sich halten konnte und blaß, mit zitternden Backen sagte:

»Wenn ein Mann tötet, um die Ehre seiner Familie zu verteidigen und den Makel von seinem guten Namen zu tilgen, so ist das keine Schande, Oceano; ich meine sogar, du solltest, um den guten Namen der Moura Alves wiederherzustellen, noch weitaus drastischere Maßnahmen ergreifen.«

Nun gut, Dorotéia und Mamá verstehen sich nicht; sie haben sich nie verstanden, solange ich mich entsinnen kann. Meine Schwester hat sich auf dieser Welt nur mit ihrem Vater verstanden, mit mir und mit ihrem Bräutigam, mit letzterem wohl nur deshalb, weil er kein Wort redet. Aber Dorotéia hat Temperament, man glaubt es kaum, daß sie Röcke trägt. Sie ist unfähig zur Untreue, das weiß ich, und sie kann Maria Corina nicht ausstehen. Als Mamá sagte, ich solle keine »weitere Dummheit begehen und etwa Maria Corina umbringen«, war Dorotéia über Mamá entrüstet und sagte, ich hätte doch wohl Verantwortungsgefühl und Urteilsvermögen genug, und sie brauche mir keine Ratschläge zu erteilen. Und sie fügte hinzu:

»Eigentlich müßtest du ihn um Rat bitten. Denn er ist viel urteilsfähiger als du.«

Da hatte Dona Paula endgültig genug: mit zitterndem Auge und verzogenem Mund forderte sie Dorotéia leise auf, das Zimmer zu verlassen – das geschah auf der Stelle.

Jawohl, wir alle, selbst Dorotéia, gehorchen Mamá. Aber in meinen Konflikt mit Maria Corina habe ich sie gebeten, sich nicht einzumischen; diese Angelegenheit geht nur mich etwas an, ich gestatte nicht, daß sich jemand anderes hineinhängt.

Ich würde auch meine Kinder nicht zu Rate ziehen, falls sie schon größer wären. Maria Corina hat mich gebeten, ich solle ihr nicht sagen, was ich mit ihr vorhätte. Diese Vogel-Strauß-Haltung ist typisch für sie; wie er vergräbt sie den Kopf im Sand, um nicht zu sehen, was um sie her vor sich geht. So erreicht sie, was sie wünscht, und umgeht, was sie erschreckt. Sie stellt sich so, als wisse sie nichts von der Sache, und wenn das nicht mehr angeht, bittet sie darum, von nichts weiterem erfahren zu müssen. Gestern habe ich ihr darauf Folgendes geantwortet:

»Nun gut«, sagtest du, immer noch an der Tür stehend, während Maria Corina in ihrem Bett lag und nicht einmal den Kopf vom Kissen hob – in den letzten Nächten ist sie sehr heruntergekommen; im kerzenerhellten Zimmer zeigten mir ihre geröteten Augen, daß sie geweint hatte – »du hast keine meiner Fragen beantwortet, du willst auch nicht erfahren, was ich über dich beschlossen habe. Dein Wunsch ist recht und billig. Ich bin auch nicht gefragt worden, ob ich gerne gehörnt werden würde oder nicht; da gehört es sich, daß ich dich nun auch meinerseits nicht frage, ob dir dieses oder jenes Schicksal willkommener ist. Ich werde also deine Bitte erfüllen, sei unbesorgt darüber: aber du könntest ebenfalls meiner einzigen Bitte entsprechen – warum fühltest du dich gedrungen, mich zu betrügen, warum?«

Sie gab jedoch keine Antwort: sie murmelte nur irgend etwas, schützte Erschöpfung vor und drehte mir den Rücken zu. Da versuchte ich mir darüber klarzuwerden, was ich für dieses Wesen empfände, das zehn Jahre mit mir zusammengelebt hat, die Mutter meiner Kinder gewesen ist und das ich jede Minute dieser zehn Jahre geliebt habe. Ich begriff, daß von der Frau, die ich liebte, nur die im Bett liegende Frau übriggeblieben war, die zu mir keine Beziehungen mehr hatte, zur Frau »des anderen«, zur Geliebten der anderen, fast zur Dirne geworden war, die mir weder körperlich noch geistig etwas geben konnte. Ich begriff in diesem Augenblick, warum die eheliche Liebe an die Ausschließlichkeit gebunden ist; im Grunde kennen wir keine andere Form des Eigentums außer dieser. Dieses Land oder diese Frau gehören nur uns, andernfalls haben wir lieber gar nichts. Wenn unser Besitzrecht einmal verletzt worden ist, gehört uns dieser Besitz nicht mehr; wenn ich Maria Corina im Bett liegen sah, war das nicht mehr der Leib, den ich Zoll um Zoll geliebt habe und der mir so viel Genuß verschaffte. Wenn ich ihn ansah, erblickte ich den Leib einer Ehebrecherin, Fleisch, das bestraft und gegeißelt werden mußte, nichts weiter – auch Maria Corinas Haar, dessen Duft mich so entzückte, daß ich nachts wach blieb, um ihn lange einsaugen zu können, besaß keinen Zauber mehr für mich: auch dieses Haar gehörte einer Dirne. Mir fehlte eine andere Frau, nicht diese, die hier im Bett vor mir lag. Ich verzweifelte vor Sehnsucht nach einer Frau, die an dem gleichen Tage starb, an dem ich ihren Geliebten in Friburgo umbrachte. In dem kurzen Augenblick, in dem ich ihn mir anschauen konnte, seinen Mund und seine Hände, war mir zumute, als ob ich ihn mit Maria Corina im Bett überrascht hätte. Von diesem Moment an ist auch Maria Corina für mich gestorben. Als ich sie gestern im Schlafzimmer anschaute, wie sie mir den Rücken zukehrte, begriff ich, was ich vorher nicht gewußt hatte: Maria Corina ist zugleich mit Dr. Fábio gestorben, den ich mit drei Brustschüssen in Friburgo getötet habe.

Während der hochgewachsene Mann, den Hut ins Gesicht geschoben, durch die Straßen wandert, dreht sich die ganze Stadt um sein Verbrechen und sein Geheimnis: zum ersten Mal seit dem Mord in Friburgo sehen sie ihn nicht nur während der toten Stunden, wenn er im Ford durch die ausgestorbenen Straßen von Parada de Deus fährt. Sie sehen, wie er gemessen die Gerade Straße durchschreitet, den harten Kopf geradeaus gerichtet, als gäbe es für ihn weder rechts noch links; wenn er die Leute grüßt, berührt er seinen Hut leicht mit der Hand; das scheint ganz intuitiv zu geschehen, weil er die Leute in Wirklichkeit gar nicht recht wahrnimmt. Die Buntglasfenster der reichen Häuser öffnen sich, man will ihn vorbeigehen sehen, die Leute in seiner Nähe überragt er um Haupteslänge: sie brauchen nicht lange, um zu begreifen, daß er diesen Spaziergang nicht zufällig unternimmt: er soll absichtsvoll zufällig wirken. Die Leute sehen, daß der Apotheker Nhonhô den Kopf noch tiefer über das Spielbrett beugt, als ob er nicht einmal von weitem wissen wollte, daß auf der anderen Straßenseite sein Schwiegersohn vorübergeht. Die Negerin Carmosina blickt angstvoll auf Oceano, und das entgeht weder Tonico Arzão noch einem anderen Mitglied der Runde vor der Apotheke; Carmosinas Lippen bewegten sich leise, als bete sie. Da gewann auch Tonico Arzão die Überzeugung, daß Oceano de Moura nicht zufällig an diesem Samstagabend zu eben dieser Stunde hier vorüberkam, wenn reges Leben auf der Hauptstraße von Parada de Deus herrscht und die Pächter von den Plantagen in die Stadt kommen, um für die kommende Woche einzukaufen. Tonico begriff, daß Oceano von allen gesehen werden wollte, er brannte darauf, Honorino Santives' Friseurladen aufzusuchen, um ihm seine neueste Entdeckung mitzuteilen, und spürte doch, daß er sich nicht von Oceano entfernen dürfte. Diskret begleitete er seinen »Spaziergang« durch die Gerade Straße; wenn seine Ahnung nicht trog, würde sich in der gleichen Nacht – vielleicht nur ein paar Minuten oder Sekunden später – eine erschütternde Nachricht in Parada de Deus verbreiten. Um seine Vermutungen zu bestätigen, suchte er mit den Augen nach dem Polizeikommissar, Leutnant Arnóbio; wenn er richtig kombinierte, mußte der Kommissar in der Nähe sein, um später bezeugen zu können, daß Oceano de Moura in der Nacht des 25. Juni 1935 genau um siebeneinhalb Uhr durch die Hauptstraße von Parada de Deus gegangen war. Tonico brauchte nicht lange zu suchen, um den Polizisten an der Tür der Bar von Manuel Português stehen zu sehen, umringt von einer Menschengruppe, die Daumen in den Lederriemen, die sich kreuzförmig über seine Khakiuniformjacke zogen. Je mehr er seine Vermutungen bestätigt sah, desto freieren Lauf ließ der Bruder des Bischofs von Campos seiner Fantasie. Er versuchte, die verschiedenen Vorgänge auf einen Nenner zu bringen: er vergaß keinen

Augenblick, daß der hochgewachsene Mann im dunklen Umhang der Urenkel Chicos des Bauern, des Stadtgründers, war. Das befähigte ihn, eine imaginäre Linie zu ziehen von dem Stadtgründer zu ihrem gegenwärtigen Präfekten; beide Gestalten verband nicht nur die Blutsverwandtschaft, sondern die geistige Nähe. Tonico begriff, daß die Saga von Parada de Deus, die Saga der Moura Alves mit Notwendigkeit auf das Ereignis zustrebte, das sich in wenigen Minuten abspielen mußte, falls es nicht schon längst eingetreten war, einem Ereignis, das dem Klima der Leidenschaft, des Hasses und der Buße entsprang, in dem die Bewohner der Ortschaft seit den Tagen Chicos des Bauern ständig gelebt hatten. Während Tonico Oceano wie ein Leibwächter folgte, glaubte er nicht den Präfekten von Parada de Deus zu sehen, sondern den Stadtgründer, von dem ihm sein Großvater, der alte Teotónio Rodrigues Arzão, häufig erzählt hatte: auch er groß, stark und hochgeachtet – so schaute das kleine Volk Oceano noch heute von weitem an und verbeugte sich vor ihm. Die Kugellampen in der langgestreckten, windungsreichen Straße schienen Tonico heller zu brennen, als ob sogar die Dinge die Bedeutung des Augenblicks begriffen hätten; dennoch glitt seine Fantasie hartnäckig immer wieder in die Vergangenheit zurück und ließ das alte Parada de Deus wiederaufleben: Ochsenwagen fuhren mit klagenden Rädern durch die Gerade Straße, die Lampen wurden mit Rhizinusöl erleuchtet, Pferdehufe wirbelten den Staub der ungepflasterten Straße auf – und bei der Rekonstruktion des alten Parada de Deus begriff Tonico Arzão, daß sich die Gegenwart von der Vergangenheit nur durch den materiellen Fortschritt unterschied – landwirtschaftliche Maschinen, neue Traktoren, die Eisenbahnlinie – im übrigen jedoch hatte sich wenig geändert: nach wie vor herrschte das Grundgesetz, wonach die geringste Ehrenkränkung nicht nur mit dem Blut des Feindes, sondern sogar mit dem des Opfers gesühnt werden mußte. »Wir schreiben das Jahr 1935«, dachte er bei sich, »aber all das hätte genau so gut 1825 geschehen können – in den ersten Jahren nach der Stadtgründung. Und es ist wieder und wieder geschehen, weil wir zwar die Farbe unserer Wäsche wechseln, aber nicht die Art, wie wir uns diese Wäsche anziehen.« Er folgte Oceano, indem er kräftig seine Krücken schwang, und kam zu dem Schluß, daß Eltern, Großeltern und Urgroßeltern inzwischen gestorben sein mochten, im Geiste jedoch immer noch zugegen waren und die Neigungen der Lebenden bestimmten, ihre Vorurteile und ihre Beschränktheit, ja sogar ihre Leidenschaften, die sich stets gleichgeblieben waren: Sinnlichkeit, Geiz, maßlosen Ehrgeiz, Neid und üble Nachrede. Und während er noch auf diese gemeinsamen Züge der Leute von Parada de Deus eine Art von Stolz empfand, beunruhigte ihn gleichzeitig der Gedanke, ob auch die Kinder seiner Kinder diese Tradition fortführen und ebenso beurteilen würden wie sie, die Väter und Großväter: wie würde beispielsweise Oceanos Sohn Heleninho das Verhalten seines Vaters beurteilen, wenn er erst erwachsen war? Er wußte von dem Türken Chalita, daß der Junge Oceano verraten hatte, daß Maria Corina ihn mit dem Bankgeschäftsführer betrog. Wie würde das Kind die Tragödie, die es arglos ausgelöst hatte, in der Zukunft beurteilen, nicht nur das Verhalten seiner Eltern, sondern auch sein eigenes? Würde es sich schuldig fühlen, weil es eine Lawine ausgelöst hatte? Tonico war überzeugt – und konnte seine Überzeugung mit der Gefaßtheit eines Propheten beschwören –, daß Oceanos Sohn den ersten Schrei der Auflehnung gegen die Vergangenheit ausstoßen würde. Er würde als erster junger Mann eine Umwertung der von seinen Vorfahren geschaffenen Werte vornehmen. »Dieser Junge wird es sein«, dachte Tonico, »er und kein anderer: hoffentlich bin ich dann schon tot, damit ich es nicht miterleben muß: denn es wird schlimmer, als wenn ein Platzregen auf eine Pflanzung niedergeht.«

Aufblickend erkannte er hinter Oceano, der keine zehn Schritte entfernt vor ihm herging, Dona Paulas Stadthaus. Es war hell erleuchtet, ein Ereignis, das die Bewohner von Parada de Deus zum letzten Mal erlebt hatten, als die Nachricht von Hauptmann Helenos Tod eingetroffen war. Das erleuchtete Stadthaus überraschte Tonico: »also ist das Ereignis schon eingetreten, und die Familie hat es erfahren«, dachte er bei sich und drehte den erloschenen Zigarrenstummel in seinem Munde herum, während er langsam auf seinen Krücken weiterhinkte. Es gelang ihm, noch näher an Oceano heranzukommen, der nun genau den Ort erreichte, an dem die Türkenstraße in die Gerade Straße einmündet. Niemand konnte sagen, ob ihm die Lichterpracht aufgefallen war, die aus dem Hause seiner Mutter herüberleuchtete und ein ungewöhnliches Ereignis im Leben der Stadt anzeigte. »Dona Paula hat alle Lampen angezündet, um den Anschein zu erwekken, daß die Nachricht sie überrascht habe«, dachte er, während er zu kombinieren versuchte, was nun wohl folgen würde. Eines wußte er mit aller Bestimmtheit: Oceano de Moura wollte an diesem kalten Samstagabend, am 25. Juni 1935, von allen Leuten gesehen werden; sie alle sollten bezeugen, daß er zu eben diesem Zeitpunkt gemessen und ruhig wie einer, der seinen Spaziergang absolviert, auf der Hauptstraße vorübergegangen war. Tonico bemerkte, daß Oceano seinen Schritt verlangsamte, als er an die Ecke der Türkenstraße kam, so als erwarte er irgend jemanden. Einen Moment lang wußte Tonico nicht, was er davon halten sollte, da hörte er ein Pferd aus der Türkenstraße herangaloppieren und begriff alles: »Hier muß es geschehen, hier vor uns, seinen Zeugen, hier und nirgendwo anders muß es geschehen!« Er ahnte, daß der Reiter, der da herangaloppierte, Oceanos Vertrauensmann Einundsiebzig war, er ahnte, daß er die Nachricht von Maria Corinas Tod herausschreien würde, damit soviel Leute wie möglich sie hören und später bezeugen konnten: »Hauptmann Oceano erhielt die Nachricht vom Tode seiner Frau mitten auf der Geraden Straße, am Samstagabend um acht Uhr.« »Es wird kein Todesfall sein«, korrigierte er sich, »sondern ein Selbstmord, ein weiß der Himmel wie arrangierter Selbstmord, damit man Oceano kein zweites Verbrechen zur Last legen kann; es ist dabei unwichtig, daß Maria Corina viel zu religiös war, als daß sie Hand an sich gelegt haben könnte; das hat keine Bedeutung: wichtig ist nur, daß man sie genau in dem Augenblick tot in Degrêdo aufgefunden hat, als Oceano über die Gerade Straße ging und von allen Leuten bemerkt wurde: das ist das Meisterstück unseres geliebten Präfekten, der ein Urenkel von Chico dem Bauern ist.«

Als daher Einundsiebzig sein Pferd genau an der Einmündung der Türkenstraße in die Gerade Straße zum Stehen brachte, so daß seine Hufe Funken sprühten, und Oceano den Kopf zu ihm aufhob, mochte das die übrigen Passanten überraschen, die eben vorbeigingen oder in einer Gesprächsrunde vor der Schneiderei des verstorbenen Titino Bompiani beisammenstanden: Tonico Arzão sah seine Ahnungen bestätigt. Oceano blieb ruhig stehen und beobachtete, wie Einundsiebzig das sich bäumende Pferd zur Ruhe zwang, und bevor noch der Leibwächter reden konnte, wiederholte Tonico bei sich die Worte, die er seinem Herrn zuschreien würde. Aber es blieb doch ein Unterschied: Tonico hatte gemeint, Einundsiebzig würde sagen, er selber habe Maria Corinas Leiche im Zimmer gefunden, der Leibwächter jedoch berichtete Oceano, die Dienstmädchen hätten Maria Corina auf dem Fußboden ihres Zimmers in ihrem Blut schwimmend gefunden, und als er, Einundsiebzig, auf die Schreie der Mädchen hin herbeieilte, hätte Maria Corinas Herz bereits aufgehört zu schlagen.

Bis dahin verlief alles so, wie es Tonico Arzão vorausgesehen hatte. Als jedoch Oceano die Nachricht vernommen hatte, ging eine Veränderung mit ihm vor: die Nachricht als solche schien ihn nicht zu überraschen, wohl aber schien die Tatsache, daß er sich nun mit ihr abzufinden hatte, alle seine Vereinbarungen mit Einundsiebzig über den Haufen zu werfen. Oceanos Gesicht lief dunkelrot an, er zeigte seine starken Zähne, aber er lächelte nicht, man konnte es eher ein Zähnefletschen nennen. Als Oceano die Hände vom Rücken nahm und seine Rechte zu Einundsiebzig erhob, meinte Tonico Arzão zunächst, er halte einen Dolch, einen großen Dolch in der Hand, aber an der Art, wie er die Waffe handhabte und schwang, begriff er, daß es sich um eine Reitpeitsche handelte, und als Tonico das Leder durch die Luft zischen und dann auf das Gesicht seines Leibwächters niedersausen sah, erleichterte ihn das geradezu: er hatte zwar den Plan des Stadtpräfekten geahnt, nicht aber seine Haßreaktion. Er hatte nicht voraussehen können, daß der Tod Maria Corinas – Tonico zweifelte keinen Augenblick, daß es sich um einen von Einundsiebzig verübten Mord handelte – den Präfekten zu dieser unbedachten Geste hinreißen würde, die ihren in Degrêdo geschmiedeten Plan nur noch deutlicher enthüllte.

»Steig ab!« sagte Oceano, ohne seine Stimme zu heben.

Einundsiebzig blieb auf dem Pferd sitzen und hielt die Hand auf das von dem Peitschenhieb aufgerissene Gesicht, gepeinigt vom Schmerz und unfähig nachzudenken. Endlich zog ihn Oceano am Arm herunter. Ohne seinem Leibwächter ein weiteres Wort zu gönnen, bestieg der Präfekt das Pferd, gab ihm die Sporen und galoppierte durch die Straßen davon.

Tonico Arzão humpelte auf Einundsiebzig zu und brummte, als er in seiner Nähe war, ohne den Zigarrenstummel aus dem Munde zu nehmen:

»Ist das der Lohn dafür, daß du die Befehle deines Chefs ausgeführt hast?«

Einundsiebzig gab keine Antwort, er rieb sich mit der Handfläche das Gesicht, als könne er mit dieser Geste den roten Querstriemen abwischen.

Da fing Tonico Arzão leise an zu lachen, er gackerte beinahe, immer noch den erloschenen Zigarrenstummel im Mundwinkel. Als Einundsiebzig bemerkte, daß ihn der Einbeinige auslachte, brummte er einen Fluch, drehte sich halb um und verschwand in der Türkenstraße, in der Dunkelheit, aus der er Augenblicke zuvor herausgetreten war.

Tonico ließ seinen Blick über die Gerade Straße gleiten, ihre erleuchteten Häuser, die friedlich vor den Türen der Wirtschaften wartenden Pferde, das Hotel »Mutter Joana« am Ende der Straße, den Bahnhof und ihm gegenüber die Textilfabrik, deren Gründung den verstorbenen Crespi mit Stolz erfüllt hatte. Er wandte sich auf die rechte Seite und erblickte hinter dem Stadthaus von

Dona Paula Francisca de Moura Alves die weiß schimmernde erleuchtete Christkönig-Kirche auf der Anhöhe, auf der einst die kleine Kapelle gestanden hatte, die Chico der Bauer mit dem der Erde entrissenen Gold erbaut hatte. Hinter Tonico lagen Stadtverwaltung und Präfektur, die sich im gleichen Gebäude in der Nähe des Stadtgartens befanden, und dahinter dehnte sich das gestaltlose Häusermeer aus, dem weder architektonische Merkmale besonderer Art noch irgendeine Art von Straßenplanung anzusehen waren. »Das also ist eine Stadt«, dachte Tonico und humpelte, schwerfällig auf seine Krücken gestützt, den gleichen Weg zurück, auf dem er gekommen war, »eine Stadt ist nur unser Wille, unter allen Umständen, unter allen Bedingungen zu überleben.«

»Ist es wahr, daß sich Oceano de Mouras Frau umgebracht hat, Tonico?«, fragte jemand hinter ihm.

Tonico Arzão wandte sich gar nicht um, um zu sehen, wer ihn da angesprochen hatte; er brummte nachdenklich, während er auf den Friseursalon des alten Honorino Santives zusteuerte:

»Dies ist Parada de Deus, die Stadt, die von Chico dem Bauern gegründet wurde.«

Vom hochgelegenen Teil der Straße her beherrschte Dona Paulas Haus immer noch die ganze Stadt; die erleuchteten Fenster waren geöffnet, als läge das Haus verlassen und bereit, neue Gäste in sich aufzunehmen.

Nachwort des Übersetzers

Von den bedeutenden brasilianischen Schriftstellerinnen der älteren Generation, Rachel de Queiroz, Clarice Lispector, Lygia Fagundes Teles und Maria Alice Barroso ist die zuletzt genannte die jüngste (Jahrgang 1926) und die unbekannteste. Sehr zu Unrecht – nach dem Urteil der besten Kennerin der brasilianischen Frauenliteratur, der Literaturwissenschaftlerin Nelly Novaes Coelho aus São Paulo. Der Grund für die vergleichsweise geringe Bekanntheit von Maria Alice Barroso scheint darin zu liegen, daß ihr hier zum ersten Mal in deutscher Sprache vorliegendes Hauptwerk, dem 1967 João Guimarães Rosa und Jorge Amado den hochgeschätzten Walmap-Preis zuerkannten, seit Jahr und Tag nicht mehr wiederaufgelegt worden ist. Dabei handelt es sich bei *Sag mir seinen Namen, und ich töte ihn* um einen Roman, der einen Vergleich mit Gabriel García Márquez' Meisterwerk *Hundert Jahre Einsamkeit* nicht zu scheuen braucht. García Márquez' Roman ist übrigens im gleichen Jahr erschienen wie Frau Barrosos brasilianische Saga (1967) – eine Beeinflussung hat also auf keinen Fall stattgefunden, zumal die brasilianische Ausgabe von *Hundert Jahre Einsamkeit* erst 1969 auf den Markt kam. Die beiden Familienromane sind unabhängig voneinander entstanden, obwohl sie in der Tat einige Züge gemeinsam haben. Die brasilianische Saga schildert wie die kolumbianische vier Generationen der gleichen Sippe, über einen Zeitraum hinweg, der von ungefähr 1822, dem Jahr der brasilianischen Unabhängigkeitserklärung, bis etwa 1935, in die Regierungszeit des Diktators Getúlio Vargas, reicht. Fernerhin spielt sie an einem Ort, der ebenso frei der Wirklichkeit nachgebildet ist wie García Márquez' Macondo. Bei

Frau Barroso heißt dieser Ort Parada de Deus, zu deutsch: »Gottes Raststelle«, und Gott selbst hat dem Ahnherrn der Sippe, dem legendenumwobenen Chico dem Bauern, den Auftrag erteilt, ihn zu seinen Ehren zu gründen. Er erscheint ihm, eingehüllt in einen roten Umhang, und befiehlt ihm: »Auf diesen Ländereien sollst du nach Gold suchen, Chico, und das Gold auf die Gründung einer Stadt verwenden, die meinen Namen tragen soll, zu meinem höheren Ruhme.« Hinter dem Städtchen Parada de Deus verbirgt sich Miracema, ein Ort im Hinterland des Staates Guanabara, dicht an der Grenze zur Provinz Minas Gerais.

Ebendort hat Maria Alice Barroso, die von italienischen und portugiesischen Einwanderern abstammt, ihre frühe Jugend verbracht. Es ist, nebenbei bemerkt, ein eigentümliches Phänomen, daß die Nachkommen der italienischen Einwanderer im geistigen Leben Brasiliens eine größere Rolle spielen als die deutschen Einwanderer, die sich eher als Industrielle ausgezeichnet haben. Autobiographische Elemente sind in reichem Maße in Frau Barrosos Roman eingeflossen. Ihr Großvater, der italienische Einwanderer, verdiente sein Brot als fliegender Händler, der von Gutshof zu Gutshof seinen Kram verkaufte, später jedoch ein eigenes Geschäft eröffnete und zum größten Kaffeexporteur der Provinz von Rio de Janeiro aufstieg. Als solcher geriet er über Kreuz mit den alteingesessenen Machthabern von Miracema (Parada de Deus), mit eben der Sippe der Moura Alves, die im Mittelpunkt von Maria Alice Barrosos Roman steht. Ihren Vorfahr hat die Autorin in der Gestalt des Ângelo Crespi verewigt. Ihr Vater war ein landwirtschaftlicher Ingenieur und begeisterter Fußballspieler, der angeblich einen ganz besonderen Torschuß erfunden hat, der unter dem Namen »chute à la Barroso« bekannt geworden ist.

Maria Alice hat ihre Schulbildung in Rio de Janeiro abschließen und dort eine Ausbildung zur Bibliothekarin absolvieren können. Unter den Autoren, die Einfluß auf ihre literarische Bildung genommen haben, führt sie auf: die Gebrüder Grimm, Tolstoi und Dostojewski, Kafka, Faulkner und Scott Fitzgerald.

Besondere Vorliebe hegt sie für Thomas Manns *Zauberberg*; das sei ein Buch, hat sie in einem Interview erklärt, das sie bis an ihr Lebensende immer wieder lesen möchte.

Ihre schriftstellerischen Anfänge stehen ganz im Zeichen des Neorealismus brasilianischer Ausprägung, wie ihn zu Beginn der Dreißigerjahre Jorge Amado, Rachel de Queiroz, Graciliano Ramos, Érico Veríssimo und José Lins do Rego in sozialkritischen Romanen vorgebildet hatten. Jorge Amado war es denn auch, der sich des Erstlings der jungen Autorin, *Os Posseiros* (Die Landpächter) von 1956, annahm und eine Übersetzung dieses Romans über das Elend der kleinen brasilianischen Landpächter ins Russische anregte. In der Sowjetunion erreichte der Roman eine Auflage von 600000 Exemplaren; die Autorin bekam jedoch zu ihrem Ärger nicht einen Rubel zu Gesicht, da Rußland damals das Welturheberrechtsabkommen noch nicht unterzeichnet hatte. Die folgenden Romane zeigen die Autorin bestrebt, die erzähltechnischen Errungenschaften des Nouveau Roman für ihre Kunst nutzbar zu machen. *Estamos sós* (Wir sind allein) von 1957 prangert Auswüchse bei der großstädtischen »Jeunesse dorée« Brasiliens an und macht die egoistischen Eltern für die rein materialistische Gesinnung ihrer Nachkommenschaft haftbar. In der *História de um Casamento* (Geschichte einer Ehe) von 1960 setzt sich Frau Barroso für die Emanzipation der Frau in Brasilien ein. Ein Nebenwerk, die 1962 geschriebene Geschichte *Um simples afeto recíproco* (Eine einfache gegenseitige Zuneigung), bezeichnet den Übergang zu ihrer reifen, eigenständigen Erzählkunst, die nach fünfjähriger Arbeit 1967 mit unserer *Brasilianischen Saga* für Kritik und Publikum überzeugend sichtbar wird.

Der Roman bezeichnet nicht nur den literarischen Durchbruch von Maria Alice Barroso, er hat ihr auch Konflikte mit dem allmächtigen Clan von Miracema (Parada de Deus) zugezogen. Die Ortsgewaltigen fühlten sich durchschaut, in der Person von Oceano Moura Alves porträtiert und hätten der Enkelin des »Makkaronifressers« Ângelo Crespi gar zu gern übel mitgespielt, als sie zu einer Lesung nach Miracema eingeladen worden war.

Aber die jüngere, gegen die präpotenten »Obristen« (Coronéis) eingestellte Generation bereitete der Autorin einen derart triumphalen Empfang, daß sie ihre Rachepläne zurückstellen mußten.

Frau Barroso brauchte keine dokumentarischen Vorstudien zu betreiben, um Menschen und Machtverhältnisse von Parada de Deus schildern zu können. In ihrer Kindheit hatten ihr die Mitglieder ihrer Familie, die Köchinnen und Wäscherinnen inbegriffen, so viel über die Geschichte von Parada de Deus erzählt, daß es für ein ganzes erzählerisches Lebenswerk ausreichte. Aus diesen Erinnerungen hat die Autorin eine spannende Saga entwickelt, in der Realität und Fiktion ununterscheidbar ineinander übergehen. Zwischen der ersten und letzten Seite des Romans liegen nur wenige Minuten, dazwischen aber ersteht ein Jahrhundert brasilianischer Geschichte mit seinem ständigen Wechsel von Zivilisationsansätzen und Rückfällen in die Barbarei. Von den Gründern bis zur Generation von 1935 treten bei den Moura Alves sonderlingshafte, immer stärker auch psychopathische Züge in den Vordergrund. Ein Fluch scheint über der Familie zu liegen. Hat ihn die Inzestheirat des Gründersohnes Zé Inácio mit seiner unehelichen Schwester ausgelöst? Zé Inácio ereilt das Schicksal eines Intellektuellen in einer barbarischen Umwelt: Er verfällt dem Trunk. Dabei ist er unter den Gewaltmenschen seiner Umgebung der einzige, der ethische Werte vertritt und für die aus der Sklaverei befreiten Neger eintritt, die seine Standesgenossen nach wie vor als eine Art Hausinventar ansehen, mit dem man anstellen kann, was man will, gut genug allenfalls für sexuelle Freibeuterei.

Im Zentrum dieses Romans steht die pathologische Eifersucht des politischen Machthabers von 1935, Oceano Moura Alves, auf seine junge, lebenslustige Frau. Schon während der Hochzeitsnacht bedrängt er sie: »Sag mir seinen Namen, und ich töte ihn«, weil er Rivalen fürchtet, wo keine sind. *Um nome para matar* (Ein Name zum Töten) lautet denn auch der Originaltitel des Romans, den man im Deutschen nicht überzeugend nachbilden kann.

Die Autorin hat mit dieser verfehlten Liebesbeziehung – denn der Eifersüchtige liebt seine Frau ... – dem übermächtigen »Machismo« ihrer Landsleute und ihrem überholten Ehrenkodex ein abschreckendes Denkmal gesetzt. Auch heute dürfte – wie anderwärts auch – zwischen den Rechten der Frau in der Großstadt und in den kleinen Städten des Hinterlandes ein Abgrund klaffen.

Die Frage nach Maria Corinas Schuld oder Unschuld wird mit höchstem erzählerischem Geschick aus der Perspektive verschiedener Romanfiguren aufgerollt und unterschiedlich beantwortet. Die Progressiven – der Ortspfarrer und der zweite Gatte von Oceanos Mutter, der »Kapitän ohne Schiff« – stehen gegen die Traditionalisten, allen voran die Mitglieder der Familie Moura Alves und ihren Gorilla, den zwielichtigen »Einundsiebzig«. Zu ihnen tritt eine allwissende Erzählerfigur, die die früheren Generationen der Moura Alves in die Geschichte einbezieht, so daß die Entwicklung von Parada de Deus und die psychopathischen Züge des herrschenden Clans um so deutlicher sichtbar werden. Die Fragmentierung der Erzählung ist jedoch mit so großem Geschick bewerkstelligt worden, daß der Leser keinen großen Scharfsinn aufbieten muß, um genau zu wissen, wer gerade zu ihm spricht. Zugleich mit den Kämpfen der vorangehenden Generationen ersteht das vollständige Bild von Parada de Deus von der Pionierzeit bis zur Gegenwart des Jahres 1935; der Leser jedoch muß sich, ganz im Sinne der Forderungen des »Nouveau Roman«, auf die teilweise widersprüchlichen Aussagen seinen eigenen Reim machen: Die abschließende Beurteilung der pathologischen Ehe zwischen Oceano und Maria Corina ist in seine Hand gelegt. Deutlich wird allein, daß das Pathologische an dieser Ehe nicht abgelöst vom Zustand des gesamten Gemeinwesens Parada de Deus betrachtet werden kann, in welchem sich Fortschritt und Rückschrittlichkeit schroff gegenüberstehen. Eine Eisenbahnlinie ist eingeweiht, eine Schule eröffnet worden; was sich aber zwischen den Ehegatten abspielt, ist nur vor dem Hintergrund der gesammelten Rückständigkeit der ganzen Stadt verständlich zu machen. Sex und Gewalttätigkeiten beherrschen